CB000315

1. Cesare Beccaria.

2. Giulia Manzoni Beccaria com o pequeno Alessandro.

3. Pietro Manzoni.

4. Giovanni Verri.

5. Carlo Imbonati.

6. Giulia Beccaria.

7. Alessandro Manzoni quando jovem.

8. Marquesa Sophie de Condorcet.

9. Claude Fauriel.

10. Alessandro Manzoni.

11. O casal Enrichetta Blondel e Alessandro Manzoni.

12. A Maisonnette.

13. Abade
Eustachio Degola.

14. Fachada da casa Manzoni, na praça Belgioioso, Milão.

15. Lodovico di Breme.

16. Cônego Luigi Tosi.

17. Giulietta quando criança.

18. Alessandro Manzoni aos 25 anos.

19. Tommaso Grossi.

20. Mary Clarke.

21. A família Manzoni em 1823. Da esq. para a dir.: Giulia Beccaria, Alessandro Manzoni, Enrichetta, Giulietta, Pietro, Cristina, Sofia, Enrico, Clara, Vittoria.

22. A propriedade em Brusuglio, vista dos jardins.

23. Caleotto, nos arredores de Lecco.

24. Massimo d'Azeglio.

25. Villa Stampa, em Lesa, às margens do Lago Maggiore.

26. Teresa Borri.

27. Niccolò Tommaseo em 1852.

28. Giulia Manzoni Beccaria
em seus últimos anos.

29. Alessandro Manzoni.

30. Teresa Borri.

31. Cristina Baroggi Manzoni.

32. Sofia Manzoni Trotti e Matilde Manzoni.

33. Vittoria Manzoni Giorgini.

34. Giovan Battista Giorgini.

35. Alessandro Manzoni em 1848.

36. Filippo Mannzoni.

37. Enrico Manzoni.

38. Pietro Manzoni.

39. Stefano Stampa em 1855.

40. Elisa Cermelli Stampa.

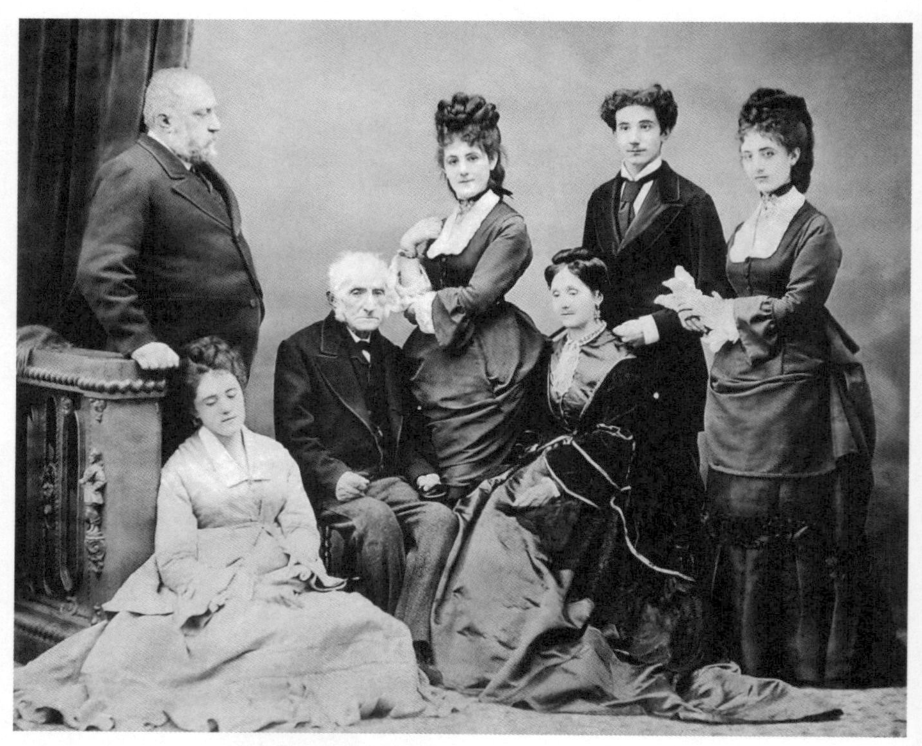

41. Manzoni e a família de Pietro.

A FAMÍLIA MANZONI

NATALIA GINZBURG

A família Manzoni

Tradução

Homero Freitas de Andrade

COMPANHIA DAS LETRAS

Grafia atualizada segundo o Acordo Ortográfico da Língua Portuguesa de 1990, que entrou em vigor no Brasil em 2009.

Título original
La famiglia Manzoni

Capa
Raul Loureiro

Preparação
Silvia Massimini Felix

Revisão
Carmen T. S. Costa
Huendel Viana

Dados Internacionais de Catalogação na Publicação (CIP)
(Câmara Brasileira do Livro, SP, Brasil)

Ginzburg, Natalia, 1916-1991
A família Manzoni / Natalia Ginzburg ; tradução Homero Freitas de Andrade. — 1ª ed. — São Paulo : Companhia das Letras, 2017.

Título original: La famiglia Manzoni
Bibliografia.
ISBN 978-85-359-2910-2

1. Família – Histórias 2. Família Manzoni – Biografia 3. Manzoni, Alessandro, 1785-1873 – Família I. Título.

17-02865 CDD-929.2

Índice para catálogo sistemático:
1. Família Manzoni : Biografia 929.2

[2017]

EDITORA SCHWARCZ S.A.
Rua Bandeira Paulista, 702, cj. 32
04532-002 — São Paulo — SP
Telefone: (11) 3707-3500
www.companhiadasletras.com.br
www.blogdacompanhia.com.br
facebook.com/companhiadasletras
instagram.com/companhiadasletras
twitter.com/cialetras

Sumário

Introdução

Paisagens povoadas por rostos

Salvatore Silvano Nigro

> *Colquhoun (nome bastante difícil), o tradutor para o inglês de* Os noivos, *está hoje internado num manicômio. E a biografia de Manzoni que ele ia começar a escrever está suspensa. "De resto", diz [Bernard] Wall, "a vida de Manzoni não oferece interesse: foi uma vida tediosa." "Todas as vidas das personalidades que realizam uma grande obra são tediosas", exclama Emilio [Cecchi]. "O que você queria que um homem como Manzoni fizesse? Ficava à escrivaninha escrevendo."*
>
> Leonetta Cecchi Pieraccini, *Diário*, 19 de abril de 1954

Pierre Charles Joseph, o barão de Mengin-Fondragon, chegou a Brusuglio acompanhado da condessa Carolina Trotti Bentivoglio. O trajeto de carruagem de Milão até ali fora curto, apenas 45 minutos. Era um dia de agosto de 1830. Avistava-se "uma das mais belas casas de campo dos arredores milaneses". Além do panorama, era possível apreciar o jardim bem cuidado da residência de verão de Alessandro Manzoni. Mas outro cenário da natureza se ofereceu aos visitantes, uma alegre paisagem doméstica. Uma família inteira, avó, marido, mulher e oito filhos, correu ao encontro dos hóspedes. A disposição das pessoas, distribuídas ao ar livre espontaneamente — escreveu o barão, no quarto dos cinco volumes de seu *Nouveau Voyage en Italie*, publicado em Paris em 1833 —, era digna do "pintor da natureza" que havia escrito *Os noivos*: bom filho, bom marido, bom pai; jardineiro e agricultor; cultivador de cerejas e criador de bichos-da-seda. A prosa do *Nouveau Voyage* tem um estilo figurativo descontraído. O retrato da numerosa família de Manzoni traçado pelo barão francês lembra fortuitamente uma aquarela de pequenas dimensões de Ernesta Bisi, que em 1823 transformara o célebre grupo de família em tema paisagístico, com planos superpostos e inclinados. Ela enquadrou o espaço íntimo, a esfera doméstica da casa Manzoni, em três planos cronológicos, com três grupos de rostos das várias gerações, que passa da tríade constituída pela grande mãe Giulia Beccaria, por Alessandro Manzoni e Enrichetta Blondel, ao grupo intermediário (Giuletta, Pietro e Cristina) e aos jovens rebentos (Sofia, Enrico, Clara e Vittoria). A heraldização vegetal de Bisi age sobre a cumplicidade imaginativa da narração de Natalia Ginzburg, que em *A família Manzoni* abre paisagens mentais "povoadas por rostos" — são cenários naturais, territórios familiares, com habitantes variados, ou até mesmo despovoados, gélidos e desérticos, que com o passar do tempo mudam e se tornam "novos", conforme as oscilações da sorte e das estações do ano.

A família Manzoni se nutre de dois tipos de fontes documentais: visuais e bibliográficas, apresentadas no início e no final do livro. Para narrar cerca de 150 anos de "vida" privada, o transcurso cotidiano da existência de 1762 a 1907 — desde o nascimento de Giulia Beccaria, mãe de Alessandro Manzoni, à morte do enteado do escritor, Stefano Stampa —, Ginzburg se baseou numa seleta bibliografia de estudos. Em 7 de outubro de 1982, escreveu a

Oreste Molina, responsável pelo departamento técnico da Einaudi: "Envio-lhe a árvore genealógica da família Manzoni e a lista dos livros consultados. Ambas são minuciosas. Preciso completar em dois ou três pontos a lista dos livros consultados". Pouco antes, havia mandado uma carta sem data que acompanhava o original datilografado do livro. Dirigira-se ao diretor comercial da editora, Roberto Cerati, pedindo-lhe que compartilhasse a leitura com o consultor Claudio Rugafiori:

> Caro Cerati, envio-lhe meu manuscrito *A família Manzoni*. Agradeceria se o lesse e o mostrasse também a Rugafiori, que me telefonou hoje de manhã. Falta uma pequena bibliografia, que deve ir no final do livro. Mas creio que não passará de uma página. Ainda está faltando uma árvore genealógica, que, creio eu, também tem de ficar no final.

Ginzburg instruía, nas cartas, que a relação das obras consultadas aparecesse no final do livro. Quanto à árvore genealógica, não era taxativa. E, de fato, a apresentação esquemática das relações familiares, a espinha dorsal da construção narrativa, acabou sendo uma porta de entrada para a narrativa. Essa insistência sobre o aparato crítico já havia criado um desentendimento. Carlo Carena, do escritório em Turim, telefonara a Ginzburg. Encarregado de fechar o contrato, ele havia proposto um percentual sobre as vendas, a praxe em obras ensaísticas. Em 30 de setembro de 1982, Ginzburg escreveu a Einaudi:

> Caro Giulio, a respeito de meu livro *A família Manzoni*, Carena me telefonou hoje de manhã. Disse que pensaram em me dar 10%, "por não ser obra de ficção". Peço 15% para este livro. Considero-o equivalente a todos os outros que escrevi [...]. Se em sua ideia de me pagar 10% se oculta uma falta de interesse, uma frieza,

uma desconfiança em relação ao livro, quero saber desde já. Conheço o destino que cabe aos livros publicados com desinteresse e desconfiança, e não quero semelhante sina para o meu. Por isso, se existe essa desconfiança pairando no ar, me diga. Nesse caso, procuro outra editora. Você bem sabe que minhas decisões são muito rápidas.

Einaudi respondeu na mesma hora, com um telegrama: "Cara Natalia, frieza nenhuma, só entusiasmo por seu livro, que abrirá o ano de 1983". Ginzburg impôs algumas condições e listou-as para Cerati. O livro era inevitavelmente robusto, e ela não queria que fosse submetido a cortes: "Espero que este livro não lhe pareça longo demais; se isso for um problema, não saberei o que fazer, pois não terei como cortá-lo. Já fiz alguns pequenos cortes, e não gostaria de fazer outros". Excluiu uma orelha redigida pela editora: "Não quero orelhas, ou eu mesma faço uma orelha, talvez com minha assinatura". Escolheu a coleção: "Gostaria que saísse na Supercoralli". Para evitar mal-entendidos com volumes ensaísticos, quis que os caracteres tipográficos fossem uniformemente corridos, como nas obras narrativas: "Tenho algumas recomendações para o departamento técnico, sobretudo uma: que o texto e as cartas sejam impressos no mesmo corpo, e não as cartas em corpo menor, como se costuma fazer".

A família Manzoni chegou às livrarias no final de janeiro de 1983. A orelha era assinada pela autora e a sobrecapa estampava a aquarela de Bisi. A abertura já era bem animada: uma galeria de retratos, coleção ordenada de semblantes como abreviaturas da vida que os urdiu. Uma história de faces, olhares, gestos e posturas, disseminada por lugares e ambientes, entre cenários de casas e palacetes, segundo os hábitos sociais e domésticos. Os retratos não são objetos ornamentais, a coleção não tem valor decorativo.

Ginzburg a põe em movimento dentro do livro, confere-lhe vida em sua escrita conduzida por uma sensibilidade figurativa.

A exposição se vale de séries narrativas que dialogam com a ordem genealógica da família Manzoni e as constelações das amizades. Na abertura, da página da esquerda à da direita confrontam-se o avô Cesare Beccaria e o pequeno Alessandro Manzoni no colo da jovem mãe, Giulia Beccaria. O avô tem rosto grande e redondo, olhar penetrante e sisudo. Manzoni o relembra como figura obesa:

> Giulia acompanhou o filho a Merate, ao colégio dos padres somascos, e lá o deixou. Antes, levou-o para despedir-se do avô, Cesare Beccaria; ele, com os anos, tornara-se extremamente gordo; Alessandro, que o via pela primeira vez e não tornaria a revê-lo, mais tarde se lembraria do momento em que ele se levantou da poltrona, pesado, para pegar-lhe um bombom numa gaveta. Não parecia muito satisfeito com a visita de ambos.

Do outro lado, vê-se a filha com o neto:

> O pintor Andrea Appiani fez um retrato de Giulia com o filho, em que ela aparece em trajes de amazona. Tem o rosto duro, ossudo e cansado. Olha para o nada. Não se vê sombra de ternura materna em relação à criança apoiada em seu joelho. A criança tem quatro anos. Giulia deu o retrato de presente a Giovanni Verri.

Ginzburg não diz às claras, deixa que o leitor intua: Giovanni Verri era o pai biológico de Alessandro. E nas duas páginas seguintes surgem lado a lado os retratos de Pietro Manzoni, o pai oficial, e de Giovanni Verri. Então se sucedem os perfis de Carlo Imbonati e Giulia Beccaria (retratada por Madame Cosway), vigiados por Manzoni aos dezessete anos (retrato de Gaudenzio Bordiga) e pelo casal de amantes Sophie de Condorcet e Claude Fauriel.

A primeira seção da galeria abre o espaço narrativo das relações calibradas em que orbitam os planetas "órfãos" de Giulia mãe e Alessandro filho — este é acompanhado passo a passo, de acordo com as mudanças de penteado:

> Existem vários retratos de Alessandro Manzoni jovem. São muito diferentes entre si, embora não tenham sido pintados com muitos anos de distância uns dos outros. Num deles, o jovem tem os cabelos arrumados em pequenas ondas bastas e simétricas, o nariz pontudo e o ar sério. Em outro tem uma farta cabeleira desgrenhada, olhos anuviados e parece Ugo Foscolo. Em outro ainda tem as faces encovadas, o olhar penetrante e costeletas crespas.

No quadro de Appiani, a mãe não olha o filho, e o filho não olha a mãe. Mas, na galeria, o retrato conversa com o rosto de Cesare Beccaria. Com isso, o olhar do pequeno Alessandro se ergue interrogativo para o avô, enquanto a mãe dá as costas para o próprio pai. A pergunta está suspensa no ar, junto com o rancor mútuo. O ilustre autor do ensaio *Dos delitos e das penas*, avaro e egoísta, cuidara mais do bolso do que dos deveres paternos. Casou a filha com um "fidalgo rural": um exemplar da decadente antigualha social, viúvo e sem prole, mas com o torturante séquito de "sete irmãs solteiras, uma das quais ex-freira", todas abençoadas por um irmão monsenhor que exibe uma chamativa protuberância acima de um dos olhos. Beccaria foi um pai melodramaticamente despótico e cinicamente vaidoso:

> O pai queria muito um menino. Giulia e a irmã cresciam entregues aos cuidados dos criados, pois a mãe, apesar de doente, estava sempre viajando. Em 1774, Teresa morreu vitimada por sua doença, em meio a dores lancinantes. O pai se desesperou. No mesmo dia da morte da mulher, quis que fosse feito o inventário de seus

muitos vestidos e joias. Chamou as duas meninas e disse "é tudo de vocês". Abraçava-as aos prantos. Mas elas nunca mais tornaram a ver esses vestidos e joias. Ele foi chorar na rica vila de Calderara, o amante da mulher. As meninas ficaram em casa com os criados. Alguns dias depois, Calderara admirou-se de encontrar Beccaria no barbeiro, encrespando os cabelos. "Quero manter uma boa aparência", ele disse ao amigo. Quarenta dias depois dos funerais da esposa, ficou noivo de uma mulher bonita e rica, Anna Barbò. Casaram três meses mais tarde. Com Anna, por fim, teve o filho homem que desejava. Enquanto isso, Giulia foi mandada a um convento. De saúde frágil, raquítica e corcunda, Marietta permaneceu em casa. Puseram-lhe um colete de ferro e confiaram-na à criadagem. Giulia foi esquecida no convento.

Giulia, malcasada, consolou-se com o "desocupado" Verri. Quando se tornou mãe, deixou o filho com uma ama de leite e não pensou mais nele. Foi para Paris com o rico e nobre Carlo Imbonati. Ingressou no círculo do filólogo Fauriel ("Era o homem mais bonito de Paris, disse Stendhal") e de Sophie de Condorcet. Imbonati morreu de repente, e Giulia acolheu o filho em Paris: "Alessandro enamora-se de Giulia, e não só se enamora dela, mas também de tudo aquilo que há em torno dela: a lembrança de Carlo Imbonati, Paris, Sophie de Condorcet e Fauriel".

Giulia, depois de tomar posse, ao lado do filho, da mansão dos Imbonati em Brusuglio, mandou "trazer" o corpo embalsamado de Carlo de Paris para Milão (conforme escreve Niccolò Tommaseo). A vida de Giulia — e do filho — era um "escândalo" contínuo, alimentado pela delação secreta que é a maledicência. O corpo foi depositado num pequeno templo, construído com essa finalidade no jardim de Brusuglio. Mas, depois que mãe e filho se converteram ao catolicismo, o templo foi destruído (para esconder todo e qualquer vestígio, dizem os documentos de arquivo, ergueu-se em seu lugar "a enorme construção arredondada da geleira"):

> Os restos mortais de Imbonati não estavam mais no parque de Brusuglio; o cônego Tosi dissera a Giulia que era oportuno depositá-los em outro lugar; os despojos foram então levados ao cemitério próximo e, por não haver lugar ali, foram postos num jazigo no muro, do lado de fora.

Alessandro Manzoni não permitiu a reedição de seu poema "À morte de Carlo Imbonati".

Ao ler *A família Manzoni*, prosa e imagens devem se entrelaçar. A escrita de Ginzburg modula um diálogo surdo e contínuo com a galeria de retratos, até o daguerreótipo final:

> Há um retrato de Manzoni, sentado, com a família de Pietro ao redor. Ele está lá, pequeno, curvado, encolhido, solitário. Atrás dele está Pietro, de perfil, sério. Mulheres e moças preenchem o espaço, ostentando suas fisionomias contentes, suas pessoas satisfeitas de estarem reunidas, de posarem para um retrato. Manzoni está lá, retraído, fechado em seus pensamentos como dentro de uma casca, exilado num mundo com o qual não compartilha mais nada.

O ancião é um sobrevivente. Tem a seu serviço o filho Pietro, de quem sempre se aproveitou, quase o anulando nessa função. Está rígido e contraído. O rosto é uma máscara, com a expressão fria da morte. Dilacerado pelos sucessivos lutos, já escreveu todos os epitáfios possíveis. A família do filho, que lhe serve de "paisagem" em torno, é um preenchimento. Manzoni tem o abismo a seu lado. Está desaparecendo em si mesmo. Agora só lhe resta uma sombra de corpo, ou melhor: o corpo é inventado pela roupa.

Natalia Ginzburg narra a família Manzoni por meio de sua reprodução figurativa e da representação presente nos epistolários dos membros do clã, diários, cartas dos amigos, nos mais variados testemunhos. Há no livro uma multiplicidade de vozes escritas, e cada uma delas encena a si mesma, sua própria narrativa, seu ponto de vista. São vozes que, quando escritas, passam a ser lembranças de vozes: leituras, interpretações e construções da realidade, afastadas da história às vezes por um século de distância. Ginzburg lida com elas sabendo que permitem e exigem ser transcritas como uma conversa que aos poucos se articula, converte-se em trama e se torna romance por meio da seleção e da montagem. *A família Manzoni* é um romance-conversa que dispensa a ficção. Não é um romance histórico, misto de ficção e realidade. Não inventa documentos e não manipula as cartas. Em 29 de abril de 1983, *Il Giornale* publicou uma carta de protesto que Ginzburg enviara a Indro Montanelli:

> Prezado diretor, no dia 17 de abril deste ano saiu no *Giornale* um artigo, assinado por Tiziana Abate, que se referia a uma apresentação de meu livro *A família Manzoni*, realizada na Livraria Einaudi, em Milão, em 16 de abril. A sra. Tiziana Abate afirma que eu teria *reescrito* ou *modificado* as cartas familiares de Manzoni contidas em meu livro. Diz ela: "Sim, muitas das cartas foram reescritas — confessou Natalia Ginzburg etc. etc. —, porém, mais do que qualquer outra coisa, trata-se de uma reescritura...". A sra. Tiziana Abate confunde pirilampo com lanterna. Não confessei nada, pois nada tenho a confessar. Disse apenas que transcrevi as cartas à mão, para ter a impressão de escrevê-las eu mesma. Quando estavam em francês, traduzi-as. Mas as cartas são autênticas e não toquei nem substituí uma sílaba. E jamais ousaria fazê-lo. Como possuo as fotocópias dos originais, posso provar. A afirmação da

sra. Tiziana Abate desvirtua totalmente o sentido do meu trabalho. Peço-lhe, portanto, que publique esta minha carta no jornal.

Manzoni fazia parte do repertório familiar masculino da família de Ginzburg. O primeiro marido de Natalia, Leone Ginzburg, era estudioso da obra manzoniana. Seu segundo marido, o anglicista Gabriele Baldini, ocupara-se do romance de Manzoni quando colaborou, nos anos 1940, com o roteiro do filme *Os noivos*, de Mario Camerini. Natalia não trata da atividade do artista. Amplia a noção de romance. Abre-a ao panorama, à "paisagem" de uma família lombarda numerosa, que abrange o horizonte de mais de um século e transpira Iluminismo, libertinismo e retorno à ordem e às virtudes domésticas: aquele "romance que se oculta em todas as vidas e em todas as histórias de grupo".* Seu olhar feminino se concentra sobre a vida (nascimentos, noivados, casamentos, mortes) e se debruça nos aspectos do cotidiano: corpos e infecções, sangrias e sanguessugas, unha encravada, dores de dentes, diarreias, detalhes da realidade simples, manifestações emotivas — o alvoroço de uma brincadeira infantil, a ternura de um marido abraçando a cintura da esposa, as mudanças em caravana com todo o "bando" barulhento, um coche que tomba na lama e assusta a "ninhada" da família. A escritora não se esquiva, enfim, ao aflitivo processo dos abortos, angustiosos no caso da primeira mulher de Manzoni, Enrichetta Blondel; beirando o humor negro no caso da segunda, Teresa Stampa: as dores do parto haviam sido confundidas com as fisgadas de um tumor que estaria irrompendo, mas nasceram gêmeas — uma já morta, a outra moribunda, como conta o enteado de Manzoni, Stefano Stampa:

> Então, o dr. Billi perguntou em voz baixa a Manzoni (que se encontrava junto à lareira e atrás de um biombo que protegia a pa-

* Cesare Garboli, in: Matilde Manzoni, *Journal*. Adelphi, Milão, 1992, p. 67.

ciente da luz e do fogo) se lhe permitia levar para casa o corpinho morto (creio que era de sete ou oito meses) para juntá-lo à sua coleção de fetos. Manzoni ficou um tanto embaraçado; fez um aceno com a cabeça com o qual parecia anuir, e o médico, depois de embolsar o corpinho, levou-o para casa. Essa ocorrência, porém, nunca foi participada por Manzoni à mulher [...].

A geometria residencial do índice do romance de Ginzburg não reserva um aposento exclusivo para Alessandro Manzoni. Não lhe reconhece espaço próprio. Tal como, de início, não designara um espaço, a não ser dividido com a irmã Vittoria, para a jovem Matilde Manzoni — acometida de tuberculose e hóspede permanente na Toscana na casa da irmã e do cunhado Giorgini —, que se sentia órfã do pai distante, invocado em vão inúmeras vezes. Cesare Garboli conta:

> Um dia, Natalia Ginzburg e eu brigamos para valer sobre o livro que ela estava escrevendo a respeito da família Manzoni. Um dos pontos em discussão era o recorte do capítulo dedicado a Vittoria e Matilde, as duas irmãs Manzoni que se tornaram toscanas. Natalia contara essa parte da vida familiar dos Manzoni de acordo com o ponto de vista das duas irmãs, unificando-as, tratando-as em conjunto num mesmo capítulo que se chamava, acho, "Vittoria e Matilde". Eu me rebelei, ou melhor, senti meu íntimo se rebelar. Via Matilde ser sacrificada mais uma vez, sacrificada à fotografia em grupo, ao casal: não uma pessoa, mas uma sombra, a sombra da irmã, tal como fora em vida. E, depois de uma altercação furiosa da qual saí vitorioso, consegui impor a Natalia que dividisse o capítulo em dois, que retocasse a parte dedicada a Vittoria e reescrevesse o início, dando a Matilde um espaço, um ponto de vista diferente, em suma, "um teto todo seu", para usar uma expressão famosa. Era, como se vê, não tanto uma questão de narratologia

(Natalia não usou jamais essa palavra), em que ela ainda podia, em certos aspectos, também se valer de suas razões; o que estava em jogo era a identidade própria de um destino que pedia e tinha o direito de ser reconhecido e narrado em si, em sua solidão. Matilde nunca teve vida própria; nunca foi protagonista; sempre foi uma *suivante*, uma figurante. Natalia Ginzburg devia ressarci-la, dar-lhe em seu livro (como fez depois) um compartimento, um capítulo todo seu.*

Alessandro Manzoni entra e sai dos capítulos. Nisso se assemelha aos demais personagens do romance. É, sem dúvida, o chefe da família. Mas sempre afastado, elusivo e tangencial. Vive absorto em si mesmo. Habita zonas de ausência e deixa que os outros assumam papéis de suplente. Não conhece a arte de ser pai. Acaba por se tornar vítima de dois dos filhos homens, de seus casamentos e dívidas. Às filhas, sabe ao menos assegurar uma adolescência infeliz. Ele é o personagem mais romanesco do livro: o mais insondável, o mais presente, enfim, capaz de agir mesmo ausente. Carrega um peso. A única coisa que soube fazer foi que a experiência se tornasse riqueza, disponibilidade:

> Essa habitual falta de naturalidade e de simplicidade em suas relações com os filhos verdadeiros decorria do fato de que ele, na verdade, nunca tinha tido um pai: não guardava dentro de si nenhuma imagem paterna — a lembrança do velho dom Pietro, constrangido e sombrio, não lhe despertava na memória senão perplexidade e antigos e insepultos remorsos.

Nem sequer foi ao funeral do suposto pai. Em compensação, deu ao primogênito o nome daquele que pensavam ser o avô. Foi um gesto de reparação secreta.

* Ibid., p. 62.

Depois de viver um casamento a três, com a mãe e Enrichetta, Manzoni se casa com Teresa Stampa: uma mulher estranha, que adota o marido como uma divisa e inaugura o culto de seus objetos. Teresa muito contribui para afastar os enteados de casa. Os criados mal a suportam. Os amigos não a toleram. Em seu diário, Margherita Provana di Collegno conta: "Paramos em Lesa para cumprimentar Manzoni, mas dona Teresa se apoderou e torturou meus tímpanos e não pude ouvir quase nada do que dom Alessandro disse"; "recebo a visita de Manzoni e dona Teresa. Manzoni queria falar de política, dona Teresa o interrompe para falar de assuntos seus".*

Dona Teresa é uma valetudinária: uma enciclopédia portátil de doenças. Manzoni faz bom uso disso: "de certo modo, ele adotava para si as doenças da mulher como um escudo; permitiam-lhe isolar-se numa condição de eterna apreensão, onde qualquer outra preocupação ou apreensão chegava menos urgente, menos insistente e aguda".

Pouco a pouco, a paisagem em torno de Manzoni vai se transformando num deserto. Os rostos vivos se apagam como estrelas. O calendário das mortes em família é inexorável: em 1833, morre sua primeira mulher; no ano seguinte, é a vez da filha mais velha, Giulia, que tivera um casamento infeliz com Massimo d'Azeglio; em 1841, expira a filha Cristina; a mãe falece em 1842; Sofia parte em 1845; Matilde se vai em 1856; em 1857, a família perde a tão amada Luisina, filha de Vittoria e Giorgini; em 1861, morre a segunda mulher. Fauriel e o amigo de toda a vida, Tommaso Grossi, não existem mais. Manzoni sobrevive ao filho Pietro por um mês: "É uma árvore solitária batida pelos ventos vindos das montanhas", em "uma paisagem invernal".

* Margherita Provana di Collegno, *Caro Manzoni, cara Ghita*. Org. de Lorenzo Mondo. Sellerio: Palermo, 2013, pp. 65 e 69.

A posição periférica do personagem Manzoni é uma ilusão de ótica, digna do feliz jogo de cartas que é o romance de Ginzburg: um desenho de "vozes" que, como nos vaivéns de um labirinto, se desenrola em torno do retraimento existencial de um chefe de família de nervos marcados pelos silêncios sobre verdades profundas que as palavras não podem e não querem traduzir, e que, nas dimensões cotidianas de um angustiante e prolífico convívio doméstico, se refugia numa lateralidade culpada e sofrida, que elimina o risco sombrio da indiferença. E Ginzburg também é lateral. Seu romance, tão elaborado pela concentração, mesmo no prolongamento da prosa de simplicidade cultivada, guarda uma relação tangencial latente com a teoria do romance do autor de *Os noivos*.

A família Manzoni, no ato e na arte de se construir, reproduz em si os dramas de dom Lisander [como os milaneses chamavam Manzoni] quanto à impossibilidade de conciliar matéria real e invenção no corpo único de um romance que pretenda ser efetivamente histórico. E assim narra o romance de uma família inteira dentro do âmbito de sua história, sem fazer nenhuma concessão aos expedientes de ficção. O romance-conversa de Ginzburg é uma alternativa genialmente ousada ao gênero do romance histórico praticado e, ao mesmo tempo, contestado pelo iniciador do romance italiano.

Este livro pretende ser uma tentativa de reconstrução e reordenamento minuciosos da história dos Manzoni, por meio de cartas e do que se sabe a respeito da família. É uma história espalhada por vários livros, na maioria das vezes não encontrados nas livrarias — cheia de vazios, ausências, zonas obscuras, como, aliás, toda história familiar que se tente juntar. É impossível preencher esses vazios e ausências.

Eu jamais havia escrito um livro desse gênero, que demandava outros livros e documentos. Os romances que escrevi foram frutos da invenção ou de lembranças, não precisavam de nada nem de ninguém.

Gostaria de agradecer a algumas pessoas que me foram de grande ajuda.

Devo agradecer a Donata Chiomenti Vassalli. Antes de mais nada, li seu livro, *Giulia Beccaria*, publicado muitos anos atrás pela Editora Ceschina e nunca mais reeditado, sabe-se lá por quê. Agradeço-lhe pelo livro, que é muito bom, e também por ter me escutado, emprestado títulos, indicado alguns caminhos.

Devo agradecer a Cesare Garboli por ter me escutado, indicado caminhos, e por sua paciência costumeira, que é grande, explosiva e generosa.

Agradeço ainda a Letizia Pecorella e a Maria De Luca, da Biblioteca Braidense; a Jone Caterina Riva, do Centro de Estudos Manzonianos, em Milão; e, em Roma, a Annamaria Giorgetti Vichi, diretora da Biblioteca Nacional, e a Alessandro Florio. Eles me ajudaram de diferentes maneiras, permitindo-me o acesso a livros e cartas.

Enfim, agradeço a Enrica Melossi e a Augusta Tosone, encarregadas da iconografia.

Dedico este livro à minha amiga Dinda Gallo. Ela sabia tudo sobre a família Manzoni; eu não sabia nada. Sentia apenas uma tosca curiosidade por esse destino familiar. Conversando com ela, veio-me o desejo de conhecê-lo mais a fundo e de perto. Assim, na medida em que ia escrevendo, mostrava a Dinda algumas páginas. Compartilhamos perplexidades e incertezas. Compartilhamos o desgosto em relação aos vazios e ausências. Ela me orientou e acompanhou, generosa. Caminhou junto comigo. Se não estivesse ao meu lado, eu não teria escrito este livro, por isso ele é dedicado a ela.

Algumas cartas foram escritas originalmente em francês e eu as traduzi. Teria preferido deixá-las em francês, mas nesse caso parte do livro seria nessa língua.

Todas as cartas de Manzoni a Fauriel e vice-versa são escritas em francês no original, com exceção da primeira de Manzoni a Fauriel, que está em italiano. Todas as cartas dirigidas a Fauriel por Giulia, Giulietta e assim por diante são em francês, com exceção daquelas que Ermes Visconti lhe escreve.

As cartas de Enrichetta são sempre em francês. As que ela escreve à filha Vittoria no colégio foram traduzidas por Michelle Scherillo.

Estão em francês as seguintes cartas:

A de Giulietta à irmã Cristina, de Andeer.

A de Giulietta ao pai, do castelo d'Azeglio.

A de Giulia à amiga Euphrosine Planta.

A de Teresa à tia Notburga.

Natalia Ginzburg
1983

A FAMÍLIA MANZONI

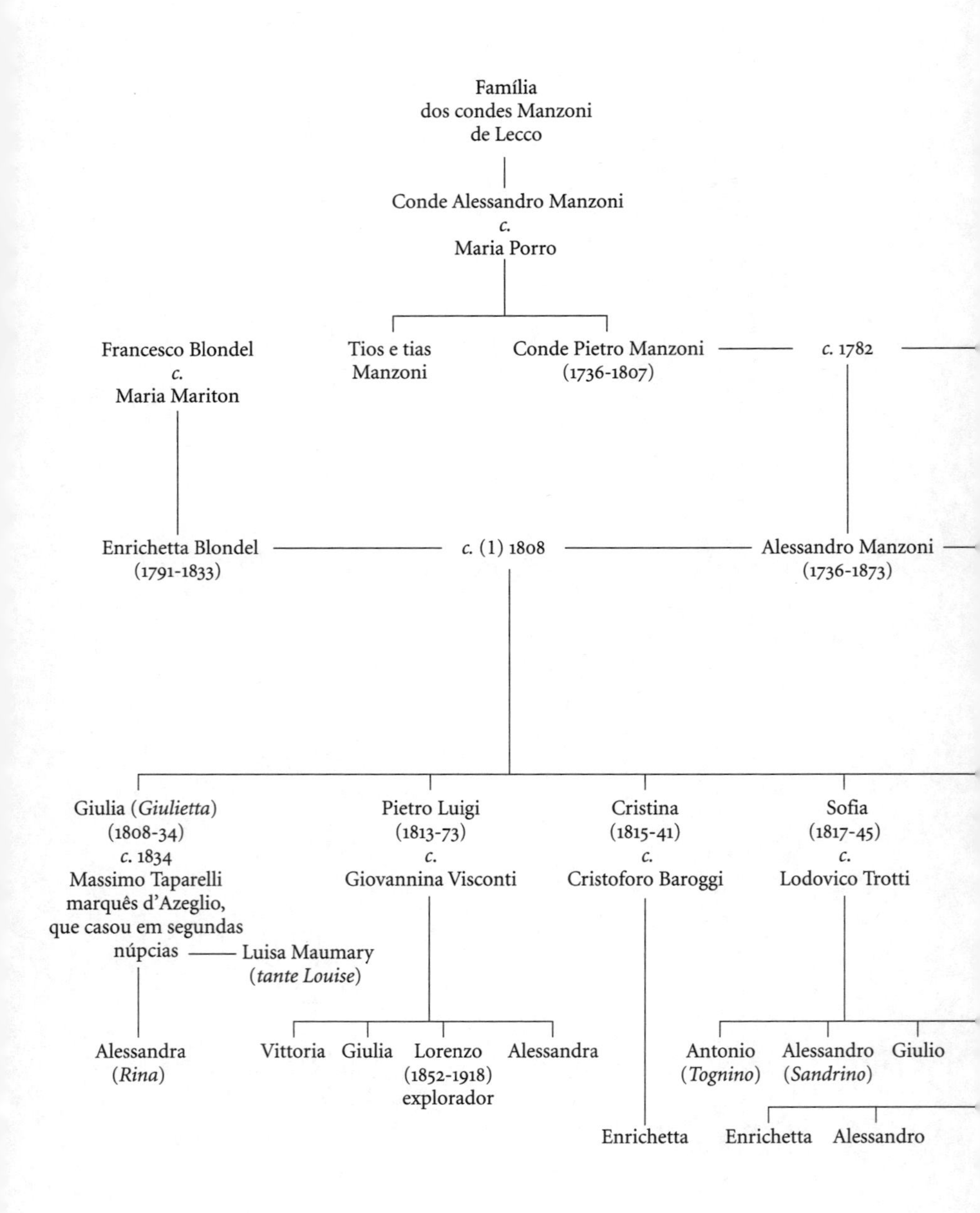

Família
dos condes Manzoni
de Lecco
Conde Alessandro Manzoni
c.
Maria Porro
Francesco Blondel
c.
Maria Mariton
Tios e tias
Manzoni
Conde Pietro Manzoni
(1736-1807)
c. 1782
Enrichetta Blondel
(1791-1833)
c. (1) 1808
Alessandro Manzoni
(1736-1873)
Giulia (Giulietta)
(1808-34)
c. 1834
Massimo Taparelli
marquês d'Azeglio,
que casou em segundas
núpcias
Luisa Maumary
(tante Louise)
Pietro Luigi
(1813-73)
c.
Giovannina Visconti
Cristina
(1815-41)
c.
Cristoforo Baroggi
Sofia
(1817-45)
c.
Lodovico Trotti
Alessandra
(Rina)
Vittoria
Giulia
Lorenzo
(1852-1918)
explorador
Alessandra
Antonio
(Tognino)
Alessandro
(Sandrino)
Giulio
Enrichetta
Enrichetta
Alessandro

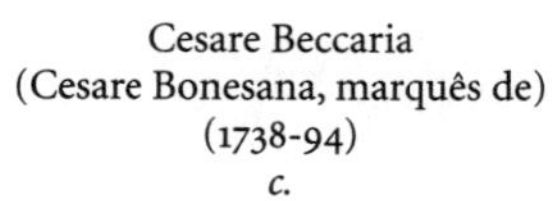
Cesare Beccaria
(Cesare Bonesana, marquês de)
(1738-94)
c.

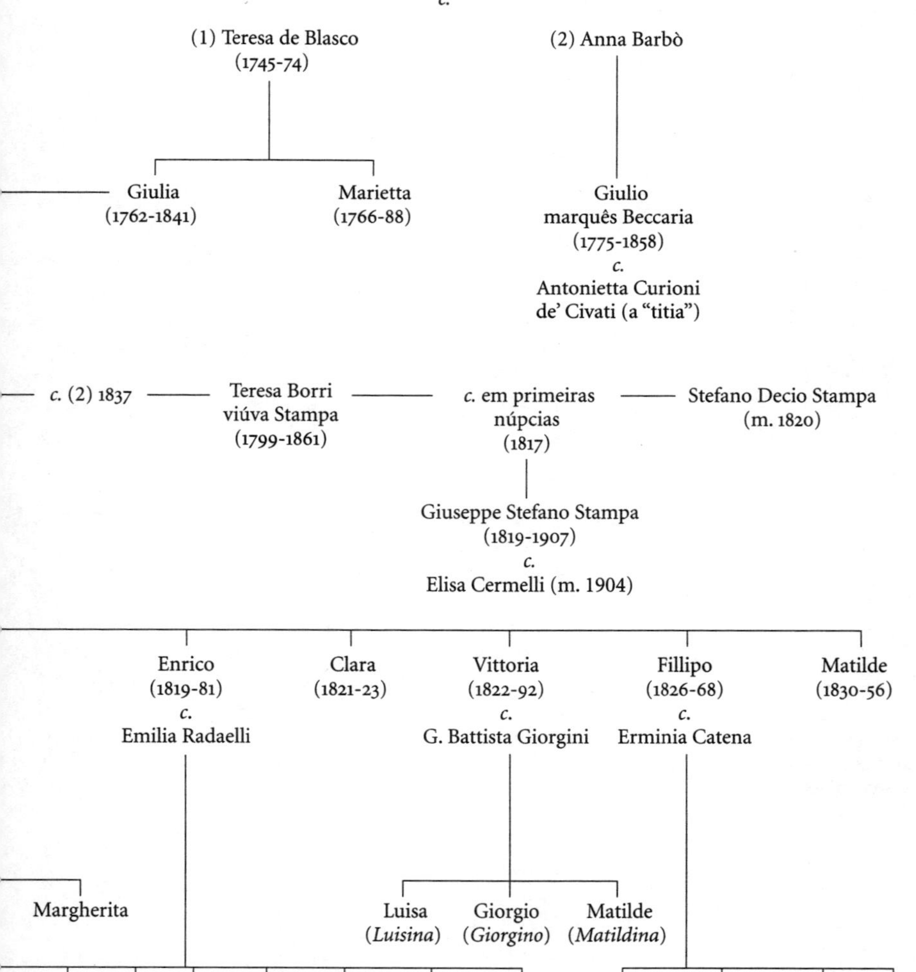
(1) Teresa de Blasco
(1745-74)
(2) Anna Barbò
Giulia
(1762-1841)
Marietta
(1766-88)
Giulio
marquês Beccaria
(1775-1858)
c.
Antonietta Curioni
de' Civati (a "titia")
c. (2) 1837
Teresa Borri
viúva Stampa
(1799-1861)
c. em primeiras
núpcias
(1817)
Stefano Decio Stampa
(m. 1820)
Giuseppe Stefano Stampa
(1819-1907)
c.
Elisa Cermelli (m. 1904)
Enrico
(1819-81)
c.
Emilia Radaelli
Clara
(1821-23)
Vittoria
(1822-92)
c.
G. Battista Giorgini
Fillipo
(1826-68)
c.
Erminia Catena
Matilde
(1830-56)
Margherita
Luisa
(*Luisina*)
Giorgio
(*Giorgino*)
Matilde
(*Matildina*)
Matilde
Sofia
Lucia
Eugenio
Bianca
Lodovico
Erminia
Giulio
Massimiliano
Cristina
Paola

PRIMEIRA PARTE

1762-1836

Giulia Beccaria

I.

Giulia Beccaria tinha cabelos ruivos e olhos verdes. Nasceu em Milão, em 1762. Seu pai era Cesare Beccaria; sua mãe, Teresa de Blasco. O pai vinha de uma família nobre; a mãe era filha de um coronel. O casamento fora bastante conturbado. Os dois tinham dificuldades financeiras, mas sempre levaram uma vida de luxo. Cesare Beccaria escreveu, bastante jovem, o livro que lhe deu fama, *Dei delitti e delle pene* (Dos delitos e das penas). Teresa tinha cabelos negros e era magra. Tornou-se amante de um homem rico, um certo Calderara. Pietro Verri, economista, filósofo, amante de uma das irmãs de Cesare, era amigo da família. As relações entre Verri e os dois Beccaria foram sempre tempestuosas, a amizade se rompia e reatava.

Giulia tinha quatro anos quando nasceu sua irmã, Marietta. Nesse mesmo ano, a mãe adoeceu de sífilis. Mesmo assim, continuou a viajar e a levar uma vida mundana. Mais tarde, ainda pôs no mundo um filho homem, que não demorou a morrer. O pai queria muito um menino. Giulia e a irmã cresciam entregues aos cuidados dos criados, pois a mãe, apesar de doente, estava sempre viajando. Em 1774, Teresa morreu vitimada por sua doença, em meio a dores lancinantes. O pai se desesperou. No mesmo dia da morte da mulher, quis que fosse feito o inventário de seus muitos vestidos e joias. Chamou as duas meninas e disse "é tudo de vocês". Abraçava-as aos prantos. Mas elas nunca mais tornaram a ver esses vestidos e joias. Ele foi chorar na rica vila de Calderara, o amante da mulher. As meninas ficaram em casa com os criados. Alguns dias depois, Calderara admirou-se de encontrar Beccaria no barbeiro, encrespando os cabelos. "Quero manter uma boa aparência", ele disse ao amigo. Quarenta dias depois dos funerais da esposa, ficou noivo de uma mulher bonita e rica, Anna Barbò. Casaram três meses mais tarde. Com Anna, por fim, teve o filho homem que desejava. Enquanto isso, Giulia foi mandada a um convento. De saúde frágil, raquítica e corcunda, Marietta permaneceu em casa. Puseram-lhe um colete de ferro e confiaram-na à criadagem. Giulia foi esquecida no convento. Os avós paternos haviam morrido e um tio materno, que a amava, nessa época estava ausente da Itália, morava no Brasil. O único que se lembrava dela era Pietro Verri. Vez ou outra ia visitá-la no parlatório. Quando ela completou dezoito anos, Pietro Verri solicitou ao pai que a recebesse de volta em casa.

Giulia era muito bonita, robusta, inteligente e de caráter forte. Não demorou a se desentender com o pai. Depois se apaixonou por Giovanni Verri, irmão caçula de Pietro, cavaleiro de Malta, homem desocupado, elegante, de traços afeminados. Porém, não era o caso de falar em casamento entre os dois: nem os Verri nem o pai dela pensavam nisso. Giulia não era rica. Então, Pietro Verri e Cesare Beccaria olharam ao redor e pousaram os olhos num certo dom Pietro Manzoni, nobre do campo, viúvo sem filhos, 46 anos. Não rico, mas de modesto patrimônio. Possuía uma propriedade chamada Caleotto, nos arredores de Lecco, onde se hospedava durante o verão. Passava o inverno em Milão, numa casa nos Navigli,* na Via San Damiano. Ele se mostrou condescendente em relação ao dote. Assim, o casamento foi logo acertado. Giulia não via a hora de sair de casa.

Dom Pietro Manzoni vivia com sete irmãs solteiras, uma das quais ex-freira, e tinha um irmão que era monsenhor, cônego na catedral. Logo Giulia se tornou muito infeliz. Brigava com o marido e as cunhadas demonstravam-lhe hostilidade. A casa nos Navigli era feia, pequena, úmida e escura. O marido lhe parecia um pobre-diabo, sem talento, desprovido de grandes riquezas ou prestígio. Era conservador e favorável ao clero, ao passo que ela, fosse na casa paterna, fosse na família Verri, absorvera ideias novas e liberais. Entediava-se perdidamente. Não deixou de frequentar Giovanni Verri e a bela casa dos Verri, festiva e sempre cheia de convidados. Levava uma vida agitada, suscitando no cunhado e nas cunhadas uma aversão cada vez mais evidente, e, no marido, o impulso de espioná-la.

Três anos depois do casamento, no dia 7 de março de 1765, veio ao mundo seu primeiro e único filho, Alessandro, que recebeu esse nome em homenagem ao pai dos Manzoni. Foi batizado na igreja de San Babila. Ninguém ficou contente com seu nascimento. Entre Giulia e o marido, os conflitos se tornaram mais ásperos. As pessoas comentavam.

A criança foi na mesma hora entregue a uma ama de leite, em Malgrate, nos arredores de Lecco. Giulia retomou a vida de antes. Porém, estava cansada de Giovanni Verri e ele estava cansado dela. Giulia teve uma relação com um tal Taglioretti. Enquanto isso, Alessandro era criado pela ama, numa casa de camponeses, e recebia o afeto da babá e de seus numerosos parentes. De raro em raro a mãe o visitava. Mais tarde ele voltou a Milão, mas sempre passava longas temporadas na casa da ama. O pintor An-

* Bairro de canais artificiais, navegáveis, construídos no século XII. (N. E.)

drea Appiani fez um retrato de Giulia com o filho, em que ela aparece em trajes de amazona. Tem o rosto duro, ossudo e cansado. Olha para o nada. Não se vê sombra de ternura materna em relação à criança apoiada em seu joelho. A criança tem quatro anos. Giulia deu o retrato de presente a Giovanni Verri.

Nessa época, ela foi apresentada a Carlo Imbonati. Conheceu-o no salão de uma irmã dele, ex-colega de turma no convento. Há um segundo retrato de Giulia, pintado não muito tempo depois do de Appiani, em que ela está com o filho. É obra de uma pintora chamada Cosway, feita em Paris, onde Giulia já vivia com Imbonati e era feliz. Aparece com um chapeuzinho branco e um véu. Nariz fino, uma vaga argúcia na boca que sorri de leve. Parece muito jovem. Os anos e a amargura desapareceram de seu rosto.

Carlo Imbonati era de família rica e nobre. Quando moço, teve Parini* como preceptor. Adulto, viveu longo tempo no exterior. Acabara de voltar à Itália quando ele e Giulia se encontraram. Tornaram-se amantes. Giulia logo decidiu se separar do marido. O amor dava-lhe força e desejo de clareza. Quando estava ligada a Giovanni Verri não pensara em pedir a separação, sentindo-se sem apoio moral e material, contagiada pela falta de pulso do outro. Agora tudo havia mudado. Escreveu a Pietro Verri. Ele a visitava no convento quando ninguém mais ia e lhe dera certo apoio, mesmo se depois esse respaldo tivesse se mostrado bastante discutível, pois, em cumplicidade com o pai dela, levara-a àquele casamento infeliz. Escreveu-lhe:

"Não me é absolutamente possível viver numa família que está toda voltada contra mim. Meu marido, tomado de um zelo sagrado, quer a qualquer custo que eu alcance o Paraíso à força de sofrimentos aqui na terra; Monsenhor [o cônego da catedral] está

* Referência ao abade Giuseppe Parini (1729-99), poeta e tradutor. [Salvo outra indicação, esta e as demais notas são do tradutor.]

na sua casa de campo, refinando as ideias e impondo sua prática ao irmão, que volta para casa, perscruta todos os aposentos e creio até que examina atrás dos quadros. A toda hora a ex-freira se impõe o castigo de descer as escadas internas nas pontas dos pés para ouvir o que se diz, e depois vai contar tudo ao digno religioso, que, coitado, é atazanado por um quisto bem visível num dos olhos. Eis o quadro da minha família. Abri meu coração ao senhor, falei e escrevi, e acreditei poder recorrer à sua humanidade em meu favor. Por infelicidade, receio ter me enganado, pois vejo o conde Verri sempre ligado àquela amizade em nome da qual fui um dia inocentemente sacrificada. De resto, na época meu pai não desejou outra coisa a não ser minha infelicidade; ele me conhecia e sabia o que estava destinando a mim. O conde Verri ignorava todas as particularidades: portanto, sua solicitude quanto a meu casamento partia de uma bondade sua em relação a meu pai e a mim. Agora as coisas estão bem diferentes. O conde Verri está a par das minhas circunstâncias críticas e ainda pode apoiar um arranjo que me torna escrava, vil e infeliz? E isso apenas para não contrariar as consequências do despotismo do meu pai, o qual não prova horror pela minha situação, mas apenas desprazer por ver-me arruinar um jogo que ele me impôs. Queira me perdoar, conde Verri, a liberdade com que escrevo; faço uso da única coisa que ninguém pode me dar ou tirar, ou seja, uma firmeza de caráter que me obriga a dizer a verdade sempre no mesmo tom, não importa com quem fale. Uma separação faz-se necessária; eu não poderia suportar por mais tempo meu estado atual."

Dom Pietro Manzoni fez uma tentativa para manter a mulher consigo. Por não pertencer à alta nobreza, ela desprezava o marido; ele então convenceu os irmãos a apresentar um requerimento para que fossem admitidos no livro de ouro da nobreza. O requerimento foi indeferido. De qualquer modo, a recusa chegou quando Giulia já havia partido.

A separação foi concedida pelo juiz em fevereiro de 1792; dom Pietro Manzoni se comprometia a dar à mulher 2 mil liras por trimestre; Giulia ficava obrigada a se transferir para a casa de seu tio materno, Michele de Blasco, que nesse ínterim tinha voltado da América do Sul; nada se dizia quanto à criança, e por isso ficava subentendido que ela permanecia sob a tutela do pai legítimo, dom Pietro Manzoni. Giulia acompanhou o filho a Merate, ao colégio dos padres somascos, e lá o deixou. Antes, levou-o para despedir-se do avô, Cesare Beccaria; ele, com os anos, tornara-se extremamente gordo; Alessandro, que o via pela primeira vez e não tornaria a revê-lo, mais tarde se lembraria do momento em que ele se levantou da poltrona, pesado, para pegar-lhe um bombom numa gaveta. Não parecia muito satisfeito com a visita de ambos. Nessa época, Alessandro tinha sete anos.

Marietta, a irmã de Giulia, havia morrido em 1788, aos 22 anos, sem nunca ter deixado a casa paterna, sempre levando uma vida apagada de doente nos aposentos da criadagem. À morte da irmã, Giulia movera uma ação contra o pai para obter o direito de sucessão na cota de bens da mãe; separada do marido, entregou-se a esse processo judiciário com mais paixão. Apresentou um longo memorial de acusação contra o pai, no qual lembrava que ele a obrigara a um casamento que lhe inspirava "perturbação e repugnância", e que a defraudara completamente da herança materna, concedendo-lhe um dote miserável, embora, depois da morte do próprio pai, o marquês Saverio, ele se encontrasse em excelentes condições econômicas, com terras e casas. Contudo, em 1794, Cesare Beccaria morreu de repente, em seu quarto, de um ataque apoplético; Anna Barbò, sua viúva, decidiu fazer um acordo com a enteada; e Giulia conseguiu obter muito do que pedia. Partiu com Carlo Imbonati para Paris, no outono de 1796. Em maio desse ano, os franceses haviam invadido Milão, comandados por Napoleão.

Dom Pietro Manzoni, triste e solitário, contemplava ao mesmo tempo o fim de seu casamento e o fim de uma época: em sua cidade reinavam a desordem e a confusão; lá se aglomeravam aqueles soldados que ele odiava; era um homem à moda antiga, e via a seu redor a estabilidade civil e religiosa em que vivera ser varrida por uma tempestade; deixou a casa nos Navigli, que abrigava demasiadas recordações, e transferiu-se para uma casa na Contrada Santa Prassede; passava bastante tempo na tranquilidade de Caleotto; raras vezes chamava o filho para encontrá-lo lá. Um dia, recebeu uma queixa do reitor do colégio dos padres somascos: Alessandro cortara o rabicho, desejando manifestar sua simpatia pelas novas ideias que circulavam por toda parte.

Em 1797, Pietro Verri morreu, também vítima de um ataque apoplético. Quanto ao irmão Giovanni Verri, ele havia ido morar em Belvedere, no lago de Como, com sua amante, a sra. Curoni, e o marido dela.

Em Paris, Giulia sentia-se feliz. Finalmente tinha tudo aquilo que lhe faltara até então. Era livre. Vivia com um homem a quem amava e que a amava, numa cidade grande onde o fato de não serem casados não criava problemas. Vivia com um homem de índole nobre e natureza generosa. Vivia com um homem belo — Carlo Imbonati era belo —, rico, admirado e estimado por todos. Moravam numa casa linda, num bairro excelente, na Place Vendôme. Tinham muitos amigos. Seu próprio sobrenome paterno, Beccaria, de uma hora para outra passou a agradar-lhe, sendo conhecido de todos nos círculos culturais e mundanos. Em toda parte era recebida com festas e cordialidade. Todos se lembravam da figura de seu pai e do famoso livro *Dos delitos e das penas*. Sua longa controvérsia judiciária com ele, os conflitos amargos e humilhantes, os rancores e ressentimentos que acumulara dentro de si e que por tanto tempo a tinham envenenado eram agora algo remoto que a morte havia aplacado e dissipado. Giulia quase nunca pensava naquele menino que vivia em Merate, no colégio dos padres somascos. Ele fazia parte de sua vida antiga, desprezível e escura, e sobre aquela cabeça de criança pesavam sombras, sentimentos de culpa que Giulia não desejava evocar e recordar. Nunca lhe escrevia.

Na França, as pessoas mais caras a ela e a Imbonati eram um homem e uma mulher que, como eles, viviam juntos sem ser casados: Claude Fauriel e Sophie de Condorcet. Moravam nos arredores de Paris, em Meulan, numa casa que outrora havia sido um mosteiro e se chamava La Maisonnette. Giulia sonhou também ter uma casa no campo, que chamaria La Chaumière.

Sophie de Condorcet beirava os trinta anos. Era morena, com um tom de pele oliváceo. Tivera uma existência rica em reveses. O marido, o marquês de Condorcet, filósofo e matemático, era girondino; com a queda dos girondinos em 1793, foram atrás dele para prendê-lo; escondeu-se numa casa de camponeses. A mulher ia encontrá-lo vestida de camponesa, mas pedira o divórcio para salvar os bens confiscados. Depois Condorcet tentou fugir, foi preso e envenenou-se com estramônio; conseguira o veneno com um amigo médico, Pierre Cabanis. Viúva, para manter a filha, a irmã e uma velha governanta, Sophie ia todos os dias à prisão fazer o retrato dos condenados à guilhotina. Recuperou parte dos bens confiscados. Conheceu Claude Fauriel quando passeava pelo Jardin des Plantes; ambos amavam a botânica. Ela o tirou de Madame de Staël, com quem à época ele mantinha uma relação. De qualquer modo, Madame de Staël e Fauriel continuaram amigos.

Fauriel era filólogo. Nascera em Saint-Étienne, um povoado entre as montanhas Cevennes, de uma família humilde. Fez seus estudos em Tournon. Em 1793, foi nomeado tenente de um batalhão de infantaria. Durante o Diretório, retirou-se para Saint-Étienne e estudou grego, latim e turco. De volta a Paris, sendo amigo de Fouché, tornou-se seu secretário e inspetor de polícia. Como funcionário da polícia, era extremamente atento às necessidades do próximo, sensível às desgraças alheias e rápido em prestar socorro. Pediu demissão quando estava prestes a fazer carreira. Não tinha ambições e, sempre que estava para atingir um grau muito alto, demitia-se na mesma hora. Era, de acordo com Saint-Beuve, um eterno demissionário. Amava, como se disse, a botânica. Amava a natureza e sobretudo as paisagens às margens do Loire, os locais nas cercanias de seu povoado. Amava percorrer os campos de manhã cedo, e herborizar. Amava, ainda de acordo com Saint-Beuve, sempre remontar à origem das coisas: amava "as nascentes dos rios, as civilizações em seu surgimento", a arte e a poesia em suas formas primitivas, e, quando herborizava, escolhia entre as plantas sobretudo o musgo e a vermiculária. Era muito bonito e amado pelas mulheres. Era o homem mais bonito de Paris, segundo Stendhal. Era alto e moreno, com lábios grossos e túmidos, traços fortes e marcados, olhos tristes e taciturnos. Tinha a amizade em alta consideração. Apaixonava-se pelos temas que seus amigos estudavam e passava também a estudá-los. Era dotado da capacidade de ouvir e todos lhe faziam confidências. Teve muitos amigos: Cabanis, Madame de Staël, Benjamin Constant; mais tarde, Manzoni. Foi um tradutor extraordinário. Era vaidoso e se deleitava quando elogiavam suas obras, sobretudo as traduções. Sophie de Condorcet viveu vinte anos com ele, mas não quis desposá-lo porque ele não era nobre e pertencia a uma classe inferior à dela. Seria uma *mésalliance*.* Ocorrera a Revolução e Sophie de Condorcet era em muitos aspectos uma pessoa livre de preconceitos, mas a ideia de que se rebaixaria casando

* Em francês, no original "casamento desigual".

com um homem de origem humilde permanecia incrustada em sua mente. Muitos anos depois, quando Sophie de Condorcet morreu, Fauriel foi rejeitado e desprezado pelos parentes dela, com os quais vivera em estreita intimidade durante muito tempo. Eles o deixaram só.

Sophie de Condorcet era uma mulher de maneiras gentis, desenvoltas, controladas e dignas. Giulia a admirava, mas sentia-se intimidada e temerosa. A outra a tratava com indiferença e com um tom protetor. Giulia costumava manifestar impetuosamente à amiga o próprio afeto; recebia em troca respostas corteses, mas frias. Giulia sofria e se confidenciava com Fauriel. "Se é algo cruel não ser amado quando se ama, é algo não menos tormentoso sentir-se amado a nosso malgrado; é esse exatamente o meu caso em relação à mulher graciosa e única pela qual nutro e sempre hei de nutrir a mais viva ternura, pois, quanto à amizade, convém que seja recíproca ou não posso e não quero mendigá-la."

Seria o caso de pensar que Sophie de Condorcet pudesse ter muito ciúme de Giulia e, por isso, de vez em quando a tratava com frieza.

No entanto, quando Giulia foi atingida pela desgraça, recebeu de Sophie de Condorcet um valioso e forte apoio. Carlo Imbonati morreu de repente, vítima de uma cólica biliar. Havia muito sofria do fígado, mas ninguém tinha percebido a gravidade de seu mal. Sophie de Condorcet, Cabanis e Fauriel foram os primeiros a acorrer à casa da Place Vendôme. Giulia soluçava sobre o cadáver e não queria se separar dele. Sophie sugeriu que fosse embalsamado e depois levado a Meulan, no jardim da Maisonnette. Não se chamou nenhum padre para abençoar o falecido. No espaço de uma tarde, Giulia encontrou um embalsamador. No jardim da Maisonnette havia uma capela, porém não fora consagrada. Ali se depositou o corpo embalsamado de Carlo Imbonati. Haviam sido violadas todas as leis eclesiásticas, que proibiam sepultar os mortos em lugar não abençoado. Giulia sentiu-se ligada a Sophie por uma gratidão indestrutível.

Carlo Imbonati fizera um testamento, anos antes, em Milão, quando ele e Giulia estavam de partida para a França. Depois de sua morte o testamento foi aberto, em Milão, diante de um tabelião, e comunicado a Giulia, que não arredara pé de Paris. Ela já conhecia seu conteúdo, porque à época Imbonati lhe dissera; só não sabia as palavras exatas. Catorze legados eram em favor dos parentes dele e das pessoas de casa; o resto do patrimônio era destinado a Giulia. "De todos os outros meus bens, móveis e imóveis, créditos, razões, ações, e tudo o que à época de minha morte for parte de minha herança, instituí e instituo minha herdeira universal Giulia Beccaria Manzoni... e esta minha livre e irrevogável decisão é para um atestado, que desejo seja tornado público e solene, daqueles sentimentos puros e justos que tenho e sinto por minha referida herdeira devido à constante e virtuosa amizade por mim professada, da qual reporto não só uma plena satisfação dos anos passados com ela, mas uma convicção íntima de dever à sua virtude e verdadeira dedicação desinteressada a tranquilidade de espírito e felicidade que me acompanhará até a sepultura; razões estas pelas quais, não podendo eu jamais chegar a satisfazer meu coração na plenitude de seus sentimentos em relação à minha referida herdeira, rogo ao Deus supremo, nosso pai e criador comum, que receba como humildemente lhe ofereço meus votos com toda a efusão de meu coração para o maior bem de minha referida herdeira e para que nos conceda bendizê-lo e adorá-lo eternamente juntos."

Carlo Imbonati morreu em 15 de março de 1805; tinha 52 anos. Giulia estava com 43. As últimas palavras do testamento faziam-na pensar em Deus. Nunca refletira muito sobre isso. No ambiente em que vivia, ideias religiosas não existiam. Foi ter com um pastor protestante, Federico Menestraz, que conhecera na casa de uma velha senhora de Genebra, Carlotta Blondel. Pediu-lhe conforto e conselho. Foi exortada a dedicar-se aos sofrimentos do próximo. Cultivou então a ideia de tornar-se irmã hospitaleira. Doou móveis e objetos de casa. Escreveu às irmãs de Carlo Imbonati e ofereceu-lhes parte do patrimônio que o testamento lhe destinava. Não quis voltar a morar na casa da Place Vendôme e arranjou um apartamento na Rue Saint-Honoré. No verão, seu filho chegou. Mudaram-se para uma casa maior, na Rue Neuve du Luxembourg.

II.

Aos doze anos, Alessandro deixou o colégio dos padres somascos, que detestava. ("Oviário asqueroso", definiria mais tarde.) Foi transferido para o colégio Longone em Milão, que detestou tanto quanto ao outro. Porém, fez amizades: Arese, Pagani, Confalonieri, Visconti. Ficou lá até os dezesseis anos. Depois foi morar na casa da Contrada Santa Prassede, onde foi recebido pela depressão profunda de dom Pietro, a lugubridade das tias solteiras, o tio monsenhor com quisto no olho, e por tudo aquilo que havia aborrecido e entristecido Giulia no tempo em que ela morava com essas pessoas. Dom Pietro não sentia pelo rapaz nem afeto nem hostilidade. Sua presença em casa o perturbava, trazia-lhe lembranças de Giulia e de seu próprio casamento infeliz. Achava, porém, que tinha o dever de se comportar com decoro. Aquele rapaz lhe fora imposto pela lei, e dom Pietro situava a lei na esfera mais alta da condição humana. Mas não tinha condições de lhe dar nada a não ser um olhar severo e cansado, uma proteção canhestra e desprovida de palavra. Por sua vez, diante desse homem tão melancólico, o rapaz também não sabia como se comportar. Não se sentia à vontade. Tinha um grupo de amigos cujo comportamento imitava. Conversavam sobre mulheres e, à noite, todos iam jogar no Salão do La Scala. Nessa época conheceu Vincenzo Monti, poeta, e nele viu um caráter respeitável, uma imagem a ser imitada. Escrevia versos e Monti os lia. Uma noite, no teatro, sentado num camarote perto da condessa Cicognara, Alessandro avistou Napoleão Bonaparte; fulminantes, os olhos do general pousaram um instante nessa condessa que o odiava e ele sabia disso, e desviaram-se com desprezo; o rapaz conservou para sempre na memória aqueles olhos penetrantes e desdenhosos.

Durante uma estada em Paris, Vincenzo Monti se hospedou com Giulia e Carlo Imbonati — não muito tempo antes da morte de Imbonati. Monti falou de Alessandro. Imbonati então escreveu a ele, convidando-o a visitá-los. Tinha curiosidade de conhecê-lo e se sentia em culpa por nunca ter, nem ele nem Giulia, pensado seriamente no rapaz que crescia distante. E ele, na verdade, roubara-lhe a mãe. Além disso, talvez de forma inconsciente previsse sua morte e quisesse que Giulia tivesse o filho a seu lado. Alessandro estava com dezenove anos. Quando recebeu a carta de Imbonati, pediu a dom Pietro dinheiro para a viagem. O pai lhe deu e pensou em sua partida com um sentimento de libertação. Na primavera, chegou a notícia da morte de Imbonati. Alessandro foi para Paris em junho.

Em Paris, na Rue Saint-Honoré, mãe e filho se encontram frente a frente e olham-se como duas pessoas que nunca haviam se visto. Não são mãe e filho, mas uma mulher e um homem. Ela sofre por uma perda recente e traz no rosto os sinais da dor. De súbito, ele se sente chamado a servir-lhe de apoio. Não são mãe e filho, pois entre eles os vínculos maternos e filiais foram rompidos no decorrer dos anos, já que viviam distantes um do outro e desejavam se esquecer mutuamente. Nele, a imagem materna que o deixou só e foi embora se encontra soterrada na memória, angustiando-o e inspirando-lhe um rancor confuso. Nela, a imagem infantil à qual não concedeu ternuras maternais e de quem fugiu se encontra soterrada, emanando angústia e remorso. De repente, todo esse arcabouço de sentimentos sepultos ressurge entre eles e logo torna a afundar na escuridão. Afunda, porém lança lampejos e clamores que os deixam ensurdecidos e ofuscados. Começa para ambos uma nova existência.

Alessandro enamora-se de Giulia, e não só se enamora dela, mas também de tudo aquilo que há em torno dela: a lembrança de Carlo Imbonati, Paris, Sophie de Condorcet e Fauriel. Mais tarde, entre Manzoni e Fauriel nascerá uma amizade verdadeira e profunda, mas nesse primeiro momento ele é apenas uma pessoa cara a Giulia e iluminada por sua luz.

Alessandro manda seus versos a Fauriel e recebe dele uma avaliação. Responde-lhe: "Eu sabia que você tinha conhecimento das letras italianas, o que foi para mim motivo de temor em mostrar-lhe meus versos: e é essa mesma razão que torna para mim mais lisonjeira a acolhida que lhes deu... Termino, manifestando-lhe o vivo e verdadeiro desprazer de não poder exprimir de viva voz meus sentimentos. Não poderei jamais apertar a mão que pôs a mão da minha querida e infeliz mãe na mão fria do seu, do meu Carlo? Mas esta só pode ser unida à minha pela da minha mãe".

Escreve um longo poema, "In morte di Carlo Imbonati" (À morte de Carlo Imbonati), dedicado à mãe. Mais tarde, já não lhe agrada e o rejeita.

Escreve ao amigo Pagani em Milão, dizendo que doravante deseja se chamar Alessandro Manzoni Beccaria. "Ontem tive a honra de almoçar com um grande homem, um poeta extraordinário, um lírico transcendente, Le Brun. Tendo me honrado com a dádiva de uma composição impressa de sua autoria, fez questão absoluta de escrever no exemplar, que guardarei para sempre: a M. Beccaria. '*C'est um nom*', disse ele, '*trop honorable pour ne pas* *saisir l'occasion de le porter. Je veux que le nom de Le Brun choque avec celui de Beccaria.'** Tive a honra de pespegar-lhe dois beijos nas faces murchas e descarnadas; e foram para mim mais saborosos do que se os tivesse dado nos lábios de Vênus."

Alessandro e Giulia escrevem juntos a Vincenzo Monti em Milão. Narram o encontro e a felicidade deles. Nele, a felicidade é a de quem deixou para trás dias vazios e cinzentos. Nela, a felicidade se manifesta atada ao aniquilamento da recente desventura. Ambos olham o mundo com novos olhos. Manzoni escreve: "Senti realmente necessidade de escrever-te, de comunicar minha felicidade a ti que a previras; de dizer-te que eu a encontrei entre os braços de uma mãe; de dizê-lo a ti, que dela tanto me falaste, que a conheces muito. Eu não procuro, ó Monti, secar-lhe as lágrimas; derramo-as com ela; compartilho sua dor profunda, mas sagrada e serena... Não sei quando poderei ver-te. Vivo apenas para minha querida Giulia, e para adorar e imitar com ela aquele homem que soías dizer-me a virtude em pessoa... Ama-me e escreve-me. Cedo de bom grado a pena à minha cara Giulia, que está prestes a arrancá-la da minha mão para escrever duas linhas ao seu querido Monti". E Giulia: "Eu também, ó Monti, quero juntar duas linhas às do meu querido Alessandro. Oh, você, que o ama, você que o conhece *realmente*, já que pôde propor-lhe meu adorado Carlo como modelo, você calcula o amor imenso que dedico a ele, por aquele imenso amor, e pela dor sagrada insanável, que sinto e experimento por Carlo. Oh! Você já não me diria que me distraia nem que me console, você não pode imaginar que se ouse tentar deitar uma lágrima na eternidade, já iniciada para mim, porque presa a ele. Fale comigo, ó Monti, para que eu possa falar contigo".

* Em francês, no original: "É um nome muito honrado para não se aproveitar a oportunidade de usá-lo. Quero que o nome Le Brun vá de encontro com o nome Beccaria".

Abandonada a perspectiva de ir a Genebra atuar como irmã de caridade — ideia, aliás, que nunca pensara seriamente em pôr em prática —, Giulia dedica-se ao filho. Era uma pessoa prática e com os pés no chão. Aprendera a administrar sua existência com extrema sabedoria. Pensou que o amor exaltado do filho por ela seria uma carga pesada e embaraçosa na vida cotidiana dos dois, extenuante e deprimente para ambos, e que a longo prazo se cansariam de estar sempre juntos. Era necessário que ele se casasse sem demora e que tivesse família e filhos. Nisso ela teria uma parte bem sólida, definida e clara, e, dominando um novo panorama como esse, povoado e alegre, envelheceria com sabedoria e felicidade. Porém, era preciso escolher a mulher apropriada, uma mulher capaz de intuir o espaço justo que lhe cabia entre os dois. Era preciso, pois, manter os olhos atentos, fosse na França, fosse na Itália. Imbonati deixara-lhe, entre outras, uma grande propriedade em Brusuglio, nos arredores de Milão. Seria bom visitá-la. Mãe e filho partiram. Eis uma carta a Fauriel, enviada de Gênova: "Estava na cama hoje de manhã, e pensava como suas cartas demoravam, quando ouço minha mãe gritar: 'Alessandro, uma carta de Fauriel'; saltei da cama, corri ao quarto dela e saboreamos juntos sua amável carta. Não posso expressar o prazer que me dá a esperança cada vez mais forte de que serei seu amigo, e essa esperança constitui também a alegria da minha mãe, que sempre me repete: 'Oh! Se pudesses tornar-te útil ao divino Fauriel!'. Não se enfureça, deixei escapar o epíteto". Logo depois, ainda em Gênova, Alessandro recebeu uma carta de Milão, dizendo que dom Pietro Manzoni estava muito mal. "Parti no mesmo instante", escreve a Fauriel, "minha boa mãe acompanhou-me; mas, ao chegar, disseram-me que não podia ter a alegria de ver meu pai — o dia em que fui avisado da sua doença foi seu último." Não foi visitar o pai morto; não se deteve em Milão. "Paz e honra a seus restos mortais", escreveu a Fauriel. Ele e Giulia permaneceram alguns dias em Brusuglio e depois foram passar um mês em Turim. Dom Pietro Manzoni fizera um testamento: deixava seus bens a Alessandro, pedindo-lhe para "não esquecer as máximas e os princípios" de acordo com os quais procurara educá-lo. "À senhora minha mulher deixo dois pendentes de brilhantes como sinal da minha estima e lembrança que dela conservo."

Enrichetta Blondel

I.

Existem vários retratos de Alessandro Manzoni jovem. São muito diferentes entre si, embora não tenham sido pintados com muitos anos de distância uns dos outros. Num deles, o jovem tem os cabelos arrumados em pequenas ondas bastas e simétricas, o nariz pontudo e o ar sério. Em outro, ostenta uma farta cabeleira desgrenhada, olhos anuviados e parece Ugo Foscolo.* Em outro ainda tem as faces encovadas, o olhar penetrante e costeletas crespas.

De Enrichetta Blondel jovem há um retrato com o véu nupcial. Tem um rosto redondo e infantil, de traços delicados e incertos. Nasceu em 1791 em Casirate d'Alba, na província de Bérgamo. O pai se chamava Francesco Blondel; a mãe, Maria Mariton. O pai era suíço; a mãe, de Languedoc. Eram calvinistas. Tinham oito filhos, quatro homens e quatro mulheres. Enrichetta era a terceira. Todos os filhos haviam sido batizados de acordo com o rito católico. O pai quisera assim para que não fossem diferentes

* Ugo Foscolo (1778-1827), escritor e poeta do neoclassicismo e do pré-romantismo italianos.

dos outros. A mãe não se opusera. Ela, porém, odiava o catolicismo e educou os filhos na religião protestante. O pai era de índole dócil; a mãe, autoritária e severa. O pai enriquecera com a criação de bichos-da-seda. Comerciava seda e possuía muitas fiações. Os Blondel compraram, no começo do século, a casa dos Imbonati na Contrada Marino, em Milão. Eram parentes daquela Carlotta Blondel que em Paris, depois da morte de Carlo Imbonati, encaminhara Giulia ao pastor Menestraz.

Enrichetta era miúda, loira, graciosa, com cílios claros. Tinha maneiras submissas e falava pouco. Giulia teve a impressão de que era a nora ideal, aquela com que sonhara. Achou-a perfeita. Parecia ter sido criada para insinuar-se no ambiente deles com suavidade e harmonia. Pensaram nela durante uma segunda viagem à Itália, depois de dois ou três planos matrimoniais naufragados. Não dera certo um sonho nupcial com uma "angelical Luigina", que souberam já estar ligada a outros, e com uma jovem francesa, filha de amigos de Fauriel, os De Tracy, aos quais não pareceram nobres o bastante.

Em outubro de 1807, pouco depois de ter encontrado Enrichetta, Manzoni escreve a Fauriel, de Belvedere no Lago, onde se hospedava com amigos:

"Tenho uma confidência a fazer-lhe; vi em Milão a moça de que lhe falei; achei-a muito graciosa; minha mãe, que também falou com ela e mais demoradamente do que eu, acha que tem excelente coração; só pensa na família e na felicidade dos pais, que a adoram; enfim, é toda sentimentos familiares (diria entre nós que ela é a única aqui que se sente assim). Há outra vantagem para mim, que é realmente uma verdadeira vantagem nesta terra, pelo menos para mim: ela não é nobre, e você conhece de cor o poema de Parini.* Além disso, ela é protestante; resumindo, é um tesouro;

* Referência ao poema "Il giorno", de Giuseppe Parini, uma sátira à aristocracia decadente. (N. E.)

e tenho a impressão de que em breve seremos três a desejá-lo; até o momento, contudo, a coisa não está absolutamente decidida; e ela mesma nada está sabendo. Creio que devo informar, quando estiver acertado, ao homem leal cujo consentimento espero obter; portanto, peço-lhe que me diga o que pensa a respeito. Por enquanto a coisa é secreta... Minha mãe agora me interrompe para dizer que lhe escreva que a pequena à qual me referia fala sempre francês, tem dezesseis anos, é simples e despretensiosa. Considere-se, então, plenamente esclarecido."

E em outra carta, quando o casamento é iminente:

"Eu lhe direi então que minha noiva tem dezesseis anos, um caráter dócil, muita retidão de sentimento, um enorme afeto pelos pais, e que em relação a mim demonstra ter um pouco de bondade... Por minha mãe ela manifesta uma ternura tão viva, mista de respeito, que se diria um verdadeiro sentimento filial: por isso só a chama de 'mamãe'. Você há de achar que me precipitei um pouco: mas, depois de tê-la realmente conhecido, considerei inútil qualquer adiamento. A família dela está entre as mais respeitáveis, pela harmonia ali reinante e pela modéstia, a bondade e todos os bons sentimentos. Enfim, estou certo de fazer minha felicidade e a da minha mãe, sem a qual a minha não existe."

Enrichetta e Alessandro se casaram em Milão, no mês de fevereiro de 1808. Casaram de acordo com o rito calvinista. Para fazê-lo de acordo com o rito católico, ele precisaria pedir autorização, já que ela era de outra religião, apesar do batismo. Mas Alessandro tinha pressa e não cuidou da permissão. Escreveu a Fauriel dizendo que os padres haviam se recusado a celebrar seu casamento por causa da diferença de culto. Deixou feliz toda a família Blondel. Giulia não participou da cerimônia por estar indisposta. Não houve banquete de núpcias. Um pastor suíço abençoou os noivos na casa da Contrada Marino que antes pertencera aos Imbonati. Logo em seguida, Manzoni correu à cabeceira da mãe. O casamento foi criticado com veemência na cidade, porque acharam escandaloso que um nobre, parente de monsenhores, casasse com uma protestante.

"Passei dois meses entre a dor e o prazer", Manzoni escreveu a Fauriel na primavera. "Minha mãe teve uma terrível dor de garganta, que a atacou três vezes; nem agora se pode dizer que se livrou dela. Nesse ínterim, casei, o que apressou a cura da minha mãe, enchendo, *inundando* sua alma de felicidade. Estamos os três felicíssimos: essa criatura angelical parece feita sob encomenda para nós; ela tem todos os meus gostos, e não creio que exista um único ponto importante no qual sua opinião seja diferente da minha."

Giulia, porém, embora feliz, estava de péssimo humor; o fato de falarem mal deles na cidade a irritava muito. Na propriedade de Brusuglio, num canto do jardim, construíra um pequeno templo e para lá mandara transportar da França os restos mortais de Carlo Imbonati; e isso também causara escândalo. Não via a hora de deixar "*ce vilain Italie*";* queria Paris e os amigos que a compreendiam. Ia com frequência a Brusuglio, para estar junto ao túmulo e também supervisionar os trabalhos iniciados um ano antes: havia na propriedade uma feitoria que devia ser transformada numa ampla e cômoda casa, onde seria agradável morar. Mas tudo isso não era suficiente para apaziguá-la.

Assim, a volta a Paris ficou decidida. No verão, os três viajaram e se instalaram numa casa no Boulevard des Italiens.

Enrichetta foi levada à Maisonnette e apresentada à sra. de Condorcet e a Fauriel. Mas lá se entendiava; Alessandro e Fauriel isolavam-se conversando sobre literatura e filosofia; Giulia e Sophie trocavam mexericos sobre pessoas de Paris que ela não conhecia. Achava Sophie de Condorcet antipática; não ousava con-

* Em francês, no original: "essa detestável Itália".

versar com Fauriel, com medo de não ser suficientemente culta; sentia-se pouco à vontade, desterrada e perdida. Tinha saudade da Itália e dos seus. Giulia, por sua vez, recobrou a alegria em Paris.

Em dezembro de 1808, na casa do Boulevard des Italiens, veio ao mundo a filha primogênita de Enrichetta e Alessandro. Foi registrada em cartório por Fauriel e um amigo dele. Chamaram-na Giulia Claudia. A avó expressou o desejo de que fosse batizada. Enrichetta não se opôs. Decidiram batizá-la em Meulan, onde um padre amigo de Fauriel não fazia objeção quanto ao casamento não católico dos pais. No primeiro mês de vida, a menina adoeceu gravemente. Manzoni escreveu a Fauriel: "A pobre Giulietta teve rubéola e aftas ao mesmo tempo; duas doenças mortais aos vinte dias de idade; tudo passou; mas que duro ingresso no melhor dos mundos possíveis". Nessa época, ele acabava de escrever um poema, "Urania" (Urânia); e pensava num outro, que teria como título "La vaccina" (A vaca).

Giulietta foi batizada só no verão, em Meulan, como ficara decidido; e Enrichetta estava triste, pois achava que assim a separavam da filha, já que ela havia sido criada em outra fé. O batizado foi organizado pela sra. de Condorcet, que ela sabia ser descrente, tanto quanto Fauriel, que servia de padrinho à criança, como fora resolvido; e rezava, ele descrente, o Credo e o Abrenuntio. Para Enrichetta, todo evento religioso era de extrema importância.

Em Paris, os Manzoni frequentavam um círculo de pessoas das quais Enrichetta gostava, certos patriotas piemonteses que tinham sido amigos de Imbonati. Eles levavam uma vida severa e pareciam dotados de grande rigor moral. Na companhia deles Enrichetta sentia-se bem, muito melhor do que na Maisonnette. Uma noite, surgiu uma discussão sobre a fé católica. Estava lá o conde Somis de Chavrie, turinês, conselheiro da corte de apelação. "Eu acredito", ele disse, simplesmente. Enrichetta ficou tocada por essas palavras secas. Aproximou-se e pediu-lhe que recomendasse alguém, que fosse perito em matéria de fé católica, com quem conversar e obter alguns esclarecimentos. Somis recomendou-lhe o abade Degola.

O abade Degola era um padre jansenista de Gênova, então perto dos cinquenta anos. Em 1801, em Paris, participara do segundo Concílio; e ali travara amizade com o bispo Grégoire, a quem prestou auxílio na compilação dos *Anais da religião*. Entre 1804 e 1805, fez com Grégoire uma viagem em que visitou Inglaterra, Holanda, Alemanha e Prússia; em Hamburgo, tomou conhecimento de que a Ligúria fora anexada ao Império por Napoleão, e enviou um protesto contra esse ato. Fundou, em Gênova, com o amigo padre Assarotti, um instituto para surdos-mudos. Degola, segundo as palavras de um amigo, Achille Mauri, autor de uma biografia sobre ele, tinha "membros bem-proporcionados, rosto bondoso e benévolo, olhos límpidos e vivos". Porém, nos retratos, não parece possível ver em seu rosto muita bondade e benevolência. Achille Mauri ainda diz a seu respeito: "Toda espécie de meios concorriam para orná-lo de raros dotes: e a filosofia, as letras, a religião o predispunham à virtude. Um coração sempre aberto à indulgência, uma genuína amabilidade de maneiras, uma conversação agradável e alheia a qualquer grosseria atraíam-lhe amor e respeito de qualquer tipo de pessoa... A religião estava no centro das suas preocupações e ela o tornava humilde, mansueto, paciente". "Ordenado padre, demonstrou em todas as suas ações estar convencido de que o sacerdócio é uma servidão honrada: a qual impõe, a quem dela se provê, uma constante e ativa solicitude das necessidades, paixões e misérias de todos." Era desprovido de ambições, disseram. Porém, tinha o anseio de converter as almas à fé católica. De sua viagem com o bispo Grégoire, restam cinco cadernos, nos quais ele anota suas impressões: encontra pessoas e faz delas julgamentos concisos;

reúne pensamentos e conversas ouvidas; enumera fatos e pormenores, pousando o olhar por toda parte. "Erfurt. Aqui há canonisas e regulares e beneditinas. No Forte havia quatro canonisas, uma beneditina que me pareceu um tanto *coquete*, deixando o comandante Dall'Alba acariciar sua mão. Falei em latim com um velho agostiniano." "Em Leipzig, grande *débordement** de costumes. Divórcio frequente. Mas em Halle ainda mais; basta dar dinheiro." "Entre os luteranos, diz-se que Lutero era um cavalo, e Melanchthon, as rédeas para contê-lo." "Em Wittemberg, dia 31 de julho: fomos ao Templo da Corte e Universidade, onde nunca se faz a ceia nem o batismo. Vimos, entre outras, duas covas onde apodreceram os corpos de Lutero e Melanchthon e em frente a elas os dois retratos. Lutero com uma espécie de batina e botas amarelas e Melanchthon (ao qual disse *Anathema Melanctoni*) em traje preto com pele nas bordas, como professor grego. Ergue-se uma tábua e veem-se à direita e à esquerda duas inscrições em bronze; a primeira, que escrevi com o pé em cima por desprezo, é a seguinte [segue-se a inscrição]. Subi ao púlpito e disse lá de cima: *Anathema Lutero*, que repeti na cova, onde já tinha dito: *Maledictus qui posuit carnem.*"** "Berlim. Conversação com o ministro calvinista Ancillon; concordou que ali a religião perde as forças rápido, seja quanto ao culto, seja quanto à religião. 'A tolerância', disse, 'é *le fin mot**** para neutralizar as opiniões religiosas e acabar na indiferença universal.' Concordou que os pretensos reformadores *en voulant emporter la broderie, ils ont déchiré la robe.***** Quanto à literatura, disse que as crianças são acostuma-

* Em francês, no original: "transbordamento".
** Em latim, no original: "Maldito quem fez da carne". Provável referência a Jeremias, 17, 5: "Maldito o homem que confia no homem, que faz da carne a sua força". (N. E.)
*** Em francês, no original: "a palavra ardilosa".
**** Em francês, no original: "pretendendo tirar o bordado, rasgaram a roupa".

das à *légéreté*, que as faz *voltiger*."* Em Estrasburgo, Degola se separa de Grégoire e prepara-se para tomar o caminho de volta. No dia seguinte, ainda em Estrasburgo, encontra um rapaz, Teófilo Geymüller, cuja mãe havia se convertido à fé católica. Ela deseja que seus dois jovens filhos também se convertam. "Falei em conversão a Teófilo, que a princípio, referindo-se ao calvinismo, disse-me: '*J'y tiens, oui, et je ne changerai pas*'.** Exortei-o a instruir-se bem, falei-lhe com ternura e o coração aberto: contei-lhe sobre a conversão e ótima conduta da sua mãe, dei-lhe a cartinha que copiei. No dia seguinte, às sete da noite, pôs-se a dizer que se sentia tentado a fazer como a mãe. Encorajei-o." Ainda no dia seguinte, em Buchten (Suíça), ele e Teófilo assistem a um casamento católico. "O pároco, com quem falei, mas pouco falou comigo, seguia o breviário; disse-me haver ali 5 mil habitantes, todos católicos, fez as orações em latim: não ouvi o ato da aceitação; tive a impressão de que perguntava em voz baixa. Abençoados os noivos, o pároco aspergiu água benta no povo. Teófilo disse-me à saída: '*À present il faut que je conserve cette bénediction pour toujours*'."***

De volta a Gênova em 1805, o abade Degola lá permaneceu. Tinha consigo os dois filhos da sra. Geymüller. Teófilo converteu-se em 1806; Lucas, o mais novo, dois anos mais tarde. A mãe morava em Paris. Enrichetta conheceu-a; por intermédio dela também ouviu falar no abade Degola, e pediu para encontrá-lo quando ele fosse à França.

Juntos, Alessandro e Enrichetta tinham decidido regularizar o casamento na Igreja. Depois do batizado da filha, esse ato lhes parecera justo. A celebração do casamento no rito católico teve

* Em francês, no original: "as crianças estão acostumadas à leviandade, fazendo-as esvoaçar".

** Em francês, no original: "Eu continuarei nele e não mudarei jamais".

*** Em francês, no original: "Agora devo conservar essa bênção para sempre".

lugar na capela particular de um amigo de ambos, o conde Marescalchi, em 15 de fevereiro de 1810.

Enrichetta avistara-se uma primeira vez com o abade Degola no outono de 1809; ele fora a Paris porque havia sido convidado a ir a Port-Royal. Na primavera de 1810, tiveram início seus encontros com o abade. Manzoni quis assistir a eles, permanecendo em silêncio.

Depois de cada encontro, de volta a casa, Enrichetta devia, a pedido de Degola, escrever uma breve *sinopse* dos principais temas tratados; a sra. Geymüller também tivera de fazer o mesmo; essas sinopses eram lidas e corrigidas por Degola. As sinopses da sra. Geymüller foram conservadas, as de Enrichetta se perderam. Quando Manzoni morreu, o filho Enrico achou, entre os papéis, algumas sinopses escritas com a caligrafia do próprio Manzoni; portanto, ele também, assistindo a esses encontros, fazia sinopses por conta própria. Houve, a respeito disso, o testemunho de Enrico; mas essas sinopses desapareceram em seguida, e não se sabe o que aconteceu com elas.

No dia 2 de abril de 1810, festejou-se em Paris o casamento de Napoleão com Maria Luísa da Áustria. Havia uma grande multidão nas ruas. Alessandro e Enrichetta estavam em meio à aglomeração. De repente, explodiram morteiros. As pessoas se assustaram e puseram-se a correr desordenadamente para todos os lados; no pânico, houve mortos e feridos. Alessandro não viu mais Enrichetta a seu lado. Parece ter tido, então, um mal-estar, uma sensação de vertigem, temia desmaiar; entrou na igreja de São Roque. Reencontrou Enrichetta logo depois. Contam que lá, na igreja, ele rogou a Deus com uma verdadeira oração pela primeira vez na vida, pedindo-lhe que o fizesse encontrar a mulher sã e salva. "Tendo entrado um dia na igreja de São Roque, depois de ansiosa prece, levantou-se crente do chão", diz o abade Zanella, que foi seu amigo. "Foi a misericórdia divina, meu filho, foi a misericórdia divina", respondia Manzoni muito mais tarde ao enteado Stefano, que lhe perguntava quando havia encontrado a fé, onde e como. A essas palavras, nunca acrescentou mais nada. Na igreja de São Roque, dispôs-se uma lápide dizendo que a conversão de Manzoni ocorreu naquele momento e naquele lugar.

Esse mal-estar, essa sensação de vertigem que o levaram a buscar abrigo na igreja não passavam de uma crise de nervos, a primeira de sua vida. Daí em diante, ele soube que era convulsionário, ou seja, sujeito a ataques de convulsões ou temeroso de ter ataques. E esse temor causava-lhe falta de ar e vertigem. Aliás, o avô dele, Cesare Beccaria, tinha sido convulsionário, assim como seu tio Giulio Beccaria, o filho de Cesare. O abade Degola também era convulsionário, e isso provavelmente criou entre ele e Manzoni uma compreensão recíproca.

"Levantou-se crente do chão." Estava aflito quando se ajoelhara para rezar: sentira que ia desmaiar ou morrer; sua prece tinha sido "ansiosa"; ansiosamente pedira a Deus que lhe restituísse Enrichetta, e que ao mesmo tempo restituísse uma imagem de si mesmo menos odiosa; pois no desfalecimento do mal-estar olhara para si mesmo com ódio; suas culpas pareceram-lhe imensas; fora cínico, presunçoso, indiferente ao próximo e cruel; naquele instante, vira a si mesmo desse modo; e nunca havia acreditado em Deus. Daí em diante, suas crises de angústia tornaram-se agudas e frequentes; renascia nele a lembrança daquele minuto; sentia-se oprimido pelo remorso e sua fé nunca lhe parecia bastante forte, cristalina e inabalável.

Os três tornaram-se católicos: Enrichetta, Alessandro, Giulia. Eram muito unidos entre si, mas profundamente diferentes; e cada um chegou à fé católica de um modo diverso. Enrichetta teve de desatar com sacrifício e sangue os laços que a ligavam à família de origem e à infância. Alessandro trouxe consigo essa carga de remorsos, dúvidas e sofrimentos secretos. Giulia avançou correndo, tropeçando e ofegando, como quem teme chegar com atraso a um encontro; mas avançou com passos ligeiros, sempre pronta a qualquer mudança e reviravolta, e bem-disposta em relação ao futuro, não importando sua nova feição; ela também trazia consigo remorsos e sentimentos de culpa, mas eles nunca escureciam seu caminho por completo. Os três decidiram voltar a se estabelecer na Itália: desejavam mudar de vida e respirar novos ares. "*Ce vilain Italie*" era, na memória, um lugar caro a Giulia. Enrichetta jamais gostara de Paris, e Alessandro agora odiava a cidade.

No dia 22 de maio, na igreja de Saint-Séverin, em Paris, o abade Degola recebeu a abjuração de Enrichetta e sua profissão de fé católica. Foi uma cerimônia solene; compareceram Somis, o presidente da Corte de Apelação Agier, a sra. Geymüller e os dois filhos, altos prelados e magistrados, além de muitas senhoras. Um tio de Enrichetta que morava em Paris tomou conhecimento do fato e informou a família Blondel em Milão, que não estava sabendo de nada.

"Eu, Enrichetta Luisa Manzoni, nascida Blondel, chamada pela graça onipotente de Deus a voltar ao seio da Igreja, reconheço os erros da seita calvinista na qual tive a infelicidade de ser criada, abomino-os sinceramente e doravante desejo, com o auxílio da misericórdia divina, viver no seio da Igreja católica, que é o alicerce da verdade: creio firmemente em tudo aquilo que a Igreja católica ensina, condeno tudo aquilo que esta mesma Igreja condena, desejo abjurar a heresia calvinista; determinada voluntária e livremente a este ato sem outra razão que não seja a de obrar para a glória de Deus, e de prover à minha salvação eterna, rogo à Igreja aceitar por vosso ministério minha abjuração, e acolher-me em seu seio em nome da caridade de Jesus Cristo."

* * *

Tempos atrás, os pais de Enrichetta tinham convidado a todos, Enrichetta, Alessandro e Giulia, para se hospedarem em sua casa quando chegassem a Milão: e estavam impacientes para conhecer a criança, que nunca haviam visto. A notícia da abjuração pegou-os de surpresa e lhes despertou uma cólera terrível — e particularmente terrível foi a cólera da mãe. Até então, as relações entre as duas famílias haviam sido perfeitas. Mas nesse momento deterioraram-se e nunca mais voltaram a ser como antes. Mariton, a mãe, pensava que a culpada pela abjuração de Enrichetta fosse Giulia, e detestou-a com todas as suas forças.

Os Manzoni partiram de Paris no início de junho. Ao chegarem a Lyon, Giulia adoeceu, assim como a criança. Enrichetta estava grávida, ou acreditava estar; sofria de distúrbios que lhe pareciam sinais de gravidez. Manzoni teve de arrancar um dente. Ficaram detidos vários dias em Lyon, e ali foram alcançados pelos ecos da ira dos Blondel. Foram dias tristes. Quando estavam para sair de Paris, chegou uma carta de Fauriel, que voltava a Meulan sem ter se despedido deles. "Deixo Paris hoje, onde logo vocês não estarão mais, meus caros amigos", escrevia. "Não pude ir ao encontro de vocês ontem à noite; e louvo a mim mesmo por ter me poupado de um momento de tristeza como esse... Um dia tornaremos a nos ver. Preciso dessa esperança: e ouso crer que possa ser realizada... Adeus, aperto todos vocês contra o peito. Deem mil beijos em Giulietta por mim." Ele tinha o mais alto respeito pelas ideias do próximo; aquela tríplice conversão e a abjuração de Enrichetta perturbavam-no, mas nunca disse uma palavra sobre isso. De Lyon, Manzoni lhe respondeu: "Por que, meu amigo, depois de conhecê-lo e estimá-lo, não posso permanecer a seu lado por um pouco de tempo?... Na verdade, ninguém a não ser você ainda me mantém ligado a essa Paris que por qualquer outro motivo não amo absolutamente... Todos nós o abraçamos, inclusive Giulia, que decerto saberá falar querido padrinho quando você vier à Itália... Lembre-se que nunca sou plenamente feliz a não ser a seu lado".

Em Turim, no Hotel Moneta, Enrichetta se encontra com o irmão Carlo, que a trata de modo grosseiro. Escreve então ao pai. "Somente com o coração repleto de pesar e de medo ouso mandar-te esta carta, ó meu terno pai!... Oh, pudesse eu ter a esperança de que não julgasses tua filha com demasiada severidade! Preciso dessa esperança para não me entregar por completo à intensa dor causada pelas ameaças e os sofrimentos de minha mãe, por mim sempre adorada... Oh, meu Deus! Não consigo suportar a ideia de ser afastada da presença de meus parentes que sempre me foram muito caros; mas o que fiz não me parece merecer tamanha severidade!... Por que minha carinhosa mãe está irritada comigo? Tudo o que fiz, fiz para minha felicidade; como ela pode guardar rancor pela filha, se esta fez algo que a tornava feliz?... Meus caros parentes, meus caríssimos pai e mãe, Deus os abençoe, peço a todo instante. Também para mim mesma peço-lhe coragem e resignação, vejo que terei muita necessidade, ó meu Deus!"

Somis escreve ao abade Degola: "Ontem, à uma depois do meio-dia, tive a alegria de ver aquela mui amada família, da qual não posso falar, e menos ainda com o senhor, sem a mais viva comoção. Pobrezinhos! Precisaram permanecer quinze dias em Lyon quase todos doentes, e o senhor pode imaginar com que dificuldade. Mas Deus reserva a seus eleitos provações maiores. Ontem mesmo a sra. Enrichetta recebeu duas cartas de Milão, que consternaram sua terna alma afetuosíssima. A notícia da abjuração suscitou na alma da mãe um tumulto, um incêndio, um frenesi. Nossa virtuosa católica sofre um tormento indizível no conflito entre suas irrevogáveis santas resoluções e os sentimentos filiais inspirados pela natureza. Queira ajudá-la o senhor com suas fervorosas preces e sábios conselhos...".

No decorrer dessa viagem infeliz, fizeram duas sangrias em Enrichetta, em Lyon e em Turim; pensavam com isso melhorar seu estado de saúde e curá-la dos mal-estares de que sofria; desde então, a partir desse verão, ela nunca mais foi realmente saudável. De Turim, desembarcaram em Brusuglio; ali Enrichetta recebeu uma carta da mãe, que aceitava encontrá-la; ela foi, sozinha. "Nem minha mãe nem eu pudemos estar presentes", escreveu Manzoni a Degola, "tendo minha mãe sido excluída de modo tão descortês e eu convidado de um modo que considero um enxotamento." Em Brusuglio, Enrichetta fez uma terceira sangria. No entanto, lá o ar era bom, a criança ficou rosada e rechonchuda em poucos dias, Manzoni desfrutava da casa e do parque, e escreveu a Fauriel: "Parece-me que há séculos não ouço falar de você; escreva-me logo, diga-me em que está trabalhando na Maisonnette e quando pensa em vir à Itália. Na verdade, o clima aqui é bem melhor, o sol dá ânimo e eu me tornei um verdadeiro cultivador. Vi o algodão, do qual mandei de Paris a semente com que o sr. Dupont teve a bondade de me presentear; algumas plantas já têm mais de um pé de altura... Pedi satisfações quanto ao que eu mesmo semeei dois anos atrás e apresentaram-me um cesto cheio de casulos, em parte bem amadurecidos... Semeei plantas medicinais; o trevo cresce aqui naturalmente em meio às espigas e entre as sebes... Não deixe de vir: nós cultivaríamos, você herborizaria — ah, como eu seria feliz!".

Ao deixar Paris, tinham recebido do abade Degola uma carta para ser entregue a um cônego, Luigi Tosi, pároco de Sant'Ambrogio. Na carta, Degola recomendava ao cônego a família Manzoni e pedia-lhe que desse continuidade à sua educação religiosa, que ele mesmo iniciara.

O cônego Luigi Tosi nascera em Busto Arsizio em 1763. Era,

como Degola, jansenista. Não tinha grande talento, era um homem limitado e modesto; mas possuía uma consciência elevada dos próprios deveres de padre e um grande calor humano.

A carta lhe foi entregue por Giulia. Ela e o padre se encontraram na rua, quando ele voltava da igreja. O cônego leu a carta e ficou perturbado. Então a senhora que tinha diante de si era Giulia Beccaria, aquela de quem tanto haviam falado na cidade: era a amiga de Imbonati e mãe daquele Manzoni que causara escândalo casando com uma protestante. Sentiu-se despreparado e inadequado para a incumbência que Degola lhe confiava. Porém, não podia deixar de assumi-la. Foi a Brusuglio conhecer Enrichetta, adoentada, febricitante depois de uma segunda visita aos seus, durante a qual o pai quase não lhe dirigira a palavra e a mãe renovara-lhe suas amargas lamentações.

Tosi escreveu a Degola: "Amigo, no momento em que Madame Beccaria me apresentou sua carta no início de julho, na rua, quando eu ia para casa, fiquei tão atônito que quase me faltaram palavras para responder. Tudo me causava enorme surpresa, depois das poucas notícias que tinha dessa família; mas a apreensão de uma empresa deveras desproporcional às minhas forças atingiu-me de tal modo que me vi aflito. Desde que sou sacerdote, e sobretudo nesses últimos dez anos, fui sempre tão oprimido por toda sorte de preocupações que posso dizer com sinceridade jamais ter lido um livro... Além disso, minha vida, sempre inquieta e perturbada pelas preocupações contínuas, debilitou-me notavelmente a saúde, enfraqueceu-me de fato a força do espírito, arruinou-me a memória por completo e abalou-me a tal ponto a mente que a todo momento vejo-me obrigado a envergonhar-me de mim mesmo... Nesse estado, como deixar de atormentar-me e afligir-me à vista de um encargo que exigia muitas luzes, prudência consumada, atenção solícita e até certa prática de coisas em que não tenho nenhuma experiência? Bom para mim, e também para você, tão gravemente enganado em tal escolha, que o Senhor tenha feito tudo nessa família. Ele deu a todos os três tamanha singeleza e docilidade, que jamais encontrei em vinte anos de sacerdócio, nem mesmo nas pessoas mais rústicas e miseráveis. Oh, que milagre este da Divina Misericórdia! Não somente Enrichetta, que é um anjo de candura e de simplicidade, mas madame e também o honrado Alessandro são cordeirinhos — recebem com extrema avidez as instruções mais simples, antecipam os desejos de quem deveria orientá-los, encorajam a quem lhes fala, razão pela qual se lhes fala livremente, que tudo aproveitam em prol da sua santificação. Ao mesmo tempo, o sistema familiar é ordenado do modo mais sensato; a união dos corações é admirável; e todos conspiram para animar uns aos outros, para revigorar-se, para desprezar o que os outros pensam e dizem deles. Nossa cidade é sumamente edificada por esse prodígio da mão direita do Senhor".

Giulia recebeu a Eucaristia em Brusuglio no dia 15 de agosto. Dois dias antes escreveu ao padre Tosi, que por causa de seus compromissos não podia se afastar de Milão: "Recorro às suas orações para a ação mais importante da minha vida, na qual não consigo pensar sem grande temor; ainda não consigo conceber como possa aproximar-me do Santo Altar... Faça-me o favor de dizer se posso realmente fazer isso. Sinto no fundo do coração ser a mais ínfima, a mais indigna das criaturas, estou realmente convencida disso, mas ao dizê-lo parece-me que um sentimento de orgulho mescla-se a essa minha confissão, eu me perco nessa terrível contradição e compreendo que mesmo as coisas boas tornam-se más quando estão em mim ou partem de mim. Não pude deixar de fazer esse desabafo, e quiçá tenha feito mal e deveria agir com maior simplicidade? Espero o favor de uma palavra sua que me ordene o que fazer. Fiz e faço o que o senhor me ordenou para a preparação, e leio depois do almoço alguns capítulos do quarto livro da *Imitação de Cristo*, sobretudo o segundo, e o nono, em que encontro as preces mais sublimes". Na manhã do dia 15, Enrichetta passa mal e não pode deixar o quarto; e escreve a Tosi: "Hoje de manhã, tendo permanecido só e acamada enquanto todos estão na missa, fazia o que estava a meu alcance para acompanhá-la; mas o canto de todos os fiéis reunidos produziu no meu coração algo que me fez desatar as lágrimas: ao mesmo tempo, agradecia a Deus a pequena prova que me impunha e pedia-lhe a força e a resignação para suportá-la, e meu coração gritava mais forte ainda... Ó meu Deus, bem vejo que me achais indigna de estar entre esses fiéis, pois me retendes aqui: achais que sou grande pecadora e ainda não chorei o bastante as minhas culpas!". Recebeu a Eucaristia um mês mais tarde. Manzoni também se aproximou do altar nesse mesmo dia, com a mãe e Rosa Somis, a filha de Somis, que na época era hóspede deles. O pai escreveu a Rosa: "Mui adorada Rosa, recebi de dona Giulia a notícia de que depois da função da Crisma acompanhaste com tua devoção a religiosa família que te hospeda". A família Somis tinha poucas posses e hábitos modestos, e o pai alegrava-se que a filha pudesse desfrutar, naqueles meses de verão, de uma vida diferente da habitual: "Ouvi dizer que, quando o estado de dona Enrichetta permitir, a família pensa transferir-se para Milão e de lá para Lecco. Essas pequenas viagens e a visão de belos lugares novos parecem-me boas para propiciar-te algumas graciosas divagações; deleita-te com elas inocentemente... Parece-me que não te deverias privar dessa curiosidade inocente de ver as tão louvadas vizinhanças do lago de Como. Quem sabe quando irias outra vez?". Havia, de fato, o plano de transferir-se por algum tempo de Brusuglio para Caleotto, a propriedade nos arredores de Lecco que Manzoni herdara de dom Pietro; mas tiveram de renunciar a ele, porque Enrichetta estava mal; não se entendia bem se estava grávida ou não; foi examinada por um cirurgião; por fim, abortou.

Enrichetta recebera os *Regulamentos* do abade Degola: eram indicações sobre o modo de levar uma verdadeira vida religiosa. Tinham sido escritos, à sua época, para a sra. Geymüller. Enrichetta e Giulia leram e releram esses regulamentos e ficaram assustadas; talvez fossem adequados para a sra. Geymüller, que tinha mais saúde e uma vida doméstica menos sobrecarregada; mas às duas pareciam severos, difíceis de serem seguidos. Acima de tudo, aprisionavam a existência a uma disciplina férrea: e, por temperamento, Giulia era excêntrica e contrária a qualquer disciplina; Enrichetta era então uma pessoa de saúde instável; e à noite era preciso levantar-se no frio e rezar. Porém, submeteram-se a eles. Quanto a Manzoni, ele despertava grandes preocupações nas duas mulheres, devido a suas angústias e crises nervosas; às vezes tinha a impressão de que um abismo se abria a seus pés, e então era preciso que acorressem com uma cadeira para preencher esse vazio que ele sentia diante de si. Tinha horror a sair sozinho, e alguém sempre devia acompanhá-lo nos passeios que gostava de fazer pelo parque; e um dia em que estava só, sentindo-se desmaiar, derramou no rosto uma garrafa de certa água gasosa, chamada "água de Lecco", que trazia consigo: e contraiu uma inflamação nos olhos que o prendeu à cama e à escuridão por vários dias.

Padre Tosi considerou oportuno introduzir nos *Regulamentos* "algumas poucas modificações, mas eles continuaram igualmente severos... 1º) Deus será seu primeiro pensamento ao acordar... 2º) Tão logo estiver vestida, prostre-se aos pés de Jesus Cristo... 3º) Após um minuto de silêncio, que será uma confissão de sua nulidade, um lamento profundo sobre suas misérias, um abandono filial à divina misericórdia, rezará as *Orações matutinas*... 4º) À reza deverá se seguir a leitura do Santo Evangelho... 5º) Durante o dia, não esquecerá de oferecer a Deus toda a sua ação individual, trabalho, alimento, repouso... 6º) A senhora se ocupará com seus afazeres domésticos. Esse também é um dever que a Providência lhe impõe... 7º) O trabalho deve ser considerado parte da penitência geral que Deus impôs aos filhos de Adão. A essa consideração acrescente os deveres de sua condição; a previdência que exige uma economia sábia e regulada; os perigos que um único minuto de preguiça representa; a obrigação de dar o bom exemplo de uma vida útil... Se, depois de cumpridas as obrigações de casa, ainda lhe sobrar tempo, trabalhará para os pobres... 8º) Mas o trabalho que preferivelmente recomendo em relação a eles é a instrução religiosa, moral e cívica das crianças do campo. Bem conduzida, a educação delas edificará a Igreja, regenerará o costume, formará boas famílias... 9º) Durante o trabalho, manual ou educativo, procure, elevando o coração a Deus, reanimar o pensamento com a presença divina. Poderá se servir da ajuda de algumas leituras piedosas...10º) Guardará um breve quarto de hora antes da refeição: para um instante de recolhimento, para fazer um leve exame de consciência... para fazer algumas leituras dos *Salmos* na interpretação do sr. De Sacy ou de outros autores pios e consistentes... 11º) Depois da refeição não retome imediatamente o trabalho. Tire proveito da conversação quando puder, porém de modo que esta lhe seja sempre de alguma utilidade... 12º) Ao entardecer descanse um pouco, para poder retomar com mais facilidade as ocupações do serão. Por volta das dez, dedique um pouco de tempo ao recolhimento e à leitura, como antes da refeição. No geral, procure santificar cada refeição com algumas mortificações. As *Orações da noite* e o exame de consciência por volta das onze. Escolha depois alguns pensamentos devotos para preencher com eles o coração antes de dormir, e nos intervalos da noite quando acordar. Seu repouso poderá durar desde essa hora até as cinco ou seis da manhã... 13º) No domingo e nos dias de festa, seguirá os ofícios da Igreja. Faça todo mês um dia de retiro para examinar seu comportamento, agradecer a Deus pelas boas ações que lhe terá permitido fazer, lastimar-

-se por seus defeitos e buscar meios eficazes para corrigi-los... 14º) Exorto-a a fazer todo ano uma peregrinação a Port Royal e uma visita ao cemitério de Saint-Lambert, para agradecer a Deus por todas as dádivas em que a senhora recebeu as primícias do espírito Dele, e pedir-lhe a graça de perseverar no bem graças à intercessão dos santos, que naquela solidão, com sua piedade, suas penitências e obras, exalaram por toda a Igreja o bom olor de Jesus Cristo".

Este é apenas um esboço muito breve e descontínuo dos *Regulamentos*, mas talvez dê uma ideia da atitude que eles impunham, e que num primeiro momento até podia parecer fácil de assumir; difícil, porém, era manter essa atitude a cada dia. Os *Regulamentos* exigiam dedicação absoluta; barravam os caminhos ao ócio, à fantasia, às escolhas incomuns e variadas; proibiam qualquer possibilidade de inventar a própria vida a cada instante, de acordo com as próprias inclinações, os repentes de humor, as inúmeras oportunidades imprevisíveis que o acaso podia trazer. Aplicados em sua forma literal, os *Regulamentos* não permitiam respirar.

Giulia mandou ao padre Tosi "um questionário sobre como passar as horas do dia"; por esse questionário vê-se que ela tentava seguir os *Regulamentos* com um pouco de flexibilidade. "Sou quase sempre acordada pela Fanny [a criada francesa] mais ou menos tarde, mas nunca me levanto, por assim dizer, na primeira vez que me chama, por isso, para não a fazer perder tempo, tão logo me visto saio com ela para ir à igreja. Se levantasse quando entra no quarto pela primeira vez, teria tempo de dizer minhas orações antes de sair... Rezo por meus benfeitores espirituais que me ajudaram e me ajudam no serviço do Senhor, por todos aqueles que pela intervenção especial da Santa Virgem se converteram, e, por fim, pelos infiéis hereges judeus e por aqueles que de algum modo tive a desgraça de induzir ao mal. Se Fanny faz a Santíssima

Comunhão, permaneço na igreja enquanto isso." O padre: "Não tenho muito a acrescentar ao sistema que a senhora me descreveu: *presteza* e *fidelidade* são o que constitui o sólido e o importante; portanto, na hora de se levantar, levante-se de imediato e espie por meio dessa presteza as perdas enormes que lhe acarretou tamanha preguiça, sobretudo ao permanecer tanto tempo na cama. Se o estado de sua saúde lhe recomenda permanecer um pouco mais, nunca seja esse um tempo de ócio, mas empregue-o imediatamente, mesmo deitada, em votos de agradecimento, lamentos dolorosos, oferecimento... Não negligencie jamais as preces feitas pelos pecadores etc. São eles, em especial, os seus irmãos". Giulia: "De volta a casa, vou ao quarto dos meus filhos para o desjejum, onde quase sempre perco muito tempo. Devo observar-lhe que, afora os dias em que eu também tomo o café com eles, porque daria na vista se não o fizesse, nos outros dias posso muito bem ficar no meu quarto, tomando chocolate". O padre: "A pausa com a família para o desjejum não deve ser demasiado longa. Seria bom se a avisassem quando está para ser servido, então não se entretenha por mais de uma hora... Não deixe escapar a oportunidade de dizer coisas boas ou fazer alguma observação oportuna. Esteja atenta, então e sempre, ao excesso de mimos para com Giulietta". Giulia: "Vossa Senhoria Reverendíssima havia me sugerido como uma prática cristã e penitente levantar da cama durante a noite para rezar pelo menos alguns instantes; eu nunca tive coragem de fazê-lo a não ser algumas vezes... O Senhor o ilumine e permita-lhe a caridade de me impor um estilo de vida que me afaste da minha apatia e quiçá da perdição. Pus-me sob a proteção especial da santa penitente Maria Egipcíaca". O padre: "Mesmo a prática de se levantar durante a noite, se não necessária, é, porém, assaz oportuna no que lhe diz respeito. Comece a fazê-lo uma ou duas noites por semana, sem sair da cama na época do frio, mas apenas sentando-se bem coberta ou, pelo menos, ficando numa posição que lhe permita segurar o crucifixo com ambas as mãos... À mesa, não tenho outra coisa a recomendar senão simplicidade, e deve evitar o excesso de cuidados em relação à saúde... Na conversação, frequentes remissões ao Senhor, com algumas jaculatórias em segredo; e muita atenção para não se empenhar e se inflamar nas conversas. Lembre-se sempre de que para um pecador o silêncio é conveniente".

Nessa época, Manzoni escreveu a Fauriel: "Quanto a mim, continuarei sempre no doce hábito de lhe falar daquilo que me interessa, sob risco de aborrecê-lo. Portanto, eu lhe direi que antes de mais nada tenho tratado da coisa mais importante, seguindo as ideias religiosas que me foram enviadas por Deus em Paris, e quanto mais tenho avançado, mais contente se torna meu coração e mais satisfeita minha mente. Permita-me, Fauriel, a esperança de que você também tratará disso. É verdade que temo em relação a você estas terríveis palavras: *Abscondisti haec a sapientibus et prudentibus et revelasti ea parvulis*;* mas não, não as temo, pois a bondade e a humildade do seu coração não são inferiores nem a seu talento nem a suas luzes. Queira perdoar o sermão que o *parvulus* toma a liberdade de lhe fazer. Além disso, estou mergulhado até o pescoço em projetos de agricultura... Não deu algodão neste ano, salvo o nanquim, do qual colherei algumas sementes... Seguem-se agora as incumbências com as quais pretendo aborrecê-lo. Queria um pouco de trevo, para mim e para um amigo meu... Então, compre-me sem demora nove libras de trevo e entregue-as ao Fayolle [um editor parisiense], ao qual escrevi pedindo que as despache por um tropeiro...".

Enrichetta estava grávida de novo, no inverno. Seu pai teve um ataque de paralisia. As relações com a mãe e os parentes eram

* Em latim, no original "Porque ocultaste estas coisas aos sábios e doutores e as revelaste aos pequeninos" (Mt 11,25).

cada vez mais frias. No inverno, ela escreveu ao abade Degola: "Suas preces irão diretamente ao Senhor: reze para que eu, com a ajuda da graça divina, possa por meio do meu comportamento e das minhas palavras edificar meus parentes e contribuir de algum modo para o engrandecimento deles". E escreveu ao cônego Tosi: "Deus o abençoe, meu caro padre, e queira, por sua vez, dar-me sua santa bênção, que eu recebo como proveniente desse mesmo Deus, que o criou tão bom e tão necessário às almas que lhe confiou". Assinou: "Enrichetta Manzoni, católica por misericórdia divina".

II.

A existência de Enrichetta transcorreu entre estes quatro pontos cardeais: casamento, maternidade, doença, fé. Nunca teve grandes distrações ou amizades; de vez em quando escrevia a Rosa Somis, em Turim, ou a Carlotta de Blasco, uma prima de Giulia, a filha de Michele de Blasco, tio de Giulia pelo lado materno; contava-lhes pequenos pormenores domésticos, os problemas de saúde das senhoras da vizinhança, os mal-estares de suas gestações, as sangrias e os progressos de seus filhos. Quando queria fazer alguma confidência, escrevia ao abade Degola. Também gostava do cônego Tosi, mas Degola foi e continuou sendo seu verdadeiro guia espiritual. Uma vida severa e sem grandes passatempos era, de resto, a que os três levavam em Brusuglio, na grande casa em meio às árvores.

"Nós o esperamos com urgência e certeza", Manzoni escreveu a Fauriel. Ele prometera ir à Itália, mas não foi e não deu notícias por muitos meses. Finalmente chegou uma carta dele. "Uma carta sua, meu amigo cada vez mais querido", Manzoni escreveu-lhe, "iria me causar de qualquer modo uma grande emoção; mas aconteceu de o acaso aumentá-la extraordinariamente; estou no meu gabinete, e ouço gritar na sala: 'Fauriel, Fauriel'; saio feito louco, e só encontro ali minha mãe e minha mulher, em cujas fisionomias vejo que havia me enganado de modo bastante ridículo; então, só tive tempo de refletir sobre o absurdo que seria vê-lo realmente ali nesse período, sem estar sabendo de nada etc. Mas se algo podia me servir de consolo no meu *desengano* era justamente sua carta! Como ela compensou seu silêncio! Cada linha para mim é preciosa... E seu maravilhoso projeto sobre Dante?" Fauriel tinha em mente escrever um livro sobre Dante e pretendia dedicá-lo a Manzoni (o livro saiu póstumo, muitos anos mais tarde).

No inverno de 1810, os Manzoni se instalaram em Milão, numa casa alugada na Via San Vito del Carrobbio. Porém, passavam boa parte do ano em Brusuglio. Foi lá que, em setembro de 1811, nasceu uma segunda menina, à qual foi dado o nome Vittoria Luigia Maria; nasceu prematura e viveu apenas um dia. Manzoni escreveu a Degola: "Participo-lhe o feliz desfecho dos incômodos de Enrichetta, acontecido ontem com a expulsão de uma mola.* Ontem, por fim, as dores foram dilacerantes mas breves, e levaram-na felizmente ao parto, sem necessidade de ajuda". As palavras soam estranhas e brutais, pois se tratava de uma menina que recebeu nome e respirou por um dia. Manzoni escreveu para ela um epitáfio, para ser gravado no túmulo: "*immature nata illico praecepta — coelum assecuta*".** Era o primeiro dos muitos epitáfios que lhe caberia escrever durante a vida. Sophie de Con-

* Segundo o Houaiss, "massa carnosa que se desenvolve no útero, esp. a que se forma pela degeneração das vilosidades coriônicas e da placenta". (N. E.)
** Em latim, no original: "nascida prematuramente, tirada daqui — alcançou o céu".

dorcet escreveu a Giulia: "Participo vivamente, querida amiga, de todo o sofrimento que Enrichetta lhe causou. A boa saúde no parto representa um alívio da perda desse pequeno ser que não teve consciência de existir. Delicada como é Enrichetta, já é muito se você consegue estar tranquila quando ela dá à luz. Com mais idade e força, e com um pouco de repouso, poderá dar um irmão à graciosa Giulia". A carta de Sophie de Condorcet é pesarosa e cheia de afeto para os amigos distantes; parece ter perdido seus modos emproados e contidos; esteve muito doente, *d'une goutte à la tête*, e também Fauriel, *d'une fièvre pernicieuse*;* os amigos na Itália ficaram sabendo quando tudo já estava resolvido. "Escrevo com dificuldade. Sofri muito! E durante cinco meses! Adeus, caros amigos, abraço a todos, amo todos vocês, cada um de uma maneira diferente, mas a cada um dedico verdadeira amizade, aquela que não aprecia a ausência... Acreditem que, acamada durante vinte dias do mês, não receber cartas suas às vezes me dava um aperto no coração, e eu dizia a mim mesma: eu os amo mais do que... não quero acabar."

No inverno de 1812, o pai de Enrichetta morreu de um ataque apoplético. Tinha reatado as relações com a filha; contudo, ele e Manzoni não se encontraram mais. "Nunca mais o vi depois do meu regresso à Itália", Manzoni escreveu a Fauriel, "e, embora seja verdade que não foi nem por culpa dele nem minha, essa ideia não deixa de me fazer sofrer. Morreu deixando saudade a todos, sobretudo aos pobres; morreu depois de fazer fortuna, conservando e merecendo sempre reputação universal não só da mais genuína probidade, mas de uma grande delicadeza e generosidade — o que deve dar a você uma ideia das suas qualidades de engenho e também morais." Com o dinheiro que Enrichetta recebeu de herança do pai, compraram uma casa na Via del Morone,

* Em francês, no original: "de uma gota na cabeça" e "de uma febre perniciosa", respectivamente.

"uma casa particular com jardim", como vinha escrito na escritura de compra; custou 6 mil liras.

A "graciosa Giulia", ou seja, a pequena Giulietta, ganhou um irmão em julho de 1813, nascido no palácio Beccaria. Os Manzoni eram então hóspedes de Giulio Beccaria, o meio-irmão da avó Giulia, que ela reencontrara quando voltou da Itália e a quem amava com todo o carinho. Eles haviam deixado a casa da Via San Vito e a nova casa ainda não estava pronta. A avó Giulia escreveu ao tio Michele de Blasco em 24 de julho: "No dia 21, às sete da manhã, nossa querida e adorada Enrichetta presenteou-me com um lindo netinho justo no dia do meu aniversário e na mesma casa onde nasci; sofreu poucas horas de dores, passa muito bem e amamenta esse belo, rechonchudo e bom menino. Imagine nossa alegria". Não diz que ao recém-nascido foi dado o nome Pier Luigi, mas com a ideia de chamá-lo Pietro no cotidiano: Alessandro quis assim, em memória do ancião triste em quem ele pensava com remorso e que não vira morrer; a avó Giulia não costumava chamar seu primeiro neto de Pietro, mas quase sempre de Pedrino, ou "*el Pedrin*".

Os restos mortais de Imbonati não estavam mais no parque de Brusuglio; o cônego Tosi dissera a Giulia que era oportuno depositá-los em outro lugar; os despojos foram então levados ao cemitério próximo e, por não haver lugar ali, foram postos num jazigo no muro, da lado de fora.

No inverno, Manzoni escreve a Fauriel, depois de um longo silêncio: "A sra. de Condorcet foi informada por mamãe do nascimento de um menino que, depois de causar muito sofrimento à minha Enrichetta durante a gravidez, agora a recompensa e nos consola quase todo instante com sua boa saúde, tranquilidade, alegria e *bondade*. Enrichetta amamenta-o e dá-se bem assim. Havia nascido fraco e um tanto enfermiço de uma mãe que se encontrava no mesmo estado, mas aos poucos os dois foram recuperando as forças, tanto que Enrichetta (salvo alguns pequenos incômodos que nunca a abandonam) é uma ótima nutriz e meu pequeno Pietro é uma das crianças mais robustas que se possam ver. Giulietta está bem e aproveita a educação que procuramos lhe dar, a qual fica aos cuidados sobretudo da minha Enrichetta. Quanto a mim, estou aqui em meio à família, às árvores e aos versos. [Está escrevendo os *Inni sacri,* hinos sagrados.] Compramos uma casa onde há um grande jardim, que ocupa quase a décima parte de um *iugero** de terra, no qual não deixei de plantar uns pés de liquidâmbar, sóforas, tuias, abetos, que, se eu viver bastante, virão um dia ao meu encontro, passando pela janela. Escrevi mais dois 'Hinos', com a intenção de compor muitos... Quando os tempos estiverem mais tranquilos, hei de submetê-los ao seu julgamento, que para mim é o mais autorizado que existe... Não acha um tanto extraordinário que em meio a toda essa confusão eu lhe fale nesses assuntos? Mas você sabe que um dos grandes méritos dos poetas, *fra tanti e tanti a lor dal cielo largiti,*** é encontrar sempre o momento de falar dos próprios versos".

Na nova casa, eram necessários muitos consertos; e também havia as despesas referentes à propriedade de Brusuglio; o patrimônio herdado de Imbonati diminuíra e eles tinham algumas preocupações econômicas. Além disso, os impostos eram pesados; as derrotas sofridas por Napoleão na guerra exigiam dinheiro dos cidadãos. Eram muitos os mortos na Rússia e nos combates em Elba. Reinava a desordem, em Milão e em toda a Lombardia,

* Antiga medida romana equivalente a 2520 metros quadrados.

** Citação do *Orlando furioso*, de Ariosto, canto 27: "entre os muitos e muitos que o céu lhes concedeu". (N. E.)

havia tempos; ocorriam agressões nas ruas, furtos e rapinas. Em 19 de abril de 1814, subscreveu-se uma petição para a convocação dos Colégios Eleitorais, a ser encaminhada ao Senado; entre os nomes dos 127 signatários, constava o de Alessandro Manzoni, proprietário. Em 20 de abril, foi assassinado Giuseppe Prina, ministro das Finanças, odiado pelo povo por ser partidário dos franceses; ele havia criado impostos colossais, em obediência às requisições de Napoleão. Manzoni escreve a Fauriel, em carta que entrega ao primo Giacomo Beccaria, que se dirige a Paris: "Meu primo irá lhe contar sobre a revolução que se desencadeou aqui. Foi unânime, e ouso dizer sábia e pura, apesar de ter sido desgraçadamente manchada por um assassínio; é certo que aqueles que fizeram a revolução (e é a maior e a melhor parte da população) não tiveram nada a ver com isso; nada está mais distante da sua índole. Tratou-se de gente que aproveitou os movimentos populares, virando-os para um homem contra o qual se voltava a execração pública, o ministro das Finanças, que foi trucidado, apesar dos esforços empreendidos por muitos para arrancá-lo de tais mãos. Aliás, você deve saber que o povo é um bom jurado e um mau juiz; no entanto, esse fato entristeceu as pessoas honestas. Nossa casa, diga-se de passagem, situa-se muito perto da casa em que ele morava, de modo que durante algumas horas ouvimos os gritos dos que estavam à procura dele, o que causou angústias atrozes à minha mãe e à minha mulher, mesmo porque achavam que não iam ficar nisso. E de fato alguns mal-intencionados queriam aproveitar o momento de anarquia para prolongá-lo, mas a guarda civil soube pôr-lhe termo com uma coragem, prudência e eficácia dignas de elogio".

Entre os muitos que lutaram para arrancar Prina das mãos da multidão enfurecida estava Ugo Foscolo. Manzoni com certeza ficou sabendo disso. Decerto confrontou em seu íntimo a coragem física de Foscolo (lutara com muita coragem) e o terror que o dominava quando havia gritarias, atos de violência e sangue. As "angústias atrozes" sentidas pela mãe e pela mulher, ele também deve tê-las sentido e de modo ainda mais intenso. Viveu esses momentos com aflição: fosse porque ali, a poucos passos de sua casa, um homem era assassinado, fosse porque ele não tinha forças para defendê-lo.

Foscolo e Manzoni se estimavam, mas um não agradava ao outro. Eram muito diferentes. Em 1806, em Paris, Foscolo foi fazer uma visita a Manzoni, que já conhecia. Lera os versos "À morte de Carlo Imbonati" e admirava-o. Esperava ser recebido com festa e, ao contrário, teve uma acolhida fria, fosse da parte de Alessandro, fosse de Giulia. Sabe-se lá por quê, talvez Giulia estivesse nervosa naquele dia. De volta à Itália, Foscolo não deixou de expressar admiração pelos versos "À morte de Carlo Imbonati" numa nota dos *Sepolcri* (Sepulcros). Mas ficou magoado com aquela acolhida tão fria e ainda se lembrava dela com mau humor e com desgosto muitos anos depois.

"Ansiávamos todos ir para o campo", Giulia escreve ao tio Michele de Blasco no verão, "mas tínhamos todas as nossas casas atulhadas de soldados... Em Brusuglio havia quarenta soldados; consegui que partissem, porque nossa saúde e sobretudo a de Enrichetta, que precisa tomar os banhos, demanda nossa ida para lá; de fato, se tudo correr bem, iremos amanhã. Aqui faz um calor terrível; Milão está cheia de gente, pois os militares fervilham por toda parte. Vão construir uma praça no lugar da casa do falecido ministro das Finanças; toco nesse assunto porque ela fica aqui na vizinhança... Giulietta lhe manda um abraço, e Pedrino, espero, um dia fará o mesmo. No dia 21 de julho, aniversário dele e meu, fiz uma surpresa à mãe dele, presenteando-nos com o retrato desse dileto menino." Passam alguns meses do inverno em Lecco, no

Caleotto. “Nossa pobre casa estava toda ocupada por soldados havia um ano”, escreve ainda Giulia ao tio de Blasco em carta de Milão, “de modo que precisamos mandar tirarem todos os colchões da casa e remontar tudo, incluindo os utensílios de cozinha... Estávamos bem lá, mas logo tivemos de voltar para cá, pois queriam ocupar com alojamentos nossos próprios aposentos, e veja que não temos um que não nos seja necessário.” Nesse meio-tempo, morrera o abade Zinammi, velho conhecido da família, administrador e amigo de Imbonati enquanto este estava vivo; fora “atingido por um ataque apoplético”, escreve Giulia, contando pormenores da morte; caiu em letargia, “foi examinado, fizeram-lhe sangria na garganta e, por fim, morreu no quinto dia... Oh, bem vê que essas não são coisas que causam alegria, pelo contrário, dão muito que pensar: faça Deus com que pensemos nisso de modo adequado, confiando na misericórdia do Senhor, em vez de entristecer-nos em vão. De resto, Giulietta está bem; Pedrino também, e anda sozinho como um lacaio; Alessandro um tanto cansado por causa dos negócios; eu estou resfriada, e condenada a permanecer em casa devido às inconvenientes e péssimas ruas; Enrichetta, minha cada vez mais querida Enrichetta, que passava bem em Lecco, agora sofre seus achaques habituais e contínuos...”. “Posso lhe dizer, minha querida amiga, que há mais de dois meses levo uma vida extremamente sedentária, tendo inclusive ficado acamada por algum tempo; faz dois ou três dias que me sinto um pouco mais aliviada das minhas dores, mas continuo obrigada a levar uma vida por demais ociosa, pois qualquer atividade me faz mal”, escreve Enrichetta à prima Carlotta. Estava novamente grávida; em julho, veio ao mundo Maria Cristina.

“Enrichetta amamenta uma pequena Cristina”, Manzoni escreve a Fauriel. Era difícil enviar cartas à França, os correios funcionavam mal; era preciso aproveitar as ocasiões, que não se apresentavam com frequência. “Nem uma carta, nem duas, nem um maço delas poderiam ser suficientes para tudo o que lhe teria a dizer, para tudo o que lhe teria a pedir; e é necessário que eu tenha sempre a esperança de revê-lo, de passar algum tempo com você, para que a lembrança da nossa amizade não seja triste e dolorosa para mim na mesma proporção em que me é cara."

Em junho, quando a notícia da derrota de Waterloo chegou a Milão, Manzoni estava folheando livros numa livraria e desmaiou, abalado; depositara esperanças em Napoleão, de novo, nos cem dias, e diante da derrota toda esperança se aniquilou; desde então, seus distúrbios nervosos pioraram. Andava profundamente amargurado; Milão voltara a ter um governador austríaco e a repressão era ferrenha — por alguns instantes, ele acreditara que as Potências aliadas fossem instaurar um regime de independência, mas não demorou a compreender que não passava de ilusão sua. Descreve seu estado a Fauriel: "São inquietações, angústias que me causam um estranho abatimento... Uma viagem me poderia ser útil, mas aonde ir? A sociedade raras vezes é uma distração; muitas pessoas, enquanto lhe recomendam esquecer seu mal-estar, induzem-no a pensar nisso no momento em que seu pensamento estava posto em outro objeto muito distante; é uma estranha consolação ouvir dizer dez vezes ao dia: *alegre-se*, não é preciso outra coisa para sua doença. Não há dúvida de que o remédio é excelente, mas sugeri-lo não é o mesmo que ministrá-lo. Não pensam que *alegre-se* significa *você está triste*, e que nada é menos alegre do que essa ideia". Está escrevendo uma tragédia: *Il conte di Carmagnola* (O conde de Carmagnola). O cônego Tosi insiste em que leve a cabo uma obra religiosa, que ele vem elaborando aos trancos, com desânimo: *Le osservazioni sulla morale cattolica* (Observações sobre a moral católica). Sente agora uma aversão pelo cônego Tosi e por todas as pessoas ao seu redor: Ermes Visconti, seu companheiro de colégio; Vincenzo Monti; o grego Mustoxidi. Todos o aborrecem. Na verdade, veio-lhe o desejo de voltar à França. Escreve a Fauriel: "Jamais senti o valor da sua amizade, a falta da sua companhia como agora. Aquele pequeno aposento da Maisonnette que dá para o jardim, a pequena colina de Saint-Avoie, a crista de onde se vê tão bem o curso do Sena, e aquela ilha coberta de salgueiros e de choupos, o vale fresco e tranquilo, eis para onde sempre se volta minha imaginação".

Nessa época, os marqueses Parravicini di Persia vinham sempre visitá-lo. Eram as únicas pessoas que, à época, ele via de bom grado. Estavam se preparando para uma viagem à França; e, de repente, ele teve a ideia de acompanhá-los. Mandaria buscar a família em seguida, se considerasse possível instalá-la em Paris sem grandes dificuldades; do contrário, voltaria, tendo tido pelo menos a alegria de passar alguns dias com Fauriel. Mas teve receio de, com seus achaques, ser um companheiro de viagem incômodo para os dois Parravicini; e também havia a dificuldade em obter o passaporte em cima da hora; além do mais, ele teria de deixar em suspenso muitas coisas, muitos negócios de família — "tudo isso", escreveu a Fauriel, "fez-me descer rapidamente da diligência, onde, na imaginação, já tinha ocupado um lugar". Os Parravicini partiram sem ele.

Mas o desejo de ir a Paris não o abandonava. Vivia pensando no assunto e chegou a fazer um projeto concreto a respeito. Porém, não queria ir sozinho; foram requisitados passaportes para todos. Giulia estava feliz. Mas Enrichetta estava aflita e perturbada. Lembrava-se de Paris com aversão; receava a confusão e o cansaço de uma longa viagem com três crianças, além da agitação e da canseira de instalar uma família tão numerosa numa cidade estrangeira. Mas temia sobretudo o ambiente que os aguardava. Aquele era um mundo que podia desviar seu marido da vida religiosa; era um lugar de incréus. E agora ele atravessava um momento muito particular — negligenciava as práticas religiosas fazia algum tempo; suas relações com o cônego Tosi tinham esfriado. Encontrar-se em meio a essas pessoas, num momento como esse, seria perigoso para ele. Podia lhe acontecer de perder a fé para sempre. Mas, ao mesmo tempo, ele estava mal, e parecia que somente aquela viagem pudesse reconfortá-lo. "Ore por nós", escrevia ela ao abade Degola, "para que esse projeto não contrarie a vontade de Deus."

O que aconteceu entre Enrichetta e Alessandro nesse período? Foram dias sombrios para ambos, provavelmente. Alessandro andava com um humor taciturno; a vida que havia levado até aquele dia de repente se tornara odiosa. Não queria apenas fazer uma viagem a Paris, queria sacudir dos ombros anos e anos de velha poeira; assumir uma fisionomia nova. E ela andava angustiada e julgava-o com severidade: intuíra, naquele humor taciturno, naquela impaciência e na ânsia de partir, algo que "contrariava a vontade de Deus".

De qualquer modo, o projeto não se concretizou. Os passaportes não foram concedidos. Apresentaram atestados médicos: tratava-se de uma viagem indispensável por motivos de saúde. Mas então saiu um decreto da polícia, proibindo as viagens por motivos de saúde. Manzoni era visto com desconfiança pelas autoridades austríacas. Recusara-se a colaborar num jornal caro às autoridades; tinha amigos na oposição. Assim, tiveram de renunciar à viagem.

O cônego Tosi ficou feliz com isso. Ele havia dito a Manzoni que a viagem era "um enorme erro". Chegaram a suspeitar que tivesse ido solicitar às autoridades que os passaportes fossem negados. Naturalmente, ele se sentia, como Enrichetta, angustiado e alarmado com o comportamento de Manzoni nesse período, que não parecia pensar em outra coisa a não ser na França e em seus amigos de lá; e o cônego sentia que em Manzoni a fé se enfraquecera, decerto se extinguira. Soube por fim que não iriam mais. Escreveu a Degola:

"Enrichetta já lhe contou sobre o resultado da almejada viagem e como Alessandro recebeu a recusa com bons sentimentos. Devo acrescentar que, depois da graça recebida em Paris, da qual o senhor foi o principal instrumento, esta foi a maior que eu podia haver obtido do Senhor. Esse bravo jovem está quase completamente mudado... ele se pôs nas mãos do Senhor; já recebeu duas vezes os Santíssimos Sacramentos; voltou à antiga familiaridade que tinha comigo, a qual havia esfriado em virtude, talvez, do excesso de liberdade com que se me manifestara; quase não fala mais em política, ou fala com moderação... em família é tranquilo, contido na alimentação, moderado nos projetos de gastos; enfim, recebeu grandes bênçãos do Senhor... Também dona Giulia, que devido a um pouco de ressentimento orgulhoso foi a última a se emendar, agora está contente e serena; e espero que ela também se ponha a fazer conscienciosamente o que não deixo de lhe repetir, dedicar-se com seriedade à sua grande missão."

E Enrichetta a Degola: "Queira Deus conservar a tranquilidade que agora reina entre nós; espero que entenda a que tranquilidade estou me referindo, pois aquela que é só aparente, graças a Deus, não a desejamos". Uma serenidade aparente, na casa, talvez nunca tivesse faltado; ocultavam-se ali, porém, graves conflitos pessoais e uma íntima desarmonia; foram desaparecendo aos poucos e tudo voltou ao que era. Mas Enrichetta teve de se conformar — a ideia de viajar a Paris nunca foi posta de lado; as requisições à polícia foram reapresentadas.

Naquele ano de 1817, o tio Michele de Blasco morreu; em novembro, veio ao mundo outra menina que foi chamada Sofia; a penúltima, Cristina, era morena — *ma petite noireaude*,* dizia

* Em francês, no original: "minha moreninha".

dela a mãe —, a única morena entre os irmãos que eram todos loiros. Sofia também era loira e de pele clara. Enrichetta a amamentava. Em seguida, engravidou pela quinta vez. Como sempre, sofria dos rins e nesse período começou a ter problemas nos olhos; viviam inflamados, e a vista enfraqueceu.

Em 1818, o Caleotto, que custava muito e não rendia nada, foi vendido. Havia lá, no jardim, um pequeno templo com o túmulo de dom Pietro; tudo se tornou propriedade do sr. Scola, que pagou por ela 150 mil liras.

"Oh, meu amigo, caro padrinho da minha Giulietta, amigo de Alessandro e de todos nós, acaso todos esses apelativos lhe são apenas um som vazio? Por que esse silêncio tão obstinado e cruel?", Giulia escreveu a Fauriel, que havia muito tempo não dava notícia. Ela pensava em "sua grande missão", ou seja, na salvação de sua alma e na expiação de suas culpas; contudo, isso não apagava as ternas lembranças dos anos felizes, a fidelidade aos seres amados e a saudade. "Meu filho queria lhe escrever, mas você não acredita, não imagina, tudo o que pode lhe causar uma forte emoção faz muito mal a ele, as emoções de alegria poderiam ser uma crise salutar, mas as de tristeza, amizade, lembranças dilacerantes, oh, essas fazem muito mal. [...] Oh, caro amigo, se o visse! E por que não o vê?... Ele me dizia alguns dias atrás: hoje de manhã, minha preocupação era uma variedade de árvores de Meulan."

Em 1819, houve mudanças de autoridades governamentais que lhes trouxeram benefícios; dessa vez os passaportes foram concedidos; os preparativos para a viagem começaram; Enrichetta viu-se obrigada a se dedicar a eles com a maior serenidade possível, ainda que agora a numerosa família fosse maior do que antes: em julho de 1819, nasceu Enrico. Ela o amamentava.

"É nosso propósito partir no princípio de setembro, fazer uma turnê pela Suíça. E ir a Paris por Basileia, atravessando a Alsácia", Manzoni escreveu a Fauriel. "Estamos levando uma Giulietta cuja seriedade, como verá, reside toda no retrato [haviam mandado um retrato dela à sra. de Condorcet], um Pietro que é uma espoleta indomável, uma Cristina que faz todo o possível para imitá-lo, uma Sofia que começa a procurar se não há no mundo uma ocupação da mesma espécie para ela, e um Enrico pendurado no seio da minha Enrichetta. Vamos nos arranjar como pudermos, mas, depois de ver os ingleses viajarem levando consigo a Arca de Noé, as viagens em grande família não assustam mais. Contamos, como bem imagina, alojarmo-nos na Rue de la Seine ou o mais perto possível, e, aliás, contamos com sua condescendente amizade para encontrar alojamento... Adeus. Sabe o que significa para mim poder terminar uma carta dizendo-lhe até breve? Adeus, adeus." Giulia: "Meu caro padrinho, mil recomendações à minha amiga. Conto inteiramente com ela quanto à minha caravana. Meus bons amigos, se Deus quiser, oh, estaremos reunidos, e tenho muita esperança de que meu filho recupere a saúde; adeus, adeus; ainda nos escreveremos".

Durante a viagem, fariam uma parada em Chambéry, onde Somis residia na época, para um breve descanso. "Nutro minha imaginação com o deleite que me preparam", Somis escreve, "e, desde já, com a pena que sentirei ao vê-los partir. Mas hei de me conformar com o pensamento do proveito que tirarão, e obterei um outro viés da verdade, o de que neste mundo não devemos contar com longos prazeres. Encontrei por aqui um cocheiro que tem três carruagens. Em uma cabem seis pessoas dentro e duas fora; as outras duas são de tamanho comum. As informações que tenho do cocheiro são boas." São dez os que partem: eles oito e dois criados, Fanny e o marido dela, Jean.

Abriram mão da viagem à Suíça e chegaram a Paris no final de setembro. Desceram no hotel e ali encontraram uma carta de Fauriel, que estava doente, indisposto, febril. A Maisonnette estava cheia de hóspedes nessa época, mas a sra. de Condorcet também escrevia algumas linhas, convidando-os a vir. "A Maisonnette é de vocês, como no passado." As palavras eram afetuosas, mas a assinatura, seca: Condorcet. Giulia escreveu aceitando e agradecendo; chegariam dali a dois dias, tinham mandado lavar as roupas e esperavam a devolução. Explicava que precisariam de três aposentos na Maisonnette, um para Enrichetta e Alessandro, um para ela e Giulietta, e ambos deviam ser contíguos; um para Fanny e as outras crianças, e esse deveria ter a lareira acesa para poder enfaixar o bebê; o criado dormiria onde desse. "Com liberdade de irmã", advertia que se devia mandar fazer para eles uma sopa sem carne, nos dias de jejum, e o mesmo para Giulietta e os criados; depois apenas ovos, batatas, "e, se possível, um peixe para mim". Pretendiam pagar, afirmava, uma pensão diária; quanto a isso, elas se acertariam. "Somos irmãs, você é a amiga mais querida, minha única amiga, e devemos agir como tais. Depois de nove anos ainda respiro, porque respirarei ao seu lado." Por fim, perguntava se, caso não conseguissem deixar todas as bagagens guardadas no hotel, seria possível depositá-las em algum canto da vila. "Uma palavra de resposta... Adeus, adeus."

Permaneceram mais de um mês na Maisonnette. Depois arranjaram um apartamento em Paris, no Faubourg Saint-Germain. Compraram os móveis e o mobiliaram, transferindo-se para lá em novembro. Tinham em mente vender Brusuglio e a casa de Milão, e estabelecer-se em definitivo na França. Enrichetta não queria e chegava a ter medo. Aliás, ainda era um plano confuso. O tio Giulio Beccaria, o meio-irmão de Giulia, recebeu deles o encargo de ir a Brusuglio e ver se era possível vender a propriedade de maneira vantajosa. Beccaria foi até lá, fez um passeio pelas terras examinando-as com atenção e ficou "um tanto mortificado", por achá-las pobres, "desprovidas de amoreiras, videiras e lenhas". Pediu instruções exatas. Se não fossem vendidas, era preciso fazer novas plantações de amoreiras. Entrou em contato com certo sr. Poldi, eventual comprador. Mas um tempo depois escrevia: "O sr. Poldi decidiu não comprar e ninguém mais se dispõe a fazê-lo". E observava com argúcia: "O pior estado de todos é aquele da dúvida entre a venda e a não venda... O pensamento da venda afasta o das reformas... Também quanto à casa de Milão, estamos na mesma situação".

O cônego Tosi sempre se afligia pelo fato de Manzoni ter deixado a Itália sem concluir *A moral católica* e nos últimos tempos ter pensado apenas em sua tragédia, *O conde de Carmagnola.* Já que o abade Lamennais vivia em Paris, esperou que Manzoni fosse conhecê-lo. Pelo mesmo motivo, desejava ainda que fosse conhecer o bispo Grégoire. Do abade Lamennais, anos antes, Manzoni traduzira trechos de uma obra, *Essai sur l'indifférence en matière de religion* (Ensaio sobre a indiferença em matéria de religião). O cônego Tosi escreveu ao abade Lamennais a respeito de Manzoni. Mandou-lhe *A moral católica*, da qual fora lançado o primeiro volume. O abade Lamennais, numa carta de resposta ao cônego, expressou-se sobre *A moral católica* em termos lisonjeiros. "Aprecio muito que o senhor tenha achado a obra de Manzoni bela e interessante", escreveu-lhe o cônego. "Eu já o incentivei muitas vezes a ocupar-se do segundo volume prometido... ele me escreveu há pouco dizendo que está se ocupando disso com empenho... Cedeu às insistências de alguns amigos, mas não às minhas, e tratou de terminar uma tragédia, que já havia começado muito tempo antes; e após ter sido terminada somente no último dia de sua permanência aqui, está sendo publicada com algumas correções mandadas de Paris; depois disso, creio que logo se dedicará ao mais importante e útil trabalho do segundo volume... Gostaria sobremaneira que o senhor mantivesse correspondência com esse autor, no qual, mais do que os quinhões do talento, os do coração são ainda mais dignos de consideração e raros! Mas ainda não ouso lhe indicar seu endereço, quer por causa de suas vertigens, que acredito terem antes aumentado do que diminuído depois da ida a Paris com a família, o que muito me desgostou, quer por seu caráter esquivo e difícil quanto a encetar novas relações — e ainda por circunstâncias familiares, devo esperar que ele mesmo se decida a procurar o senhor..."

Manzoni e Enrichetta se encontraram com o bispo Grégoire logo que chegaram a Paris, levando uma carta de Degola; o bispo os acolheu, amável; voltaram mais algumas vezes, mas sem encontrá-lo em casa, "e nesse momento", escreveu Manzoni ao cônego Tosi, "não nos parece acertado perturbá-lo". O bispo Grégoire fora eleito deputado e andava muito ocupado. Era terrivelmente antimonarquista: no passado escrevera frases terríveis sobre a monarquia: "A árvore da liberdade só pode vingar regada pelo sangue dos reis" e "os reis são, na ordem da moral, o que são os monstros na ordem da natureza", e ainda "a destruição de uma besta feroz, a cessação de uma pestilência, a morte de um rei, são motivos de alegria para a humanidade"; e sua nomeação para deputado tinha um significado político preciso: era uma bofetada na cara da monarquia. Foi estranho que a doce Enrichetta mantivesse amáveis conversações com um homem que escrevera palavras tão sanguinárias; e também Manzoni, já que tinha aversão a sangue, ódio político e linguagem violenta; e, além disso, como se conciliavam, na pessoa do bispo, a piedade cristã e tanto ódio furibundo? Decerto, em relação a tudo isso, provavam ambos, Enrichetta e Alessandro, assombro e perturbação, mas os dois tiveram de reconhecer que os tempos em que estavam vivendo eram cruéis, tormentosos e estranhos.

Quanto ao abade Lamennais, Manzoni evitou procurá-lo, e os dois não se encontraram, nem então nem nunca. Mesmo tendo admirado o *Ensaio sobre a indiferença em matéria de religião*, Manzoni não confiava no abade Lamennais, que lhe parecia um padre sectário e faccioso; e sua falta de confiança, depois de ter lido em Paris um novo livro do abade, transformou-se em verdadeira aversão. Essa aversão, de resto, era compartilhada pelo abade Degola, que escreveu a Tosi definindo o abade Lamennais como "um fanático" e "um doido sulpiciano". A paróquia de Saint-Sulpice era mundana e jesuíta, e opunha-se à paróquia de Saint-Séverin, jansenista. O bispo Grégoire, quando Enrichetta e Alessandro foram visitá-lo, tecera muitos elogios à paróquia de Saint-Séverin.

Em Paris, a saúde de Manzoni não melhorou. O apartamento do Faubourg Saint-Germain, na Rue de la Seine, era barulhento, pois as janelas davam para o mercado. As crianças estavam quase sempre doentes; Enrichetta, cansada. O pequeno Enrico crescia fraco, os dentes não lhe nasciam e era atrasado em tudo. Manzoni, nessa temporada em Paris, esteve bastante sozinho. Nas relações entre sua mãe e Sophie de Condorcet insinuara-se um gelo imperceptível; Sophie não reconhecia a amiga de tempos antigos, despreocupada, arguta, leve, na Giulia que via agora diante de si, velha senhora completamente absorta no pensamento dos netos e nas práticas de devoção. Com Fauriel, a amizade permanecia intacta, mas eles não iam sempre à Maisonnette e, quando iam, voltavam para casa antes do anoitecer. Manzoni fazia longos passeios pela cidade em companhia do amigo Ignazio Calderari; achava que o exercício físico fazia-lhe bem, mas nem sempre tinha vontade de sair sozinho; no inverno, Calderari foi embora. Ele agora sentia saudades do jardim de Brusuglio e dos campos ao redor, e das pessoas que costumava frequentar na Itália: Ermes Visconti,* Tommaso Grossi,** amigos com os quais tinha uma relação diferente daquela com Fauriel, uma relação menos apaixonada, mais bonachona, familiar, brincalhona. Escreveu a Tom-

* Ermes Visconti (1784-1841), autor de obras sobre estética.
** Tommaso Grossi (1790-1853), escritor e poeta.

maso Grossi: "Não vejo a hora de estar sentado no meu gabinete com Grossi ao lado lendo sua novela... Que conversas teremos no caminho até a pequena ponte! Que improvisações! Aqui é impossível trabalhar, é impossível juntar dois versos". Enviou ao tio Giulio Beccaria galhos para os enxertos, para serem entregues ao capataz de Brusuglio; a ideia de vender Brusuglio e a casa da Via del Morone desaparecera; não havia compradores, e dissipara-se qualquer intenção de permanecer na França para sempre. "Sinto muito que teu estado de saúde não tenha absolutamente melhorado, mas espero que o choque com a volta e o ar nativo possam te fazer bem", o tio Giulio Beccaria escreveu a Manzoni. "Não dá para saber como lidar com as doenças nervosas; eu ainda sofro com elas e não sei o que faço. A distração e o exercício físico são as únicas coisas que me fazem bem. Tu usas muito pouco do primeiro desses remédios, e às vezes abusas muito do segundo, já que sinto por experiência que se cansar quando se está tomado de convulsões faz bem apenas na hora, mas em seguida faz mal, e é como tomar um licor forte quando se tem indigestão; ele parece aliviar, mas na verdade aumenta o mal e as dificuldades para superá-lo. Acho que as convulsões produzem o efeito de fazer oscilar desregradamente os nervos, e o excesso de exercício físico me parece aumentar essa oscilação incômoda, razão pela qual deveria ser pernicioso para esse mal." O tio Giulio Beccaria pensava em tudo, ia a Brusuglio tratar com o capataz, expedia pacotes de exemplares de *O conde de Carmagnola* e também cuidava de uma penosa ação pela herança, movida contra Alessandro por alguns parentes de dom Pietro, "as consortes Manzoni".

O conde de Carmagnola era dedicado a Fauriel, "como prova de cordial e reverente amizade". Foi publicado pela tipografia Ferrario de Milão, às custas do autor. Recebeu comentários favoráveis e críticas nos jornais; não obteve grande sucesso de público. Foi traduzido para o francês, em prosa, por Fauriel.

Planejavam voltar à Itália no mês de maio. "Estou em Paris como se não estivesse", Giulia escreveu ao cônego Tosi. Era verdade, mas agradava-lhe ressaltar para o cônego o fato de que levava uma vida extremamente severa. "Saio de manhã cedo para ir à igreja com Alessandro e sozinha quando ele não pode ir... de resto, em virtude do mau tempo, vivo enterrada nesses cômodos, porém, agora que Calderari partiu, terei de correr um pouco com Alessandro. Giulietta manda-lhe muitas lembranças, ainda não está plenamente recuperada, sente falta de Milão, pede-lhe que ore por ela." Giulietta sofria de dores de cabeça tão fortes que tiveram de chamar um médico para aplicar-lhe sanguessugas nas pernas. "Vejo todos os dias cada vez mais que minhas forças, minha cabeça, até meu *saber*, e a agitação contínua em que me encontro, não me permitem absolutamente estabelecer um plano educativo", Enrichetta escreveu ao cônego. Como as crianças quase sempre estavam doentes, deixou-se de lado a ideia de enviar as mais velhas a um colégio; contrataram uma preceptora. Tratava-se de certa Mademoiselle de Rancé, filha adotiva de uma velha amiga de Giulia; apesar de muito jovem, estava sempre vestida de preto, tinha maneiras delicadas e resolutas, e era extremamente religiosa: durante oito dias dirigira suas preces a Deus para que fosse contratada, mesmo estando a serviço de uma família rica e nobre; ao ver as crianças Manzoni, porém, achara-as tão amáveis que desejara ser chamada para educá-las. Enrichetta pensou que lhes fora mandada do céu; porém, logo percebeu que se tratava de uma fanática: pertencia à paróquia de Saint-Sulpice; tinha ideias políticas inflamadas, ideias de caráter "sulpiciano", ou seja, monarquistas e reacionárias; ela transmitia e comunicava às crianças tais ideias, e isso não agradava de forma alguma a Enrichetta. "De resto, a política na França", escreveu ao cônego Tosi, "tornou-se, ao que me parece, algo necessário a todos; pois até as mulheres dedicam-se a ela de modo extraordinário; mas eu considero que isso não pode deixar de criar empecilhos na educação das crianças." "Acho que com as crianças sejam necessários sangue-frio e um temperamento equilibrado." Preparava-se para dispensar Mademoiselle de Rancé. "Sinto um aperto no coração ao pensar que, decerto, deverei me encontrar ainda nas costumeiras dificuldades em relação à educação dos meus filhos... Minha cabeça fraca e a vista ofuscada me tiram qualquer esperança de poder cumprir eu mesma essa missão."

Por intermédio do abade Billiet, que haviam conhecido em Chambéry no ano anterior, receberam más notícias do conselheiro Somis: tinha uma doença nos olhos, estava ficando cego. Passava os dias sentado numa poltrona em seu escritório, distante do fogo e da luz que lhe faziam mal; "mergulhado numa escuridão", escreveu o abade Billiet, "destinada a transformar o ano inteiro numa longa e triste noite"; precisara fazer dívidas para se tratar e encontrava-se em grande dificuldade; tinha uma família muito numerosa, cinco filhas ao seu encargo, a mais nova delas, tísica. Enrichetta afligia-se com esses pormenores tão dolorosos, as desgraças desse amigo da família deixavam-na angustiada: e também aquelas palavras, "uma longa e triste noite", pareciam-lhe endereçadas a ela mesma, por também ter os olhos doentes e o medo de perder a visão. Pouco depois ficaram sabendo, graças ao abade Billiet, que Somis se mudara de Chambéry para Turim; ali fora bem tratado, e seu estado apresentava melhoras. Mas sentiam-se rodeados por desgraças: conheceram, naqueles últimos meses de estada na França, um jovem poeta chamado Charles Loyson, e Alessandro, que não via ninguém de bom grado nessa época, estreitou amizade com ele; Loyson era tísico, sem esperança de cura. A amizade entre ele e Manzoni foi de curta duração — Loyson morreu em junho, e a notícia de sua morte foi escondida por alguns dias de Manzoni, que estava bastante enfermo havia um mês.

Em 10 de maio, Manzoni sofreu um desmaio; em seguida teve febre alta. Enrichetta escreveu ao cônego Tosi e à amiga Parravicini, que se encontrava sempre com o cônego: e pela carta que os dois escreveram juntos em resposta pareceu-lhe que nem o desfalecimento nem a gravidade daquela febre haviam sido entendidos: o cônego continuava a se queixar por terem adiado a viagem. Perplexa, Enrichetta tornou a escrever: "Ao abrir uma carta em que via a caligrafia de duas pessoas, as quais têm cada uma o mesmo direito ao meu afeto, respeito e gratidão, esperava, pois meu pobre coração tem grande necessidade disso nesse momento... esperava, digo, encontrar nela algumas palavras de conforto... esse silêncio tão grande sobre algo que, com certeza, não poderia deixar de ser bem triste para nós me desconcertou". Então, manifestou ao cônego alguns pensamentos, que decerto lhe pesavam no coração havia algum tempo. "A alegria que Alessandro espera ao rever os amigos não é anuviada por nada, a não ser pela ideia que às vezes o deixa um pouco irritado, qual seja, a de que tais amigos pretendem julgá-lo não pelos atos, mas pelas intenções; com frequência ele cai na tentação de um sentimento como esse; eu, é claro, gostaria de vê-lo mais humilde e tento persuadi-lo... mas não deixa de responder-me que *um homem perante outros homens, não tendo nada que mereça ser reprovado em relação aos demais, pode esperar deles uma atenção isenta de contínua censura.*" Essas palavras referiam-se, é claro, ao próprio cônego: era ele o amigo que atormentara Manzoni, no passado, com julgamentos e censuras; e que sobretudo o atormentara e o pressionara, incitando-o a escrever sobre temas de fé. "Queira ter um pouco de piedade de mim", Enrichetta escreve de novo ao cônego algum tempo depois, para desculpar-se dos próprios ressentimentos, velados mas amargos. "Tenho uma cabeça sempre tão desvalida, mas depois dos meus próprios males e das pequenas e grandes contrariedades de que é feita a vida aqui, tornei-me...

não ouso dizer perfeitamente idiota, por deferência ao senhor, Deus, mas, enfim, com muita frequência nem eu mesma sei onde me encontro."

Quanto a Giulia, suas cartas ao cônego eram, como sempre, repletas de devoção, mas também manifestavam ressentimentos. O cônego continuava escrevendo que deviam partir e eles achavam a viagem muito arriscada. "Só Deus sabe do meu profundo desgosto por esse inesperado adiamento", Giulia escreveu ao cônego. Mas, depois do desfalecimento, Alessandro não se recuperara e além disso havia o pequeno Enrico, "no afã de quatro dentes com uma diarreia e febrícula" e "nosso amado Pietro… nada bem depois do incidente ocorrido com seu pai e do qual foi espectador". Uma carta do cônego a Alessandro com incitações à partida e queixas variadas deixara-o de mau humor. "Devo confessar-lhe e peço-lhe em nome de Jesus Cristo não tomar pelo lado errado o que vou dizer, ou seja, que sua carta desagradou a Alessandro", replicava Giulia ao cônego. "Qualquer recriminação que se possa fazer contra uma determinação sua ou contra seu modo de ver o deixa deveras mal-humorado, e eu com certeza não tenho o direito e muito menos o poder de influenciar em nada sua interpretação das coisas. Isso é justo porque não é um rapaz mas um homem, e o senhor sabe o quanto ele é suscetível nesse ponto." Giulia havia encarregado o cônego de entrar em contato com certo Giuseppino, que no passado estivera a serviço da família, e de convencê-lo a voltar; esperava encontrá-lo em Brusuglio ao chegarem. De sua parte, Giulia devia adquirir alguns livros e levá-los ao cônego. "Já providenciei os livros que o senhor encomendou, agora procurarei os demais." Sobre o abade Lamennais, do qual o cônego desejava muito que Alessandro quisesse se aproximar, Giulia manifesta sua perplexidade. "Dizem que o senhor abade de Lamennais publicará em breve o segundo volume da sua obra, mas na verdade confesso que não me atrevo a solicitá-lo, esse autor dedica-se entretanto a escrever muitas dessas coisas que dizem respeito à bendita política que realmente não parecem apropriadas a seu sacerdócio, e que é uma pena, podendo com seu talento escrever sobre religião, ele se perder em críticas aos governos e aos súditos. Digo-lhe isso por mim, visto que dele não se fala nem pouco nem muito."

No entanto, Manzoni estava sempre pior. Depois do desfalecimento de 10 de maio, a febre não o abandonava; ele não conseguia se levantar da cama e não comia nada. Os médicos diagnosticaram uma febre biliar e uma inflamação no cérebro e no peito. Enrichetta e Giulia não confiavam nos médicos de Paris e escreviam ao médico da família na Itália, o dr. Cozzi, que as aconselhava. As cartas de Enrichetta e Giulia ao cônego eram cada vez mais angustiadas. Pediam orações. "Sinto saber que muitas pessoas do nosso interesse não estejam bem e, sobretudo, nossa boa e querida Parravicini. Já nem lhes peço que rezem por nós", Giulia escreveu. "Oh, hão de rezar. Oh, não parem, pelo amor de Deus!" Aos poucos o enfermo se recuperou. Conseguiu engolir um tanto de *eau de poulet* e de *eau de violette*.* Aos poucos foi deixando a cama. Giulia ao cônego: "Estava com diarreia por esses dias e hoje parece quase ter passado; está tomando uma *décoction blanche de Siduham*** e mais nada, o médico diz para não tomar remédios e deixar por conta da natureza; alimenta-se com frequência e parcimônia, e todos os dias toma seu chocolate, mas está magro e abatido a ponto de não se reconhecê-lo; eu li e leio quase o dia inteiro para distraí-lo, mas hoje ele quis ler sozinho e isso me dá pena, mas não posso dizer nem uma palavra. Só Deus que é tão bom é que pode!". Foi preciso contar-lhe que seu jovem amigo Loyson tinha morrido, e ele rezou, com lágrimas nos olhos, o De Profundis.

* Em francês, no original: "caldo de galinha" e "água de violeta", respectivamente.
** Em francês, no original: "decocção branca de Siduham".

Em 6 de julho, a partida começa a parecer possível. Giulia ao cônego: "Oh, Deus! Reze, reze por nós e receba-nos com amor e caridade! Ando tão abatida que tudo o que almejo é um canto onde me recuperar... Alessandro está completamente curado, mas as forças, os nervos, sua imaginação! Oh, reze, reze e *guarde tudo para si*". Ou seja, pede ao cônego que não diga nada a ninguém sobre as cartas por vezes ressentidas que recebera deles. "A certeza quanto a Giuseppino é um conforto." O criado desejado estava preparado para recebê-los. "Peço-lhe que tenha a bondade de dizer a Giuseppino para providenciar um boião de orchata e sumo de cidra de S. Agostino para que, chegando a Brussú, esteja à nossa disposição... aproveito o primeiro momento para partir, pois sei do próprio bolso que perde quem espera, e eu me apressei em fazer as valises."

Deixaram Paris finalmente no dia 26 de julho. A viagem, apesar do calor excessivo, correu bem. Pararam um dia em Turim e hospedaram-se com Somis. Manzoni foi encontrar o abade Lodovico di Breme, que conhecera anos antes, quando passaram por Turim naquele outro longínquo verão de 1810; Giulietta ainda pequena. O abade Lodovico di Breme vivera uma existência movimentada e infeliz. Dele, diziam que tivera uma amante entre as senhoras da aristocracia — tratava-se de uma irmã da marquesa Trivulzi — e que, "sem querer, causara sua morte com uma beberagem, para livrar mais a si do que a ela da escandalosa consequência desses amores" — assim relata Niccolò Tommaseo. Fizera parte do grupo que colaborava no jornal *Il Conciliatore*, que deixara de circular em 1819. Di Breme agora sofria de uma doença incurável e sentia esvair-se de seu espírito, junto com a vida, a fé em Deus. Parecia que a morte, nesse período, mostrava-se a Manzoni por toda parte. Tommaseo narra, muitos anos mais tarde, esse último encontro entre Manzoni e Di Breme: "Quando o Nosso [Manzoni], voltando de Paris, passava por Turim, Di Breme, já no fim, chamou-o para manifestar suas dúvidas sobre assuntos de religião, abatido no aspecto e com os cabelos espetados, terrível de ver".

E eis que chegaram a Brusuglio, a Brusú ou Brussú, como costumavam dizer, com o agradável frescor dos grandes aposentos e a sombra das árvores no jardim. E dizer que, poucos meses antes, tinham tido a ideia de vender essa casa! Era um lugar acolhedor, repousante, hospitaleiro. Manzoni reencontrou todos os velhos amigos. O cônego Tosi se tornara mais precavido e respeitoso: já não o atormentava com a *Moral católica*. Nos primeiros dias da chegada, estavam acompanhados de um amigo de Fauriel, o filósofo Victor Cousin; atravessava um momento difícil; em primeiro lugar, ele também não gozava de boa saúde, e depois, na França, era atacado por motivos políticos, queriam privá-lo do magistério; ele também se sentiu melhor na paz do campo. Quando Cousin foi embora, Manzoni confiou-lhe um pacote de livros que desejava que Fauriel conhecesse: entre eles, a *Ildegonda*, uma novela em versos de Tommaso Grossi. A Fauriel, na carta que juntou ao pacote, contou dos amigos que reencontrara na Itália: Berchet, Visconti, Grossi; e falou de uma nova tragédia que pensara começar, sobre o final do reino dos lombardos. Fauriel era preguiçoso para responder, e no inverno, ou seja, vários meses depois da partida dos Manzoni de Paris, ainda não dera sinal de vida; haviam recebido notícias dele apenas por algumas breves linhas da sra. de Condorcet.

No inverno, Enrichetta deu-se conta de estar grávida de novo. "É minha nona gravidez", escreveu à prima Carlotta de Blasco. Não lhe escrevia desde muito; nesse ínterim, a prima casara com certo sr. Fontana. Enrichetta contou-lhe tudo: como haviam viajado a Paris, a permanência de oito meses na cidade, a doença de Alessandro, a volta. Descreveu um por um seus cinco filhos. Agora devia se preparar para a chegada do sexto. "Asseguro-lhe que esse novo encargo é bastante penoso para mim... mas devemos nos resignar à vontade de Deus."

Passavam os meses de inverno em Milão, na casa da Via del Morone; tinham querido vendê-la, mas agora se davam conta de que também gostavam dela. Voltavam a Brusuglio na primavera. A preceptora que haviam trazido da França, e que sucedera Mademoiselle de Rancé, chamava-se Perrière. Mas os ares tanto de Milão como de Brusuglio lhe faziam mal, e depois de menos de um ano ela os deixou.

"Caro Fauriel, prefiro mandar-lhe uma carta muito curta e muito triste do que deixar passar ainda uma oportunidade sem lhe escrever. Estamos no campo há alguns dias, para passar toda a boa estação", Manzoni escreveu a Fauriel. Era a primavera de 1821, os dias obscuros dos processos contra a Carbonária. "Mamãe, como de hábito, encontra-se mais *não doente* do que sã. Enrichetta está no sétimo mês de uma gravidez bastante difícil, que permite a esperança de um resultado feliz, mas a ser conquistado com muito repouso e paciência. Quanto a mim, seria melhor nem falar. Estou bem quando posso trabalhar: o que me toma quatro ou cinco horas da manhã, dando-me no resto do dia um cansaço que me dispensa de pensar; mas faz algum tempo que, com muita frequência, tenho dias em que devo repousar, já que não consigo pôr a cabeça em movimento; e são quase sempre dias tristes. É preciso se resignar e deixar passar o temporal; é verdade que às vezes acontece de sermos nós que devemos passar, antes do temporal. Nesses dias *nefastos*, pego um livro, leio duas páginas e o abandono para pegar outro, que terá a mesma sorte... Até mais ver, caro Fauriel, mas quando? Adeus. Se me escrever, realmente será da sua parte uma obra de caridade." A palavra "nefastos" está sublinhada, numa evidente alusão à situação política.

Em abril desse ano, Manzoni pôs-se a escrever um romance. O título era *Fermo e Lucia*. Em seguida, abandonou-o para concluir a tragédia sobre o fim dos lombardos: *Adelchi*. Enquanto isso, lia romances históricos: encarregava o amigo Gaetano Cattaneo, antiquário, de procurá-los: "Ou o *Abade*, ou o *Mosteiro*, ou o *Astrólogo*: qualquer coisa, por obséquio". Eram três romances de Walter Scott. Não dava sossego a Cattaneo, mandava-lhe muitos pedidos de livros. "Eis-me na mesma, eis que recorro a ti como ao padeiro para o pão. Queria o *Vocabulário* da Academia francesa... Eis-me de novo aqui. Queria as *Cruzadas* do Michaud, original ou tradução, não importa." Desculpava-se por nunca ir visitá-lo: "Lembra-te de que um pobre convulsionário não pode ir ver os amigos quando desejaria, e continua a amar teu amigo reconhecido".

Em julho daquele mesmo ano de 1821, na *Gazzetta di Milano*, apareceu a notícia da morte de Napoleão. Morrera dois meses antes, em 5 de maio. Manzoni passou três dias escrevendo a ode depois famosa "Ele partiu. Pois que imóvel,/ dado o mortal suspiro...". Essas estrofes foram escritas enquanto Enrichetta sentava-se ao piano e tocava ininterruptamente diversos trechos de música, ao acaso. Assim ele lhe pedira para fazer.

Em agosto, nasceu uma menina. Foi chamada Clara. Enrichetta adoeceu gravemente de febre puerperal. Sua vida correu risco. Salvaram-na.

"Já que lhe disse que minha tragédia *Adelchi* estava concluída, exceto por ter ainda de revê-la, devo também lhe dizer que não estou nada satisfeito, e se nessa vida tão breve as tragédias fossem sacrificadas, a minha deveria infalivelmente ser suprimida", Manzoni conta a Fauriel, que enfim lhe escrevera. A carta de Fauriel era breve, e era breve "sobretudo no que diz respeito aos assuntos sobre os quais gostaria de ouvi-lo falar mais demoradamente", ou seja, sobre a obra em que o preguiçoso e incontentável Fauriel estava trabalhando. Manzoni, ao contrário, escrevia-lhe páginas e páginas. "Quantas vezes amaldiçoei, muito mais do que costumo, sua distância..." "Quanto me reprovo por não tê-lo fei-

to falar mais quando tinha a felicidade de estar a seu lado, de não ter tido a desfaçatez de um aduaneiro para vasculhar sua pasta."
"Não quero terminar sem lhe dizer uma palavra sobre um assunto que nos preocupou tristemente e que nos fez passar dias cuja lembrança ainda afasto de mim. Você sabe pela sra. de Condorcet que minha Enrichetta esteve doente a ponto de causar-nos inquietação. Agora ela vai se restabelecendo de modo lento, mas seguro. Jamais senti, como naqueles momentos, o que há de incerto, de perigoso, diria mesmo de terrível, até na mais serena felicidade. Quanto a mim, estou melhor do que na última vez que lhe escrevi; trabalho, e meus nervos me deixam bastante calmo no resto do tempo."

No ano seguinte, Enrichetta engravidou mais uma vez. Apareceu em Brusuglio um jovem escocês, recomendado por Fauriel, e foi contratado como preceptor. No verão, caiu em Brusuglio um granizo terrível que, além das amoreiras, devastou os campos e as vinhas. "Esse desastre veio tão diretamente do céu", Giulia escreveu a Sophie de Condorcet, "que não podemos e não devemos nos queixar; pela mesma razão deveríamos nos resignar a todo o resto; mas esse é o ponto difícil; sua amizade é forte e generosa, e a minha lacrimosa; isso lhe dá como que o dever de me oferecer apoio e consolo." Sophie de Condorcet estava gravemente enferma, mas eles ignoravam; e da parte dela, consolo e apoio a Giulia não viriam nunca mais. As crianças tiveram escarlatina, Giulia teve um panarício que a fez sofrer muito; e "minha Enrichetta", Manzoni escreveu a Fauriel, "sem estar acamada, encontra-se sempre indisposta, e sua vista está num estado lastimável, que muito nos entristece; mas dão-nos a esperança, ou melhor, a certeza de que esse novo enfraquecimento é causado pela gravidez e que o parto irá curá-la". A respeito de seu romance, escrevia que chegara na metade do segundo volume; e sobre *Adelchi*, dizia que o entregara ao editor. Fauriel estava traduzindo o *Adelchi* para o francês; e decidiram, ele e Manzoni, que a edição francesa sairia ao mesmo tempo que a edição italiana; por isso o editor italiano devia esperar para lançar o livro, até que a edição francesa também estivesse pronta. "Acredite, será para você e para mim um belo momento, quando pudermos nos escrever sem ter sempre entre nós o terceiro incômodo do tedioso *Adelchi*."

Chegou a notícia de que Sophie de Condorcet estava mal; no entanto, parecia já estar em vias de se restabelecer; em 12 de setembro, Manzoni escreveu a Fauriel rejubilando-se que tivesse sarado. Mas ela havia morrido quatro dias antes.

Em 17 de setembro, nasceu outra menina, que foi chamada Vittoria. Os olhos de Enrichetta não sararam depois do parto; fora uma esperança ilusória. Os médicos aconselharam mudança de ares. Planejaram uma viagem à Toscana. Entretanto, souberam da morte de Sophie de Condorcet: pensavam convencer Fauriel a ir junto com eles à Toscana. Mas Alessandro não podia interromper seu romance e os planos não deram em nada. Não escreveram imediatamente a Fauriel. Mas, em outubro, Visconti lhe escreveu: "Grossi e a família Manzoni ordenam-me enviar-lhe saudações. Manzoni pretendia, mas jamais conseguiu resolver-se a escrever, depois da perda de Mme. de Condorcet, tendo de tocar nesse assunto demasiado doloroso tanto para o senhor como para ele e para toda a família dele. Ao apresentar-lhe minhas sinceras condolências, acho por bem avisá-lo de que, depois dessa triste notícia, Manzoni não pode mais considerar como definitivo o prazo solicitado pelo senhor para a publicação de *Adelchi* no dia 20 do corrente. Porém, espera da sua parte posterior indicação".

Adelchi foi publicado, na Itália, em novembro. Era dedicado a Enrichetta, com as seguintes palavras, nas quais há uma estranha inflexão comemorativa e funerária:

"À sua dileta e venerada esposa Enrichetta Luigia Blondel/ que a par das afeições conjugais e da sabedoria materna/ pôde conservar um espírito virginal/ consagra este *Adelchi* o autor/ dolente por não poder a mais esplêndido e mais durável monumento/ recomendar o querido nome e a memória de muitas virtudes."

Fauriel

"Giulietta está desenhando uma pequena cabeça para você", escreve a avó Giulia à sra. de Condorcet. Era o verão de 1822; Sophie de Condorcet morreria algumas semanas mais tarde. "Pietro estuda francês. Todos estão bem e tomam chá nas xícaras do dia da mentira* [talvez um presente de Sophie de Condorcet]. Até que enfim recebi carta sua, oh, minha querida amiga, *amica mia*..." Era a última vez que Giulia escrevia a Sophie. O desenho de Giulietta foi enviado a ela, sendo reencontrado por Jules Mohl e pela filha de Cabanis entre os papéis de Fauriel, muitos anos depois, quando ele morreu. Havia também um retrato em miniatura de uma menina, e a filha de Cabanis pensou tratar-se de um retrato de Giulietta. Retrato e desenho foram devolvidos a Manzoni.

* No original: *pesce d'aprile* (*poisson d'avril*, em francês), peixe de abril. Alusão à brincadeira de origem francesa (século XVI) realizada no dia 1º de abril, entre nós conhecida como dia da mentira ou dia dos bobos.

* * *

Em 1822, Giulietta estava com catorze anos. Tinha quase a idade da mãe quando se casara, e saber disso a tornava adulta, ajuizada e maternal com os irmãos. Aliás, era ajuizada, séria, sensata também por natureza. Levava uma vida moderada, disciplinada, sem grandes distrações, sem muitas companheiras de sua idade; não ia à escola e era ensinada em casa por uma governanta; depois de Mademoiselle Perrière, que voltara à França por não suportar o clima, veio uma governanta mandada pelo abade Billiet, Mademoiselle Burdet. Longos verões em Brusuglio, longos invernos nebulosos em Milão. Em casa, fosse em Brusuglio, fosse em Milão, havia sempre muitos hóspedes, amigos do pai. Seria uma vida monótona sem as chegadas e partidas dos hóspedes, sem o barulho dos irmãos e o afã dos criados. Seria uma vida tranquila sem a má saúde da mãe, os nervos do pai e as doenças dos muitos irmãozinhos.

Nesse verão de 1822, Tommaso Grossi estava escrevendo um poema, "I lombardi alla prima crociata" (Os lombardos na primeira cruzada). Manzoni estava escrevendo o segundo volume de seu romance. Ermes Visconti concluíra um ensaio *Sul bello* (Sobre o belo), um grosso calhamaço; mandou-o a Fauriel: "Escrevo-lhe apenas duas linhas, prezado sr. Fauriel, para anunciar-lhe o envio do manuscrito sobre o Belo, que finalmente entreguei à diligência com seu endereço...". Quando chegou a *petite caisse** com o manuscrito *Sobre o belo*, Fauriel tinha mais em que pensar; Sophie de Condorcet morrera. Sabendo que o ensaio chegaria, ele havia planejado fazer com que fosse traduzido para o francês por "*cette angélique créature que nous n'avons plus*",** Sophie; passado al-

* Em francês, no original: "a pequena caixa".
** Em francês, no original: "por essa angélica criatura que não está mais entre nós".

gum tempo, deu uma olhada no grosso calhamaço, conversou com Cousin sobre ele e puseram-se a procurar outro tradutor. Fauriel era generoso e paciente; sempre pronto a escutar os outros, mesmo nos momentos em que estava mais ensimesmado; sempre pronto a oferecer aos outros sua inteligência, seu tempo, sua colaboração.

"Demorei a escrever-lhe, depois da desgraça que se abateu sobre mim", dizia uma carta de Fauriel. Haviam se passado quase três meses. Ele respondia a Manzoni, que finalmente lhe escrevera. "Não creio ter sido fraco na minha desventura; ao menos procurei não o ser; tentei não exagerar minha perda; mas sei com bastante certeza que os bens perdidos por mim não estão entre aqueles que têm nome na terra, entre aqueles que se procuram e se encontram, para não me entregar livremente aos meus pesares, mais talvez do que faria com pesares mais comuns e mais fáceis de expressar. O que pranteio é algo celestial e puro... Meu coração não está morto para os interesses da vida, para os afetos humanos; mas, ai de mim! se ainda puder reencontrar no caminho que me resta alguma felicidade ou algum resto de felicidade, sentirei sempre que o céu me tirou um bem maior do que eu merecia, e que não me é mais nem sequer permitido desejar. Perdoe-me, caro amigo, caros amigos, pois que falo com todos vocês; choro com todos vocês; perdoem-me essa efusão tão fugidia, tão leve, de uma dor que não tem limite para se manifestar, e que vocês entenderão melhor do que me foi dado exprimir; essa dor merece a de vocês, não tem nenhuma relação com aqueles sentimentos que a humanidade condena, e atrevo-me a tomar como testemunha dessa dor o poder supremo diante do qual o homem é nada... Quantas coisas teria a dizer-lhes, para dar conhecimento da minha situação atual! Uma carta não permite muitas coisas, nem coisas desse tipo. Saibam apenas que encontrei na família inteira daquele anjo que me deixou todo o conforto e todas as atenções que eu podia desejar; e se sofri por causa *de uma única pessoa*, ao menos não existe no que eu sofri nenhum motivo pessoal. Do mesmo modo, meus amigos fizeram por mim o que é possível fazer pelo próximo em semelhante circunstância; e, em particular, Thierry [o historiador Augustin Thierry, então com 27 anos, era muito ligado a Fauriel] e Cousin, o qual quis passar comigo no campo os primeiros oito dias da minha desventura. Portanto, não me faltam nem amizade nem conforto ou atenções; e nem mesmo os meios para levar uma vida modesta, independente e tranquila. Entretanto, o fato é que, por não sei que funesta concatenação de circunstâncias e de eventos casuais, minha existência, ao invés de tornar-se cada dia mais calma e doce, torna-se cada dia mais amarga e agitada... Há nos particulares da minha catástrofe circunstâncias que me são mui amargas; sinto, neste momento, imensa incapacidade de encontrar qualquer distração num trabalho sério, e uma inclinação muito escassa para buscar qualquer distração fora dos meus hábitos presentes; todas essas circunstâncias reunidas deixam e concedem um espaço tão amplo às minhas lembranças, aos meus pesares, à comparação entre o que perdi e o que me resta, que afundaria no desalento e no desespero, caso não me criasse uma perspectiva que me dá a força para suportar de forma passageira minha presente situação, sob a condição de mudá-la rapidamente, o mais rápido que puder. Sinto a necessidade imperiosa, no aspecto moral e físico, de revigorar todo o meu ser revolto numa nova atmosfera, junto de velhos amigos e entre objetos novos. Sabem onde encontrei tudo isso? Espero que adivinhem, caros amigos: entre vocês. Ir à casa de vocês, passar algum tempo com vocês, reencontrá-los tais e quais eu os conheço, e amá-los mais ainda do que pude fazer até hoje, trabalhar com meu querido Alessandro e, enfim, tentar criar a seu lado algo que seja digno dele, eis qual é há três meses meu sonho preferido; o único a saciar toda a necessidade atual do meu coração. Aí está enfim o projeto formal onde se refugiaram, e, para dizer-lhes tudo, aonde foram dar minhas esperanças. Aprovam tal projeto, caros amigos? Não fazem objeções a ele? Agrada-lhes um pouco?... A resposta mais ligeira sobre esse ponto será a melhor; pois, no estado em que me encontro, preciso fazer repousar sobre algo estável meu coração e meu pensamento, doentes quase na mesma medida. Assim que me responderem, voltarei a falar com mais precisão desse sonho encantador ao qual hoje só posso acenar de maneira sumária."

A frase "se sofri por causa de uma única pessoa" refere-se talvez à filha de Sophie de Condorcet, Eliza, ou ao marido dela, o general O'Connor — talvez da parte deles Fauriel tenha recebido sinais de frieza, ou algum gesto que o magoou. Eliza nunca suportara bem o fato de sua mãe conviver com Fauriel; e agora, morta a mãe, talvez seus antigos ressentimentos tenham explodido. Com a família de Sophie, as relações de Fauriel pioraram em seguida, o "conforto" e as "atenções" tiveram curta duração. Decerto, quando da morte de Sophie, Fauriel achava-se numa situação delicada e difícil, tornada mais difícil ainda pelo fato de não ter dinheiro; sua suscetibilidade era ferida por tudo isso. Ele deixou logo depois a Maisonnette e mudou para um pequeno apartamento em Paris, na Rue des Vieilles Tuileries; e era dali que escrevia.

Manzoni lhe respondeu que viesse imediatamente. Todos o esperavam. A casa da Via del Morone estava em grande desordem, devido a obras de restauração; mas Fauriel compartilharia essa desordem com eles. Além disso, tinham a ideia de fazer, na primavera, uma viagem pela Toscana, aconselhada pelos médicos a Enrichetta, porque ali o ar era melhor; e Fauriel podia acompanhá-los. Contudo, passou um ano e Fauriel ainda não arredara pé de Paris. Aliás, mesmo os Manzoni haviam adiado a viagem à Toscana — fosse porque pretendiam fazê-la com Fauriel, fosse porque "*mon vieux fatras*", meu tedioso cartapácio, ou seja, o romance, Manzoni escreveu a Fauriel, dava-lhe preocupações, e ele não se sentia capaz de abandoná-lo naquele ponto nem de levá-lo consigo na viagem.

No verão de 1823, Fanny, a criada francesa dos Manzoni, foi a Paris: a mãe estava passando mal e a moça foi cuidar dela. Levou a Fauriel uma carta. "Aí está, meu querido e sempre mais querido amigo, um mensageiro que você não esperava; mas as desgraças criam viajantes quase tanto quanto o tédio", Manzoni escreveu a Fauriel. Nesse ínterim, *Adelchi* saíra na França, em tradução de Fauriel e com uma introdução de sua autoria. "Ah, meu amigo, o que você fez? O que disse?", escreve-lhe Manzoni. "Deixou-me confuso; não lhe falo do prazer que senti ao ver meus rascunhos de pensamentos vertidos tão bem, ou, dizendo melhor, desenvolvidos e levados a cabo no seu estilo; esse prazer eu esperava. Porém, ainda uma vez, o que você disse do seu pobre autor! Faz-me corar e não ouso erguer a cabeça. Falemos de outra coisa, e antes de mais nada, daquele projeto de viagem concebido com tanta alegria e sempre adiado. É impossível, meu caro amigo, partirmos daqui antes do inverno. Os incômodos gerados pela reforma da casa em Milão roubaram-nos o tempo que deveríamos ter gastado nos preparativos indispensáveis a uma numerosa família... Ao mesmo tempo, tivemos afazeres em que os incômodos com certeza foram o que havia de menos penoso." Morrera Clara, a penúltima criança. "Pietro, Cristina, Sofia tiveram sarampo, que para eles foi uma doença mais ou menos longa e dolorosa, mas da qual, felizmente, estão curados. Não posso dizer-lhe o mesmo quanto à pobre pequena Clara querida, que completava dois anos de idade; depois de vê-la sofrer por muito tempo, nós a perdemos. Assim, estivemos próximos do momento em que acreditáramos ser possível iniciar essa bendita viagem. Fomos obrigados a adiar mais uma vez nosso projeto até a próxima primavera, e mesmo para essa época, com a incerteza que nasce de uma multidão de obstáculos possíveis e previsíveis, e também, para dizer tudo, da nossa facilidade em deixar-nos vencer por eles." Em seguida, conta sobre o *fatras*, o romance: "Tentei conhecer com exatidão e pintar com sinceridade a época e o lugar em que situei minha história, eis tudo o que honestamente posso lhe dizer. O material é rico: nele se encontra em abundância tudo aquilo que pode levar os homens a fazerem triste figura: a firmeza na ignorância, a presunção na estupidez, a desfaçatez na corrupção constituem desgraçadamente, talvez, as características mais relevantes daquela época, entre outras do mesmo tipo. Por sorte, também há homens e caracteres que honram a espécie humana; temperamentos dotados de uma virtude firme e singular em proporção aos obstáculos, aos conflitos, e em razão da sua resistência, ou, às vezes, da sua submissão às ideias comuns. Enfiei lá dentro camponeses, nobres, frades, monjas, padres, magistrados, sábios, a guerra, a carestia, a... [aqui há uma frase ilegível, pois o papel está rasgado], o que significa ter feito um livro!".

Em 1823, o cônego Tosi foi nomeado bispo em Pavia e os deixou. "É inútil que torne a dizer quão viva permaneceu a lembrança do senhor em nossa família", escreveu-lhe Manzoni. "... Não ousaria pedir que me escreva de vez em quando nos poucos momentos que lhe restariam de suas ocupações; mas, visto que o senhor prometeu fazê-lo, considero essa promessa com o mais verdadeiro reconhecimento. Ao mesmo tempo, a esperança de revê-lo, depois de um longo intervalo, é um daqueles pensamentos dos quais me valho nos momentos em que meus afãs de corpo e de mente fazem-me sentir a necessidade de uma consolação vívida e serena." O cônego Tosi, ora bispo, manifestou alguns receios quanto à obra que Manzoni estava elaborando. Disse-lhe: "Não posso deixar de escrever à parte para rogar-lhe com toda a insistência possível que faça o obséquio de frear sua demasiada presteza em deixar-se levar por projetos de escrever que lhe venham à mente. Eu me lembro que sua saúde se abala quando você se ocupa de certos trabalhos, os quais o obrigam a reflexões demasiado intensas. Vejo também que o fruto desses trabalhos será bem parco, sabendo que o mundo se interessa por ele durante pouco tempo; e pode ser causa de verdadeiras e graves inquietações pelas divergências, a malignidade e a inveja dos literatos. Caro filho, se deve se desgastar, que seja por coisas que produzam um fruto certo. E que fruto é esse, se não a recompensa que deve esperar do Senhor?". O cônego Tosi, agora bispo, não perdia a esperança de que Manzoni retomasse *A moral católica*. Manzoni respondeu: "Já que se dignou a demonstrar alguns temores de efeitos nocivos que o trabalho de que me ocupo hoje possa causar à minha saúde e tranquilidade de espírito, diria ao senhor, quanto à primeira, que realmente as pesquisas nas quais estou mergulhado cansam-me um pouco; mas tento equilibrar o trabalho e o repouso de modo que ele não me incomode sensivelmente, e, de fato, já faz algum tempo, a não ser por algum dia um pouco pior, passo bastante bem. Quanto às inimizades literárias, creio poder confiar que a publicação daquilo que estou escrevinhando não seja para atraí-las. Perseguindo as ideias com a maior diligência possível, e colocando-as no papel sinceramente tal qual se me apresentam, encontro-me, a bem da verdade, em oposição a muitos, mas não estou com partido nenhum... Minhas opiniões solitárias e desapaixonadas bem poderiam parecer extravagantes ou insossas, mas não provocadoras; e o pobre autor despertará quem sabe uma compaixão desdenhosa, mas iras, espero — aliás, creio — que não".

"Ainda não sei como partirei", Fauriel escreveu em outubro. "Querem me embarcar com um fidalgo russo que não conheço, e que teria, dizem, muito prazer de me levar à Itália, para onde vai.

Irei ter com ele, mas não creio que aceitarei essa maneira de viajar, mesmo achando-a cômoda. Por outro lado, prometi a duas senhoras inglesas, que atualmente estão na Suíça dispostas a ir à Itália, apanhá-las ao passar, caso fizesse a mesma viagem que elas; e ainda não sei bem a que desvio ou a que parada me obrigará essa promessa; em poucas palavras, não está certo se descerei, como Aníbal, pelo Moncenisio, ou, como muitos outros, pelo Sempione. Excluindo o russo, parece que parto com Fanny."

Fauriel chegou a Milão, na Via del Morone, no mês seguinte. Estavam com ele as duas senhoras inglesas; portanto havia parado na Suíça, e provavelmente nunca pensara fazer outra coisa. As duas senhoras inglesas hospedaram-se na Pension Suisse. Eram mãe e filha e chamavam-se Clarke; com a filha, Mary Clarke, Fauriel tinha uma relação amorosa, que começara alguns meses antes da morte de Sophie.

Mary Clarke tinha então 29 anos. Nascera em Londres; a mãe, na Escócia; a senhora, viúva de um capitão, quando o marido morreu se estabelecera na França com as duas filhas. Mary Clarke era morena e cacheada, de baixa estatura, magra e um pouco corcunda; não era bonita, mas atraente. Pintava; amava a pintura e a música, amava frequentar os artistas e viajar.

As relações entre Mary Clarke e Fauriel se iniciaram assim: Mary Clarke escrevera a Fauriel, pedindo-lhe que posasse para ela; pretendia dar de presente a Augustin Thierry o retrato que queria fazer dele: "Você lhe é caro como ninguém mais, e nada poderia agradar-lhe tanto". Ela mantinha uma relação com Augustin Thierry, a qual desejava terminar. Fauriel respondeu-lhe assentindo; a ideia do retrato não o alegrava, pois não o animava o fato de que sua imagem devia ser, para o pobre Thierry, um presente de adeus: "Mas se está decidido que eu não deva ter na vida a não ser uma única ocasião de obedecer-lhe, eu lhe obedecerei tristemente, mas com todo o meu coração".

Fauriel posou para Mary Clarke e o retrato foi levado a cabo; daí, Mary Clarke foi para a Inglaterra, e entre eles começou uma copiosa troca de cartas. *Mon ange*, ela lhe escrevia; *ma chère douce amie*,* escrevia ele. Sobre Sophie, a princípio, ele se calava: era como se não existisse. Mencionou-a mais tarde, em agosto; por semanas, não dera sinal de vida a Mary e pedia-lhe perdão. "*Chère douce amie*", escrevia-lhe, "cara e doce amiga, na última vez em que lhe escrevi, prometia escrever-lhe todos os dias ao menos algumas linhas... fazia-lhe essa promessa com tanto afeto, ou melhor, sentia tanta alegria ao fazê-la a mim mesmo, que você me amaria no mesmo instante. E, no entanto, não lhe escrevi, cara amiga; aliás, não quis escrever: porque se então tivesse escrito, ou não lhe teria dito o que sentia, coisa cuja possibilidade não concebo, ou a teria entristecido e preocupado, o que não desejava. Imagine que passei um dos meses mais tristes que jamais pude prever. A sra. de Condorcet adoeceu tão gravemente que mais é impossível; e de tal modo a deixar preocupados tanto a família como seus amigos, e a mim mais do que a qualquer outra pessoa. Essa preocupação tanto me transtornou que sofri fisicamente por alguns dias muito mais do que podia dizer ou deixar perceber. Toda sorte de tristeza se adensou sobre mim nesse infeliz intervalo: sua lembrança e a esperança de uma carta sua eram meu único consolo. Retomo minha carta interrompida hoje de manhã e retomo-a de volta do meu passeio vespertino, que faço quase sempre sozinho, e que gosto de fazer apenas sozinho. Só então posso pensar em você à vontade, mergulhar nas lembranças do tempo em que estava aqui e sonhar com mais ternura o momento em que a verei de novo. Penso muito nesse momento, mas o passado e a ausência ainda são demasiado fortes, e não quero lutar muito contra eles; a tristeza que podem me dar e que pode transparecer

* Em francês, no original: "meu anjo" e "minha querida doce amiga", respectivamente.

por vezes nas minhas cartas, assim como no meu rosto e nos meus modos, nada tem de amargo: há para mim uma ideia e um sentimento que dominam tudo, e é a ideia, é o sentimento de ser amado por você; apenas tremo um pouco ante o pensamento de que você não esteja suficientemente convencida de tudo o que representa para mim; e quando a escuto dizer que não a amo o bastante, sempre fico um pouco apreensivo que isso possa significar que não disponho de capacidade suficiente para fazê-la feliz — oh, o que poderia fazer então para provar-lhe que jamais houve no meu coração um encanto semelhante ao que você despertou nele? Não pude mais retomar essa carta depois de tê-la interrompido. Estive um tanto indisposto entrementes, e em cruel agitação, pois minhas preocupações habituais em relação à amiga doente da qual lhe falei dobraram... Mas escreva-lhe eu muito ou pouco, breve ou longamente, não esqueça, suplico-lhe, dileta amiga, que a vejo e com você falo a todo instante, e busco a todo instante sua palavra e sua imagem... Adeus por hoje, *my sweet hope*,* adeus, permaneça um pouco ao meu lado e diga isso para mim." Mary Clarke respondeu-lhe colérica: "O que significa essa sra. de Condorcet, afinal? Eu não sabia que a doença de uma senhora qualquer tinha o poder de fazê-lo adoecer: afinal, o que significa para você uma senhora cuja doença transtorna-o mais do que aos que pertencem à família dela? A ponto de impedi-lo de escrever-me... Pus-me a escrever-lhe no mesmo dia em que me chegou sua carta, com todo o amargor da minha primeira impressão, mas graças a Deus interrompi essa carta e, no dia seguinte, depois que a li antes de postá-la, desisti de enviá-la, mas, apesar de poder me controlar, não posso fingir... Imagine se tivesse sido eu a escrever desse modo e se lhe falasse de um homem cujo nome eu nunca tivesse pronunciado... Tenho não sei que

* Em inglês, no original: "minha doce esperança".

ideia confusa sobre essa sra. de Condorcet, ideia que me é penosa e não consigo lembrar do que se trata, nem como, nem a propósito do quê, eu nunca ouvi você falar sobre essa senhora, e nem sequer me lembro quem me falou sobre ela, não tenho certeza de que tenha sido Amedée [Amedée Thierry, o irmão de Augustin]... Pensei em não lhe falar às claras, em parte para não o afligir, mas não consegui, e é melhor um temporal ligeiro do que um tempo sempre encoberto...". Essa carta é de 3 de setembro: Sophie de Condorcet morreria no dia seguinte.

Passou um ano, durante o qual Mary Clarke esteve de novo quase sempre ausente; ela e Fauriel escreveram-se muitas cartas. Planejaram a viagem à Itália; e ei-los finalmente juntos em Milão.

Mary Clarke travou grande amizade com a família Manzoni. Ela e a mãe permaneceram em Milão durante todo o inverno de 1824; costumavam passar os serões na casa dos Manzoni. Muitos anos depois, Mary Clarke guardava boas lembranças dessas noites; descreveu-as numa carta a uma pessoa que lhe perguntara a respeito (era Angelo de Gubernaris, que escrevia um estudo sobre as relações entre Manzoni e Fauriel). Eram serões alegres; as crianças brincavam de cabra-cega, e a elas se uniam Enrichetta e Mary Clarke, enquanto Giulia e a sra. Clarke mãe conversavam junto à lareira, com Manzoni, Fauriel e outros amigos que costumavam aparecer lá todas as noites: Grossi, Visconti, Cattaneo, um poeta chamado Giovanni Torti e Luigi Rossari, que era professor de italiano. Nessa carta de Mary Clarke, surge uma nova imagem de Enrichetta, uma imagem insolitamente jovem: "Parecia a irmã de seus filhos mais velhos", observa Mary Clarke. "Tu te divertiste bem, minha querida?", Manzoni disse certa vez a Enrichetta, vermelha e ofegante depois de um jogo de cabra-cega, enlaçando-a pela cintura, e ela concordou. Mas brincar de cabra-cega com os filhos pelos aposentos da casa era um divertimento bastante modesto; os Manzoni não frequentavam a alta sociedade, nunca saíam de noite e em Milão gozavam da fama de serem ursos.

As relações entre Fauriel e Manzoni mudaram durante essa visita. Tornaram-se de certo modo mais simples e naturais. Fauriel proseava demoradamente com Enrichetta e com Giulia, brincava com as crianças. Entre as crianças e Fauriel nasceu um afeto genuíno. Na luz desse afeto, Enrichetta também se tornou amiga dele, mais do que fora no passado. As crianças chamavam-no Tola, porque um dos menores costumava chamá-lo assim.

Na primavera, as duas Clarke partiram para Veneza, e Fauriel as acompanhou. De Veneza, escreveu a Manzoni: "Chegamos um tanto resfriados, um tanto exaustos, mas com boa saúde. Apesar de seus palácios em ruínas, e um tempo apenas passável entre o frio e a chuva, essa cidade das mil e duas noites agradou-me muito... Adeus, caro amigo, mil abraços a todos e a cada um, à minha cara comadre e à sua Enrichetta, que trago no coração. Diga à minha querida Giulietta que não tenho aqui ninguém com quem jogar boliche, e isso é bastante triste; nem tenho ninguém que me suba nas costas nem quem me chame de Tola. A sra. e a srta. Clarke não fazem outra coisa a não ser falar de você e de vocês todos...". Fauriel trabalhava numa coletânea de cantos populares gregos, e havia em Veneza uma colônia grega muito numerosa: com um amigo seu e de Manzoni, o grego Mustoxidi, dirigiu-se a Trieste, onde também havia uma colônia grega, e separou-se das duas Clarke, que, nesse ínterim, pretendiam visitar toda a Itália. Fauriel a Mary Clarke, de Trieste: "Não me arrependo de ter vindo aqui: Mustoxidi conhece todo mundo e é amado por muitas pessoas que, por amor a ele, me acolheram bem... Passo todos os meus serões no teatro, onde se representam comédias e tragédias bastante bem ou não pior do que em Milão; não me divirto muito, como podem pensar; mas, enfim, aqui é o lugar em que o serão me parece menos tedioso do que em outra parte, e onde posso ver mais gente sem ser obrigado a falar. Tenho três ou quatro palcos à minha disposição, com a opção de estar sozinho ou acompanhado... Ainda não sei se parto sozinho ou se Mustox vai embora comigo: continua sendo o melhor rapaz do mundo, mas gostaria muito que ele pudesse pensar numa mesma coisa por dez minutos seguidos e que tivesse menos necessidade de fumar cachimbos. Adeus, cara vida do meu coração, devo sair, devo correr, devo pensar na minha partida e não posso conversar mais demoradamente com você. Adeus, diga que não me esquece, em meio a todas as grandes coisas que tem visto; eu lhe digo que a amo mais do que nunca".

Fauriel a Mary Clarke, de Veneza, onde havia parado antes de regressar a Milão (enquanto isso, Mary e a mãe estavam em Roma): "Não abro os olhos e não posso dar um passo sem ver algo que me lembra que você esteve aqui comigo e devo fazer um esforço para não romper em lágrimas; e nem sempre consigo, sobretudo quando estou sozinho e fechado em meu quarto. Não sei bem por quê, fui morar de novo em nosso hotel, tomando a única precaução de abrigar-me no canto mais remoto dos nossos aposentos de então — mas não ganhei muito com isso: de modo involuntário, sempre tomo o caminho daqueles aposentos, e sou obrigado a voltar sobre meus passos, sentindo-me sufocar e com a sensação inexprimível de toda a dor da ausência. Ontem, num instante em que estava menos armado contra minhas lembranças do que costumo estar, de repente dei por mim no meio do meu aposento de então, diante de um homem escrevendo grudado à mesa, que me olhou com ar de extrema surpresa e ao qual resmunguei com muita dificuldade algumas palavras de desculpa sobre minha memória... Não tive coragem de voltar ao Lido onde uma vez vimos o mar tão terrível e tão belo. '*Addio, cara mia vita, io deggio dar fine a questa lettera, e non la fo finire altrimenti che dicendoti ch'io t'amo, et che t'amo quanto bramar lo puoi, e che* *farei lo stesso anche non amato da te*".* Adeus mais uma vez, cara amiga, cara, cara e doce amiga; a língua italiana não me parece bastante séria para dizer que te amo, e então te repito na língua em que o disse pela primeira vez e para sempre".

Mary Clarke a Fauriel, de Roma; nesse momento, ele foi ter com os Manzoni em Brusuglio (*Bruzuglio*, dizem ele e Mary), onde passará o verão: "Penso com prazer que você está em Bruzuglio e menos triste do que na sua carta, pois você me ama muito mais quando as pessoas que estão consigo não lhe agradam tanto, e Manzoni e Cousin são-me funestos, ao passo que Musky [Mustoxidi], ao contrário, deixou-o triste... Adeus, então, meu caro Dicky [assim ela o chamava quase sempre], escreverei algumas vezes para a caixa postal, porque aí achariam estranho eu lhe escrever com tanta frequência e prefiro que seus amigos não desconfiem de nada, pois a sra. Manzoni achará muito pouco amável da minha parte não ter comentado sobre nossa ligação e não quero que você lhe diga, se a vir no outono *eu* mesma o farei. Adeus, meu anjo, escreva-me e passe bem, crie obras-primas e considere-as como tais, torne-se mais loquaz, é mais saudável; ter passado quatro meses em Milão sem falar fez-me tão mal que nem lhe digo; adeus, meu anjo". Ela, então, estivera bem pouco à vontade em Milão entre os Manzoni, que não sabiam de sua relação amorosa com Fauriel; e, no entanto, parece impossível que eles não a tivessem intuído.

De Brusuglio, Fauriel a Mary Clarke: "Você conhece os amigos à casa dos quais eu vim, por isso não preciso lhe dizer como fui recebido; tive a impressão de encontrar não amigos, mas algo mais terno ainda do que isso: as crianças falavam de mim sem

* "Adeus, minha cara vida, devo concluir esta carta, e não a termino de outro modo senão dizendo que eu te amo, e te amo quanto possas desejar, e que faria o mesmo ainda que não amado por ti".

parar, às vezes sonhavam comigo, e cada carruagem que fazia um pouco de barulho perto da meia-noite, elas achavam que era a diligência. As conchas que lhes trouxe foram recebidas com viva alegria, e para não usurpar a parte da gratidão deles a que você tem direito, apressei-me a declarar que você me ajudou a catar todas aquelas conchas. Isso é o que se refere às crianças. No que se refere aos adultos, encontrei-os não menos contentes com as notícias que tinham recebido de você... Saiba que falamos, falamos muito a seu respeito: e se eu não tivesse outras razões para amar amigos tão excelentes, deveria amá-los pelo bem que lhe querem e pelo afeto que lhe devotaram. Por isso não pude impedir a mim mesmo de ser indiscreto com eles a seu respeito: o que podiam suspeitar sobre meus sentimentos por você, eles agora o sabem por completo e às claras. Disse-lhes que a amo, que a amo com todo o meu ser; contei-lhes nossos planos para o futuro, sem esconder quais dúvidas eu tinha quanto à minha capacidade de dar vida a uma felicidade que desejo mais do que a minha". Portanto, Mary Clarke e Fauriel talvez tivessem a ideia de se casar; mas não se casaram jamais.

Em Brusuglio, Fauriel passou um verão tranquilo; escreveu o prefácio aos *Chants populaires de la Grèce moderne* (Cantos populares da Grécia moderna); contava encontrar-se com Mary e a mãe em Florença, no outono, e enquanto isso ele e Mary trocavam densas e longas cartas. As duas Clarke tinham visitado Nápoles e agora estavam outra vez em Roma; amavam profundamente a Itália; Mary gostava muito dos italianos, mas não dos italianos pobres ("*le bas peuple*"), por achá-los ferozes e brutais: maltratavam os cavalos. Lera as memórias de Alfieri* e ficara entusiasmada com elas. Gostava de estar em Roma, mas na família que as hospedava a cozinha era péssima ("cozinhavam como por-

* Vittorio Alfieri (1749-1803), aristocrata piemontês, foi poeta e dramaturgo.

cos") e transferiram-se, ela e a mãe, para Tivoli, porque queria respirar ar puro e comer bem: "Preciso agradar meu estômago, que é um tanto recalcitrante, embora esteja um pouco melhor depois de oito dias de repouso absoluto, nos quais me diverti pintando, e isso produziu em mim o efeito que o leite materno produz nos bebês". A propósito de bebês, conta que livrou um deles das faixas, no campo, nos arredores de Nápoles: "Pobre bicho! Urrava de perder o fôlego e não tinha mais de quinze dias, fazia um calor terrível; quando nós adultos mal podíamos suportar nossas roupas largas, o pequeno infeliz estava todo enfaixado, bem apertado, encerrado; logo que se viu livre das faixas, riu e ficou contente. Um jovem pintor inglês, por quem ando louca, me contou ter livrado pelo menos uns cem em três anos de permanência na Itália". A certa altura ficaram sem dinheiro, ela e a mãe, e Mary escreveu a Fauriel ansiosa, pedindo para mandar do dele ou emprestar dos Manzoni: mas o dinheiro acabou vindo da Inglaterra. "Viva o dinheiro!", escreveu. "É a chave de tudo: por isso gostaria de saber ganhá-lo e por essa razão sou tão sovina." Em Tivoli, recupera a saúde depois do calor do verão romano: "Aqui não faz calor, aliás, de noite quase faz frio, mas não há nenhuma sombra; por sorte, mamãe encontrou a mulher de um pintor que também se aborrece e fazem companhia uma à outra, do contrário não via a hora de partir e amaldiçoava minha vida e sobretudo a detestável caixa na qual Deus houve por bem trancar-me, porque se eu fosse homem, pergunto se seria necessário que mamãe e eu estivéssemos amarradas uma à outra. Ah, se me perguntassem: quer ser mulher ou galé? Diria no mesmo instante: Viva a galera!... Sou como uma bela águia numa gaiola pequena, mas basta, devo me conformar". Pedia com frequência notícias do romance de Manzoni, pois desejava traduzi-lo para o francês; sabia que Fauriel tratara desse assunto, em Paris, com outro eventual tradutor chamado Trognon, e queria ter o livro, tão logo fosse publicado, para traduzi-lo de imediato, de modo que Trognon ficasse de mãos abanando: "Quando o primeiro volume do sr. Manzoni for publicado, traga-o, *possession is nine points in the law*;* e se eu o tivesse antes daquele animal na França, talvez o terminasse antes e depois veria. Fique bem atento, caro Dicky, eu adoro o dinheiro, e é para tê-lo que quero traduzir esse livro, bem ou mal; *my own dear sweetie, do write to me, pray do*".** De qualquer modo, no fim, o livro não foi traduzido nem por ela nem por Trognon.

No outono, Fauriel foi a Florença, onde o esperavam as duas Clarke; ao partir, dissera aos Manzoni que fossem ao seu encontro, do contrário voltaria; mas os Manzoni continuavam adiando essa famosa viagem a Florença — e Fauriel não só não voltou, como, depois de uma breve carta em dezembro, não mandou notícias por vários meses. Pietro respondeu a essa breve carta: "Tenho o prazer de dizer-lhe que gozamos todos de boa saúde; minha querida mãe faz passeios a pé que lhe fazem muito bem. Minhas irmãs Giulia, Cristina, Sofia e meu irmão Enrico mandam-lhe mil lembranças afetuosas e ternas; Vittorina chama *Tola* e logo responde, *ele tá em Florença* — torna-se mais graciosa a cada dia, sabe imitar a voz de todos os animais, canta e corre pela casa inteira como uma menina grande". Enrichetta acrescentou algumas linhas: "Não conseguimos nos acostumar com sua ausência... Falamos sempre e seriamente do plano de encontrá-lo na primavera, caso não tivermos obstáculos então...".

* Expressão que significa que ter em mãos a posse de algo já é mais do que meio caminho andado. (N. E.)

** Em inglês, no original: "minha, muito minha, querida, me escreve, te peço".

"Ó nosso caro Tola, por que nos abandonou?", tornava a escrever-lhe Enrichetta dois meses mais tarde. "Meus filhos vivem a se queixar da sua ausência, recordam com gratidão sua bondade e lamentam não poder mais pôr à prova sua paciência... Queria escrever à srta. Clarke para ter notícias suas por intermédio dela e perguntar-lhe se ela o absorveu a ponto de parecer ter esquecido os amigos milaneses; não posso perdoá-la completamente por tê-lo roubado de nós... ela não estava errada... mas não é erro nosso sentirmos saudade de você. Giulia devia escrever-lhe, mas nunca teve coragem; Pietro é um desnorteado, Alessandro também não escreve, propondo-se sempre a fazê-lo, pelas mesmas razões, imagino, que você não escreve; mamãe vive sempre de planos... e vejo que sou eu a mais corajosa, pois ousei escrever-lhe." "Enrichetta disse-lhe que só sirvo para fazer planos", acrescentava a avó Giulia, "é verdade que há mais de 25 anos planejei amá-lo, querê-lo bem por toda a minha vida; e isso eu executo em todos os momentos da minha vida, mas você também me faz pagar um pouco caro, com todas as preocupações que nos dá! Há uma família inteira que o ama ternamente e não faz outra coisa a não ser atormentar-se com seu silêncio. Oh, querido amigo de todos nós, o que anda fazendo? Onde está? Será possível que se esqueça de nós? Não pode ser! Mas afinal o que anda fazendo esse *Tola*, que nem a Vittorina esquece?... Escreva-nos, suplico-lhe... Adeus, caro amigo — seu quarto está tal e qual como era, mas em vão, está lá vazio!"

O objetivo essencial daquela famosa viagem à Toscana, sempre adiada, era Manzoni revigorar seu estilo, pois a verdadeira língua italiana parecia-lhe ser a que falavam naquela região; no entanto, nunca encontrava o momento certo para ir até lá, talvez por medo de que, se fosse naquele momento, quando o livro ainda não estivesse bem formado, o choque imediato com um idioma diferente pudesse ser muito violento para o romance, o que iria estrangulá-lo no nascedouro. Mas decerto ele pensava com frequência nas ruas de Florença, onde se falava esse idioma e onde agora Fauriel passeava. "A obra do meu filho está muito atrasada, ele ainda não acabou de fazer, refazer e tornar a fazer o segundo volume", escreveu de novo a avó Giulia, na primavera, a Fauriel. "Assim estará ocupado durante todo o verão e espero que na solidão de Brusuglio ele se apresse em terminar tudo. Não tira o Mercado Velho da cabeça, sempre e onde quer que esteja, mas visto que é só isso, creio que, para tanto, em todo caso, alguns meses do outono na Toscana poderiam lhe bastar; porém, conversaremos sobre esse assunto oportunamente; enquanto isso ele dilacera nossos ouvidos com todos os seus toscanismos."

"Caro amigo, oh, como Alessandro está contente, está num momento feliz para escrever... Tínhamos tido a vaga esperança de ver as sras. Clarke, achando que passariam por Milão de volta à França, mas infelizmente isso não acontecerá", a avó Giulia escreve mais uma vez a Fauriel. Ele anunciara por fim sua chegada próxima. "Pois creio que receberá nossa carta, de modo que deve saber que não poderemos estar em Florença neste verão, assim Brusú está à sua espera... Permaneceremos na nossa Tebaida de Brusú; depois de todos os espetáculos, os bailes, as mascaradas de Florença, deve estar desejando, ouso dizer, sua cela. Alessandro experimenta, ou, melhor dizendo, sente a mais viva alegria de tê-lo consigo, e de poder ter uma boa prosa *durante o desjejum*; nem lhe falo de Enrichetta e de mim já o sabe, sua afilhada o ama com muita ternura, mas sempre acredita não ser amada... Você deve falar a Alessandro do Mercado Velho, pois reside nisso toda a sua Toscana."

"Por que tem o senhor a bondade de se interessar pelas ninharias que saem do meu tinteiro?", Manzoni escreve ao abade

Degola, que dera sinais de vida depois de muito tempo. "Sabe o senhor de que gênero é a ninharia na qual estou trabalhando, como se fosse um negócio importante? É daquele gênero de composição cujos autores, sem cerimônia, o seu e o meu Nicole denominava *empoissonneurs publics*.* Certamente, tomei todo o cuidado para não merecê-lo; mas terei conseguido?" Pierre Nicole, jansenista do século XVII, num de seus livros, *Les Imaginaires et les visionnaires* (Os imaginários e os visionários), imprecara contra uma comédia satírica de Desmarets de Saint-Sorlin, intitulada *Os visionários*, que tinha ofendido a severidade jansenista. Manzoni pensava, é claro, que seu romance pudesse ofender a severidade jansenista. "Quando tiver lido a obra, esperarei com impaciência, e não sem temor, seu julgamento. Advirto-o, porém, que eu, como bom autor, tenho apologias à minha disposição contra todas as objeções que lhe possam vir à mente, e pretendo justificar meu trabalho não só da imputação de pernicioso, mas também da acusação de inutilidade. Mas tudo isso é pilhéria: faça o obséquio de orar Àquele que não se ilude, para que se digne não permitir que eu me iluda desgraçadamente. E já que deseja saber a quantas anda esse trabalho, direi ao senhor que dei ao prelo o segundo volume, e daqui a três ou quatro meses espero ter feito o mesmo com o terceiro e último."

Fauriel passou todo o verão de 1825 em Brusuglio; em outubro, de repente, voltou a Milão e foi embora da Itália. Partiu às escondidas, deixando um livro de presente a Giulia, a avó, uma pequena soma em dinheiro ao médico que tratara dele, e um curto bilhete de despedida. Ele não explicou o motivo de partida tão repentina e tão apressada, que parecia uma fuga, e seus amigos

* Em francês no original: "envenenadores públicos".

nunca o souberam; talvez tivesse algum problema de dinheiro; ou apenas, talvez, temesse a comoção, as lágrimas das despedidas. Durante o verão, expressara o propósito de deixar a Itália por um curto período e depois voltar; mas não voltou nunca mais, e seus amigos nunca mais tornaram a vê-lo. Em novembro, escreveu de Marselha: "Se algo pudesse ser acrescentado ao meu desprazer de deixá-los e ao meu pesar por tê-los deixado, seriam os contratempos e os atrasos que enfrentei na viagem. Fui obrigado a passar três dias inteiros em Turim, de modo que consegui digerir facilmente as belezas sombrias da cidade, com a única companhia, quando a tinha, de um fanfarrão polonês e um pedreiro de Milão, ao qual se deve aquele trágico fosso em que ficaram sepultadas, no inverno passado, não sei quantas pessoas. Também fiquei detido em Nice, onde me entediei ainda mais do que em Turim, apesar dos passeios à beira-mar e das excursões num campo que, como todas as belas localidades da Provença, tem certo ar de jardim incrustado numa caixa de rocha... Quanto a Marselha, não saberia dizer se me diverti ou me aturdi com o barulho, a agitação, a atividade dessa população mercantil... Por tudo o que vejo e ouço há alguns dias, não posso duvidar de que me encontre na França, embora não me pareça estar completamente *repatriado* — sinto saudade de algo da Itália, e sobretudo de vocês e do que existe em torno de vocês... Sinto daqui que, não obstante tudo aquilo que me é caro em Paris, a cidade não me agradará realmente... Mas desde que não sou mais um de vocês, meu desejo de regressar a Paris aumenta dia a dia, e estou cansado de estradas principais e de hotéis. Adeus, um forte abraço a todos, adultos e crianças, crianças queridas das quais parece que ainda tenho, e procuro mais de uma vez ao meu redor, a dileta visão, a voz e até mesmo a algazarra. Choraria se pensasse muito nelas e em todos vocês...".

De Toulouse, onde ele se deteve alguns dias para suas pesquisas, escreveu a Mary Clarke: "Desde que deixei Narbonne, passei quase todo o tempo por lugares horríveis, sem outra companhia que a dos meus guias, e exausto devido a excursões a pé por atalhos como não encontrei iguais nos cantos mais selvagens dos Alpes. Adeus, cara amiga do meu coração, logo tornaremos a nos ver. É o meu pensamento mais doce". Embora fosse seu pensamento mais doce revê-la, e embora ela também manifestasse em toda carta que lhe escrevia o desejo de estar ao lado dele, não faziam nada para estar sempre juntos, e ela queria manter oculta aos olhos das pessoas a relação de ambos, e talvez ele também quisesse — essa relação era apaixonada, mas tormentosa e complicada, e sempre se separavam, e assim durou, entre longas separações e trocas de cartas, por anos a fio, até a morte dele.

Giulietta

“Você partiu, meu caro e mui caro amigo de todos nós!”, a avó Giulia escreveu a Fauriel. “Você deixou sua família, acredite que a fez derramar muitas lágrimas! Nossas crianças estão inconsoláveis e Enrico ameaça quem pronuncia seu nome… O que lhe direi de Giulia, de Pietro? Na natureza reflexiva e sensível que é a deles, o silêncio é eloquente, se assim ouso dizer; Cristina teve uns soluços que não conseguíamos fazer cessar. O meu Alessandro, o nosso, o seu, sente sua ausência mais do que você pode imaginar. Creia, não estou exagerando. Enrichetta vê em você um membro da família, não consegue se consolar dessa espécie de perda; parece que você desfez esse feixe tão bem atado. E eu que lhe falo, eu — eu gemo e, naturalmente, com muito mais amargura do que todos os outros.”

“Caro amigo”, escreveu Manzoni, “as sensações que nos deixaram sua partida não estão entre aquelas que podem ser expressas em poucas palavras, nem entre aquelas sobre as quais dá prazer conversar. Não acrescento nada àquilo que lhe disse mamãe. Pode imaginar com que impaciência esperamos algumas palavras da sua parte.”

"Meu caríssimo padrinho", Giulietta escreveu. É sua primeira carta; escreveu-lhe muitas. "*Mon bien cher parrain; mon cher parrain.*" Escrever a Fauriel tornou-se para ela um hábito apreciado e um prazer genuíno. Escrevia no lugar do pai, sempre muito ocupado. Essa primeira carta ainda é tímida. "Sempre sou repreendida, pois minha ingênua timidez vence em mim o desejo que teria de escrever-lhe. Mas ao ver que todos adiam para amanhã e papai ralha conosco, quero ser a mais gentil e obter como recompensa algo que no fundo, com certeza, me é muito caro, poder falar um minuto com o senhor que, faz muito tempo (muito, ao menos para mim), não tenho aborrecido com minhas conversas, como fazia quando desfrutávamos a felicidade de tê-lo conosco. Depois de um mês de espera e, ouso dizer, de inquietação, recebemos sua amável carta. Mas por que nos fazer desejá-la tanto? E agora, vai-se saber quando receberemos outra. Sabe como o queremos bem e também como (sobretudo nós, mulheres) temos facilidade de ficar ansiosos e de imaginar toda espécie de desgraças, portanto não nos deixe padecer tanto tempo entre suposições imaginárias, por sorte sempre dissipadas por suas cartas, as quais nos anunciam, com certa demora, que goza de boa saúde e que nada desagradável o impediu de dizê-lo antes. Não passa um dia que não falemos do senhor... Mamãe manda-lhe muitas lembranças, por esses dias anda um pouco adoentada, mas visto que isso depende das suas condições ninguém parece incomodar-se com o fato, o que a faz dizer que não só lhe cabe sofrer, mas também ouvir dizer que se trata de algo perfeitamente natural e que não é nada, pobre mamãe! No entanto, ela acha que o momento da sua libertação não tardará muito." Enrichetta estava grávida. Sentia-se tão mal a ponto de pensar que morreria de parto — nos últimos tempos da gravidez, fez um testamento. Escreveu ao marido uma carta, que manteve escondida. "A ti, meu amado Alessandro, ouso declarar minhas intenções, no caso de Deus em seus Divinos Desígnios levar-me deste mundo..." "Embora tenha muito pouco do que dispor, é meu desejo deixar ao morrer uma pequena lembrança aos entes que foram mais caros ao meu coração." Seguia-se a enumeração minuciosa do que possuía, dinheiro, joias e xales, e que destinava ao marido, à sogra, aos filhos, aos criados e aos pobres.

Fauriel pedia notícias, em suas cartas, "do sr. Blondel e senhora". Tratava-se do irmão de Enrichetta, Enrico Blondel, e da mulher dele. Depois de muitos anos, Enrico Blondel reatara relações com Alessandro, rompidas na época da conversão; os dois cunhados agora se encontravam com frequência e trocavam livros, atenções, cartas afetuosas. Manzoni escrevera-lhe uma vez, logo depois de reatarem as relações: "Verifica-se quase sempre que a diferença de opinião, e sobretudo de fé, arrefece a benevolência entre os homens. Essa diferença existia entre nós, mas nunca conversamos sobre ela; ambos evitamos qualquer conversa que pudesse evidenciá-la. Agora que o gelo foi rompido, percebo intensamente a necessidade de sentir-me seguro de que a amizade que me demonstrou, e que me é muito cara, não tenha sido abalada. Considere suficiente dizer-lhe que da minha parte nada pôde e jamais poderá alterar nem os sentimentos de caridade universal que me ligam a você como a todos os homens, nem os sentimentos pessoais de estima e de amizade que lhe devotei, nem a feliz relação que se criou entre nós graças à pessoa que veio da sua família e entrou na minha, para ser ao mesmo tempo alegria e modelo". Havia anos, Enrico Blondel estava muito doente; era cuidado pela jovem mulher; casara-se com Louise Maumary, sua sobrinha, filha de uma irmã. Louise, *tante Louise*, teria grande importância na vida da família Manzoni.

Em janeiro de 1826, chegou de Gênova a notícia da morte do abade Degola. Um sobrinho do abade, Prospero Ignazio, escreveu a Manzoni. "Fazia alguns anos, o finado dom Eustachio vinha sendo surpreendido periodicamente, duas ou três vezes, por bronquites, que, tornadas mais frequentes com o tempo, degeneraram em vômicas. Para não alimentar sua doença, ele se submetia a uma rigorosa dieta, abstendo-se de todas as coisas estimulantes, e com tais cuidados passou bem o verão e o outono, sem no entanto poder extirpar o germe da doença cujos sintomas se apresentaram mais uma vez no início de dezembro passado. Depois de quinze dias de tratamento inócuo, foi acometido de lancinantes dores de cabeça, tão persistentes que o atormentaram até a morte... O enfermo definhava cada vez mais e, perdida a jovialidade, demonstrava indiferença à companhia até dos amigos mais diletos; e por fim deu sinais inequívocos de enfraquecimento das faculdades intelectuais, perguntando com frequência a mesma coisa e falando despropósitos. Mas foi somente na sexta-feira, dia 13 do corrente, que começamos a temer por seu destino, ao vê-lo jazer em profunda apatia. No sábado, depois de acordar, recebeu com toda presença de espírito os consolos extremos da religião. Ninguém pôde perturbar sua *tranquilidade*... Por isso, abandonando qualquer pensamento terreno, ocupou-se somente daquele do céu... Que resignação em meio aos espasmos! Que virtude!... Quatro horas antes de expirar perguntou pela família, e, reunindo nos lábios frios todas as forças que lhe restavam, deu-nos um terno adeus, e, dirigindo-se a mim: 'Queira-me bem', disse, eu lhe prometi, e logo acrescentou: 'Mas se me queres bem, faz sempre o que te disse'. Palavras pronunciadas com tanta dificuldade e amor, que não posso lembrar-me delas sem lágrimas..."

Em março de 1826, Enrichetta teve um menino, que foi chamado Filippo. Não podia amamentá-lo; providenciaram uma ama de leite.

"Meu caro amigo", Fauriel escreveu a Manzoni. "Tive um prazer redobrado em receber notícias suas pelo amável mensageiro que as trouxe e que depois, mui gentilmente, relatou-me as que continuou a receber." O "amável mensageiro" era Giacomo Beccaria, primo dos Manzoni. "Sentia-me sobretudo impaciente por notícias da nossa querida, mais que querida Enrichetta; julgue, então, minha alegria em saber que havia sido feliz no parto de um grande e belo Filippo; que logo poderá, espero, tomar nas minhas costas o lugar de Enrico... Embora menos do que na última vez em que lhe escrevi, continuo triste; e talvez por isso minha saúde não seja mais a mesma com que voltara de Brusuglio e dos Pirineus. Paris não me agrada em nada desde os primeiros dias da minha chegada, e não imagino poder permanecer fechado aqui durante todo o verão... Fosse livre para dar ouvidos apenas às minhas aspirações, aos meus sentimentos e à minha vontade, voltaria correndo para junto de vocês, para reencontrar o bem-estar e a calma que me circundavam, e não tenho coragem de renunciar definitivamente à esperança próxima de um bem tão doce. Mas o fato é que no meu trabalho atual assumi encargos sérios e com prazos fixos, que me impõem a obrigação da escolha mais acertada para poupar meu tempo, que seria a de não arredar pé de Paris ou de não me afastar daqui a não ser em raras ocasiões... Quando considero tudo o que me resta fazer para levar a cabo esse trabalho, chega a dar medo; mas, para não ter medo, penso nisso o menos possível; nessa história toda, só uma coisa depende de mim: não perder tempo ou perdê-lo o mínimo possível." Essa carta foi levada em mãos, junto com outras, para Giulietta e Ermes Visconti, pelos marqueses Trotti, amigos de Manzoni, que faziam viagens frequentes entre Paris e a Itália. Giulietta responde: "Papai diz sentir muito não poder lhe escrever, mas um temporal que se avizinha faz com que passe tão mal (como sabe, acontece-lhe sempre passar mal antes dos temporais) que ele realmente não dá conta. Papai queria lhe escrever para de algum modo responder à carta que nos mandou pelo marquês Trotti; ficou tão comovido com ela que não fala em outra coisa... Também queria dizer-lhe como a ideia de que o senhor não estará em Brusú o deixa triste e lhe tira boa parte do prazer que tem em ir para lá. Papai está mais do que impaciente para ver o fruto de sua próxima criação, diz que lhe dará um prazer redobrado, pois a isso liga a ideia de sua vinda para cá, seria como uma espécie de passaporte, ele o deseja ardentemente. Aí está tudo o que me disse e redisse, mas com tanto calor e tão escassa confiança na minha destreza que isso me fez ainda mais tola... Filippino está muito bem depois que lhe trocaram a ama de leite; cresce bem e começa a rir quando lhe falam; se for alegre como sua ama, será bastante alegre... Converso quase sempre a seu respeito com o cavalheiro Jacopetti, que vem duas vezes por semana, à noite, com a princesa Pietrasante e, para me agradar, Jacopetti fala-me do senhor, e não é o único...".

De Brusuglio, no verão, Manzoni a Fauriel: "Não sei se sabe ler (mas eu ouso crer que sim) todas as coisas que lhe disse na primeira palavra desta carta: Brusuglio! Esse lugar que você tornou tão difícil de habitar, onde sua ausência está por toda parte, onde todos sentimos sua falta, a todo instante!".

De Copreno, no outono, Giulietta a Fauriel (tinham ido todos a Copreno para mudar de ares, alugaram uma casa. Havia ali parentes Beccaria): "Encontramo-nos bastante bem nessa casa pequena mas graciosa... Fazemos passeios. Vamos ver todas aquelas belas casas de campo nas vizinhanças... Eu passo o tempo a desenhar, estudar e ler; estou lendo *Woodstock* em inglês. O senhor o leu? O que acha? É Walter Scott, não é necessário dizer mais nada... Vittorina está aqui ao meu lado, perguntei se tinha algo a lhe dizer, respondeu-me: 'Nada, que uma veiz ele chamô o Enrico de porco, então ele é malvado'. Repare como guarda rancor. É realmente boazinha, mas cheia de caprichos como ela só. Quanto a ler e escrever, Enrico encontra-se no ponto em que estava quando o senhor partiu... Na segunda-feira passada, dia 9 de outubro, papai, Grossi, Cattaneo, o jovem Capretti e Pietro partiram para Como; Gallina os acompanhava com um cavalinho que levava as bagagens de todos... Não sei ainda quando estarão de volta... asseguro-lhe que a ausência deles nos deixa um vazio bem grande! Não sei como o suportaríamos se estivéssemos em outro lugar e não aqui!... Posso ter esperança de que finalmente teremos notícias suas? Sabe que é bem feio comportar-se desse jeito?... Uma vez que minha carta ainda não foi enviada, abro-a para lhe anunciar a volta de papai. Chovia muito ontem e não era agradável viajar a pé; como estavam em Merate, tomaram uma carruagem e vieram para cá... Para dar-lhe uma ideia da alegria desses senhores, hoje de manhã falavam de suas aventuras, diziam não ter recusado nada, só que em Bellagio tinham comido um peixe excelente e foram muito idiotas ao não pedir o mesmo prato pela segunda vez. É uma grande lástima! Cattaneo diz: vale a pena voltar para comê-lo. Na verdade, diz Grossi, foi uma coisa muito idiota para não ser remediada. E Cattaneo: dá-me tua palavra que me farás companhia se eu voltar lá! Sairão amanhã às quatro, chegarão a Como para atravessar o lago no barco a vapor, em Bellagio comerão o peixe e voltarão no mesmo instante para cá. Sessenta milhas* por uma posta de peixe! Pietro está feliz em continuar a divertir-se, mas papai não irá".

Manzoni a Fauriel, no fim do outono, de Milão: "Já faz algum tempo, ou seja, quase dois meses, que ando mais atormentado do que de costume com meus males imaginários ou reais, mas bem reais para mim, tanto num caso como no outro: diria até que os sintomas mais sensíveis (sobretudo dores de estômago quase con-

* Cerca de 96 quilômetros. (N. E.)

tínuas) chegam a me propiciar algum prazer na medida em que me é dada a razão de uma tristeza e de um abatimento que me seriam ainda mais penosos se não pudesse atribuir-lhes uma causa física. Meu trabalho procede mais devagar do que nunca e com interrupções bastante longas: estou magnificamente decepcionado com ele, a única coisa que me anima um pouco é a vontade de dele me livrar de uma vez por todas, imagine quanta inspiração isso pode dar. Com certeza você recebeu da sra. Belgioioso a primeira metade do terceiro volume; desde então não consegui alinhavar senão cerca de um terço da segunda metade; contudo, continuo esperando me safar disso antes do fim do inverno".

À medida que o romance avançava, Manzoni mandava-o a Fauriel; confiava maços de páginas a pessoas que partiam para Paris; Fauriel, tão logo as recebia, passava-as para seu conhecido, Auguste Trognon, que devia traduzi-las para o francês. Trognon era um professor de história e autor de um romance histórico, que imitava os romances de Walter Scott; traduzira, anos antes, em 1819, *Le ultime lettere di Jacopo Ortis* (As últimas cartas de Jacopo Ortis).* Havia tempo, manifestara a Fauriel o desejo de traduzir o romance de Manzoni, que estava de acordo. Mary Clarke também dissera a Fauriel que queria traduzi-lo; mas ele talvez tenha pensado que uma tradução de Trognon fosse preferível.

Giulietta a Fauriel: "Vemos Ermes cada vez menos à noite desde que o irmão dele casou, diz que se está muito bem junto à lareira na própria casa quando se tem com quem conversar. Esse é o verdadeiro Visconti! Trazem-me nesse instante violetas de Brusú, mando-lhe uma. Pense de vez em quando nesse pobre Brusú! Mas pense para valer! Quantas vezes falamos do senhor e recordamos o passado para imaginar o porvir... Durante três dias, Vittorina continuou dizendo a todas as pessoas com que se

* Romance epistolar de Ugo Foscolo, publicado em 1801.

deparava que Fauriel havia escrito uma coisa a respeito dela, corria para mim para poder dizer o que era exatamente e, mal eu lhe dizia, ela se esquecia... Enrico quer que eu lhe conte que sonhou com o senhor, não sei mais qual era o sonho. Tem um preceptor que lhe ensina diversas pequenas coisas com muita paciência e deve levá-lo para passear. Minhas irmãs fazem progresso na música, têm um professor de francês, história e geografia, como Pietro. Ele tem muitos outros, faz grandes progressos em tudo, tanto no aspecto físico como no moral. Continua indo um pouco ao picadeiro e patinou enquanto houve gelo, espera que ainda vá gelar, mas não creio nisso. Tivemos uma quantidade de neve que nos trouxe lama e mau tempo por quinze dias. Oh, não posso esquecer de falar-lhe de Acerbi, não deixou o lago de Como, é de esperar que a essa hora já esteja completamente fora de perigo...". (Enrico Acerbi era um amigo da família, um médico, estivera muito doente dos pulmões; costumava dar notícias minuciosas de sua saúde sobretudo a Giulia, a avó, a quem costumava chamar "minha segunda mãezinha", que, por sua vez, também lhe escrevia e mandava cestos de doces.) "Vittorina está falando sozinha num canto da sala e diz que sente mais pena de Fauriel do que de Acerbi, porque Fauriel está em Paris, o pobre homem, e Acerbi não está tão longe. Tão longe e tão sozinho! Quer que eu diga se Giuseppe [o criado] irá levar-lhe a carta até Paris, se nos damos conta de como ficará cansado!"

Giulietta a Fauriel, na primavera de 1827: "Papai manda-lhe muitas lembranças, trabalha, pede para dizer que acredita ter quase chegado ao fim de seu eterno trabalho. Porém, o senhor sabe que muitas vezes um capítulo custa-lhe semanas, isso por causa de sua saúde sempre ruim; de modo que está quase acabado, mas quando estará realmente acabado?... Sou-lhe muito agradecida por interessar-se pela minha saúde, diria que está um pouco melhor... embora eu continue a emagrecer. Pietro tem a parte de boa saúde que me falta, os outros estão bem, salvo Filippino que tem sofrido um pouco com a dentição; ainda só toma o leite da sua ama, apesar de ter completado um ano. Mamãe anda com um pouco de dor de dentes por esses dias... também está há dois meses com espinhas no rosto que lhe dão aflição. *Bonne-maman** é sempre a que está melhor de saúde, asseguro-lhe que para nós é uma verdadeira alegria vê-la tão bem. A propósito, também quero pôr nesta carta uma violeta que eu mesma colhi ontem em Brusú, admira-me muito que não tenha encontrado as duas que mandei na anterior. Oito dias atrás, recebemos aqui um certo sr. Orlandi que voou num balão com asas. Pretendia poder tomar uma direção exata, mas muito simplesmente, ao contrário, voou muito bem, só que sempre em linha reta, e desceu onde podia e não onde queria; por estar fazendo um tempo maravilhoso, desceu muito perto da Arena de onde partira... Faça a gentileza de escrever de vez em quando. Oh, se pudéssemos tornar a vê-lo em breve! Sua viagem durará muito? Quais são seus planos para depois? Não voltará mais a Milão, quero dizer, por muito tempo? Ah, seria realmente cruel da sua parte, depois de ter-nos dado esperanças tão caras! Toda a minha família pede que lhe diga isso, todos os nossos amigos repetem-no sem cessar!... Se as sras. Clarke estiverem em Paris, queira dizer-lhes que guardamos sempre uma doce recordação do pouco tempo que passamos juntos".

Ermes Visconti a Fauriel: "Creio não estar enganado ao supor que ainda não tenha sido publicada a tradução daquele meu ensaio sobre o Belo, cujo manuscrito aprovado pela nossa censura enviei-lhe já faz alguns anos. Creio não estar enganado, e espero. Agora desejo, e desejo ardentemente, que esse meu trabalho permaneça inédito para sempre. Vejo nele erros essenciais e de suma importância. Muitas coisas ali não são consideradas pelo

* Em francês, no original: "avó".

seu aspecto mais grave, pelo único aspecto que é verdadeiro. Outras apresentam ideias incompletas e, portanto, falsas. Talvez em outra ocasião possa refundir esse ensaio, extrair dele muitos e muitos defeitos que descubro e percebo... Entrementes, se ainda temos tempo, suplico-lhe, gentilíssimo amigo, providenciar para que não se pense na publicação já há muito tempo e por sorte adiada... Mande-me notícias e resposta quanto ao supradito. Como e quando for da sua conveniência, esperarei os esclarecimentos de M. Rémusat sobre a língua chinesa. Alessandro está quase a ponto de entregar ao editor os últimos capítulos do seu romance. Nós o teremos, espero, no mês de maio. Ótimas novas da família Manzoni, de Cattaneo e Grossi. Adeus".

Giulietta, em junho, de Milão, a Fauriel: "Eis-me de novo a escrever-lhe no lugar de papai!... Também desta vez não deixa de dizer que conta escrever-lhe em breve. Na primeira oportunidade irá mandar o resto dos in-fólios que serão, creio, cerca de quatro; manda-lhe oito desta vez, não tendo outros já impressos... O marquês Ermes, que se encontra na sala, pede-me que lhe mande muitas lembranças da sua parte e que lhe peça para dar alguma resposta à última que lhe escreveu... Quanto a papai, saiba que finalmente podemos esperar para breve a publicação desse eterno romance, já não é sem tempo, Deus do céu! E por muitas razões, pois ele tinha muitas para fazê-lo e os outros de fato tinham tantas mais para esperá-lo... Papai entra nesse instante para dizer que o avise que na segunda-feira haverá outra oportunidade, que lhe escreverá sem falta e mandará o resto, mas o senhor só o receberá no fim do mês, pois, ao que parece, a pessoa em questão deve viajar devagar... Mamãe nunca sarou da enfermidade nos olhos, aliás, faz cinco meses que está pior, é bastante tempo, mas faz banhos com água pura, ainda só fez poucos, de modo que é impossível julgar se lhe fazem bem; os médicos dizem que enquanto não mudar de ares não poderá se restabelecer de todo! Talvez Brusú não seja longe o bastante; por isso, pensamos, quem sabe, em arranjar uma casa à beira do lago de Como, porém nada foi decidido ainda e, até que papai não tenha terminado, creio que não sairemos da cidade. Tivemos um tempo péssimo e o calor começa a se fazer sentir. Papai diz que não deve, não ousa e não espera nem sequer lhe pedir uma carta, mas que ainda assim ele a deseja, espera e até mesmo a pede; e que se o senhor me escrever será justo, se escrever a ele será misericordioso".

Manzoni a Fauriel, poucos dias mais tarde: "*Respice finem*,* caro amigo; é para mim um verdadeiro alívio pensar que afinal falarei com você sobre outra coisa, não mais sobre essa história insuportável, que já me apoquentou tanto quanto aos meus dez leitores; apoquentou a mim, digo; você pode bem imaginar. Portanto, para não falar mais sobre isso, eis os in-fólios do último volume, que você terá a bondade de entregar ao sr. Trognon... Estou verdadeiramente contrariado por não poder recriminá-lo por seu silêncio; não é que me falte a vontade, mas a desfaçatez. Assim, vou me limitar a pedir-lhe, do fundo do coração, que me escreva logo uma longa, sim, uma longa carta, que me fale demoradamente de você, já que não nos podemos ver, e das suas *Provençais*, já que nem estas temos visto [*Lettres provençales* (As letras provençais)** era o título da obra em que Fauriel estava trabalhando havia muito tempo]... Giulia contou-lhe que uma alergia em volta dos olhos anda incomodando nossa Enrichetta; não é, e não pode de forma alguma tornar-se algo grave; mas ela sofre com isso, e nós junto com ela, como pode imaginar. Aconselharam-lhe banhos de mar, e quase tomamos a decisão de tentá-los; provavelmente, para isso iremos a Gênova, no próximo mês, e também é possível que de lá vamos passar algum tempo na Tosca-

* Em latim, no original: "Veja o fim".
** Obra em três volumes publicada postumamente (1846), com o título *Histoire de la poésie provençale* (História da poesia provençal).

na... Um abraço apertado, e peço-lhe novamente que me escreva. Adeus, adeus".

Na Toscana, ouvindo as pessoas falarem, Manzoni poderia dar ao estilo de seu romance a vivacidade, o frescor, a pureza de sotaque que receava faltar ao livro. O romance já estava no prelo, mas ele pretendia revê-lo e corrigi-lo para uma nova edição.

Na metade de junho, o romance, que no manuscrito intitulava-se *Gli sposi promessi* [Os esposos prometidos], encontrava-se totalmente impresso em três volumes, por obra do editor Ferrario, com data de 1825, e assumia o título que se tornou definitivo: *I promessi sposi.** Vincenzo Monti, bastante enfermo havia tempos, recebeu uma das primeiras cópias. Manzoni enviou-a para Monza, onde ele morava, com uma carta: "A lenga-lenga devia ser-lhe apresentada aqui, sem palavra e com muito rubor, pela minha Giulietta, e, eu diria, sua também por admiração e reconhecimento: e dava-me muito prazer imaginar pudor tão dileto diante de uma fama tão dileta quanto. Mas uma inflamação na garganta muito incômoda retém a pobrezinha acamada já há dois dias, e, embora em declínio, demonstra querer mantê-la em casa por mais algum tempo. Portanto, receba por ora a lenga-lenga sozinha: não que eu pretenda condená-lo a lê-la de imediato; mas, de qualquer modo, faço questão de mandá-la. E tão logo o mal e o médico permitam, iremos agradecer-lhe por tê-la recebido". Monti soubera por amigos que Manzoni se preparava para viajar, e achava que ele ia a Roma. Responde-lhe: "Meu diletíssimo... temendo que sua iminente partida para Roma me prive da alegria de revê-lo, pois a cada novo dia sinto meu fim se aproximar, venho por meio desta dizer-lhe que vou esperá-lo no céu, onde tenho certa esperança de revê-lo quando chegar a hora. Enquanto

* *Os noivos*, no Brasil e em Portugal.

isso, antes que meu dom Abbondio* entoe o Profiscere,** quero lhe agradecer o valioso presente que me fez dos seus *Esposos prometidos*, sobre os quais direi o que já disse de *Carmagnola*: 'Queria eu ser o autor'. Li sua novela e, terminada a leitura, senti-me intimamente melhor, e minha admiração cresceu. Sim, meu caro Manzoni, seu talento é admirável, e seu coração é fonte inexaurível de ternos sentimentos, o que torna sua escrita particular ...".

Giulietta, em 7 de julho, a Fauriel: "Na próxima semana iremos a Gênova, Livorno e Florença; tendo em conta que a saúde de mamãe está sempre muito ruim, e tendo em conta que, por outro lado, os banhos de água pura lhe deram algum alívio, os médicos recomendaram muito aos meus pais a viagem a Livorno para que mamãe possa tomar banhos de mar. Creio que ela tomará cerca de quinze banhos e logo em seguida iremos a Florença, onde permaneceremos, creio, até outubro, mais ou menos...". Partiam todos, menos Filippino — por medo de que viajar com o calor lhe fizesse mal, decidiram deixá-lo em Brusuglio com os criados. "Será bem tratada, com toda a certeza, essa criança querida que agora anda e fala algumas palavras, parece ser ainda mais carinhosa nesses dias como para despertar em nós um remorso mais vivo, ou talvez sejamos nós a fazer-lhe mais carinhos! Sua ama o deixa amanhã para que aos poucos se veja privado das pessoas que lhe são mais queridas. Mamãe estava um pouco melhor nos dias passados, mas anteontem tomou ar quando estava com calor, e visto que, como é natural, o reumatismo manifestou-se na parte mais afetada pela doença, um de seus olhos está todo inchado e mais vermelho do que de costume, e ela aplicou hoje um vesicante... *Bonne-maman* também não está passando bem já faz

* Personagem de *Os noivos*.

** Alusão à prece Profiscere Anima Christiana, feita para ungir os enfermos na hora da morte.

algum tempo, sente-se muito fraca e prestes a desmaiar quase sempre de manhã... As crianças estão todas muito felizes de ver uma paisagem nova e de viver um pouco ao ar livre. Pietro sobretudo está exultante como um rei. Eu, então, verei outra parte desta bela Itália e mais bela do que aquilo que já conheço, mas não me será mais cara! Nem decerto igualmente cara! Não lhe falo do desgosto que nos dá um silêncio tão obstinado da parte sua. Estive muito doente e por muito tempo, faz uns quinze dias que estou de pé, mas até agora não me sinto bem, tive durante mais de dez dias uma febre muito forte e a bochecha bem inchada, durante oito dias só podia beber, pois não conseguia abrir a boca, acho que também era por causa de um dente enorme que está nascendo... Estive agora com papai que está lá fazendo correções no meio de todos aqueles senhores [tratava-se provavelmente dos amigos habituais], diz que não tem tempo de falar-me nem sequer a metade do que quer que lhe escreva; é sempre assim!... Devo contar que sentimos um imenso prazer diante do sucesso da obra de papai, na verdade superou não só nossa expectativa, mas toda a esperança: em menos de vinte dias foram vendidas seiscentas cópias, é um verdadeiro furor, não se fala em outra coisa; fazem fila para poder comprá-lo. Papai vive rodeado de pessoas e de cartas de todos os tipos e de todas as classes, também saíram artigos muito favoráveis e estão previstos outros."

Embarcaram em meados de julho. Eram treze, em duas carruagens. Fizeram uma parada em Pavia, onde almoçaram com o bispo Tosi. Retomaram a viagem e foram alcançados pela chuva. Houve um acidente: a carruagem onde as crianças estavam capotou. A avó Giulia escreveu de Gênova ao bispo: "Antes de mais nada, peço-lhe que receba nossos mais ternos e respeitosos agradecimentos pelo tanto de bondade e cordialidade que nos demonstrou na bela meia jornada que passamos com o senhor. O senhor é e continuará sendo nosso querido pai. Partindo de Gravelone, atravessamos com êxito o Pó e os eternos Sabbioni, e, por já ser demasiado tarde e continuar a chover, tivemos de parar em Casteggio, horrenda hospedaria, dormir mal, ou melhor, não dormir devido aos percevejos que eram, mais do que nós, os donos das péssimas camas que nos cabiam; saímos às cinco, mas sempre com chuva e, ao chegar a Tortona, temporal. Paramos por um bom tempo para esperar que diminuísse e tomar alguma coisa. São coisa de enlouquecer os postilhões, que nos fizeram pagar por dez os nove cavalos. Depois de Arquato, numa ladeira à beira do precipício no Scrivia, sempre chovendo, romperam-se as correias da canga dos cavalos do carro das nossas crianças, eu ouço gritos, Giulietta olha e vê o carro todo virado. O senhor imagine nosso susto. O horror do momento, digo, quatro passos adiante, estavam todos perdidos, mas o bom Deus, a santa Virgem, os anjos, os santos que invocamos fizeram com que o carro virasse exatamente numa espécie de abertura cheia de lama no precipício. Então se deteve, o cavalo à frente, o postilhão, Giuseppino, Enrico, todos debaixo. Giuseppino desvencilhou-se, pegou Enrico e o atirou para cima de um morrete próximo… saíram todos os demais da carruagem, sãos e salvos de todo mal, afora o grande susto. Veja o senhor se não foi o próprio bom Deus que nos ajudou: deu muito trabalho pôr de pé a carruagem totalmente intacta. Foi uma verdadeira graça, uma magnânima caridade do Senhor, da sua Santa Mãe, dos que intercederam por nós. Repito, dois passos adiante e então… Oh, agradeça por nós ao Senhor! As crianças não queriam mais subir na carruagem, foi preciso que Enrichetta fosse com elas. Continuamos com êxito nossa viagem e entramos em Gênova às sete. Estamos hospedados na Locanda delle Quatro Nazioni, temos um terraço que dá para o porto. Devíamos partir anteontem, mas assustou-nos o calor, a incerteza do bem-estar em Livorno onde não conhecemos ninguém, a necessidade de repouso depois de um sobressalto como o que tivemos, o fato de eu ter de me purgar, de encontrar aqui os banhos de mar sem sermos obrigados a seguir adiante, e uma acolhida muito cordial da parte de muitos, muitos conhecidos fez com que decidíssemos tomar os banhos aqui, de modo que, realmente, Enrichetta desfruta do primeiro com verdadeiro prazer, creio eu. E fazemos bem em agir assim, é verdade que em vez do belo toscano escutamos, ouvimos o genovês, mas paciência, é coisa de quinze ou vinte dias e daí iremos para Livorno e Florença, se for possível encontrar um bom cocheiro, será preferível à posta... e assim ver com mais tranquilidade as cidades da bela Toscana, e Alessandro enfim poderá ouvir a bela língua dos camponeses e camponesas que ele acredita ser o *non plus ultra*, e esse é o escopo da viagem".

O episódio da carruagem também foi contado por Manzoni, que escreveu de Gênova a Tommaso Grossi: "A carruagem onde estava toda a nossa pequena ninhada capotou junto de um cômoro, por graça do céu, pois atrás dele ficava o Scrivia no fundo de uma ribanceira. E pela mesma graça do céu, ninguém se feriu, e tudo não passou do medo,* conforme devemos entender a fala da boa gente de lá que nos socorreu, que assim chama essa feia paixão ou sentimento, como queiras. Ao anoitecer, ou melhor, pouco antes, chegamos a Gênova, nem mais nem menos; e continuamos aqui. E se não sabes qual a razão dessa mudança de planos, vou te dizer. Alguns velhos conhecidos que encontramos aqui e outros novos que fizemos começaram a nos inculcar tanto medo** de Livorno, e do calor que dizem ser excessivo, e de certos mosquitos que mudam toda a forma da cútis e dão febre, quando não outra coisa, e de certas particularidades; e essas particularidades eram

* "*Puia*", no original; de *paura* (medo), em dialeto genovês.
** Idem.

ditas de um modo tão cortês, tão cordial, tão gentil que entre o medo de lá e a atração por cá, olhamos uns para os outros e decidimos: tomamos os banhos em Gênova".

Os velhos e os novos conhecidos, em Gênova, eram o marquês Gian Carlo di Negro, cunhado de Ermes Visconti, que tinha uma graciosa vila onde iam passar prazerosamente os serões; o dr. Carlo Mojon e sua mulher, e o marquês de Saint-Réal, octogenário, intendente da Marinha sarda, casado com uma irmã de Xavier de Maistre. A avó Giulia escreve ao bispo Tosi: "O senhor não pode imaginar como os senhores e as senhoras piemonteses festejam Alessandro, creio que até demais".

Por fim, decidiram ir para Livorno. Manzoni escreve a Rossari, na véspera da partida: "Caríssimo, entre o barulho dos pequenos e dos grandes — os primeiros a fazer traquinagens, os segundos a empacotar objetos —, coisas que podem ser desiguais em seus efeitos remotos, mas que, em mim, no momento atual, produzem um efeito igual, ou melhor, idêntico, o de aborrecer-me, tomo a pena, para ter de enfiada muitos dedos de prosa com meu querido *Noi*, como já tinha planejado... Agora, façamos de conta que estamos no meu sofá diante da lareira, e vamos às tagarelices". Um jovem genovês disse-lhe ter encontrado no romance "muitos modos de dizer que até então acreditara ser genovês puro. Faltou pouco para que eu não lhe lançasse os braços em torno do pescoço e o beijasse em uma e outra bochecha... A Ferrario [o tipógrafo], peço-te mandar muitas lembranças e dizer-lhe que o sr. Gravier [um livreiro] estimou para mim o preço dos doze exemplares em muitas belas peças novas de cinco francos, uma em cima da outra. E que sinto um prazer enorme por não terem sobrado mais do que 36 desses exemplares, e que meu prazer será bem maior quando todos esses também tiverem ido... Não quero deixar de te dizer que meu Pietro é um nadador consumado; que se atira de cabeça do barco e mergulha e volta à tona quando bem quer...".

De Livorno, Manzoni a Grossi: "Oh, que carta amável, que amável carta, que doce, que melosa carta recebo do meu Grossi! Exatamente a carta necessária para compensar-me de tanto silêncio! E, sem demora, meto mão à resposta — e podes esperar que quase não te falarei de outra coisa que não de assuntos meus, daquilo que fazemos e vemos por aqui, de como passamos e que tais, como é costume dos viajantes. Os quais, creio ter descoberto (se é que outros não o descobriram e disseram antes de mim), o porquê de comumente, em seus relatos, falarem mal dos lugares que visitam; o motivo é que não encontram os aposentos, nem as mobílias, nem nada daquilo a que estão acostumados, e, o que é pior, não encontram os amigos; precisam pensar em desfazer e refazer malas, devem sempre ter a bolsa à mão e, para aliviá-la o mínimo possível, têm de tratar com gente que desejaria esvaziá-la por completo, e coisas do gênero... Porém, também observei que esse aborrecimento, esse mau humor é extremo nos primeiros momentos e depois vai diminuindo pouco a pouco... Assim, se tivesse te escrito de Gênova no dia seguinte à nossa chegada, ou seja, depois da canseira e do aborrecimento de errar de aposento em aposento para neles arrumar sete ou oito camas à nossa maneira, e após ter passado a primeira noite naquelas camas que não eram nossas, meu estilo seria o de um veterano da expedição de Moscou; mas, por ter me demorado um pouco, eis que encontraste certo ar festivo na minha carta... e agora te digo que passamos em Gênova três semanas tão prazerosas quanto é possível (para nós) fora da própria casa, e que partimos dali com verdadeiro desprazer... Saindo na terça-feira passada, como eu havia escrito a Rossari, levamos quatro dias para nos transportarmos e sermos transportados para cá. O primeiro foi um contínuo passeio de beleza em beleza, uma vista como que eterna do mar e de belos montes, entre laranjeiras, loureiros, oliveiras, figueiras, vinhas, lindos povoados, uma verdadeira maravilha. E deleitamo-

-nos realmente com essa jornada; e embora houvesse trechos não digo perigosos, mas daqueles que fazem medo à minha mãe, que, como sabes, tem receio de cair em locais onde alguém que tivesse a intenção de cometer um suicídio penaria para achar maneira de fazê-lo, até ela se deleitou, pois por amor a nós preferiu calar seu medo, e o medo, quando não pode se manifestar, aborrece-se e vai embora". Na segunda jornada, "pequenas montanhas, sem vistas bonitas, nem perto nem longe, e com precipícios piores"; na terceira chegam a Pietrasanta, "primeira terra da Toscana daquela parte, e ali teve início o prazer de entender com os ouvidos essa língua que já me pareceu maravilhosa nessa oportunidade, que me parece como tal aqui em Livorno; o que será então ouvi-la em Florença? Hei de escrever-te as grandes coisas que penso de lá". Durante a viagem, tendo parado num restaurante para o almoço, serviram-lhes certos vegetais, que na Lombardia eram chamados *cornetti*, "motivo pelo qual, virando-me para o garçom, num tom bem-educado, tentando não gaguejar [Manzoni gaguejava], perguntei: que prato é aquele? Não do jeito de quem ignora como a coisa se chama, mas como quem não sabe do que se trata. Vagens, senhor, respondeu-me o acadêmico de guardanapo no braço...". Na quarta jornada, pararam algumas horas em Lucca, e outras tantas em Pisa, onde esperavam voltar; e por fim chegaram a Livorno. Não acharam vaga na hospedaria indicada, tiveram de procurar outra, já havia escurecido; a hospedaria que encontraram era péssima, "e as crianças adormecidas, que provavelmente sonhavam com comida e, despertadas para comer, punham-se umas a resmungar, outras a chorar... Basta, de manhã resolvemos sair à procura de outra hospedaria, já que naquela, apesar de toda a boa vontade dos donos, não se podia ficar a não ser com muito desconforto; fomos visitar Monsieur Guébhard, banqueiro, a quem tínhamos sido recomendados pelo meu cunhado [Enrico Blondel]; e então houve uma verdadeira mudança de cena, desaparece o bosque e aparece uma bela sala; fim dos aborrecimentos...". A hospedaria encontrada com a ajuda do banqueiro era boa, ou melhor, era ótima "quanto à hospedagem e à mesa", porém dava para a principal via de Livorno, Via Ferdinanda, também chamada Via Grande, sempre apinhada e muito barulhenta. "Mas dirias: todos os seus aposentos dão para a rua? Não; parte deles dá para um pátio interno que vocês chamariam de quintalzinho, e diriam *on cortinett*; mas sabes o que se faz ali? Aqui embaixo fica o café do Greco, o primeiro de Livorno, e o tal pátio faz parte dele e, durante boa parcela do dia até noite alta, há frequentadores de todas as nacionalidades, e fala-se, grita-se, fuma-se, lê-se, basta dispor de uma lanterna mágica. Depois, em cima, temos não sei quem que, quando estamos deitados, faz não sei o quê; Pietro conjeturou, e não acho que esteja longe da verdade, conjeturou que brincam de pular de uma cadeira para outra a dez passos de distância; e vencer essa brincadeira deve ser uma grande glória e um grande prazer, haja vista a balbúrdia que fazem."

Em Livorno, encontram Antonio Benci, literato toscano, conhecido de Fauriel; Benci escreve ao amigo Vieusseux em Florença: "Manzoni encontra-se aqui há muitos dias; li seu romance: revi-o com prazer: sofre dos nervos, não faz visitas, não quer fazê-las: viaja com a mãe (filha do famoso Beccaria), com a mulher (de Vevai) e com seis filhos; passará dois meses em Florença: partirá daqui talvez amanhã [era 25 de agosto] se a saúde de uma filha permitir; permanece um ou dois dias em Pisa". A filha que não estava bem era Sofia; ficara de cama logo depois de terem chegado a Livorno.

Naquele mesmo dia 25 de agosto, Giulietta escreve a Fauriel, ao qual não escrevera durante a viagem. "Escrevo-lhe completamente às cegas, sem saber se minha carta chegará até o senhor, sem saber se está em Paris nem se está disposto a recebê-la." Fauriel, de acordo com seu costume, não se manifestava fazia tempo.

"Contaram-nos que o senhor também pensava em fazer uma grande viagem neste verão… Mamãe fez alguns banhos, mas depois precisou suspendê-los por causa de uns furúnculos que lhe apareceram nos braços. Papai não deixa de tomá-los… Contávamos partir hoje de Livorno, estamos aqui há dezesseis dias e *bonne-maman* não suporta mais o barulho, a confusão, essa multidão contínua sob nossa sacada, esse movimento ininterrupto; mas nossa pobre Sofia adoeceu gravemente nesses últimos dias de uma febre biliar e só hoje a febre passou; a pobre pequena ficou muito abatida. Contudo, disse-nos o médico que, se as coisas correrem bem, poderemos partir na próxima terça-feira, dia 28…" Tinham conhecido os De Maistre, que moravam no campo, nos arredores de Pisa; haviam ido visitá-los com uma carta de apresentação de Saint-Réal, parente deles. Giulietta gostara: de De Maistre, lera a *Viagem à roda do meu quarto* e outros livros. "Mando esta carta para Paris e só Deus sabe onde o senhor está! Em um mês e meio papai vendeu a edição inteira… Essa obra vem obtendo um sucesso realmente inesperado."

Ao chegar a Florença nos primeiros dias de setembro, Sofia voltou a ter febre. Manzoni foi convidado à casa do grão-duque de Toscana, que se disse contente por conhecê-lo; recebeu o seguinte bilhete: "O marquês Corsi apresenta seus cumprimentos ao senhor conde Manzoni; e tem a honra de comunicar-lhe que amanhã de manhã, quinta-feira, às onze horas, passará em seu domicílio para acompanhá-lo ao palácio de Sua Alteza Imperial e Real o grão-duque, que o receberá livre de etiqueta e por isso solicita-se vir de fraque, chapéu-coco, calças compridas, como também estará este que lhe escreve, e trazer o filho". O grão-duque ficara sabendo que ele costumava ter o filho sempre a seu lado. Por isso, Manzoni foi com Pietro.

Depois, ele escreveu a Tommaso Grossi: "Quase me envergonho, e receio que acredites que eu tenha enlouquecido de vaidade por ter querido ser apresentado ao grão-duque. Oh, eis que deixei escapar. Mas devo dizer-te também que não foi impulso de vaidade da minha parte, mas excesso de bondade da parte dele... Basta dizer que no final eu quase havia perdido minha timidez, e deleitava-me de todo o coração com a conversa de um homem extremamente culto, amabilíssimo, de grande inteligência e excelente coração. Sua Alteza falou-me de ti, da *Ildegonda* e dos Cruzados com muita estima... Eu bem sei que quem se mete a falar com príncipes exalta-lhes sempre a inteligência e o coração, sobretudo a bondade, pois assim pode dizer ter sido bem recebido. Mas o que eu posso fazer? Ele é assim... Ainda não te disse nada sobre a saúde dos meus. Sofia, que tivera uma recaída, está, graças a Deus, convalescendo de novo, e dessa vez nosso coração está mais tranquilo e parece que ela realmente se recupera. Mas podes considerar como a pobrezinha aproveitou Florença. Minha mãe não anda nada satisfeita com os efeitos desse clima: perdeu o apetite, sente sempre esse mal-estar indeterminado que não se concentra em ponto algum e invade todo o corpo, enfim, suspira por Milão; e vê-la nesse estado diminui muito, como podes crer, a satisfação que a criançada e eu sentimos nessa estada. Até a pobre Enrichetta não ganhou nada, pelo menos quanto ao incômodo mais aparente: seus olhos infelizmente se encontram no mesmo estado, e às vezes ela diz ter ainda mais do que se queixar...". Nesse ínterim, ele revê o romance; são 71 grandes in-fólios de impressão; tem a seu dispor, como conselheiros em questões de língua, Gaetano Cioni, florentino, "douto e amável homem, autor daquelas novelas que foram atribuídas a um quinhentista", e Giovanni Battista Niccolini, pisano, autor de numerosas tragédias. "Sabes como estou ocupado; tenho 71 lençóis para enxaguar, e uma água como o Arno e lavadeiras como Cioni e Niccolini, fora daqui, não encontro em lugar nenhum."

Cattaneo lhe escreve, lamentando que ele não mande notícias. "Se fosse calcular todas as milhas que percorri atrás de notícias suas em casa de várias pessoas que têm o privilégio de recebê-las, talvez remontassem a tal soma que teria saído mais em conta ter eu mesmo ido sabê-las na Toscana. Mas não são os passos que dei a coisa de que mais me queixe; pois teria andado dez vezes mais pelo mesmo motivo. Queixo-me de nunca ouvir dizer: 'Estão todos bem e mandam lembranças'. Essa teimosia do incômodo de Enrichetta; a indiscreta febre gástrica da pobre Sofia; o mau humor que transpira da última carta de Giulietta a Giacomino e outras coisas parecidas não são apropriadas para tranquilizar o coração de quem quer bem — quase dizia: embora vocês não façam por merecer. Dirás que eu também tenho minha boa dose de mau humor. Na verdade, não tenho bons motivos para estar alegre, em meio à vida estúpida que levo. Se a isso se junta um contínuo lumbago, acompanhado de uma deliciosa dor de garganta *et coetera*, e que sei eu, verás que mereço ser perdoado, se hoje me mostro tão intratável."

E Manzoni a Cattaneo: "Espera que logo te darei novas de casa, em pessoa, mais tardar no mês que vem. Infelizmente, reverás Enrichetta no estado de saúde em que saiu daí: no entanto, embora não tenha havido melhoras externas, um pouco de força ela adquiriu, e isso, espero, haverá de ajudá-la a expelir mais rápido o mal local. Sofia está convalescendo... Eu só posso dizer que saí ganhando, e quase me envergonho disso; os banhos de mar, o exercício físico, o ócio mental, a permanência na Toscana reanimaram-me deveras. Todos te mandam lembranças com o afeto que conheces; mas Vittorina atormenta-me há muito tempo que quer escrever-te; eu lhe prometi um pequeno espaço em branco nesta folha, cedo-lhe a pena, e veremos o que ela sabe fazer: 'Caro Cattaneo, meus comprimentos'".

Agora Manzoni começa a sentir vontade de voltar a casa; na carta a Cattaneo, incitando-o a ir encontrar Monti, conclui: "Irás?

Tenho medo, quero dizer, tenho medo que não. Segue meu exemplo, que me tornei viajante, diria quase vagabundo: mas em Milão, nicho, canapé, lareira com fogo e sem fogo, os amigos do peito e o repicar dos sinos".

Em Florença, Giulietta sentira-se desambientada, infeliz; não via a hora de voltar a casa; ela era de natureza triste e não fazia novas amizades com facilidade; detestou Florença, detestou os Lungarni* e achou maçantes as filhas do poeta Lamartine, que de vez em quando iam procurá-la. Ela não escreveu a Fauriel, de Florença; durante a viagem escrevera-lhe apenas uma vez de Livorno; Fauriel não dava notícias fazia muito tempo. No entanto, durante a viagem e a estada em Florença, ela escreveu muitas cartas ao primo Giacomo Beccaria; era ele o Giacomino mencionado por Cattaneo. Esse primo era muitos anos mais velho do que ela; filho de um tio de sua avó, era coetâneo de seu pai; tinha uma vila em Copreno, e Giulietta, no período que passou ali, vira-o com frequência. De longe, pensou nele com viva nostalgia; parecia-lhe a única pessoa no mundo capaz de compreendê-la. Cesare Cantú,** ao falar da família Manzoni, faz menção a ele: "Giacomo Beccaria era primo deles, pessoa culta e bem relacionada na sociedade, que foi secretário, depois conselheiro do governo lombardo no departamento da instrução. Como tal, entrou em contato com os literatos e os artistas, sentia a importância do seu nome e do parentesco com Manzoni, ao qual socorria no desempenho dos negócios, e muitas vezes recebia toda a família na sua vila de Copreno, entre Milão e Como".

* As avenidas ao longo de cada uma das margens do rio Arno.

** Cesare Cantú (1804-95) foi um literato, historiador e político italiano, autor de uma monumental *História universal*, dividida em 72 tomos e publicada em vinte volumes. (N. E.)

De Florença, Giulietta escreveu ao primo Giacomo, em setembro:

"Oh, que falta de ordem há em Florença! As ruas são estreitas e sujas... Ir às Cascine* é uma aventura. Onde se passeia? Lungarno, ou seja, na margem de uma água amarela quase parada onde não se enxerga nada. Um espaço estreito e curto, uma pavimentação suja e desigual, aí está o Lungarno... Hoje de manhã vi a igreja da Santa Croce onde estão os monumentos de várias pessoas célebres e gostei muito dela... *Grand-maman*** não almeja outra coisa a não ser Milão... Basta, esperamos partir e deixar esse assim chamado Paraíso da Itália no dia 1º de outubro, se o tempo estiver bom. A montanha que temos de atravessar faz com que *grand-maman* não durma sossegada, não coma nem fale em outra coisa o dia inteiro... Nem sei por que desejo tanto voltar a Milão!... Mas se essas coisas lindas parecem-me muito tristes, deve haver uma sombra de tristeza em mim mesma que eu atribuo aos objetos... Ainda no sábado eu te escreverei, deves te deleitar com essas minhas cartas insípidas e maçantes até o fim! No fundo, deves ver-nos voltar a Milão com prazer, já que ao menos essa correspondência fastidiosa acabará; para mim, se tenho algum *regret**** é o de não ter mais de receber tuas cartas, que me faziam realmente bem, mas sempre fui egoísta ao forçar-te a uma atividade tão constante, desculpa-me, agora terminaste... Continuamos a alimentar a esperança de passar alguns dias no maravilhoso Copreno, onde se goza uma doce tranquilidade!"

Tinham início, então, os preparativos para a volta. Pediram conselhos ao conde Alessandro Oppizzoni, camareiro-mor do

* Parco delle Cascine, o maior parque público de Florença. (N. E.)
** Em francês, no original: "vovó".
*** Em francês, no original: "pesar".

grão-duque, quanto à escolha de um cocheiro. Oppizzoni foi pródigo em conselhos. "A viagem de Florença a Bolonha de toda a família com as despesas pagas, e hospedagem no Hotel Bologna, importaria em dezoito ducados, isto é, 36 moedas de dez *paoli*,* sem a gratificação para os dois homens; incluindo a gorjeta de quarenta *francesconi*...** O serviço todo consiste em hospedagem, desjejum e almoço; o desjejum a gosto, ou café, leite e manteiga; ou dois pratos de comida à escolha. O almoço, o que gostarem ou preferirem os forasteiros. A parada podia ser em Conigliano, que fica a meio caminho e tem um hotel melhor. Até aí se gastam onze horas, incluindo o descanso na hora do desjejum. De Conigliano a Bolonha são dez horas. Querendo continuar a viagem por carruagem, pode-se partir ao meio-dia ou à uma de Bolonha para chegar à noite em Módena, o segundo dia em Parma, o terceiro em Piacenza e o quarto em Milão."

A viagem de volta correu bem. Manzoni escreve a Cioni para lhe dar notícias e manifestar sua gratidão: "Nossa viagem foi feliz, o quanto podia ser; quero dizer que não teve qualquer outro inconveniente a não ser que, a cada passo, afastávamo-nos de Florença. Todas aquelas sombras de perigos que tanto atormentavam minha mãe desvaneceram no momento de tomar corpo. O diabo do Apenino não só não foi tão feio como ela o pintava, mas quase, em comparação, foi bonito; e ante a temida passagem da Futa,*** a terra, o ar, tudo estava tão ameno e tranquilo que rimos todos juntos. O resto da viagem também foi sem percalços e

* Moeda de prata cunhada no pontificado de Paulo III, cujo uso estendeu-se por toda a península Itálica.

** Moeda de prata do grão-ducado de Toscana usada até 1859, cujo valor correspondia a dez *paoli*.

*** Passo della Futa, passagem nos Apeninos, na Toscana, à altitude de 903 metros. (N. E.)

incidentes, até o Pó — o qual, tendo subido e arrebentado a ponte de embarcações, prendeu-nos um dia em Piacenza. Chegamos aqui no domingo... O que lhe direi agora que me possa servir de equivalente e compensação às nossas amenas conversas da Via Campuccio e Lungarno? Nada, nada, a não ser que o desejo, ou o pesar, ou mesmo a pena, durará para mim tanto quanto a vida". Na Via Campuccio morava Cioni, em Lungarno ficava a Locanda delle Quatro Nazioni, onde os Manzoni estavam hospedados; eram esses os lugares em que, juntos, Cioni e Manzoni tinham se dedicado à revisão de *Os noivos*.

Ao primo Giacomo, então, Giulietta escrevera muito e ele lhe respondia de maneira cordial. Mas em Milão, quando o reviu, talvez o tenha achado frio, indiferente; ele estivera perto dela, na viagem, na estada em Florença, como um fantasma compreensivo e terno; e de repente, ela, ao revê-lo, não o reconheceu mais. Por outro lado, talvez Giacomo Beccaria tivesse sua própria vida e não lhe passasse pela cabeça nela incluir uma ligação sentimental com a jovem prima. Por isso, a volta também foi triste para Giulietta; e sua solidão aumentou, sem mais aquele terno fantasma que lhe fazia companhia em Florença e sem mais cartas para escrever, pois Giacomo Beccaria ia visitá-los pontualmente um dia por semana, nem um a mais nem a menos.

Giulia, a avó, também sentira tristeza em Florença; mas para ela o regresso fora alegre, e não lhe parecia verdade estar de novo na Via del Morone, entre os velhos amigos fiéis, Grossi, Cattaneo, Rossari e Torti, que agora vinha todos os dias dar aulas às meninas. "Diga-me se a senhora está perfeitamente restabelecida da tristeza que lhe tornava tão molesto não estar sob o próprio teto, fazendo-a sofrer tanto?", escreveu-lhe vários meses depois a condessa de Camaldoli, que tinham frequentado em Florença. "O excelente sr. Alessandro tirou algum proveito da viagem? Recuperou-se um pouco dos nervos? Sua saúde se restabeleceu? Como está passando sua digna consorte? Os olhos dela sararam? Os outros incômodos de que sofria deram-lhe agora tranquilidade? A amável dona Giulietta está contente por se encontrar em sua casa natal, pela qual tanto suspirava, e em meio a suas amigas? A interessante Vittorina, o que anda fazendo? Com frequência nos lembramos dela e contamos tudo o que ela dizia de engraçado... Quanto a nós, voltando com a mente um pouco atrás, direi à senhora que no dia 7 de novembro deixamos com muita pena a bela cidade de Flora... Mas foi necessário ceder ao império das circunstâncias... Eis o fim de nossa viagem... Vivemos em nosso campo no Vomero. Meu marido divide seu tempo entre os livros e as plantas. Eu me ocupo das prendas domésticas..." Agora, assim de longe, a viagem parecia a Giulia rica de gente, amizades, experiências, e boa de recordar.

Na França, *Os noivos* saiu com o título *Les Fiancés*. A tradução não era de Trognon, mas assinada com duas iniciais, M. G.: tratava-se de Pierre Joseph Gosselin (as iniciais significavam Monsieur Gosselin); Trognon, depois de ter feito um terço da tradução, ficara sabendo que o romance estava nas mãos de outro tradutor e de um editor diferente daquele para o qual ele trabalhava — pois não existia, então, proteção aos direitos autorais, e qualquer um podia, sem autorização, traduzir e publicar um livro. Assim, Trognon escreveu a Fauriel dizendo que renunciava à tarefa. Dez anos mais tarde, Gosselin republicava a tradução, revista com o auxílio de Manzoni; dessa vez, seu nome constava por extenso.

O sucesso de *Os noivos* era imenso, e seus ecos chegavam a Manzoni de toda parte; ele agora tinha muito trabalho para responder a todas as cartas que recebia. Eram cartas de admiração, comoção, bem-aventurada surpresa; ou anúncios de honrarias; ou solicitações de julgamentos sobre obras publicadas ou a ser publicadas; pedidos de favores; oferecimentos de favores. O conde Valdrighi de Módena lhe escreveu pedindo versos para um volume em memória de Maria Pedena, morta por amor: o volume saiu com o título *Poesie ed autografi di dotti italiani all'invitta onestà di Maria Pedena, vergine modenese, che castissima morí trucidata il 1º luglio 1827* (Poesias e autógrafos de doutos italianos à invicta honestidade de Maria Pedena, virgem modenense, que mui casta morreu trucidada em 1º de julho de 1827); Manzoni, no final, recusou-se a colaborar. A condessa Diodata Saluzzo de Roero escrevia-lhe com muita insistência, pedindo que avaliasse seu poema "Hipazia" ("o senhor é juiz supremo em assuntos de poesia") e depois uma coletânea de novelas; Manzoni sugeria-lhe a publicação dessas novelas pelo editor Ferrario. Francesco Gera, especialista em botânica, enviou-lhe ovos de bichos-da-seda chineses, dos quais Manzoni ouvira falar e que desejava levar a Brusuglio. Manzoni respondia extensamente a todos. Estava bem de saúde, ainda que com alguns — com a condessa Diodata Saluzzo, o botânico Gera — discorresse sobre seus achaques, sua saúde "frágil e intratável"; a condessa Diodata Saluzzo, de sua parte, alongava-se sobre os próprios distúrbios nervosos. O poeta Lamartine, que Manzoni conhecera em Florença, escreveu-lhe: "Restituiu-me a vontade de escrever, enquanto o lia" e "esteja certo de que é um dos quatro ou cinco livros que li com maior arrebatamento na minha vida". Cesare Cantú, com o qual em seguida estreitaria relações e que até então nunca encontrara, escreveu-lhe: "O livro é o autor. Suas páginas imortais fizeram com que me apaixonasse por um talento raríssimo e um coração singular como certamente é o seu… Parecem cem anos até eu ir aí só para aproveitar a licença que o senhor me concedeu de visitá-lo", e rogava-lhe permissão para lhe dedicar uma "novela poética". Zuccagni Orlandini, Censor Real dos Espetáculos, escreveu-lhe pedindo permissão para representar suas duas tragédias num teatro de Florença. A permissão foi concedida e *Adelchi* foi representado; estava presente no teatro o grão-duque da Toscana (que continuara mantendo relações amigáveis com Manzoni, e uma vez, ao passar por Milão, quisera revê-lo), mas o resultado do espetáculo foi péssimo, como Niccolini contou em carta a uma atriz, Maddalena Pelzet: "Durante três atos só riram e bocejaram; o coro e o quinto ato agradaram; os diletantes, para dizer à moda florentina, deixaram-se engabelar bem. Mas não vá dizer nada disso aos milaneses...".

"Minha adorada Rosa", escreveu o conselheiro Somis à filha, aquela que muitos anos antes fora hóspede dos Manzoni por um bom tempo — agora estava casada e morava em Turim. "Desgosta-me a vida que levas e que não beneficia muito tua saúde [depois de casada, ela devia levar uma vida miserável e difícil]. Tem paciência e recomenda-te calorosamente a Deus, mas trata de fazê-lo com toda dedicação, e lê *Os noivos*, que serão do teu agrado, não importa o que te tenham dito, e não queiras te tornares louca por amor a um louco... [É evidente que o pai não apreciava o marido que ela escolhera.] Tuas irmãs te abraçam, assim como eu, que a Deus rogo para ti as bênçãos dos céus." "Meus caríssimos amigos", escreveu Somis aos Manzoni, recomendando-lhes um padre que conhecera em Susa, na casa de outra filha. "O motivo pelo qual desde há muito tempo não escrevo nem a vocês, nem a outros, é estar me abandonando o pouco de visão que Deus me deu, e de que tanto abusei... No ano passado, a condessa Sclopis teve mais sorte do que eu, pois pôde vê-los e abraçá-los, além de ter falado de mim mais do que devia. Tive por meio dela notícias de vocês, que me deram muito prazer; em especial sobre a glória de dom Alessandro, que a fez por merecer com *Os noi-*

vos... Rosa, minha filha, Paolemilia, Teofila e Veturia mandam--lhes suas cordiais lembranças... Roguem a Deus por mim, que chego ao fim dos meus anos, e queiram-me bem como quero a vocês, dona Giulia, dona Enrichetta e dom Alessandro, meus grandes amigos."

Manzoni só voltou a escrever a Fauriel em março de 1828. Fauriel, por sua vez, também não escrevera mais. "Caro amigo", Manzoni escreveu, "por que esta carta não é do ano passado? Por que não é datada de Florença? Como é possível que, pensando sempre numa pessoa e sentindo-se atormentado pela necessidade de escrever-lhe, não se faça isso? Eu lhe pergunto, com a ideia de que você saiba algo a respeito. Pois você compreende que uma das causas da extensão do meu silêncio era a incerteza, se eu deveria começar com as desculpas ou com as reprimendas." Envia-lhe a carta em mãos, confiando-a a alguns conhecidos, os condes Taverna, que deseja apresentar a Fauriel. O elogio aos condes Taverna ocupa boa parte da carta. Em seguida, Manzoni cita as pessoas que havia encontrado em Florença, no ano anterior, dizendo que todas se lembravam de Fauriel: Niccolini, Capponi,* Giordani** e "o bom e querido Cioni". Depois pede que transmita suas lembranças à sra. e à srta. Clarke; a última escrevera recentemente a Enrichetta, com severas palavras de desaprovação a Fauriel e Manzoni, os quais nunca trocavam uma linha de notícias. "Adeus; encontrei um pouco de espaço, ao contrário do que pensava; mas é o tempo que agora me falta. Seria de bom senso pedir-lhe que

* Gino Capponi (1826-76), historiador e político, foi um reformador moderado do estado toscano quando senador. (N. E.)
** Pietro Giordani (1774-1848), tradutor e escritor, foi autor de escritos de circunstância. (N. E.)

me escreva? Por que não? Vimos coisas bem piores. Adeus, um abraço apertado."

"*Mon cher parrain*", Giulietta escreveu a Fauriel, um ano mais tarde. "Meu caro padrinho. Dia desses, recebi de Marietta seu bem-vindo e amável bilhete (porque, em boa-fé, não pretende que eu o chame de carta)..." Marietta era Maria Trotti, a irmã de Costanza Trotti Arconati; tinha a mesma idade de Giulietta, vinte anos. Os Trotti possuíam uma vila em Verano, nos arredores de Carate, não muito distante de Brusuglio; e eram amigos dos Manzoni. Costanza Trotti Arconati e seu marido, que viviam na Bélgica, eram amigos tanto de Manzoni como de Fauriel. Maria Trotti viajava muito entre Paris e Milão. "Não nos diz a não ser coisas muito vagas a respeito do porvir... Sabe que Milão, Brusú, Copreno existem, sabe que aí se leva uma vida tranquila, sabe que lugar ocupa no coração daqueles que moram nesses lugares, o que mais posso dizer-lhe, é impossível, diz o senhor, só nos resta o desejo e a mágoa... Já faz algum tempo, o pobre papai está sofrendo mais que de costume, pois além de seus achaques de estômago e de nervos, que estão sempre no mesmo ponto, teve uma dor de dente violenta que aguentou por muito tempo e, depois de finalmente ter feito com que lhe arrancassem o dente, continua sofrendo por causa da nevralgia e da inflamação. Mamãe também nunca está bem e, na verdade, somente a vovó *canta vittoria*,* como dizemos nós em Milão, pois sua saúde é perfeita, continua sempre bem-disposta e jovem, queria dizer. Todas as crianças estão com uma tosse tão forte que não podemos descartar o receio de que seja tosse convulsa; os médicos, porém, tranquilizam-nos com a esperança de que não passe de uma tosse catarral... Não sabemos ainda em que época iremos a Brusú, se iremos a Gênova para os banhos ou a outro lugar; enfim, aproxima-se o verão e,

* Em dialeto milanês, no original: "canta vitória".

contudo, não se pensa nele, tanto melhor porque eu detesto mudanças, queria sempre ver o inverno durar dois anos, temos (com frequência) temporais e até mesmo granizo. Que prazer seria, querido padrinho, se pudéssemos vê-lo, se pudesse nos ver! Encontraria os adultos pouco mudados, creio, mas o grupo dos rapazes bem diferente; meu irmão é agora um moço bastante bonito, mais alto do que nosso pai; estuda bastante e diverte-se muito, passa a vida com jovens tão alegres que acabam nos deixando alegres também, às vezes até contra nossa vontade; Pietro continua com sua mania por cavalos e pela caça, e asseguro-lhe que se diverte muito sobretudo com os cavalos. Se quisesse dizer-lhe uma palavra sobre Ermes, na verdade não saberia o que dizer, pois se tornou um homem tão esquisito que não apenas não se sabe o que dizer dele, mas nem sequer o que pensar. Todos aqueles nossos outros senhores passam bem, salvo Cattaneo, que sofre de reumatismo com muita frequência..."

Voltava a escrever-lhe de Copreno, em outubro daquele mesmo ano de 1829; Fauriel dera notícias, encontrava-se em Gaesbeck, na Bélgica, hóspede dos Arconati; escrevera a Giulietta; na carta pusera uma flor. "Conservo preciosamente a flor que me mandou, não poderia imaginar o prazer que me deu", escreveu Giulietta. "Papai anda trabalhando muito nesses últimos tempos, seu estômago está bem melhor assim como seus distúrbios dos nervos, o que faz com que esteja quase sempre alegre; a mim, dá-me a impressão de estar rejuvenescendo no seu modo de viver, está agora mais jovem do que já foi... Sente-se melhor no campo e diverte-se mais facilmente com tudo. Digo isso sem que ele o saiba, porque não quer que jamais se fale dele. Se soubesse a amizade que lhe tem!" Marietta também estava em Gaesbeck. Giulietta gostava dela, mas invejava-a por estar lá com Fauriel, ajudando com a correspondência e fazendo um pouco o papel de secretária. "Preciso de toda a amizade que tenho por Marietta para não invejar muito *amargamente* o que ela faz pelo senhor; regozijo-me por ela do fundo do coração, mas não sem uma ponta de ciúme; é verdade que eu não seria uma secretária boa como Marietta, mas iria me empenhar muito!... Disse a papai: mandei lembranças suas ao sr. Fauriel, como me disse para fazer — escreveu-lhe hoje, sem me dizer nada, fez muito mal — mas ainda não fechei a carta — ah, está bem, nesse caso, diga-lhe... diga-lhe, mas há muito a dizer, aposto que não diz nem a metade do que lhe digo... — mas na verdade, o senhor pensa muito e não me diz nada... — como, mas diga-lhe em primeiro lugar tudo aquilo que você sabe de afetuoso, diga-lhe como eu desejo e como suplico que não falte com a palavra, que faça o que me prometeu, que estou ávido por lê-lo, que se avie pelo afeto que me tem, pelo afeto a todos..." Manzoni referia-se às *Letras provençais*, a obra em que Fauriel trabalhava e que não terminava nunca. "Eis mais ou menos o que me lembro das palavras que ele me disse."

Escreveu-lhe de novo na primavera do ano seguinte. Por Marietta, que tinha voltado à Itália, ficara sabendo que Fauriel trabalhava demais. Como sempre, ela lhe pedia que fosse à Itália no verão. Dava notícias de todos. O tio Enrico Blondel, enfermo havia muitos anos, agora estava em estado extremamente grave. Enrichetta estava grávida. "Mamãe enfrenta uma gravidez bastante penosa, e a dor contínua que sente devido à terrível enfermidade do irmão contribui para seu mau estado. Qualquer outra coisa seria preferível a ver meu tio em meio a espasmos cruéis, e há quatro meses os cirurgiões mais famosos confessaram que nunca viram nada igual, receio muito que deva acabar mal. Sua pobre mulher está mais morta do que viva e parece prestes a perder a cabeça, veja que quadro oferece essa desventurada família." Seguiam-se imagens alegres. "Meu irmão, creio, é um dos rapazes mais felizes que se possam encontrar, canta e se diverte de manhã à noite, estuda com tanta alegria quanto se divertem os outros, e diverte-se como um desesperado à maneira de alguém que levasse uma vida solitária, o que com certeza não é o caso dele. No que toca às senhoritas o negócio é diferente, aquilo que uma faz, todas fazem, é um relógio que segue adiante tranquilo e regular e do qual não podemos nos queixar em demasia. Enrico começa a revelar-se um pouco, tem um temperamento totalmente oposto ao do irmão, é mais concentrado, mais tranquilo, apesar de mais barulhento... Eis que se aproxima o verão e isso significa que chegou a hora de ir para Brusú, porém ainda não decidimos a data, mas creio que será no final de maio, para cuidar dos bichos-da-seda. Depois papai espera fiar os casulos em casa, o que exige muitos cuidados, de modo que deveremos permanecer lá também para o parto de mamãe que será, creio, logo nos primeiros dias de julho. Grossi também está no campo por causa de seus bichos-da-seda... Não me responda, agora sou eu quem estou lhe dizendo isso, ou, quando muito, diga-me apenas que está bem e que não me esquece, mas para isso duas linhas bastam."

Fauriel preparava-se para viajar à Provença. Junto com a carta de Giulietta, chegava-lhe também um bilhete curto de Manzoni; ambos lhe haviam sido entregues em mãos pelo matemático Guglielmo Libri, que desejava conhecer Fauriel, e nesse bilhete Manzoni dizia: "Ao apresentar-lhe um homem do qual a Itália se orgulha, e há de orgulhar-se cada dia mais, estou certo de lhe proporcionar um prazer especial... Sinto-me feliz e honrado por ser o intermediário entre você e ele; e mais não acrescento, a não ser que invejo a ambos os momentos que passarão juntos".

Antes de partir, Fauriel também recebeu, em junho, uma carta de Gaesbeck, para onde não iria naquele ano; Marietta e a irmã Costanza lhe escreveram. Marietta: "Talvez não saiba que o sr. Blondel está muito mal, e padece o quanto é possível padecer... A sra. Blondel está desesperada; nunca o abandona, e sua saúde muito delicada ressente-se de tanta angústia e trabalho. A sra. Manzoni não esteve bem, tiveram de lhe fazer uma sangria. Toda a família devia se transferir para Brusuglio no início de junho; Giulia estava um pouco desgostosa de deixar sua querida Milão... A pobre Giulia tem um aspecto um tanto sombrio, rodeada que vive de tantos sofrimentos, faz sem dúvida reflexões bem tristes. Parece inquieta sobretudo pela mãe, acaba dizendo: 'Ainda assim espero que tudo acabe bem'. Eu também espero, mas, como ela, não posso deixar de me sentir triste e inquieta no momento presente. Sinto muito dar-lhe esses dolorosos pormenores... E o senhor? Quais são seus planos? Feliz o senhor, que irá para o sul e verá aqueles belos lugares...". Costanza: "Até agora tivemos mais chuva e dias frios do que no ano passado... A cada passo, encontro aqui lembranças do senhor; passeando, quase sempre dizemos: fizemos esse passeio com Fauriel, ou então, aqui, nesse ponto, ele nos deixou para ir trabalhar. Enfim, quem sabe não volte aqui um dia ou outro? Adeus, deixo-o pensando que assim será".

Em julho de 1830, Enrichetta teve uma menina. Foi chamada Matilde. "*Cette pauvre Julie*", como dizia Marietta, a pobre Giulia, depois do parto da mãe foi mandada aos Grisões,* para um tratamento de águas, e sobretudo para que se distraísse e ficasse um pouco mais alegre. Embarcou com amigos da família: Peppina Frapolli, o marquês Lorenzo Litta, os Parravicini. Durante a viagem escreveu longas cartas à irmã Cristina: "Andeer, 2 de agosto. Minha amiga... Depois de lhe ter escrito na noite passada, fomos para a cama no pequeno quarto que o sr. Litta tinha nos destinado e ele dormiu na sala de visitas, em cima de uma

* Cantão da Suíça onde parte da população fala romanche, um dialeto ladino. (N. E.)

mesa; havia duas camas, cômoda, mesas, todas as nossas coisas e as do sr. Litta, não restava espaço para se mexer, janelinhas sem gelosias nem impostas, paredes novas em folha. Na manhã seguinte fomos à missa das seis e meia, só havia camponeses porque a missa da boa sociedade é às dez — é preciso subir um pouco para chegar a uma feia capelinha... Partimos logo em seguida, com um tempo esplêndido, chegamos ao topo do San Bernardino com um vento fresco, neve sobre a montanha e um sol magnífico, há um lindo lago de águas muito límpidas, íamos descendo o San Bernardino a toda brida, como se as patas não tocassem o chão; há cerca de sessenta *tourniquets*,* mas os cavalos daqui são fortes, tão habituados que não há como ter medo nem mesmo querendo; a descida dura três horas por uma estrada que é um encanto. Passamos pelo vale do Reno; eu não saberia descrever a natureza imponente dessas paisagens que às vezes têm algo de pitoresco às avessas. Achamos Splugen um belo lugar; de Splugen a Andeer a estrada fica cada vez mais bonita, chegamos a Andeer quando se preparavam para o almoço, era meio-dia e fizemos o mesmo. O hotel aqui é tudo o que se pode desejar em termos de grandeza, ordem, limpeza, elegância, mesmo luxo, fazendo um estranho contraste com tudo o que vimos até agora; durante as refeições, um jovem de bata, bigodudo, dedilhava a harpa; enfim, algo de fato bem muito bonito... Diverti-me demais com todas as mulheres que servem aqui, que não entendem nem sequer os sinais que lhes fazemos; continuam a rir e respondem em alemão; quando falam o bom alemão eu entendo um pouco, e a necessidade me fez encontrar algumas palavras para me fazer entender, mas é ridículo, e a língua do lugar é a língua 'romança', não sei bem como se diz, e não há jeito de entender o que quer que seja. Às três e meia, tendo sabido que se podia fazer toda a Via Mala e

* Em francês, no original: "torniquete".

ir a Thusis e voltar em quatro horas, o barão Busti propôs que fôssemos até lá para não perder um dia a mais, e partimos, assim como se fôssemos depois do almoço até Porta Renza, mas, asseguro-lhe, é um caminho estranho! Nunca havia imaginado nada de tão horrivelmente belo... Vivo entre vocês apesar das montanhas que nos separam... Come-se bem por toda parte e em todo lugar as batatas são excelentes e a manteiga também, temos morangos deliciosos, tivemos até ótimos sorvetes de creme, era um *sporgiment** do sr. Battaglia, que faz muito por esse lugar... Viajamos sempre em carruagem aberta, não perdemos nada nem da vista nem do ar, que muitas vezes nos leva a abrir a boca para respirar o máximo possível". "3 de agosto, San Bernardino. Hoje de manhã deixamos Andeer às cinco, a viagem foi muito boa apesar de termos enfrentado um pouco de tempestade de neve no San Bernardino, de modo que eu estava completamente aturdida quando descemos da carruagem. O sr. Litta foi o primeiro a nos trazer as cartas de vocês, que recebi com uma alegria que não saberia expressar! Só pensava nisso, a ponto de quase não cumprimentar o sr. Litta nem os que estavam ao meu redor; era meio-dia, por isso tínhamos sentado à mesa, e enfiei as cartas embaixo da toalha; éramos cerca de cinquenta à mesa, tocavam três instrumentos: 'Tu vedrai la sventurata',** e vários outros trechos muito conhecidos, e todo o conjunto me enchia de tal modo os olhos de lágrimas que tive de esconder completamente minhas cartas para ir lê-las e chorar à vontade no quarto! San Bernardino é mesmo muito triste, faz um frio terrível.

"Amanhã, espero começar a tomar as águas. Minha saúde é quase a mesma, ou seja, não tenho tempo de pensar nela e não posso comer a meu bel-prazer, hoje estou cansada como um *bur-*

* Em dialeto milanês, no original: "um oferecimento".
** "Tu verás a desventurada". Ária da ópera *Il pirata*, de Vincenzo Bellini.

ro de carga. Mas Cristina, faça a gentileza de escrever de modo que eu possa ao menos adivinhar o que está querendo dizer! Logo você me vem com reprovações, não sei quem merece mais, na verdade é algo que faz perder a paciência, gostaria de devorar suas cartas mas não consigo ler. Diga à minha boa Mademoiselle Burdet que lhe sou muito grata por seu bilhetinho. Mas, sobretudo, diga à mamãe que lhe escreverei no sábado, hoje é impossível, pois se devo responder de acordo com meu coração, tenho de me dedicar inteiramente a isso, diga-lhe que estou certa de que me compreende... a *bonne-maman*; ao papai! Querida Cristina, as palavras não saberiam exprimir o que sinto pelos meus queridos parentes! Lembranças a todos em casa, e ao doutor. Meu primo me escreveu, sou-lhe verdadeiramente agradecida e vou mandar depressa uma linha para que não duvide disso, conta-me que se casam as srtas. Londonio, fico muito contente... Não vejo a hora de estar com vocês, estou me divertindo muito... Não deixem mademoiselle ir embora, pelo amor de Deus!" O primo que lhe escrevera era Giacomo Beccaria; com essa carta dele e a linha de saudação que ela lhe enviou, terminou para sempre uma relação que talvez tivesse intensidade e luz apenas no coração dela.

Giulietta não escreveu a Fauriel, e ele teve notícias dela por Costanza Arconati, que lhe mandou uma breve carta de Bruxelas. Em julho, na França, Carlos x, o último dos Bourbon, fora apeado do trono e sucedido por Luís Filipe de Orleans. Era um grande acontecimento para os liberais europeus. Costanza escreveu: "Sinto a necessidade de participar-lhe nossa alegria e de me regozijar com o senhor pelos grandes feitos de seu país. Vivemos uma nova vida há alguns dias; voltando da Alemanha, a um dia de Bruxelas ficamos sabendo das primeiras notícias. Pepino [marido dela] queria partir na mesma hora para Paris com Berchet. Diga-me se é prudente. Estou mais do que impaciente para voltar à França, quem sabe daqui a dois meses. Decerto ficou sabendo do parto bem-sucedido de Enrichetta, mas o que não sabe é que Giulia foi ao balneário de San Maurizio com a sra. Frapolli, e que Alessandro, Pietro e Grossi deviam viajar no final de julho para Genebra — desejo que lá estejam para se deleitarem livremente com os acontecimentos da França". Fauriel lhe respondeu: "Agora você sabe dos fatos tanto quanto eu; e eu não poderia senão lhe repetir aquilo que por toda parte já disseram milhões de vozes. Quanto à minha imensa alegria, não lhe direi mais; falar nisso seria tão inútil como falar no resto. Agora só resta ocupar-se da sequência desse grande e justo acontecimento, e tudo permite esperar que ele será feliz, tão feliz quanto possível. Não vejo o menor inconveniente quanto a Peppino e Berchet virem para cá quando lhes apetecer; não têm de tomar nenhuma precaução, a não ser portar os passaportes em perfeita ordem... Aqui tudo está calmo, tranquilo, como se nada tivesse acontecido... Venham, oh, venham o mais depressa possível! Tomei conhecimento do parto bem-sucedido de Enrichetta; quanto à viagem de Giulia, não estava sabendo de nada, mas fico feliz com isso. Também muito me alegra a vinda de Grossi e de Alessandro, respirar desse lado dos Alpes irá lhes proporcionar um grande prazer; contudo, lamento por eles pelo momento do regresso... O jovem conde Libri, que conheci há pouco por meio de uma carta de Giulia da qual foi portador, saiu-se de modo admirável em nossos acontecimentos... Desejo à Itália muitos homens como ele. Outros italianos também deram excelente mostra. Diversos ingleses foram magníficos. Creio que todos os povos da Europa tiveram seus representantes nessa vitória, que não é menos europeia do que francesa".

Manzoni, Grossi e Pietro não foram a Genebra, ficaram em Brusuglio. Em 4 de setembro, Enrico Blondel morreu em Milão; diante da morte do marido, *tante Louise* tentou se envenenar. Em outubro, Enrichetta teve uma bronquite. A febre não cedia. "Desejava escrever-lhe imediatamente a propósito das desditosas notícias que tinha ouvido sobre a amantíssima Enrichetta", o bispo Tosi escreveu a Manzoni, "a marquesa [Parravicini] fez o grande favor de me informar a respeito disso com mais precisão e reconfortar-me." Em dezembro, um amigo de Manzoni, o abade Giudici, escreveu ao bispo Tosi: "Saiba que Enrichetta teve uma recaída da bronquite contraída em outubro. Aplicaram-lhe seis sanguessugas, mas agora as coisas se apresentam de modo a esperar que o fiapo de febre que lhe resta complete seu curso. Porém, esse enfraquecimento é fatal numa pessoa frágil. Sorte que dom Alessandro e dona Giulia têm o dom de enxergar tudo cor-de-rosa". Manzoni a Diodata Saluzzo, em dezembro: "Quando recebi sua gentilíssima carta, minha mulher havia contraído uma inflamação na traqueia, que só pôde ser debelada pela sexta sangria. Agora, graças a Deus, a doença acabou, restando apenas o incômodo de uma longa e penosa convalescença".

Em março de 1831, Massimo d'Azeglio se apresentou à casa da família Manzoni. Tinha 33 anos, perdera o pai havia pouco. Anos antes, Manzoni mantivera com o pai de D'Azeglio uma correspondência de teor literário. Ele chegou com uma carta do irmão Roberto, que Manzoni encontrara por um breve momento em Gênova. Sobre os d'Azeglio, Cesare Cantú escreve nas *Reminiscenze* (Reminiscências): "Com o marquês Cesare Tapparelli d'Azeglio (1763-1830), Alessandro havia mantido correspondência... Culto, religioso, monárquico, como em geral a aristocracia piemontesa, Cesare dirigia o jornal *L'Amico d'Italia*... Dos três filhos que ele educou com severidade para a honra e a fé, Luigi tornou-se jesuíta, destacando-se em ciência jurídica e filosófica; o primogênito Roberto foi artista e sustentou a honra da família em Turim; Massimo, dado à pintura de paisagens, levou vida livre de artista nas Romanhas e na Toscana".

Massimo também tinha morado por muito tempo em Roma; ali, manteve uma ligação amorosa com uma senhora, a condessa Morici, com a qual acabou tendo uma filha, a pequena Bice; depois, a condessa o abandonou; ele sofreu; deixou Roma e viveu algum tempo em Turim, na casa paterna; morto o pai, decidiu se estabelecer em Milão. "Em Milão, eu encontrava os alemães", Massimo narra em *I miei ricordi* (As minhas recordações), "o que não era nada encantador: e acaso era muito mais encantador Carlo Felice, felicíssimo em manter o reino para eles? Se pretendesse me dedicar ao estudo e ao exercício da arte em Turim, morreria tísico; ali, as artes eram toleradas como os judeus no gueto. Em Milão, ao contrário, surgira um movimento artístico produzido pela reunião de muitas circunstâncias e homens diferentes que lá haviam afluído."

Além de pintor, Massimo d'Azeglio escrevia desde algum tempo. Iniciara e levara a bom termo um romance histórico, sobre o qual, todavia, não falou a Manzoni na época, depois de este ter lhe manifestado algumas ideias sobre os romances históricos que o intimidaram. Era alto, robusto, aprumado, com traços marcantes, um grande nariz, imensos bigodes, olhos grandes. Diz Cantú nas *Reminiscências*: "Manzoni admirava em D'Azeglio aquela habilidade universal que a ele faltava: ele tocava, cantava, bailava, cavalgava, praticava esgrima, jogava bilhar, baralho". Manzoni talvez o tenha admirado, nas primeiras vezes em que o viu, mas com alguma incerteza e reserva; a avó Giulia, ao contrário, logo gostou imensamente dele, pois "ele tocava, cantava, bailava"; esse desembaraço social, essa confiança em si mesmo, essa desenvoltura de atitudes e de conduta remetiam à imagem de homens que na juventude a haviam fascinado.

Ao visitar os Manzoni, D'Azeglio tinha dois propósitos precisos: falar de seu romance histórico e ver como era a filha primogênita, para eventuais fins matrimoniais. Do romance, como foi dito, ele não ousou falar, mas pediu Giulietta em casamento numa carta a Manzoni; era 9 de abril, poucas semanas depois de sua visita.

"Posso dizer que vim a Milão justamente para conhecer sua família. Desejava conhecê-lo e o motivo o senhor não pode deixar de entendê-lo e não ter o sentimento íntimo daquilo que vale. Desejava também conhecer sua filha, a respeito da qual ouvi os meus falarem muito bem, assim como vi e ouvi outro tanto, quando cheguei a Milão. Sem mais longo exórdio, digo-lhe de coração que me consideraria extremamente feliz em poder ser seu genro.

"Minha entrada é de 21 mil francos, de cuja totalidade não gozo hoje, tendo de pagar pensão vitalícia à minha mãe, a tios e outros dependentes da família. Estarei na posse de tudo quando tiver a infelicidade de perder a primeira, cuja herança também receberei... Estaria disposto a passar o inverno em Milão, a boa estação em Azeglio ou em outro lugar. Meu trabalho rendeu-me frutos no passado, talvez possa render-me mais no futuro: e não acho que isso seja contrário a seu modo de pensar. Isso posto, é possível calcular entre os incertos também essa entrada. Quanto à minha pessoa, parte já me conhece, parte poderá obter notícias em Turim, com facilidade.

"Por ora, nada me resta a acrescentar... O fato fala suficientemente por si. A aceitação mais importante desse negócio, a da sua filha, nunca poderia esperar merecê-la, mas não consigo renunciar à esperança de obtê-la.

"Se depois tiver motivos para não aceitar minha proposta, tendo depositado nela muita confiança, estou certo de que tudo isso permaneceria sepultado para sempre. Partiria de Milão, e penso que minha conduta não poderia dar lugar a falatórios. Depois de ter sido recebido em sua casa com tanta benevolência, para mim seria uma lástima demasiado grande ter podido ocasionar-lhe um momento de desprazer.

"Se julga que podemos entrar em tratativas, escreva-me uma linha, concedendo-me uma hora em que esteja livre, e irei à sua casa. Para mim todas são boas, não tenho o que fazer em Milão."

Manzoni, claro, gostou da carta. Abordou o assunto com Enrichetta e a mãe. Avaliou os aspectos vantajosos: conhecera bem o pai; conhecia um pouco o irmão; sabia que era uma família de sólidos princípios. Giulietta foi consultada: pareceu ficar em dúvida. Pediu uma semana para refletir.

Manzoni respondeu a d'Azeglio, manifestando sua consideração e a de todos os seus. "O senhor não pode ter deixado de ver em nós a elevada estima em que o temos, a qual seu caráter e seus talentos inspiram em quem quer que seja. Não faço senão render justiça à minha filha, dizendo que ela está incluída nesse *nós*. Mas consideraria estranho que ela pedisse uma semana para refletir?... Giulietta sempre sentiu uma dificuldade, que até então lhe parecia insuperável, de se unir a alguém que não fosse da sua terra; sendo-lhe igualmente doloroso o pensamento de se afastar dela, bem como o de somar, em assunto de tamanha importância, senão outra coisa, a delicadeza da pessoa à vontade da qual ela deve perder a própria."

D'Azeglio mandou a Enrichetta um pequeno quadro de sua autoria (já lhe enviara algumas litografias), pedindo-lhe que o desse à filha. O bilhete era em francês, e estava assinado "Máxime de Zey".

Nesse ínterim, a mãe lhe escreveu. A marquesa Cristina Morozzo di Bianzè era uma mulher de caráter forte; Massimo sofria sua influência e era muito ligado a ela. Na verdade, juntos, a mãe e o irmão Roberto haviam lhe incutido essa ideia matrimonial. Agora a mãe estava ansiosa.

Pedira informações pormenorizadas "a respeito dessa moça e família". "Sei que o nome é conveniente, a mãe não era nobre de nascimento, agora já não vive, foi mulher de suma virtude e trouxe bênçãos àquela casa, sobretudo ao marido, que abjurou o filosofismo e rendeu-se à vida honrada. Para dizer-te tudo, acredita-se que algum fermento das antigas máximas tenha restado, tanto mais tendo sido insidiado por jansenistas. Se assim é, não sei em que grau, e não sei quanto tenha podido influir na educação moral. [As informações, porém, talvez não fossem exatas ou não eram claras, pois ela parece achar que Enrichetta estava morta.] Penso em ti cem vezes ao dia, meu querido Massimo, nas tuas coisas, no grande laço que vais atar, aconselho-te, e peço a pessoas boas que rezem para que consigas tudo para a saúde eterna, e para tua paz aqui na terra se for da vontade do Senhor fazer com que te cases bem." Daí, vem a saber que para a decisão há que se esperar uma semana; a coisa lhe agrada "pela importância que dá a senhorita a um passo como esse, e se resolver que sim, terás boas razões para esperar que isso seja ratificado no céu".

D'Azeglio escreveu a Manzoni: "Se ao coração podem parecer demoradas as prorrogações, a razão deve fazê-lo calar-se, e sou mil vezes agradecido à sua filha por não ter me tirado toda a esperança e fixado um prazo muito razoável. Os sentimentos que ela não pode impedir de inspirar demonstram-me que sua felicidade é e sempre será uma obrigação para mim, razão pela qual, aliás, desejo que reflita sobre aquilo que lhe foi proposto, e não forme a meu respeito a menor das ilusões: se eu devesse obter o que tanto desejo, fomentando a menor dessas ilusões, sentiria remorso para sempre. Penso que todos me veem com demasiada bondade; tenho muitos defeitos que conheço, e talvez outros que não conheça. Sofro, para citar um, variações de humor, que possivelmente advenham do excesso de irritabilidade dos nervos, e que, malgrado muito esforço, nem sempre consigo vencer. Ademais, como o senhor pode ver, não sou e nunca serei rico: no que me toca, agradeço a Deus e estou muito satisfeito, pois aprendi que as tentações de possuir além de uma justa mediocridade são um poço sem fundo; mas quanto às outras pessoas, não posso dizer o mesmo. E daqui até a hora em que Deus houver por bem me tirar a pessoa que mais me ama e que mais amei neste mundo, não só não sou rico, mas seremos ainda mais pobres: pela primeira vez na vida desejo riquezas, mas não as tenho e devo deixar isso claro. A modicidade das minhas entradas atuais poderia, quem sabe, aconselhar-nos a passar alguns meses do verão em Azeglio, para fazer como a formiga e ter mais abundância no inverno. Azeglio é o mais belo lugar do mundo quanto a belezas campestres, mas o castelo nada tem de belo, não há ali mais do que bom ar e vista bonita, e moradores muito amáveis, para comigo e minha família. Quanto à dificuldade de não ser eu natural de Milão etc., parece-me que fui o primeiro a superá-la. Estaria sendo hipócrita, atribuindo-me um mérito que não possuo, se quisesse me gabar de ter tomado agora a decisão de estabelecer-me aqui. Digo-lhe com toda a sinceridade que, de qualquer modo, seria esse meu plano. Tendo me esforçado durante muitos anos para aprender os princípios da minha arte, agora talvez possa ter chegado à época de minha vida na qual posso esperar produzir alguns frutos: de toda a Itália, Milão é o lugar que mais me convém, razão pela qual a delicadeza da sua filha, digna de uma alma gentil, ficaria perfeitamente em paz... Espero, portanto, o final desta semana, durante a qual tenho a esperança de que não me queira proibir de ir passar convosco alguns momentos do serão...".

Manzoni: "Não posso responder melhor à sua amável pergunta senão lhe dizendo ter sido minha intenção ontem à noite assegurar-lhe que, favorecendo-nos nesse interregno, o senhor iria nos prestar uma grande gentileza. O receio de forçar de algum modo sua gentileza foi o que me deteve. Que o senhor não se surpreenda se encontrar certa pessoa um tanto quanto embaraçada".

Giulietta, no decorrer dessa semana, tentou imaginar sua existência futura ao lado daquele ser que lhe era absolutamente estranho. Decerto comparou-o com a imagem do primo Giacomo, que conhecia desde a infância. O primo Giacomo era para ela como a água imóvel e clara de um lago, que desde sempre existia na paisagem de seu pensamento, onde podia se espelhar e cujas margens e sombras desde sempre conhecia. Sereno, reflexivo, idoso, o primo Giacomo era uma presença que lhe infundia segurança. Talvez ela nunca tivesse pensado seriamente em desposá-lo. Ele se mostrara frio e distante, a certa altura, e ela sofrera com isso. Mas era um sofrimento feito mais de melancolias indolentes do que de dor amarga. E, de todo modo, essa era uma história encerrada. Mas ela não podia deixar de entender que seu coração precisava de sossego e tinha horror a aventuras. Aquele visitante presente nos serões, que com tanta pressa manifestava o desejo de desposá-la, aquele nariz, bigodes e olhos, aquela brilhante desenvoltura, não lhe infundia segurança. Para ela, essa figura jamais assumiria a força e o afeto de uma figura paterna. E era disso que ela precisava. Talvez porque o pai fosse muito absorto em si mesmo para dar ouvidos a ela. Talvez porque sua família fosse numerosa e pai e mãe não pudessem lhe dar a atenção e a disponibilidade, o espaço, que ela secretamente pedia. Ela queria alguém que a compreendesse, como havia imaginado que a compreendesse o primo Giacomo quando lhe escrevia de Florença, ou Fauriel quando lhe mandava notícias. Quantas cartas escrevera a um e outro! Tanto Fauriel como o primo Giacomo eram figuras conhecidas, amigas e, ao mesmo tempo, distantes, pois não queriam dela nada de preciso. O recém-chegado, ao contrário, dizia querer se casar com ela.

Passada menos de uma semana, Giulietta respondeu não ao pedido de casamento. Manzoni teve de anunciar a D'Azeglio a recusa da filha: "Devo dizer ao senhor que minha filha não consegue decidir-se a dar um passo, do qual, para dizer a verdade, seus pensamentos estavam bem distantes".

D'Azeglio a Manzoni, em 14 de abril: "Não pude responder logo à sua carta, que chegou no momento em que devia ir a um almoço do qual era convidado e não podia me ausentar convenientemente. Pode imaginar se o achei agradável!

"A aflição que a derradeira resposta da srta. sua filha me causou, rogo a Deus que lha devolva na mesma quantidade de bem e de felicidade! Deus sabe que esses meus votos são feitos do fundo do coração: e, se forem atendidos, ela nada mais terá a desejar neste mundo. Quanto a mim, Deus quer assim, só me resta baixar a cabeça.

"A sra. sua mãe demonstrou tanta bondade em relação à minha pessoa, e tanto empenho para que se cumprissem meus desejos, que não poderei deixar de ter por isso gratidão e eterna memória.

"Agradeço a todos por tantas atenções e afeição que me dedicaram nessa oportunidade. Quiçá não tenha coragem de ir pessoalmente apresentar minhas despedidas; estou certo de que compreende o motivo, e nem lhe passe pela cabeça que possa restar-me no coração a menor amargura em relação a todos. Se soubesse, aliás, em que momento encontrá-lo, seria uma verdadeira satisfação dizer-lhe adeus antes de partir."

Manzoni a d'Azeglio, no mesmo dia: "O desagrado que o senhor tem a bondade de manifestar é para mim uma nova oportunidade de reconhecimento: e o senhor sabe que nós o compartilhamos. Esta é uma daquelas dolorosas circunstâncias em que todos sofrem, e ninguém, posso dizer, tem culpa... No que me diz respeito, o senhor bem pode imaginar o interesse que teria em abusar da amigável disposição que tem o senhor de ver-me; mas é necessário que lhe diga que uma estranha afetação dos nervos impede-me já há muitos anos de sair a não ser acompanhado. Sua bondade, portanto, anima-me a dizer-lhe que estou em casa, muitas vezes num gabinete que tenho no térreo, até as duas, e que depois do meio-dia é mais fácil encontrar-me sozinho".

Giulia, a avó, insistira com Giulietta para que aceitasse. Era sua neta mais querida; doía vê-la sempre tão triste, pálida, desanimada e com o ar já resignado a um destino solitário. D'Azeglio lhe parecia todo encantos — não podia aceitar a ideia de que desaparecesse, achava que depois Giulietta iria se arrepender amargamente. Não se rendeu: continuou insistindo. Em casa ela era a pessoa mais respeitada; e era, em suas sugestões, inflamada, impulsiva, incauta e temerária; Enrichetta, ao contrário, era prudente, ponderada e discreta. Quanto a Giulietta, ela provavelmente sentiu, junto com o medo do casamento, também o medo de envelhecer nos aposentos de casa; tinha 23 anos: sete a mais que sua mãe quando se casara. Convenceu-se. Assim, coube a Manzoni a tarefa de escrever a D'Azeglio uma nova carta, na qual pedia que não levasse em conta a recusa anterior: "A confiança que me inspira e a liberdade a que me anima seu modo de proceder conosco são tais que somente a dúvida de que uma palavra possa produzir um efeito já desejado pelo senhor e por nós é-me suficiente para que eu queira dizê-la, embora ela possa lhe parecer singular. Queira entender que se trata de um retorno à conversa de ontem. Se o senhor considera que se possa ainda falar no assunto de que ela foi tema, tenha a bondade de indicar-me uma hora ou de vir sem mais, mandando me chamarem em meu gabinete, caso não me encontre em casa; se o senhor pensa diferente, terei ao menos a viva satisfação de lhe ter admitido algo diferente do que tive o desprazer de dizer na minha última carta".

D'Azeglio mandou à mãe um retrato de Giulietta e a notícia de que tudo correra bem. A mãe: "Então, meu doce e diletíssimo Massimo, agradeçamos ao Senhor... Confesso-te, querido, que nessa noite não pude sossegar, pensando continuamente, vai-se saber que notícias há de trazer-me o correio. Meu Massimo estará consolado ou presa de imensa dor! Resignava-me, mas no íntimo do meu coração dizia: se o Senhor faz como me apraz ficarei contente; e assim cheguei ao amanhecer, e ao momento em que esta bendita carta veio ter às minhas mãos... Apreciaria que me mandasses um exemplar, última edição de Dom Abbondio.* Na época eu o li às pressas, e não me ficou outra coisa na cabeça a não ser que se tratava de um cavalheiro". Gostou do retrato: "Com certeza não tiveste mau gosto, o caráter da fisionomia é a meiguice". E a Giulietta: "Sim, minha meiga Giulietta, eu já te amo, por ter sido destinada pelo Senhor para esposa do meu filho... Meus desejos foram plenamente atendidos; anelava vê-lo unido a uma pessoa que soubesse discernir suas qualidades, e conhecer a boa alma que possui esse jovem... Minha alegria será completa quando te abraçar e dizer minha filha, de viva voz. De todo o coração, sou para ti mãe carinhosa".

Costanza Arconati escreveu a Fauriel, de Bruxelas, no final de abril:

"Na dúvida se sabe ou não o que estou para anunciar, escrevo-lhe no instante em que fiquei sabendo. Marietta recebeu uma carta de Giulia em que lhe diz que está para se casar, e casar com alguém que ama e por quem é amada. É o sr. d'Azeglio, piemontês, amigo de Collegno [tratava-se de Giacinto Collegno, que mais tarde iria tornar-se cunhado dos Arconati, casando com uma das irmãs Trotti, Margherita] e digno de sê-lo. Passou o inverno em Milão, atraído pela reputação de Manzoni, e enamorou-se da filha. A pobre Giulia parece estar no auge da felicidade, como expressa cada palavra da sua carta. O sr. D'Azeglio estabelece-se em Milão para não separar Giulia da família. Imagino que Enrichetta e Alessandro e dona Giulia devem estar muito satisfeitos com esse casamento (Giulia esquece-se de dizer isso), pois há nele o que buscam os pais, mas foi o afeto recíproco a decidi-lo. Experimento eu mesma um grande prazer por esse acontecimento feliz, ouvi

* Personagem de *Os noivos*.

falar muito de D'Azeglio por Collegno; é realmente um homem distinto. A escolha que ora fez já o demonstra, não acha?"

Massimo e Giulietta casaram no dia 21 de maio. Foram ao castelo D'Azeglio, onde passaram parte do verão. Pietro foi hóspede dos D'Azeglio no castelo. Também estava ali Cesare Balbo, primo dos d'Azeglio e amigo de Massimo. Em julho, Giulietta escreveu ao pai. É uma carta em que se percebe a determinação de ser uma mulher feliz e que isso transpareça. "Agora devo dizer-te uma coisa para a qual preciso da permissão do meu marido, mas um sorriso foi a única resposta que me deu e é o que me basta para considerar-me livre da obrigação do segredo... Há algum tempo Massimo trabalha num romance histórico... Queria mencioná-lo e justamente uma noite, antes que se falasse do nosso casamento, começou a conduzi-lo ao tema dos romances históricos, o senhor deve estar lembrado do que lhe disse então... isso o desencorajou de tal modo que trancou seus papéis e não me confessou seu segredo a não ser quando ficamos noivos, com a condição de que não falaria sobre o assunto com ninguém. Custava-me muito, mas obedecia-lhe, tentava convencê-lo a falar a respeito com o senhor, mas sempre lhe faltava coragem. Em Turim, o primo dele, C. Balbo, que conhece a obra, repreendeu-o muito por negligenciá-la, de modo que Massimo contou-lhe a causa de seu desencorajamento e Balbo disse que devia arriscar tudo e levar a cabo uma obra elaborada com tanto cuidado, visto já ter juntado os temas para algumas litografias das passagens mais relevantes. Massimo sempre prometera dar-me seu manuscrito, mas, tendo recobrado um pouco a coragem em Turim, costuma lê-lo à noite em voz alta. Segundo afirmam, eu não entendo nada e não devo falar dele por estar de antemão convencida de que tudo o que Massimo faz é bem-feito, mas eu digo e sustento que vejo com bastante clareza para poder dizer que os que não são esposa de Massimo estariam muito satisfeitos com sua obra.

Acho um estilo muito claro e fluente, fatos bem narrados, um entrecho muito bem amarrado, descrições dignas de um hábil pintor... Enfim, o senhor mesmo haverá de julgar, não direi mais nada... A batalha de Barletta* é o desfecho do romance, Cesare Borgia tem um papel muito importante, mas apesar de tudo ele é mais esboçado do que descrito. Pietro ficou encantado. Espero uma palavra sua com impaciência, mas não vá pensar que estou exigindo uma carta, querido pai; no verso das cartas que me escrevem, diga uma palavra para Massimo, de modo que eu possa encorajá-lo a trabalhar... Escrevi muito mal e às pressas, mil perdões. Minha sogra lhe envia seus respeitos. Adeus, meu caríssimo pai, lembre que o afeto que me tem faz a felicidade daquela que é tão orgulhosa de ser sua filha, que une à admiração pública a devoção e o amor filial mais profundos." Giulietta parece ter se dado conta de repente da importância pública do pai, ou melhor, ela agora contempla de fora esse reconhecimento público, aquecendo-se com essa fama nas novas paisagens em que foi viver.

Além disso, decerto compreendera que D'Azeglio a desposara por ser filha de Manzoni. Essa consciência deu, a seu casamento, tanto infelicidade como força.

Manzoni disse que estava pronto para conhecer o romance. Seria lido em voz alta pelo próprio D'Azeglio quando estivessem reunidos outra vez, depois do verão. D'Azeglio então lhe escreveu:

"Creio que em teoria suas razões contra o romance histórico não possam ser refutadas; não por mim, é claro. Mas creio ainda incerto se chegará o tempo em que esse seu juízo será adotado pelas massas, e no entanto me parece que se poderia pôr esse

* Alusão à batalha ocorrida na cidade de Barletta (Apúlia) em 1503, em que os franceses foram derrotados pelos espanhóis, com a participação de Ettore Fieramosca e outros italianos; até então, Espanha e França compartilhavam a Campânia, a Calábria, a Apúlia e os Abruzzi.

meio, não obstante imperfeito, a serviço do bem universal... Comparando o que foi escrito, pintado, esculpido pelos franceses sobretudo quanto aos fatos gloriosos da sua nação, com o que fizeram os italianos para ilustrar a própria, me parece ter encontrado muito orgulho de uma parte e muita modéstia da outra, e não pude deixar de desejar que nós também aprendêssemos a nos gabar um pouco das coisas verdadeiras... Repassando, então, os fatos italianos que poderiam formar uma série, veio-me à ideia o confronto de Barletta e tentei compor um quadro. Depois disso, achei que era possível torná-lo mais vivaz (o senhor diria deturpá-lo) com um pouco de entrecho, e assim dia após dia fui enchendo cinco ou seis cadernos; e Balbo, aguilhoando-me quando me detinha como se faz ao boi, fazia-me trabalhar.

"Caro pai, peço-lhe que beije a mão de mamãe e vovó, e demonstre a elas meu afeto, e diga-lhes muitas coisas boas: é preciso tratar bem meus juízes; pela carta anterior, vejo que estão dispostas a digerir minha história. Exige um bocado de coragem chegar à casa dos Manzoni com *un gros manuscrit à la main** e pôr-se a ler como se nada fosse! Digo, porém, para mim mesmo: *Vouran minga coupam*** (Deus sabe se acertei)... Amanhã de manhã vamos aos Bagni; o endereço: Aosta para Courmayeur." A mãe dele acrescentou no fim da carta: "Nossos queridos jovens partiram ontem de manhã para Cormaior, em boa saúde; espero que os ares de lá restabeleçam totalmente Giulia, que vi ir embora com um aperto no coração: amo-a por demais e a cada dia vejo que ela fará a felicidade do meu Massimo".

O romance foi lido em voz alta por d'Azeglio, na sala de estar da Via del Morone, no final do verão; estavam a escutá-lo Enrichetta e Giulia, Grossi e Manzoni; quando terminou, Manzoni

* Em francês, no original: "um grosso manuscrito nas mãos".
** Em dialeto milanês, no original: "Vão querer cortar".

disse: “Estranho ofício o do escritor, pratica-o quem quer de um dia para outro! Aí está Massimo; dá-lhe na telha escrever um romance e eis que não se sai tão mal!”. Encontrava aqui e ali alguns descuidos de estilo, sobretudo nas últimas páginas; ofereceu-se para revê-lo, D’Azeglio disse “fica por sua conta”. (O romance saiu dois anos mais tarde. Chamava-se *Ettore Fieramosca*. Fora revisto por Manzoni e publicado pelo costumeiro editor Ferrario de Via San Pietro all’Orto. Obteve um grande sucesso.)

Massimo e Giulia foram morar num apartamento na Via del Durino, que Enrichetta preparara para eles.

Em agosto, Enrichetta escreveu à prima Carlotta de Blasco, à qual não escrevia havia muitos anos. A prima se casara com um certo sr. Fontana e morava em Savona.

“Não posso reprovar a mim mesma um instante de indiferença ou de esquecimento, não, minha boa prima; deve ter sabido que durante muito tempo minha pobre saúde esteve amiúde em péssimas condições, deve ter sabido que por vários anos vi-me absolutamente incapacitada para ler e escrever uma palavra por causa da vista, a qual, mesmo que agora tenha melhorado um pouco, não me permite um esforço continuado, e se posso escrever é um pouco por força do hábito e sempre com dificuldade... Quantas mudanças desde que nos vimos pela última vez, minha cara Carlotta! Parece que passou um século!

“Você deve saber como minha família é numerosa, preciso apresentar-lhe meus filhos, que são oito, sendo que tive doze partos, mas os filhos que Deus se dignou a conservar-me são robustos e bastante bem-dotados pela natureza: todos têm, graças a Deus, bom caráter e inteligência. Como ficou sabendo, minha filha Giulia teve a sorte de casar-se no mês de maio passado com o marquês Massimo Taparelli d’Azeglio, jovem dos mais bem-educados, e não saberia dizer-lhe em poucas palavras da inigualável felicidade de nossa filha. Depois de Giulia, vem meu filho Pietro, que já está uma cabeça mais alto do que o pai, com dezoito anos completos, depois vem Cristina com dezesseis anos, Sofia com catorze, Enrico com doze, Vittorina com nove, Filippo com cinco e meio e minha caçula Matilde, com apenas treze meses, que me é muito querida e parece-nos tão interessante como se fosse nosso primeiro filho."

Em agosto, escreveu a Costanza Arconati. Ela fora se encontrar com os pais em suas terras em Bellagio, mas não tivera tempo de ver os Manzoni e voltara à Bélgica. A irmã Marietta, por sua vez, permanecia na Itália com os pais. "Lastimo por você, querida amiga, mas não posso deixar de sentir certa alegria à ideia de vê-la algumas vezes em Milão [Marietta]; Giulia ficará muito contente com isso. Recebi ainda hoje cartas de nossos amados filhos [Giulietta e Massimo], cartas que exalam felicidade e ternura por nós... O sr. Fauriel não nos deu sinal de vida, soubemos pelos jornais o cargo que ocupa [Fauriel conseguira a cátedra de literaturas estrangeiras na Sorbonne]; agradeço-lhe por ter nos dado notícias dele; e ficaremos muito gratos se lhe enviar notícias nossas, assegurando-lhe nossa amizade constante e sincera."

Em agosto, Vittoria, então com nove anos, foi mandada a Lodi no colégio Della Madonna delle Grazie,* das Damas Inglesas; a mãe estava muito cansada, com a saúde muito abalada, para cuidar de sua educação. Em Lodi, vivia a sra. Cosway, pintora, que em Paris, muitos anos antes, fizera o retrato de Giulia, a avó, quando jovem; havia tempo que ela se estabelecera em Lodi, onde

* O Collegio della Beata Vergine delle Grazie foi fundado por Maria Cosway em 1812, destinado à educação de meninas entre seis e doze anos, filhas da nobreza e da alta burguesia lombarda. A partir de 1833 (dois anos depois de Vittoria ter ingressado), passou a ser conhecido como Collegio delle Dame Inglesi, tendo existido até 1948. (N. E.)

fundou La Casa delle Dame Inglesi; Vittoria foi confiada a ela, que dava notícias da menina de tempos em tempos.

Enrichetta escreveu a Vittoria, no último dia desse mês de agosto:

"Quantas vezes desde que me deixaste, minha querida criança, tenho passeado os olhos ao meu redor à tua procura, quantas vezes meus ouvidos acreditaram ouvir tua voz!... E quando meu amor materno procura, como por hábito, onde possas estar, o coração me responde: 'Está em lugar seguro, está em boas mãos...'. Então, o sofrimento que me causa tua ausência se vê aliviado. Sim, eu acho que estarás melhor aí, que se ainda estivesses com tua mãezinha, cuja saúde frágil e as ocupações indispensáveis numa família tão numerosa impediam cuidar de ti, como exigiria seu dever e ternura materna.

"Tuas irmãs Cristina e Sofia encontram-se unidas a ti com o coração e em espírito, e ouço-as com frequência dizerem entre si: 'A esta hora Vittorina está tomando o desjejum, a esta hora está almoçando... está no recreio...'; ou então perguntam uma à outra: 'O que a nossa Vittorina estará fazendo neste momento?', e eu digo: 'Estará bem e contente... foi o que me prometeu...'.

"Teu irmão Pietro, tuas irmãs, Enrico e até Filippo mandam-te ternas lembranças. Filippo estava dizendo ainda agora: 'Oh, que maçada que a Vittorina foi embora, que pena que me dá, sinto tanto; te peço, querida mamãe, que mande muitas, muitas lembranças a ela'. Tua irmãzinha Matilde está cada dia mais graciosa, e mando-te um beijinho dela, que roubei para ti. Tua irmã Giulia e Massimo queriam ir a teu encontro ontem à noite, mas viram-se impedidos... Teu pai e tua avó estreitam-te carinhosamente nos braços, assim como tua pobre *bonne*, muito aflita por não ter mais consigo sua Vittorina."

A avó Giulia a Vittoria:

"Minha queridíssima filhinha! Oh, quanto prazer me deu tua carta, querida Vittorina! Agradeço a ti a alegria que derramas nos meus velhos dias. Parece-me que o Senhor abençoa o sacrifício que fizemos apartando-te de nós, para enviar-te a esse santuário de virtudes e conhecimentos, todos obtidos nessa santa religião que tudo nobilita e de tudo consola. Oh, minha querida Vittorinetta! Tu estás junto da minha valorosa amiga, Mme. Cosway: um instinto feliz fez com que gostasses dela tão logo a conheceste — e qual será agora tua afeição e obediência? Obedece-se de muito bom grado a quem se ama!...

"Então, ainda te lembras, pequena *espiègle*,* das minhas intolerâncias? São um pouco frequentes, infelizmente, e acho que um pouco mais de tolerância valeria mais do que uma prece. Nosso Divino modelo era muito doce, sobretudo com as criancinhas!...

"Minha querida menina, espero que logo possamos ir ao teu encontro; mas bem sabes que quando estamos em Brusuglio sempre temos tantos estorvos, que é muito difícil podermos sair. Giulia está aqui com seu marido, mas hoje foram a Milão para a exposição dos quadros de Massimo, que são infinitamente admirados. Compreendes bem que estou *bien charmée*** com isso: deve-se perdoar um pouco de vaidade a uma velha avó...

"Papai, *maman*, tuas irmãs e irmãos, tua *bonne* te abraçam com carinho. Teu Filippo (oh, como te ama esse querido e interessante menino!) manda-te muitos, muitos beijos."

Enrichetta a Vittoria, entre o outono de 1831 e o inverno do ano de 1832:

"No domingo, sendo aniversário do nosso Massimo, tuas irmãs mandaram-lhe lindos ramalhetes de flores, e eu quis lhe mandar um com teu nome, para que não fosses esquecida..."

* Em francês, no original: "travessa".
** Em francês, no original: "muito encantada".

"Teu pobre pai voltou ontem a casa todo comovido por ter encontrado na rua uma menina que lhe parecia em tudo a sua Vittorina, e não tinha conseguido se segurar para não abraçá-la..."

"Anteontem era o dia do aniversário de casamento do teu pai e da tua mãe. Giulia e Massimo quiseram festejar, e fomos todos almoçar na casa deles: oh, que falta fazia nossa Vittorina!"

"Hoje é o dia do aniversário do teu pai, e os D'Azeglio querem que vamos todos à casa deles festejá-lo. Nós iremos, e levarei no coração o vazio que nos deixa sempre a ausência da nossa Vittorina; mas não irão conosco nem Filippo nem Matilde, que ficarão em casa fazendo *leur petit dîner** com a *bonne*: Filippo está todo contente com essa novidade, e por ver-se no papel *de homem da casa*."

Na primavera, Enrichetta foi ao encontro de Vittoria em Lodi. Depois lhe escreveu:

"Minha querida Vittorinetta! Ainda estou toda inundada pela felicidade de ter podido te rever ontem. Poderás fazer uma ideia do interesse com que cada pessoa da família veio me rodear, mal cheguei aqui, para saber como estavas, se tinha te achado contente e *potelée*.** Teu querido pai, mais do que todos, não parava de fazer-me perguntas... Enfim, minha boa menina, se para tua educação fomos obrigados a te afastar de nós, nossos corações e nosso interesse estão sempre ao teu redor."

E ainda, em maio, Enrichetta a Vittoria:

"Sei que tens um coração tão amante e bom, sempre foste tão sensata e precisa, desejando tudo aquilo que pode alçar a alma a Deus, que por esse lado não me é dado ter nenhum temor: temo, sim, que possas te sentir um tanto desanimada no cumpri-

* Em francês, no original: "o jantarzinho deles".

** Em francês, no original: "rechonchuda".

mento dos teus deveres de estudo, coisa bastante natural na tua idade, mas que pode ser facilmente vencida, fazendo-se um esforço sobre si mesma, para voltar com dedicação ao trabalho e recuperar o tempo perdido.

"Tenta, minha menina, conduzir-te sempre de modo a jamais dar oportunidade a alguém de te censurar, se queres que o coração da tua pobre mãezinha não seja amargurado pelo pensamento de que possas ter um dissabor. Oh, não sabes o efeito que produz no coração de uma mãe a ideia de uma lágrima de dor derramada pela sua criança, distante dela!..."

No final de maio, Matilde adoeceu gravemente. Durante alguns dias recearam perdê-la. Depois se recuperou. Enrichetta a Vittoria:

"Não te ocultarei que nossa querida criança esteve muito mal. Mas Deus se dignou a atender a nossas preces e a permitir que os remédios pudessem fazer seu efeito salutar; assim, nossa querida menina foi mantida entre nós.

"O mal dessa pobre criança era uma forte inflamação no peito: tivemos de lhe aplicar sanguessugas duas vezes e tirar-lhe muito sangue. Agora nossa Matildina dorme com uma respiração regular, e toma docilmente os remédios e os caldos que lhe damos. Está muito abatida, não se move da posição em que a pusemos, tomamos o maior cuidado para não fazer nenhum barulho perto dela, de quando em quando ela abre os olhos, reconhece-nos, sorri para nós, chama-nos com um fio de voz e quer que eu mantenha sempre meu rosto junto do seu, e dá-me muitos beijinhos. Podes imaginar quanta alegria voltou ao seio da nossa família, depois dos temores e das angústias dos últimos dias."

Enrichetta a Vittoria, de Brusuglio, no verão:

"Matilde renasce como uma flor: suas faces delicadas readquirem a cor e suas perninhas recomeçam a levá-la de um lado para o outro."

Os médicos disseram à Enrichetta que o mar seria proveitoso, tanto para ela como para Matilde. Assim, uma parte da família foi para Gênova. Detiveram-se por algumas horas em Pavia, onde almoçaram com o bispo Tosi. De Gênova, Enrichetta a Vittoria: "Viajamos a noite inteira. Às seis da manhã, paramos um pouco em Ronco para sacudir a poeira e tomar o café, e às onze e meia chegamos a Gênova, sufocados pelo calor e pela poeira. Estamos hospedados no mesmo hotel no qual também estiveste conosco da outra vez — ainda te lembras dele?".

Enrichetta a Vittoria, do castelo d'Azeglio, ao voltar de Gênova, em agosto:

"Chegamos a Azeglio no dia 18, depois de ter feito uma boa viagem. Os estimados moradores do castelo não nos esperavam antes do anoitecer, e, para a surpresa deles, chegamos às onze da manhã: podes ter uma ideia da nossa alegria recíproca! Estamos encantados com esse lugar tão bonito. O castelo, que é muito antigo, domina belas colinas e um gracioso lago pequeno. Passo aqui dias muito tranquilos. Gozamos a felicidade que Deus concedeu à nossa Giulia. Seu marido Massimo é amado e venerado por todos aqui, onde é considerado como o Senhor do Povoado... Meu coração bate forte, muito forte ao pensamento de que daqui a alguns poucos dias verei reunidos à minha volta, no nosso estimado *Brusú*, todos os meus queridos filhos: aí estão minha riqueza e felicidade!"

Essa mesma visita aos D'Azeglio era descrita alegremente por Giulia à mulher do tio Beccaria:

"De manhã partimos para Azeglio, onde chegamos por volta do meio-dia. Não te direi nada sobre a mais carinhosa e mais demonstrativa acolhida dessas queridas pessoas: Giulia um tanto magra, mas ao mesmo tempo um tanto gorda (de três meses), está bem e come bem, boas cores etc. Massimo muito bem, como sempre. A boa mamãe [a marquesa Cristina] rejuvenescida, ágil como um peixe, alegre e satisfeita, caminha, joga bocha, e à noite joga-se tômbola, seu jogo favorito. Aqui há senhoras elegantes, vêm à noite; teria muitos detalhes a escrever, mas não terminaria mais."

De Brusuglio, em setembro, Enrichetta a Vittoria:

"Os quadros de Massimo agradam infinitamente — expôs em Milão quatro grandes e diversos pequenos: estamos muito felizes de ver até que ponto esse novo gênero de pintura é apreciado, e em que conta é tido o nosso Massimo, por todas as qualidades raras que o distinguem... Tu ainda és muito pequena para poder apreciar bem essas coisas, mas quero que saibas que esse teu irmão nos serve de consolo, e que possas agradecer a Deus junto conosco, pela felicidade que concedeu à nossa Giulia..."

Vittoria passou em Brusuglio o mês de outubro; em seguida voltou ao colégio. Enrichetta a Vittoria:

"Meus olhos viram afastar-se da porta a carruagem que te conduzia de volta, e acompanharam-na enquanto puderam distingui-la... Meu coração sempre te acompanha. Fui à igreja mais tarde com Enrico, e podes imaginar com que coração ofereci a Deus o sofrimento que me atormentava nesse dia...

"Todos te abraçam e te amam carinhosamente. O roliço Filippo está inconsolável com sua partida, e manda-te mil beijos, e Matilde não para de chamar *Vittolia Vittolia*!"

Enrichetta a Vittoria:

"Continua sempre, minha querida Vittorina, a ser amável, compassiva, graciosa com tuas companheiras... é tão doce fazer-se amar!"

Enrichetta a Vittoria, em 26 de dezembro:

"Tu me compensaste *pela tua festa* no domingo, fazendo com que tua cartinha chegasse nesse mesmo dia... Recebi-a à noite, e realmente precisava dela. Era a primeira vez, desde que nasceste, que passei o dia de Santa Vitória* sem estreitá-la nos meus braços... Espero que as festas do Santo Natal tenham passado bem para ti... Nós a passamos tranquilamente em família. Giulia e Massimo almoçam e passam os serões conosco, junto com os amigos habituais que vêm nos visitar e perguntam todos por ti..."

Enrichetta a Vittoria, no último dia do ano:

"A *crescenza* [era uma espécie de panetone] do primeiro dia do ano também deve ser enviada à nossa Vittorina: foi feita por Jean [o empregado], que fez uma igual para nós, e queremos que nossa Vittorina tenha sua parte em todos os nossos pequenos prazeres. Minha querida Vittorina, recebe os carinhosos votos, que te fazem todas as pessoas da tua família, de que o dia em que se inicia um novo ano possa te trazer tudo de feliz, tudo de santo, tudo de alegre..."

Em 10 de janeiro daquele ano de 1833, Giulietta deu à luz uma menina. Enrichetta a Vittoria:

"Apresso-me a anunciar-te que te tornaste tia. Tua irmã pôs no mundo essa noite, entre as três e as quatro, uma linda filhinha. Mas Deus não quer que nossa consolação seja completa, pois essa pobre criança nasceu antes do tempo; e o que nos faz recear que não consiga viver é que se lamenta sem parar, e que sua pequenez é extraordinária. Escrevo-te da saleta que fica junto ao quarto, e tenho aqui comigo a pobre pequena, que não para de gemer e dilacera meu coração. Tua *bonne* a segura no colo e tenta fazer com que engula algumas gotas de água com açúcar. Há momentos em que esperamos que nossos cuidados possam conseguir mantê-la no mundo, mas deve-se sempre dizer: 'Seja feita a vontade de Deus!...'. Eu estava tão feliz por me tornar avó quanto tu estavas alegre por te tornares tia; por isso, não vamos perder a esperança ainda, querida Vittorina!"

* Comemorado no dia 23 de dezembro. (N. E.)

Enrichetta a Vittoria, dez dias depois:

“Desgraçadamente temos fortes temores de que essa pobre criança não possa viver. Não quero esconder de ti nossos temores, a fim de preparar teu pequeno coração para que te resignes àquilo que Deus quiser de nós; enquanto isso rezemos, minha boa filhinha…”

E a mãe de Massimo d’Azeglio, a condessa Cristina, escreveu-lhe na mesma época:

“Meu caro Massimo, permite-me dizer-te (sem com isso querer te espicaçar) que ainda não tens muita habilidade para dar notícias de parturientes, deixas o mais interessante, ou seja, se a mãe pode e dá de mamar, e se a menina mama e alimenta-se; e, se isso acontece, há muita esperança, do contrário, que vá com Deus… De resto, estou disposta a ver essa netinha só no Paraíso, onde certamente estará bem, sem chorar.”

As previsões gerais sobre essa criança, que fora chamada Alessandra, eram extremamente sombrias, e todos já estavam resignados com sua morte. Enganavam-se. Alessandra, ou Alessandrina, ou Rina, como enfim todos se habituaram a chamá-la, salvou-se. Giulietta a amamentava.

Enrichetta a Vittoria, quando a menina completou vinte dias:

“Tenho boas notícias da tua sobrinha para te dar; começamos a ter esperança de que Deus queira deixá-la entre nós; é alimentada apenas pela mãe, e a cada dia ganha um pouco mais de força…”

Enrichetta não podia ir com frequência a Lodi encontrar Vittoria. Escreveu-lhe:

“A impaciência que demonstras por ver-me decerto não ultrapassa a que tenho de ir abraçar-te; mas, minha boa e querida menina, não preciso repetir que minha ternura por ti jamais poderia ser arrefecida pela distância que nos separa, mas que, infelizmente, é imensa devido às circunstâncias, a mais insuperável das quais é minha saúde instável, que me obriga a muitas privações... Portanto, é preciso continuar a ter paciência..."

E ainda, naquele mesmo inverno:

"Sofia manda-te o Menino Jesus que lhe pediste; Matilde está aqui a meu lado, rabiscando a lápis, com muita atenção, uma grande folha de papel, para escrever à *quelida Vittolia*; e para dizer a verdade, não me deixa escrever duas palavras em seguida, porque ou deixa cair o lápis, ou nem senta e já quer ir de novo para o chão, ou quer trocar o papel... e continua repetindo que quer escrever *muitas palavla pla quelida irmã di Lod.*

"Nossa pequena Rina é muito delicada, mas garantem que, se conseguir chegar aos três meses, irá se tornar saudável e robusta. Deus queira, pela nossa pobre Giulia, que vive totalmente absorvida pelos cuidados que dedica à filha!..."

E ainda:

"Aproxima-se a primavera, o tempo começa a tornar-se menos rigoroso, a distância que nos separa me parece menor, e espero que me seja possível abraçar-te muito em breve.

"Todos em casa estão bem, e todos, em especial teu pai, mandam-te mil palavras de afeto. Não passa um dia depois do almoço, quando nos encontramos todos reunidos junto da lareira da sala de visitas, que não dizemos entre nós: 'Oh, que pena que não esteja aqui também nossa Vittorina!'. Não te digo isso para aumentar teu *regret*,* mas para te convencer de que teu quinhão de ternura mantém-se inteiro."

E ainda, em abril:

"Tuas irmãs esperavam com tamanha expectativa tua carta que desceram num único salto os degraus para ver quem chegava primeiro para arrancá-la das mãos do *porteur*.** Enrico te agrade-

* Em francês, no original: "pesar".
** Em francês, no original: "carteiro".

ce muito por aquilo que lhe dizes. Ele teve a felicidade de fazer a Primeira Comunhão.

"Não há nada mais solene e mais intimamente religioso que a função da Primeira Comunhão na igreja de S. Fedele. Eu tive a sorte de poder assistir à do meu Enrico, e tal lembrança sempre será para mim motivo de grande edificação. Na noite anterior tivemos uma grata surpresa. Veio o pároco e fez com que preparássemos a toda a pressa nossa sala, para poder executar música. Voltou às sete e meia, acompanhado pelo maestro Neri e pelos doze meninos que deviam cantar na manhã seguinte os hinos para a Primeira Comunhão, compostos por teu pai, ao qual quiseram mostrar a bela música do maestro Neri. Deleitamo-nos muito, e nossa alegria só foi perturbada pelo *regret* de que tivesses partido de manhã."

"Com que confiante afeto/ venho ao teu sagrado trono/ prostrar-me diante de Ti/ meu Juiz, meu Soberano!/ Com que inefável gáudio/ tremo diante de Ti!/ Cinzas e culpa eu sou:/ mas vês quem te implora/ quem quer teu perdão/ quem merece, quem adora/ quem louva através de mim." Assim cantavam os doze meninos; eram "Le strofe per la prima comunione" (Estrofes para a Primeira Comunhão), que Manzoni escreveu naqueles dias para a Primeira Comunhão de Enrico. "O pároco" era Giulio Ratti, antes cônego em San Babila e agora pároco em San Fedele.

De Brusuglio, Enrichetta a Vittoria, em junho:

"Matilde está toda contente por estar em Brusú. Temos uma moça para tomar conta dela durante o dia, já que tua *bonne* deve ir sempre a Milão com teus irmãos. A pobre pequena Matilde é tão boa, tão sensata, submete-se de muito bom grado a todas as mudanças necessárias!... Só dá prazer e nunca aborrecimentos: manda-te um *beijim bem gande*."

Da vila do tio Giulio Beccaria em Gessate, Enrichetta a Vittoria, nos últimos dias de junho:

"Adeus, minha querida menina, fica bem e continua a cumprir teu dever com zelo e perseverança. Cristina e Sofia te abraçam e mandam mil palavras de afeto. Teu pai e tua avó estreitam-te em seus braços com toda a efusão do coração. Todos aqui te mandam lembranças e amam-te. Tua mãezinha não precisa falar-te do seu amor..."

Não foram encontradas outras cartas de Enrichetta a Vittoria, e essa é a última; deve ter-lhe escrito mais, nos meses seguintes, mas as cartas sucessivas foram perdidas.

Os Manzoni iam com frequência a Gessate, à vila do tio Giulio Beccaria, que se casara já com certa idade; a mulher chamava-se Antonietta Curioni de' Civati — em família, costumavam chamá-la "a titia". Os Manzoni gostavam muito tanto dele como dela.

O primo Giacomo viu Enrichetta, em Brusuglio, depois que ela voltou de Gessate. Escreveu ao tio Giulio Beccaria: "Achei-a muito abatida. O médico, todavia, não perdeu a esperança de que se restabeleça".

Em agosto, Giulietta e Massimo foram a Brusuglio. A sogra de Giulietta, a marquesa Cristina, também foi por uns dias. Enrichetta estava muito doente e não se levantava mais da cama. Manzoni escreveu a Vittoria:

"Deves ter sabido por Sofia que foram feitas duas sangrias na tua mãe. Para debelar a inflamação (que, de resto, nunca foi grave), fizeram-se necessárias mais duas: agora as coisas tomaram o bom caminho; e posso dizer-te que te alegres, como todos nós."

E a Cattaneo, que pedira notícias, Manzoni escreveu do povoado de Canzo, onde passava o verão:

"Enrichetta se zanga comigo por ter demorado tanto a dar-te notícias dela, pois sabe a ladina o bem que lhe queres! Mas eu me calava de propósito; porque, tendo ocorrido algumas vicissitudes, e com a certeza de que tudo acabaria bem, não quis te dar inutilmente o dissabor de ouvir coisas menos alegres. Agora as coisas retomaram o bom caminho: não se fala mais em febre; a tosse, se não cessou, vai diminuindo a cada dia, e logo se deverá pensar apenas em recuperar as forças."

De novo a Cattaneo, algumas semanas mais tarde:

"O estado da minha, e contigo posso dizer da nossa, Enrichetta continua a melhorar, muito devagar, mas a melhorar. Auguro-te melhor tempo, já que da minha colina vejo que até os cumes de Canzo estão envoltos em nuvens."

Ainda assim, acharam oportuno deixar Brusuglio e transportar a enferma para Milão. Em setembro, depois de nove sangrias, parecia ter entrado em convalescença. Mas a febre voltou. Tinha falta de ar, tosse, convulsões. O primo Giacomo escrevia ao tio Giulio Beccaria quase todos os dias, dando-lhe notícias: "Ontem, Enrichetta teve febre e, sendo véspera das festas, desejou fazer suas devoções e receber o viático, o que trouxe um sentimento de tristeza à família. Hoje, porém, sente-se um pouco melhor, e Alessandro, Giulia e os filhos estão mais tranquilos. Se as coisas progredirem para melhor como esperam os médicos, com a administração do muriato de barita, ainda se pode ter esperança de vê-la restabelecida". "Elogia o muriato de barita e pode tolerá-lo em dose abundante, tendo tomado 32 gramas." "Parece que a doença tem um curso intermitente, ou seja, um dia pior e outro melhor. O sr. Casanova, que se transferira para Milão a fim de atender melhor ao tratamento de Enrichetta e que por isso estava hospedado na casa dos Manzoni, também ficou doente. Trata-se, como vês, de mais um infortúnio para a enferma e de um estorvo para a família... Os médicos não conseguem ver grandes esperanças."

Antes desse verão, escrevendo a Vittoria, ou à prima Carlotta, ou a Costanza Arconati, Enrichetta sempre falara com alegria da grande felicidade de Giulietta. Talvez quisesse convencer a si mesma. Nesse verão, provavelmente durante sua enfermidade, ela viu a infelicidade da filha.

Depois do nascimento da menina, Massimo e Giulietta deixaram a casa da Via del Durino e mudaram para um apartamento na Via del Marino, naquele que outrora tinha sido o palácio Imbonati e que depois fora comprado pelos Blondel. Enrico Blondel morrera num apartamento desse mesmo palácio. Agora, morava ali a viúva, Louise Maumary, ou *tante Louise*, como era chamada na família Manzoni. Ainda era jovem, muito bonita, miúda, de cabelos pretos. Giulietta teve ciúme dela. Suas relações com o marido pioraram. Ademais, nunca tinham sido nem simples nem tranquilas. A radiosa felicidade conjugal de ambos existira apenas nas palavras dos familiares, nas cartas de Enrichetta. Ele talvez a achasse fria. Ela talvez o achasse arrogante. De qualquer modo, na nova casa, as relações entre eles se exacerbaram com o acréscimo do ciúme.

Em outubro, Giulietta recebeu uma longa carta da sogra, a marquesa Cristina. Com a sogra, depois dos primeiros sorrisos de conveniência, Giulietta tivera quase de imediato relações péssimas. Essa carta, que chegou quando sua mãe estava enferma, quando já lhe oprimiam muitas angústias, deve lhe ter causado um sofrimento atroz. E era, por outro lado, uma carta impiedosamente cruel. Não sabemos se Giulietta respondeu.

"Minha cara Giulia", escreveu a sogra. "Esta minha não te chegará rápido, pouco importa se a recebes de bom grado, meu propósito foi obtido.

"Na primeira carta que me escreveste antes de ligar-te a Mass., tu me dizias muitas coisas bonitas, que estavas muito contente por tê-lo, que teu único pensamento seria fazê-lo feliz e assim deixar-me contente, sabendo que Mass. era para mim o mundo inteiro; também a mim dizias coisas lisonjeiras, e que certamente não mereço: que em mim verias sempre uma mãe, imploravas minha assistência para conselhos etc. Depois, antes de vir a Turim, repetindo tudo o que foi dito acima, pedias que não julgasse teu coração pelas aparências frias etc. etc., deixo o resto que não é importante.

"Giulia, minha filha, não leves a mal que eu tenha me detido um pouco no que escreveste então. Tinhas e tens razão em amar Mass. e em estimá-lo: prescindo que é meu filho; sabes tão bem quanto eu como é amado pelos amigos, por teu pai e todos da família, enfim, por quem o conhece particularmente; tu o amas, amas deveras, mas tu o fazes feliz? Nos primeiros dias desde o 31 que se estava em Az., vi, duvidei e calei; no segundo verão, minhas dúvidas aumentaram e me impus silêncio; mas neste ano, mal cheguei a Mil., tive a confirmação desse doloroso pensamento; Mass. não é feliz... os três meses de Cernobio (menos alguns dias de agosto), depois em Brusú. Se quando cheguei não tivesse sentido uma grande dor que me tirou a coragem de abandonar Mass., é certeza que saía porta afora, indo embora no mesmo instante. A esperança de consolar meu filho me fez engolir o cálice de amargura que me fizeste beber gole a gole. Infelizmente, essa é a pura verdade. Nunca te falei, porque na época estavas tão mal de saúde que preferi calar a causar-te dano e àquela criaturinha querida; decidi desde então escrever uma carta detalhada, evitando assim uma discussão penosa e inútil, convencida que estás de ter sempre razão.

"Entre os amores lícitos, de acordo com os mandamentos de Deus, há aqueles de diferentes espécies — o amor de uma esposa é bem diferente do amor de mãe, irmão etc., porém todos esses amores exigem ora grandes, ora pequenos sacrifícios. O que acontece entre mulher e marido, para ser forte e constante, deve se basear na estima recíproca (e esta existe) e é necessário um contínuo sacrifício da vontade, dos caracteres, para estabelecer aquela boa harmonia, amor verdadeiramente sólido que é alegria da vida em todas as circunstâncias e é o que dura.

"O amor que se desafoga apenas em beijos, carícias etc. etc. é aquele de criança que, se lhe recusam o seio, o doce, perde a estribeira, irrita-se, faz manha etc., e tudo isso não passa de egoísmo puro e simples; nas crianças passa, mas com a razão, não. Mass. tem defeitos, quem não os tem? Eu te disse que era um cordeiro, e muito paciente, mas que no fim torna-se leão, e quem o torna assim? Ele não é Deus, é homem, mas é um homem que, se da tua parte fizesses o que dita a razão, ele estaria em situação de não invejar ninguém. Se o copo transborda por uma gota a mais, de quem é a culpa?

"Cada um nasce com inclinações pessoais boas, más, índole dócil ou cruel etc., a educação bem conduzida diminui esses defeitos, se a razão se desenvolve, faz conhecer as coisas... Se tu, com o talento reflexivo que Deus te deu, tivesses oposto resistência quando Mass. te procurou, já serias o que deves ser. Terias dominado o orgulho presunçoso, o egoísmo que tenta dobrar todos à própria vontade e que leva a fazer manha quando não consegue. Terias gostos mais simples e mais sólidos, que contentariam bem mais teu companheiro, que faz das tripas coração para satisfazê-los, e sem que te contentes. Ele, como te disse, não era rico, mas vê bem como seu amor *verdadeiro* se empenha para contentar-te, e por prêmio, comigo presente, tu o repreendeste no instante em que acabava de passar quatro ou cinco horas ao sol, arquejante e cansado, e mais de uma vez (isso eu ouvi na casa dos Manzoni) dizer-lhe que tinhas mudado para a casa dele para estar pior. Deus meu! Jamais esquecerei a dor que senti.

"Giulia, nunca tive motivos para me queixar dos teus *procédés** dirigidos contra mim (pois se me alcançavam uma vez, na segunda não me achavam mais), mas não tenho motivo maior para me queixar por teres me ofendido no que tenho de mais

* Em francês, no original: "procedimentos".

precioso? Eu, que fiz tudo por ti, sim, por ti, pois por Mass. sozinho, a não ser por necessidade, não me privaria do direito de fazer um belo presente etc., e tu me correspondeste desse modo! Mas repito, se Mass. fosse feliz, até bofetadas levaria de ti. Oh, cara Giulia, quantas vezes meu coração precipitava-se na tua direção, estreitava-te com carinho, depois vinha o pensamento, ela martiriza o meu Mass., e eu me sentia oprimida por uma dor atroz.

"Teria outras coisas para dizer sobre esse ponto, mas não vou te aborrecer por horas. Passo ao amor filial, e pergunto: ficarias contente por tua filha, aos 24 anos, dar as demonstrações que dás à tua avó e genitores? Ela, dizes, com seu excessivo e talvez mal compreendido amor, deu o motivo etc. etc. Reconheces que ela te manifestou hostilidade (e concordo contigo), então deves fazer disso instrumento para descontar o que lhe fez, agora que ela chora por esse motivo, e que está velha? Infelizmente, ela vê tudo e sente na pele. Que direi então em relação à tua mãe? Declaro-te que não gostaria de ser tratada assim pela minha filha, por meu Mass. Que assistência indolente lhe prestaste durante todo aquele tempo que eu vi. Vizinha de quarto e ausentar-te por horas, sem te deixares ver nem sequer por um momento? Deus meu! Ela via, observava, sentia profundamente, posso te dizer isso com sinceridade: talvez seu mal em parte tenha origem no teu procedimento, e tu? Com quatro ou cinco visitas insignificantes te safavas. Não queriam que falasse; eu sei, eu passava ali dez, doze vezes só para ver como estava, se estava melhor etc., e não é minha mãe... Cristina era desvelada... com uma palavra doce, submete-se. Não há desculpa: era negligência pura e simples, não outra coisa, quando fala o coração, tudo se faz. Lembra-te bem, minha filha, isso atrai vingança, queira Deus que não encontres o mesmo nos teus filhos. Em relação a teu pai, não observei nada em particular: decerto não esbanjavas carinhos com ele, mas acho que ele não se importa, para sua sorte.

"E de onde vem tudo o que foi dito até aqui? Vou te dizer. De teres quase abandonado as boas práticas que dizias ter quando menina. Vais à igreja como os protestantes ao templo, uma vez no domingo e chega: foi o que vi em Az., em Mil., em Cernobio. Todo bem provém de Deus. Se não se reza, ele não é obrigado a nos conceder aquelas graças mais nobres por praticar a virtude. Se tivesses um marido irreligioso, eu te diria: se não podes cumprir o preceito puro, abstém-te do resto, para não magoá-lo; não estás nesse caso: por que, então, às vezes não ouvir uma missa, uma pequena adoração não podendo ir à missa? Por que passar de quatro a cinco meses sem ir às sagradas fontes de toda graça? Pelo menos nas festas principais... examina um pouco tuas leituras, a sociedade que te rodeia à noite em casa e que eu *desaprovo altamente*; as conversas em que muitas vezes ouvi que tens uma língua bem cortante. Perdes tantas horas nas quais poderias cultivar os talentos que tens, com muita satisfação de Mass., preparar-te um fundo de saudável instrução para tua filha.

"Dizia aos teus que eras boa dona de casa, a ti então eu digo que nesse ano não o foste. Observei as despesas feitas em casa, e são muito excessivas. Há mobília para outros dois aposentos: tapete que não pode custar menos do que quinhentos ou seiscentos francos, bastava um simples, limpo: muitos bibelôs sobre as mesas, devem ser teus, por que não guardar o teu para coisas mais sólidas? Quando me mostraste teus livros, vi um que dizia librés; e menina 25 liras ou francos por cinco roupinhas, nem em sonhos eu esperava encontrar essas coisas registradas. O tecido compra-se, mas costura-se em casa. Lenin tem mais o que fazer... e tu, minha cara, trabalhas muito bem, em vez de ficar tanto no tear fazendo trabalhos custosos e que te prejudicam a saúde, trata de fazer o que melhor pode a mulher. Calculei mais ou menos o que tiveste neste ano; de Cal.na cerca de seis trabalhos, Mass. quatro mais ou menos, eu em roupa e dinheiro chego perto dos três, salvo minha manutenção por quatro meses, e agora não sei como te encontras. Decerto não tens nada de parte. E aqui, pois esse é o ponto em que estamos, te advirto que não há muito que esperar de mim, além das muitas despesas que me caberão; portanto, há que se ter juízo realmente. Dou-te este aviso por causa do teu *budget*.

"Resta-me dizer-te uma palavra sobre a criadagem. A babá vai mal, eu a vi mais de uma vez fazer brincadeiras de mão inconvenientes. Em Cernobio largava a menina, daí ia à cozinha ou ao porto conversar com os barqueiros e acho que se desabafava em casa muito bem; não digo que seja viciosa, mas excessivamente leviana, e que pode ser inconveniente quando Sandrina tem quatro anos. Há muitos mexericos nas suas conversas, e tu lhe dás demasiada atenção.

"Giulia, toquei em todos os pontos principais que pretendia. Disse verdades, tentei dizê-las sem rodeios, não com a intenção de te ofender, mas a verdade muitas vezes fere; em ti, espero que não cause tão pérfido e inútil efeito, mas há de servir-te para que te examines bem, e para que tires proveito dos conselhos de uma mãe que te ama de verdade, e que não receia fazer cortes dolorosos para te fazer o bem, e fazê-lo ao teu e ao meu Massimo.

"Se esta minha chega em má hora de espírito perturbado, suspende a leitura, para que te seja remédio e não veneno; esse é o desejo de quem penosamente te escreve e com muita dificuldade. Se te ajudo, se Deus abençoa minhas palavras, o resto é nada. Guarda esta carta, talvez seja a última tão prolixa e tão angustiante ao meu coração. Resta-me pouco a viver, mas terei o consolo de ter te dado essa prova de sinceridade e de amor."

Entre sermões, sentenças morais, lembranças repletas de amargo rancor, olhares invejosos lançados sobre o dinheiro gasto e uma raiva furiosa à ideia de que o amado filho deve viver ao lado de uma mulher "que não o faz feliz", a carta da marquesa Cristina reflete também, ainda que pintada com as cores acres da cólera, a figura de Giulietta tal qual era nesse momento. Não mais melancólica, como quando menina, na época em que escrevia cartas carinhosas ao primo Giacomo, que não lhe dava muita atenção, ou cartas afetuosas a Fauriel, que nunca as respondia. Não mais melancólica, como quando se consumia, nos Grisões, de saudade dos irmãos, da mãe, da casa. Não mais melancólica: desesperada. Dá ouvidos aos mexericos da babá, que decerto se referem a *tante Louise* e a seu ciúme. Compra móveis, furiosamente. Exige, pelo que dizem, ser chamada marquesa (enquanto a única verdadeira marquesa é a sogra). Despreza os parentes do marido ("*la cousinaille*",* denomina-os numa carta aos familiares, escrita numa caligrafia confusa e quase indecifrável) e sente-se humilhada num ambiente muitos degraus abaixo do seu. Mas sobretudo não vê nada ao seu redor que se assemelhe a seus sonhos de menina. Foge do aposento da mãe doente, não se detém, como os outros, para cuidar dela; foge porque sabe que dessa vez a mãe não irá além do inverno; e sua própria infelicidade é demasiado grande para suportar essa separação próxima. Foge para que, diante da mãe moribunda, não se demore muito sua pessoa, na qual com certeza o fracasso de seu casamento e sua infelicidade são visíveis.

Massimo também devia estar decepcionado com o casamento, e tolerava com extremo embaraço a convivência com ela; no entanto, talvez isso não o tornasse completamente infeliz como era ela — dispunha de outros recursos, trabalho, amigos e, provavelmente, outras mulheres (se se tratava ou não, já nessa época, de *tante Louise*, como acreditava Giulietta, não é dado saber). Suas relações com os familiares da mulher, de todo modo, tinham permanecido calorosas e afetuosas. Escreveu, no inverno, ao primo Cesare Balbo, contando-lhe sobre a doença de Enrichetta:

* Em francês, no original: algo como "a primalhada".

"O pobre Manzoni vê-se perto de perder a mulher, que é consumida por uma doença de prostração. Seria preciso conhecer, como conheci, o coração e o ambiente, o amor que se dedicavam há 25 anos, a vida sublime que juntos levaram, para ter uma ideia do golpe que está para separá-los. Acrescente-se que três rapazes, duas meninas, duas moças solteiras ficarão sem mãe, a família inteira sem guia, pois a avó já passa dos setenta anos e não tem como cuidar da casa; papai, pela saúde e por falta de hábito, precisa que outros se ocupem dele: vê quantas desgraças em uma. E são maiores do que podem ser ditas em palavras. Queria que o visses nesses dias. Pensava saber que homem era, e não sabia: soube que seus talentos são um zero diante da sua vida. Se ouvisses o que sai daquela boca! Numa noite dessas, só para dizer uma, estava toda a família reunida e num momento de terrível comoção ele disse aos filhos: rezemos uma Ave-Maria pela mãe de vocês. Quando terminaram: rezemos outra pelas pessoas que mais nos fizeram mal. Assim, Deus aceitará mais de bom grado nossas preces."

Nos primeiros dias de dezembro, Vittoria chegou de Lodi. No dia 12, mandaram-na de volta. Ela não tornaria a ver a mãe. O primo Giacomo escreveu ao tio Giulio Beccaria: "Hoje de manhã, vi Grossi... confirmou-me que por ora Enrichetta não corre perigo, e que se pode dizer que tenha melhorado um pouco. De qualquer modo, fizemos os devidos entendimentos para o dolorosíssimo caso de que ela venha a sucumbir, e no momento oportuno teus oferecimentos para irem a Gessate seriam apresentados por mim e por Grossi à família, e Grossi irá se prestar de bom grado a acompanhá-la. Porém, nutrimos ainda alguma esperança que tal desastre não venha a acontecer ou, pelo menos, não tão repentinamente...".

E a marquesa Cristina escreveu a Massimo:

"Duas palavras, Massimo, para dar as boas festas a ti, a Giulia, Sandrina e a todos os Manzoni e amigos. Querido, são boas festas bem dolorosas, mas eu as dou no sentido cristão, ou seja, que rezo por todos com aquela coragem e resignação que tornam útil à alma as aflições com que o Senhor se manifesta aos seus. Não podes imaginar como me doem as dores de uma família com a qual me identifico como se fosse a minha. Desde o momento em que soube que essa sublime mulher recebeu o viático, não passei mais bem, e estou sempre indisposta do estômago."

Enrichetta morreu no dia de Natal, às oito da noite. Em 27 de dezembro ocorreram os funerais, na paróquia vizinha de San Fedele. Os restos mortais foram levados a Brusuglio. Manzoni escreveu o epitáfio para o túmulo da mulher. "A Enrichetta Manzoni, nascida Blondel,/ nora, esposa, mãe incomparável,/ a sogra, o marido, os filhos rogam,/ com lágrimas ardentes, mas vívida confiança,/ a glória do céu."

Em seguida foram todos a Gessate, na casa do tio Giulio Beccaria. De Gessate, em 31 de dezembro, a avó Giulia escreveu a Vittoria:

"Minha querida Vittoria, Deus nos levou a sublime criatura que nos dera em sua misericórdia por nós: a ti por mãe, a mim pela mais querida filha, a teu pai por incomparável companheira. Oh, minha querida Vittoria, a dor e a desolação são imensas, e a falta daquele anjo será sentida por nós todos os dias, todos os momentos.

"Que vida e que morte! Tiveste de deixá-la antes que ela nos deixasse a todos: oferece a Deus teu sacrifício, e o dela em relação a ti, que lhe custara tanto! Semelhante a esse foi o sacrifício em relação à sua terna Matilde, que não quis rever, dizendo: 'Já a sacrifiquei ao Senhor'.

"Não vou entrar agora em muitos detalhes, que no entanto são sagrados e valiosos: basta que saibas que havia muitos dias apressava com o desejo a noite do Santo Natal, e foi justamente nessa Noite Santa que recebeu pela segunda vez o S. S. Viático e a extrema-unção. Passou o dia até à noite em doce agonia, sempre rezando, em plena lucidez. Nosso excelente pároco não a abandonou jamais. Chegou a hora. Era sustentada por Pietro e Massimo; todos rezavam; um leve suspiro advertiu o pároco da sua passagem ao céu, e ele para nos anunciá-la disse: 'Nós rogamos por ela, agora ela roga por nós'.

"Ainda tornei a ver aquele anjinho: um celeste sorriso formara-se em seus lábios; todos iam vê-la com amor e veneração; foi levada a Brusuglio em meio às lágrimas e preces de todos...

"Teu pobre e desolado pai se resignou aos desígnios de Deus, mas encontra-se mergulhado na mais profunda e, ouso dizer, inconcebível dor; e nós... Oh, querida Vittorina, o Senhor vele por nós! Não digo mais. Fomos à casa Beccaria, e depois viemos para cá, em Gessate. Desculpa se escrevo tão mal; estou escrevendo à noite e enxergo muito pouco.

"Minha Vittoria, minha querida filha, para poder morrer assim é preciso imitá-la em vida. Oh, Vittoria, lembra-te de que és filha de Enrichetta! — esse nome diz *tudo*! — tudo o que há de bom e sagrado nesta terra. Vittoria, minha criança, não posso mais escrever. Teu pai estreita-te contra seu pobre coração; todos te abraçam, inclusive o tio e a titia... Oh, minha cara Vittoria, lembra-te da vida que tua mãe levou! Enquanto viver, serei sempre sua carinhosa avó."

A avó Giulia escreveu uma longa carta à amiga Euphrosine Planta. Os Falquet-Planta viviam em Grenoble. Eram velhos amigos dos Manzoni. Um filho deles, Henri, passara alguns dias em Brusuglio, no verão em que Enrichetta adoecera.

"Ai de mim, minha dileta Euphrosine, seu terno coração lhe dizia a verdade ao pressentir alguma desgraça: a maior delas nos atingiu. Nossa sublime Enrichetta não existe mais neste vale de lágrimas. Ai de mim! Devo-lhe pormenores bastante penosos, mas permita-me dizer uma palavra sobre nós, pobres infelizes que somos. A dor atingiu o ápice, e, por fim, para ser suportável deve perder um pouco de força, mas a falta a cada dia, a cada instante daquela que era a alma, o conselho, o sustento de toda a família, daquela que durante 26 anos era o exemplo e a felicidade familiar, ah, minha amiga, não, não nos acostumamos a ela! Perdi, por assim dizer, meu pão de cada dia, e nossa dor, sendo ininterrupta, é ainda mais intensa e difícil de suportar. Quando lhe falo assim, julgue por si mesma o estado do infeliz do meu filho; suas mágoas (ah, como são profundas!) sucedem-se, reproduzem-se, ele vive de dor e resignação, de resignação e dor, porque ela está presente em toda parte. Todos os filhos sentiram e sentem essa perda irreparável. Rendem-lhe diariamente um tributo de veneração, amor e dor. Mas deixemos de falar de nós e falemos dela. Alguns dias depois da partida do seu Henri, ela se sentiu pior do que de hábito, porém sem se acamar. Tínhamos nossas duas filhas no lago na casa da irmã, e também devíamos ir para lá no dia 24 (de julho) para festejar Santa Cristina, mas Enrichetta não estava bastante bem para fazer essa pequena viagem. Alessandro e Pietro foram sozinhos. Voltaram dois dias depois todos juntos e encontraram Enrichetta acamada; aos poucos, fortes dores nas vísceras fizeram sentir-se e então grandes sangrias; enfim, passou dois meses e tanto, ora mais, ora menos, sofrendo de modo alarmante. Depois disso tudo, uma forte tosse convulsiva catarral, o peito carregado, enfim, sofrimentos sempre renovados por remédios sem fim, mas uma paciência a toda prova! Por sorte, era verão, mas estava chegando ao fim e nossa casa não é nada boa para o inverno.

"Enfim, para resumir, no dia 23 de novembro pudemos transportá-la para Milão. Ela realmente não sofreu com a pequena viagem; tudo fora preparado para recebê-la. Depois de alguns dias bem, nos quais quis receber o santo viático, recomeçou a sofrer muito, foram feitos alguns exames etc. Nosso bom médico do campo instalou-se em nossa casa para não deixá-la nem de dia nem de noite. As convulsões eram frequentes, o pobre corpo estava destruído. Ela sabia que estava morrendo, não queria tocar nesse assunto conosco: 'Oh, ficam por demais aflitos!'. Consolava-se contemplando um pequeno quadro da Virgem, dizendo: 'É o meu consolo'. Não disse jamais uma palavra de pesar; sua resignação era absoluta. Apenas dizia às criadas: 'Digam-me, quando é a noite de Natal?'. De tanto ouvi-la perguntar, suas criadas e eu nos inquietamos com isso. Ai de mim! Justamente na véspera de Natal tornou a pedir o confessor. Desejava ainda o santo viático; já que o recebera poucos dias antes, ele lhe disse que, se estava em condições, o pároco decerto o traria. O pobre marido já havia algum tempo só lhe falava da sua feliz vida eterna; dizia-lhe a todo instante: 'Ofereço-te a Deus e rogo por ti a Ele'. Oh, meu Deus, que dias! Enfim, chegou a noite de Natal. Perto da meia-noite foi tomada por uma forte convulsão, chamamos logo nosso digno pároco, jovem ainda, mas de muita doutrina, de grande virtude e unção; ministrou-lhe o óleo santo, mas, visto que ela estava perfeitamente lúcida e calma, trouxe-lhe o santo viático. Estávamos à sua cabeceira, pedimos-lhe sua bênção. Ela apertou minha cabeça entre as mãos, dizendo: 'Oh, minha pobre *avó*!'. Disse a Alessandro: 'Confio-te minha filha pequena'. Porém, não quis vê-la, dizendo: 'Já a sacrifiquei a Deus'. Nenhum queixume, nenhuma fraqueza, mas terna e reconhecida ao menor favor que lhe era feito. Estava como que já absorta em Deus e consolava-se com um pequeno quadro da Santa Virgem que tinha diante de si. O pároco não a abandonava, ela não queria que fosse embora, ele rezava sem parar. Era sustentada pelo filho Pietro e pelo genro. Passou assim todo o dia de Natal. Íamos de um aposento ao outro, sufocando o pranto e os soluços. Alessandro estava em desespero, mas sempre rezando. Às oito da noite, eu e os filhos estávamos no outro aposento, Alessandro prostrado no fundo do quarto da mulher, com a cabeça no chão, sem ver nada, sem ouvir nada, o pároco encomendava a alma, quando D'Azeglio disse-lhe: 'O pulso não bate mais'. O pároco virou-se à procura de Alessandro; encontrou-o no chão, ajoelhou-se diante dele e disse: 'Rogávamos por ela; ela agora roga por nós'.

"Aí está como nos foi anunciada *a bem-aventurada passagem*, como ela a chamava, mas tão fatal para nós. Não lhe digo nada a nosso respeito, pode imaginá-lo e senti-lo. Minha cunhada tinha vindo do campo, onde deixara meu irmão. Levou-nos à noite para sua casa, e de manhã fomos com ela. Antes de partir, saí e voltei à minha casa para ver mais uma vez nossa amada. Um sorriso angelical havia tomado o lugar das rugas de dor que uma doença tão cruel imprimira naquele rosto tornado outra vez jovem e bonito. Oh, Euphrosine, beijei aquelas mãos, não ousei tocá-la. Minha pobre Giulia, que estava doente acamada, levantou-se para vir conosco; depois de algumas milhas, precisou voltar; o marido, também de volta, prestou todos os ofícios possíveis àquele corpo sagrado; ninguém a tocou, exceto aquelas criadas e ele, que a depôs na última morada. Iam vê-la, oravam por ela; por fim, depois de dois dias, foi levada à igreja e à noite foi transportada para nossas terras. Tinham cavado uma cova no cemitério. Os camponeses foram ao seu encontro com velas acesas. Foi velada durante toda a noite e de manhã eles quiseram que o pároco do lugar e muitos padres ainda realizassem as exéquias lá. Oh, você me perdoa todos esses pormenores? Minha pobre cabeça está muito transtornada. Não sei como pôde acompanhar todos esses garranchos, mas essas coisas se mostram tão presentes na minha lembrança que a pena vai seguindo, seguindo, sem saber o que escreve. Permanecemos na casa do meu irmão quinze dias. Depois, aqui estamos, na nossa casa, para sentir todos os dias a falta daquela que era *a nossa necessidade*.

"Creia, querida Euphrosine, que participo cordialmente da perda da sua estimável mãe. Uma morte santa e valiosa como essa deveria consolar, é o que nos afirma a fé; mas o coração é de carne e está sempre aí para fazer-nos sofrer. Não se inquiete com nossa sorte; não tivemos, nem mesmo estando fora, nenhuma, nenhuma inquietação... Adeus, querida e dileta amiga; sinto que ainda tenho alguma ligação nesta terra, pois você me quer bem."

Era este o testamento de Enrichetta, ditado por ela uma semana antes de morrer:

"Eu, Enrichetta Blondel, mulher de Alessandro Manzoni, residente em Milão, disponho do meu patrimônio do seguinte modo:

"Quanto ao meu dote, determino que seja dividido em partes iguais entre todos os meus filhos, tanto homens como mulheres; quanto ao patrimônio extradotalício, deixo a metade aos meus três filhos homens, Pietro, Enrico e Filippo, e a outra metade deve ser dividida entre todos de modo igual, tanto homens como mulheres; de tudo quero que meu marido tenha usufruto geral durante toda a sua vida natural.

"Determino aos meus supracitados três filhos homens herdeiros, e respectivamente ao meu marido usufrutuário, destinarem de uma única vez a título de legado às minhas cinco filhas, Giulietta d'Azeglio, Cristina, Sofia, Vittorina e Matilde, 1500 liras milanesas a cada uma.

"Este legado a Giulietta, casada com o marquês d'Azeglio, será pago de acordo com a lei; as demais filhas não poderão exigi-lo durante a vida do pai, a não ser em caso de respectivo matrimônio."

Foram testemunhas da redação do testamento dom Giulio Ratti, pároco de San Fedele, Tommaso Grossi e um contador chamado Castiglioni.

"Nossos amigos sofreram uma grande infelicidade, a maior que lhes podia acontecer", escreveu Costanza Arconati a Fauriel. Ele não dava sinais de vida aos Manzoni fazia muito tempo. Nem mesmo quando Giulietta se casou mandara uma linha. Costanza Arconati implorava-lhe que escrevesse. "Meu caro Fauriel, não lhes escreverá nem uma palavra? Seu silêncio, correto ou não, eu nada sei a respeito, na época do casamento de Giulia, causou tanto desgosto que posso julgar o que sentiriam agora. Suplico-lhe, escreva."

Fauriel não escreveu. Manzoni lhe escreveu, em fevereiro de 1834, para recomendar Niccolò Tommaseo, que ia a Paris. Por sua vez, Manzoni não escrevia a Fauriel fazia muito tempo. "Um dever sagrado me obriga a romper um silêncio que não deve tê-lo surpreendido... [o 'dever sagrado' era apresentar-lhe Tommaseo, que desejava muito conhecê-lo]: sabe como às vezes há palavras muito amargas a ser pronunciadas, até mesmo impossíveis de ser encontradas, pelo simples fato de serem vãs... Adeus, meu caro e sempre mais caro amigo; tudo o que resta dessa pobre família manda-lhe um abraço; um dia poderei entreter-me mais demoradamente com você."

Fauriel recebeu Tommaseo com muita cordialidade. Tornaram-se bastante amigos. Não respondeu a Manzoni e não lhe escreveu mais. Tampouco Manzoni voltou a lhe escrever.

No verão de 1834, Mary Clarke foi à Itália. Viu os Manzoni em Milão e deu-lhes notícias de Fauriel. Sabia que ele se preparava para fazer uma viagem ao sul da França, mas não sabia quando partiria.

Mary Clarke a Fauriel:

"Ainda me encontro profundamente comovida depois de deixar os Manzoni, e tanto que não posso pensar em outra coisa a não ser neles... Oh, meu Deus! Se pudesse vir passar quinze dias aqui durante sua viagem, que bem faria a Manzoni, que o ama com todo o afeto de que é capaz sua boa alma. Como ficaria contente se pudesse convencê-lo a dar-lhe essa alegria! Como me falou de você, a amizade dele não diminuiu por nada no mundo, nem diminuiu seu fascínio. Pense como será fácil quando se encontrar no sul da França; pense como a vida é curta; pense na felicidade de ter um amigo como ele; pense também que há muitos anos você não pensa a não ser no trabalho e que isso torna o coração insensível e que não é tempo perdido o tempo passado com uma criatura como ele…" A carta é interrompida aqui e, ademais, Mary Clarke não sabia para onde expedi-la, por ignorar se Fauriel ainda estava em Paris ou se já havia partido.

Nesse verão, em Brusuglio, Giulietta caiu de cama e não se levantou mais. Como de costume, o primo Giacomo escreveu ao tio Giulio Beccaria: "Os Manzoni não partiram ontem de Brusú por causa de Giulietta d'Azeglio, que foi acometida de febre, motivo pelo qual precisaram submetê-la a sangrias e sanguessugas". "Enquanto me preparava para ir ao encontro dos Manzoni, encontrei na rua o cozinheiro Giuseppe e, perguntando-lhe sobre a saúde de Giulia, disse que, tendo ela desejado fazer suas devoções, hoje de manhã seu confessor estava de partida com esse objetivo… Por isso, para não perturbar a prática religiosa de Giulia, achei oportuno adiar minha ida a Brusú… Pelo que ouvi, porém, parece que as coisas não vão nada bem."

Giulietta morreu em 20 de setembro, em Brusuglio. Em seu atestado de óbito foi escrito "tabes mesentérica".

Todos os Manzoni foram para Gessate, na vila do tio Giulio Beccaria. O primo Giacomo escreveu ao tio:

"Tendo chegado ontem à noite à cidade, logo me dirigi à casa dos Manzoni, mas me disseram que todos tinham viajado para aí. Espero que, a despeito da conturbação de espírito, se encontrem bem de saúde. Peço-te fazer junto deles a parte que me cabe, e também com Azeglio. Tentarei nas semanas vindouras abraçar a todos em Gessate."

O autor desses lacônicos bilhetinhos era o tal primo Giacomo, por quem Giulietta se apaixonara.

Giulietta foi sepultada em Brusuglio. Manzoni escreveu o epitáfio para o túmulo dela.

"Giulia d'Azeglio, nascida Manzoni,/ falecida na paz do Senhor/ no dia 20 de setembro de 1834/ é confiada à misericórdia dele e às preces dos fiéis/ pelo marido e os parentes desolados."

Manzoni escreveu ao grão-duque da Toscana, em outubro de 1834:

"Aprouve ao Senhor tirar do mundo minha filha mais velha, na flor dos anos, no início de um afortunado casamento e de uma apaixonada maternidade. Recordador que serei até o fim da vida da piedade que V. A. dignou-se em demonstrar-me pela cruel desdita que me ocorreu no final do ano passado, parecer-me-ia até mesmo ingratidão silenciar sobre esta, também cruel e muito recente."

Mary Clarke a Fauriel, de Lille (tinha passado cerca de um mês e meio desde sua carta anterior e, ao passar por Basileia, ela soubera que Fauriel encontrava-se em Marselha):

"Eu lhe teria escrito sem esperar sua resposta, se soubesse para onde expedir, pois tinha muita vontade de lhe falar sobre os Manzoni, enquanto isso ainda tomava completamente meu coração, e enquanto minha impressão era mais alegre do que triste; agora o que tenho a dizer só poderá causar-lhe dor. Perderam Giulietta, e nos dias que passei ali, ela estava tão melhor que tinham esperança de salvá-la. É muito mais horrível na medida em que estou convencida, pelas perguntas que fiz, de que teve o estômago arruinado pelas suas loucuras, e um ano ou dois antes poderia ter sido salva se tivesse consultado o médico que me fez um grande bem; não morreu devido a nenhuma doença, mas de um debilitamento grave e de uma inflamação geral e lenta. O fato é que ela arruinara sua digestão havia alguns anos, não comendo quase nada, e também não foi bem tratada e todos os esforços do parto e da amamentação pioraram seu mal... Se pudesse ter a coragem de escrever a Manzoni, asseguro-lhe que faria bem a ele: algumas poucas linhas, mas essa dor deve ser menor do que a primeira e somente renovará a ferida; a pobre avó, que pena me dá! A sra. Arconati queria propor-lhe que fossem juntos a Milão... Queria que a alcançasse em Gaesbeck. Iria levá-lo com ela na sua carruagem, você não teria nenhum incômodo; não digo nada sobre esse projeto, pois se quisesse ir até lá, seria mais rápido ir de onde você está; quanto a mim, resignar-me-ia com prazer a revê-lo mais tarde se Manzoni pudesse ser beneficiado com isso. Causou-me uma impressão que não pode ser comparada a nada, às vezes não podia olhar para ele sem chorar e muitas vezes via-me obrigada a sair do aposento, o rosto dele me causava a impressão que Cristo devia causar a seus discípulos, tinha vontade de ajoelhar-me diante dele. Quase não envelheceu, apenas seus cabelos ficaram completamente grisalhos, estava quase alegre nos dois dias que passei lá, e não se trata de insensibilidade como pensa a sra. Arconati, mas aquela alma é tão terna e gentil que não consegue suportar a dor por muito tempo e tenta furtar-se a ela de quando em quando; a dor é tão terrível que se torna antipática à extrema beleza, mas ele tem no rosto traços de ternura e sofrimentos que testemunham aquilo por que passou; sua graça é suprema.

"Gostaria de ter rolado a seus pés como um gato ao sol; esses três dias passados em Milão foram um grande acontecimento na minha vida, estava mergulhada em tristeza e, ao mesmo tempo, o prazer de ver Manzoni era tão grande que amo essa tristeza. Ele possui sempre a mesma candura, interessa-se por tudo, parecia divertir-se muito com o que lhe contavam de Paris, tem consideração pelas pessoas de lá e conhece-as como se fizesse apenas seis meses que tivesse estado ali, faz-me muito bem, fez-me acreditar de novo na inteligência desinteressada, tanto que quero voltar a Milão dentro de um ano ou dois para revigorar a alma e a fé... As duas jovens têm ar de boas moças, são bem formosas, mas desprovidas de fascínio. Pietro é simpático e apresenta-se bem, embora digam seja um grande mandrião. Matilde, a caçula, que tem quatro anos, é uma joia de simpatia, faceirice, vivacidade, nunca vi menina mais sedutora. A sra. Giulia continua muito afável, muito afetuosa, envelheceu um pouco, mas fora isso não a acho absolutamente mudada. 'E o nosso Fauriel!', disse-me com o mesmo carinho de sempre. Oh! São pessoas que não se veem em lugar nenhum e que guardo no meu coração como num relicário; quanto mais gente conheço, mais eu os adoro, ninguém se compara a eles. A sra. Giulia falou-me bastante de Enrichetta, disse que sentia cada vez mais sua perda, que jamais podia deixar Alessandro, que era como um menino, que ela estava muito velha e temia deixá-lo só quando morresse. Enrico tornou-se muito bonito, não se parece com o pai, fala pouco, tem um ar bastante arisco e agrada-me muito. Azeglio não me apraz muito, não sei por quê. Não tenho nada a dizer contra ele, tem grandes bigodes que parecem pretensiosos, porém não vi nele ostentação, mas cada indivíduo é como uma peça artística. Há quadros muito passáveis que não apresentam qualquer defeito relevante nem tampouco nada de agradável, e naquela família em que diversos indivíduos arrebatam-lhe o coração com um olhar, quem não tem um verdadeiro encanto muita sorte não tem."

Fauriel não escreveu e não foi. Pareceu não ouvir nem as solicitações da sra. Arconati nem as de Mary Clarke. Preferiu o silêncio e a ausência. Não foi, talvez por achar demasiado doloroso ver a família Manzoni como era agora. Teriam se encontrado, ele e Manzoni, um diante do outro, com uma carga de lembranças muito pesada para suportar. Não escreveu porque poucas linhas de uma carta pareciam-lhe algo mísero. E, como dissera Manzoni, "há palavras muito amargas a ser pronunciadas, até mesmo impossíveis de ser encontradas, pelo simples fato de serem vãs". Fauriel morreu dez anos depois de Giulietta, em 1844. As cartas de Giulietta ("*Mon cher parrain*"), um retrato dela e um desenho, as cartas de Manzoni e de Giulia foram encontradas no apartamento em que Fauriel morava em Paris, e foram restituídas a Manzoni. Jules Mohl, orientalista, velho amigo de Mary Clarke, providenciou a restituição. Depois da morte de Fauriel, Jules Mohl se casou com Mary Clarke.

Por que a amizade entre Manzoni e Fauriel se extinguiu? E quando? O que aconteceu entre ambos? Por que aquilo que era uma simples negligência epistolar, de ambas as partes, tornou-se com o passar dos anos um silêncio tão estranho e profundo? Talvez não exista uma explicação exata. No dia em que Fauriel partiu de Milão, no outono de 1825, de maneira brusca e sem uma palavra de adeus, talvez as relações entre os dois tivessem se rompido ou estivessem a ponto de romper-se. Talvez, na época, Fauriel tivesse coisas a resolver na França e não queria ser detido; ou talvez não tivesse mais dinheiro; e, como se sabe, não gostava de despedidas; as hipóteses são muitas. Mas, essencialmente, talvez tivesse se dado conta de que aquilo que fora uma amizade estava se tornando outra coisa: uma relação fria e formal que era muito triste levar adiante. Talvez Fauriel tivesse perdido toda confiança em si mesmo; e, junto de Manzoni, parecia-lhe descer uma rua que o outro subia; e que, portanto, os passos de ambos não pudessem mais se dirigir aos mesmos lugares. Ou talvez a explicação seja outra e esteja intimamente ligada à natureza de Fauriel. Ele amava, diz Saint-Beuve, "as civilizações em seu surgimento e as nascentes dos rios"; amava o amanhecer e não o meio-dia ou o crepúsculo; e assim, nos seres humanos, amava a busca, a promessa e a espera, e não o cumprimento. E talvez Manzoni também o tivesse compreendido e sentia o outro tornar-se cada vez mais distante e estranho; e assim, entre ambos não existiu mais nada: nem cartas — não se escreveram e não se reviram mais. E quando Manzoni foi atingido pela desgraça, Fauriel sentiu-se incapaz de mandar-lhe uma simples palavra de piedade e de afeto: porque a piedade era demasiado grande, e o afeto emudecia na contemplação dolorosa de tantas vicissitudes, de tantos sentimentos conflitantes, entrelaçados e esparsos.

Como Tu és terrível!
Assim nesses linhos ocultos
No braço daquela Virgem
Sobre o piedoso seio
Como por sobre as turbas
Reinas, ó Infante severo!
É fato o teu pensamento,
É lei o teu vagido.

Vês as nossas lágrimas,
Ouves nossos gritos;
Interrogas nosso querer,
E ao teu querer decides;
Quando para desviar o raio
Trépida ascende a prece,
Surdo o raio desce
Onde queres ferir.

São os primeiros versos de um poema, "Il Natale 1833" (O Natal de 1833), que Manzoni escreveu no primeiro aniversário da morte de Enrichetta. Escreveu umas poucas e fragmentadas estrofes. Deus está distante. Suas moradas, céus foscos sulcados por raios, assustam. Lágrimas, gritos e preces são vistos e ouvidos por Deus, em suas moradas longínquas, mas a vontade dele não muda. Depois de algumas estrofes, a página ficou em branco. Impossível prosseguir. Como invocar um Deus que parece tão distante, alto e inexorável, como lhe dirigir palavras? Pode-se apenas dizer como age, e abaixar a cabeça. "Surdo o raio desce — onde queres ferir."

A filha de Giulietta, a pequena Rina, foi acolhida na casa dos Manzoni e confiada a Giulia.

D'Azeglio, indo com Cesare Cantú à casa dos Beccaria em Gessate naquele outono, pouco depois da morte de Giulietta, e sentindo soprar as primeiras brisas invernais, disse-lhe: "Não posso senti-las sem pensar com que frio deve estar minha Giulia lá em pleno campo aberto". Cesare Cantú lembrou essas palavras com certo espanto, porque não foram muitas as palavras de ternura e comiseração que D'Azeglio teve pela mulher. Para Massimo, a lembrança de Giulietta devia ser opaca, pesada, triste, sem luz. A imagem dela evocava dias difíceis, incompreensões recíprocas, desarmonias.

A mãe dele, a marquesa Cristina, repensava naquela dura carta que mandara a Giulietta. Escreveu a Massimo em março de 1835:

"Minha pouca virtude, e um pouco de mau humor levaram-me a fazer aquela lamúria, da qual me arrependi muito. Mass. querido, devia ter ficado calada, convencida sempre do coração que tens, mas o que queres... perdoa-me; e saibas que não quero que cada carta tua seja uma epístola, mas quatro ou cinco. Dizer-me coisas tuas faz com que me sinta viva... Não sei por que há vários dias tenho novamente o pensamento em Giulietta de um modo tão doloroso: renovei os sufrágios no caso de precisar deles."

* * *

Em abril de 1835, em Lodi, Vittoria fez a Primeira Comunhão. Escreveu para casa e a avó e o pai lhe responderam.

A avó:

"Oh, minha Vittoria, já passou a metade de um ano desde que nossa Giulia desviou o olhar das dores da vida para reunir-se no Júbilo Eterno com a santa mãe dela e tua... Mas eu, pobre velha pecadora, não consigo obter de Deus a resignação que ameniza a dor para uma alma cristã, e da qual teu pai me dá um exemplo muito edificante... Implora-a para mim ao Senhor, nessa sagrada ocasião: tuas inocentes preces com certeza serão mais aceitas do que as minhas...

"Nossa pequena Rina, que Massimo deixa confiada aos meus cuidados, é muito querida e graciosa... Pobre pequena, que tem por mãe a *bisavó*..."

O pai:

"Tua carta me traz uma dessas vívidas alegrias que o Senhor, em sua misericórdia, reserva àqueles que mais severamente visitou. Sim, minha Vittoria, o sentimento que tens da inefável graça que estás prestes a receber dá-me a terna confiança de que ela será para ti um princípio de graças contínuas, de bênçãos ininterruptas. Que a alegria que já sentes, aquela maior que sentirás, faça com que entendas, a partir de agora e para o resto da vida, que não há verdadeira satisfação a não ser na união com Deus, na esperança de uma mais perfeita, mais íntima, indestrutível união com Deus. Amor e reconhecimento, confusão e coragem! Confia tanto mais quanto mais te sentires fraca, pois o Senhor não falta a quem sabe de si e reza. Promete ser em tudo e sempre fiel à sua santa lei: promete sem hesitar, pois, por ter te dado o comando, Ele te promete o socorro. Roga-lhe com firme esperança aquilo de que sentes muita necessidade; roga-lhe antecipadamente o que te for necessário, quando o mundo, com suas lisonjas e doutrinas ambas mentirosas, te propuser, te intimar, te mostrar na prática uma lei contrária àquela que há de te salvar. Aprende desde já a temer esse mundo, pois pode ser mais forte que tu: habitua-te a desprezá-lo, pois quem te ama a ponto de estar contigo é mais forte do que ele. Sente, nessa feliz e sagrada ocasião, a mais viva gratidão, o mais terno afeto, a mais humilde reverência pela Virgem, em cujas entranhas nosso Juiz fez-se nosso Redentor, nosso Deus fez-se nosso irmão: propõe e ora para tê-la como protetora e mestra por toda a vida. Lá do céu, tua mãe angelical contempla-te com satisfação, e suplica, agradece, promete contigo."

No verão de 1835, menos de um ano depois da morte de Giulia, D'Azeglio casou de novo. A precocidade desse seu novo casamento pareceu ultrajante aos Manzoni. Além disso, casava-se com Louise Maumary, *tante Louise*, e na cidade corriam boatos de que D'Azeglio tivera uma relação com essa mulher quando Giulietta ainda era viva e que o ciúme dela havia sido verdadeiro.

Niccolò Tommaseo, que estava em Paris, comentou:

"O Azeglio casa-se de novo e pilha a viúva Blondel, da qual, dizem, Giulietta tinha ciúme. Misérias!"

E Costanza Arconati escreveu:

"E depois, esse casamento precipitado, que foi precedido desde algum tempo pelo amor, por acaso não desperta a suspeita de que a finada Giulietta jamais fora amada?"

Eis, no entanto, as gentis e discretas palavras de Giulio Carcano, escritor e estudioso, que mais tarde organizou uma correspondência entre Massimo e Louise:

"Buscara uma segunda união, que não saía do círculo doméstico que tanto prezava, uma inteligente companheira, outra mãe de sua filha órfã."

Pouco depois do casamento, Massimo e Louise foram buscar a pequena Rina, que vivia na casa Manzoni desde a morte de Giulietta e estava aos cuidados de Giulia. Pegaram-na e levaram-na embora para a casa deles, definitivamente. Foi uma dor cruel para a bisavó, e deixou a Manzoni e a Giulia a impressão de uma nova e cruel ofensa.

O tio Giulio Beccaria e sua mulher, "a titia", não encontraram no comportamento de D'Azeglio nada que inspirasse desprezo. Mantiveram boas relações com ele. Por isso, no outono de 1835, os Manzoni recusaram o convite para ir a Gessate e foram passar algumas semanas na casa de conhecidos, os Nava, em Monticello. Cesare Cantú escreveu à "titia":

"Adivinhe quem vi ontem? Os Manzoni. Fui a Monticello, encontrá-los justamente na casa dos Nava. Tanto ele como a avó encontram-se muito bem, bem-dispostos e animados, e Giulia dizia ter rejuvenescido dez anos. Imagine ele! É um rapaz prestes a ser mandado à escola, e você sabe que mestres não lhe faltam.

"Mas Giulia puxou-me de lado e abriu seu coração sobre as penas sofridas, sobre a necessidade que tinha de uma gentileza imensa e cordial, tal qual a dos Nava... Recitou-me quase toda a carta que lhe escreveu; que, vindo a Gessate, D'Azeglio poderia aparecer por lá com aquela mulher etc. Ela considerava o novo casamento correto, mas horrível o modo como se deu, e estranho que você o tivesse aprovado. E aqui se entrava num labirinto do qual era impossível sair, mas Alessandro, que havia percebido, interrompeu a conversa, perguntando-lhe: 'Não paras mais com tua odisseia?'."

Cesare Cantú e a "titia" eram muito amigos. Mais tarde, falou-se que eram amantes.

Manzoni moveu uma ação contra d'Azeglio. Giulietta havia morrido sem testamento; nas últimas semanas, tivera "as faculdades labiais prejudicadas", dizem os documentos do processo, não falava mais. Manzoni, e sobretudo Giulia, achavam que os interesses da pequena Rina deviam ser defendidos pelo Tribunal. Quando Giulietta se casou, Giulia fizera-lhe uma doação, e agora queria que esse dinheiro fosse vinculado à menina. A causa foi discutida no Tribunal em Milão. A razão foi dada a d'Azeglio; os Manzoni perderam.

Com o passar dos anos, as relações entre Manzoni e D'Azeglio voltaram a ser afetuosas. Manzoni, no fundo, gostava muito de D'Azeglio porque "ele tocava, cantava, bailava", por ser diferente dele em tudo.

Louise, como em seu tempo Giulietta, exigia ser tratada de "marquesa"; e isso irritava a verdadeira marquesa, Cristina de Bianzé.

D'Azeglio cansou-se logo de Louise; e alguns anos mais tarde já estavam separados.

Em 1836, Vittoria saiu do colégio de Lodi e foi enviada ao Mosteiro da Visitação, em Milão.

Em janeiro de 1837, Manzoni casou de novo. Desposava dona Teresa Borri, viúva do conde Decio Stampa. Ela havia enviuvado jovem, com um filho, que educara sozinha. O filho tinha à época dezoito anos. Quem falara de Teresa Borri a Manzoni havia sido Tommaso Grossi. Giulia achava certo e bom Alessandro casar-se de novo. Num primeiro momento, Teresa Borri lhe agradava muito. Mas logo depois do casamento surgiram dissabores. Teresa tinha um temperamento brusco e costumava comandar. Giulia nutria forte antipatia pelo filho dela, Stefano. Aos poucos, Giulia retirou-se para seus aposentos, passando a viver como uma estranha na casa onde tinha reinado. No verão, de Paris, Tommaseo escreveu a Cantú:

"Dizem-me que dona Giulia está no campo como se estivesse sozinha, o filho só tem olhos para a mulher."

"É verdade que dona Giulia anda um tanto irritada com a nora? Davam-se tão bem."

Encontrando-se com Fauriel, em Paris, Tommaseo falou-lhe do novo casamento de Manzoni. Corriam, sobre esse novo casamento, mexericos malignos. Fauriel disse: "*Qu'on s'arrange comme on veut; il a besoin d'être heureux*".*

Tommaseo continuava a elucubrar sobre a família Manzoni, que desde muito não revia. No verão de 1838, de Nantes, escreveu a Cantú:

"Dona Giulia é deixada um pouco de lado, espero que não a maltratem, mande-lhe meus cumprimentos. As filhas já devem ter ultrapassado os vinte anos. Têm fisionomias diferentes da Giulia que morreu. Pelo menos eram parecidas na infância. Do espírito do pai, ninguém tem nada. É destino dele, como se vê."

Em 1838, Sofia casou com Lodovico Trotti, irmão de Marietta Trotti e Costanza Trotti Arconati.

A pequena Matilde, de oito anos, foi enviada ao colégio, no Mosteiro da Visitação, em Milão, onde já estava Vittoria.

Em 1839, Cristina casou. Fazia tempo, ela estava apaixonada por um jovem chamado Cristoforo Baroggi, que a amava; mas os pais dele não queriam o casamento, por achar o dote escasso. O tio Giulio Beccaria e o primo Giacomo intervieram; a família Baroggi, depois de uma cerrada correspondência, por fim consentiu.

Em fevereiro de 1840, Giulia escreveu a Rosa Somis (o conselheiro Somis morrera no ano anterior):

"Oh, Rosa querida, acha que me esqueço de você? Você, filha mui amorosa daquele homem justo pelo qual sempre nutri a mais profunda veneração, estima e a mais verdadeira amizade cordial? Além de um reconhecimento que sinto sempre vivo num coração que deveria estar esmagado pelos anos e, no entanto, faz-me sentir a cada dia e hora a dor de tantas e tão fatais perdas.

* Em francês, no original: "Cada um faça como achar melhor; ele tem necessidade de ser feliz".

Minha Rosa, não sei e não posso me resignar. Depois da perda irreparável da minha sublime Enrichetta de quem você tanto gostava, oh, Rosa, Rosa, tudo mudou para sua pobre e velha amiga! Tudo, tudo... Quando você foi a Brusuglio, da última vez que a vi pedi-lhe insistentemente que me desse notícias suas, que me mantivesse a par do que lhe acontecia, você me prometeu e, no entanto, eu fiquei sempre na ignorância de tudo o que lhe dizia respeito: faz poucos meses que soube da sua mudança de estado — sou eu ou você que esqueceu a pobre velha? Oh, Rosa, seu esquecimento fez-me mal!

"Espero que seja feliz, você sempre foi muito querida e virtuosa. Reze por mim, pois minhas necessidades são excessivas, e possa aquele santo e caro que sempre procurou fazer-me o bem em vida recordar-se da pobre e infeliz velha. Rosa, eu a abraço junto ao peito com toda a efusão, a mais verdadeira e cordial, de ternura e comoção."

Nesse verão, em Brusuglio, Cristina adoeceu. Não fazia muito, tinha dado à luz uma menina, a quem chamara Enrichetta. Passou o inverno inteiro doente; em abril, Vittoria saiu do colégio — já tinha dezoito anos — e instalou-se na casa dela, para atendê-la. Cristina morreu no mês de maio.

Vittoria foi morar na casa de Sofia (mas Sofia também morreria, alguns anos mais tarde, em 1845, deixando quatro filhos).

Giulia escreveu a Vittoria, em 20 de junho de 1841 (cairia de cama com uma inflamação pulmonar e morreria poucos dias depois, em 7 de julho):

"Oh, minha amada filha, tua pobre, paupérrima avó te abraça forte de encontro ao peito, e pensa sempre em ti e em Sofia, minhas amantíssimas! Escreve-me, e *em todos os casos* sabes que sempre podes me abrir teu coração. Deus seja sempre o motor e o guia das tuas ações. Não te esqueças *nunca, nunca* da tua santa mãe.

"Fui ontem à Visitação, encontrei a querida Matilde ainda triste por causa da tua partida e da nova provação que Deus quis mandar-nos, mas resignada e serena. Escreve a ela, querida Vittoria, dá preferência a ela em detrimento de mim.

"Depois fui render um tributo de lágrimas e miserável prece no túmulo da nossa amada e pranteada Cristina. Oh, santo Deus! Eu, velha, já decrépita, precedida por tantos entes queridos!"

SEGUNDA PARTE

1836-1907

Teresa Borri

I.

Teresa Borri nasceu em Brivio, Brianza, em 1799, filha de Cesare Borri e Marianna Meda. Os pais provinham ambos de família nobre. Quando ela nasceu, não eram ricos; a dominação francesa arruinara os patrimônios familiares; e o pai, magistrado assistente de Tribunal em Milão, fora destituído do cargo. Foi nomeado pretor em Brivio. Perdeu também esse cargo, depois da batalha de Marengo. Foi emissário de Estado, depois gerente; pequenos encargos. Com a volta da administração austríaca, foi nomeado mestre de cerimônias da corte. Transferiu-se de novo para Milão. Comprou terras em Torricella d'Arcellasco. Teresa tinha dois irmãos, Giuseppe e Giacomo. Giuseppe formou-se em direito, foi escultor e escritor. Giacomo foi padre.

Aos dezessete anos, Teresa conheceu um amigo do irmão Giuseppe, o conde Stefano Decio Stampa, e aos dezenove anos casou com ele. Stefano Decio fora criado na França e se diplomara em medicina na Sorbonne. Sua mãe, Julia, morava em Paris. Os Stampa eram proprietários de várias casas em Milão e muitas terras. Teresa e o marido estavam em Lesa, numa vila de propriedade dos Stampa, casados havia poucos meses, quando Stefano Decio teve uma hemorragia broncopulmonar. Nem ele nem a mulher atribuíram importância ao fato. Ele se tratou com dietas e sangrias. Teresa estava grávida. Em novembro de 1819, numa das casas dos Stampa na Via Meravigli, em Milão, pôs no mundo um menino, que foi chamado Giuseppe Stefano.

Stefano Decio estava sempre adoentado, mas decidiram fazer uma viagem a Paris, para uma visita à mãe dele. Em Paris, o pintor Deveria desenhou a lápis um retrato de Teresa. No desenho, ela parece muito bonita, com traços finos, as faces delicadas, os olhos grandes abaixados. O mesmo pintor Deveria também retratou marido e mulher juntos, sentados lado a lado, ela de perfil com as mãos no regaço, ele olhando para ela com algo de resignado nos ombros, no sorriso, nos traços.

Voltaram à Itália; ele piorou. Foi para Lesa com o filho para respirar ar puro. Teresa permaneceu em Milão, onde contraíra uma infecção na garganta. Dali em diante, as infecções e inflamações na garganta sempre iriam atormentá-la. "Passo melhor do que em Milão", escreveu-lhe o marido, "tusso à noite, mas com expectoração fácil, e, *po' tiri di sogn lung com'è, e me insogni semper de paccià.** Tenho certeza de que se pudesse montar a cavalo tudo melhoraria..." Porém, não tinha forças nem mesmo para caminhar a pé. A carta é em francês, afora essa frase em dialeto; Teresa também tinha o hábito de escrever meio em francês, meio em italiano e meio em milanês, talvez o tivesse adquirido, e conservou-o sempre. "O menino, se o visses", escreveu ele, "é magnífico, tenta mover os maiores objetos em que toca. Estão despontando os caninos, mas ele sofre nada." As pessoas de Lesa faziam barulho à noite porque comemoravam as festas de são Martinho; ele tinha vontade de pegá-las a tiros de pistola. "Uma verdadeira

* Em dialeto milanês, no original: "como durmo bastante tempo, sonho sempre com comida".

gritaria de gatos, tudo às cinco da madrugada, momento em que gozo o mais doce repouso." "*Maman Mimi*" (a mãe de Teresa, Marianna) voltara das terras de Torricella e estava na casa que os Borri tinham em Borgo Gesú, mas dormia num quarto úmido, com certeza seria atacada pelo reumatismo, e ele se preocupava com isso. Implicava com o cunhado Giuseppe, "Pepino", que, ao contrário, não demonstrava o mínimo interesse pela mãe. Depois pedia que lhe mandassem "uma meia dúzia de pássaros" porque gostava de fazer experiências com animais. O criado poderia encontrá-los entre aqueles vendedores de pássaros que ficavam na escadaria da catedral. Além disso, queria "algumas braças de musselina barata, a mais ordinária, e uns cortes de garça verde, a mais fina possível, para minha rede de borboletas".

Teresa foi se juntar a ele em Lesa, quando se restabeleceu. Stefano Decio se alimentava apenas de uma geleia de rosas, um doce genovês. Em dezembro, morreu.

Ele fizera testamento, dividindo seu patrimônio em partes iguais entre a mulher e o filho e conferindo uma pensão a Julia, sua mãe. Mas a mãe não se contentou com essa pensão e requisitou toda uma vasta porção do patrimônio para si. Ela fizera Stefano Decio, quando este ainda era menor de idade, assinar um papel em que lhe era prometida uma obrigação. Stefano Decio, nos últimos dias de vida, escrevera à mãe em Paris, pedindo que restituísse aquele documento. Julia não arredou pé de Paris e não o devolveu. Na abertura do testamento, processou Teresa e o neto.

A causa demorou muitos anos. Teresa teve de enfrentar viagens incômodas, discutir com magistrados, procuradores e advogados, examinar documentos e fazer contas; era ajudada pelo irmão Giuseppe, mas queria estar a par de tudo e saber de tudo pessoalmente. O menino tinha saúde frágil. Teresa estava sempre ansiosa por causa dele. No verão, mandava-o a Torricella com os avós, Marianna e Cesare; ela não ia, fosse para cuidar da causa, fosse para não pesar no orçamento paterno. "Adeus, meu pequeno e grande Stéphany, adeus meu anjo, meu coração, minha vida", escrevia ao menino. "Adeus, meu Stéphany, menino de todos os carinhos possíveis." Stéphany era terrivelmente mimado e chegava a cansar a avó, que se queixava disso com Teresa. Esta pedia para a outra ter paciência "pelo amor do Stefanino, de mim e de todos nós". Teve de novo uma inflamação na garganta, e tratava-se com tamarindo e sangrias; depois com tártaro emético e com um suco de ervas, que lhe parecia estar engolindo "um espremido de podridão".

Em 1822, conseguiu receber uma parte da herança. Vendeu a casa da Via Meravigli e foram morar, ela e o filho, num apartamento na mesma rua; e com eles a mãe e o pai dela, e Giacomo, o padre; Giuseppe vivia por conta própria. No verão puderam ir, ela e Stefanino, à vila de Lesa, em que ainda moravam certos parentes dos Stampa, os marqueses Caccia-Piatti; eles faziam barulho e desordem e não lhe permitiam aproveitar o jardim. Stefanino queria passar o dia inteiro atirando pedras no lago, fugia de casa para correr à beira d'água e ela ficava sempre ansiosa. Preferia mandá-lo à casa da avó Marianna em Torricella. Lá, havia um rapaz chamado Cesarino, que Stefanino detestava e em quem costumava bater. "Stefanino, meu querido", Teresa lhe escreveu, "eu que sou tua querida mãe e que me vejo privada de ti, peço-te uma grande gentileza: a de nunca brigar com Cesarino, que não te agrada, mas que gosta muito de ti! Se não gostas de Cesarino, pensa que Deus gosta, pois o criou; meu querido Stefanino, penso sempre em ti a noite inteira; enfim, tu estás dentro do meu coração e da minha mente; já estou convencida de que dás ouvidos às palavras da mamãe, porque sei que a amas muito."

Em 1823, logo que teve um pouco de dinheiro à disposição, encomendou ao pintor Francesco Hayez um "retrato de família". Pagou-o adiantado. Havia nele sua mãe, Giuseppe, ela e Stefanino. Quando o quadro chegou à sua casa, ela não ficou satisfeita. Escreveu à mãe a respeito. "Não gostei muito do retrato do Peppino. Sobre o meu não digo nada; não é certo julgar nada daquilo que diz respeito a si mesmo; todos concordam em dizer que está pintado à perfeição. Quanto a mim, digo apenas que me fez com uma respeitável papada, quando a minha é apenas discretamente visível. Mas como é interessante o do Stefanino, como é encantador, bonito e parecido!" Pediu a Hayez que fizesse alguns retoques, mas ele se recusou; propôs devolver o dinheiro e pegar de volta o quadro. Ela não quis. Mandou o quadro para ser retocado. Hayez não encostou nele. Passaram-se anos. Trocaram, ela e Hayez, cartas raivosas. Por fim, Hayez ficou com o quadro e lhe deu outro de temática diferente. Voltaram a ter relações amigáveis.

Em 1825, morreu um tio, um irmão da avó Marianna, e os Borri herdaram terras, dinheiro e casas. Deixaram a Via Meravigli e mudaram todos para a Contrada de' Bigli.

Teresa procurava um preceptor para Stefanino. Achou um certo Ghezzi, que tinha sido, disseram-lhe, preceptor dos filhos de Manzoni durante três anos. Ela já tinha ouvido falar dos Manzoni, mas nunca os vira.

Ao crescer, Stefanino ganhara corpo e era um rapazinho muito encantador. A mãe o achava extraordinariamente inteligente. Ele causava muitas inquietações à avó Marianna, pois era muito mimado, mas Teresa a tranquilizava. "Você se inquieta em relação à criança", escreveu-lhe para Torricella no verão de 1827, "e eu nem um pouco; eu que o vejo todos os dias e todas as noites; olhe que diferença! É possível que duas mães que sintam as mesmas ânsias e o mesmo amor por um anjinho tão encantador se encontrem em extremos opostos, uma quase no lado da segurança, outra quase no lado do medo? Isso não pode ser: portanto, tranquilize-se junto comigo..."

* * *

"Ela manteve o filho ao lado da sua cama enquanto foi criança.

"No quarto vizinho, ou no mesmo apartamento, até ser moço feito.

"Brincava com ele como se fosse sua irmãzinha, sem jamais deixar que lhe faltasse com o respeito... Tão carinhosa quanto a mais apaixonada mãe, tornava-se severa e mais terrível do que um pai quando o filho lhe dava ensejo para isso. Embora exagerasse nos cuidados à saúde dele, por receio de que ficasse tísico como o pai (e em virtude dessas condescendências ele adquiriu hábitos preguiçosos dos quais não conseguiu se desvencilhar), recomendava aos filhos de camponeses com os quais brincava que batessem no filho, caso apanhassem dele; e obrigava-o a pedir desculpas e perdão à criadagem quando tivesse ofendido algum deles com prepotências de um mau-caráter; e perguntava-lhe, com ferina ironia, se pensava ser *el Contin Ciccin* descrito por Porta."*

Assim Stefano Stampa lembrava-se da mãe, ao evocar os anos da própria juventude, muito tempo depois. Falava de si em terceira pessoa. A mãe morrera havia muito tempo. Essas reminiscências foram reunidas num volume, publicado por ele em 1885, que não traz seu nome, apenas as iniciais S. S.

Em 1827, Teresa leu *Os noivos*. Escreveu à mãe a respeito da obra. "Estou lendo o romance de Manzoni. Oh, mamãe, como é lindo; esse homem realmente é feito ao meu gosto! Como tudo que ele pinta é natural, e como essa natureza é bela e perfeita! Diria a senhora que assim, eu, com minhas palavras, acabo dizendo que também minha natureza é bela e perfeita; e por que não? Eu não sou criada por Deus e para Deus?"

* Carlo Porta (1775-1821), poeta, criador da personagem citada; escrevia em dialeto milanês.

Ouviu falar de Luigi Rossari e quis que se tornasse preceptor de Stefano. Por intermédio de Rossari, conheceu Tommaso Grossi. Foi apresentada a Giovanni Torti e, um pouco mais tarde, a d'Azeglio. Uma vez que Stefanino desenhava e pintava, D'Azeglio o convidou a seu ateliê para desenhar e pintar. Stefanino tinha uma admiração desmesurada por d'Azeglio.

Resolvida e concluída a causa no tribunal, Teresa se reconciliou com a sogra, Julia Stampa. Escreveram-se; a sogra foi a Milão abraçar Stefanino. As lembranças da longa controvérsia judicial foram sepultadas.

Teresa e Stefanino deixaram os pais dela e foram morar numa casa na Contrada Monti.

Quem falou de Teresa a Manzoni foi Grossi. Segundo sua descrição, era culta, inteligente, sensível, dedicada ao filho e às prendas domésticas. Apresentou-a a Manzoni certa noite no teatro. Grossi sabia que Manzoni estava cansado de viver sozinho. Sabia que a mãe dele queria que se casasse de novo. Stefano Stampa relata: "Parece que Manzoni mandava ou deixava dona Giulia, a mãe dele, ir visitá-la. E ela ficou perdidamente atraída e apaixonada pela pobre Teresa. Voltou a visitá-la; e dali a alguns dias, Manzoni foi em pessoa, e depois de algumas visitas pediu-a em casamento". As palavras "pobre Teresa" explicam-se pelo fato de terem surgido em seguida, entre Giulia e Teresa, terríveis discórdias, que teriam feito Teresa sofrer; mas, por outro lado, Teresa gostava que esse adjetivo de comiseração fosse acrescido a seu nome.

Diante do pedido de casamento, Teresa hesitou. Se hesitava de fato ou simulava hesitação, é difícil dizer. As objeções que manifestou diziam respeito à própria saúde frágil — tinha com muita frequência inflamações na garganta e outros achaques —, ao pensamento da própria inadequação a uma honra tão elevada e ao medo de que o filho não ficasse satisfeito. Entre as objeções, talvez esta última fosse a única sincera.

Stefano tinha então dezessete anos. A mãe, conforme ele contou mais tarde, foi uma noite ao quarto dele e lhe disse o seguinte:

"Sabes que dediquei toda a minha vida a ti. Tudo o que fiz, fiz com a intenção de fazer-te o bem. Agora deves saber que Manzoni está me pedindo em casamento. Se tivesse de aceitar, só o faria com a esperança de que uma tal relação pudesse ser muito proveitosa para ti. Mas se preferires que continuemos a viver juntos só os dois, fora do mundo como fizemos até agora, dize-o com franqueza e eu recusarei o casamento."

O filho respondeu:

"Não pode haver melhor juiz do meu bem que tu. Faz aquilo que achares melhor para nós dois."

Teresa escreveu então à mãe:

"Não diga nada a ninguém a não ser a meus irmãos, assegure-me de que não vai dizer a outros que daqui a um mês eu serei, ao que me parece, mulher de Alessandro Manzoni. Espero encontrá-la o mais depressa possível, o que poderia também demorar mais; pois da uma às quatro Manzoni está na minha casa; antes da uma estou na cama, e depois das quatro faz demasiado frio para mim, para minha pobre saúde, que não foi pobre o suficiente para afastar nem desagradar Manzoni, que me quer com tudo o que tenho de pobre no físico e moral. É inútil lhe dizer que, antes de mais nada, quis saber do meu Stefano não só se isso iria magoá-lo, mas se gostaria de ter Manzoni como pai. Grossi foi quem arranjou tudo para mim... Alessandro não irá fazer visitas; não visita ninguém no mundo durante o ano inteiro: nem mesmo seu tio Beccaria, ainda que passe semanas na casa dele em Gessate. Quando for encontrá-la, então você verá sua filha e seu novo filho Alessandro: pois Alessandro nunca sai com uma mulher, mas faz-se acompanhar pelos seus mais íntimos amigos, ao encontro dos quais nunca vai." Depois escreveu a uma irmã da mãe, a tia Notburga, uma freira: "Minha querida tia, tiveram a bondade de me considerar capaz de cumprir novos e sagrados deveres! Vieram procurar essa pobre criatura que sou, pisoteada por pés ainda mais miseráveis, se é possível, para situá-la o mais alto imaginável! Mas o orgulho não terá halos que me alcancem; e embora mulher de Manzoni — de ALESSANDRO MANZONI —, continuarei sendo aos meus olhos a pobre Teresa". Escreveu também a Giuseppe Bottelli, pároco de Arona, que conhecia bem por frequentá-lo em Lesa; ele respondeu: "Receba pois V. S. minhas congratulações, ainda que nada possam acrescentar ao sumo contentamento de ser dentro em pouco de Alessandro Manzoni. Perdoo-lhe as excessivamente humildes expressões como *pobre criatura pisoteada* elevada à mais sublime altura... Caríssima condessa, cuida bem de ti mesma, pois cada vez mais valiosa se torna tua saúde". E a tia Notburga à irmã Marianna: "Escrevo-lhe sobretudo para rejubilar-me contigo pelo casamento de Teresa: as preces de Jacob por ela foram atendidas [Jacob, ou seja, Giacomo, o padre]; vejo nesse casamento um sinal tão luminoso da misericórdia divina em favor da sua filha que deixo falarem as pessoas e agradeço do fundo do coração a bondade de Deus...". Anexava a carta de Teresa: "Ela demonstra muito respeito por seu marido, humildade, religião. Finalmente já se transformou e apressa-se a fazer uma feliz carreira; isso me deixa contente, mas que Jacob continue a rezar...". Reina, nessa carta da tia, uma sensação de alívio: Teresa devia ter dado grandes preocupações à família.

Tommaseo escreveu a Cesare Cantú, que lhe tinha escrito:

"Pelo segredo que me confiou, agradeço; mas não me culpe se outros já falam nele. Ao ouvir falar nisso a primeira vez, como de um boato não certo, fiz que não sabia de nada. Uma vez que me deram a notícia como tal, não pude dissimular por mais tempo, tanto mais que me dizem que a coisa já está feita, e quanto aos pormenores, sabem muito mais do que eu. Mexericos de mulher. Por mim, têm minha bênção; a mãe dele, sem dúvida, deve estar contente; a família ganhará vida nova, e talvez o talento dele receba uma sacudida. Aqui dizem não acreditar que já não sejam amantes. Faça a gentileza de me dizer a verdade..."

Não se sabe se e o que lhe respondeu Cantú. Sabe-se apenas que Stefano Stampa, sobre esse "amantes", mais tarde em suas rememorações escreveu páginas e páginas. Cantú, nas *Reminiscências*, reproduz a carta de Tommaseo, sem comentá-la.

O dia do casamento estava marcado para 2 de janeiro. Teresa encomendou um considerável número de trajes. Era uma mulher frágil, esguia, graciosa, de baixa estatura, com os cabelos bastos e anelados. Tinha, então, 38 anos.

Os filhos e as filhas de Manzoni foram ter com ela. Disse que queria ser, para eles, uma irmã mais velha.

O pároco de San Fedele, dom Giulio Ratti, encontrou-se com ela. Falou-lhe, provavelmente, sobre o modo mais oportuno de ela se conduzir na casa. Ela escreveu a Manzoni: "Eu não me opus a nada do que me foi dito... estou muita satisfeita com tudo e ficamos plenamente de acordo. Alessandro, esse tal Alessandro, terá uma boa noite? Existe alguém que passaria a noite inteira sem dormir fazendo-se essa pergunta, caso não tivesse escrito essas poucas linhas. Aqui dentro está encerrado o mais terno abraço para uma certa mãe incomparável".

O casamento aconteceu no dia 2 de janeiro de 1837. Teresa e Stefano mudaram-se para a Via del Morone. As brigas com a "mãe incomparável" começaram de imediato.

Stefano Stampa, em suas rememorações:

"Quando entrou na casa, dona Teresa deixou a dona Giulia o governo completo do lar. É supérfluo dizer que ela não cuidava absolutamente dos três filhos homens; dois dos quais, jovens, estavam sempre fora de casa, e o último no colégio; e tampouco tentava exercer influência sobre as moças: duas solteiras; a terceira no colégio; e a quarta uma criança, cuidada materialmente pela *bonne* francesa, e educada e depois enviada ao colégio sob a direção da avó e das irmãs. E não custava nada a dona Teresa essa renúncia a influências, pois era voluntária e mui sabiamente prevenida, pensando que não haveria necessidade de que ninguém se intrometesse na família Manzoni; e que, se fosse preciso, tentar romper velhos hábitos só traria dissabores e nada mais. Além disso, sua saúde frágil sempre seria um obstáculo intransponível."

Cantú:

"Quando Enrichetta morreu, acreditava-se que '*Postquam primus amor deceptum morte fefellit*',* no outono da vida, Alessandro devia resignar-se à solidão de viúvo e contentar-se em dirigir a família do filho Pietro. Mas sentiu a maldição do *veh soli*** e a necessidade de uma companheira. E escolheu Teresa, filha de Cesare, dos condes Borri (2 de janeiro de 1837), que fora mulher do nobre Stefano Decio Stampa e tinha um filho em tenra idade e boas esperanças. Nós lhe desejávamos aquele repouso que muitas vezes se chama felicidade, e que tivesse um apoio íntimo, qual soem nesses casamentos de inverno, onde os cuidados recíprocos e as lembranças comuns suprem o calor.

"Uma madrasta quase nunca traz alegria em meio a filhos já adultos. A recém-chegada, sentindo todo o preço de possuir tal homem, sem querer (como disseram alguns) desabituá-lo das amizades que lhe eram importunas e isolá-lo para absorvê-lo,

* Verso da *Eneida*, de Virgílio: "Depois que o primeiro amor me enganou pela morte". (N. E.)

** Em latim, no original: "ai do solitário", provável referência a Eclesiastes, 4,10: "Porque se caem, um levanta o outro; quem está sozinho, se cai, não tem ninguém para levantá-lo". (N. E.)

pretendia o domínio de esposa, mais do que a resignada Enrichetta. Isso feria sobretudo dona Giulia, acostumada a ser considerada patroa. Da mudança nasceram contrariedades, que não podiam deixar de chegar a Alessandro."

Costanza Arconati, de Bonn, à irmã Margherita (que nesse ínterim casara-se com aquele amigo de d'Azeglio, Collegno), em 6 de janeiro:

"Não ouvi uma palavra sobre o casamento de Manzoni, não me espanta, pois as cartas da mãe indicavam que ela o desejava com todo fervor. Essa decisão, porém, também a mim causa tristeza. Tira um pouco daquela aura sublime que circundava Manzoni. Por mais que considere todas as circunstâncias particulares, esse é um ato de fraqueza. O que Fauriel diz a respeito disso?" E alguns dias mais tarde: "Fiquei surpresa, ouvindo que havia o apêndice de um filho de dezessete anos ao impudente casamento de Manzoni. As meninas não estão erradas em se afligir; e é natural que o público julgue com mais severidade Manzoni que outro qualquer... Dize-me o que Fauriel acha... Que Manzoni não tratasse Enrichetta com toda a gentileza é uma calúnia. Estou até convencida de que ele não ama sua atual mulher como amou Enrichetta, mas não soube viver sem uma companheira".

Fauriel dizia: "*Qu'on s'arrange comme on veut. Il a besoin d'être hereux*". Assim relata Tommaseo, que o viu em Paris naqueles dias. Palavras serenas, sensatas, afetuosas e decerto verdadeiras. Manzoni não suportava a dor por muito tempo, queria ser feliz.

Porém, Teresa fez a infelicidade de todos os demais. Fez a infelicidade de Giulia, afastando-a lentamente do espaço que até então ocupara. Talvez não lhe objetasse o governo da casa, mas contestava seu espaço dentro dela. Contestava-lhe sobretudo seu espaço no pensamento de Alessandro. Fez a infelicidade dos filhos da finada Enrichetta. No mundo, amava somente a si mesma e ao próprio filho, e um pouco aos familiares mais próximos, como projeção de si. Todo o resto era sombra. Quando casou com Manzoni, instalou-o na plena luz do próprio mundo. Pôs-se a venerar a grandeza e a glória dele. Os filhos do marido, não os olhou com aversão, mas com indiferença. Eles eram sombra, inútil sombra, cinzenta e sem interesse. Observava-os como se observam, do outro lado dos vidros, estranhos que por acaso foram dar no jardim de casa, e que dali a pouco, graças a Deus, irão embora.

Filippo, por ocasião da morte de Enrichetta, fora enviado a um colégio em Susino, no lago de Como. Tinha oito anos. Escrevia ao pai pequenas cartas, repletas de ardor e tristeza. Soube-se mais tarde que aquele colégio era péssimo e que ali o menino passara por tristes experiências.

"Rezo sempre por minha querida mãezinha e por minha querida irmã Giulia. Farei todos os esforços possíveis para estudar com boa vontade. Vem logo me ver. Faz a gentileza de mandar um tambor, bolas e uma sanfona."

No dia 27 de janeiro de 1837, depois do novo casamento do pai, escreveu sua primeira carta à madrasta.

"Querida mãezinha. Sei que tenho outra mãe que tomará conta de mim, portanto essa é uma nova sorte pela qual eu lhe serei muito reconhecido. Prometo dedicar à senhora todo o respeito e o amor que um filho deve a seus pais, e hei de cumprir minha promessa. Esta carta foi escrita por mim, ditada pelo meu coração e a vontade há de tornar-me sempre seu obediente filho Filippo."

E alguns meses mais tarde:

"Querida mãezinha. Logo que o sr. diretor tocou o sinal do recreio eu me sentei à escrivaninha para escrever-te essas poucas linhas. Na quinta-feira da semana passada fizemos os exames, e espero ter me saído bem. Espero-te ansioso com toda a família e os tios Beccaria, mas nunca te vejo aparecer. Peço-te então, ó querida mãezinha, que venhas na sexta-feira. Peço-te que me tragas as roupas de verão, um chapéu de palha, uns lápis, um estojo de tintas e pincéis, o *Magasin Pittoresque* e outros livros divertidos, um tambor e bolas... Agora vamos ao essencial. Espero que estejas bem como estamos nós. Eu te prometo estudar e ser bom para um dia ser tua alegria... Adeus, querida mãezinha, peço-te que mandes lembranças minhas à família inteira e que te lembres do teu afetuoso filho Filippo."

Havia muito tempo — desde 1822 — Tommaso Grossi ocupava dois cômodos no térreo da casa dos Manzoni na Via del Morone. Em maio de 1837, Grossi deixou esses cômodos e foi morar em outro lugar. Segundo Cantú, ele foi embora depois do casamento de Manzoni e por algum motivo que tinha a ver com Teresa. Cantú: "Este [Manzoni] teve de se desfazer de alguns amigos. Grossi deixou a coabitação, e aqui coloquemos um sigilo, pois a história deve ser indiscreta".

O que Cantú pretendia dizer com essa frase, não se pode saber.

Parece que Grossi havia interferido numa discussão entre Giulia e Teresa, tentando apaziguá-las.

Stefano Stampa, muitos anos mais tarde, explicava que Grossi "tinha abandonado sua coabitação na casa Manzoni porque decidira se casar". De fato, não muito tempo depois, Grossi casou. Tornou-se tabelião e começou a trabalhar como tal. A amizade entre ele e Manzoni permaneceu a mesma.

Essa discussão entre Giulia e Teresa, ao que parece, dizia respeito a Stefano. Era Giulia quem administrava a casa. Stefano devia entregar a ela uma pensão mensal para cobrir seus gastos. Brigaram por dinheiro: sobre o que estava ou não incluído nessa quantia mensal.

Tommaseo, de Paris, escreve a Cantú:

"Sinto muito por dom Alessandro. Será que Grossi e os demais não podem impedir o falatório?

"E como ele passa o tempo, se não escreve?"

E em outra carta:

"Como é? Manzoni não recebe mais visitas pessoais de manhã? E quando você o vê?"

Gino Capponi a Tommaseo, ainda naquela primavera de 1837 (soubera que Manzoni pretendia reeditar *Os noivos* revisto): "A mulher fá-lo trabalhar. Pobre homem, era o que precisava! *Cessa toda má palavra*".*

Tommaseo a Capponi:

"Manzoni, meu senhor, não faz nada. A nora é uma cabeça-dura; a sogra, resmungona; as enteadas, mal-humoradas."

Manzoni nunca chegara a editar *Os noivos* com as correções feitas durante a viagem à Toscana; propôs-se fazê-lo. Teve a ideia de uma edição ilustrada. As ilustrações lhe pareciam uma arma contra as edições abusivas. No decorrer dos anos, imprimiram-se inúmeras dessas edições. Não existia, naquele tempo, nenhuma proteção aos direitos autorais. Por isso, Manzoni ganhara muito pouco com o romance, apesar do enorme sucesso obtido.

Ele mesmo quis ser o editor da edição ilustrada. Ele, Teresa, os amigos tinham absoluta certeza de que era uma ótima ideia. Convocaram o pintor Francesco Hayez, velho conhecido de Teresa, para esboçar alguns desenhos. Mas eles não pareceram satisfatórios. Convocaram o francês Boulanger. Tampouco seus desenhos receberam julgamento favorável. Depois, D'Azeglio apareceu com um certo pintor Gonin. Manzoni achou seus desenhos belíssimos, e começou a lhe escrever quase todo dia. "Meu caro Gonin." Mandaram vir gravadores de Paris. Montou-se uma pequena tipografia na Via San Pietro all'Orto.

* No original: "*Cessi ogni ria parola*". Alusão ao verso "*Sperdi ogni ria parola*", da ode "Cinque Maggio" ("Cinco de Maio"), escrita por Manzoni em 1821, comovido com a conversão de Napoleão ao cristianismo dias antes de morrer.

Giulia era totalmente contrária a esse projeto; não se opunha à edição ilustrada, mas ao fato de Manzoni ser seu próprio editor. Parecia-lhe uma enorme imprudência. O primo Giacomo Beccaria ecoava os temores de Giulia. Assim, entre Teresa e Giulia surgiram novas divergências, além das muitas que já havia. Com o tempo ficou claro que Giulia e o primo Giacomo tinham razão.

Giulia detestava Stefano. De sua parte, Stefano detestava Giulia. Talvez tivessem se detestado desde o primeiro dia de convivência. Giulia achava Stefano mimado, desordeiro, preguiçoso, arrogante e convencido. Ele costumava ficar trancado em seu quarto a pintar, sem tomar parte alguma da vida em família. Stefano achava Giulia uma velha insuportável. Recusava-se a chamá-la de avó. Quando chegou o verão e foram a Brusuglio, ele o considerou o lugar mais maçante na face da terra. Fugiu para Torricella, Lesa, Morosolo, nas muitas casas e vilas que pertenciam aos Stampa. Distante, escrevendo à mãe, jamais mandava em suas cartas cumprimentos a Giulia.

Na verdade, Giulia detestava Stefano sobretudo porque era filho de Teresa. Detestava Teresa e detestara-a mal ela pusera os pés na casa. Detestava-lhe a euforia, a exuberância, as efusões exaltadas, a loquacidade. Detestava-lhe a saúde delicada, as mil atenções que dedicava a si mesma, parecendo-lhe isso um modo de se situar no centro do mundo. Detestava até a idolatria que tinha por Alessandro. Parecia-lhe que não o amava por ele mesmo, mas por sua glória pública. Parecia-lhe que nos sentimentos dela pelo marido não houvesse nada além de uma vaidade imensa.

Teresa, de Brusuglio, a Stefano, que se encontrava em viagem:

"Quanto amor teria por essa mulher em virtude de sua qualidade de mãe de A., de filha de B., mesmo velha, o que sempre me pareceu tão interessante, desde minha infância! Agora, faz alguns dias pôs-se num pé só, a cabeça debaixo da asa; queira Deus que não seja para retomar o fôlego, pois Aless. perde com isso o próprio fôlego para trabalhar, fugindo-lhe a saúde, o bem-estar e tudo, além da sua amabilidade e divindade. A amizade dele, o amor que me tem equivalem para mim a um mundo inteiro de felicidade, mas tu não estás aqui, e eu suspiro por ti..."

O irmão de Teresa, Giuseppe, foi visitá-los no mês de julho e comentou da seguinte maneira essa visita: "Prestei minhas homenagens, então, à mãe de Manzoni, diante da qual se é tentado a dizer: *benedictus frutus ventris tui.** Mas se em Manzoni acreditas reconhecer o filósofo que Rousseau gostaria de encontrar em sua democracia, para ditar-lhe um código de leis, na mãe, ao contrário, tens a impressão de ver Dona Aristocracia viva e em pessoa. Ela tem modos aulicamente convenientes, e suas palavras, mesmo quando lisonjeiras, mantêm a pessoa a uma grande distância dela; não é a filha do professor Beccaria, é a filha do Marquês. Ela possui um linguajar raro, pensado e sentencioso, jamais o mais leve sorriso vem aplainar sua fronte. Seu rosto, enfim, seus modos, suas palavras vertem na alma da pessoa um gelo mortal...".

Em setembro, Filippo veio do colégio. "Filippo chegou", escreveu Teresa a Stefano, "ele é um menino querido e valoroso; parece em tudo com Alessandro, já o conheceste nesse inverno, mas agora irás conhecê-lo melhor." E numa outra carta: "O pobre Filippo finalmente não irá mais para Susino, para a escola daquele animal ferozmente imbecil que é o sr. Longhi"; Filippo permaneceu em casa, e depois contrataram um preceptor para ele, dom Giovanni Ghianda.

Em outubro, veio Tommaseo. Escreveu em suas memórias: "Vou ter com Manzoni, que me convida para Brusuglio. Eles me comovem. Ele bom; a mãe cheia de aflições; a mulher maliciosa; o filho Filippo sem afeto".

* Em latim, no original: "bendito é o fruto do vosso ventre", parte da oração Ave-Maria.

Stefano procurava permanecer o menos possível em Brusuglio. "Ama as montanhas", escreveu Teresa à mãe, discorrendo sobre Stefano, "e não se acha no campo se não há montanhas e lagos, ou um lago; e não é "censurável" por isso, não só, mas creio que tem toda a razão." A palavra *censurável* está sublinhada, evidentemente ocorrera uma discussão e Giulia havia *censurado* Stefano, que desprezava Brusuglio, lugar desprovido de lagos e montanhas. Stefano passava os verões em Lesa, Torricella ou Morosolo, onde também tinha uma vila. De Morosolo, Teresa fazia vir o vinho, e Giulia recusava esse vinho, e quando o via chegar à mesa, retirava seu copo, raivosa. No primeiro verão de seu casamento, Teresa escrevera a Antonio Maspero, capataz de Morosolo, anunciando a eventualidade de toda a família Manzoni aparecer por lá, coisa no entanto improvável: "Quem sabe um dia não aparecemos todos aí para uns oito ou dez dias! Mas talvez seja gente em demasia: não há camas suficientes; contando só um patrão homem, com três moças, a avó, Stefano e eu, e isso já soma sete camas, seria preciso outras dez para cinco criadas e cinco empregados. De modo que não saberia não só onde alojá-las, mas onde iriam dormir. E depois, como fazer com a roupa de cama e a louça?... Se por acaso a avó resolver ir a Morosolo passar alguns dias, avisarei com bastante antecedência; seria esse o desejo de todos nós: mas não é o da avó; por isso será muito difícil. Se não for outra pessoa, irá o Stefano...". Mais tarde, nos verões seguintes, a ideia de mandar a avó a Morosolo ou Lesa nem sequer se apresentou: as relações entre ela e Teresa tinham piorado a tal ponto que não havia a possibilidade nem mesmo remota de conduzi-la a esses lugares.

Em Lesa, Stefano gostava muito de caminhar. Os marqueses Caccia-Piatti continuavam lá, mas haviam se tornado inofensivos; a vila agora pertencia a Stefano. Os Caccia-Piatti estavam relegados a um pequeno apartamento e não molestavam mais. Aliás, às vezes eles eram convidados por Teresa a vigiar Stefano. No verão, quando Stefano estava longe, ou seja, quase sempre, Teresa consumia-se de apreensão, e suas ânsias e aflições pesavam sobre toda a família. Mais do que nunca Alessandro tinha de rodeá-la de atenções, distraí-la, confortá-la. Giulia achava que Stefano gozava de excessiva liberdade. Além disso, em seus vaivéns, era necessário cuidar de sua roupa suja, e Giulia reclamava disso. Teresa decidiu que era preciso fazê-la parar com suas queixas maçantes. Dali em diante, Stefano cuidaria sozinho da própria roupa. Ou melhor, Francesco, o criado dele, cuidaria. Indo a Brusuglio, Francesco iria fazer as refeições "na sua casa ou na taverna"; Teresa pede a Stefano: "Escreve a Patrizio sobre tua decisão de pedir na casa apenas o quarto e a lenha; já devias ter feito isso". Antonio Patrizio era o administrador dos bens de Teresa e Stefano. O primo Giacomo Beccaria, o conselheiro, também foi informado a respeito de tudo isso. Ele ajudava Giulia na administração da casa.

O pai de Teresa, Cesare Borri, havia morrido em 1837, no mesmo ano em que ela casara com Manzoni.

Quando Stefano estava longe, em Lesa, Torricella ou Morosolo, Teresa lhe recomendava não esquecer, em suas cartas, "os cumprimentos à avó". Mas ele não mandava a Giulia nem cumprimentos nem simples lembranças; e para não ter de mandá-los a Giulia, também não os enviava a Manzoni. Mas Stefano tinha afeição por Manzoni. "Não te cumprimento", escreveu-lhe uma vez Manzoni, no final de uma carta de Teresa; e Teresa acrescentava: "Não, papai não só não deve cumprimentar-te, mas nem sequer dizer que não te cumprimenta! Pois és indigno desse bem e desses cumprimentos, que te quer e que te mandou! Não dizer nem sequer uma vez: cumprimentos, beijos ao papai. Que vergonha! Vergonhoso e desavergonhado que és; não digo por brincadeira; digo por sensatez. Espero, creio, que seja por causa daquela certa recomendação que papai me disse ter feito a ti, e da qual vim a saber apenas hoje, mas se não querias obedecer-lhe, podias mandar-lhe centenas de beijos, e um *peço desculpas de joelhos*, sem que verdadeiramente tivesse sido ou parecido um gracejo, que fizesse tudo, até mesmo desobedecer, mas não deixasse de acorrer com o pensamento à fronte e aos cabelos desse divino Alessandro, que ainda assim gosta muito de ti". A recomendação de Alessandro era esta: a Stefano, que estava de saída, Manzoni havia sussurrado em tom divertido: "cumprimenta quem não gostarias de cumprimentar", isto é, lembra-te de mencionar sempre em tuas cartas os cumprimentos a Giulia. Permitem pensar, essas palavras jocosas, sussurradas no ouvido do enteado, como Manzoni agora estava distante da mãe, tão distante a ponto de fazer brincadeiras com suas cóleras. Na verdade, a raiva de Giulia podia aparentar mesquinhez, roupa suja, falta de cumprimentos; advinha, porém, de um sofrimento grande e cruel, do qual o rapaz Stefano não tinha culpa. Giulia sabia que Alessandro se afastara, encontrava-se, com Stefano e Teresa, em outra margem.

Em 1838, morreu a mãe de d'Azeglio, a marquesa Cristina. D'Azeglio se apressou a vender as casas que tinha em Turim e também o castelo de Azeglio. Contratou para a pequena Rina uma preceptora, chamada Emilia Luti. Ia visitar os Manzoni em Brusuglio, com a criança e a preceptora. Giulia, quando tinha consigo a pequena Rina, ficava mais alegre.

Emilia Luti era florentina. Fornecia a Manzoni valiosas sugestões sobre a língua toscana. Prestou-lhe grande ajuda na revisão de *Os noivos*.

Teresa escreveu a Stefano, pregando-lhe a língua toscana:

"Observa que papai diz *novamente* e não *nuovamente* como gostas de dizer com o *u*: dizes sempre *buonissimo viaggio*,* por exemplo, o que não convém; mas quase nunca esses *us* são ditos

* "Muito boa viagem".

ou escritos. Viste que se diz *finir gli anni* em vez de *compir gli anni** e *dar una capata* em vez de *fare una scappata*** em tal lugar? Nós o notamos e aprendemos essas e outras belas coisas por meio da sra. Emilia Luti... Repara que o *cosicché* não é toscano: diz-se *sicché, di modo che*, mas não *cosicché*... Papai aqui presente cumprimenta-te." "*Alter che! capisset chi l'è?*".,*** acrescentava Manzoni. "Abraço-te com carinho. Sem dizer quem!..."

Um jovem chamado Cristoforo Baroggi, filho de um tabelião, estava apaixonado por Cristina, e ela também o amava. Queriam casar. A família Baroggi era hostil a esse casamento. O pai de Cristoforo, o tabelião Ignazio, tinha a ideia de que o filho, que gostava de gastar, devia desposar uma jovem com um excelente dote. O dote de Cristina não lhe parecia suficiente. Ele achava que não podia ajudar o filho com os próprios proventos, por isso se opôs.

No verão de 1833, pouco antes de Enrichetta adoecer, Henri Falquet-Planta, filho de Euphrosine e Sébastian Falquet-Planta, visitara Brusuglio; estava apaixonado por Cristina e queria casar com ela. Euphrosine teria ficado satisfeita. Mas a ideia de ver Cristina casar com esse Henri não agradara muito à avó Giulia, que se opôs. Henri morava na França, portanto longe demais. Cristina ainda era muito jovem.

Anos mais tarde, um comerciante de Cremona, duas vezes viúvo, pediu sua mão. Ela recusou.

Apaixonada por Cristoforo, sofreu por não se sentir aceita pelos familiares dele. O tio Beccaria e o primo Giacomo intervieram para convencer o tabelião Baroggi, mas ele não queria saber desse casamento. Cristoforo e Cristina estavam dispostos a casar assim mesmo. Houve uma cerrada correspondência entre Man-

* Variantes de "completar os anos".
** "Dar uma passada".
*** Em milanês, no original: "Claro que sim! Sabes quem é?".

zoni, o tio Giulio e o primo. Por fim, depois de longas incertezas, o tabelião cedeu e deu sua aprovação. Em setembro de 1838, Cristoforo Baroggi foi à casa dos Manzoni como noivo.

Sofia casou-se, em outubro do mesmo ano, com Lodovico Trotti, irmão de Costanza Trotti Arconati, de Marietta, de Margherita. Ele fora capitão dos ulanos na Morávia e na Boêmia; fazia alguns anos, tinha pedido baixa e voltara à Itália. Teresa escreveu a Stefano, que como sempre estava em Lesa:

"Papai perguntou-me se já te escrevi sobre o casamento de Sofia. Lodovico Trotti virá a calhar muito mais do que pensávamos; e depois é tão bom, terno de coração, afetuoso, corajoso, orgulhoso e doce; Sofia é muito afortunada; ele é, como sabes, um moço muito bonito; robusto e ao mesmo tempo gentil, e todos os parentes dele também são tal flor de boas pessoas estimáveis e estimadas, que é um grande prazer para Alessandro tê-los como parentes da sua filha. O marquês pai... está contentíssimo com o casamento, como todos da família Trotti... A pobre Cristina também teve ocasião de fazer-me agrados; Pietro e Enrico *não torcem o rosto para mim...*" Pietro e Enrico demonstravam-lhe cordialidade.

Cristina e Cristoforo casaram em maio de 1839.

Em junho de 1839, Enrico foi para Lyon, onde permaneceu um ano, para adquirir prática na criação dos bichos-da-seda e no comércio da seda. Cristoforo Baroggi o recomendara a conhecidos seus nessa cidade; ele havia fundado um banco ali. "Meu Enrico", Manzoni escreveu ao filho, "podes imaginar o conforto que me deu tua carta e as disposições que nela demonstras... Meu contentamento em relação a ti, como em relação a todos vocês, depende do bem de cada um. Portanto, continua a fazer o bem a ti mesmo; aliás, passa do bem para o melhor na carreira que iniciaste, e na qual teu pai fará o que puder para te ajudar. Tem sempre presente aquela bela sentença, da qual já pudeste conhecer a verdade e também ter prova, que para deitar-se satisfeito não se tem de dizer: fiz hoje o que quis, mas, fiz o que devia. Trabalho e tédio são a escolha que temos neste mundo; e o primeiro, deixando de lado as outras razões para abraçá-lo, traz consigo uma parte de prêmio; no segundo, tudo é sofrimento. Mas sabes que até as coisas boas não o são por inteiro, se não estão subordinadas e dirigidas ao único e absoluto bem. Pensa, caro Enrico, pensa sempre na tua sublime mãe, de quem aprendeste isso..."

Teresa, escrevendo a Stefano, continuava a lamentar que, nas cartas dele, nunca havia cumprimentos à avó, e ele nem sequer mandava lembranças a Manzoni ou aos outros de casa. Essa ausência de cumprimentos deixava-a muito angustiada. "Tua carta... sem sombra de afeto, de pensamento, de cumprimentos a Alessandro deixou-me *renversée*;* fiquei como se fosse de pedra, mas de pedra rubra de vergonha... Papai que estava presente disse (estávamos sós): 'Pois bem, já que é assim, que o patrão não me cumprimenta mais, não irei mais a Lesa... tinha muita amizade por mim, e de repente não se lembra mais, não se digna nem sequer a cumprimentar-me'. Pensa que facada no meu coração por tua causa! Parece impossível, porque ele te disse: 'cumprimenta quem não querias'... Se ele te houvesse recomendado, ao partires, lembra-te de enviar nas tuas cartas cumprimentos aos frangos da Índia, e aos gansos e patos, deverias, tu deverias enviar teus cumprimentos aos frangos, aos gansos e aos patos para chegar depois a enviá-los a ele. Tu não gostas de quem ele te recomendou cumprimentar, eu sei; e é justamente isso que o faz sofrer, eu sei; se ela o adorasse, tu a amarias de coração, eu sei; mas ele, a essa pessoa que é a mãe dele, não só dedica o respeito que a lei dos homens e de Deus impõe, como também do fundo do seu ser o que só pode nascer de um coração como o dele... E essa indecên-

* Em francês, no original: "transtornada".

cia de não enviar teus cumprimentos nem ao Enrico, que em Lyon, ao escrever, sempre se lembra de ti; nem a dom Giovanni (Ghianda), que na manhã da tua partida foi bater na tua porta para despedir-se de ti; nem a Cristina, que toda vez que estás ausente sempre se lembra de mandar-te seus cumprimentos e pedir notícias tuas!"

Teresa falava com frequência sobre Filippo em suas cartas a Stefano; achava-o parecido com Alessandro; era então, entre os enteados, o seu preferido. "Filippo queria escrever-te duas linhas aqui embaixo; ele gosta cada vez mais de mim; não vem ao meu quarto porque usa de prudência, já que a conhece por ter aprendido no colégio; mas compensa-me com agrados e os modos mais doces, e expressões afetuosas para ti e para mim; recomendou-me com aquela sua insistência tão precipitada e aberta que te mande muitas lembranças da parte dele: 'Peço-te, mamãe; não esqueças de dizer-lhe que gosto muito dele; e que sempre me lembro dele; que espero que esteja bem e que se divirta, mas tu achas que ele vai se lembrar de mim? É verdade que me manda seus cumprimentos?'." Filippo com certeza devia sentir grande admiração por Stefano; via-o chegar e partir, livre, alegre, distraído, com paletas e pincéis; Stefano tinha dinheiro, independência, uma mãe que o repreendia e amava, e tudo o que ele não tinha. Quanto a Stefano, sempre tão avarento de cumprimentos, vai-se saber se realmente lembrava-se de enviar, em suas cartas, cumprimentos àquele menino, confiado a um padre, com quem às vezes cruzava nas alamedas de Brusuglio ou à mesa.

No verão de 1839, Teresa e Alessandro foram a Lesa; Stefano estava lá e os recebeu com grande efusão de afeto; planejavam voltar no outono, apenas a lembrança dos Caccia-Piatti molestava-os um pouco. Stefano quis pagar as despesas dessa primeira estada de Alessandro em Lesa; ele já tinha vinte anos e o tribunal lhe permitia dispor das próprias entradas; só não podia ainda nem comprar nem vender nada, nem fazer dívidas. Em Lesa, Teresa ficava bem, todos os seus mal-estares desapareciam; no quente Brusuglio, ao contrário, os meses de verão lhe pareciam tediosos e pesados; mas, de qualquer modo, era preciso passar ali o verão e boa parte do outono, para vigiar a propriedade. "Verás como me encontro bem de saúde!", escreveu Teresa, voltando de Lesa, a Stefano, que ainda estava lá. "Era Lesa e sempre Lesa; essa Lesa que tanto apraz a Alessandro, que ainda fala dela com gosto." Para Giulia, decerto era penoso ouvi-los discorrer sobre as maravilhas de Lesa e ver aparecer à mesa o vinho daquele local, que Alessandro amava, e ver Alessandro e Teresa viajarem para Lesa, enquanto ela permanecia no calorento e desprezado Brusuglio, com Filippo e dom Ghianda, além dos outros que de Lesa eram excluídos.

Em 1839, Sofia teve seu primeiro filho, Antonio. Em 1840, morreu o marquês Antonio Trotti Bentivoglio, pai de Lodovico. Na abertura do testamento, Lodovico soube que sua parte na herança era muito inferior à dos irmãos. O pai havia se irritado com ele por ter abandonado a carreira militar, e quisera castigá-lo desse modo. Manzoni escreveu uma carta amargurada a Costanza Arconati, irmã de Lodovico; pedia-lhe para interceder junto ao irmão mais velho, a fim de tornar as disposições testamentárias mais benignas para Lodovico, "marido e pai".

Em 1840, Cristina teve uma filha, Enrichetta. Depois adoeceu. Teve uma espécie de eritema no rosto. No verão, em Brusuglio, estava muito mal. Foi submetida a sangrias. Teresa escreveu a Stefano, que estava em Voltri (onde também ficara doente e Teresa, presa de pânico, queria ir ter com ele, mas tranquilizaram-na e, de fato, tratava-se de algo sem gravidade): "Cristina, depois de ter sido sangrada três vezes, sugada cruelmente várias vezes por sanguessugas e submetida a uma dieta absoluta, silêncio, escuridão etc., além de estar magérrima e muito pálida em consequência dos remédios, foi conduzida ao sr. dr. Casanova, que para maior prudência tomou o marido como primeiro confidente do seu julgamento, acrescentando que a coisa seria rápida, muito rápida; que, no entanto, nos poucos dias que lhe restavam, era preciso tirar-lhe muito, mas muito sangue ainda. Imagina o sofrimento do pobre Cristoforo, que nunca se propusera ter uma visão sombria e nem mesmo anuviada. Foi-se logo procurar Piantanida, o qual mudou o tratamento de acordo com o nome da doença, que não é mais uma lento-intensiva inflamação, mas um herpes como Caramella dissera no ano anterior, ao ver a terrível erupção que tinha no rosto. Imagina um herpes como aquele tratado durante todo o inverno, primavera e metade do verão com banhos de enxofre, morfina e ópio em grande quantidade!! Por isso, foram suspensas todas as futuras sangrias, condenado o ópio, e Cristina foi submetida a uma alimentação simples mas à base de carne; foi instada a levantar-se, e o fez no mesmo instante, e já de volta a Milão, para longe daquele médico que insistia em tratá-la a seu modo, apesar do resultado da consulta. Agora faz três dias que está em Milão, com grande proveito; pois levanta-se, come, recebe visitas e passa bem; tirando aquela dor [na têmpora], que voltou terrível e que continua ora mais, ora menos, mas essa dor, diz o médico, que agora é Piantanida, não deve mais ser tratada, pois infelizmente para ela não há remédios. Segundo Piantanida, ela não corre mais nenhum perigo. Portanto, por esse lado o querido Alessandro respira..."

Naquele outono, Manzoni desejava muito ir a Lesa, mas não foi possível porque primeiro Teresa adoeceu, com uma "flogose" na cabeça, e receava "apanhar ares inconvenientes" durante a viagem; depois, em outubro, Pietro adoeceu gravemente. Teresa escreveu a Stefano: "Pietro, depois de várias quedas provocadas por suas bebedeiras desgraçadas e infindáveis, encontra-se acamado com uma inflamação no cérebro e nos intestinos, motivo pelo qual delira noite e dia... Imagina o pobre Alessandro, que tanto havia lhe pedido, suplicado, que o tinha adulado, induzido a não beber mais!". E Manzoni a Cattaneo: "Posso finalmente pegar a pena para falar-te de um perigo, que, graças aos céus, passou. O meu Pietro, acometido de uma violenta meningite, depois de sessenta horas de delírio, está agora recuperado, mediante uma decidida e prudente aplicação de sangria e de tártaro emético. Ontem de manhã começaram a desaparecer os sintomas funestos; durante o dia, progrediu em direção ao bem; por fim, na santíssima noite passada, foi invadido por um sono salutar... Os médicos estão muito satisfeitos: imagina nós". Teresa a Stefano: "Em quatro dias fizeram em Pietro nove sangrias, e aplicaram 24 sanguessugas, e ministraram-lhe um monte de tártaro emético". Manzoni, porém, era sempre otimista; em novembro Pietro passou novamente mal, e "foi necessário recorrer de novo às sangrias, às sanguessugas e a três vesicatórios".

Com Pietro finalmente curado, seguiu-se um breve período de paz; Giulia andava de bom humor, contente com a cura de Pietro; mesmo Cristina, embora muito magra e pálida, parecia restabelecida. Enrico tinha voltado. Giulia até aceitou provar o vinho de Lesa — "Para resumir, digo-te, *lune de miel*,* que Deus a proteja!", Teresa contou a Stefano, "não por mim, mas por Alessandro, que nisso perdia saúde, empenho e muitos anos de vida!... Pobre Alessandro... *É bem verdade que mesmo antes, se o mestre de capela era diferente, a música já era a mesma* [Teresa pretendia dizer que, com Enrichetta, Giulia também devia ser insuportável]. Esperemos que agora pare ou silencie um pouco essa orquestra funesta! Quem sabe Deus, ou o tempo, ou os 77 anos mudem-na em parte, pelo menos naquilo que é mais importante e necessário a Alessandro! Como nunca te escrevi sobre esse as-

* Em francês, no original: "lua de mel".

sunto em termos tão claros, seria bom queimares esta carta, depois de lida, claro...". Stefano não a queimou.

Os noivos começou a sair em fascículos, na nova edição revista e ilustrada. Teresa gabava-se disso. Mas logo ficou claro que as coisas não iam lá muito bem. O impressor Guglielmini revelou-se não confiável. As subscrições diminuíram rapidamente. Nos aposentos da Via del Morone, as cópias não vendidas se amontoavam. Giulia e o primo Giacomo haviam intuído o fracasso desse empreendimento. Assim foi.

No inverno, Giuseppe, o irmão de Teresa, fez uma visita à Via del Morone. Giulia não lhe dirigiu a palavra. Nunca existira qualquer simpatia entre ambos; e agora os familiares de Teresa — e naturalmente e sobretudo a própria Teresa — pareciam-lhe os maiores culpados dessa infeliz operação editorial: eles haviam incitado vivamente Manzoni a tornar-se editor. Essa visita a deixou ainda mais preocupada. Giuseppe fez o seguinte comentário em relação à visita: "A mãe dele lia, e continuou a ler, ou pelo menos a virar as páginas de seu livro durante todo o serão".

Uma página de Tommaseo, escrita muitos anos mais tarde, fala de Manzoni, dessa edição e dos acontecimentos que a precederam e sucederam, em poucas, enxutas e rápidas palavras:

"Tornava a corrigir as provas, aliás, reescrevendo; e, arrependido, reimprimia folhas. E um dia que estavam estendidas secando no seu aposento, disse-me a sorrir: 'Repare que eu também tenho algo ao sol'. O que ele tinha ao sol, na verdade, eram terras; e a herança de Carlo Imbonati enriquecera a mãe dele, que arrastou de Paris a Milão o cadáver do amigo, mas que desfalcou essa herança por meio de muitas obras de caridade e das dores impacientemente sofridas pela segunda nora, que lhe pesaram mais do que a memória da primeira, mulher de incomparável delicadeza.

E fora a própria mãe a escolher a segunda esposa para o filho, que a tomou quase desconhecida e não sabia apaziguar as duas mulheres, sempre resignado a ponto de parecer negligente. Mas depois as desordens dos filhos lhe reduziram os bens; e seus escritos, que o teriam enriquecido fora da Itália, não só não lhe deram lucro, mas, nos últimos tempos, trouxeram-lhe prejuízo. Prejuízo voluntário e como que procurado, pois pensou em reeditar o romance com vinhetas, como se essa leitura tivesse necessidade de tais divertimentos; e Manzoni mandou vir de Paris o artista, desperdiçando nisso dinheiro, tempo e cuidados que não tomava; e o impressor furtava, tirando exemplares a mais, que vendia a preços impraticáveis, talvez para compensar o tormento de ter de fazer e desfazer sempre novas provas para as correções, e manter em suspenso uma folha até que ele a reduzisse ao seu modo."

Em 1841, no início da primavera, Cristina adoeceu de novo. Era sempre a mesma doença e ninguém sabia como curá-la. Violentas dores de cabeça, aquela erupção no rosto. Tornaram a entupi-la de ópio. Tinha o rosto inchado, deformado, estava irreconhecível. Antes fora graciosa. "*Ma petite noireaude*", chamava-a Enrichetta. Na família, era a única a ter cabelos pretos.

A evolução foi rápida e terrível. Logo todos perceberam que estava perdida. O marido cuidava dela com carinho. Viveu ainda até o final de maio. Não queria morrer. Tinha uma filha pequena, um casamento feliz. Achava a morte injusta e se rebelava. Recusou os sacramentos. O pai foi obrigado a intervir. "Passo a noite em claro", Teresa escreveu a Stefano, "pensando na pobre Cristina... Nesse ponto vêm chamar o pobre, adorável e desolado Alessandro, a pedido da pobre Cristina, que não consegue superar a repugnância que lhe dá o óleo santo; seu confessor não conseguiu se fazer obedecer, e ela só aceita obedecer ao pai... Pobre Alessandro! Já lhe coube convencê-la para a confissão e a Eucaristia; ora... Oh, Senhor, que cálice deve tomar meu pobre Alessandro!"

E mais tarde: "Alessandro voltou destruído pela dor depois de ter preparado Cristina para a extrema-unção: de modo que ela mesma lhe disse que podia sair, que estava contente; daí, depois que ele saiu, chamou Lodovico e, abraçada a ele, disse: '*Estou feliz com meu estado*'. Vê como irá para o céu. Oh, Senhor! Ponha um crepe no chapéu. (6 horas da tarde)".

Teresa a Stefano, depois dos funerais:

"Sofia tinha uma aparência deplorável; na quinta-feira à noite dava pena, e muita; agora melhorou um pouco, mas tem certas distensões faciais bem feias; acho que fazem temer por sua saúde. Vittorina sairá do mosteiro para ir a Bellagio com Sofia; mesmo ela, imagina como está. O pobre Alessandro nem pôde ir a Brusú, porque ontem ao anoitecer estava sendo conduzida para lá a pobre Cristina, que foi recebida pelos aldeões do lugar com velas acesas, os quais, com grande solenidade, quiseram levá-la nos ombros até o cemitério, onde foi depositada ao lado da mãe e da irmã! Eu sou de uma tremenda fraqueza..."

Foi este o epitáfio que o pai escreveu para o túmulo de Cristina:

"A Cristina Baroggi Manzoni/ que com edificante paciência/ em longa e penosa enfermidade/ e com a resignação cristã/ consagrou uma vida/ imaculada, pia, caridosa/ e uma morte valiosa aos olhos de Deus/ oferecendo a Ele em sacrifício/ uma filha e um esposo/ mui amados/ os parentes aflitíssimos/ implorando vossa prece/ e a misericórdia divina."

Filippo a Stefano:

"Caríssimo Stefano, oh!, dirias, o que aconteceu à mãezinha, para Filippo estar me escrevendo? Não aconteceu nada. Ela não te escreve porque está conversando com papai sentada no canapé; perdoa-lhe a frivolidade de não te escrever para conversar; ela é tolerável porque papai acabou de voltar de Bellagio, aonde foi acompanhar Sofia e Vittoria. A primeira vez que lhe escreveres, manda-lhe um bom *refilé*,* porque é uma vergonha sempre tremer de medo de ladrões, quando as estradas que papai tinha a percorrer eram seguras. Mas, enfim, ela é mulher! Estás no coração de todos nós por participares da dor que nos causou a perda da pobre Cristina! Na verdade, ela foi um duro golpe para papai, mas a mãezinha está sempre a consolá-lo com suas doces palavras. Uma dor de dente forte demais está me atormentando; serei obrigado a arrancar dois. Todos, os irmãos, as irmãs, os cunhados, mandam-te uma infinidade de cumprimentos, agradecendo-te pela boa lembrança que tens de todos. Papai te manda muitas lembranças; sabes como te quer bem... Adeus, meu caríssimo Stefano, lembra que tens em *Filippo* um irmão que te ama como um terno amigo."

A filha de Cristina fora levada para Verano, na vila dos Trotti.

Teresa encomendara a Francesco Hayez um retrato de Manzoni. Numa carta a Stefano, exprimiu o próprio desapontamento por não poder acompanhar sempre o marido às sessões de pose, por excesso de fraqueza: "Perceberás que estou melhor da minha fraqueza, à força de comer dois bifes por dia e caldos suculentos; mas trata-se de um melhora mínima que percebo com muito custo, e perco a esperança de poder acompanhar Alessandro amanhã ao Hayez, mesmo de carruagem. Dessa vez, porém, não te escrevo na cama, mas à minha escrivaninha magnífica, e muito admirada e contemplada ontem pela Cecchina; como apreciou minha estante de livros. Ouvi dizer que Grossi não se sente muito bem nesses dias, mas veio apanhar o papai para o passeio: acho que trabalha em excesso, pobre Grossi. Faz-me muito mal vê-lo tão magro. Ele, ver-se reduzido a tabelião, um Grossi! Uh, vergonha para os italianos em geral, e para os milaneses em particular!".

* Em dialeto milanês, no original: "bofetada". (N. E.)

No final de junho, depois de catorze sessões de pose, o retrato estava terminado. Nesses dias, Giulia ficou acamada. Teresa a Stefano: "A avó está muito mal e fico aflita com ela (acharás um certo exagero, mas é verdade!) e com Alessandro. Pensa um pouco: ter de receber mais um golpe depois do último que lhe coube! Porém, espero que não; mas receio; porque isso é um começo; ontem pôs-se na cama, e ontem mesmo uma sangria e duas hoje... Quem me dera pudesse falar-te com gáudio do feliz retrato de Alessandro!... Ó Senhor, como gostaria, por mim e por papai, que estivesses em Milão, se a avó, pobre mulher, viesse a piorar! Dizer piorar, como vês, é dizer *mortalmente*. Papai não sabe que ela está tão mal como está, e eu não sei como agir nem o que fazer. Acho que se estivesses aqui seria possível modificar um pouco as palavras, diminuir um pouco a tristeza; e depois, para falar a verdade, o que repugna dizer, mas se acabasse mal, tu poderias fazer muito por nós; chega! Nem eu sei o que dizer!... Asseguro-te que o estado da avó me lastima como se ela nunca me tivesse feito mal um só dia...". Stefano não foi. Respondeu: "Também sinto muito pela avó, por papai e pela família; mas que vantagem terias tu em ter-me em Milão, caso piorasse? Que bem eu posso fazer? Não sei de modo algum consolar as pessoas, sei como mantê-las alegres quando têm vontade... Então!... Chega, peço que me escrevas logo e, se for verdade que posso servir de algum modo, dize-me às claras, que irei a Milão fazer o que puder: em todo caso, se quiserem ir a Lesa eu poderia providenciar os passaportes". De fato, precisava-se de passaporte para ir a Lesa, que estava localizada no reino de Carlo Alberto.*

À cabeceira de Giulia estavam Sofia com o marido, Vittoria e Emilia Luti. Em 28 de junho, Teresa escreveu a Stefano:

"Recebeu os sacramentos precipitadamente; logo lhe minis-

* Carlo Alberto de Savoia (1798-1848), rei da Sardenha. (N. E.)

traram também o óleo santo, e nenhum dos médicos acreditava que pudesse durar até a manhã de hoje; durante todo o dia de ontem, o dia inteiro e ontem à noite recomendaram-lhe a alma e ninguém desconfiava de que visse o dia de hoje; mas de noite acordou e hoje de manhã, saudando Alessandro, recitou-lhe, com grande dificuldade, mas de modo inteligível, um trecho do hino de Alessandro em que diz que a Santa Virgem vai encontrar santa Isabel; e era porque hoje é o dia da Visitação; e mandou todos à missa por ela, inclusive Alessandro; pobre mulher; que lucidez! Porém, deseja morrer por estar sofrendo muito, mas não dá muito a perceber a não ser por sua fisionomia. Estive lá duas vezes para receber sua bênção, pedir-lhe perdão e receber o dela, pobre mulher! Hoje de manhã, porém, há um fio de esperança no quinino, haja vista sua resistência milagrosa à doença, além do milagroso despertar, falar e perceber as menores coisas. Meu coração arruinado ontem e anteontem pela circunstância não me permite comer nem caminhar, porém levanto-me um pouco." No dia seguinte: "Essa noite, a pobre mulher mandou chamar Alessandro, que se jogara na cama, para pedir-lhe perdão, abençoá-lo, chegou a perguntar por mim, dizendo: 'E tua mulher... minha nora... onde está? Dize a ela que lhe confio meus filhos'. Imagina que dor a minha, essa noite e essa manhã, por não poder levantar para ir lá em cima! Meu coração não queria nem quer permitir. Estou fazendo uma grande dieta; bebo bastante água fresca; e desde ontem tomo água de louro-cereja a cada duas horas, que me restabeleceu um pouco o coração e fez-me recuperar um tanto as forças... Na noite passada, Pietro veio abraçar-me bem forte, aos prantos, e todos os outros". No dia 6 de julho: "A avó ainda vive, mas num estado tão deplorável que deseja continuamente o último momento... Imagina há quantos dias e noites está nas últimas. Encomendaram-lhe a alma três vezes, a pobre mulher! Ó Senhor! E o pobre papai, que não fica cinco minutos parado: e sobe e desce; e sobe e desce, o dia inteiro de cabo a rabo, e a noite também!... Ninguém sabe dizer o dia de ontem, porque ontem parece um tempo já muito distante, tantas são as pioras, as melhoras, coisas ditas, coisas dadas, coisas a fazer e coisas feitas, que são novamente ditas, que são novamente pensadas... Sofia e Vittoria, que dormem em cima e estão o tempo todo à cabeceira, estão abatidas, como podes imaginar. Ao papai, um mês depois do golpe da pobre Cristina, caber-lhe essa tão longa em tão breve tempo!... Que Deus o livre da doença! Reza por ele tu também! E reza também pela avó, pelo teu pai, Stefano, e pela pobre Cristina, e reza também por conta daquele frei Cristoforo que é mais Alessandro do que foi Lodovico...* Hoje cedo a avó queria outra sangria...".

Giulia morreu na noite entre 7 e 8 de julho. Foi sepultada em Brusuglio. Manzoni e os seus foram para Verano, na casa dos Trotti.

Manzoni escreveu este epitáfio para o túmulo da mãe:

"A Giulia Manzoni/ filha de Cesare Beccaria/ matrona veneranda/ por grandeza de índole/ por liberalidade com os pobres/ por profunda religiosidade ativa/ pelo filho inconsolável/ por toda a família aflita/ recomendada/ à misericórdia do Senhor/ e às preces dos fiéis."

* Jogo de palavras envolvendo o personagem de *Os noivos* e Manzoni: antes de converter-se e fazer os votos, frei Cristoforo chamava-se Lodovico.

II.

Giulia fizera testamento em 10 de janeiro de 1837, ou seja, poucos dias depois do novo casamento do filho. Deixava todo o seu patrimônio aos netos, e ao filho o usufruto universal. A favor dos netos fizera uma hipoteca da propriedade de Brusuglio no valor de 190 mil liras: avaliara mal a propriedade que, anos mais tarde, foi estimada em 395 mil liras. Estava claro que já não confiava em Teresa; e o filho, do ponto de vista prático, parecia-lhe ingênuo. Esse testamento foi julgado por muitos desprovido de bom senso, e origem das graves dificuldades financeiras ocorridas depois. No entanto, se realmente era assim, é difícil dizer.

Depois da morte de Giulia, portanto, toda a família passou alguns dias na vila dos Trotti. Stefano estava em Torriggia para supervisionar a construção de uma canoa; daí foi a Lesa, onde Teresa e Alessandro foram ter com ele, e ali permaneceram até o início de outubro.

Durante o mês de agosto, estavam em Milão, na Via del Morone, Pietro, Enrico, Filippo e dom Giovanni Ghianda. Sofia foi a Pré-Saint-Didier com seu filho mais velho, Tonino, que precisava do ar da montanha; seu segundo filho, Sandrino, foi deixado na Via del Morone, aos cuidados da *bonne*. De Pré-Saint-Didier escreveu a Enrico, que lhe dera notícias; Enrico era o irmão que ela mais amava. Estava acostumada a escrever em francês; quando escrevia em italiano, cometia erros de ortografia e, às vezes, até de sintaxe.

"Antes de mais nada, preciso te agradecer de todo coração pelas linhas que fizeste o meu Alessandro me escrever... Pobre Sandrino, não aguento mais ficar sem vê-lo. Tu me fizeste rir ao dizer que ele estava tremendo, parece que estou vendo, parece um *blanc manger** sempre tremelicante... Direi somente que te sou muito reconhecida, pois sei que a ti os *salamelech*** mais aborrecem do que outra coisa. Parece-me ouvir-te dizer: *Oh, que maçada!...* Gostaria, porém, que tuas cartas fossem um pouco mais detalhadas principalmente sobre os irmãos... Não se sabe quanto tempo papai planeja estar ausente? E quando voltar, para onde irá? Quando dom Giovanni parte de casa? E Filippo, como se comporta? Como será quando dom Giovanni não estiver mais aí?" (De fato, o preceptor manifestara a intenção de ir embora.) "Dize à *bonne* que o meu Tonino está perfeitamente curado, e que agora parece que volta a engordar. Quando ao ventre grande, minha cunhada Trotti, que entende de crianças, garante que isso é causado por esse pequeno princípio de raquitismo, que o faz ter as pernas meio tortas, mas que tudo passará ao se refortalecer. Faço com que tome os banhos que me asseguram que lhe fará muito bem: permanece meia hora comigo no banho e diverte-se muito, não sei como fez para mudar assim, pois mesmo tu hás de lembrar que em Milão era impossível enfiá-lo no banho. Desculpa se te dou esses detalhes maçantes, mas são para a *bonne*, à qual

* Em francês, no original: "manjar branco".
** Em francês, no original: "salamaleque".

te peço que mandes muitas lembranças minhas. Sobre minha saúde, nada te digo por me achar bem. Sobre meu estado de ânimo, estabeleci uma lei de falar o menos possível, porque aborreço os outros, faço mal a mim mesma, de modo que *glissons** que será melhor para todos. Dentro em pouco estaremos quase sozinhos, aqui toda a nossa sociedade parte pouco a pouco... Nós permaneceremos mais um tempo para que eu possa tomar pelo menos vinte banhos. Fomos ao Petit Saint-Bernard montados em burros, diverti-me muito e continuo fazendo vários passeios..."

De volta a Milão para pegar o filho caçula, ficou com pena de Filippo tão solitário, entediado e triste, e levou-o consigo para Balbianello, na vila dos Arconati. Antes de partir, Filippo escreveu ao pai:

"Caríssimo pai! Sou-te verdadeiramente grato e muito reconhecido pelo prazer que me dás ao permitir que eu vá a Balbianello: mas demonstra-se a gratidão mais com fatos do que com palavras, e por isso procurarei com a melhor conduta possível e com a dedicação aos meus estudos corresponder dignamente à Tua bondade..."

E Sofia, de Balbianello, ao pai:

"Filippo está aqui desde ontem, tão contente, o pobrezinho me dava pena assim trancado em Milão, completamente sozinho, sem nenhum companheiro, sem nenhuma diversão, e na época das férias! Escrevia cartas que davam dó, vê-se que morria de tédio. Quanto tempo achas que pode ficar aqui? Dize-me, querido papai, e mando-o de volta quando achares..."

De Balbianello, Sofia a Enrico:

"Vejo que o sr. Enrico não rompe o gelo, rompo eu — por que nunca me escreves? Achas que podes dizer o mesmo de mim, mas é bem diferente, eu tenho tamanha quantidade de corres-

* Em francês, no original: "passemos por cima disso".

pondência que escrevo todos os dias três ou quatro cartas — estou no campo, faço passeios no lago que demoram muito tempo, tenho meus filhos que me ocupam muito... E tu o que fazes? Em Milão, nessa estação, não há nem cachorro! Escrevi a Pietro faz tempo e não recebi resposta, enfim, não há jeito de ter notícias de vocês... O que farão no outono? Asseguro-lhes que se viessem um pouco aqui nesse belo lago veriam como se pode aproveitar bem o campo nessa boa estação. Não faz demasiado calor, podem se fazer longos passeios, há tanta gente fora de casa que se tem a impressão de estar em Milão... Filippo parece que se diverte, Lodovico convidou para uma pequena temporada o caçula dos irmãos Tegia que tem mais ou menos a idade de Filippo..." Os Beccaria, o tio Giulio e a "titia", estavam ali perto, em sua vila de Sala Comacina, mas Sofia não se sentia à vontade para frequentá-los por estarem hospedando Cantú. Manzoni estava escrevendo *La storia della collona infame* (A história da coluna infame), que esperava publicar junto com *Os noivos* na nova edição revista e ilustrada, da qual tinham saído os primeiros fascículos. De repente, saiu um livro de Cantú, *Il processo degli untori* (O processo dos untadores).* Era um livro sobre o mesmo tema. Cantú nunca havia falado sobre ele. Porém, sabia em que projeto Manzoni estava trabalhando. Amargurado, Manzoni precisou então fazer cortes na *Coluna infame*. Além disso, Cantú, ao que diziam, se tornara amante da "titia", a jovem esposa do ancião tio Giulio Beccaria. Assim, quando Sofia e Vittoria chegavam para uma visita aos tios, tinham a impressão de que "alguém" era rapidamente "aprisionado", ou seja, que Cantú era obrigado a permanecer trancado numa sala para não se deixar ver, e que a "titia" estava "*genée*".** So-

* Referente àqueles que, na grande peste de 1610, em Milão, eram suspeitos de disseminar o contágio, untando casas, muros e portas com matérias infectadas.
** Em francês, no original: "indisposta".

fia e Vittoria encontravam-se frequentemente com d'Azeglio, que comprara uma casa em Loveno. Tratava-se, porém, de uma casa muito desconfortável. Sofia a Enrico: "Hoje devíamos ir almoçar na casa de Azeglio, mas chuviscava e ficaremos em casa, já fomos visitá-lo uma outra vez e asseguro-te não entender por que foi comprar essa casa tão no alto, há um caminho tão incômodo para chegar lá, e depois a casa está em péssimo estado e precisa de construção para poder ficar nela, então dava na mesma construir na beira do lago...".

Teresa e Alessandro regressaram a Milão, Stefano permaneceu em Lesa; Teresa lera *Niccolò de' Lapi*, romance de D'Azeglio publicado naquele ano; não gostou nem um pouco, e escreveu a Stefano: "Terminei finalmente o *Lapo, Lapone, Lapaggione, de' Lapitti*. Descanse em paz, mas até parece que aquilo é amor à pátria! Aquilo é amor ao município! Até parece que aquilo é um romance! É história, quase toda a história tirada de lá, posta aqui, salgada com o aprisionamento possível de Troilo,* e com infinitas genuflexões masculinas e femininas a ponto de enjoar a mais bela Helena além de Niccolò, se tivesse juízo no lugar dos 91 anos! Que eterno futriqueiro esse Massimo! Que enfadonho! Que toleirão! Ele pensa que está falando de pátria, e fala sempre de Florença; como se ela pudesse ser a única pátria italiana! E aqueles congressos que não têm pé nem cabeça, nem consequência lógica! É tudo muito desconexo, tanto o verdadeiro como o falso! Ai, pobre de mim! E nunca desperta interesse, nunca, esse pasticho pastichado dessa barbárie, mais romanesco e impossível do que são as histórias amorosas do Dom Quixote! Oh, e teria ainda muita coisa a dizer! Não vás ficar com raiva!". Mas Stefano tinha verdadeira adoração por d'Azeglio, e não havia palavra de sua mãe que pudesse arranhá-la.

* Personagem da mitologia grega ligado à guerra de Troia, onde foi morto por Aquiles. Era filho de Príamo e Hécuba.

Teresa a Stefano:

"Gonin chegou, e agora trabalha-se a pleno vapor nas vinhetas da *Coluna infame*, que papai espera terminar no final de julho. Assim fosse e assim seja! Mas dará muito que falar esse trabalho aí..."

Na primavera de 1842, Enrico casou-se. Tinha 23 anos. A mulher se chamava Emilia Redaelli, era nobre e riquíssima. Trouxe como dote 300 mil liras e uma vila, que ficava em Renate e era magnífica. Os dois estabeleceram-se ali. Sofia ficou feliz com esse casamento, pois gostava imensamente da cunhada; os demais ficaram perplexos. Enrico ocupava-se com suas transações comerciais; vendia bichos-da-seda; tinhas ideias grandiosas e era apoiado pela mulher. Nem Enrico nem a mulher tinham noção do valor do dinheiro; ela por ser muito rica, talvez; ele por sua natureza. E logo ficou claro que ela, em vez de induzi-lo à prudência, incitava-o a empreendimentos incautos. Enrico não demorou a pedir adiantamentos do patrimônio deixado por Giulia; e o pai e o irmão Pietro não estavam de forma alguma tranquilos.

No verão de 1842, ocorreu um eclipse solar; Teresa e Alessandro viram-no em Brusuglio, aonde tinham ido para esse fim; Teresa descreveu-o a Stefano:

"Então, na manhã de 8 de julho estávamos preparados em Brusuglio desde a noite anterior para levantar às quatro e meia desse dia, como fizemos. Vimos o início do eclipse na alameda dos plátanos: a metade e a totalidade, da colina. Papai mandara cortar um bom pedaço do bosque que circunda a referida colina à esquerda, para ver bem o monte Rosa, que, em caso de céu aberto, devia ter os cumes iluminados mesmo durante o eclipse total: fez-se um massacre das plantas desses pobres e queridos cumes, com grande alegria de todos; mas o monte Rosa como toda aquela cadeia de montes *se prirent à bouder la lune et le soleil et nous tous aussi; ils se drapèrent dans une écharpe de nuages,** e adeus montes! Quando veio a escuridão total, Alessandro exclamou, gritando sem se dar conta disso: 'Oh, Deus grande, na luz como nas trevas!'. Depois, quando a luz reapareceu, pôs-se a bater palmas com gritos de 'Belo! Oh, que belo! Oh, magnífico!'. Mas ele não tem consciência de ter agido assim, de tão espontânea que lhe saiu a coisa: eu disse que Alessandro foi a expressão de toda uma população, da milanesa pelo menos, a qual, tendo se dirigido parte às praças a pé, de carruagem, a cavalo; parte nas *baltresche,*** uns sobre os campanários, outros no topo da catedral, nos telhados, que tudo estava cheio de homens, mulheres, crianças (estou dizendo os telhados, apinhados de mulheres e crianças!!), todos se puseram a gritar e a bater palmas diante da escuridão total e do reaparecimento da luz. Nos campos, então, caíam ajoelhados, dizendo que era o fim do mundo. Em Brusuglio, os rapazes que estavam fora cuidando de suas vacas puseram-se a chorar alto, gritando: 'É como o pôr do sol, *l'è chi ell taramott!!*'.*** A toutinegra continuou a cantar; o rouxinol, por sua vez, soltou aquele seu *cruu-cruu* que faz quando se alarma. Esses eu ouvi (*saludemel tant!***** — dissera-lhe Manzoni enquanto ela escrevia —) com meus próprios ouvidos; *però l'è lu che te saluda! quel carissim lu!*".*****

No verão de 1842, começaram as inquietações com a saúde de Sofia. Fizeram-lhe sangrias. Em agosto, teve seu terceiro filho.

* Em francês, no original: "puseram-se a apoquentar a lua, o sol e todos nós; eles se envolveram numa echarpe de nuvens".

** Em dialeto vêneto, no original: "torretas".

*** Em dialeto milanês, no original: "o pôr do sol!!".

**** Em dialeto milanês, no original: "cumprimenta-o por mim!".

***** Em dialeto milanês, no original: "porém, é ele que te saúda! o querido ele!".

O parto ocorreu com êxito, mas as inquietações continuaram. Tinha uma pleurite crônica. Grossi também tivera um filho. Teresa a Stefano: "Grossi teve na madrugada ou na manhã de hoje um belo rebento grande e gordo. Em suma, nasceu um Grossi desmesuradamente grosso. Cumpridos os votos. Anteontem, Sofia teve outro, mas saudável. Não cumpridos os votos. Sofia queria uma menina; Grossi queria um menino. Uma e outra, no entanto, passaram bem, digo as duas mulheres, tirando a força das dores, curtas e fortes para as duas".

Emilia Luti estava viajando com os Litta, e Manzoni esperava seu regresso para fazer uma última revisão no texto com ela; enquanto isso, trabalhava com afinco — nesse verão, não arredaram pé de Milão, exceto no dia do eclipse do sol — e Teresa, numa caderneta, escrevia palavras milanesas e, ao lado, as palavras toscanas correspondentes. Stefano estava em Lesa, onde esperava Rossari. Teresa a Stefano: "Rossari precisa de alegria, e muito! Trata de não arrastá-lo de um lado para o outro... Trata de adivinhar o que ele deseja, e não queiras arrastá-lo para aquilo que desejas tu, embora te pareça querer o bem dele, sua distração, seu deleite; acredita-me, meu querido Stefanone, faz como estou te dizendo". Estavam em casa dois filhos de Sofia, Tonino e Sandrino; e Teresa a Stefano: "Tonino Trotti aqui presente, pois já faz tempo ele está conosco, ele e Sandrino; portanto Tonino deu um beijo no papel em que te escrevo para que o *tchio Tepa* receba um *beijim* de *Ninon*". E ainda Teresa a Stefano, em 19 de agosto: "Daqui a quatro dias a *Coluna infame* estará concluída!!! Ah!!! *Che slarga coeur! Che refiadament! Che legria!!** Oito ou quinze dias de paginação e correções de impressão, e tudo estará concluído! Oh, *che gust! Che guston! Che gustononon!*".**

* Em dialeto milanês, no original: "*Que alívio! Que bálsamo! Que alegria!!*".
** Em dialeto milanês, no original: "*que gosto! Que gostinho! Que gostão!*".

Depois do parto, Sofia voltou a Verano com seu novo filho Giulio e os outros dois; ali os Trotti às vezes passavam até mesmo o inverno; Vittoria, que saíra do colégio, estava quase sempre com eles. Sofia trocava frequentes visitas, cartas, gentilezas com o irmão Enrico e a cunhada, que moravam em Renate. A cada dia onomástico ou aniversário das crianças, chegavam a Verano brinquedos e doces vindos de Renate; em Renate havia um parque, um pomar e uma grande horta, e Emilia mandava a Sofia, na boa estação, morangos, flores e verduras; e uma vez mandou um carneirinho, um *berrinho*, como dizia Sofia; foi acolhido com grande alegria pelas crianças, que o levavam para toda parte. Sofia a Emilia: "Tonino aproveitou o momento de bom tempo para ir ao jardim com seu *berrinho*, se visses como gosta dele; segue-o por toda parte, até dentro de casa". Sofia a Emilia: "Asseguro-te que estou embaraçada com tua gentileza, e malgrado o prazer que me dão teus lindos morangos, incomoda-me ver que te privas deles por mim. Podes ter certeza de que são muito apreciados, recebemos todos uma porção abundante, e meus filhos fazem muita festa por isso". "Meu Tonino manda um abraço à tia Emilia. Aconselho-te a experimentar o *arrowroot** com o leite e o caldo, pois com água é uma tremenda porcaria." Sofia a Enrico: "Não tenho coragem de mandar eu mesma essa fita à tua Emilia, espero que com tua intercessão seja-me perdoado mais facilmente meu atrevimento. Sinto muito que Vittoria tenha me mandado a fita toda *roulée* de modo que ao desenrolá-la fica tudo *gaufré*.** Espero que passando-a (com um ferro não muito quente porque senão perde a caneladura) dê certo". Quando ia a Milão, Sofia dava-se o trabalho de fazer pequenas encomendas para a cunhada, um chapéu que a outra desejava, plumas, *manchettes*.*** Mas ficava mui-

* Em inglês, no original: "araruta".
** Em francês, no original: "enrolada" e "enrugado", respectivamente.
*** Em francês, no original: "punhos de camisa".

to cansada com frequência. Sofia a Emilia: "Não passei muito bem, tive um abscesso na boca que me fez sofrer muito. Porém, gostaria que as notícias que Enrico me deu fossem melhores, sinto muito que ainda não estejas bem, pobre Emilia, coragem, o que queres, todos têm suas contrariedades neste mundo...". Emilia estava grávida. Sofria mal-estares, náuseas e melancolias. A mãe, dona Luigia Redaelli Martinez, morava com ela e tinha problemas de saúde, e Emilia angustiava-se com isso. Sofia sugeriu chamar o dr. Piantanida. Mas, na verdade, eram sobretudo problemas econômicos que angustiavam Emilia; Enrico precisava de muito dinheiro para levar adiante seus numerosos e enredados empreendimentos comerciais; pedia garantias e empréstimos a todos: ao marido de Sofia, Lodovico, aos tios Beccaria. Sofia era solicitada a servir de intermediária. Sofia a Enrico: "Sinto muito não poder te dar uma resposta clara da parte de Pietro, mas nunca consigo arrancar nada dele e ele diz que, se não vais a Milão para conversar, ele não pode dizer nada. Disse-me, porém, que tu, agindo com prudência, és obrigado a mostrar a situação dos teus negócios mesmo que não te seja solicitado, porque mais tarde poderás te arrepender disso, que, aliás, um homem prudente não pode agir de outro modo; de resto, vai tu a Milão e conversem, Pietro manda-te essas contas com as notas das despesas feitas no teu nome e te dá o conselho de fazer a contabilidade, porque sabes como muitas vezes se passam as coisas". Sofia a Enrico: "Falei com Lodovico a respeito daquilo e disse-me que, ficando as coisas como combinamos ontem, ele te faz essa gentileza de bom grado. Estou muito satisfeita de poder te dar essa resposta, mesmo ontem já estava quase convencida dela, pois sei por experiência própria que meu Lodovico está sempre pronto para fazer favores. Espero que possas concluir logo esse negócio. Cumprimentos à tua Emilia e dize-lhe que sinto muito ter ouvido que lhe dói a cabeça, compadeço-me dela, tanto mais que sei desgraçadamente o que significa. Adeus, tua afeiçoada irmã *Sofia*. Havia pedido que me mandasses aqueles livros das rendas vitalícias e esquecestes". Até dom Giovanni Ghianda foi mandado à casa dos tios Beccaria para pedir dinheiro; mas a "titia" recusou qualquer ajuda. Sofia a Enrico: "Enfim, são uma cambada de egoístas e peço-te para não confiar mais nas suas belas palavras. Sinto muito, caro Enrico, ter de te dar essa notícia ruim, mas podes crer que o faço com os sentimentos de uma irmã realmente afeiçoada: de resto, fiquei muito contente de saber por Lodovico que ontem Emilia estava bem, dá-lhe coragem e também tenta te animar. Não podes crer como estou desesperada por não poder estar com vocês...".

Na primavera de 1834, como de costume, Stefano foi para Lesa e, como de costume, a mãe ficava aflita por ele. Escrevia-lhe quase todos os dias e Stefano respondia, mas o correio entre Lesa e Milão sofria grandes atrasos e às vezes os lacres das cartas eram rompidos. Teresa estava convencida de que a polícia vigiava as cartas para saber o que acontecia na casa Manzoni. "A polícia do correio quer ver com os próprios olhos por que foste para o campo longe da tua casa, no barco com teu criado Francesco de Bruglio, sozinho e desacompanhado com pensamentos obscuros de andar de barco mesmo de noite não para pescar, para fazer o quê? Aqui está o ponto!!! Bom! Quem sabe que o diga..." Teresa contava ir ao encontro de Stefano em Lesa no outono com Alessandro e pedia ao filho que fosse a Stresa fazer uma visita ao abade Rosmini que lá vivia, informar-se se estava bem e se poderiam encontrá-lo. "Por isso, iremos a Brusú ou não depois do almoço, dependendo se chover ou não. E iremos até lá porque devíamos estar lá antes. Ficamos combinados que no final de agosto volta-se a Milão para preparar a ida a Lesa e para ver a EXPOSIÇÃO."

Nesse verão, o tio Giulio Beccaria adoeceu gravemente. Sarou, mas acharam que ia morrer. Teresa a Stefano: "Papai, com um tempo que virou cerca de meia hora depois da sua partida, foi a Gessate, onde o marquês Beccaria está muito mal. Lamento por esse homem, pois no fundo do coração gostava dele, e também é o parente mais próximo de Alessandro. Além de sentir pelo marquês, estou aflita com o tempo, por Alessandro ter ido numa charretezinha, a da roupa branca, e dois cavalos aldeões, com o Peppo do capataz como cocheiro e Filippo como segundo. Houve um vendaval que me arrancou lágrimas, não pelo vendaval, mas pelo tipo de viajante". Alguns dias mais tarde: "Papai voltou anteontem sem ter sofrido as terríveis desgraças que eu imaginava pudessem acontecer (uso tua linguagem e a dele contra mim): ontem o marquês Beccaria continuava a melhorar muito após, creio, a sexta sangria".

Teresa e Alessandro foram a Lesa em outubro e permaneceram ali mais de um mês; Teresa escreveu ao administrador Antonio Patrizio dizendo que Alessandro pretendia, por aquela estada, "pagar a viagem inteira de ida e volta e dois terços da despesa". Manzoni viu o abade Rosmini em Stresa; discutiram questões de língua; Manzoni havia submetido a ele um texto, *Della lingua italiana* (Da língua italiana). Nesse outono, em Belgirate, Manzoni achou um sapateiro que lhe fez sapatos confortáveis; e mal voltaram a Milão, Teresa escreveu a Stefano que encomendasse mais três pares, um par com *legnazz*, isto é, com a sola de cortiça, e dois pares sem. Manzoni esquecera em Lesa seu guarda-chuva azul; já que Rossari ainda estava por lá, Stefano confiou-lhe o guarda-chuva para que o levasse a Milão; mas Rossari não entendeu ou não tinha vontade de levar aquele estorvo consigo; Teresa irritou-se com o filho, achando que Rossari não havia sido tratado com o devido respeito. "O que te deu na cabeça de entregar ou mandar entregar o guarda-chuva de papai a Rossari, quando nós mesmos podíamos muito bem, perfeitamente, trazê-lo no carro!!! Passaporte de Rossari a Arona! Guarda-chuva de papai a Rossari! Mas não pensaste que para ele seria um incômodo, tendo de vir de diligência! Teria sido o caso de termos nós trazido coisas dele na nossa carruagem, em vez de sobrecarregá-lo com coisas que não são dele! Oh, meu bem! Entretanto, não acreditando ser verdade, ou não tendo entendido que esse guarda-chuva devia ser trazido por ele (o de papai), Rossari entregou-o ao Pendola, que deve tê-lo guardado de novo em casa, e tu hás de trazê-lo a Milão ou de mandá-lo."

Na primavera de 1844, os Arconati chegaram a Milão: Costanza, o marido e o filho Giammartino. O filho mais velho, Carletto, tinha morrido em 1839. Os Arconati haviam saído da Bélgica — Giuseppe Arconati emigrara para a Bélgica em 1821, por ter sido condenado à morte pelos austríacos; a mulher, Costanza, acompanhara-o; agora ele fora anistiado — e moravam em Pisa. Teresa a Stefano: "Vi os Arconati, com os quais fui muito gentil, e eles também. Verei o menino; mas, no entanto, sei, pelo que se pode julgar agora, que é uma maravilha de graça, *bons mots*,* saúde, beleza, e de tudo. Faço muito gosto nisso e rogo ao Senhor que o mantenha assim, querido e são, para esses infelizes, os mais infelizes do mundo, pois perderam um rapazinho que tinha tua idade".

Emilia estava próxima do parto, e sempre ansiosa e triste, fosse por medo, fosse no que dizia respeito ao dinheiro. Sofia estava em Milão nessa época; recebeu do pai a incumbência de preparar uma *sayetta* (um enxoval) para a criança que ia nascer; era o pai a presenteá-la; Sofia esfalfava-se para que a *sayetta* ficasse pronta a tempo. Escrevia à cunhada, tentando consolá-la: "Caríssima Emilia, não podes saber o que senti ontem ao ler tua carta e pensar que não te poderia ser de nenhuma utilidade, gostaria de

* Em francês, no original: "bem-educado".

ter asas para voar até Renate, pobre Emilia, quanto desejaria estar ao teu lado! Se estivesse em Verano iria me instalar na tua casa por alguns dias (me aceitarias?) e faria o possível para te ser útil ou, pelo menos, para tranquilizar-te, pensaria eu em Enrico e nessa querida criaturinha que deves trazer ao mundo: confiarias em mim? Mas meu estado de saúde também me impede de fazer planos; do contrário, acredita-me, nem o fato de estar em Milão seria um impedimento para ir voando a Renate contigo. Mas, por exemplo, ontem estava muito bem, hoje me sinto terrivelmente mal, tanto que estou com a cabeça confusa e minha mão treme. Mando-te o que consegui juntar tão às pressas... Espero que fiques contente, fiz tudo o que me era possível. Na caixa encontrarás as coisas de batizado, podes dispor delas à vontade, pois agora não estou precisando, há na mesma caixa teu véu e tua mantilha que esqueceste aqui, e também a pulseira; mando-te uma coifa daquelas que me tinhas pedido: também pensei nas outras. O chapéu já foi encomendado". Chegara até a arranjar uma babá para ela, a babá de seu filho Sandrino. "Tinha falado com a babá de Sandro e combinamos que te diria para mandar buscá-la no Sábado Santo, que estaria pronta para partir antes do meio-dia. Mas, se tens pressa, manda buscá-la na quinta-feira no mesmo horário que eu a avisarei e não duvido que estará pronta. — Pensei na musselina de lã, mas ainda não a encontrei — agradeço-te as flores e a salada, achamos excelente." E a Enrico: "Asseguro-te que sempre estou tão pouco bem que me é absolutamente impossível fazer o que desejo de todo o coração. Saibam, meus queridos, que penso em vocês o dia inteiro, e faço o que posso pela pobre Emilia, recomendando-a ao Senhor. — Dize-me tu sinceramente se ficou contente com a *sayetta*. — Farias bem, quando escreveres ao papai sobre o *fausto acontecimento*, em dizer-lhe algumas palavras de agradecimento pela *sayetta*, ele ignora que estavam sabendo dela. Procurei a musselina de lã, mas ainda não encontrei, farias bem em mandar-me um pedacinho de franja para combinar com o vermelho... serviria até listada? Se não encontrar a musselina de lã posso pegar qualquer outro tecido ou *percale*?* No campo, mesmo o *percale* vai muito bem. Adeus, caro Enrico, acho que quando receberem esta carta já terão em casa a babá de Sandro...".

Emilia teve uma filha, que foi chamada Enrichetta. Sofia a Enrico: "Não podes imaginar com que alegria li ontem à noite tua carta, rejubilo-me de todo o coração contigo e com a querida Emilia, manda-lhe lembranças da minha parte, recomenda-lhe tomar muito cuidado e ser prudente, que não se deixe transportar pela mania muito natural de saber tudo a respeito da tua filha, dize-lhe para confiar na babá de Sandro que pode fazer isso com toda a tranquilidade porque é prática e inteligente, recomendo também a ti tomar cuidado para não fazerem barulho no quarto de Emilia; olha que as camponesas adoram ficar e tagarelar nos quartos das doentes, ordena que não haja mais que uma criada ou duas, quando muito, no quarto de Emilia, e que elas fiquem quietas, a coisa mais importante nesses casos é a quietude, impede Emilia de conversar... Recomenda-lhe levar a filha ao seio, mesmo que lhe pareça não ter leite, porque assim o leite virá... Recomenda à babá de Sandro manter a criança bem quente, dize-lhe para cobri-la bem sobretudo as pernas e os pés: deveria pôr no berço enquanto dorme uma garrafa de água quente para conservar o calor nos pés porque os pobres recém-nascidos têm tão pouca vitalidade que é preciso fazer de modo a suprir o que falta. Se a garrafa for dessas de cerveja é melhor, porque a terra, sendo mais grossa, conserva a água mais quente, por ora é melhor que não lhe metam as toucas perfuradas, mas aquelas de dormir, quem sabe com dois *beguins*** por baixo, para que se mantenha

* Em francês, no original: "percal".
** Em francês, no original: "toucas".

aquecida manda acender o fogo no quarto, e toma cuidado que não exponham tua filha ao ar livre, procura que não mude de ambiente, tanto mais que nesses dias em que o tempo está muito ruim para o batizado seria bom ir de carruagem muito bem coberta, e manda pôr água quente no batistério, isso se usa até em Milão, para meus filhos sempre o fizeram... para Emilia seria conveniente que o caldo para os *pancotti** fosse de pura vitela, para os primeiros dias o caldo de carne de vaca é um pouco pesado, faz que ela também se cubra, em especial a cabeça...". A Emilia: "Contava escrever-te para agradecer e repreender-te pela tua longa e amável carta, mas me senti tão pouco bem nesses dois dias que me foi absolutamente impossível. Adeus, querida, a toda pressa, beija por mim tua querida Enrichetta, vou para a cama". A Enrico: "Peço-te *dignares* a escrever duas linhas para me dar notícias detalhadas de Emilia; nem chegaste a responder à carta que te escrevi; dize-me se Emilia não sofre para dar de mamar, se continua na mesma abundância, se tem apetite, como está tua filha etc. etc. Não aguento de vontade de vê-la, não sei se Lodovico te disse do plano que fiz de ir com ele a Renate e de só voltar no dia seguinte; mas exatamente naqueles dias senti-me ainda mais mal do que de costume, mesmo hoje foi um dia péssimo, tive de esperar a noite para escrever-te porque antes seria impossível; chega, não precisa pensar muito nisso senão me dá muita tristeza... Adeus, caro Enrico, recomenda a Emilia prudência, diz-lhe que no caso dela e se quer muito também que tudo corra bem para manter o resguardo, olha a Virginia del Pozzo, passou bem todo o puerpério e no 43º dia foi fazer uma visita; havia muitas flores no quarto, o cheiro fez-lhe tão mal que precisou ficar acamada dois dias e tomar purgantes, e ainda se ressente disso. Toma cuidado também com a qualidade da alimentação, coisas simples, não coi-

* Sopa à base de pão.

sas salgadas nem condimentadas, e que se proteja do ar, não se deixe tentar porque faz calor — que tenha paciência — começou a levantar-se? Como foi? Quando o leite lhe pesa faz com que lhe deem um pouco de água morna com açúcar; fará muito bem. Escreve-me, te peço, e responde um pouco a minhas perguntas. Adeus, despeço-me porque estou que não me aguento mais de cansada. Abraços para ti, Emilia e tua filha. *Sofia*. A *bonne* manda lembranças, rejubila-se com vocês e abraça a todos. Mando-te o chapéu porque vai dar".

Nesse verão, Marianna, a mãe de Teresa, adoeceu. Fora encontrar-se com a tia Notburga e apanhara friagem passeando no jardim úmido do convento. Mas talvez não fosse apenas isso, pois seus membros incharam. Teresa, de Brusuglio, a Stefano: "Se hoje eu pudesse, se tivesse passado uma boa noite, teria levantado para ir a Milão; mas irei amanhã; e em consideração à minha pessoa Alessandro também irá; e indo Alessandro, Vittoria também irá; e assim todas as mulheres e os empregados. Portanto, se em consideração à tua grã-mamãe deslocam-se e incomodam-se até aqueles que não são parentes, imagina se não se deve deslocar o *petit-fils*!* Portanto, aguardo-te em Milão: papai também é da mesma opinião...". Mas Stefano não foi. Novamente, Teresa a Stefano: "Soube por correspondência expressa que essa noite mamãe passou um pouco melhor! Fazer o quê! O suficiente para não morrer devido ao contínuo não dormir! Mas hoje voltou a passar mal, infelizmente! Ontem, Domenico trouxe-me a notícia de que o inchaço havia aumentado muito! Imagina! Inchaço e falta de ar! Que o Senhor a ajude e conforte, porque eu não posso fazer nada: amanhã, ao chegar, não sei se poderei ir lá imediatamente ou se serei obrigada a ir um pouco para a cama! De resto, hoje estou passando bem; mas a soltura não parou, por isso não suspendi a

* Em francês, no original: "neto".

dieta; motivo pelo qual estou muito fraca". Novamente, Teresa a Stefano: "Ontem, fiz uma visita demorada à mamãe, que estava um pouco melhor, porém o inchaço aumentou muito, infelizmente; mas ela continua sempre com seu ar risonho e alegre. Passou bem essa noite e hoje está um pouco melhor. É meio-dia e levanto-me para ir até lá". Stefano não se arredou de Lesa e os Manzoni deixaram Milão e regressaram a Brusuglio, pois Marianna parecia ter se recuperado.

Ainda nesse verão, em julho de 1844, Sofia teve uma filha, que recebeu o nome de Margherita. O parto foi difícil. Que tivesse havido dificuldades, Manzoni soube apenas quando tudo pareceu resolvido.

Em 15 de julho, Fauriel morreu em Paris. Tinha 72 anos. Um ano antes, sofrera um acidente, fora atropelado por uma carruagem. Morreu sozinho. Ele e Mary Clarke escreviam-se sempre, mas já fazia muito tempo que não se encontravam mais. Ele e Manzoni não se escreviam mais fazia muitos anos, e nunca se reviram.

A notícia de sua morte chegou a Brusuglio cerca de dez dias depois. Teresa a Stefano: "Hoje passei um ótimo dia; levantei-me, é verdade, quase na hora do almoço; mas, antes de almoçar, caminhei pela alameda dos Plátanos, depois comi bem: e então dei uma volta inteira com Alessandro *sans être rendue*:* e agora, que já é tarde da noite, escrevo-te sem esforço: e escrevo-te da escrivaninha, da escrivaninha que serviu para escrever *Os noivos*, e no gabinete em que Alessandro se recolhia e continua a recolher-se entre seus papéis e livros. Mas direi, como disse De Fresne naquela sua carta espirituosíssima a Reboul: ao meu redor só há o que de melhor exista, é olhar para o alto, é vasculhar e molhar, e tornar a molhar a pena famosa no tinteiro afortunado: não encontro

* Em francês, no original: "sem desistir".

uma linha de *Os noivos*, nem um verso, nem um pensamento do *Adelchi* nem do *Carmagnola* etc. etc. Quero dizer, então, que uma pessoa que esteve talvez durante uns três anos em Milão e em Brusú com Alessandro e justamente neste gabinete à noite, na época em que M. Cousin também estava em Milão e Brusú, uma pessoa muito amiga de Alessandro, M. Fauriel, morreu faz alguns dias em Paris: o que causou grande pesar a Alessandro; o mesmo querido Alessandro que me preparou a pena, o papel, o tinteiro, a luz e tudo para que te escrevesse em sua escrivaninha; depois disse-me que te mandasse muitas, muitas lembranças da parte dele".

Jules Mohl, amigo de Fauriel e Mary Clarke, escreveu a Manzoni. Mandava-lhe um desenho e uma miniatura; achara-os no quarto de dormir de Fauriel. O desenho era obra de Giulietta, "aquela filha que o senhor teve a infelicidade de perder", escreveu Jules Mohl. A miniatura era um retrato de menina, ele achava que se tratava de Giulietta, mas não tinha certeza. De todo modo, da filha de Cabanis, a quem Fauriel deixava todos os seus objetos de arte, ele recebera permissão de mandar a Manzoni miniatura e desenho. Mary Clarke estava na Inglaterra; Manzoni lhe mandara um retrato de Fauriel que possuía; Jules Mohl dizia que devia estar, naqueles dias, ainda muito transtornada para agradecer-lhe. Depois contava alguns pormenores da morte de Fauriel.

Fazia algum tempo, Fauriel sofria com um pólipo, que lhe fazia afluir muito sangue à cabeça e o deixava sonolento. Assim, submetera-se a uma operação.

Fauriel tinha esse pólipo na cavidade nasal. Muitos anos antes, na Itália, já se submetera a uma operação, cedendo às insistências de Mary Clarke: ela achava que essa enfermidade lhe deformava o nariz e o enfeiava. Porém, é claro que não fora curado e o pólipo continuava ali. Foi então operado uma segunda vez. Se realmente o pólipo fazia-lhe mal ou entorpecia-o, ou se de novo ele cedeu aos caprichos estéticos de Mary Clarke, não sabemos.

Pelo que escreveu Mohl, a operação era necessária. Tudo correu bem. No dia seguinte, Fauriel sentia-se bem, saiu e foi ao Louvre. Apanhou friagem, teve uma erisipela e morreu no espaço de uma semana.

Sobre o que Manzoni sentiu com a morte de Fauriel, conhece-se a palavra "pesar", numa carta de Teresa a Stefano que fala de muitas outras coisas. Nos anos seguintes, em suas cartas, Manzoni raramente mencionou Fauriel. "Um amigo sempre querido e sempre pranteado..." "Meu ilustre e pranteado amigo Fauriel..." É assim que reaparece nas cartas de Manzoni, não mais de uma ou duas vezes no decorrer dos anos, entre várias coisas, vários nomes e assuntos, a imagem de Fauriel.

No dia 15 de agosto, a mãe de Teresa morreu.

Teresa e Alessandro decidiram ir a Lesa. No início de setembro, iria ao encontro deles Sigismondo Trechi, que estava convalescendo "de uma perniciosa terrível". Teresa encomendara uma cômoda, que pretendia pôr no quarto de Trechi, mas o móvel não chegava e ela se desesperava. Manzoni recebera uma carta do abade Rosmini, que o esperava com impaciência. "Vivo na esperança de satisfazer ainda nesse ano meu mui vivo desejo de rever dom Alessandro às margens desse nosso lago..." E Teresa a Stefano: "Pensei em *comprar, comprar* e *comprar* um *cantarà*, um *trumeau*,* um treco qualquer com gavetões, antigo mas bom, bonito, feito e acabado há um século, para recebê-lo futuramente lá pelos dias 7, 8 ou 9, já que Trechi chegará no dia 9 ou 10, acho".

Assim, preparavam-se para partir. Mas Teresa, no início de

* "*Cantarà*" é a pronúncia milanesa da palavra "*canterano*" ("cômoda"); o mesmo significado tem a palavra francesa "*trumeau*", que no original aparece italianizada ("*trumò*").

setembro, adoeceu. Estava mal havia muito, sentia-se "debilitadissimamente arrebentada em pedacinhos, moída". Manzoni escreveu a Rosmini: "A saúde da minha mulher, infelizmente, não nos permite viajar para Lesa". Teresa chamou o dr. Mazzola, que anos antes a operara de amigdalite. Em seguida, outros médicos foram solicitados. Diagnosticou-se um tumor. Stefano Stampa conta: "Por causa disso, a pobre mulher foi tratada com fricções de mercúrio e iodo; mas o tumor aumentava em vez de diminuir, e a saúde piorava...". Passavam os meses do inverno e Teresa sofria cada vez mais. Os médicos lhe apalpavam o ventre duro e inchado, percebiam nele movimentos que, segundo eles, eram "borborigmos dos intestinos sotopostos que às vezes soerguiam o tumor e sacudiam-no". Na noite entre 7 e 8 de fevereiro, ela foi presa de dores atrozes. Era o tumor que arrebentava, disseram os médicos. Fizeram-lhe sangrias. Era o fim, disseram. Ela acreditou nisso e o anunciou ao filho "com um triste sorriso". De repente, todos se aperceberam de que sentia as dores do parto. O primeiro médico, o dr. Mazzola, a seu tempo avançara a hipótese de uma gravidez, mas com escassa convicção, dada a idade de Teresa (tinha 45 anos) e, além disso, os outros logo tinham falado no tumor. Nasceram gêmeas. Manzoni, nessa noite, mandara chamar um obstetra, o dr. Billi, que chegou depois do parto. "Veio a tempo de batizar uma das gêmeas, que viveu quase até o amanhecer, e a batizar a outra *sub-conditione*,* pois nascera morta, ou morrera logo depois de nascer. Então, o dr. Billi perguntou em voz baixa a Manzoni (que se encontrava junto à lareira e atrás de um biombo que protegia a paciente da luz e do fogo) se lhe permitia levar para casa o corpinho morto (creio que era de sete ou oito meses) para juntá-lo à sua coleção de fetos. Manzoni ficou um tanto embaraçado; fez um aceno com a cabeça com o qual parecia anuir, e o

* Em latim, no original: "condicionalmente".

médico, depois de embolsar o corpinho, levou-o para casa. Essa ocorrência, porém, nunca foi participada por Manzoni à mulher nem pelo filho à mãe, pois ambos estavam convencidos de que ela sofreria com isso" (Stefano Stampa).

Quando também morreu a primeira menina, cortaram-lhe um cacho de cabelos, que Manzoni enfiou dentro de um envelope, no qual escreveu:

"E tu, sem nome, mas filha abençoada do Salvador no céu, abençoa de lá teus pais, que te prantearam invejando-te. Teresa e Alessandro Manzoni."

Vittoria recebeu do pai a incumbência de comunicar o fato aos familiares; escreveu à titia: "Papai queria escrever ao tio para informá-lo a respeito de um *grande acontecimento* ocorrido nessa noite; mas como se sente um tanto cansado por não ter dormido, encarregou-me de escrever por ele. Imagina que nossa enferma, para grande surpresa de todos, livrou-se nessa noite de todos os tumores, dando à luz uma linda filha que, pobrezinha, já se tornou um anjinho, não tendo sobrevivido mais do que nove ou dez horas. Ficamos acordados durante a noite inteira, presas de grande inquietação, pois, como não se suspeitava de nada desse gênero, achávamos que a pobre enferma estivesse em péssimo estado... Passamos da horrível inquietação de um mal grave e sem remédio (já que o médico disse uma hora antes que se tratava de uma cólica no útero) ao alívio de ver que todo o mal desaparecera num instante!... Agora as coisas vão bem, e a enferma em seu estado se encontra bem. Deus seja louvado por isso! A querida Sofia está melhor, mas nesses últimos dias teve fortes dores".

Em 31 de março desse ano, Sofia morreu. Acamara-se em fevereiro. Tivera, disseram os médicos, uma congestão pleural. Foi, como Cristina, feliz no casamento. Tinha um marido afetuoso, terno, delicado, e quatro filhos amados. Tinha diante de si paisagens alegres, coloridas, festivas, povoadas de rostos amigos, de parentes solícitos, e era pródiga em atenções aos outros, aos irmãos, às crianças que nasciam, aos objetos e alimentos que recebia e mandava. No entanto, nesse mundo que lhe parecia tão bonito insinuava-se a lembrança dos entes queridos que perdera. Era assaltada por uma sensação de susto. Estava sempre tão cansada! E então, de repente, os lindos lagos, as lindas montanhas, as vilas, os passeios de barco, tudo se precipitava no escuro. "Sobre meu estado de ânimo estabeleci uma lei de falar o menos possível, porque aborreço os outros, faço mal a mim mesma, de modo que *glissons* que será melhor para todos..."

Vittoria

No verão de 1841, Vittoria tinha dezenove anos; Matilde tinha onze. Vittoria deixou definitivamente o colégio; Matilde continuou.

Na adolescência, Vittoria era diferente das irmãs, por ser mais forte, saudável e vital. Não chegava a ser bonita, mas era graciosa, tinha as cores frescas da saúde, e uma compleição desenvolta, robusta e ágil: "*le petit écureuil*", o pequeno esquilo, chamava-a Stefano. Mas logo presenciou desgraças: viu a irmã Cristina morrer, depois a avó, e poucos anos mais tarde também a irmã Sofia — viu-se privada dos únicos seres que lhe dedicavam um afeto maternal. Então perdeu suas cores rosadas e a fresca vivacidade e robustez; tornou-se uma menina triste, de lágrimas fáceis, quase sempre enferma e sem muita vontade de viver.

Na primavera de 1841, Cristina havia morrido; ela a assistira e depois voltara ao colégio; no verão, foi para casa, mas o panorama familiar estava bastante mudado: a avó estava velha; a madrasta imperava. Os irmãos não se sentiam à vontade: nunca haviam se sentido à vontade em casa desde que Teresa entrara nela; e agora, com a avó tão velha e dominada pela dor, o incômodo se tornara mais pesado. Agora aquela casa era unicamente do pai, de Teresa e Stefano: não havia espaço para mais ninguém. Vittoria foi embora para Bellagio com Sofia, Lodovico e as crianças.

"Cuida da nossa querida Sofia, ela precisa de conforto, de alívio: ajudem-se reciprocamente... Beija meu *Ninoni*, repete-lhe o nome da vovó, e beija também o outro anjinho. A Lodovico, manda também muitas lembranças; se é possível, sinto por ele ainda maior estima e afeição. Teu pai também te envia suas afetuosas lembranças, e dona Teresa seus cumprimentos. A *bonne* manda um forte abraço.

"Minha Vittoria, que Deus e a querida Nossa Senhora velem sempre por ti, e que te conservem sempre como saíste daquele santo lugar.

"Um beijo, querida, e sempre muito querida, da tua vovó.

"P. S. Creio não ter falado da minha saúde: estou na mesma, tosse e falta de apetite."

Assim, de Brusuglio, Giulia escreveu a Vittoria no verão: são as últimas linhas de sua última carta. Poucos dias depois, Vittoria e Sofia foram chamadas a Brusuglio.

Vittoria escreveu a Matilde contando que a avó havia morrido:

"Oh, Matilde querida, como estou desolada por ter de te dar essa notícia terrível!... Para ti foi realmente a mais terna das mães, depois que a *nossa* nos deixou... e como te amava! E como pensou em ti até nos seus últimos instantes!... Eu pelo menos tive o doloroso consolo de poder cuidar dela e assisti-la, de poder fechar-lhe os olhos com minhas mãos e de poder ainda beijar sua fronte. Envio-te como triste lembrança um cacho de seus queridos cabelos.

"Roga ao Senhor que receba sem demora essa tão bela alma

na glória do céu, e pede-lhe também que, depois de ter nos mandado tanta dor nos primeiros anos da nossa vida, queira conceder-nos um pouco de paz e de contentamento para o futuro..."

Vittoria sentia que agora, falecida a avó, Matilde só tinha a ela. O pai, absorto em si mesmo; os irmãos, cheios de problemas. Sentia que ela e Matilde eram duas órfãs. Sentia, mas não dizia. Apesar de ter se tornado muito melancólica, Vittoria possuía uma íntima e inata cordialidade em relação à vida, e mesmo nos momentos de mais doloroso desespero essa íntima e conciliadora cordialidade a induzia a enxergar o mundo como um lugar jamais completamente escuro e inóspito. E além disso, nessa época ainda havia Sofia; e também Pietro, que era caro a Vittoria, que o tinha seu mais forte apoio.

Matilde, então, tratava o pai por senhor. Assim aprendera com as freiras. Escreveu-lhe, no outono de 1841:

"Estimadíssimo e caríssimo pai,

"Meu dever era dirigir-me ao senhor antes, e tal era, outrossim, meu desejo, mas o incômodo que tive me impediu de seguir os anseios do meu coração; agora, porém, que me encontro perfeitamente restabelecida, não posso deixar de me dar essa satisfação. Por meio das queridas freiras, soube do excelente estado da sua saúde, como também do feliz sucesso da viagem delas, o que me deu plena satisfação. As sábias instruções que o senhor tem a bondade de sempre me dar são verdadeiramente gravadas na minha mente; e no coração, prometo, estimadíssimo e caríssimo pai, praticá-las melhor do que as pratiquei no passado.

"No último dia do mês passado, prestamos os exames na presença de Sua Eminência que, graças à sua distinta bondade, mostrou-se perfeitamente satisfeito. Faça a gentileza de apresentar meus obséquios à querida mamãe e receba o respeitoso e filial afeto que me proporciona sempre uma indizível satisfação..."

De Matilde, sabemos que era loira, de tez clara e olhos azuis.

E não é difícil imaginar essa criança dócil, ajuizada, educada pelas freiras, enquanto escreve ao pai sua cartinha, com uma bonita caligrafia: nítida, caprichada, uniforme. Como deviam parecer-lhe distantes o "estimadíssimo pai" e a "querida mamãe"! E como deviam parecer-lhe distantes e severas as "sábias instruções" que lhe chegavam do pai! As freiras disseram a ela que o pai estava lá para guiá-la nos caminhos do bem, e a "querida mamãe" estava lá para lhe dar carinho e calor materno. Mas do pai ela recebia essas "sábias instruções" que lhe pareciam ter de aprender de cor como lições da escola; e de Teresa nunca tivera nada que lhe agradasse ou de que conseguisse se lembrar. E toda vida tinha visto tão pouco os dois! Por isso aceitava por obediência o que as freiras lhe haviam dito, mas não percebia a seu redor nenhum sinal verdadeiro daquilo. Aos onze anos, talvez com mais certeza e clareza, Matilde sabia e dizia a si mesma ser órfã.

Vittoria foi morar com Sofia, em Verano. Pousava, às vezes, na casa paterna; mas por curtos períodos, e com constrangimento. Anos mais tarde, ao escrever suas memórias, aduziu um motivo para esse seu constrangimento: Stefano. "Caro Stefano, sempre tão gentil comigo! Entretanto, havia sido sobretudo por causa dele que eu, quando jovem, preferia morar na casa Trotti e não na casa Manzoni. Quando voltei do convento para casa, encontrei esse *novo* irmão: havia, na manifestação de seu afeto fraterno, algo que me desagradava. Soube depois que ele havia revelado a Lodovico a ideia de fazer de mim sua companheira. Ao saber disso, eu me *fechei* de tal modo que ele nunca me falou desse seu propósito. Tão bom, como eu disse, o pobre Stefano, tão direito, religioso, e não desprovido de inteligência, mas... tão pouco divertido! Senhor, perdoai-me se nunca pude tolerar as pessoas maçantes! Quando penso no *quanto* teria me aborrecido se tivesse me casado com Stefano, agradeço-vos por ter disposto de mim de modo diferente!"

Entretanto, ainda que tenha confiado a Lodovico esses vagos propósitos matrimoniais, Stefano sempre afirmou que seus sentimentos por Vittoria eram apenas fraternais. É possível que, quando maquinava desposar Vittoria, estivesse querendo sobretudo casar-se numa zona do mundo bem próxima de sua mãe. Talvez pensasse fazer algo desejado por ela. Errando, sem dúvida, pois Teresa, que desejava muito que ele se casasse, não teria julgado Vittoria uma boa escolha. Pensaria que não era adequada para Stefano, tinha a saúde frágil, e de qualquer maneira não era digna dele. De todo modo, nunca houve, entre Vittoria e Stefano, palavras precisas ou atos que levassem a uma ligação sentimental. E a principal razão para que Vittoria não morasse de boa vontade com a madrasta e com o pai era provavelmente o fato de sentir-se uma estranha naquela casa. Suas relações com Teresa não eram péssimas; e, aliás, tornaram-se bastante boas mais tarde, quando ela esteve muito afastada, numa outra província; mas eram bastante difíceis e amarguravam-lhe a existência.

Quando Sofia morreu, toda a família foi passar uns dias em Niguarda. Teresa permaneceu em Milão com Stefano. Manzoni lhe escreveu de Niguarda um bilhete curto. Era 1º de abril; Sofia havia morrido no dia anterior.

"Minha Teresa, manda-me notícias pormenorizadas por Stefano. Nós estamos bem."

Teresa, depois daquele parto, não se restabelecia. Viveu como uma enferma durante muito tempo. Levantava-se poucas horas por dia e achava estar perto do fim.

Sofia foi sepultada em Brusuglio.

Em Verano, no jardim da vila Trotti, num tronco de árvore, Vittoria gravou estas palavras:

"Querido Verano, onde transcorri muitos dias tão doces, tão alegres: 1841-42-43-44... Depois tudo acabou, e para sempre!"

Verano, a vila Trotti, Sofia, Lodovico e os quatro filhos: lá naqueles aposentos, naquele jardim, entre aquelas pessoas, sentira-se protegida, amada, e aquela havia se tornado sua casa. Já que Sofia morrera, devia partir dali. E o afeto que a irmã lhe proporcionava, esse afeto tão generoso, fraterno e ao mesmo tempo materno, ninguém no mundo podia lhe dar.

Foi para a Via del Morone, onde não se sentia em casa e onde Teresa imperava com suas querelas de enferma.

Depois contraiu uma bronquite grave. Na família, temeram por ela. Temeram que lhe coubesse o destino das irmãs.

Então, *tante Louise* interveio. Sua interferência foi valiosa e providencial.

Tante Louise e o marido, Massimo d'Azeglio, estavam separados havia dois anos. Mesmo no tempo em que se amavam, nos primeiros anos de casamento, ele saía de casa com frequência; gostava, desde moço, de perambular pelos campos, com pequenas brigadas de amigos, em busca de paisagens para desenhar e pintar; pernoitava em pequenas pensões, sujas e cheias de percevejos, subia em lombo de burro por atalhos pedregosos, aventurava-se pelos bosques e vadeava ribeirões; mandava cartas carinhosas à mulher, com minuciosas descrições das jornadas e da gente que encontrava; queixava-se por estar longe dela e recomendava-lhe a filha, a pequena Rina, que ela criava como se fosse sua; cada carta era concluída com uma frase de carinho para ambas: "e daí junto as duas de um jeito, e cubro ambas de beijos". Aos poucos, as relações entre marido e mulher se tornaram, quando estavam juntos, ásperas e rancorosas, e as ausências dele cada vez mais longas e as cartas cada vez mais frias; por fim deixaram de morar juntos; de vez em quando ele ia encontrá-la para dar um abraço na criança, a quem era ligado por grande afeto; a menina ficou com ela, que a rodeava de ternos e solícitos cuidados, como sempre fizera: em virtude disso, Massimo era-lhe agradecido. E Manzoni, por sua vez, era-lhe grato e gostava dela, e a época em que havia discórdia entre *tante Louise* e a família Manzoni parecia muito distante.

Tante Louise tinha, em 1845, 39 anos. Era dona de um coração generoso e gostava de ser útil aos outros. Achou que seu socorro a Vittoria era indispensável. Propôs a Manzoni levá-la embora consigo, para outro lugar, fazê-la mudar de ares, de ambiente. Ela se preparava para passar uma temporada na Toscana com a pequena Rina. Vittoria poderia ir com elas. Manzoni, agradecido e aliviado, aceitou.

Assim viajaram, *tante Louise*, Vittoria e a pequena Rina. Foram a Gênova, a La Spezia, e depois a Pisa, onde a *tante* alugara um apartamento.

Costanza Arconati, numa carta a Mary Clarke, declarou-se contente por Vittoria ter finalmente saído "*de ce taudis de sa maison paternelle*",* e afirmou que a "Marquise d'Azeglio" era para ela uma segunda mãe. Costanza não suportava Teresa. Achava que onde ela se encontrava tudo se tornava estreito, mesquinho, opressivo. A casa da Via del Morone lhe parecia "*un taudis*", um buraco escuro onde não entrava ar e sufocava-se. E, decerto, nessa época aquela casa era um lugar tétrico, com Teresa doente, Stefano preocupado com a enfermidade de Teresa, Manzoni preocupado e cansado, e onde quer que se pousassem os olhos, lembranças de desgraças.

Vittoria mandava presentinhos a Teresa, de sua viagem, e pedia ao pai notícias da saúde da madrasta, que eram sempre ruins. Escrevia longas cartas a Pietro, descrevendo sua nova existência. Assim como Sofia sempre fora ligada a Enrico, Vittoria sempre fora ligada a Pietro, desde a mais tenra infância.

* Em francês, no original: "daquele pardieiro de casa paterna".

Vittoria a Pietro, em maio, de Pisa:

"A *tante* me faz tomar aulas de inglês com uma excelente professora que mora aqui; e ainda tomo outra aula também... Como a tia anda tão bem a cavalo, e esse exercício não poderia ser aproveitado em nenhum lugar melhor do que aqui, onde há paisagens de uma beleza extraordinária, num lugar chamado Le Cascine, então pensei em acompanhá-la, e vou tomar aula no picadeiro. Temos um lindo apartamento, muito confortável, à beira do Arno; conheci as pessoas mais simpáticas que se possam conhecer: no entanto, por mais esforços que faça, não consigo aproveitar nada bem; o menor passatempo que arranjo é sempre seguido de uma profunda amargura..."

Vittoria confiava cada pensamento seu a Pietro, que era para ela, ao mesmo tempo, pai e irmão. "Meu querido Pietro, tu me disseste, num momento *terrível*, que nos últimos dias de vida nossa pobre mãe havia nos recomendado a ti; não te sobraram mais do que duas irmãzinhas, pobre Pietro..." A ideia de que Matilde, um dia não muito distante, teria de sair do colégio a angustiava. O que seria dela? Como viveria naquela casa, agora tão diferente daquela que outrora fora sua? "Pobre Matilde! Que Deus não lhe reserve a juventude triste que reservou a mim!... A minha, posso dizer que agora é quase passado..."

Entretanto, por natureza, quando a vida lhe parecia totalmente adversa e escura, Vittoria tinha o instinto de olhar ao redor em busca de algo que logo depois a consolasse e a reconciliasse com a vida; e nesse primeiro período na Toscana, mesmo sentindo-se velha aos 23 anos e arruinada de corpo e alma, incapaz de livrar-se das lembranças dolorosas, a ideia da glória do pai lhe proporcionava um grande prazer:

"Papai é mesmo adorado por aqui: não passo dez minutos acompanhada, que não ouça ressoar no ouvido esse querido nome... Posso te assegurar que, apesar dos meus achaques físicos, minhas mais tristes condições morais, e a aversão e a *gêne** que sempre senti quando em sociedade, asseguro-te, digo, que esses senhores acabam por fazer com que eu passe horas agradáveis; e fazem com um coração, com uma atenção que com certeza não mereço. Mas tudo isso não é feito pela minha pessoa, e sim por *esse nome* que trago — de maneira tão indigna! —, e eu recebo todas essas demonstrações como provas de amor, de veneração, por nosso papai, e, no íntimo, me sinto lisonjeada com elas, muito mais do que se fossem dirigidas a mim mesma — coisa que de resto não poderia acontecer..."

"Esses senhores" que a faziam "passar horas agradáveis" eram Giuseppe Romanelli, o poeta Giuseppe Giusti e Giovan Battista Giorgini.

Giusti contava então 36 anos. Era natural de Pescia. Estudara direito em Pisa, mas nunca exercera a profissão. Escrevia poemas que escarneciam da Áustria, publicados de forma clandestina e disseminados em toda a Itália.

Foi Giuseppe Romanelli quem apresentou Bista Giorgini a *tante Louise* e a Vittoria. Romanelli, professor de direito civil e comercial na universidade de Pisa, encontrava-se às voltas com uma ação movida por Manzoni contra o editor Le Monnier de Florença, o qual publicara uma edição abusiva de *Os noivos* ("*on me fait une avanie dans cette Toscane que j'aime tant*",** escrevera Manzoni a *tante Louise*, pedindo-lhe que encontrasse alguém que viesse em seu auxílio, e ela o pusera em contato com Romanelli). Bista Giorgini era colega de Romanelli na universidade. Ensinava instituições canônicas. Nascera em Lucca em 1818. Era magro, com um cavanhaque preto. Sobre ele Vittoria escreveu a Pietro, ainda em junho:

* Em francês, no original: "embaraço".
** Em francês, no original: "fazem-me uma afronta nessa Toscana que tanto amo".

"Há aqui uma pessoa de muitíssimo mérito, que goza de muita estima na Toscana e levou sua adoração por papai à idolatria. Essa pessoa é o professor Giorgini, que me suplicou que lhe arranjasse um autógrafo de papai. Não pude me recusar a contentá-lo, tanto mais que ele nos faz passar horas muito agradáveis, lendo-nos maravilhosamente bem *Os noivos* e falando de papai como, estou dizendo a verdade, como nunca ouvi ninguém falar..."

No verão, Vittoria e a *tante* deviam se encontrar com Pietro, Lodovico e as crianças em La Spezia. Vittoria aguardava o verão com muita alegria. Estava ansiosa para rever essas crianças, os filhos de Sofia; eles brincariam junto ao golfo, à sombra das árvores, "respirando o ar balsâmico do mar". Escrevia muito a Pietro, fantasiando sobre o próximo encontro deles; e, aos poucos, ia se tornando novamente alegre e curiosa em relação a tudo o que acontecia à sua volta.

"Terça-feira de manhã houve na catedral a missa solene, à qual compareceu a Corte com todas as damas, vestidas em trajes de gala... que *despautério*! A multidão era tamanha que corri o risco de ficar sufocada; isso não teve consequências, mas não voltarei lá. De resto, é melhor ficar em nossas janelas do que em qualquer outro lugar, pois nos encontramos no melhor ponto do Lungarno e vemos um contínuo movimento de gente. Até o grão-duque passa com frequência embaixo de nossas janelas, a pé, em meio à multidão, e tem mais a *tournure** de um bom cavalheiro que a de um soberano. Mossoti me disse tê-lo encontrado um dia com a filha no colo, como uma *bonne*. Pobre grão-duque, talvez seja o único soberano digerível que existe...!"

Chegou o verão e finalmente se encontraram em La Spezia, como combinado. Vittoria recebeu uma carta do pai, que lhe enviara um pequeno retrato.

* Em francês, no original: "aspecto".

"Não quero nem posso esperar para dizer-te o quanto o pensamento, o objeto e tuas palavras tocam meu coração. Já está no lugar, ou seja, naquele único lugarzinho que havia no meu quartinho: entre as duas janelas, embaixo da Nossa Senhora, de modo que posso te olhar do meu nicho... Agora não se move mais dali; e tua vinda poderá fazê-lo perder o valor a mais que lhe dá tua ausência, mas não eliminá-lo."

Manzoni escrevia de Milão. Tinham permanecido ali, ele e Teresa; ela estava muito mal para enfrentar o menor deslocamento que fosse. "Por que não posso te dar notícias absoluta e constantemente melhores de Teresa?", Manzoni escreveu a Vittoria. "O sangue desapareceu, e a tosse, pode-se dizer, cessou: mas sofre muito, e sobretudo por aquela inflamação erisipelosa na pele. Deus queira que a encontres pelo menos em plena convalescença, como estou certo de que tu rogues a Ele...

"Estou entre vocês como posso; mas, visto que não posso estar como gostaria, façam ao menos com que essa ausência lhes resulte em alívio e boa saúde; abraça por mim Pietro, Lodovico, Tonino, Sandrone e o sapeca Giulio, ao qual darás todos os dias à mesa o biscoitinho em nome do *grand-papa*..."*

Porém, menos de um mês depois, chamava Pietro de volta com urgência a Milão porque Teresa estava em condições preocupantes. Assim, Pietro deixou La Spezia antes dos outros. Lodovico e os três filhos permaneceram; Lodovico não levara consigo a quarta, Margherita, que tinha apenas um ano.

Depois da partida de Pietro, chegaram Giorgini e Giusti. Haviam recebido com atraso uma carta da *tante*, solicitando que viessem a La Spezia. Já era setembro, e Vittoria devia voltar a Milão com a *tante*; fora decidido assim.

Vittoria a Pietro, de Gênova:

* Em francês, no original: "vovô".

"Se Deus quiser, dessa vez não chegarei de mãos vazias. Levo-te um presente digno de ti — algo que te dará muito prazer e que decerto não esperas: *levo-te Giusti!* Na segunda-feira de manhã, em La Spezia, de repente tomamos uma grande decisão. O pobre Giusti, malgrado uma infinidade de coisas que o impediriam de nos acompanhar, e antes de mais nada (infelizmente) sua própria saúde... não soube resistir a nossos pedidos e ao desejo ardente que sempre teve de poder se encontrar um instante com papai; de modo que decidiu ir conosco. Podes fazer uma ideia da nossa alegria! Fizemos a viagem juntos, e agora estamos aqui, eu e ele, a escrever usando o mesmo tinteiro..."

Giusti recebera de Florença seu passaporte para entrar na Lombardia; Bista Giorgini, por sua vez, não tinha passaporte; além disso, era proibido aos professores da universidade deixar a Toscana sem uma permissão do superintendente de ensino; e, nessa época, o superintendente de ensino era Gaetano Giorgini, pai de Bista, o qual não sabia nem que o filho estava em Gênova nem da viagem a Milão que esperava fazer. Por isso Bista foi repreendido pelo superintendente, "como filho e como professor". No entanto, por fim, permissão e passaporte chegaram.

Vittoria a Pietro, de Gênova:

"Por tua carta, sinto com grande prazer que esperam hospedar em casa nossos dois amigos. Era esse meu desejo e o da tia, mas não ousamos pedir...

"Pobre Giusti! Se soubesses a alegria que demonstrou ao ler tua carta, e como ficou contente com a decisão que tomou! Ontem, depois do almoço, enquanto dávamos um passeio de barco além do porto, foi tomado por tal ímpeto de alegria que agarrou nossas mãos, exclamando: 'Oh, benditos esses anjos, que nos levam a Milão'."

Na mesma carta, mais tarde (a questão do passaporte de Giorgini fora resolvida naquele instante, por intervenção do cônsul da Áustria):

"Que coisa boa! Nossos amigos estão felicíssimos por serem recebidos em nossa casa, e estou convencida de que a acolhida cordial e amável que se costuma dar em casa Manzoni (*soit dit entre nous*)* proporcionará a ambos um imenso prazer.

"Tudo somado, Giorgini também esteve bastante alegre durante esse nosso passeio, mas tem Giusti ao seu lado que lhe serve de *governante*: quando está prestes a ficar pasmo, chega-lhe uma sacudidela, e tem de se recompor... É curioso o domínio absoluto que um exerce sobre o outro, enquanto nenhum dos dois parece ter domínio de si mesmo..."

Giusti e Giorgini permaneceram um mês em Milão, hospedados na Via del Morone. Foram recebidos com muita cordialidade. Mas Teresa estava cada vez pior; ministraram-lhe, naqueles dias, o óleo santo. Ela, no entanto, queria conhecer Giusti. Levaram-no ao quarto dela. Giusti ficou conversando um pouco ao pé da cama; recitou-lhe alguns versos de sua autoria. Teresa, ao se despedir, disse-lhe: "Agora olho para o senhor de baixo para cima [isto é, da cama], mas logo olharei de cima para baixo [isto é, do céu]". Giusti, ou não entendeu essas palavras e interpretou-as como uma manifestação de desprezo, ou, de qualquer modo, não lhe agradaram.

Tommaseo e Cantú não gostavam nem um pouco de Giusti. Segundo Tommaseo, Giusti falava de Manzoni com sarcasmo. "E esse pobre coitado imaginava ludibriar o Nosso [Manzoni] e quando em Milão foi hóspede dele graças a Giorgini [isso não era exato, as coisas ocorreram de outro modo], punha-se a observá-lo com fria e maligna irreverência. Mau sinal, um jovem insidiar-se para descobrir os defeitos de um velho, de um grande homem; sobretudo se pretende encontrar nele as misérias que lhe atribui por conta própria. Giusti contava, escarnecendo, como a

* Em francês, no original: "seja dito entre nós".

mulher do digno homem pretendia zombar dele e da sua fé, dizendo que morreria em breve e estaria a vê-lo lá de cima: mas é preciso ver como a coisa foi dita, e se o coitado não entendeu mal. Certo é que a mulher é crente agora; e certo é que o desejo desse grande talento de aprender com Giusti algumas palavras do seu toscano era algo para inspirar reverência e gratidão, e para envergonhar a ele, toscano, que, ao regressar, dizia que as opiniões do Nosso em relação à língua não eram as suas. Contava-me o dito-cujo como, tendo a mulher deixado escapar que *passou uma noite* péssima, perguntou feito aluno a professor: *noite* ou *noitada*? E como se diz, no romance, que Renzo *historiava as cinzas* com o pegador, Giusti propunha corrigir à maneira toscana para *fazia arabescos nas cinzas*".

E Cantú:

"Manzoni falava de Giusti com pouca benevolência; que suas personagens eram caricatas, como as de Alfieri, e que dele traduzia o fraseado em linguagem de comadres; que sabia muito pouco e tinha a política dos cafés, a religião das gazetas... Na conversação, Giusti era menos cáustico e mais amável. Há pouco, por meio de Giorgini e da marquesa d'Azeglio, apresentou-se a Manzoni em setembro de 1845, ou melhor, instalou-se na casa dele. Enquanto supunha alarmar com sua vinda o império austríaco, ficou espantado quando, indo à polícia para se registrar, como era normal, viu que não passava de um desconhecido."

Giusti, relembrando essa estada em Milão, escreveu um poema famoso, "Sant'Ambrogio" (Santo Ambrósio). "Era meu companheiro o filho caçula — De um daqueles chefes um tanto perigosos...": tratava-se de Filippo, que tinha dezenove anos à época.

Giusti ficou muito satisfeito com essa estada em Milão. Evocava-a numa página de *Ricordi* (Recordações), do seguinte modo:

"Em 22 de agosto, parti para La Spezia, onde permaneceria quatro, cinco, seis dias, como era do agrado de quem me levava, ou seja, Bista Giorgini. No balneário de La Spezia estavam a marquesa D'Azeglio e Vittorina Manzoni; mas, para nossa desgraça, a estação já estava quase no fim e as prezadas senhoras deviam voltar a Milão. Deram-nos tão boas razões que não pudemos nos furtar a acompanhá-las até Gênova, e dali a Milão, onde passei um bom mês na casa de Alessandro Manzoni, em meio àquela estimada família...

"Que viagem triste fizemos na volta! Afastávamo-nos, a custo de arruinar a nós mesmos e a montaria, em virtude da impaciência que dá de se afastar depressa da vista de lugares e de coisas que nos recordam um bem que somos obrigados a deixar. Um mês antes, percorríamos a estrada de Gênova a Milão com duas pessoas gentilíssimas que nos levavam para conhecer um homem respeitável; dessa vez, nós a percorríamos sozinhos, e afastando-nos de todos os amigos: imaginem quanto nos exasperava o caminho!

"Na verdade, não me lembro de jamais ter ficado tão conturbado, a não ser nos dias em que temi ter de deixar este mundo..."

Naturalmente, até Manzoni conservou uma sensação de alegria daquela visita. Mais tarde, talvez tenha julgado Giusti do modo referido por Cantú. Mas, à época, deve tê-lo achado simpático; e simpatizou sobretudo com Bista Giorgini.

Escreveu a Giusti, naquele outono, depois de terem partido, cartas afetuosas: "Caro Geppino". "Não demores a gostar de mim, que sou velho, e não há tempo a perder." É verdade que o outro lhe escrevia e ele demorava a responder. "E digo-te que as conversas, sobretudo com os amigos, e mais ainda sobretudo com amigos como tu, gosto de tê-las e não de escrevê-las", Manzoni explicava-lhe. "... Tu me conheces, e não sabes que sou um poço de modéstia? E que, por consequência, é só escrever, e não ler, que me repugna?... — *regalo-me todo** (frase milanesa) quando me

* "*Sono a tutto pasto*".

acontece de ler coisa tua, prosa ou verso... Quando tiveres alguns instantes a perder, escreve ao teu Sandro; e se não te responde logo, pensa que o faz por modéstia, não por preguiça." As frases são afetuosas: talvez apenas ao enfatizar a modéstia de escrever pouco quisesse alfinetar o outro, que por sua vez escrevia muito.

Em Milão, Vittoria adoecera. Em dezembro, logo que se sentiu melhor, *tante Louise* levou-a de volta à Toscana.

Manzoni escreveu a Giusti, quando elas estavam de partida:

"Onde falta a letra morta compensam as duas letras vivas, as quais fico muito contente que vão a Pisa, mas nada feliz que partam daqui. Habitual concordância dos desejos humanos."

De Pisa, Vittoria escreveu a Pietro:

"Cá estamos nós em Pisa, mas sabe-se lá se passaremos o inverno aqui ou se chegaremos até a Sicília, como gostaria a tia. Por mim, não tenho desejos, e vivo *au jour le jour*."*

Viver *au jour le jour*, cada dia, de maneira bizarra e imprevisível, decerto agradava a Vittoria. *Tante Louise*, às vezes, estava de péssimo humor, e tanto Vittoria como Rina tinham de suportar seus nervos; porém, no conjunto, para Vittoria a convivência com a tia era prazerosa e alegre. Para a criança, talvez um pouco menos: Rina, ou Biroli como a chamavam em casa, sofria com a ausência do pai. Massimo viajava pela Itália, suas visitas eram raras e breves; em compensação, sempre escrevia à filha com grande ternura: "Minha querida Rina. Percebi, e parece-me que mais do que antes, que te causava pesar que eu partisse; e isso, se por um lado foi uma dor para mim, por outro me confortou deveras, minha filha. Mas, se Deus quiser, dessa vez nossa separação não será por muito tempo. Enquanto isso, lembra-te das coisas que te disse quando, no gabinete, estavas no colo abraçada a mim; tenho certeza de que não preciso dizer-te para querer bem a quem tanto

* Em francês, no original: "um dia por vez".

te quer e faz tanto por ti. De resto, conheço teu coração. Deus te abençoe, minha filha".

Giusti e Giorgini tinham brigado na viagem de volta; e a briga, em Pisa, continuou por um tempo, suscitando muitos mexericos. "*Estou farta a não mais poder*,* para dizer em bom milanês", Vittoria escreveu a Pietro, "com todas as charlas que me atulharam os ouvidos! Desde Milão Giusti começara a dizer que Giorgini ficara frio com ele. Giorgini dizia tratar-se de uma fixação e que ele não tinha mudado em nada. Na viagem de volta, quando chegaram a La Spezia, pararam ali por quatro dias, e Giorgini passou esses dias na casa da marquesa Olduini, que como sabes é uma famosa beldade, e parece que ele passou muito bem lá. Giusti não acreditava ser possível que Giorgini, depois de ter passado bem na nossa casa, pudesse passar igualmente bem na casa dos Olduini. Giorgini, por sua vez, afirmava que tinham sido obrigados a parar em La Spezia porque o Magra estava cheio e não se podia atravessar, e que, de resto, se alguém aprecia a conversa de um homem de gênio como papai, não significa que não possa achar agradável a companhia de uma linda senhora... Bobagens, como vês, mas quando nossos amigos chegaram à Toscana já havia desentendimentos entre eles. Giorgini, que às vezes permanece muito calado e outras vezes fala mais do que deveria, parece ter falado muito da estada em Milão, em mais de um salão em Florença, Lucca e aqui. Os ouvidos estavam atentos a escutá-lo, e as línguas prontas a repetir as coisas que havia dito, muitas vezes distorcendo-as, como sói acontecer. Giusti ouvia serem repetidas por um e outro as conversas tidas com papai, e ficava furioso. Dizia que nem todos estavam em condições de compreender o que Manzoni diz, e que de todo modo não se repete aquilo que se ouviu dizer entre quatro paredes, e mandou dizer a Giorgini que

* "*Ne ho avuta pien la scuffia*".

fizesse o favor de calar-se. Giorgini levou a mal, disse que Manzoni não podia ter medo de dar a conhecer suas opiniões ao mundo inteiro, e daí começou a dizer coisas pouco agradáveis a respeito de Giusti... por exemplo, que quando papai falava com ele sobre coisas sérias, ele dormia, que papai preferia conversar com ele do que com Giusti, e assim por diante. A tia sempre ficou do lado de Giorgini, e na noite passada ocorreu uma altercação entre ela e Giusti. Ela lhe disse que se um dia tivesse vontade de falar mal dela, que o fizesse às claras, mas que fizesse a gentileza de lhe poupar as reticências, sempre piores do que as acusações. Disse-te que a tia defendia Giorgini, enquanto eu, confesso, pendia pelo Giusti, por ter me deixado impressionar por alguns mexericos que ouvira a respeito de Giorgini. Depois de ter reconhecido a inconsistência deles, não pude deixar, dado meu caráter, de confessar-lhe que o tinha julgado mal algumas vezes, mas ele me disse a sorrir que *estou perdoada.* Portanto, graças a Deus, as pazes foram feitas. Giusti tem ímpetos de bondade muito simpáticos: agora, por exemplo, tão logo se reconciliaram, escreveu a Giorgini uma linda carta, na qual diz: 'Esqueçamos esses dias de erro...'."

Manzoni escreveu a Giusti e a Giorgini juntos, ao saber que tinham feito as pazes:

"Caríssimos. Mas tinha de terminar assim! Não conseguia convencer a mim mesmo de que se separara o que eu vira unido tão naturalmente, e estava com tanto apreço unido no meu coração.

"Agradeço-lhes não terem demorado a me dar essa alegria, que esperava sempre, mas não sem uma grande dor de ver-me reduzido a esperá-la. Mais não digo, pois de que serve deter-se num sonho mau?"

Durante a briga, as relações entre Bista e Vittoria também haviam sido atingidas. Depois tudo voltou ao normal, calma e limpidamente. *Tante Louise* e Vittoria, com a criança, não foram à Sicília e permaneceram em Pisa.

Tante Louise era amante de Giusti. Era o que diziam. Vittoria não se dera conta; mais tarde, recusava-se a acreditar. Tempos depois, ao escrever suas memórias, afirmou decididamente que se tratava de uma calúnia. "Conta outra!"

Segundo Vittoria, a *tante* só tinha o marido na cabeça, sempre. Mas perturbara-o com seus ciúmes. Ele costumava chamá-la "Inquisição espanhola", e "evitava-a".

Às vezes ele aparecia em Pisa. Mas passava somente poucos dias e logo tornava a partir.

Vittoria a Pietro:

"Massimo chegou aqui na terça-feira, e irá para Florença amanhã de manhã. Anteontem à noite, jantamos com ele na casa dos Arconati, junto com Giorgini; ontem à noite jantou na nossa casa com Giusti, Montanelli e Giacomelli, que causou *um verdadeiro furor* junto a Massimo. Ele chegou a dizer que, no que lhe diz respeito, deixa Giusti e todos os grandes homens, até mesmo Manzoni, para quem os quiser, só para poder gozar por algumas horas da companhia de Giacomelli. Asseguro-te que é realmente *impagável*; tem um talento para imitações verdadeiramente fenomenal, e uma surpreendente capacidade de imitação... Depois do jantar, fomos à casa dos Parra, onde se costuma encontrar uma boa companhia, ouve-se música, canta-se, e Giacomelli faz a alegria do pessoal. Ontem à noite, de repente, deu-lhe na telha fingir uma briga entre dois carregadores de Livorno por causa da valise da *filha dos Noivos*, que se extraviara..."

Vittoria divertia-se, os dias voavam; ela e a *tante* recebiam muitas visitas e convites; faziam longos passeios, a pé e de carruagem; Vittoria estava transformada, a ponto de não a reconhecerem; diziam-lhe que andava com boas cores, animada e amável. Do tempo em que era triste, restava-lhe um penteado que a envelhecia, dois bandós lisos que lhe cobriam as faces; a *tante* e Costanza Arconati recomendaram-lhe um outro penteado, com os cabelos puxados para o alto da cabeça; ela não estava absolutamente convencida de estar bem, sentia-se como uma bruxa despudorada; "achava que meus *bandeaux* estavam mais de acordo com meu rosto e minha índole", escreveu a Pietro, "mas paciência!... Pobre tia, é uma mãe carinhosa e uma valiosa amiga para mim!...".

Vittoria estava feliz: e parecia-lhe que todos gostavam dela, que todos eram bons, e que Pisa era a cidade mais linda do mundo.

"Na quarta-feira fizemos uma boa trotada nas Cascine e chegamos até a praia: formávamos uma bela comitiva e nos divertimos muito. Giorgini, que sempre nos acompanha, monta a cavalo como anda e como fala, com aquele ar desanimado e *ausente*, que é uma especialidade toda dele...

"A tia tem grande afeição por ele e o trata como se fosse seu filho. No outro dia, ele me lembrou que, antes da sua partida de Milão, eu lhe prometera fazer um trabalhinho com minhas mãos: a tia dera-lhe a entender que eu tinha feito um porta-moedas. Nunca tivera coragem de oferecê-lo; mas na quinta-feira, enquanto passeava no Lungarno ao meu lado, um pobre pediu-lhe uma esmola. Então, olhando-me com ar significativo, Giorgini lhe respondeu: 'Quando tiver um porta-moedas onde guardar o dinheiro, poderei dar esmolas, mas por ora não tenho...'. Então, ao chegar em casa, eu lhe disse que não queria ter remorsos e dei-lhe o porta-moedas, aconselhando-o a não arranjar mais desculpas para não dar esmola."

Tante Louise dava-lhe pena: apaixonada pelo marido, vivia tentando arrancar do peito esse sentimento que lhe causava tanto sofrimento. Com ela, Massimo era "gentil e atencioso": mas o que significava isso, para ela que o amava? "Creio que maus-tratos fariam com que sofresse menos do que a correção gélida dessas cortesias, empregadas por um homem que lhe pertence e que sempre a abandona por muito tempo, sem nem lhe dizer quando poderá revê-lo. Sinto que eu não conseguiria suportar um suplício desse..."

* * *

Em dezembro de 1845, o bispo Tosi morreu em Pavia.

Manzoni dedicou-lhe *A moral católica*, com a seguinte epígrafe: "À veneranda e abençoada memória/ do reverendíssimo Luigi Tosi/ ouso consagrar este trabalho realizado/ e conduzido com seu paternal conselho/ agora que não me pode ser proibido/ por sua severa humildade".

Em janeiro de 1846, Pietro casou, na igreja de San Fedele, sem dizer nada a ninguém. Casou com Giovannina Visconti, bailarina no Scala. Por isso o silêncio: pois pensava que aos olhos do pai seu casamento com uma bailarina pareceria indecoroso. De fato, assim foi. O pai veio a saber por Teresa e ficou transtornado e pasmo.

Pietro, dentre seus filhos homens, sempre fora o mais ajuizado, o mais dócil e submisso. Ele costumava se apoiar em seu ombro desde que o filho era um rapazinho e saíam juntos para passear. Sempre havia sido estudioso e devotado ao pai. Estudara filologia e linguística, economia e agricultura. E sempre lhe fora de grande ajuda na revisão das provas, no controle da impressão, nas relações com os tipógrafos, cuidando das diversas edições de *Os noivos*. Depois da morte da avó, administrava o patrimônio familiar. Ocupava-se constantemente das terras. Estivera sempre ao lado do pai, em todas as ocasiões difíceis: o único dos filhos a lhe dar uma sensação de segurança. E agora, de repente, casava sem lhe dizer uma palavra; e casava com uma bailarina!

Mas Pietro era-lhe caro e necessário: ele teve de se resignar diante do fato consumado. Recebeu em casa a nova nora e pôs de lado todo ressentimento.

A nova nora, contra todas as expectativas, despertou-lhe simpatia. O mesmo não aconteceu a Teresa, que, na época e sempre, se mostrou fria com ela.

Vittoria também, desde a infância, estava acostumada a pensar em Pietro como um apoio estável, indefectível e seguro. Quando soube que se casaria, ficou contente: mas também temerosa de que esse apoio viesse a faltar-lhe.

Vittoria a Pietro:

"Lembra-te, ó meu Pietro, que tudo aquilo que é teu, é meu também — por isso, tua Giovannina é uma irmã para mim. Eu sempre a amei e estimei muito, seja pelo que ouvi dizer a respeito dela, seja por ela te ser cara e tu a ela: uma pessoa que soube te estimar acima de todos, e que soube conservar o precioso tesouro da tua afeição, sempre será muito querida por mim.

"Mas ouve, meu Pietro, eu te suplico em nome da nossa mãe, que esse passo que estás prestes a dar nunca te afaste de nenhum modo da tua Vittoria, que te ama mais do que a um irmão, que precisa muito de ti, que não saberia renunciar à mais mínima parcela da tua afeição. Não gostaria, por nenhum preço, de te dar ensejo ao mais leve sacrifício, mas diz-me que, se as circunstâncias me obrigarem a ir à tua procura, hei de te encontrar como sempre foste."

Na verdade, quando Vittoria lhe escreveu essa carta, Pietro já se casara: ela ignorava. Pietro escreveu-lhe para tranquilizá-la: ele sempre lhe seria ternamente amigo e próximo. Vittoria, então, alguns dias mais tarde:

"Meu caríssimo, meu excelente Pietro! Deveria estar um pouco menos comovida para poder expressar-te o que me fez sentir tua carta! Oh, meu Pietro, talvez não imagines que imenso conforto é para mim o pensamento de te pertencer e ser cara a ti. Essa certeza me dá uma sensação de paz e tranquilidade, como a que sente uma criança que se refugia nos braços da mãe...

"Mas sois muito bons para comigo, tu e o meu Lodovico: Deus queira que as alegrias que me proporcionam ambos, um dia, não venham a ser para mim fonte de dor!... Se meu destino determinasse que antes ou depois eu devesse mudar de posição, como poderia encontrar-me bem, depois de ter experimentado tudo o que pode haver de mais sutil e de mais generoso neste mundo? Vós me estragastes com vossa bondade, vós me rodeastes de solicitude e de amor, sempre adivinhastes, previstes meus desejos, fechastes os olhos aos meus defeitos; e até nas terríveis desgraças que me atingiram, quase esquecestes vossa própria dor, para consolar a minha... Como podes então fazer-me um favor se a tudo o que fizestes por mim, tu e Lodovico, eu respondi com uma negra ingratidão? Se divido agora tua alegria, depois de a dor ter sido sempre comum entre nós? Penso, repito, que me seria difícil encontrar em outro lugar os sentimentos que sempre encontrei em vós, e rogo a Deus que me impeça de encontrar no meu caminho alguém que não vos assemelhe..."

Em março de 1846, Manzoni já havia perdoado Pietro plenamente por seu casamento, e a serenidade reinava em casa. Manzoni escreveu a Vittoria:

"Todos nós vamos bem, e iríamos melhor ainda se Teresa não fosse atormentada por duas unhas encravadas que não querem sarar. Tive o prazer de ver Mossotti hoje de manhã, e estou quase a dizer que me deram mais prazer as boas notícias que me deu de Luisa do que as tuas; pois quanto a ti já me sinto seguro, e quanto à boa, querida e jamais suficientemente agradecida Luisa soube que sofria alguns incômodos."

Teresa sentia-se bem e deixou a cama; escreveu ao seu administrador Antonio Patrizio pedindo que lhe mandasse dinheiro e encomendou alguns trajes de verão para si. Planejava fazer uma viagem com o marido: pela Toscana, quem sabe; mas talvez muito mais longe.

Pietro se instalara em Brusuglio com a mulher. Stefano recomeçara a perambular.

Bista pediu Vittoria em casamento. Ela aceitou e escreveu a Pietro:

"Preciso dos teus conselhos, da tua assistência: lembra por *quem* fui confiada a ti: confio em ti!... Asseguro-te que acho Giorgini tão parecido às pessoas que me são mais caras que me parece ter sido criado justamente para o meu coração... Sempre o ouvi tecer loas a seu pai, o avô e toda a família, e a mim me seria muito agradável ter a ver com pessoas desse tipo... Nos poucos instantes em que pude estar perto do pai dele, agradou-me imensamente, e a tia também encontrou nele a máxima distinção. Em suma, seria uma grande dor para mim se, nas minhas condições, tivesse de renunciar ao apoio de um homem como Giorgini...

"A família dele é composta da seguinte maneira: o pai, que é superintendente de Ensino do grão-ducado, vive em Florença com o filho caçula, Carlo, engenheiro; o avô possui casa própria em Lucca, onde ocupa elevada posição, sendo presidente do Conselho de Ministros, e a irmã de Giorgini, que se chama Giannina, mora com ele; o irmão mais velho — Giorgio — é oficial. Quanto à mãe, que também pertence a uma família muito respeitável, dizem-me que é bem esquisita: fica um pouco em Florença, outro em Lucca, mas vive de preferência sozinha, no campo; e se não agrada, também não aborrece ninguém.

"Somente tu e Lodovico devem ficar sabendo por enquanto, e até que Giorgini não tenha se acertado bem com o pai e o avô, é melhor não enfiar papai no meio; se depois a coisa não fosse adiante, ele passaria por emoções inúteis. Aqui ninguém sabe de nada, afora Giusti e Costanza, que estão extremamente contentes e não veem a hora de tudo estar combinado e arranjado. Deus queira! Sofri tanto na minha vida, e às vezes penso que o Senhor queira me dar uma compensação. Seja o que Deus quiser!"

Vittoria escrevia nos últimos dias de março: naquela época, um ano antes, Sofia tinha morrido.

"Há algum tempo, meu pobre coração era assediado por reminiscências tão dolorosas, apresentavam-se ao meu pensamento quadros tão dilacerantes, que não sabia como me esquivar deles; e à medida que me aproximava de um dia muito triste e muito terrível para nós, sentia mais viva e mais profunda que nunca a amargura da minha solidão. Mas a sublime Sofia, que fora meu arrimo, o *meu tudo*, por tantos anos, e que lembra no céu tudo aquilo que sofri por amor a ela, veio em meu socorro nesses dias de tão atrozes lembranças, e pôs no meu caminho esse ser tão *dévoué** e tão ímpar, que me fez a oferta de ser meu companheiro durante a vida; e eu o considero, *sinto*, mandado por ela, e o recebo das suas mãos."

Nesse meio-tempo, Bista havia escrito ao próprio pai, para pedir-lhe seu consentimento.

"Caríssimo pai,

"À medida que avanço nos anos, aumenta o cansaço dessa vida de solteiro. Obrigado que sou a viver distante da família, vejo-me só, e por isso sou levado a buscar relações mutáveis e quase sempre não seguras, exposto a me meter nos mais diversos caminhos, sem me dar conta das saídas. Não posso, portanto, dar andamento regular aos meus hábitos, uma séria e constante direção às minhas ideias, nem me pôr em harmonia com a posição que ocupo no mundo. Um estado em que encontrasse ao mesmo tempo exercício de afetos, tranquilidade de consciência, necessidade de ordem, gravidade de interesses, satisfaria às necessidades da minha vida moral e material.

"Após ter-lhe dito a *coisa*, dir-lhe-ei o *nome*, que tem muito a ver com a coisa, e que o senhor talvez já tenha adivinhado. Quanto mais conheço Vittorina Manzoni, mais a ideia de torná-la minha esposa me sorri sob todos os aspectos. As qualidades do espí-

* Em francês, no original: "devotado".

rito são tais que raramente se encontram; os hábitos, simples e modestos. Desde que saiu do convento, viveu cuidando das irmãs enfermas, ou viu-se no ambiente tristíssimo da casa paterna, com a madrasta também quase sempre enferma. Assim se desenvolveu sua índole, naturalmente doce e submissa, alheia a toda leviandade ou vaidade feminina. Isso não deve fazê-lo supor que Vittorina seja uma freirinha insossa: é uma jovem cheia de critério e inteligência, e também tem bastante espírito e vivacidade.

"Em suma, creio que, nem que a tivesse procurado, seria impossível encontrar moça mais adequada para mim, e capaz de dar menos preocupação à família que devesse acolhê-la.

"Confesso-lhe que a ideia de aparentar-me com Manzoni, com Beccaria, com d'Azeglio, enfim, com a parentela das mais ilustres que se possam ambicionar na Itália, seria para mim uma grande satisfação, a ser acrescentada à principal de pôr finalmente ordem à minha vida, e à outra mais principal ainda, que (afora todas as considerações que expus até aqui) a moça me agrada por si mesma, imensamente. Não é bonita, mas dotada de um *charme* e uma distinção extraordinária, e tem um olhar tão suave que, tenho certeza, conquistaria sua confiança tão logo o senhor se aproximasse dela.

"Quanto à saúde, encontra-se plenamente restabelecida desde que está aqui, e quanto a isso não poderiam surgir dificuldades. Quanto ao patrimônio, faltam-me indicações precisas, mas acho que é suficiente para poder nos instalar decorosamente em Pisa, onde meus colegas vivem com menos da metade que, creio eu, nós poderemos juntar.

"No que me diz respeito, sou claro e determinado, e a única coisa que poderia me deter seria uma aversão que encontrasse no senhor, a qual acarretaria, naturalmente, também a recusa de Vittorina e a de seu pai: em caso contrário, tenho razões para crer que Manzoni ficaria muito feliz em me conceder a mão de sua filha.

"Portanto, caro pai, queira dar-me a conhecer sua vontade — mas, nas reflexões que deverão determiná-la, peço-lhe a gentileza de lembrar que a coisa de que lhe falei não é uma especulação, que o coração tem parte nisso, e bem grande, que as considerações de ordem moral e sentimental têm direito de exercer influência não pequena. Seu julgamento, enfim, deverá ser *complexo*.

"Leve quanto tempo precisar para refletir, caro pai..."

Gaetano Giorgini refletiu por muito tempo, quase um mês; depois se declarou de acordo; e Bista então escreveu a Manzoni, o qual porém já estava sabendo de tudo, por Lodovico ou Pietro, ou talvez pela *tante*; e também estava sabendo que tinha havido algumas controvérsias de natureza econômica, que depois foram aplainadas.

Manzoni a Bista:

"Caro Giorgini,

"Já conheces minhas disposições e meus sentimentos por ti, tu os viste nascer e crescer há um bom tempo, quando não se pensava decerto que se pudesse acrescentar algo mais íntimo e sagrado; de modo que minha resposta está naturalmente subentendida, como teu pedido, e só me resta expressar a alegria que me deu a carta com a qual transformas em certeza minha esperança..."

Às pequenas controvérsias econômicas, Manzoni aludia com brevidade: "Confesso-te que, pensando no pouco que me permitem minhas circunstâncias de dar à minha filha, tal dificuldade me deixava deveras embaraçado: deveria, ao contrário, surgir a dificuldade oposta; e é um dos motivos do meu reconhecimento, que não tenha sido assim...

"Caro Bista, abraço-te com o coração de amigo, e agora de pai."

E no mesmo dia, a Vittoria:

"Minha Vittorina,

"Respondi em parte à tua extraordinariamente amável carta com a minha a Giorgini: respondo agora direto a ti, mas ainda em parte, pois como poderia te expressar tudo aquilo que meu coração sente por ti, agora mais do que nunca?

"Agradeço ao Senhor por te querer companheira de um homem a respeito do qual, em outra circunstância, a primeira coisa que me viria à cabeça seriam os raros talentos: mas agora é o caráter e o coração. Sinto que te afastas de mim, cara Vittoria; mas vejamos nisso também um desígnio benéfico da Providência, que quis te apartar de lugares repletos de queridas mas demasiado pungentes lembranças. Confio na misericórdia divina que serás para o digno e bom Giorgini, e para sua mui respeitável família, que te acolhe com tanta bondade e afeto, a doce, sensata e jubilosamente reconhecida Vittorina, que sempre conheci..."

Teresa achava que o casamento aconteceria em Milão. Porém, veio a saber que se realizaria em outro lugar, quiçá em Pisa; não lhe disseram com exatidão. Ela ficou ofendida e escreveu a Vittoria:

"Ouve, querida Vittoria, a desfeita que nos fazes casando-te tão longe não é sinal de polidez nem de boa educação! Voltar-nos desse modo as costas enquanto estávamos, por assim dizer, a esperar-te à porta!... Mas eu te perdoo em nome do ar de Pisa que te fez tão bem; perdoo-te pelo amor que tens por esse moço, que sabe muito mais do que muitos velhos estudiosos; perdoo-te por algo que vislumbrei em seu rosto e que pude perceber ainda que estivesse quase escuro: e se quisesses dizer que esse *algo* não tem forma, eu afirmo que tem uma bastante significativa. Visto que o costume *de se raviser** não é sempre o mais sincero nem em Paris nem em Milão, então quero que saibas que comentei com Alessandro sobre esse *algo* maduro e cândido, ajuizado e aberto de Giorgini logo que o vi, ou seja, poucos dias depois de receber o óleo santo; e quando se está naquelas regiões desconhecidas, en-

* Em francês, no original: "voltar atrás".

tre a terra e o céu, não se tem vontade de distribuir elogios, nem há de se crer que com Alessandro eu pretendesse acentuar as expressões que diziam respeito a seus distintos hóspedes, por caros que lhe fossem." Mandava-lhe de presente um anel. "Por isso, já que para *vegninn a vunna** e sair falando de certo pobre assunto eu não sei de que lado ficar nem como me desatar, peço-te, minha querida, que desates este meu embrulhinho... Portanto, peço à tua linda mão que é de Giorgini para nela pôr este humilde anel, o qual, para falar à maneira do século XVII, há de trazer-te a cor da esperança: esperança e confiança de que todas as bênçãos descerão sobre ti e teu Giorgini — mas isso não é mais século XVI. Adeus, querida Vittoria! Jamais suspeites que eu possa esquecer o que te custei na minha enfermidade, pelas angústias que, não por culpa minha, acrescentei àquelas muitas acumuladas no teu pobre coração. Se minhas pobres e parcas orações foram aceitas por Deus, então te recompensei pelo muito bem que me fizeste. Caso vejas o sr. Giusti, recorda-lhe o falso profeta. Eu, que na temporada dos banhos devia olhar para ele de cima para baixo, ainda estou a olhar de baixo para cima. Para Giorgini, nada mais por enquanto. Já estou cansada, e não é à pressa que gostaria de falar-lhe. Papai quer que te mande seus cumprimentos... eu não quero! Os de Stefano, sim, eu te mando sem falta, tanto mais que, se ele pôs de lado a ideia de escrever-te, *não significa que não a tenha tido*! Se quiseres dizer a Giorgini algo bom e gentil da parte de Stefano, tu me farias um grande favor! Agora não me atrevo a dizer aqui uma palavra, uma expressão de muito afeto que gostaria de encontrar para teus queridos e novos parentes. E esse teu querido avô que se deslocou de propósito! Muitas lembranças, as mais amigavelmente distintas, à marquesa Arconati, com meus efusivos cumprimentos ao marquês, se os vires, como

* Em dialeto milanês, no original: "ir direto ao ponto".

espero. Estamos à espera de Lodovico, mas até agora ele ainda não apareceu. Pode estar prestes a trazer-nos novas sempre muito queridas e confortadoras. Peço-te encarecidamente transmitir meus cumprimentos à marquesa D'Azeglio. Digo-te, a ti somente, que pelo bem que a marquesa d'Azeglio causou à tua alma e à tua saúde, levando-te a ares mais convenientes e apresentando-te tantas coisas novas, sou-lhe reconhecida como por um bem feito a mim e a Alessandro, que a mim importa muito mais do que eu mesma. Vê, pois, quão redobrado é meu reconhecimento por ela! Mas como esse sentimento está destinado a nascer sempre em vão para quem o desperta em mim, então não gosto de expressá-lo. Estou um tanto cansada e ponho fim a esse meu esgrimir da pena, que não consegue jamais atingir o que sinto dentro de mim! E tu o adivinhas."

Nessa e em outras cartas, escritas por Teresa depois de sua longa enfermidade, ela aparece menos eufórica, menos inflamada, e, aos poucos, até mais natural e verdadeira; é como se, após a doença, a tempérie de seu pensamento tivesse mudado, assim como suas relações com os outros, que se tornaram mais pacatas, com um toque de tristeza.

No verão, Bista Giorgini foi a Milão com Lodovico Trotti para acertar a data e o local do casamento. Vittoria, *tante Louise* e Rina estavam em Livorno, onde tomavam banhos de mar.

De Milão, Bista escreveu a Vittoria:

"Ontem, todo o meu dia foi de tal modo absorvido pelo prazer de estar em Milão, na tua casa, entre os teus, que não consegui encontrar um único instante para te escrever; ademais, misturado à tua família, buscando e encontrando em cada canto, em cada móvel, algumas lembranças da nossa permanência em comum, eu me sentia tão perto de ti, tão contigo, que nem me parecia estar muitas milhas distante. A cara de papai ao me ver foi um desses fulgores da alma que não se esquecem mais! Uma dessas revelações tão límpidas e imediatas de amor, que suscitam e deixam no coração uma confiança que não poderá mais arrefecer. Certamente, todas as vezes que pensar em papai, verei sempre o caro e venerado semblante que vi nesse instante, e toda a ternura que essa lembrança despertar em mim será satisfeita com minha Vittorina…"

Causa certo espanto que, ao beijar Vittoria, Bista a beijasse com mais força pensando em "papai".

Vittoria a Bista:

"Lembra de trazer-me um raminho colhido na alameda de Brusuglio, onde passei anos muito bonitos na infância, e outros muito tristes depois. Traz-me também uma flor de Verano; e se te puserem para dormir naquele quartinho que era meu, sobe até o terraço, onde estive muitas vezes apreciando o pôr do sol, e saúda por mim o querido vale do Lambro, e o magnífico Resegone, que me acostumei a considerar um grande amigo, pois, com sua altura majestosa, muitas vezes me sugeria pensamentos que infundiam coragem e conforto…

"Muitos beijos aos anjinhos de Lodovico, aos quais eu acreditava ter de servir de mãe… Procura as palavras mais carinhosas para dizer à minha pobre *bonne*, que me viu nascer, que consumiu sua vida junto de nós… E beija a mão do nosso dom Giovanni: pensa, querido Bista, que essa mão deverá abençoar nossa união por toda a vida, e, *além disso*, arranca-lhe a promessa de que irá a Nervi — sentiria muito sua falta se não fosse!"

Os Arconati insistiam que o casamento acontecesse em Nervi; e, de fato, ficou acertado que se realizaria na vila que tinham ali. Vittoria desejava que fosse celebrado por dom Giovanni Ghianda, preceptor de Filippo e amigo da família.

* * *

No mês de agosto, Matilde, que deixara definitivamente o colégio, chegou à Via del Morone. Tinha então dezesseis anos, uma saúde frágil e adoecia com frequência.

Vittoria a Bista, que no ínterim voltara a Pisa:

"Matilde me escreve uma carta muito triste; e como poderia ser diferente? Eu bem sabia que, ao sair do convento, reencontrar a casa *vazia* exerceria um grande efeito sobre ela... Em que canto daquela casa poderia se refugiar a pobre criança, sem ser assaltada por tão doces e por isso mesmo tão tristes recordações?... Nossa pobre avó, que idolatrava a menina e que dela se separou com muita dor, decerto não imaginava para ela tão triste regresso... Ela que não foi testemunha de todas as nossas desgraças, que não viu aqueles entes queridos definharem e partirem como eu vi, não esperava tal impressão ao voltar a casa!"

Bista teve então uma ideia generosa. Escreveu a Manzoni lhe perguntando se permitia que Matilde fosse morar na Toscana: ou em Pisa, quando ele e Vittoria tivessem casado, ou em Lucca, na casa dos parentes dele. Segundo *tante Louise*, era um plano impraticável; considerava inconveniente que se aproveitassem desse modo da família Giorgini: mas Bista permaneceu irremovível e sua família aceitou esse desígnio como absolutamente natural. Ficou decidido que Matilde, por ora, moraria em Lucca, com o avô e a irmã de Bista, Giannina.

Manzoni se preparava para ir a Lesa com Teresa. A carta de Bista a respeito de Matilde chegou naqueles dias, e também a notícia de que a causa contra Le Monnier, da qual Montanelli se ocupava, caminhava para um resultado feliz.

Na realidade, essa causa ainda durou muitos anos; e depois não foi mais conduzida por Montanelli, mas por certo advogado Panattoni.

Manzoni a Bista:

"Caro Bista,

"Não importa de que modo arranjes a coisa, não poderás evitar que me seja um grande favor e uma grande gentileza. É evidente que a ideia de ter Matilde consigo por alguns meses é muito cara a Vittoria: mas a passagem por uma família em que tudo é extremamente reconfortante não é de modo algum um lenitivo — não é de modo algum remédio para adentrar um local desconhecido: isso não é nada, entrando numa família como a tua. Matilde, para se restabelecer por completo, precisava mudar de clima por um tempo; eu, infelizmente, não poderia me ausentar de Milão durante esse tempo; a família Giorgini acolhe de braços abertos essa minha pobrezinha, como se fora velha conhecida: eis do que se trata. Procura encontrar as expressões convenientes para expressar minha mais viva gratidão ao tão benévolo quão respeitável senhor teu avô, à excelente senhorita tua irmã, a toda a tua família: não sei dizer outra coisa senão o que disse em data recente à boa e cara Luisa: Deus abençoe a todos!

"Tinha recebido a boa notícia do excelente Montanelli, e, ao responder, falei-lhe do combinado contigo. Fica acertado então que tu me fazes o favor de lhe reembolsar as despesas existentes até nosso encontro em Gênova, para mim extremamente desejado. E deixo a ti o encargo de encontrar o mais conveniente a ser feito para reconhecer de algum modo sua nobre e feliz obra. Repara que te sirvo assado e cozido: eis o que significa teres gostado de Vittorina.

"Deves saber que a Matilde incomoda uma gastrite (doença dominante aqui), a qual, porém, nunca teve um caráter grave, e agora está sarando. Mas o que disse? Não pensei que Vittorina lerá esta carta e que, ao dar com a palavra 'grave', ainda que acompanhada do 'nunca', ficará inquieta. Por isso, digo a ela, e trata-se da verdade, que sempre foi uma coisa leve, e agora está desaparecendo. Matilde também não sabe como expressar o que lhe faz sentir uma bondade tamanha e tão espontânea.

"Minha mulher e eu estamos há vários dias entre ir e ficar; por causa de dores reumáticas que voltam quando se acreditava curadas para sempre. Hoje passa melhor, de modo que esperamos partir amanhã... Agradece mais uma vez a Montanelli: se vires Geppino, dá-lhe um abraço bem apertado por mim. Para ti, um abraço de pai, palavra tão cara tanto para aquele a quem o dou como para aquele com quem o divido."

Nisso, Matilde estava em Renate, hóspede de Enrico; e tinham-na mandado para lá para que mudasse de ares. Manzoni a Matilde:

"Dizer-te da alegria que me dá ver-te curada é coisa supérflua, mas importante para ti e para mim. Cuida-te bem, e trata de vir ficar um pouco com teu pai, que logo deverás abandonar de novo.

"Teresa também está melhorando, bem devagarzinho. Um abscesso em cada orelha e uma unha encravada perturbam e em parte tornam mais lenta a convalescença.

"Agradece por mim a Enrico e a Emilia pelos cuidados que te dispensaram..."

Na verdade, Matilde não estava absolutamente curada — sua febre gástrica durou o ano inteiro, ela não pôde ir nem ao casamento da irmã nem a Lucca, e permaneceu na Lombardia muitos meses ainda.

O casamento ocorreu em Nervi no dia 27 de setembro, na vila dos Arconati, chamada Villa Gnecco. Vittoria teve como padrinhos Giuseppe Arconati e Giacinto Collegno; Bista teve Massimo d'Azeglio e Berchet. Teresa não foi convidada. Os Arconati se justificaram afirmando acharem que estava muito doente para participar; ela estava em Lesa, esperando pelo convite que nunca chegou. De Nervi, três dias antes do casamento, Manzoni lhe escreveu:

"Minha Teresa,

"Chegamos muito bem. Encontramos Vittoria e Giorgini, que também chegaram hoje de manhã. Arconati, que encontramos em Gênova, perguntou-me de ti com extraordinária cortesia, e assim a marquesa e Louise: de Vittoria nem falo. O motivo do *extraordinária* deve-se ao fato de terem dito a ele que estavas mal, e que nem eu poderia ter vindo. Podes imaginar como ficaram contentes ao ouvir de mim que teu achaque havia sido passageiro. Gostarias de saber quem é o corvo das más notícias. Não senhora, só saberás quando eu voltar.

"Oh, minha Teresa, como é pouco escrever-te, mas que grande coisa é quando não se pode fazer outra coisa!

"Cuida-te, alegra-te... vejo a cara que fazes, ou melhor, ouço o que dizes: era o que faltava; os homens não experimentam nem entendem certos sentimentos. É injustiça da tua parte.

"Adeus, minha Teresa; recomendo a Stefano que te mantenha *alegre*: e fará de tudo, tenho certeza disso, pois ele também é homem, e não sente nem entende. Pobre Stefano! Ele porém deu-te provas do contrário."

Vittoria escreveu-lhe no dia do casamento:

"Caríssima mamãe,

"Já que não pude ter o prazer de contar com tua presença nesse momento em que estamos todos aqui reunidos, um momento tão sagrado e tão solene para mim, deixa ao menos que te mande duas palavrinhas de verdadeiro afeto... Podes imaginar que momentos são esses para mim... a importância do passo que dei! A dádiva profunda e tranquila de ter me unido para sempre ao meu incomparável Bista, a presença muito querida do meu venerável pai e dos outros da família que estou prestes a deixar!...

tudo junto me agita o espírito, e sinto-me *ébranlée*...* Por isso, perdoa-me essas poucas palavras tão confusas — aceita-as como saídas do coração da tua Vittorina e crê que lembrarei sempre com afetuosa gratidão as atenções delicadas que sempre me dedicaste e o bom coração que me demonstraste em relação à minha saúde e às minhas desgraças! Rogo ao Senhor que te devolva o que fizeste por mim..."

Vittoria possuía um caráter condescendente: queria estar em paz e em harmonia com todo mundo. Não gostava de Teresa, mas sempre tentou aceitá-la como era; e, melhor do que seus irmãos, conseguiu evitar duros atritos com ela. Por isso, Teresa achava que, dentre os enteados, Vittoria era a melhor: aquela com quem era mais fácil lidar. Com Matilde, Teresa nunca manteve qualquer gênero de conversa. Talvez não tenha havido conflitos: Matilde possuía um temperamento dócil e, além disso, sua presença na casa foi muito rara. Não houve conflitos nem palavras amigas, de um lado ou do outro: nunca houve, entre Matilde e Teresa, absolutamente nada.

Vittoria e Bista voltaram para a Toscana, depois do casamento; deviam passar alguns dias em Ardenza e prosseguir até Florença, mas mudaram de ideia e foram à Massarosa, povoado nos montes de Viareggio onde os Giorgini tinham uma vila muito aprazível, rodeada de limoeiros, oliveiras e vinhas. Depois, estabeleceram-se em Lucca.

Costanza Arconati mandou a Teresa uma carta de desculpas. Teresa só lhe respondeu um mês depois: sem raiva, de modo civilizado, sereno. Fingiu ter estado realmente indisposta nos dias do casamento. Agradeceu por um médico alemão, sugerido pelos Arconati na época em que seu estado era grave; é claro que fora salva pelas águas de Boario, mas o tal médico, "mandado e condu-

* Em francês, no original: "aturdida".

zido por mão benévola e por um coração amigo", dera-lhe conselhos úteis. A Vittoria, Teresa escreveu: "Boa Vittoria... quero te dizer que a marquesa Arconati me escreveu com muita amabilidade sobre seu desprazer de não ter me convidado para Nervi por meio de carta, acrescentando também muitas coisas cordiais e gentis, que me fizeram mais vivamente sentir minha privação. De resto, quando Alessandro foi para Gênova, eu estava convalescendo de uma indisposição breve, mas muito forte... Portanto, foi melhor do jeito que foi. E tu, pobre, querida e afortunada Vittoria, o que pensaste de mim durante todo esse tempo em que não respondi às amabilidades que encontraste em teu coração para poder compensar-me pelas minhas privações, enquanto eras sacudida por um momento tão novo de tempestade e de sol, por afeto e angústias...". Estavam em Lesa, ela e Alessandro, onde permaneceram até o final de novembro. "Alessandro escreve bastante e de vez em quando vê seu amado e venerado Rosmini: ora um vai, ora o outro vem de Lesa a Stresa, e de Stresa a Lesa, alternando assim as visitas e as objeções: as quais, na maioria das vezes — olha só que acasos! —, se as ouço, não as compreendo." As notícias de Matilde eram melhores — não a tinham feito ir a Lesa, e ela estava um pouco em Milão, um pouco em Brusuglio com Pietro, um pouco em Renate com Enrico; em Lesa, não se sabe o motivo, nem ela nem os irmãos jamais se hospedavam. "Prolongamos, como vês, nossa estada em Lesa", Manzoni escreveu a Vittoria, "porque a saúde de Teresa realmente ganha com isso; e além de tudo, eu me apaixono cada dia mais por esse lago, esses montes, esse sossego. Eis uma carta dela para ti, e, oh, que vergonha!, mais longa do que será a minha. Porém já sabes que a pena na minha mão é pena de ganso, só consegue fazer voos raros e bem curtos... Stefano, que chegou, envia seus cordiais cumprimentos a ambos, ou ao casal; e Rossari, que está aqui conosco, pede-me para fazer o mesmo de sua parte. Tu me pedes que te renove minha bênção: cara Vittoria! No meu coração ela é contínua: que Deus a confirme!"

Giusti não pudera ir a Nervi para o casamento; escreveu a Manzoni para se desculpar; e também para se queixar de que Manzoni nunca lhe escrevia. Manzoni lhe respondeu:

"Meu caro Geppino,

"Se eu soubesse que meu indigno silêncio continuaria a me destinar cartas desse teor, receio que eu continuaria assim. E a propósito disso, vou te contar uma anedota que em si é engraçada, mas que para mim tem um fundo de tristeza, como, infelizmente, em muitas outras anedotas minhas. Há muitos e muitos anos, estando eu no campo, tinha ido fazer uma visita, junto com minha finada Giulietta, que devia ter seus sete ou oito anos. Tendo permanecido atrás por um instante num primeiro aposento daquela casa, viu vir-lhe ao encontro um canzarrão, que no fundo era bonachão e só queria um agrado; mas a pobrezinha ficou toda assustada. Ao ver chegar um criado, alegrou-se e pediu-lhe que mandasse embora o animal; mas ele parou ali, fazendo ouvidos moucos, enquanto ela lhe dizia: caro fulano, caro fulano, ajude--me, mande embora esse cão. Ouviram a voz suplicante, acorreram, enxotaram o cão e perguntaram ao criado por que não tinha socorrido a pobre menina. E ele, ouve que bela resposta: é tão graciosa, e dava-me tanto gosto ouvi-la dizer caro, caro, que não conseguia me resolver a dar um basta naquilo. Mas teu criado não é tão tolo a ponto de não refletir que no fim a voz de Geppino se cansaria e ele seria posto de lado, como merece, não por seu coração, decerto, mas por sua inexaurível e incrível indolência... Creio que verás amiúde um certo professor Giorgini: manda-lhe meus cumprimentos; e visto que se me dá por certo que tenha casado, encarrega-o de transmitir meus respeitos à sua senhora, que os aceitará com benevolência, se, como igualmente se me dá por certo, é uma boa mulher."

* * *

Em dezembro de 1846, Teresa fez um testamento. Durante sua longa enfermidade, devia ter pensado muito na morte.

"Eu, Teresa Manzoni, viúva Stampa, nascida Borri, por meio do presente testamento hológrafo, instituo meu herdeiro universal (tanto em Milão quanto no Piemonte, caso seja preciso dizê-lo) meu querido Stefano (ou melhor, Giuseppe Stefano) Stampa, meu único filho.

"É de minha vontade que tudo o que tenho de meu, seja em Lesa, seja em Milão, ou com ele, ou comigo na casa Manzoni, em móveis, livros, bens valiosos e tudo, fique com ele: digo, para o supracitado Stefano Stampa, meu único filho.

"Advirto, porém, que meu querido Stefano não deva poder requerer ao meu mui venerado Alessandro, meu adorado marido Manzoni, durante a vida deste, a restituição do dote que constituí mediante o instrumento do dia 31 de dezembro de 1836 nas escrituras do agora falecido dr. Ignazio Baroggi, e que se demonstrava realmente exato; salvo a percepção dos juros anuais na proporção de 4,5% (digo quatro e meio por cento); que Alessandro, meu venerado marido, pagará a meu filho Stefano, reservando, porém, ao meu diletíssimo marido Alessandro o direito de pagar também o montante, seja em uma única vez, seja em duas, seja ainda em três vezes.

"Não será necessário dizer que, quanto às 20 mil liras de Milão recebidas um ano e alguns meses depois do falecimento de minha pobre mãe Marianna Borri, nascida Meda, pretendo que sigam os acordados e as condições que impus ao dote que constituí mediante o instrumento supracitado de dote.

"Deixo à guisa de lembrança minha ao meu adorado marido Alessandro Manzoni meu relógio de repetição em ouro, que estimo valioso, por ter sido usado algumas vezes por ele.

"Deixo à guisa de lembrança minha ao meu adorado Stefano (G. Stefano Stampa), já referido, meus livros eclesiásticos e também meu espólio; pois pretendo pensar eu de outro modo quanto a dar aos serviçais minhas coisas, sobre as quais quero pensar antes de morrer, em sendo e quando for possível.

"Recomendo com toda a força do coração meu caro Stefano ao meu caro marido Alessandro. Espero que continue a dedicar-lhe amor, e um pouco também daquele que dedicou a mim, com sua amabilidade e indulgência.

"Ademais, recomendo (se é lícito expressar-me assim, e se meu adorado Alessandro aceitar e permitir), recomendo meu caro Alessandro ao meu caro Stefano, no caso de Alessandro precisar, seja do modo que for, de seu auxílio — que, seja qual for, será o de um filho, que por obra e sentimento por minha pessoa, sempre foi para mim a mão da Providência que me trouxe alívio em todas as necessidades e deleite em todos os instantes, sem jamais uma dor, a não ser quando adoeceu.

"Assim, sejam abençoados os dois, marido e filho, Alessandro e Stefano, que me proporcionaram uma vida de bênçãos e única, por extraordinária misericórdia do Senhor para comigo.

"Esta é minha última vontade."

A Vittoria e Matilde, ela não deixava nada: nem uma lembrança, nem uma pequena joia. Não deixava nada a nenhum dos enteados.

No início do mês seguinte, gozava de boa saúde e estava de bom humor, tanto que escreveu ao dr. Bottelli (era o irmão daquele abade Bottelli, que ela costumava chamar "Bottellone" e que havia morrido muitos anos antes), em Lesa: "Estou bem, e engordando que nem parece verdade; e por mais longa que for, *dormi de scorsa** a noite inteira, que até me parece curta; e levanto

* Em milanês, no original: "durmo sem acorda".

antes das nove, depois de fazer meu desjejum, coisa em que nem acredito! E ainda bem!". Mas em meados de janeiro teve uma forte inflamação na garganta, e Manzoni ficou assustado: ele escreveu, em fevereiro, ao abade Rosmini, em Stresa: "Venho solicitar, com a costumeira liberdade e confiança, suas preces e a dos seus afortunados filhos para minha Teresa, que, já há quinze dias, encontra-se doente, com uma inflamação na traqueia, e já sofreu seis sangrias, sem qualquer proveito notável ou pelo menos duradouro. Ela e Stefano unem suas instâncias às minhas...".

O abade Rosmini e "seus afortunados filhos", ou seja, os internos do Instituto de Caridade que o religioso fundara, fizeram suas orações. Teresa soube e ficou contente com isso. Aos poucos, melhorou.

Naquela primavera Matilde estava em Renate, e Enrico se propunha a levá-la a Milão. Enrico tinha agora dois filhos: o segundo, Sandro, contava então poucos meses. Ele escreveu ao pai. A carta é titubeante: no entanto, ele precisava dizer uma coisa bem simples. Escreveu:

"Caríssimo pai,

"Um negócio imprevisto me obriga a permanecer terça-feira em Renate. Desejo muito poder levar de volta Matilde, acompanhada por nós, então pedimos para deixá-la até terça em vez de até segunda, assegurando-te que ao anoitecer estaremos em Milão, onde, com minha pequena família, pousarei dois ou três dias no máximo.

"Matilde está muito bem. O querido Sandro está com um pouco de tosse e parece tosse comprida, mas graças a Deus é benigna, e está sempre de bom humor. Nós todos pedimos que dês muitas e carinhosas lembranças à mamãe de nossa parte, e esperamos encontrá-la bem na nossa volta. Caro pai, perdoa se te escrevi com muita franqueza, fico sempre tão confuso quando pego a pena para te escrever, por medo de não conseguir te expressar o que gostaria, que, sem reler essa garatuja, fecho-a bem depressa, convencido da tua indulgência, e fico por aqui, pois estou certo que conheces o sentimento de afeto que tenho e devo ter por ti."

Respondeu-lhe o pai:

"Caríssimo Enrico,

"Embora a tosse do querido Sandro seja benigna, causa-me, é claro, grande pesar que seja desse tipo, quer porque o menino será atormentado por ela durante um tempo, quer porque não posso deixar de me inquietar por Matilde. Espero que ela nunca o pegue no colo, que não lhe faça agrados e que permaneça longe dele; mas tenho medo das horas que deverá passar com ele na carruagem. Por isso, vejo-me obrigado a propor algo desagradável seja para vocês, seja para mim, mas em nome da prudência — isto é, que acompanhes Matilde sozinho, se Emilia ainda não desmamou a criança e se, de algum modo, não deseje se separar dela, ainda que por pouco. Confesso-te mais, que, mesmo sendo raro, mas não impossível o fato de a tosse de cachorro contagiar até os adultos, não estaria livre de inquietação mesmo no que se refere à permanência aqui, tanto mais que Teresa ainda não sarou de uma doença muito parecida com essa.

"Não lhe disse nada para não inquietá-la em vão; de modo que envia a todos seus cumprimentos com o coração alegre; eu, por minha vez, mando a Emilia um cordial mas pesaroso abraço. Espero Matilde completamente restabelecida, e abraço-te com o afeto que conheces."

Enrico:

"Caríssimo pai,

"Recomendei a Matilde o que me escreveste, e ela lhe obedecerá no que se refere a não carregar Sandro no colo e não lhe fazer agrados por enquanto. Peço-te encarecidamente que não te inquietes, pois Matilde teve tosse comprida já faz dois anos. Na quarta-feira, irei sozinho levar Matilde, que continua bem de saúde, e voltarei no mesmo dia a Renate. Emilia envia-te seus cumprimentos com todo o afeto, e agradece a ti o que escreveste para ela. Caríssimo pai, hei de te abraçar na quarta-feira, enquanto isso recebe minhas afetuosas lembranças."

No verão, *tante Louise* levou Matilde para a Toscana. Foram com os Giorgini a Viareggio. Ali, Matilde apanhou escarlatina. A *bonne* foi mandada a Viareggio. Vittoria estava grávida.

A *bonne* assistiu Vittoria no parto. Nasceu uma menina, que foi chamada Luisa. Matilde foi para Lucca, ficar com Niccolao e Giannina, o avô e a irmã de Bista, como fora decidido no ano anterior.

Em outubro, Lucca deixou de ser um estado, tornando-se uma província toscana. O duque Carlo Lodovico foi embora, com grande pesar do avô Niccolao, que gostava dele; e Giannina chorou. O grão-duque da Toscana, Leopoldo II, o substituiu. O avô Niccolao foi nomeado regente da Lucchesia. Estava velho e cansado, mas aceitou por algum tempo.

Giusti ingressou na Guarda Nacional Toscana.

Teresa e Alessandro passaram o verão em Lesa; voltaram a Milão em novembro. Stefano permanecera em Lesa; visto que estava sempre inquieto por causa da saúde da mãe, Manzoni lhe escrevia todos os dias para dar notícias. Eram bilhetinhos curtíssimos; as notícias eram mínimas e insignificantes, portanto boas. "A noite foi como Teresa previa, ou seja, excelente; uma leve comichão na garganta, e algumas dores brandas que se pronunciaram aqui e ali desapareceram com seis grãos* de quinino... — O tamarindo e a cássia deram fim ao pigarro; levantou-se, tomou o café, mais tarde ingeriu uma sopa e verduras... — Noite excelente

* Aqui, antiga unidade de medida de peso, equivalente a 0,0648 grama.

— e desjejum equivalente. — Dormiu bem, fez desjejum, e irá se levantar do modo que agora se pode chamar de costumeiro. — Noite ótima; e desjejum correspondente. E abstenho-me de dizer mais, pois tu, o qual, quando se trata da tua própria saúde, ficas muito contrariado se tua mãe quer saber as minúcias, fazendo digressões intermináveis a respeito, fazes o mesmo com ela; de maneira que o modo como um lida com a saúde do outro é exatamente como o exame de consciência de um sujeito escrupuloso."

Raras vezes Manzoni escrevia cartas longas ao enteado, eram sempre magros bilhetes. Porém, em geral, nessas breves mensagens assomam uma solicitude afetuosa e irônica, uma relação calorosa e alegre, e uma espécie de cumplicidade. Mesmo neles, em que Manzoni descreve, em poucas frases, os dias tediosos da mãe valetudinária, transparece uma alegria. Eram estreitamente unidos, Manzoni e Stefano, na consciência dos achaques de Teresa, fossem eles verdadeiros ou imaginários: estreitamente unidos um ao outro e cúmplices, na esperança de que a esses achaques fossem úteis os diversos remédios: o tamarindo e a cássia, as preces do abade Rosmini, as águas de Boario, o quinino e o óleo de rícino. Ao pensar muito na saúde de Teresa, Manzoni também pensava na própria saúde: de resto, sempre havia pensado, a vida inteira. Agora, porém, ponderava sem angústia, pois as aflições que sentira quando moço, ao refletir sobre a própria saúde, tinham se atenuado com o passar dos anos; de algum modo, depois de ter escrito *Os noivos*, sofrera menos vertigens, transtornos físicos, de que antes tanto sofria — continuava, no entanto, a não sair de casa sozinho. Quanto aos achaques de Teresa, eles não lhe inspiravam angústia, por serem demasiados e mínimos; com o tempo, inspiraram-lhe cada vez menos; habituou-se a eles. Ela vivia se queixando de seus mal-estares, situara-os no centro de sua vida doméstica, a casa inteira girava em torno disso; esses achaques eram sua força, sua maneira de se impor ao próximo, ao filho que ficava apreensivo mas quase sempre fugia para longe; ao marido que se dizia preocupado com ela mas se encerrava em seus aposentos, depois de ter se informado rapidamente sobre suas condições e ter escrito ao filho às pressas alguns breves pormenores.

De manhã Manzoni examinava a própria língua no espelho, relata Stefano em suas reminiscências, nas quais fala de si mesmo em terceira pessoa: "De ordinário, ele tinha a língua extremamente esbranquiçada; mas quando ela estava mais limpa do que de costume, era para ele um sinal de irritação no ventrículo. E quando, às vezes, à guisa de comparação, fazia o enteado, que tinha a língua sempre limpa e rosada, mostrá-la, exclamava quase com inveja, em dialeto: '*Lengua de can!*'".*

Manzoni invejava Stefano. Invejava-o por ser jovem, saudável, por ser livre para fugir daquela casa sempre que lhe apetecia; e, estivesse presente ou distante, sua imagem lançava uma luz alegre sobre a casa, a mãe, os maçantes achaques da mãe.

Manzoni nunca demonstrara alegria em relação aos filhos. Não os enxergava jovens; em suas diferentes aparências não conseguia perceber imagens de juventude. A Pietro, sempre pedia favores; de Enrico, defendia-se: e o tom humilde, titubeante do filho lhe provocava forte irritação e embaraço. Filippo causava-lhe inquietações. Com as filhas, ou comprazia-se exprimindo estima, ou desculpava-se manifestando remorsos. Os filhos verdadeiros não lhe davam inveja nem alegria. Não os invejava por achar que não tinham saúde, vira a morte de muitos deles; e achava que nunca tinham sorte — e quando um pouco de sorte cabia a algum deles, como por exemplo a Vittoria, admirava-se mas no fundo se comprazia se tal sorte permanecesse distante, de modo a poder apreciá-la sem ser muito invadido por ela. Ele nunca era livre, leve e alegre com os filhos verdadeiros. Faziam-no lembrar de imediato que devia se comportar como pai: que devia, portanto, forne-

* Em dialeto milanês, no original: "Língua de cachorro".

cer-lhes sermões, conselhos, elogios, reprimendas, manifestar confiança ou desconfiança, satisfação ou ressentimentos — exceto no que dizia respeito a Pietro, no qual se acostumara a apoiar de tal modo que nem sequer parecia enxergá-lo. Com os filhos verdadeiros, ele nunca era natural e simples, a não ser quando estava, pelo comportamento deles ou pelas desgraças que os atingiam, totalmente desesperado. Essa habitual falta de naturalidade e de simplicidade em suas relações com os filhos verdadeiros decorria do fato de que ele, na verdade, nunca tinha tido um pai: não guardava dentro de si nenhuma imagem paterna — a lembrança do velho dom Pietro, constrangido e sombrio, não lhe despertava na memória senão perplexidade e antigos e insepultos remorsos.

Renzo, em *Os noivos*, não tem nem pai nem mãe. Lucia não tem pai. A monja de Monza tem um pai terrível, que lhe arruína a existência para sempre.

Porém, Renzo e Lucia encontram grandes figuras paternas, que a Providência põe em seus caminhos: o padre Cristoforo; o cardeal Borromeo.

Assim, quando jovem, Manzoni encontrou figuras paternas, que a Providência ou o acaso pôs em seu caminho: a imagem de Carlo Imbonati, cara à mãe, e que, além da morte, parecia-lhe grande e luminosa; Fauriel; e, por fim, Rosmini.

Voltando a Stefano, Manzoni manteve com ele uma relação calorosa, afetuosa, alegre e perfeitamente natural. Stefano lhe tornava menos cinzenta e sombria a vida com Teresa, que, com o tempo, foi se fazendo cada vez mais cinzenta e sombria. Stefano o divertia. Mais tarde, em suas memórias, Vittoria disse que ele era maçante. Mas talvez não fosse tão maçante assim. Para Manzoni, ele era um rapaz agradável, que, perto ou longe, preenchia a casa com sua presença, e ao qual, se longe, enquanto perambulava por aldeias e campos, era preciso escrever todo dia relatando quanta magnésia sua mãe havia tomado.

Matilde

No início de 1848, Vittoria e Bista se transferiram de Lucca para Pisa, com a filha. Matilde os acompanhou.

Em março, chegou a Pisa a notícia de que Carlo Alberto concedera o estatuto ao Piemonte. Depois chegou a notícia da insurreição de Milão.

Bista partiu de Pisa com um batalhão universitário, ou seja, formado apenas por professores e estudantes. Vittoria acreditava que logo voltariam, por falta de experiência. Algum tempo depois, no entanto, soube que haviam ultrapassado o Pó.

Stefano estava em Lesa; Teresa e Alessandro, em Milão. Na manhã de 18 de março, estourou a insurreição em Milão. Stefano chegou a Milão justo nessa manhã, com seu criado Francesco; tentou entrar na cidade e não conseguiu. O criado sugeriu irem a Brusuglio. Chegaram lá por veredas e atalhos. Teresa soube que Stefano estava em Brusuglio e lhe escreveu um bilhete: "A Stefano, 18 de março de 1848. Estou bem. Dormi bem. Se tu e todos vocês estão a salvo, nós estamos seguros em casa. Preserva tua vida, por tua mãe". Manzoni juntou uma linha: "Estamos no olho da crise, mas tranquilos. Um abraço a todos". Em Brusuglio estavam Pietro com a mulher e Lodovico Trotti. Dois dias depois, em 29 de março, novamente Teresa a Stefano: "Eu estou bem e se pudesse ter certeza de que não vais à Alfândega para tentar entrar, tiraria um grande peso, um grande, um enorme peso do coração. Oh, pelo amor de Deus, pelo amor que me tens, não tentes entrar nem por bem nem por mal! Logo nos veremos, mas por enquanto paciência e mais paciência. Então, estou bem: agora me levanto às sete da manhã. Papai passa bem e está contente, mas não tem notícia de Filippo, que estava com aquele seu amigo francês... Ó Stefano, suplico-te, não tentes entrar agora, por favor. De noite, além de barricadas há armadilhas por todo lado de arame grosso — além de terem pensado em deixar os bueiros abertos para atrapalhar — se fazem ou fizeram isso, representa um grande risco para todos. Deus te abençoe com meu coração e minha mão. Meus cumprimentos a Pietro e a Lodovico, aos cuidados dos quais tua mãe te confia com a fraqueza que tem e quer ter. Papai escreve; e contará sobre Filippo, pelo qual tem rezado também durante essa noite, ontem e hoje: e pedido que rezem. Mas, como estava com o tal francês, então tenho muita esperança de que esteja com ele. Apesar disso, estou amargurada. Por favor, não sigas, não te desapiedes de mim, tu que és um exemplo de piedade filial. Não fiques angustiado nem por mim nem por papai. O capataz está bem, sempre permanece comigo e com papai. Temos um excelente porteiro, e, à noite, é uma pessoa a mais à porta. Cormanino está dormindo na sala... e Domenico na antessala [eram dois empregados], coisa ademais inútil, pois ninguém tenta entrar na casa de ninguém. Escrevi em pé por ser coisa rápida. Não passa quem sabe meia hora ou quinze minutos sem que eu te ponha nas mãos do teu anjo, de Nossa Senhora e do Senhor ao qual te recomendo de todo o coração".

Finalmente soube-se o que acontecera a Filippo. No início da tarde de 18 de março, ele fora ao Palácio Municipal com outros nobres milaneses para se inscrever na Guarda Cívica. À noite, os austríacos tomaram de assalto o Palácio Municipal. Fizeram vinte reféns. Entre eles, Filippo.

No dia 23 de março, os austríacos deixaram Milão.

Teresa a Stefano:

"Felicidade, alegria! Memorável glória eterna aos milaneses do dia 22 ao 23 de março de 1848. Foram embora! E Stefano, o meu Stefano, onde está? Preciso ver-te para acreditar em meus olhos. Eu estou bem, apesar das quinze batalhas durante cinco dias quase inteiros, só no coração... O Senhor receba o nosso [afeto] para sempre, Nossa Senhora e o Anjo da Guarda recebam os nossos mais ternos afetos para sempre. Abraço-te... abraçar-te-ei? Tua mãe. Filippo... há de chegar amanhã, com certeza."

No entanto, Filippo permaneceu prisioneiro dos austríacos durante vários meses. Havia sido preso pelas tropas do marechal Radetzky; trancafiado com os demais reféns no Castelo Sforzesco;* depois, quando os austríacos abandonaram Milão, os reféns foram conduzidos a pé primeiro a Melegnano, depois a Lodi, daí a Crema, numa diligência. Em Crema foram visitados por um certo sr. Grassi, que vendia armas aos austríacos; o sr. Grassi se ofereceu para emprestar dinheiro e levar cartas às famílias. Então Manzoni recebeu uma carta de Crema; Filippo estava bem; não passava necessidades. Sempre por intermédio do sr. Grassi, o pai lhe mandou dinheiro, um saco de dormir, roupa de baixo e outras roupas. "Meu Filippo, como te explicar o alívio experimentado ao ver tua letra?", escreveu-lhe. "... Manda logo notícias tuas a Pietro

* Antiga residência dos duques de Milão, construída pela família Sforza. Em 1848, durante os assim chamados Cinco Dias de Milão, o marechal Radetzky mandou bombardear a cidade com os canhões do castelo.

e a Enrico, os quais podes imaginar como esperam por elas. Teresa e Stefano participam da tua infelicidade, como igualmente podes imaginar, e lamentam por ti. Tenho confiança em Deus que a troca logo acontecerá, e que te terei em meus braços. Oh, como lhe seremos gratos!"

No dia em que fora preso, Filippo havia completado 22 anos. Estudava direito a contragosto e gastava muito, e suas relações com o pai não eram boas. Nesses dias, tudo lhe foi perdoado. "Meu cada vez mais querido Filippo."

Stefano, mencionado na carta de Manzoni como se estivesse na Via del Morone, na verdade não estava lá e nem aparecera mais; não conseguiu entrar em Milão; deixou Brusuglio e voltou para Lesa; de lá foi para Novara, depois Turim: e pôs-se à disposição do governo piemontês. Teresa não recebia mais notícias dele; acreditava-o "morto ou ferido em algum posto aduaneiro, sempre, sempre, noite e dia eram minhas visões!!!", escreveu ao administrador Patrizio; daí, chegou de Lesa um amigo, dom Orlando Visconti, justamente para lhe comunicar que Stefano estava bem; porém, quando ele chegou, ela estava dormindo e não o recebeu nem lhe agradeceu. "Oh, que bravos milaneses, heróis! Únicos no mundo, cem vezes superiores aos parisienses *des trois journées*!* Povo de heróis, digno da Itália romana! Mas nós... mas meu pobre Alessandro que tem Filippo... — preso no sábado no Palácio Municipal — pobre Filippo, pobrezinhos daqueles jovens em mãos dignas daquelas que fizeram os horrores de Tarnoff! — Ó bom Patrizio! Tornarei a ver Stefano? Tornarei a vê-lo vivo? — Ele foi tão bom para mim!"

Manzoni a Vittoria e Matilde:

* Em francês, no original; alusão aos chamados Três Dias Gloriosos de 27 a 29 de julho de 1830, nos quais ocorreu uma revolução popular que pôs fim à Segunda Restauração e levou Luís Filipe I, da dinastia dos Orleans, ao trono francês.

"Sobre as maravilhas daqui nada vos digo, pois até que não tenha abraçado Filippo, não tenho ânimo... A casa não foi canhoneada de perto; apenas a barricada da rua, lá para os lados da Corsia del Giardino, foi bombardeada... A cada instante, uma boa notícia: ora tomado um posto, ora outro, até lhes sobrar apenas o castelo e as portas. E, para resumir, o sentimento predominante em Milão nesses cinco dias era a alegria, sobretudo entre aqueles que combatiam.

"Que Deus nos devolva logo Filippo!"

Stefano, de Lesa, à mãe:

"Estou ótimo. Tivesse tempo, relataria pormenores políticos do Piemonte, mas seriam necessárias três ou quatro páginas... O nome república tornou-se em geral não só antipático como odioso, e mesmo em Gênova e até os estudantes de Turim não falam mais nisso... Também exército e oficiais estão muito insatisfeitos, e Deus nos livre se o desencorajamento ou a indiferença se apodera desses bravos soldados... Com a ideia de que somos ingratos, se a república fosse declarada, haveria o grave perigo de que os piemonteses perdessem as noções de amizade e de fraternidade que sempre tiveram em relação a nós..."

Um abaixo-assinado em prol da união ao Piemonte foi feito em Milão, com muitas assinaturas; Manzoni, que também havia endossado uma petição a Carlo Alberto para que viesse em auxílio dos milaneses, recusou-se a subscrever esse abaixo-assinado. Nunca se soube bem o motivo. Massimo d'Azeglio ficou furioso. Achou que Manzoni estava aderindo à ideia republicana. Mas não era isso — Manzoni tinha estima por Carlo Alberto, não gostava dos republicanos nem de Mazzini.* D'Azeglio à mulher: "Diz a Manzoni que, se conseguir tornar Carlo Alberto republicano, não

* Giuseppe Mazzini (1805-72), um dos maiores políticos do Ressurgimento, movimento que buscou a unificação da Itália.

conseguirá fazer o mesmo com Pio IX. Seria pôr no seio da Itália duas serpentes que os dilacerariam e a ela também. Pelo amor de Deus, contentemo-nos com fazer um Estado no Pó, constitucional... Ficando sempre num quarto, falando com as mesmas pessoas, julga-se mal um país e o mundo prático... Juízo, coisas possíveis, e não poesia, por favor".

Lodovico Trotti ingressara no exército piemontês. Tinha confiado os quatro filhos aos Arconati.

Certa noite, Manzoni foi instado a aparecer à sacada. Na rua, havia trezentos estudantes "acompanhados por uma multidão", Teresa escreveu a Stefano, "e até por senhoritas com seus criados". Ele não queria aparecer, mas Teresa e sua camareira, Laura, insistiram. Ladeado por dois criados, Domenico e Cormanino, que seguravam as luzes ("as luzes do século", comentava Teresa), ele "apareceu na sacadinha ou balcãozinho do pobre Filippo" e gritou: "Viva! Viva a Itália!". Eles então gritaram: "Viva Manzoni!". E ele: "Não! Não! Viva a Itália e quem luta por ela! Eu não fiz nada! Não passo de um 'desejo'". E eles: "Não! Não! O senhor fez muito! Deu a iniciativa a toda a Itália! Viva! Viva Manzoni, paladino da Itália!". Daí, avançou o chefe, bandeira erguida, e, silêncio imposto, disse: "Eu sou o chefe do Batalhão Universitário. Solicitamos a Manzoni um hino para a libertação da Itália!". E Manzoni disse: "Eu o farei! Farei quando puder!". Teresa a Stefano: "Eu não saí do quarto, mas ouvia as vozes e os aplausos. Alessandro estava todo embaraçado por modéstia. Mas espero que tenham entendido o porquê daquele: *Quando puder!* Enquanto aqueles bárbaros estão com nosso Filippo, tu entendes... terão eles entendido?... Espero que sim...".

Filippo fora levado a Kufstein, no Tirol. Dizia-se que logo os reféns seriam libertados, mas não se sabia quando.

Filippo a Vittoria, em abril:

"Minha boa Vittoria,

"Toda a tua justa cólera que me tinhas por ter passado tanto tempo sem te escrever, estou convencido de que se transformará em compaixão e ternura quando receberes esta minha, datada do forte de Kufstein no Tirol, onde me encontro refém. Com certeza, a família deve ter te informado sobre minha situação. Asseguro-te que a suporto com toda a resignação e a firmeza possível. De saúde estou bem. Escrevo-te não mais do que poucas linhas, mas quero que recebas notícias minhas por mim. Diz ao caro Bista que também penso nele, e penso com o afeto e o coração de um verdadeiro irmão. Em Matilde, então, dá o mais afetuoso abraço que puderes. Um beijo também para tua filha, e junto com o nome de papai e mamãe ensina-lhe a pronunciar também o do tio Pippo, que a ama com o coração com que ama todos os seus outros sobrinhos. Deus queira que a troca dos reféns ocorra logo, e que então eu possa me reunir à minha família..."

Filippo voltou para casa em meados de junho. Depois de Kufstein, deportaram-no para Viena, em liberdade vigiada. Em Viena contraiu muitas dívidas, mas o pai só ficou sabendo disso mais tarde.

Bista, no fronte, contraíra febre terçã, e foi mandado de volta a Pisa.

Massimo d'Azeglio, que era ajudante de campo do general Durando, foi ferido numa das pernas.

Em julho, houve um violento incêndio em Brusuglio. As casas dos colonos foram destruídas. A perda de dinheiro, para os Manzoni, foi imensa.

A guerra ia mal. Temia-se em Milão a volta dos austríacos. No final de julho, Manzoni fez o inventário das coisas de casa, trancou armários e aposentos, entregou as chaves a Pietro e foi para Lesa, com Teresa e duas camareiras; Lesa situava-se no Estado Sardo. Deixou a guarda da casa a Pietro e o cuidado de seus interesses a Giacomo Beccaria. Partiu no dia 29 de julho. Naquele mesmo dia, Filippo também partia de Milão, como voluntário da guarda nacional mobilizada.

De Lesa, em 5 de agosto, Manzoni escreveu a Vittoria:

"Aqui as notícias chegam tarde, incertas e contraditórias. Sabemos apenas que Milão está livre e sob proteção, que o rei entrou com parte do exército e que o resto seguiu o mesmo caminho. Até aonde, exatamente, o inimigo chegou, nós ignoramos... Podem adivinhar o que se passa no meu coração nesses momentos, e seria muito intempestivo e sem consistência falar-lhes sobre minhas inquietações. Diria apenas que, aqui e por aquilo que se ouve em geral, daqui ao Ticino, há balbúrdia, agitação, mas algo bem diferente de um desencorajamento estéril. A confiança no sucesso, ousaria dizer, não diminuiu, e isso representa por si um grande bem, e uma garantia de bem.

"Minha Vittoria, minha Matilde, meu Bista, sabeis do afeto com que vos aperto ao peito."

Justamente nesse dia, Milão se rendia aos austríacos.

Vittoria, Bista e Matilde encontravam-se em Viareggio. Massimo d'Azeglio foi ter com eles. Lá estavam os Arconati e os Collegno. Ali souberam que Milão se rendera.

Em setembro, os Giorgini foram aos Bagni di Lucca e havia uma epidemia de cólera na cidade. A irmã de Bista, Giannina, e o noivo dela foram com eles. Bista estava traduzindo o *Fausto* de Goethe. Faziam longos passeios pelos bosques. Foi um mês feliz, para Matilde e todos eles.

Propuseram a Manzoni tornar-se deputado em Turim. Ele agradeceu e recusou. Escreveu a Giorgio Briano, que o convidara a apresentar-se: "Um *utopista* e um irresoluto são dois sujeitos inúteis pelo menos numa reunião onde se fala para chegar a conclusões: eu seria um e outro ao mesmo tempo". Pediram-lhe para tornar-se deputado em Arona. Obteve grande número de votos: agradeceu e recusou. "Em muitos casos, em particular nos mais importantes, a essência do meu discurso seria a seguinte: nego tudo e não proponho nada", escrevia, ainda a Giorgio Briano. "E há outra coisa. O próprio discursar é para mim uma dificuldade insuperável. O homem de quem o senhor quis fazer deputado gagueja, não só com a mente em sentido figurado, mas em sentido próprio e físico, a ponto de não poder falar sem pôr em risco a gravidade de qualquer reunião: pois numa circunstância tão nova e terrível para ele, decerto não conseguiria nada além de tentar. Pude fazer tais confissões abertamente ao senhor em caráter particular: quando tiver de fazer minha carta de justificação à Câmara (já que o Colégio de Arona demonstrou-me uma bondade de tão terrível) será algo mais complexo, pois certas coisas ridículas, chega a ser ridículo dizê-las expressamente em público."

A Vittoria, escreveu:

"Deves ter lido em algum jornal, ou sabido por alguém, que os eleitores de Arona fizeram a bondade de designar-me deputado; e deves ter adivinhado no mesmo instante que eu declinaria.

"Na verdade, seria convidar um coxo para um baile."

Costanza Arconati a Teresa, em outubro:

"Caríssima Teresa!

"Queria lhe escrever há tempos, desde o momento em que, achando-me em Arona, me vi obrigada a privar-me do prazer de ir a Lesa por estar sofrendo com um maldito reumatismo que a viagem exacerbava. E esse bendito reumatismo foi até agora a razão por ter demorado a lhe pedir novas suas e de Alessandro. Aproveito-me do fato de ter melhorado um pouco hoje para tomar da pena e tomo a liberdade de uma longa carta que de algum modo possa compensar-me da longa privação. O que anda fazendo? Como vai Alessandro? O lumbago continua a molestá-lo? Fomos a Gênova porque os Collegno estavam lá... Daí, a necessidade de repouso e de tranquilidade nos levou ao campo e, de fato, estamos numa linda vila na costa de Ponente. Peço a gentileza de remeter a resposta que desejo e espero para Sestri di Ponente em Gênova... A catástrofe do final de julho e a ruína das muitas esperanças que tínhamos me abateram tanto que fiquei mais de um mês sem ler jornal, e ouvir falar da nossa desgraça dava-me engulhos. Agora, apesar de sempre aflita, já não o estou de modo tão doentio. Acho que se a Itália fez menos do que nossa imaginação supunha que faria, acabou fazendo no entanto mais do que jamais fez. Como protesto contra o jugo estrangeiro, os seis meses passados devem ser considerados valiosos e dignos. Enganamo-nos de um lado, achando que a Áustria estivesse mais decrépita do que estava e, de outro, exagerando nossas forças e nosso valor." Em seguida, pedia notícias de Rosmini, e se havia voltado de Roma para Stresa, aonde fora enviado por Carlo Alberto em missão política junto a Pio IX; mas Rosmini só voltou a Stresa no ano seguinte.

Vittoria escreveu ao pai, convidando-os, a ele e a Teresa, a passar o inverno com eles. Vittoria, de volta dos Bagni di Lucca, tivera preocupações e dissabores: em primeiro lugar, Matilde adoecera e precisaram lhe fazer sangrias; depois ocorrera um terrível desentendimento entre Bista e Romanelli: Bista era monarquista, Romanelli, republicano; Romanelli lutou em Curtatone; foi feito prisioneiro; em Pisa foi considerado morto e celebraram suas exéquias. De volta a Pisa, desentendeu-se com Bista a propósito de um artigo que este tinha publicado em junho: "O reino da Alta Itália". Romperam relações. Bista ficou amargurado. A filha, a pequena Luisina, era "um doce de criança", ou seja, crescia cheia de saúde; mas nesse outono, por lhe nascerem os dentes, até ela estava com tosse.

Manzoni a Vittoria:

"Cara Vittoria!

"Como nos tocou o coração teu convite para passar o inverno na Toscana! E se soubesses como falamos dele entre nós, mas infelizmente como de um belo sonho! Mesmo que não houvesse a probabilidade de poder e então de ter de voltar logo a Milão, há uma outra dificuldade, a de dinheiro. Nós vivemos aqui mais apertados do que nunca, e com o dinheiro que Stefano conseguiu tomar emprestado. As contribuições pagas de boa vontade aos nossos, aquelas pagas pela maldita força aos alemães, o baixo valor dos casulos, o incêndio de Brusuglio me deixaram na miséria. E saiba que coro, não metaforicamente, mas de verdade, quando penso na dívida que tenho com vocês por causa de Matilde. Já havia conversado sobre isso com Bista, e na época esperava que minha possibilidade não fosse tardar muito: agora, em vez de chegar, foi para mais longe. Mas sei com quem estou lidando, com dois filhos meus, e com o irmão e a irmã da nossa Matilde. De modo que em relação à paciência de vocês estou seguro: é a minha que me pesa.

"Tua carta dos Bagni di Lucca me consolou com a notícia do restabelecimento de Matilde: com a última, como vês, é que não posso estar muito satisfeito. Espero receber outra muito em breve, dizendo que essa tosse desapareceu. Não me incomoda que a retirada de sangue não tenha produzido na mesma hora todo o efeito, pois esse remédio supremo e único nesses casos com certeza interrompe o caminho para o avanço do mal, mas para eliminá-lo de fato leva algum tempo. Agora, limonadas, verduras, abstinência absoluta de vinho, guardar-se das mudanças bruscas de temperatura, e chegamos ao porto. E tua Luisina, com tosse ela também! Mas será necessário que te resignes a isso ou a outra coisa, quando lhe nascerem outros dentinhos. Esperemos que, rompido o gelo, os outros venham de modo menos brusco... Podes imaginar se eu também não a desejo ver e beijocá-la; e espero que logo possas trazê-la a Milão, pois, ao que parece, os alemães estão querendo nos tornar logo possível essa permanência da única maneira que depende deles, ou seja, indo embora."

Em Lesa, no mês de agosto, Manzoni soubera que tinha de pagar uma taxa ou multa de 20 mil liras, como emigrante. Escrevera a Leopoldo Maderna, capataz de Brusuglio, para que lhe providenciasse logo tal quantia. Havia, além disso, outras dívidas em Milão, "com o padeiro, o açougueiro, o charcuteiro e o boticário"; a viúva Tarlarini, charcuteira doméstica, escrevia pedindo que lhe pagassem a conta, e que também lhe fossem pagas as contas de Enrico e Pietro; e, além disso, era preciso pagar um resto de salário aos herdeiros do empregado Domenico, morto na Via del Morone poucos dias antes que eles partissem. Depois, havia ainda dois meses de salário à *bonne*, e com ela havia outra dívida: dinheiro pago por intermédio de Vittoria. "Pergunte-lhe se ainda pode esperar, até que me propicie a Providência cumprir meu dever."

Para permanecer em Lesa, Alessandro e Teresa precisavam de passaporte. Obtê-lo não era fácil. Redigiram uma declaração que especificava que Teresa estava em péssimas condições de saúde e não tinha condições de enfrentar a viagem até Milão, e o marido não podia deixá-la.

Temia-se que os austríacos, em Milão, resolvessem sequestrar os bens dos forasteiros. Teresa vivia nesse terror. Escreveu a seu administrador, Antonio Patrizio:

"Coube a Alessandro, por sua ausência, a taxa de 20 mil liras austríacas, as quais ele não saberá como pagar... Ora, encontrando-se Alessandro nessa situação, sem meios para pagar, e, seja dito sem rodeios, sem meios até para prosseguir mantendo nossa pequena despesa de cozinha e de casa, a qual, por enquanto, vem sendo mantida por meio de uma módica quantia que Stefano tomou emprestada com a hipoteca de Nivolè, encontrando-se Alessandro sem meios presentes nem futuros, será necessário submeter-se ao sequestro. Ora, no caso de o sequestro ser aplicado até aos móveis da casa de Milão, queria lhe pedir que também fizesse o favor de incomodar Grossi por mim e por Stefano, quanto aos três cômodos de Stefano (dois dele e um do seu criado), que ficam dois no segundo andar e um no térreo; mais o meu no primeiro, com mobília minha, não muito pouca; pediria a ambos, ao senhor e a Grossi, o favor de salvá-los do sequestro... Queira me desculpar, meu bom Patrizio, por mandar-lhe esta *spegasc** e não passar a limpo este horrível papel... Nossa permanência é tranquila; de coisas políticas nossas, nem espremendo bem, não se apanha nada importante para indicações possivelmente positivas para um futuro nem próximo nem distante. Para mim a Itália é *l'è on garbioz*;** uma garabulha intrincada, que para ser desfeita serão necessários sabe lá Deus quantos anos de ensinança. Enquanto isso, a geração atual (na minha opinião, pobre mulher idosa) terá oportunidade de ficar bem velhinha; e os velhos como eu terão tempo de passar para o outro mundo..."

Pensando na própria morte, e achando-se pobre, escreveu a seguinte declaração, em abril de 1849:

"Suplico e desejo que meu Alessandro não faça por mim outra despesa fúnebre que não a mínima que se faz aos mais pobres, ou, pelo menos, às classes inferiores."

Teresa tinha a religião dos objetos. Guardava tudo ciosamente: coisas valiosas e coisas sem valor. A respeito de cada uma anotava uma descrição ou um comentário. Ao partir de Milão para Lesa, enchera dois baús e um estojo de címbalo, no qual estava escrito seu nome. Confiara-os a dom Ghianda, para que os transportasse à sua residência, um quarto do colégio Calchi do qual ele era reitor. Depois, Pendola, ex-taberneiro em Lesa e agora empre-

* Em dialeto milanês, no original: "garatuja".
** Em dialeto milanês, no original: "uma mixórdia".

gado braçal, foi retirá-los da residência de dom Ghianda e os levou a Lesa: ela os recebeu em setembro. De acordo com suas palavras, os dois baús e um estojo de címbalo continham suas queridas lembranças. Eram coisinhas que ganhara de presente ou que guardava ciosamente como recordação. Objetos que todos sempre tinham visto, em seu quarto, com aqueles bilhetinhos anotados. As joias que lhe deixara a mãe. Uma relíquia de uma tia-avó monja. Uma faca de ouro em filigrana, lembrança do primeiro marido, "trabalho magnífico, flamengo antigo". As diversas edições de *Os noivos*. Instruções escritas por Manzoni para Gonin, a respeito das vinhetas. Uma "*mèche** de cabelos de Alessandro jovem". Uma luva de Alessandro. Um "pobre mas fiel retrato de Alessandro Manzoni aos dezessete anos, feito por Bordiga". Uma miniatura do retrato de Giulia com Alessandro criança, acompanhada de cuidadosa descrição dos tecidos, da cor dos olhos e cabelos. Algumas cartas de Rosmini. Duas carteiras de couro amarelo, com fechos de prata; dois cachos com brilhantes, presente de Giulia. "Um frasco de cristal de Paris, em forma de castanha de água." "Caixa feita de conchas. Cesta bordada em *chenille*." "Três estojos de livros com linda chavinha." Um exemplar de *Marco Visconti* de Grossi, em encadernação de luxo, "com uma dedicatória do autor para mim". Porém, surgiram em torno desses baús e do estojo de címbalo diferentes boatos. Alguns afirmavam que lá dentro havia outra coisa. Esses boatos chegaram aos ouvidos de Teresa. Ela quis que Alessandro fizesse uma declaração. Ele obedeceu e escreveu: "Lesa, 1º de maio de 1849. Minha cara Teresa. Já que desejas para tua tranquilidade que eu ateste que o estojo e os dois baús assinalados com teu nome e transportados de Milão a Lesa só contêm coisas tuas; e já que isso é a pura verdade, eu o atesto no modo mais explícito e mais absoluto; ou seja, declaran-

* Em francês, no original: "mecha".

do, de modo igualmente absoluto, que não admito a possibilidade de que ninguém do meu conhecimento jamais possa ter a mais remota desconfiança do contrário. Teu Alessandro Manzoni".

Mas de tudo isso surgiram dissabores. Ao que parece, foram Giacomo Beccaria e Pietro que falaram com desconfiança a respeito dos baús; e a *bonne*, ao que parece, afirmara que Teresa havia subtraído objetos pertencentes à casa. Teresa a Antonio Patrizio, em outubro de 1849: "Meus baús e meu estojo de címbalo, assinalados com meu nome, entregues a dom Giovanni que é meu conhecido, mas muito mais amigo de todos do que meu... esses meus móveis fechados à chave foram abertos e revistados secretamente pelo Cons. G. B. [Giacomo Beccaria]. Fiquei sabendo em janeiro passado, pois a *bonne* de casa, talvez tomada de escrúpulo, disse-o a Pendola... e depois, tornei a tomar conhecimento disso nesse mês de julho, quando, tendo ido a Milão visitar o pai doente, nossa criada encontrou-se com a *bonne*, que de novo, com certeza tomada de escrúpulo, mais do que de vergonha, tornou a dizer à supracitada criada, Laura Boschetti, que meus baús tinham sido abertos pelo supracitado. Essa pobre mulher [a *bonne*] tinha proclamado por toda a casa de cima a baixo (menos para mim e para Alessandro) que nos baús, e no estojo, ainda não mandados para fora de casa, eu tinha trancado coisas, roupas brancas etc. da casa Manzoni... Assim que Laura ouviu, pela *bonne*, que o Cons. G. B. abrira minhas caixas, para *verificar*, disse-lhe: 'Pois bem, e o que encontrou?'. 'Nada; *domà i so liber e i so strafusari* [somente seus livros e suas echarpes]'". A *bonne*, segundo Teresa, dizia sempre a verdade, "preferiria que lhe cortassem a cabeça a dizer uma mentira: salvo ter feito tremendas calúnias a meu respeito — mas sempre por acreditar nelas, ou por gostar de fazer com que acreditassem". Visto que as chaves desses famosos baús estavam em Lesa, Giacomo abrira-os, afirmava Teresa, com *gazuas*, "digo *gazuas*". "Deus, Alessandro e Stefano sabem se alguma vez eu pude, consegui ou quis servir-me ou aproveitar-me da ternura de ambos por mim, e tomar para mim nem por astúcia, nem (seja dita a palavra) por furto, apropriar-me de um escudo, nem de cem, nem de trocados, nem de um livro deles..." Em outubro de 1849, Teresa escreveu algumas anotações, que intitulou "Recordações importantes... ou tornadas importantes pela conduta da *bonne*, do sr. cons. Giac. Ba. e de alguns outros": queria do marido outra declaração, na qual fosse especificado pertencerem a ela, por presente do próprio marido, "uma *chaise-longue* de mógono", "uma coberta *tricotée* branca e *bleu** que ficou durante os três anos de doença na minha cama", e "um secador de roupa"** que Alessandro mandou trazerem para Lesa, por meio de carta ao capataz de Brusuglio, "para a sala *à manger**** de Lesa, para podermos passar o inverno". As palavras "alguns outros" aludem evidentemente a Pietro. No final de 1849, Manzoni escreveu a Pietro algumas cartas, que mais tarde pediu que destruísse. Delas restam breves fragmentos:

"Não esperes de mim a não ser cartas enxutíssimas, pois esse bendito trabalho não terminou. Teria muitas outras coisas a dizer-te, mas R. e S. são mais urgentes para mim do que tu." Manzoni estava organizando uma edição de suas obras, com o título *Obras diversas*. R. e S. eram Redaelli e Stella, seu editor e o auxiliar dele.

"Nem te falo das coisas extremamente tristes sobre as quais te disse na minha última carta. Aguardo com dolorosa ansiedade que sejas tu a falar-me delas. Dá um abraço por mim em Giovan-

* Em francês: "tricotada" e "azul" (aqui o adjetivo aparece no masculino), respectivamente.

** *Tamburro* (como refere coloquialmente Teresa); *tamburlano*, em italiano corrente. Trata-se de aparelho cilíndrico, em forma de tambor, feito de ripas de madeira e metal e com uma chapa furada, sobre o qual se punham peças de roupa para secar ao calor de um braseiro disposto embaixo.

*** Em francês, no original: "de jantar".

nina e nas duas queridas inocentes que iniciam a vida em meio a adversidades sem sofrê-las." Pietro tinha duas filhas então: Vittoria e Giulia.

Pietro mandara avisar que iria ter com eles em Lesa. Teresa a Stefano: "Quer dizer que Pietro pretende dar um pulo em Lesa? Até agora não apareceu e se vier encontrará o pobre quarto que conhece e que lhe oferecemos".

Em janeiro de 1850, Manzoni escreveu a nova declaração que Teresa desejava:

"Cara Teresa,

"Visto que por excesso de delicadeza não queres manter a chaise longue inglesa e o secador de latão que se encontram em Lesa, sem uma declaração de que os recebeu de mim, faço aqui tal declaração. Mas também tenho o direito de acrescentar que se trata de bagatelas, não só em si, porém ainda mais em comparação com as dádivas que recebi de ti, com alegria, como penhor do nosso imutável afeto."

Poucos dias mais tarde, ele voltava a escrever em tom afetuoso a Pietro. A colaboração de Pietro lhe era valiosa em tudo: no trabalho; nas controvérsias com Filippo ou Enrico; em cada dificuldade. Dedicado no momento a organizar aquela edição, queria como sempre a ajuda de Pietro: costumava recorrer a ele para pedidos de livros, pesquisas, revisão de provas. "Não vais me dizer, Pietro, que silêncio é esse?... termino dizendo: escreve-me; abraçando-te; e tornando a dizer: escreve-me."

Pietro não foi: não conseguiu obter o passaporte, que solicitara para apenas quatro dias.

No que se refere à taxa, Manzoni recorrera, pedindo sua anulação. "Sobre a funesta taxa, até agora nenhuma notícia", havia escrito a Vittoria, no verão; "Lesa e os arredores estão apinhados de tropa austríaca. Em casa temos dois oficiais. Espero uma carta *bem longa* de ti, com notícias pormenorizadas de todos, Lodovico, os filhos dele, Luisa: caros nomes! E quando hei de revê-los? E minha Matilde? Devo agradecer-lhes, quando a mantêm tão distante de mim? Não devo agradecer, quando a mantêm em tão caro e seguro abrigo?"

Finalmente, a taxa foi anulada. Ele comunicou a notícia, escrevendo dessa vez a Matilde. Tivera notícias boas da saúde de Matilde. "Agora o teu não é um estar melhor, mas um estar bem mesmo; e para aproveitá-lo, não haverá mais necessidade de estabelecer comparações com o passado, e relembrar os achaques que sofreste. Mas até quando terei de ouvir dizer essa boa coisa, e não a ver? Nós vivemos aqui sem um plano fixo, esperando a cada dia que o amanhã nos traga um pronto e acabado; porém, aquele que predomina é poder e dever voltar a Milão no final do outono. E então minha Matilde também regressaria ao ninho: assim, pudesse eu ir buscá-la! Mas são muitos os obstáculos. E ainda que não seja possível dessa maneira, é preciso no entanto que nos reunamos... Tu também me dizes maravilhas dessa minha netinha; mas receio que não me digas tudo. Beleza, graça, doçura, benevolência, presteza de espírito; mas não fazes menção a birras. Diacho! Será que é o único menino, o que estou dizendo?, a única menina que nunca faz birras? Oh, pobre netinha minha! Se quando nomeia o *gran papà Sandro* soubesse que este velhaco contrapõe aos louvores que todos lhe fazem críticas sem fundamento? Diria já agora que os homens são pérfidos; pois bem, um dia ou outro virá a dizer... À netinha cem beijos, com minhas desculpas. A ti a bênção do Pai dos pais."

Essa criança prodigiosa, a filha de Vittoria, aos dois anos conhecia todos os personagens de *Os noivos*, "e, precisando, relembrava-os aos outros". "Mantenham-na nessas boas disposições", Manzoni escreveu a Vittoria, "e logo que souber ler corretamente, esse é livro que lhe devem dar para ler; pois é o modo de fazer com que goste dele a vida inteira. Eu, velho que sou e matreiro, não posso dar uma olhada nas novelas de Soave, nos versos de Frugoni, nas *Veillées du Chateau* de Madame de Genlis de boa memória, sem um vivo sentimento de simpatia, sem uma palpitação no coração: por quê? Por serem coisas que li quando criança. E agora que *Os noivos* transcorreram uma boa parte da vida que lhes era destinada, e envelhecem inexoravelmente, há necessidade que apareçam os que se lembrarão deles por obrigação. E se essa caridade não me fazem os que têm meu sangue, quem a fará?"

Vittoria a ele:

"À medida que o tempo passa, é cada vez mais difícil viver longe de ti! Oh, se em vez de aduzir à mamãe a impossibilidade de fazer a viagem, se para obter o passaporte tivessem alegado a necessidade de fazê-la passar o inverno em ares mais amenos do que os de Milão e Lesa, a coisa, a meu ver, teria saído melhor... Estou convencida de que só poderia ter feito bem a mamãe vir passar os meses frios à beira do Arno, onde não existe inverno. [...] não quero e não tenho ânimo de pôr de lado a esperança de tornar a abraçar-te neste ano que está por vir, e de um modo ou de outro espero que nos console o Senhor e que por fim eu possa lançar-me nos teus braços, mostrar-te tua Matilde crescida e em bom estado de saúde, pôr no teu colo minha filhinha e ouvir-te conversar longamente com meu Bista..."

Em novembro de 1849, o Ministério Capponi caiu na Toscana. Gaetano Giorgini, o pai de Bista, era ministro dos Negócios Exteriores. Ao Ministério Capponi sucedeu o Ministério Guerrazzi-Montanelli. Perdido o cargo, Gaetano Giorgini se retirou da vida pública.

Em dezembro daquele ano, a irmã de Bista, Giannina, casou. Matilde costumava ficar muito com ela; tinham dois quartos contíguos; iam juntas à missa; costuravam, bordavam juntas. Depois do casamento de Giannina, Matilde ficou infeliz.

O avô Niccolao vendeu a casa de Lucca, muito grande para ele sozinho. Vittoria, Bista e Matilde passaram as festas de Natal em Massarosa; depois se transferiram dali para Pisa, onde haviam deixado o apartamento mobiliado que tinham, e mudaram para uma casa maior.

Tante Louise foi a Pisa. Rina estava num colégio em Florença fazia dois anos. Em fevereiro de 1850, Massimo d'Azeglio se hospedou na casa dos Giorgini. O governo suspeitou que ele tivesse ido à Toscana por razões políticas: dar vida à ideia de uma intervenção piemontesa que restabelecesse a ordem. Os Giorgini odiavam o Ministério Guerrazzi. Vittoria narra em suas memórias: "Nessa época, os carregadores e a pior escória da praça eram os donos de Pisa: víamos essas excelentes pessoas chegarem à casa, perguntarem com ar ameaçador se *o marquês* estava lá, e eu vivia muito agitada... Eu contava isso a Massimo, e, brincando, ele me mostrava seu revólver de sete tiros e o sabre, fazendo grandes elogios aos seus *anjos da guarda* (como os chamava)... Mas eu não ficava sossegada por nada. Certa manhã, chegou de Florença uma carta de Tabarrini* para Bista, que lhe avisava ter sido expedido mandato de prisão contra Massimo, e que partisse sem demora. Massimo a princípio não queria saber de ir; mas Bista ficou bravo, e então Massimo, depois de selar seu cavalo, embrenhou-se na mata, rumo a Sarzana".

A missão de Rosmini em Roma, junto ao papa, não obtivera nenhum sucesso. Ele voltou a Stresa em novembro de 1849. Na volta, passou um dia em Massarosa; e levou a Manzoni notícias de Vittoria, Bista, Matilde e Luisina ou Luigina, como às vezes Manzoni a chamava. O papa havia expressado e manifestado

* Marco Tabarrini (1818-98), político ligado a Massimo d'Azeglio.

grande estima a Rosmini, e isso lhe acarretou ciúmes e aversões no mundo eclesiástico. Dois livros seus foram postos no índex. Manzoni e o religioso, em 1850, viam-se com frequência: ou este ia a Lesa, em sua carruagem, ou o escritor arranjava uma carruagem para fazer-se acompanhar pelo abade. Quando não podiam se encontrar, Manzoni ficava triste. "Nunca teria imaginado poder sentir tanto desgosto com a doença de um cavalo", escrevia ao amigo. "E ainda por cima a ausência de Stefano, que está em Milão por alguns dias, torna-me mais difícil ir eu mesmo em busca do bem que as palavras de Rosmini me fazem ao coração e à alma." E a Pietro: "Tenho sempre a alegria de ver Rosmini. Tudo é vaidade, menos a carruagem, dizia S. Filippo Néri. Que sorte para mim o fato de Rosmini ter uma! Vejo nele um grande exemplo de como se podem conservar intactos os sentimentos e as máximas em torno do obséquio, mesmo sendo atingido pessoalmente e no ponto fraco".

Stefano ia amiúde a Milão; a mãe esperava aflita seu regresso, porque eram frequentes no inverno as tempestades no lago; Manzoni lhe mandava bilhetinhos com recomendações de prudência, notícias e pedidos: "Peço-te passar na casa de Redaelli para fazer uma correção nas provas... onde diz 'a planta morrera após ter trazido sua flor imortal', substitui '*trazido*' por 'dado'. Faz-me... o favor de passar mais uma vez no tipógrafo, para lhe dizer que, se na correção da prensa encontrar algum *buon*, ou *cuore* ou *nuovo*,* tire-se o *u*".

Em Milão, Stefano ia encontrar os tios Giuseppe e Giacomo Borri, além de Rossari e Grossi. "Ontem à noite estive na casa de Grossi", escreve à mãe, "e também estavam lá suas mulheres vindas do campo, as quais me incumbiram de transmitir muitas lem-

* Respectivamente: "bom", "coração" e "novo"; Manzoni pretendia grafá-los à maneira toscana.

branças para ti e para papai *n'occor alter.** Estão passando bem... o Peppino já tinha ido para a cama, mas vi a Lisa, que cresceu e está com os cabelos mais compridos." "Pega as mãozinhas dos filhos de Grossi", escreveu-lhe a mãe, "e aperta-as por mim."

Em fevereiro de 1850, Manzoni escreveu a Grossi uma longa carta. Anexava cartas de intimação, recebidas de Viena. Por elas tomara conhecimento de que Filippo, na época em que estava preso na Áustria, havia contraído dívidas; e ele, agora, não sabia como pagá-las; aliás, nem achava justo ter de pagá-las.

"Caro Grossi,

"Estava convencido de que não pararia, desde que me conheço por gente, de dar-te aborrecimentos; mas não esperava que seriam desse tipo. As intimações que anexo a esta, além dos muitos efeitos que me causaram no íntimo, e dos quais é supérfluo que te fale, deixam-me numa grande incerteza quanto ao que deva fazer, ou não fazer, a respeito delas. De pagar essas dívidas, que nem são minhas, encontro-me absolutamente impossibilitado; e acrescento que, se tivesse essa possibilidade, não o faria a não ser depois de ter pensado no assunto, e ter considerado que era certo fazê-lo e qual o modo certo para isso. Mas, vendo que a intimação já existe, e que pode haver outras a mim dirigidas, e devo constituir advogado, peço-te que me digas quais os passos necessários de minha parte, e quais são perigosos.

"Ao ver um jovem que, afastado à força de casa, retido como refém em outro país, e tendo um pai, faz dívidas nesse país, vem facilmente à mente de quem quer que seja a seguinte dúvida: mas o pai não pensava nele? A Grossi, a respeito da minha pessoa, tenho certeza de que tal dúvida não pode vir; mas preciso dizer como as coisas se passaram."

* Em milanês, no original: "a mais não poder".

Quando Filippo foi transferido de Kufstein para Viena, Manzoni havia solicitado a um certo sr. Fortis, dono de uma casa comercial em Viena, que fizesse chegar dinheiro às mãos do filho, de sua parte: e perguntou se, num primeiro momento, trezentas liras austríacas eram suficientes. O sr. Fortis "achou a quantia um tanto mísera"; Manzoni, porém, sabia que Filippo, desde muito, tinha tendência a gastar em excesso e sem nenhum cuidado, e não queria dar mais; deu finalmente quinhentas liras. Em seguida, mandou mais dinheiro. Mas Filippo contraiu outros empréstimos; fez, na cidade, uma dívida de 3600 liras. "Às dores que me dão essa e muitas outras coisas desse tipo irão se juntar os julgamentos do mundo", escrevia Manzoni a Grossi. "O que fiz durante vários anos (visto tratar-se de anos) para frear a fatal disposição de Filippo para gastar extraordinariamente mais do que podia, é claro que o fiz de modo que não se soubesse de nada... Pois o mundo não é obrigado a saber quantas vezes e como o repreendi, ao mesmo tempo que pagava suas primeiras dívidas; como o avisei de que, se continuasse, eu não poderia nem deveria sanar suas dívidas... como, com grande repugnância, tive de interditar os que lhe davam crédito; como fui lhe impondo aos poucos as restrições possíveis entre aquelas que seriam necessárias, e como fiscalizei a execução, na medida em que me permitia meu estado, que tu conheces. O mundo, digo, não é obrigado a saber tudo isso; e não se vê, como nunca se viu, obrigado a pensar se falta ao seu julgamento algum dado necessário. Por isso terá a dupla vantagem de fazer duas condenações de uma só vez, e de dizer: deixaram-no com as rédeas soltas. Mas os julgamentos injustos são ou podem ser meios que nos dá o Senhor para espiar justamente nossas falhas. E no que me toca, peço a Ele que queira conceder ao meu coração a força para dar-lhe por isso as graças que minha mente reconhece que lhe são devidas. Porém, já que também é lícito buscar conforto, e a compaixão dos amigos verdadeiros é um grande e doce conforto, assim eu me permiti esse desabafo contigo..."

Naquele mesmo mês de fevereiro, chegou a Manzoni uma carta de Vittoria (Teresa quis a carta de presente. Com frequência, queria ficar com as cartas recebidas pelo marido. Nesta escreveu: "*Carta de Vittoria, que Alessandro deu-me de presente por desejo meu de ter as palavras da sua filha*"). As notícias da saúde de Matilde não eram boas. Andava sem apetite e emagrecia. "Obriguei-a a tomar suas pílulas de lactato de ferro, misturado algumas vezes com um pouco de absinto... Neste inverno, fiz com que frequentasse de vez em quando a sociedade para não mantê-la sempre enclausurada e, em geral, ela agrada muito por seu comportamento afável e modesto. Nos últimos dias de Carnaval teve um pouquinho de febre, leve, que durou poucas horas. Chamei imediatamente um professor da universidade que lhe receitou uma onça de óleo de rícino... Esse doutor a achou um pouco linfática e disse-me que tinha grande quantidade de soro no sangue. Mudou o tratamento de lactato de ferro para o de iodeto misturado com extrato de folhas de nogueira; e também lhe recomendou alimentar-se com leite e carne assada, tomar todos os dias uma colher de vinho bom e praticar muito exercício. Então, pensamos em fazê-la mudar um pouco de ares e já tínhamos combinado confiá-la à minha cunhada, que nesses dias foi a Massarosa com o marido e o filho... Mas *tante Louise* nos escreveu, inclusive em nome dos Arconati, solicitando-nos tanto para levá-la a Florença, que pensamos em mudar os planos... Quinta-feira de manhã, Bista levou-a a Florença, a tia recebeu-a como um anjo e, apesar de não estar passando bem neste inverno, Bista me disse que está tão contente de ter Matilde consigo que nesses dias parece uma outra pessoa. Pobre tia, tem um coração imenso; Matilde já se acha melhor desde que chegou a Florença... leva uma vida muito agradável: faz belas trotadas e vê muita gente."

Teresa, nessa primavera, tinha um abscesso no ouvido, que lhe provocava dor em todo o seu rosto e dificultava-lhe comer; escreveu a Stefano, que estava em Milão: "Hoje de manhã tomei meu habitual café com creme, com um pouco de miolo de pão, mas apesar de ter misturado café frio, senti o morno tão intenso que me deu dores fortíssimas não onde me limaste o dente, porém mais embaixo, onde acho que o esmalte está gasto, o qual, como me disseste, não está. Será que isso é a causa do abscesso no ouvido? No entanto, sem nem sequer recordar o heroico Sancho Pança, que mantinha uma colher dentro da boca enquanto a costuravam, de medo de não ser mais capaz de enfiá-la depois, eu, indigna Teresa de Sancho, prossegui meu desjejum, alternando dores, café, miolo e manteiga fresca que me amenizava e dava coragem para um novo assalto ao meu café".

No dia de Páscoa, Giuseppe Giusti morreu em Florença. Vittoria escreveu ao pai, dando-lhe a notícia. Nessa época, Giusti estava hospedado na casa de Gino Capponi. Havia anos, sofria dos pulmões; e, nos últimos tempos, parecia muito abatido. "Tinham-lhe levado o pequeno almoço quando, à primeira colherada de sopa, teve uma expectoração bem mais feia e abundante que de costume; porém, ele não se assustou com isso e até chegou a dizer ao criado que estava perto para não se impressionar e nem mencionar o fato, mas, à segunda colherada, veio-lhe outra golfada e em poucos minutos aquela alma querida já tinha abandonado o pobre corpo havia muito depauperado! Dissera ao pobre Gino Capponi, que teve a infelicidade de perdê-lo na sua própria casa, que ele esperava confessar-se e comungar nessa semana, e Deus que perscruta o coração deve ter levado isso em conta! No segundo dia de Páscoa, uma hora depois da Ave-Maria da tarde, reuniu-se na casa de Gino um grande número de amigos que os dois tinham em comum, e todos acompanharam o desolado cortejo fúnebre!" Bista era um dos quatro que deviam levar o caixão, e voltou arrasado para casa. “Agora não se sente lá muito bem e está muito abatido mesmo de fisionomia, pois além da tristeza moral que decerto não foi pequena, ter permanecido tanto tempo pelas ruas de Florença numa tarde fria e chuvosa não deve ter feito nada bem a ele... A pobre *tante Louise*, então, está muito, muito abatida, como é de imaginar; ontem de manhã quis ir um instante à igreja!... e saiu dali naturalmente mais triste e mais impressionada do que chegou... Ah, caro pai, não consigo te dizer quanto me custou esta dolorosa carta!... Dói-me profundamente ter de te causar uma dor tão profunda, pobre caro pai, queria encontrar algumas palavras para poder amenizá-la, mas saberás encontrá-las no teu coração!”

Giusti foi sepultado em San Miniato al Monte.

Manzoni a Vittoria:

“Pobre Giusti! Na flor dos anos e do talento, e quando esse talento tão vivo e original também ia amadurecendo! Como te agradeço por ter me dito que tinha manifestado a intenção de se confessar naquela mesma semana!... Não preciso te dizer que meu segundo pensamento foi para vocês, e para o pobre Bista em particular, e à nossa boa Luisa, e a Gino Capponi, que foi atingido tão de perto. Vejo pelos jornais que o luto foi geral na Toscana; e é impossível que tal perda não se faça sentir em toda a Itália. Mas creio que somente os amigos, não apenas os de Giusti, mas de Geppino, puderam apreciá-lo inteiramente, e conhecer quanta doçura e bondade de coração se escondia sob aquela dignidade e ousadia de talento...”

“Entro em outro assunto desagradável”, escrevia-lhe na mesma carta, “porque complicado por muitas coisas desagradáveis, ou seja, falar-te dos meus planos.” A má saúde de Teresa não permitia que voltassem a Milão na época, e tinham sido obrigados a renovar seus passaportes; os novos venciam em meados de setembro. “E Matilde? Esse é o pensamento que me mantém cruelmente suspenso." Mandá-la para Lesa não era o caso, pois Teresa estava mal e assim Matilde não teria "uma companhia para passear" e ficaria entediada; porém, se o tédio não lhe desagradava em demasia, mandaria a *bonne* buscá-la imediatamente. "Caso contrário, de novo recorro a vocês para outros cinco meses, depois dos quais, a não ser por alguma enfermidade determinada, que Deus não queira, irá a Milão… Espero uma carta de Matilde, da qual, não tendo tu me dito nada de novo, tenho certeza de que esteja realmente bem no presente momento."

Matilde, de Florença, voltara a Pisa. Parecia mais triste do que de hábito. Na verdade, acontecera o seguinte: em Florença, frequentava a casa de *tante Louise* um jovem da aristocracia florentina, viúvo, com uma filha pequena. Entre ele e Matilde parecia ter nascido uma terna intimidade. Matilde afeiçoara-se bastante à graciosa menina. Mas, de repente, ele desapareceu e não se fez mais vivo. Vittoria soube, por amigos, que tinham lhe insinuado dúvidas quanto à saúde de Matilde. A mulher dele morrera tísica. Ele se apavorou e se afastou. Matilde, é claro, entendeu as razões por ele não ter tornado a aparecer. No entanto, não tocou nesse assunto com ninguém. Era fechada e reservada de temperamento e falava pouco. Vittoria e Bista acharam que *tante Louise* tinha sido incauta ao favorecer os encontros entre Matilde e o jovem. Demonstraram-lhe uma leve irritação. Principalmente entre Bista e a *tante* surgiram atritos. Mas logo se desfizeram. Matilde retomou a vida que sempre vivera, entre Massarosa e Pisa, o avô Niccolao e o *babbo** Gaetano, Giannina e toda a família Giorgini. Gostava ternamente da filha de Vittoria, Luisina; bordava,

* "Papai", forma familiar.

cosia e lia muito, e costumava escrever os próprios pensamentos em álbuns, que pediu à irmã que rasgasse ou queimasse, se ela morresse.

Em maio, Manzoni escreveu a Filippo. Ficara sabendo que o filho pretendia contrair um empréstimo, hipotecando a renda das cotas que lhe tinham sido concedidas, por testamento, pela avó e a mãe.

"Filippo! É a voz do teu pai que te chama: a voz que, doce ou severa, jamais te expressou outra coisa a não ser o desejo do teu bem; e convoco tua consciência por testemunha. Filippo! Volta atrás nesse caminho que só pode conduzir-te ao precipício, e no qual, graças a Deus, tenho certeza de que não avanças com o coração contente. Pensa que recordação poderia ser um dia para ti essa de não teres dado ouvidos a este chamado.

"Devo eu te falar das dores que me causas, ou do estado de dor em que me manténs? Devo, para fazer-te refletir sobre o mal gravíssimo que, com isso, fazes a ti mesmo. Pensa que um velho atingido por tantas desgraças, e atormentado por contínuos cuidados, não pode buscar uma distração sem que a preocupação com uma desgraça maior que todas não torne sempre a afundá-lo na aflição; pensa que este velho é teu pai, e que a preocupação és tu.

"Lembra quanto tentei, enquanto me foi possível, manter tuas desordens ocultas, consertando-as em segredo, ao mesmo tempo que empregava, e infelizmente em vão, toda a minha autoridade sobre ti, para que pusesses fim a elas. E agora, o que fizeste e o que estás fazendo da tua reputação? E não é um outro severo castigo que impinges a ti mesmo, esse devorar teus meios de sobrevivência futura? Desprezo e ruína! Dor de quem te quer bem e gáudio de quem te é inimigo; oh, Filippo! É esse o escopo dos teus desejos?...

"Não mencionei Deus; mas tudo isso de que te falei é sinal da justiça Dele, e, ao mesmo tempo, avisos da sua misericórdia. Eu te chamo à ordem em nome Dele, eu te chamo com viva confiança na graça Dele que pode dar força a essas palavras, que me vêm do coração. A casa e os braços do teu pai ainda estão abertos para ti, se voltares agora para ser daqui em diante o que deverias sempre ter sido. Os poucos meses que ainda durará minha ausência de Milão, podes passá-los em Brusuglio com Pietro, com o qual passaste outros, dos quais decerto não te podes lembrar com desprazer. E para ele, estou certo de que será uma verdadeira alegria viver de novo contigo algum tempo, como em família. Pensa que só o fato de voltares aos teus começará a reabilitar-te, como o primeiro passo de uma vida nova que faça esquecer teus erros. Pergunta a ti mesmo o que gostaria que fizesses tua sublime mãe, hesita, se puderes, em responder a ti mesmo qual das duas pode agradar mais àquela querida e santa alma, que, com certeza, roga no céu por todos nós, qual das duas pode honrar mais àquela bendita memória, obedecer ou permanecer alheio a este chamado. Deus não permita isso! Queira Deus, permita Deus que durante os dias em que ainda desejar deixar-me aqui embaixo eu possa chamar-me

teu afetuosíssimo pai."

Filippo não foi para Brusuglio. Ninguém sabia onde ele morava. De vez em quando, aparecia na Via del Morone. O pai lhe escreveu: "Devo lembrar-te a ordem que dei ao caseiro há algum tempo, que não fosses à minha casa com pessoas que não conheço".

Grossi e Pietro haviam discutido se era ou não oportuno tentar dar início às tratativas para a interdição.

Em junho, Filippo escreveu a Pietro:

"Se não tivesses ingerência nos meus negócios, por que te

darias o trabalho juntamente com o amabilíssimo sr. dr. Tommaso Grossi de me desonrar em face da sociedade e dos tribunais, tentando minha interdição? E isso não podes negar, são palavras saídas do escritório do próprio sr. dr. Tommaso Grossi, antes tão odiado por ti e agora, ao que me parece, o contrário disso."

Em julho, Filippo escreveu ao pai:

"Um dever de consciência e a certeza da minha felicidade e tranquilidade obrigam-me a um passo que, por ser o mais importante da vida, nunca é ponderado o bastante, e que justamente, depois de maduros julgamentos e sérias experiências, achei por bem dar esse passo como aquele que decidirá minha felicidade, vida e conduta. Meu bom pai, casei-me. Perdoa-me, suplico-te, se passei a essa determinação sem teu consentimento, mas juro que foi para meu bem."

A mulher dele se chamava Erminia Catena. O pai se recusou a conhecê-la.

Em setembro, o pai escreveu a Pietro uma carta da qual resta apenas um fragmento (ele tornara a pedir a Pietro que fosse a Lesa):

"Suplico ao Senhor que me dê disposição para receber tudo aquilo que me pode vir desse lado e de qualquer outro como dádiva sua, ou seja, como um meio para comparecer diante Dele com alguns padecimentos bem sofridos. Por que às razões naturais e caras que tenho para desejar tua vinda devem se acrescentar outras tão cruéis? Por vontade de Deus. Resposta mais bela e mais feliz do que qualquer outra, se o coração souber considerá-la mais do que satisfatória como a razão é obrigada a considerá-la."

Os Arconati haviam alugado uma vila em Pallanza. Convidaram Alessandro e também Teresa para passar alguns dias lá, mas não era fácil tirá-la de casa. Só algumas vezes tinha ido, coberta da cabeça aos pés, almoçar na casa do abade Rosmini, que mandara sua carruagem apanhá-la. Morria de medo do lago. Stefano, porém, convenceu-a a aceitar o convite dos Arconati e ir a Pallanza, atravessando o lago. Primeiro, levou-a a passear um pouco em seu barco. Escreveu a Rossari: "Nessas manhãs passadas, como mamãe levantou mais cedo que de hábito, consegui levá-la no meu *schooner*,* e é espantoso dizer, no meu *schooner* para fazer o desjejum! E eu o fiz junto com ela, enquanto levantavam âncora e dirigiam as velas para receber o último sopro da tramontana que se extinguia. De fato, foi necessário permanecer cerca de meia hora praticamente na imobilidade, esperando os primeiros sopros do *inverna*...** o tempo passou e o *inverna* chegou; o resultado desse passeio foi que mamãe achou o veleiro cômodo e bonito, adquiriu um pouco mais de confiança ao ver que eu sabia manejá-lo, divertiu-se bastante...". Então, Teresa tomou coragem e no dia seguinte enfrentou mais uma vez o temido lago, indo ter com os Arconati em Pallanza, não com a barca de Stefano, mas de vapor. Passou quatro dias em Pallanza.

Nesses dias, na casa dos Arconati estavam Berchet, Ruggero Bonghi, jovem napolitano, amigo de Rosmini, e Mary Clarke, que viera para uma pequena temporada na Itália. Mary Clarke, três anos depois da morte de Fauriel, casara-se com Jules Mohl. Ela pediu a Manzoni que procurasse todas as cartas recebidas de Fauriel. Pediu a Teresa que o ajudasse a encontrá-las. Teresa prometeu se ocupar disso tão logo tivessem voltado a Milão. Não demorariam a regressar. O exílio de ambos em Lesa chegara ao fim.

Manzoni não tinha a menor vontade de voltar a Milão, e teria ficado em Lesa com muita alegria. De seus encontros e conversas com o abade Rosmini, ele extraíra um diálogo, *Dell' invenzione* (Da invenção). Pretendia escrever outro: *Del piacere* (Do

* Em inglês, no original: "escuna".
** Vento constante do sul, que para de soprar nas primeiras horas da tarde.

prazer). Naquele período da vida, estar em companhia do abade era o que ele mais desejava.

Costanza Arconati ao irmão:

"Dom Alessandro vê-se obrigado pela mulher e pelo enteado a voltar a Milão quando expirar seu passaporte, ou seja, na metade de setembro. Dona Teresa, para estar perto de seus médicos, e dom Stefano, para cultivar a pintura: mas o pobre dom Alessandro está aflito como um estudante que é reconduzido ao colégio."

Porém, é provável que Manzoni achasse necessário voltar. Devia discutir com Pietro muitos problemas familiares, complexos e delicados.

Manzoni a Vittoria e a Matilde:

"Minha Matilde, dá-me gosto saber que tu és uma flor de pessoa: mas o gosto é um pouco estragado por não ver a coisa com meus próprios olhos.

"Passamos quatro dias na casa dos Arconati, para onde Teresa se arrastou a custo, por falta de forças e encontrando dificuldade em permanecer de pé algumas horas do dia; e voltou de lá completamente outra, por ter estado em sociedade e não ter tido tempo de se examinar. Minhas queridas, muito, mas muito queridas filhinhas, devo terminar, pois partimos amanhã às cinco, e há muita coisa a fazer."

Voltaram a Milão no dia 26 de setembro.

Nos primeiros dias de outubro, houve um tremendo temporal em Brusuglio, com um granizo que devastou o campo.

Teresa, de Milão, a Stefano que ficara em Lesa:

"Os grãos do granizo foram bem mais do que simples grãos! Foram pedregulhos, tijolos, pedras, seixos! Que horror! Não conte por enquanto ao teu Francesco [o criado de Stefano, que era de uma família de colonos de Brusuglio], pois os cereais já tinham sido colhidos, e sobre pessoas tornadas [ou seja, tornadas vítimas] até agora não ouvi falar... Pietro levantou-se à meia-noite e, para a segurança das crianças, trancou-as entre duas portas. Os vasilhames no porão boiavam; no celeiro de telhados podres e quase a pique, água e granizo desabavam sobre os cereais etc. etc. Não restou uma folha no jardim nem erva nos prados etc. Na Mojetta, a mesma coisa: os pobres Mojetta vieram contar suas desgraças hoje, logo cedo [a Mojetta era uma casa de colonos e os Mojetta eram os camponeses que nela moravam]. Há pouco, Pietro foi dormir para recuperar-se da noite passada. Enfim, coitado do Alessandro, não importa para onde se olhe, tudo foi atingido." "... as plantas, os telhados, tudo foi danificado, destruído, cortado, afundado..."

Stefano lhe escreveu que Rosmini, sem Manzoni em Lesa, sentia-se *perdido*. Teresa a Stefano. "Li tua carta para Alessandro... Ele levou as mãos juntas à cabeça inclinada, e disse *pobre, caro Rosmini!* Pietro vem hoje durante o dia a Milão por algumas horas, e Enrico também está aqui. A *bonne* ficou no vaivém, de Alessandro a Filippo, por questões de dinheiro..."

Stefano ficara em Lesa. Ao contrário do que dizia Costanza Arconati, ele não desejava de modo algum estar em Milão. Na verdade, adorava sentir-se o mais livre e sozinho possível; e quando a mãe e o padrasto estavam em Lesa, ele arranjava pretextos e fugia para Milão; e o contrário. Tinha uma ligação muito forte com a mãe, e devotava muita estima ao padrasto; porém, gostava muito dessas pequenas viagens entre Milão e Lesa e Lesa e Milão, e sempre achava algum motivo para ir ou voltar.

Teresa se lembrava de que prometera procurar as cartas de Fauriel. Mas achava a incumbência maçante e adiava. A Stefano: "Hoje, espero poder dedicar-me à procura do que Mlle. Clarke tanto deseja e, se não hoje, amanhã, porque tenho de vasculhar a mesa de Alessandro, quando não há visitas...". Daí, alguns dias mais tarde: "Agora parto à procura do que almeja (justamente) Mlle. C. atual Mme. Mauhl, acho; mas não sei se vai dar certo, seja o que Deus quiser!". Escrevia errado esse sobrenome, como se fosse francês; na verdade, era alemão. Luisa d'Azeglio veio a Milão; estivera em Pallanza com os Arconati; ela também solicitava a procura das cartas; Teresa não a viu, mas a *bonne* entregou-lhe uma carta, recebida de Mary Clarke. Teresa a Stefano: "Espera de mim as cartas do seu amigo falecido. Até agora não tive tempo de descer e passar algum tempo no gabinete de Alessandro — ora chovia, ora havia gente, ora ele escrevia, ora escrevia eu etc. etc.: hoje, depois de encontrar e falar com Patrizio a respeito dos meus assuntos de negócios, verei se disponho de tempo para procurar naquela mesa — terei de fazê-lo o mais rápido possível, já que ela parte daqui a cinco dias". E ainda, dias depois, a Stefano: "Vê se encontras um jeito de fazer chegar ao conhecimento de Mme. Mohl que estou me cobrindo de poeira e revendo coisas antigas para encontrar essas velhas cartas para ela, infelizmente, seja dito entre nós, com grave perda de tempo para Alessandro, e com enorme aborrecimento e incômodo no que lhe diz respeito". E enfim: "Ontem, o pobre Alessandro fez um grande *remainement** de cartas em minha companhia, e encontrou apenas duas a serem entregues a Mme. Mohl. Vão lhe agradar sobremaneira, por serem muito literárias, e uma delas fala também de Mlle. Clarke, a qual você sabe que é a própria. Hoje ou amanhã darei uma olhada num pequeno maço e em três ou quatro pastas, agora que conheço a caligrafia delas: compreendes como Alessandro perde a paciência em atividade tão maçante". Foram reencontradas, ao todo, seis cartas de Fauriel.

* Em francês, no original; na grafia correta: *remaniement* ("rearranjo").

* * *

Ao voltarem a Milão, Alessandro e Teresa readmitiram em casa todos os empregados dispensados na hora da partida; e contrataram um novo criado e um cozinheiro; e além disso a *bonne* continuava sempre ali. O cozinheiro se chamava Jegher. Teresa elogiava sua culinária. "Faz bem sua obrigação", escrevia a Stefano, "as sopas que me faz são tão boas que sempre as tomo quando as prepara, sempre em grande quantidade... Quanto ao seu modo de ser, *l'è on strafojon, che non se capiss coss'el se sia.*"* Por que tinham criadagem tão numerosa em casa, mesmo tendo ambos nessa época a ideia de serem muito pobres, não estava muito claro nem para um nem para outra: e, provavelmente, cada um por sua vez estava convencido de que era o outro a querer assim.

Em fevereiro de 1851, *tante Louise* mandou fazer um retrato em miniatura de Luisina, por uma pintora espanhola, certa sra. Leona Darro. *Tante Louise* quis que a menina posasse vestida de freira. Achava que o hábito combinava com sua fisionomia de doçura celestial. Porém, Matilde e Vittoria, quando viram o retrato concluído, foram tomadas por uma sensação de tristeza. "A artista", conta Vittoria em suas memórias, "tinha feito ao redor da cabeça da freirinha uma auréola de santa..."

Em janeiro de 1851, o marido de Cristina, Cristoforo Baroggi, banqueiro, estava falido, e pouco depois foi preso. Tinha paixão pelo jogo e cobrira-se de dívidas. Enrichetta, a filha dele, tinha então onze anos. Crescera na casa de certos parentes do pai, os Garavaglia, que a acolheram na época da morte da mãe. Matil-

* Em milanês, no original: "ele é um desleixado, que não dá para saber o que está fazendo ali".

de escreveu a Massimo d'Azeglio, perguntando-lhe se podia ajudar Baroggi, que pretendia ir para a Bélgica e lá refazer sua vida. Precisava de algumas cartas de recomendação. D'Azeglio recusou. Era, agora, presidente do Conselho no Piemonte. Escreveu a Bista que, "por aquele infeliz", não pretendia desperdiçar o próprio nome. "Para as mulheres, muitas vezes o coração serve de quebra-luz ao cérebro."

Manzoni a d'Azeglio:

"As questões de Estado podem ser escabrosas e penosas; mas não creio que tenham no fundo o amargor das coisas particulares, quando são, como essa, iníquas por todos os lados."

Ele decerto pensava nos pesares que Filippo lhe causava.

Em 1850, Filippo teve um filho, Giulio. No ano seguinte, nas festas de Páscoa, Filippo escreveu ao pai, pedindo para reconciliar-se com ele, implorando seu perdão e manifestando o desejo de lhe mandar esse "pobre menino" para que o abençoasse. Manzoni respondeu:

"O fato de me fazeres lembrar que, ao aproximar-se a época da Páscoa, *os homens reconciliam-se entre si*, faz-me crer que me supões teu inimigo, já que só entre inimigos pode haver reconciliação. Mas para que um pai possa ser considerado como tal, e ter necessidade de reconciliar-se com um filho, deve ter feito a ele injustiças bastante extraordinárias. É tua consciência que deve dizer-te se tenho necessidade de reconciliar-me contigo.

"Quanto ao perdão que me pedes, já contestei que não tinha nenhum ressentimento contra ti, e desejava e pedia a Deus todo bem para ti... Mas ao me dizeres que, se não te houvesse faltado coragem, terias tentado, mediante surpresa, impor-me algo de que estou bem longe de ter te dado o menor direito [mandar-lhe o filho], obrigas-me a declarar que o tentar teria sido um ato não de coragem, mas de violência. Perdoar não significa tornar-se escravo dos desejos daquele a quem se perdoa..."

E poucos dias mais tarde, mandando-lhe dinheiro por meio da *bonne* (dessa vez Filippo manifestara a intenção de levar-lhe a mulher):

"As últimas palavras da tua carta obrigam-me ainda, contra qualquer expectativa minha, e com a máxima repugnância da minha parte, a declarar-te de novo que sou, quero e devo ser absolutamente alheio a relacionamentos que pudeste travar por ti, mas que não podes impor a mim, e que eu não devo permitir-me impor... Se, depois de ter tentado em vão ser obedecido por ti, vejo-me também reduzido a defender-me de ti, fica sabendo que, não sendo eu, graças a Deus, conduzido nisso por nenhuma paixão, serei, como devo ser, irredutível, com a consciência de, ao proceder assim, não estar fazendo nada que não esteja de acordo com os deveres de um cristão e um pai."

No verão de 1851, Teresa e Alessandro permaneceram em Milão até meados de agosto. Stefano estava em Acqui tomando banhos de lama, e esperavam-no para ir a Lesa com ele. Manzoni escrevia um apêndice à *Moral católica*. Teresa fazia uma lista de todos os móveis e objetos que eram de sua absoluta e exclusiva propriedade. Escrevia cartas a Stefano, dando-lhe suas costumeiras aulas de língua italiana. "Alembra, meu filho, que não se diz *andar terreno*, mas *térreo*, como não se diz *acolchoado*, mas *frouxel*. Não se diz *cobertor crasso* nem *calças crassas*, mas *cobertor grosso, calças grossas*."* O verão estava abafado e os pernilongos não davam sossego. Visto que um médico, certo Vandoni, fora assassinado como espião dos austríacos, houve estado de sítio durante alguns dias em Milão, e canhões nos postos da Alfândega. Teresa escrevia a Stefano que não se assustasse ao chegar: "Milão

* No original, "*piano terreno/a terreno*"; "*coltre/coperta*"; "*coperta greve, calzoni grevi/coperta grave, calzone gravi*".

está tranquila, silenciosa, muito silenciosa, e não há, que eu saiba, nem sombra de alguma coisa...". Rossari sofria com o calor e não podia acompanhar Alessandro nos passeios. A Teresa chegavam notícias de Torti, que não viam mais desde muito tempo. "Recebi notícias do bondoso Torti, mas notícias tortas e retortas, recebidas não dele, e sim de um sujeito que falou com outro que faz seus pobres pequenos afazeres na minúscula casinha dele. Pobre e caro velho! E escreve! E publica versos agora, segundo dizem: digo *dizem*, porque não os vi. Imagino que devam ser *poucos e valerosos, como os versos de G. Torti*, diz um outro senhor poeta em *Os noivos*. Então Manzoni era esse outro: é o meu Alessandro, que está bem: está deveras alegre, se recuperou um pouco na aparência e te manda seus muitos cumprimentos. Seus outros antigos companheiros, poetas e meio poetas [Grossi e Rossari], eu não os vejo nem entrevejo nunca nem jamais; porque lá embaixo no térreo eu não vou: e aqui em cima, eles não vêm..."

Foram para Lesa em meados de agosto. Permaneceram lá até novembro. Alessandro via Rosmini, mas não com tanta frequência como antes, porque Rosmini não tinha mais cavalos.

Em setembro, de Montignoso, outra propriedade rural dos Giorgini, chegou uma carta de Vittoria com más notícias: Matilde tinha expectorado sangue. Fizeram-lhe uma sangria.

Luisina vira-se a sós com Matilde no quarto, quando esta tinha passado mal; e, correndo para pegar-lhe água quente, queimara um braço.

O pai a Vittoria:

"Podes imaginar o dissabor, e acrescentarei o susto, que me deu o anúncio do colapso da saúde da minha Matilde. Mas o que veio a seguir me consolou, e mais do que talvez acredites, já que a fraqueza que sobreveio, e que continuava quando me escreveste, é para mim o mais reconfortante dos sintomas. Graças a Deus o sangue foi tirado depressa, talvez tão depressa como se faria em Milão! O retardamento desse remédio que não tem outro igual é o único perigo... Espero uma carta tua anunciando o completo restabelecimento, ou, de preferência, a continuação da boa saúde.

"Oh, pobre Luigina! E pobre Vittoria! Pobres todos vocês! A que prova foste submetida! Mas que compensação nessa demonstração de afeto, coragem e paciência dessa tua admirável filha!... Agradece a Deus por isso, como por um dom raríssimo, quer a ela ainda mais bem, se possível, e faz o esforço para não lhe dizer tudo aquilo que se sente a respeito do seu mérito.

"Mas o serviço postal está chegando, a carta deve partir. Pobre Vittoria, como pude demorar tanto para te escrever? Se tua carta era fria (suposição ímpia!), eu devia ter respondido pelo correio.

"Um abraço a todos, e, sobretudo, imploro do mais fundo do coração a bênção do grande Pai de todos."

Naquele outono, enquanto estavam em Montignoso, Bista ficou sabendo que devia deixar Pisa e se mudar para Siena, pois, por um decreto do grão-duque, algumas faculdades, entre as quais a de direito, haviam sido transferidas de Pisa para Siena; Bista ficou furioso; tinha-se a impressão de que o grão-duque estava investindo contra a Universidade de Pisa, que em 1848 havia sido um núcleo de liberais. Bista teve de partir de imediato para Siena; Vittoria tomou tristemente as providências para a mudança; em Pisa tinham muitos amigos e doía-lhe ir embora; e além disso receava que o clima de Siena não fizesse bem a Matilde. Partiram todos em janeiro de 1852; em Siena, Bista alugara uma vivenda, onde se instalaram; deram-se bem; a vivenda ficava fora da cidade e faziam grandes passeios pelos campos ao redor; Matilde pareceu reflorescer. O pai escreveu que logo iria ter com eles: "Estou determinado a ir, com Teresa ou Pietro, deleitar-me com vocês, meus caros, na vivenda de Siena".

Matilde ao pai:

"Não posso te dizer o que sinto quando penso na tua vinda e no primeiro instante em que tornarei a te ver! Como poderia explicar um sentimento dessa natureza?... Há cinco anos não te vejo, quem diria quando parti de Milão! Como estava longe de imaginar tal coisa!... Como desejo que conheças todas as pessoas dessa querida família Giorgini — não consigo dizer o que representam para mim. O avô agora está em Massarosa, sempre me escreve cartas muito afetuosas, e disse mais de uma vez que me ama como aos seus netos. E asseguro-te que não pode haver avô mais terno. Eu o chamo sempre avô e chamo *babbo* ao pai de Bista: e como poderia fazer de outra forma? Tratam-me como filha. Se visses a atenção, o sentimento que demonstram quando estou doente... Creio que seja bem difícil para mim poder encontrar outra família Giorgini — não se pode ser mais afetuoso, cordial, afável, leal e delicado do que são. Nem te falo do Bista, pois *não consigo encontrar palavras para dizer-te o que ele sempre foi para mim* — Ele nunca deixou de ser sempre o mesmo, e demonstrou continuamente a afeição de um irmão e a atenção de um pai..."

Manzoni a Vittoria, em janeiro de 1852:

"Escrevo-te rapidamente para não atrasar num dia a remessa da cambial para Matilde, no valor de £ 353 aust. e 9 cent. para o semestre, e £ 68 aust. relativas aos juros do seu título de renda. E fujo a toda pressa desse assunto de dinheiro, que me é muito antipático, já que estou muito longe de ter à minha disposição o quanto desejaria: e garanto que não para mim.

"Tua gentil carta aumentaria, se fosse possível, meu desejo de poder executar o adorável projeto de um passeio por aí, na próxima primavera. O desejo não pode faltar, e a esperança perdura."

Essa projetada viagem, que parecia iminente, foi adiada: Manzoni contava fazer-se acompanhar por Pietro, mas, na primavera, o filho precisava permanecer em Brusuglio para cuidar dos casulos de bicho-da-seda. Por algum tempo Manzoni não escreveu nem a Vittoria nem a Matilde; e enquanto isso, em fevereiro, Filippo foi preso por dívidas. Na hora, não disseram nada a Manzoni; ele ficou sabendo pela *bonne*. Sem notícias de casa, Vittoria escreveu a dom Ghianda. Filippo fora preso por causa de uma dívida de quatrocentas liras.

Manzoni a Vittoria, em abril:

"Ao interrogar a *bonne*, recebi dela respostas titubeantes, mas insisti e tomei conhecimento do desastre e da vergonha que tentavam ocultar-me, em virtude da dolorosa certeza de que eu não tinha os meios para consertar imediatamente a situação..."

Havia só um meio de reparar o mal já feito e de prevenir outros, explicava o pai a Vittoria; esse meio era a interdição. Dois anos antes, Grossi já havia pensado nisso e discutira o assunto com Pietro; porém, era necessário que Filippo consentisse e, na época, ele nem sonhava com isso. Agora, prometia consentir, se o ajudassem a sair da prisão.

Pessoas que dom Ghianda conhecia intervieram para libertar Filippo, que foi solto em 15 de abril.

Filippo foi a Renate, na casa de Enrico; levava consigo a mulher e o filho; permaneceram na vila de Enrico por alguns meses. Daí, entre ele e Enrico rebentou uma briga, Enrico mandou-o embora e ele se alojou, com os seus, ainda em Renate, na pensão de um certo Radaelli. A mulher estava grávida.

Agora Enrico, ao lado de Grossi e Pietro, estava entre aqueles que Filippo mais detestava na face da terra. Considerava-o seu perseguidor e um impostor; e assim também dom Ghianda. Via passarem, pelas ruas de Renate, Enrico e a mulher; via ou acreditava ver no rosto de ambos um profundo desprezo por ele e uma enregelante soberba. Decidiu mandar uma carta a Teresa. Ele a insultara, anos antes, numa carta dirigida a Pietro; mas agora só via possibilidade de auxílio desse lado.

"Renate, 14 de dezembro de 1852. Querida mamãe,

"Certamente esta carta irá te causar imensa surpresa, e num primeiro momento poderás acusar-me de descaramento ou até de temeridade; mas passado esse instante, o pensamento de que a pessoa a quem me dirijo nessas minhas circunstâncias extremas é pessoa à qual tenho o doce dever de chamar de mãe, tu te sentirás levada, espero, a percorrê-la até o final e a encontrar nela motivo de indulgência e caridade. Minha atual situação tira-me, sob todos os aspectos, a coragem de recorrer diretamente ao meu excelente pai, mas faz-se necessário que eu o chame em meu socorro tanto em termos morais como materiais; portanto, a quem melhor dirigir-me senão a ti?

"Dirigir-me a ti há de despertar-te um sentimento de desdém, talvez até de repugnância depois de certa expressão que te dizia respeito e que se encontra numa carta minha a Pietro datada de 25 de junho de 1850, expressão que, infelizmente, sei quão dolorosa soou aos ouvidos do meu pai. Mas, por ora, seja suficiente para ti minha palavra de honra que a tal expressão foi interpretada em sentido totalmente contrário à minha intenção. Nem tu nem papai podeis certamente conhecer o significado dela, e para torná-lo compreensível seria necessário também desmascarar a cruel maledicência de alguém, e que é o verdadeiro e único fundamento dessa expressão, e fazê-lo, a não ser em caso extremo, muito me envergonharia...

"Sem evocar as dolorosas e oprobriosas vicissitudes que me ocorreram, sem te lembrar como fui impiedosamente esbulhado de tudo, inclusive dos pertences do meu inocente filho; sem me delongar sobre os setenta dias de prisão que padeci por causa de quatrocentas liras de dívida (e que, no entanto, entreguei a um sujeito iníquo no qual confiara para que as desse a quem de direito, e que, em vez disso, fugiu com meu dinheiro, coisa demasiado notória para ser esquecida); prisão que, além da vergonha, da dor, do opróbrio que me atingiu, representará sempre um dano relevante à minha saúde, visto que sofri imensamente quanto à minha já fraca visão, e mais, em virtude das reles atividades às quais me via forçado, como varrer, limpar, refazer enxergões etc., e tendo de dormir praticamente no chão nu e úmido, adquiri um sério problema do qual me ressinto muito e ressentirei pelo resto da vida; sem, digo, repisar esses castigos vergonhosos, dolorosos, mas bem merecidos, percebi, depois do dia da minha soltura, o estado em que me encontro no presente. Iludido pessoalmente e por escrito por pessoas que decerto tiravam proveito do nome do meu pai; pronto, como bem demonstram minhas cartas, a tudo aquilo que diziam ser a vontade do meu pai, já que além de sentir-me por natureza e dever obrigado a isso, digo-o com franqueza que também me guiava a esperança que me era dada do seu eficaz perdão; no instante em que eu acreditava dever realizar as muitas promessas supracitadas, vejo-me, e por quê?... precipitado num abismo pior do que antes, abandonado e atirado à rua por quem me acolheu e à minha pobre família com as mais expansivas demonstrações de afeto e com as mais amplas efusões, atirado à rua, digo, obrigado a viver da caridade de um senhorio, que, fiando-se na minha palavra e movido pela compaixão decorrente do horrendo estado a que fora reduzido, acolheu-me em sua casa, e adianta-me o sustento e o abrigo sobre minha pensão de dezembro corrente. Se é certo que eu não merecia, sob qualquer aspecto, se faltava a tantas promessas sagradas, pergunta a Radaelli [o senhorio], a quem devo uma segunda vida, e que merece até o reconhecimento do meu pai pela espontânea solicitude com que tomou a si o bem e a honra tanto meus como da minha mulher, que era caluniado de modo inconcebível por quem me estendera uma mão; que se podia esperar sinceramente afetuosa. Ele poderá te dar as mais exatas informações sobretudo a respeito da minha mulher; por não ser parte interessada, ele ao menos poderá, espero, merecer crédito... se uma vez no mundo a verdade e a caridade deverão triunfar sobre a impostura e a maldade. Portanto, encontro-me numa pensão, vivendo da caridade do senhorio, com minha mulher quase no nono mês de gravidez, a qual não deixa de sofrer, pois, além dos incômodos inevitáveis do seu estado, ter ela mesma de passar, limpar o quarto, arrumar as camas, fazer tudo, enfim, sem dúvida contribui para o agravamento da sua saúde, com meu pobre filho que, graças a Deus, é saudável e esperto que é uma maravilha, mas que treme de frio e eu não disponho de vinte tostões para lhe arranjar um cobertor; também eu, a quem faltam até as camisas, oprimido pela dor e pela humilhação, ver-me a viver da caridade de um senhorio que me tem em boa-fé, e sempre ver passar diante dos meus olhos a desdenhosa ostentação e a dilacerante risota das outras pessoas, que tinham contraído o sagrado dever de tratar de modo mais cristão e com maior boa-fé!... Agora, vejo-me obrigado a implorar justamente a caridade do meu pai! Que minhas culpas, que minhas transgressões mereçam um enorme castigo, eu reconheço; mas permitirá teu bom coração, permitirá a generosidade do meu pai, que seres inocentes e por culpa minha sofredores tenham de padecer por mais tempo?... Minha boa mulher, no estado de saúde em que se encontra, meu pobre filho de dois anos? Se, enquanto eu não tiver obtido a bênção do meu pai sobre a cabeça da minha boa Erminia, é desígnio de Deus que deva ser absolutamente morta e desprezível para minha família, recomendo-a à tua caridade, como mulher grávida...

"Já tenho 27 anos; estou para tornar-me pai pela segunda vez; já provei em excesso os frutos amargos do estouvamento e da obstinação; logo, será facilmente possível crer nas minhas palavras e promessas. Meus passivos, mediante a operosidade de Radaelli, reduziram-se a 3 mil liras; e por essa soma, vejo-me obrigado a viver fora da cidade... inativo e inútil para mim e minha família, sujeito a cruéis falatórios e a comentários mortificantes. Se pudesse em definitivo (como de modo tão manifesto, seja oralmente como por escrito, foi-me prometido) pôr termo a essas minhas últimas pendências, voltaria a Milão; já tenho ocupação, visto que mais de um advogado iria me acolher de bom grado em seu escritório; já que, apesar do que dizem certas pessoas que não são muito amantes da verdade e da justiça, no que se refere ao cavalheirismo ainda gozo de um nome ilibado; aí, além de trabalhar e progredir na minha carreira e de dar mostras da minha disposição e conduta, sei que posso conseguir algo satisfatório. Então, se meu pai fizesse a caridade, como me foi prometido muitas vezes, oralmente e por escrito, decerto tirando proveito do seu nome, de dirigir um olhar de perdão ao meu sincero arrependimento e de compadecer-se da minha situação, eu voltaria da morte à vida, e teria condições de poder demonstrar com isso meu arrependimento e minha rendição, e tornar-me um filho digno do amor do próprio pai, e um pai digno da estima e do afeto dos próprios filhos. Pois meu filho crescendo e vendo-me tão repelido, tão desprezado pela minha família... Mas Deus! Deus! Afastai de mim esse pensamento horrível! Eu falhei, falhei muito, mas não desejais em vossa misericórdia a ruína irreparável e o desespero de um filho arrependido.

"Minha boa mãe, apelo à tua caridade, tão evidente sobretudo em relação às mulheres grávidas, pela minha mulher e meu inocente rebento. Que a situação dele desperte tua compaixão! ... Se tua mão benéfica, se o coração do meu pai não vierem em meu auxílio, serei obrigado, e dilacera-me o coração dizê-lo, serei obrigado a levar minha mulher para dar à luz num hospital público de Milão...

"Infelizmente, nunca levei em conta os muitos avisos úteis que recebia de ti desde os primeiros anos da minha juventude; infelizmente, correspondi milhares de vezes às tuas afetuosas maneiras com atos irreverentes; infelizmente, respondi à tua cordialidade com frieza e displicência; mas crê, ó mamãe, juro por Deus, *nada disso saía do meu coração*. Que te seja suficiente este juramento, ao menos, como já disse acima, para que não me veja obrigado a rasgar um véu antigo, o qual rogo a Deus que continue sempre indevassável... Deus seja testemunha da verdade das minhas palavras.

"Não ouso dizer para dares um abraço no meu pai, lanço-me aos pés dele..."

A Stefano, no mesmo dia:

"Sempre reconheci em ti o sincero afeto de um irmão que, não sendo do meu sangue, ainda assim me amava e me tratava sempre com a devoção que, no entanto, devia ser obrigação dos irmãos de sangue! Se mais de uma vez achaste que estive em falta contigo, atribui um pouco disso ao meu comportamento de pessoa sem escrúpulos e, ao mesmo tempo, acredita, porém, que meu coração, assim como minha vontade interior, era totalmente alheio a tudo isso. Eis o momento de exerceres em toda a sua força a fraterna simpatia que sempre tiveste por mim; ajuda-me a obter o favor da nossa mãe, e uni-vos ambos para interceder por mim junto a meu pai. Se pudesse ter o consolo de conversar pelo menos contigo, poderias ser juiz das minhas palavras. Com que sinceridade eu me lançaria em teus braços, com que confiança despertaria o interesse do teu jovem e excelente coração..."

Teresa respondeu:

"A única coisa que Stefano e eu poderíamos fazer por ti era entregar a Alessandro as duas cartas que nos foram dirigidas, para que as lesse se quisesse; e foi o que fizemos e ele as leu de imediato. Mais do que isso, da nossa parte, é impossível, por não querermos em absoluto entrar nas questões e relações íntimas da família. Não creias que esse desejo de nos abstermos seja causado por qualquer ressentimento pessoal, pois já teria sido esquecido, *se motivo para isso houvesse* (mesmo sem necessidade de um sentimento cristão), em relação a alguém que se encontra em situação tão infeliz. Peço a Deus que te poupe e ao pobre coração do teu pai de novas aflições e recomendo-te a Ele."

Ao que parece, Filippo não teve nenhuma "conversa" com Stefano, nem com a madrasta ou o pai. A mulher dele trouxe ao mundo outro filho, que foi chamado Massimiliano. Evidentemente, a dívida foi paga, pois ele deixou Renate e se estabeleceu, com mulher e filhos, na cidade. Vivia e mantinha os seus por meio de pequenos expedientes, empréstimos, e com o dinheiro que recebia do pai todo mês. Era dinheiro que provinha da renda do patrimônio deixado em herança pela mãe e pela avó. O que ele tanto desejava, apresentar ao pai a mulher e os filhos, não aconteceu.

Manzoni decidiu empreender aquela viagem à Toscana, com Pietro, no outono. Passou o verão em Lesa. Escreveu a Vittoria nos primeiros dias de agosto:

"Por mais que tuas cartas me sejam caras, não te surpreenderias se te dissesse que a última foi extraordinariamente cara pelas boas-novas que me deste de Matilde. Oh, minha querida Matilde, que, não por culpa tua, tanto mal fez-me quando criança, naquela vez que temi perder-te, posso então ter esperança de abraçar-te logo, e de ver-te sã e bem disposta! Quanto a Luisina, não é preciso que a mãe se antecipe, pois não fiquei sabendo das suas proezas unicamente por ela, mas por muitos outros, e quero só ver, queira ou não queira.

"Não preciso dizer o quanto Teresa desejaria rever todos vocês, e sobretudo sua Vittoria; mas, em seu estado infelizmente enfermiço, não poderia viajar sem receio de adoecer, fosse a caminho, fosse aí; e a ideia de uma enfermidade fora ou longe de Milão representa para ela um medo insuperável..."

Visto que Giovannina, a mulher de Pietro, estava para dar à luz e podia ser difícil para ele deixá-la, Vittoria escreveu ao pai perguntando-lhe se não queria ter como companheiro de viagem não Pietro, mas Bista, que estava pronto para ir apanhá-lo e acompanhá-lo de volta. Mas Giovannina deu à luz em meados de agosto; teve um filho, que foi chamado Lorenzo. Providenciaram uma ama; "uma boa ama", Manzoni escreveu a Pietro, rejubilando-se com esse nascimento, "é algo muito importante para o pronto e tranquilo restabelecimento da parturiente, para o sossego do pai e sobretudo para a pobre criancinha. Desejar filhos o tempo todo é algo comum para quem não os tem; para um bom marido são todos bem-vindos... quando se ouvem seus vagidos e são levados ao colo, parece uma injustiça e uma crueldade não tê-los desejado sempre". Portanto, tudo corria bem em Brusuglio e Pietro podia partir tranquilo.

Daí, chegou uma carta de Massimo d'Azeglio: a filha Alessandrina, a pequena Rina, casava-se no início de setembro, e pediam a Manzoni que fosse padrinho dela. Ele aceitou.

Rina contava então dezoito anos. Casava-se com o marquês Matteo Ricci, filho de um velho amigo de Massimo. As núpcias seriam celebradas em Cornegliano, perto de Gênova.

De Cornegliano, Manzoni e Pietro prosseguiriam para Massarosa, onde eram esperados por Vittoria e Matilde; daí, juntos, iriam a Siena.

Manzoni mandou a Pietro muitas instruções para a viagem. Encomendar um fraque. Cuidar dos passaportes. Providenciar uma quantia de dinheiro — 1500 liras toscanas — que ele pretendia dar a Bista, de modo a ressarci-lo ainda que parcialmente pelos gastos com a manutenção de Matilde, que estava sob o encargo de Bista já havia muitos anos. Providenciar outra quantia para a viagem e a estadia. "Um velho e esfarrapado *surtout** grosso para

* Em francês, no original: "sobretudo".

o caso de fazer frio em Gênova." "Uma gravata branca, eu a comprarei em Gênova ou tu me emprestarás uma das tuas: sabes que desejo fazer a mais rigorosa economia." Pietro devia ir a Lesa e partiriam dali. "Para a viagem daqui a Gênova, estando tudo acertado, pensaremos se seria conveniente usar o meio mais econômico, ou seja, a diligência. Desejo que não tenhas dificuldades para vir e hospedar-te aqui em Lesa, ou seja, em casa, já que é possível fazê-lo, sem causar incômodo." Partiram no dia 12 de setembro.

De Cornegliano, Manzoni escreveu a Teresa que tinham chegado bem; e puderam admirar os trabalhos para o entroncamento da estrada de ferro, de Arquata a Gênova. "Pontes gigantescas, longos e altíssimos viadutos sobre uma série de grandes arcadas e pilastras que parecem maciços de montanhas, e precipícios... Enfim, eu me surpreendo de nunca ter ouvido falar em trabalhos de tamanha importância, já que, não obstante sermos eremitas, a fama deles deveria ter chegado a nós... ouvi dizer com grande contentamento aquilo que pensava... ou seja, que até o momento, não há na Europa nenhum trecho de estrada que, pelas características supracitadas e pelas dificuldades felizmente vencidas, supere esta."

"Podes imaginar a alegria que foi para mim encontrar Rina, crescida e esbanjando saúde, e, como dá para ver, nadando em felicidade. O esposo e o sogro são tais quais me tinham sido descritos, ou seja, dessa amabilidade natural e espontânea que anuncia as outras qualidades mais essenciais. Massimo continua o querido Massimo de sempre.

"Acompanho-te nas tuas atividades, ou melhor, não atividades diárias: mas tu, logo que puderes, faz com que me engane, e enquanto penso em ti sentada no sofá-cama, tu corres na carruagem. Abraço a Stefano, cumprimentos a todos. Adeus, minha cara Teresa, o quanto te amo e desejo não o direi por escrito, mas pessoalmente."

Em 17 de setembro estavam em Massarosa.

Vittoria escreve em suas memórias:

"Matilde e eu, com Luisina que completava seus cinco anos naquele mês, estávamos sentadas nos degraus que dão para o prado, trepidantes de impaciência e de alegria, quando o carro de viagem atravessou o portão. Atiramo-nos nos braços de papai e de Pietro..."

Manzoni a Teresa:

"Encontrei Vittoria e Matilde gozando de excelente saúde; perguntaram-me imediatamente pela tua, e Bista também; pudera eu lhes ter dito que gozavas de tão boa saúde quanto eles. Parecia-me estar revendo Luisina, tão semelhante a achei ao que me descreveram... Quanto ao espírito, é aquela presteza e graça que todos nos diziam. Vou te contar uma resposta que me deu ontem. Entrou no meu quarto enquanto eu estava lavando o rosto e dispunha-me a trocar de roupa para o almoço. Disse-lhe: 'Luisina, não vens ver nada de belo'. 'Eu não venho pelo belo', respondeu. 'E por que vens?' 'Porque gosto de ti.'"

Em Massarosa, Manzoni encontrou o avô Niccolao, que era forte e firme, embora tivesse oitenta anos; viu o *babbo* Gaetano, e a ambos pretendia expressar o próprio reconhecimento pela grande bondade que dedicavam tanto a Vittoria como, sobretudo, a Matilde: "Mas demonstram essa bondade de modo tão espontâneo e natural que dão a impressão de dispensar agradecimentos".

Em Massarosa, todos ainda se recordavam do dia da visita de Rosmini. O estranho é que até Luisina parecia recordar-se e, no entanto, haviam se passado três anos. Manzoni lhe perguntou como era o abade. Ela respondeu: "Era de filosofia de direita". Provavelmente, ouvira mencionarem filosofia do direito. À mãe, que a pusera de castigo, disse: "Desde que eu estava *in mente dei*,* sa-

* Em latim, no original: "no pensamento de Deus".

bias que não irias gostar muito da criança a que devias dar à luz". À mãe, que não queria deixá-la sair porque estava chovendo, disse, assim que parou de chover: "Mamãe, podes me levar finalmente para tomar um pouco do ar criado por Deus?".

Passeando no campo, Manzoni avistou numa moita de romãzeiras "uma *ninhada* de ciclamens", flor inusitada naquelas paragens; colheu uma e mandou para Teresa, que costumava guardar as flores entre as páginas dos livros; esperava achar essa flor e então se lembraria daqueles dias em Massarosa: "Será um belo momento para mim".

De Massarosa foram todos para Siena, que Manzoni nunca vira; permaneceram dez dias; deviam ir todos a Varramista, visitar Gino Capponi, e daí voltar a Massarosa; mas somente Manzoni e Bista foram, porque Matilde não estava bem; em suas memórias, Vittoria menciona esse mal-estar de Matilde; Manzoni nada escreveu sobre isso a Teresa. No entanto, contou-lhe que Pietro, Vittoria, Matilde e a criança deviam pegar "a estrada de ferro" e encontrá-los numa estação; mas não haviam se encontrado; acontecera que, por um capricho do diretor da "estrada de ferro", tinham partido só dois vagões, e muitos passageiros não puderam embarcar; assim, os quatro foram obrigados a recorrer a outro meio, e chegaram a Massarosa no dia seguinte. Escreveu-lhe que ele não havia passado bem e que tivera de tomar magnésia; então, ela pediu notícias a Vittoria, toda apreensiva; ele lhe escreveu: "Respondo eu, em nome de Vittoria, à tua carta do dia 25, que li com um carinho furioso e um reconhecimento irritado. Tua inquietação iria me causar um grande prazer no que me toca, se não me causasse um grande desprazer no que toca a ti; pois sei muito bem, e infelizmente, que estás deveras mal por causa disso, como se de fato houvesse motivo; e talvez eu tenha te aparecido pregado à cama, com sabe lá Deus que médico à cabeceira, enquanto estava, como estou, perfeitamente bem".

Teresa recebera o ciclâmen. Ele lhe escreveu:

"Recebi a carta almejada... nela encontrei muitas coisas queridas, e abençoo esse pobre ciclâmen que te levou a dizê-las... escolho, entre as muitas caras palavras da tua carta, uma muito cara, como escolherias um ciclâmen entre muitas flores: a suave e bendita palavra 'sempre', palavra de cara memória e de cara promessa. Agarro-a e estreito-a, e envio-te de volta."

Da breve estada em Varramista, ele guardava uma bela mas dolorosa recordação: Gino Capponi estava doente e ficara cego. Tinham passeado no parque, um parque maravilhoso: "pequenas colinas de pinheiros, azinheiras, carvalhos, castanheiras, pradarias e terras cultivadas... e não consigo te dizer como me sentia deprimido", escreveu a Teresa, "ao passear de braço dado com ele, sem poder falar-lhe do que estava vendo, porque seria o mesmo que fazê-lo pensar que ele não podia mais enxergar.

"Sabes por experiência, minha cara Teresa, a alegria que é para mim expressar e dividir contigo todos os meus sentimentos; e vejo que poder fazê-lo, mesmo através do pobre instrumento da pena, fez-me virem mais palavras do que pensava."

Estava impaciente para voltar a casa. Mas não tinha vontade de regressar a Milão de imediato; gostaria de passar um breve período em Lesa, e receava que Teresa tivesse decidido de outro modo. "Acho que no ano passado saímos daí em meados de novembro com muita felicidade, e que o tempo no fim deve ter tomado juízo. E sabes mais do que eu que, quando está bom, o tempo é melhor em Lesa do que em Milão. Realmente, muito me desagradaria ter de renunciar a esse pequeno privilégio de férias que prometia a mim mesmo gozar em Lesa, e a jornadas com Rosmini..." "Guardo a esperança de abraçar-te (até te machucar) na próxima semana; e espero, espero muito mesmo, que tua carta indique Lesa como término da viagem. Por ora, adeus, minha Teresa; se te abraçando daqui não posso te fazer mal, gostaria ao menos de fazer-te algum bem." "Vou te levar uma carta da cara e boa Vittoria, que nos vê partir com aquele sentimento que podes imaginar, conhecendo-lhe o coração. Oh, por que não se pode ter todos os seus entes queridos juntos! Mas espero que Bista leve-a para aí no próximo ano, com Matilde e Luisina." Partiram de Massarosa em 12 de outubro.

Sobre Luisina, Manzoni falou com Tommaseo, que escreveu: "Contava-me ele sobre uma netinha de menos de cinco anos, filha dos Giorgini, que é um *pequeno prodígio*; e que, ao lhe perguntarem quem é o papa, respondeu: 'Ele é uma pessoa que ordena a todos praticarem o bem', mas acrescentou (e com certeza ninguém havia lhe ensinado), 'ele é um porcalhão que faz todo mundo beijar os pés dele'. E visto que o avô chamou sua atenção com uma palavra que ela não compreendia, depois de ter pedido que a explicasse, disse: 'Tens razão, vovô, sou pequena ainda'. Essa mesma criança que tão bem definia o ministério do papa, definiu (se é lícita a palavra) Deus infinito, depois daquela série de perguntas e respostas de criança: 'Quem fez o tapete?', o tapeceiro. 'Quem fez as cadeiras?', o marceneiro. 'E quem fez Deus?', ninguém: ele se fez".

As esperanças de Manzoni foram atendidas: ele e Teresa permaneceram em Lesa até o final de novembro.

Manzoni a Vittoria, de Lesa:

"Como se faz para substituir com a pena as conversas de Massarosa e Siena? Mas o que estou dizendo, as conversas? O fato de vermo-nos, encontrarmo-nos depois de um passeio, cruzarmo-nos pelos aposentos, estarmos juntos em silêncio?... Vou me consolando com o pensamento de tê-los comigo por essas plagas no ano que vem..."

Respondeu-lhe Matilde:

"Caro pai, que tristeza sentimos ao entrar nesses aposentos, tudo o que vemos e tocamos nos lembra os dias que eram demasiado belos, demasiado felizes para que pudessem durar! Tua carta muito nos comoveu, fez-me chorar, tens um jeito de dizer as coisas que faz com que cheguem ao fundo do coração. Como eu também gostaria de dizer-te muito bem o que sinto, como gostaria de poder falar-te do reconhecimento, do amor, da veneração que sinto por ti. Caro pai, lê tu mesmo no coração da tua Matilde!"

Tinham acabado de voltar de Massarosa para Siena, e Vittoria, devido ao desgaste da viagem, sofrera uma ameaça de aborto. Permaneceu acamada durante algum tempo.

Em fevereiro de 1853, Matilde teve novamente uma expectoração de sangue.

Matilde ao pai, em abril:

"Já faz vários dias que tenho o desejo e a intenção de escrever-te, mas demorei até o presente momento porque Vittoria, sentindo dores fortes com frequência, me dava a esperança de que pretendia dar-nos logo esse Giorginello, e eu queria escrever-te todas as boas-novas numa só carta, mas, como vejo que as coisas vão se prolongando, não quero demorar mais para escrever e a boa-nova ficará para a próxima vez. Eu continuo a me sentir bem... Depois de ficar três semanas de cama e de regime, depois das golfadas de sangue e de todos os remédios tomados, levantei-me sem me sentir desfalecer... Hoje ou amanhã, podendo, sairei para uma trotada, já desci as escadas duas vezes... Nunca, nunca poderei te dizer o que foram para mim Bista e Vittoria, deram-me uma assistência contínua, sem jamais sair de perto de mim durante o dia inteiro e permanecendo até a noite, até a uma ou a uma e meia, esperando que a crise que me vinha sempre à meia-noite tivesse passado por completo... Caro pai, agora quero falar de outra coisa, e faz-se necessária toda a intimidade que uma filha deve ter com seu pai; para que eu te fale de coração aberto. Receio que essa minha enfermidade deva pesar muito no orçamento de Vittoria, pois, segundo minhas contas, o médico daqui, que até agora me fez cinquenta visitas e que ainda fará mais algumas, não poderá sair por menos de vinte ou 22 *francesconi*, pois sempre tinha de vir até mesmo tarde da noite, quando as portas estão fechadas e deve-se pagar para que sejam abertas, para passar com a carruagem. Depois, há o médico de Pisa, que foi chamado quando a doença parecia ter se agravado mais, e a ele não sei o que será dado e não posso te dizer nada a respeito, e, além disso, passei um mês tomando muitos remédios, e receio que também de farmácia haverá uma grande despesa. Caro pai, não posso te dizer o que sinto quando, não podendo ser para ti minimamente útil no mundo, penso que te dou tanta despesa! Tem paciência, caro pai, no que depender de mim, prometo que nunca te darei um desgosto em toda a minha vida! Se nesse momento também a ti causar mais aborrecimento do que de costume desperdiçar dinheiro, permita-me dizer que ainda me sobra alguma coisa do semestre passado, e que me bastaria por ora um único trimestre... Agora quero terminar logo e fechar minha carta antes que Bista e Vittoria apareçam, se pudessem apenas imaginar que estou falando contigo sobre esses assuntos, sabe-se lá o que fariam!... Peço-te que me escrevas algumas linhas, pois não te deve custar muito, e se soubesses o que representa para mim receber uma cartinha tua! Dessa vez, peço-te que deixes passar esse capricho e alegres minha convalescença..."

Nesse mesmo mês de abril, Vittoria teve um filho, que foi chamado Giorgio Niccolao. Matilde escreveu ao pai, dando-lhe a notícia.

Manzoni, tendo ido a Brusuglio num dia do final de maio, em conversa com Pietro, "e falando de vocês como era natural", escreveu no dia seguinte a Vittoria: "Veio à tona, durante a cordial conversa, a triste descoberta de que a caríssima carta de Matilde, que anunciava o nascimento de Lao (ou Giorgio?), não tinha sido respondida... ". Ele e Pietro tinham se entendido mal e cada um deles achava que seria o outro a mandar uma carta. "Não sei te dizer como ficamos abalados... Gostaria agora que esta carta pudesse chegar voando. Pobre Vittoria! Tanta dor e alegria, e ter de imaginar a parte que tivemos em uma e outra... Diz à Matilde que não passará o mês que se inicia sem que receba uma carta minha, mas diz-lhe que é garantido."

Em julho, Manzoni providenciou o envio a Vittoria de uma cambial no valor de mil liras toscanas, "parte para o semestre da nossa Matilde e parte para o reembolso, talvez insuficiente, das despesas extraordinárias que tiveram de arcar com a doença dela... Mencionei-te minha mortificação quanto ao atraso, mas não posso deixar de manifestá-la ao menos diretamente, junto com a de fazer tão pouco. Queira Deus que minhas condições melhorem, proporcionando rendas anuais mais prósperas...".

Manzoni estava indo para Lesa. Sobre os planos de fazer Matilde e Vittoria virem a Brusuglio não se falou mais; e, por outro lado, talvez a saúde de Matilde não o permitisse.

Manzoni e Teresa permaneceram em Lesa até dezembro.

Em dezembro, no mesmo dia em que tinham chegado a Milão, Tommaso Grossi morreu. Estava doente fazia tempo. Tinha 63 anos. Deixava mulher e dois filhos. Manzoni a Matilde:

"Oh, minhas caras filhas, que dolorosa e inesperada perda! Inesperada singularmente para mim, que, tendo idade mais avançada do que ele, nunca tinha pensado na possibilidade de pranteá-lo. Rossari, que lhe era também muito íntimo, disse em suas exéquias palavras dignas de Grossi, e de uma grande amizade... Continua a mandar-me boas notícias de ti, que me proporcionam um grande conforto em meio a tantos dissabores."

Em fevereiro de 1854, o avô Niccolao morreu em Massarosa.

No verão, os Giorgini foram com Matilde a Viareggio; o médico recomendara que ela tomasse banhos de mar; levaram-na à praia numa liteira; mas em Viareggio grassava o cólera e todos partiram. Foram a Montignoso. Recomendara-se a Matilde tomar muito leite; providenciaram uma jumenta — uma "*asna*",* escrevia Matilde ao pai — que lhe servia também para fazer pequenos passeios. O verão transcorreu tranquilo, sem contar o medo do cólera, pois tinham ocorrido alguns casos nos campos das redondezas: motivo pelo qual a *asna* com o *asninho* foram trazidos da região de Pisa. *Tante Louise*, que costumava viajar amiúde entre a Lombardia e a Toscana, teve vários problemas com os inúmeros cordões sanitários.

Tante Louise propôs levar Matilde consigo a Pisa, onde o inverno era mais ameno do que em Siena; a ideia desagradava a Matilde, mas o médico disse que era bom e até mesmo necessário, de modo que ela foi obrigada a resignar-se.

De Pisa, Matilde ao pai, em novembro:

"Caríssimo papai,

"Eis-me instalada no Lungarno com a boa tia que me cobre de atenções. Caro pai, não posso te dizer o quanto sofri ao separar-me de Vittoria, de Bista, das queridas crianças, e como sinto falta deles a todo instante! O Senhor exige de mim um grande sacrifício, esperemos ao menos que não seja em vão, que eu possa realmente recuperar um pouco de saúde! Caro pai, se tivesses podido vir a Pisa conosco!... Não tínhamos grandes esperanças, pois entendíamos que a saúde de mamãe seria um obstáculo intransponível, mas mesmo assim tivemos essa ilusão até o último instante! Esperamos que mamãe se recupere bem no inverno, que a saúde dela te permita deixá-la com o coração tranquilo e vir aqui na primavera; quem sabe?... mas não convém apegarmo-nos às coisas muito belas!... Recebi hoje de manhã uma carta

* "*Miccia*", no original; designação de origem toscana.

querida de Vittoria, uma de Bista e até uma do *Babbo*, como se interessam todos pela minha pobre saúde e como todos são bons para mim! Vittoria diz que, quando pronunciam meu nome, Giorgino desata a chorar e a chamar por mim, pobre criança, como me custa ficar longe dele, fazia-me muita companhia e era a distração que eu tinha. Aqui não se sabe o que é inverno, nunca acendemos o fogo... A tia cedeu-me o melhor quarto, é muito bonito e bem localizado. Há alguns dias, eu aqui estou um *pouquinho* melhor... Na manhã de hoje, com tempo bom, pude ir à missa numa igreja próxima, o que me deu grande alegria, pois já fazia três semanas que não me deixavam ir. Caro pai, permita-me causar-te um grande aborrecimento, crê que o faça por ser obrigada, mas com muita repugnância. Não desejaria ser para ti nada além de alegria e, no entanto, tenho sido sempre preocupação e peso! Desde que fiquei doente assim, tenho dado grandes despesas a Bista. Somente ao médico que me tratou durante todo o inverno em Siena ele teve de dar 38 *francesconi*... Depois, ao professor Fedeli pela chamada em Siena e pela consulta outros doze, ao farmacêutico eu não sei exatamente quanto... Puccinotti não quis receber pela consulta, nem o professor Almansi que me visitou três vezes em Viareggio quis ouvir falar nisso, porque são ambos amigos de Bista e também porque *sou filha de Manzoni*... ainda há sempre mil outros pormenores; se temos de nos deslocar, e tivemos de nos deslocar várias vezes nesse ano por causa do cólera, é preciso encontrar o modo mais cômodo para mim, pois o menor cansaço num passeio me provoca febre... Caro pai, se pudesses mandar alguma coisa a Bista, seria um grande presente também para mim!... eu sei que nesse momento haveria pequenas despesas necessárias a ser feitas; porém, é preciso sempre pensar duas vezes e fazer tudo com muita economia porque os meios são poucos! Mas quando se trata de mim e da minha saúde não têm limites, e tirariam o pão da própria boca... Agora, eu precisava que me dissesses como devo proceder aqui com a tia d'Azeglio. Perguntei-lhe se havia combinado algo contigo, e ela me respondeu, imagina se falo em dinheiro com o tio Manzoni, trata-se de uma sobrinha, eu morreria de vergonha... mas, por outro lado, também me disse em mais de uma ocasião que agora se encontra apertada... Algumas pequenas despesas, como o carro para vir até aqui, correio, farmácia, eu mesma comecei a fazer, anotando-as, mas não posso ir muito longe, pois meu semestre terminou no final de setembro. Caro pai! Tem paciência e compaixão por mim, asseguro-te que sofro por ter de te dar tantas preocupações e aborrecimentos!... Minha pobre saúde é a culpa e a causa disso tudo; se estivesse bem, não te custaria muito, pois não desperdiço nada; minha roupa dura anos, razão pela qual sempre recebo elogios da tia, e jamais faço despesas inúteis. Mas, muitas vezes, eu também me vejo obrigada a fazer pequenas despesas com minha pensão, relativas a coisas que não entrariam nisso, como gorjetas etc., e pago-as sem demora, mesmo fazendo economia no que se refere ao vestuário. Caro pai, suplico-te, responde-me logo. Dessa vez, não se trata de um simples desejo de receber uma carta tua, preciso mesmo que me digas como proceder e como posso arranjar-me!... Não pude terminar minha carta ontem nem anteontem, por um lado é melhor, pois, estando com ela ainda hoje, posso dizer-te o resultado do exame cuidadoso que o professor Fedeli me fez nesta manhã. Diz que pode garantir que não tenho nenhum defeito orgânico no coração, que o pulmão esquerdo está saudável, mas que o direito encontra-se um pouco obstruído. Se essa obstrução permanecer será preciso recorrer a certos vesicantes — por enquanto devo alternar o óleo de bacalhau com o xarope iodo-férrico de Mialke —, fazer uma pequena trotada à beira do Arno nos dias bons, e por ora contentar-me com isso e não passear a pé. Faz nove meses que já não passeio..."

Manzoni a Matilde, em dezembro:

"Minha cara Matilde,

"Para meu desgosto, fui obrigado a adiar o envio desta carta por alguns dias além do prometido. Garanto que dessa vez não foi por preguiça. Agradeço o papelzinho em que encontraste uma margem para dar-me novas cada vez melhores da tua saúde, e se não de perfeita saúde, pelo menos de um progresso para melhor... Bendita Pisa, e um querido nome que com ela rima! Espero que tua próxima carta me diga que tuas trotadas no Lungarno se tornaram mais longas, e Deus queira que logo se transformem em passeios!

"O estado da minha mulher, infelizmente, não melhora, pelo menos de maneira expressiva. Eu, porém, só pelo fato de não piorar, não posso deixar de ter a esperança de uma feliz reviravolta. Eu a vi outras vezes languescer durante muito tempo e recuperar-se pouco a pouco; cheguei a vê-la em condições muito piores. Deus queira que meu presságio se torne verdade! Pede que eu mande muitas lembranças para Luisa e para ti.

"Continuo a levar minha vida de sempre: nada alegre, como podes imaginar. Vou pedindo ao Senhor que me conceda a graça de amar todas as suas vontades; mas Ele me responde: 'Faz também, da tua parte, aquilo que podes'. E nisso está o problema. Ajudo-me também com o trabalho. Mandei ao prelo o final da continuação da *Moral católica*..."

Matilde ao pai, em fevereiro de 1855:

"Meu caro pai,

"O desejo de poder anunciar minha convalescença por escrito fez com que adiasse dia após dia o envio de uma carta, mas agora perdi o ânimo, e sinto muita necessidade de escrever-te para adiar mais. Continuo a ter febre todos os dias ao anoitecer, e por ora não parece que vá passar; de dia, à exceção de um pouco de dor de cabeça que sempre me causa apreensão e dores mais ou menos agudas no peito, não há outro mal desde muito tempo até agora e não posso me queixar; mas ao anoitecer sinto-me muito mal, os suores às vezes são por demais abundantes e deixam-me fraca. Ontem de manhã, Fedeli examinou meu peito novamente e encontrou tudo no mesmo estado, ou seja, que o pulmão esquerdo apresenta um sopro ofegante e cansado por suprir o direito, que está sempre um pouco obstruído. Pensa, caro pai, que hoje faz 75 dias que estou acamada! Levanto de dois em dois dias para que me arrumem a cama, e passo meia hora numa poltrona junto ao leito, toda embrulhada num cobertor de lã; mas se ultrapassa um pouco a meia hora, vem um estado de prostração e fico pálida como se fosse desfalecer. De volta à cama, recupero-me depois de alguns instantes. Porém, todos continuam a encorajar-me muito e até o médico assegura que não encontra nada no meu estado que possa causar sérias apreensões, e que, voltando o tempo bom, hei de sarar; e Bista, que veio me fazer uma visita tão gentil no Carnaval, não me achou mais fraca do que da última vez. Esperemos, portanto, que tenham razão e que eu possa realmente sarar logo! Confesso que tenho tido grandes momentos de depressão, cheguei mesmo a perder a coragem, e meus pensamentos eram tão tristes que me via a todo instante com o rosto banhado em lágrimas. Pensava muitas vezes: quando estiver pior, escreverei ao papai que faça a gentileza de vir, não posso de modo algum morrer sem revê-lo e sem que me conforte com suas palavras e sua bênção!... Não é verdade, caro pai, que se ficasse mal tu virias? Oh, mas agora não tenho mais esses pensamentos! Espero rever-te logo, mas que estejamos todos alegres e eu possa correr ao teu encontro!... A tia tem demonstrado sempre muita dedicação e bondade, mas confesso que sinto falta de Vittoria, de Bista e das queridas crianças, e que anseio pelo tempo bom que me permitirá, espero, voltar para eles. Não podes imaginar a bondade e a afeição que demonstram por mim; escrevem-me diariamente longas cartas tão afetuosas e detalhadas que, ao lê-las, tenho a impressão de estar com eles. Asseguram-me que até Giorgino lembra sempre da *tia Tide* e que com frequência pega um papel de carta e um lápis e faz muitos rabiscos, dizendo que está mandando muitos beijos à tia. No outro dia, Luisina mandou-me por meio do *Babbo* um lindo cestinho de palha, comprado com *o dinheiro dela*. Pobres crianças, sempre digo a Vittoria e a Bista que as amo tanto quanto eles! Vittoria virá agora na Quaresma me fazer uma visita, e Bista voltará nos feriados da Páscoa. De vez em quando, vejo o *Babbo*, pois fica um pouco em Florença e outro em Montignoso, e, ao fazê-lo, passa por aqui. Quando vem, faz-me muita companhia e demonstra muita afeição; diz sempre que gosta de mim como se fosse filha dele. Pobre *Babbo*, e eu gosto muito, muito, dele; amanhã é aniversário da morte do pobre avô!... Sbragia vem me ver todos os dias; traz-me tudo aquilo que acha que possa me dar prazer; quando eu estava pior, passava horas aqui e sempre fez por mim tudo o que estava ao seu alcance. Peço-te, caro pai, quando me escreveres, diz alguma coisa para ele. A respeito das despesas, daquelas trinta moedas que me mandaste fora da pensão semestral, gastei 22 até agora, pagando ao farmacêutico pelo mês de novembro e dezembro, e pagando ao criado a cada oito ou dez dias por várias pequenas despesas diárias com leite, gelo, velas, correio e outras mil coisas das quais, se quiseres, poderei mandar-te uma conta detalhada quando sarar. Não me sobraram mais do que oito moedas. Ficará faltando pagar o farmacêutico em janeiro e fevereiro e os remédios que me foram dados! O médico, se preferires, pode-se deixar para pagá-lo quando eu for embora de Pisa. O que me parece mais urgente agora, e desejo falar-te com o coração na mão, seria pensar na conta com a tia. Esperei a vinda do sr. Finzi, mas em vão. Por todas as conversas da tia, vejo que não vive à larga, aliás, poucos dias atrás, disse-me claramente que está passando por um mau momento, que está apertada e eu me sinto morrer quando fala assim e chego a pensar que isso é por minha causa. Pobre papai, tem paciência, falar sobre essas coisas e ter sempre de te pedir custa-me muito! Se ao menos pudesse dizer-te que todos esses gastos fizeram-me recuperar a saúde! Mas seja feita a vontade de Deus!... Manda muitas lembranças à mamãe por mim e dá-me novas da tua saúde, por favor. Saúda os irmãos por mim quando os vires, recebe os cumprimentos da tia e perdoa-me esta horrenda carta escrita aos trancos e barrancos e que precisei interromper a toda hora por causa do grande cansaço! Recebe um afetuoso abraço da minha parte e manda tua bênção à tua pobre *Matilde*."

No final desta carta, Teresa escreveu: "*Carta deixada ou doada a mim* à regret* *por Alessandro, pelo grande interesse que viu em mim pela pobre Matilde querida*".

Manzoni escreveu a *tante Louise*. Dizia ter lhe mandado um dinheiro adiantado para as despesas bancadas por ela; e dizia que a chegada do tempo bom, e "sobretudo a bondade divina", que ele nunca deixava de implorar "para a saúde dessa criatura cada vez mais querida", levavam-no a esperar com confiança "notícias mais reconfortantes". "Por desgraça, não há qualquer melhora nem mesmo na saúde de Teresa; mas acho que posso, ao menos em parte, atribuir a causa disso a esse odioso inverno; o que me faz sempre esperar que terei a dupla alegria de vê-la sem delongas em melhores condições e de pôr em prática, na primavera ou no começo do verão, aquele projeto tão caro a Matilde, a Pietro, a mim e a ti tanto quanto a nós, pois, em primeiro lugar, tu estás unida a nós por muitos laços e também por seres quem és."

E em carta a Massimo d'Azeglio, naqueles mesmos dias, escreveu:

"Tive ao menos a alegria de receber boas notícias e ainda mais promissoras para o porvir da nossa pobre Matilde. Luisa é para ela uma irmã, uma amiga, uma mãe incomparável."

* Em francês, no original: "de lembrança".

Matilde ao pai, em março:

"Tiveram de me fazer uma pequena sangria na segunda-feira, pois com a tosse expeli cinco ou seis golfadas de sangue… Trataram-me, como sempre, à base de gelo e limonadas, e, graças a Deus, desde segunda-feira não expeli mais sangue e dessa vez espero escapar, pois até mesmo o que era esperado aconteceu. Ontem, passei uma hora fora da cama, sinto-me com bastante força, e não fosse essa bendita dor do lado direito, que se recusa a passar, estaria contente comigo mesma. Caro pai, espero logo poder te dar notícias ainda melhores! Fez-me muito bem a carta que escreveste à tia! Que amável esperança nos dás! Não temos coragem de esperar demais, pois temos muito medo de que a saúde de mamãe não te permita deixá-la, mas, quem sabe, agora que terminou o inverno, ela se encontre melhor na primavera! Deus o permita, caro pai, e Deus permita que possas deixá-la com o coração tranquilo, e vir ter um pouco com teus filhos daqui, que te esperam com muita vontade. Depois que escreveste aquela boa notícia à tia, as cartas de Vittoria e Bista estão repletas de belos planos que muito me alegram!… A tia demonstrou grande mortificação e surpresa com aquela letra de câmbio que lhe enviaste. Não houve jeito de fazer com que a aceitasse e fui obrigada a ficar com ela. Porém, combinamos fazer juntas as contas… Oh, quanto dinheiro é gasto quando se tem a infelicidade de ficar doente por tanto tempo…"

Vittoria e Bista tinham mudado de casa. A nova residência ficava no centro de Siena, na Lizza. Matilde tinha esperança de poder estar lá com eles, em maio. Manzoni a Matilde, em abril:

"Espero que o progresso do bom tempo tenha ajudado o da tua convalescença. E eu também corro em pensamento à casa que dá para a Lizza; mas, se corro no pensamento, não faço o mesmo quanto a partir para lá. Não poderei absolutamente ir antes de julho, por ser muito importante que Pietro permaneça em Brusuglio até a colheita dos casulos... a saúde de Teresa melhorou de fato... Tendo lido tuas amáveis cartas, uma com dor, a outra com alívio, ela desejaria muito escrever-te, e atormenta-se por não poder fazê-lo ainda. Digo-lhe que, por enquanto, contente-se em rezar por ti, como faz."

Matilde a ele, em abril:

"Que prazer imenso senti ontem quando me trouxeram tua carta, caro pai, e quanta alegria sentia ao lê-la e ao pensar que daqui a dois meses nós o teremos *sem falta* aqui conosco!... Caro pai, como esse pensamento me faz esquecer do meu tristíssimo inverno e de todos os sofrimentos vividos!... Saio todos os dias para uma trotada, até agora não me permitiram subir sozinha as escadas e isso me deixa um pouco triste... Sabes, caro pai, que já está marcado o dia do meu regresso a Siena, e que estamos muito perto? No dia 30, a tia irá me acompanhar até Empoli; lá, Bista virá de Siena para apanhar-me... Até que enfim, passaram-se esses longos meses de separação; como me consome a ânsia de rever Vittoria, as crianças, que me mandam todos os dias as lembranças mais afetuosas, e Bista..."

Em maio, o abade Rosmini adoeceu. Sofria de uma doença do fígado. Manzoni quis que fosse examinado por seu médico, o dr. Pogliaghi. Ele e Teresa estavam em Milão; Manzoni estivera ligeiramente indisposto. Recebiam notícias pelo abade Branzini, que cuidava de Rosmini, e por Stefano, que fora para Lesa no início da primavera.

Teresa a Stefano:

"Muitos agradecimentos ao bom e querido abade Branzini. Rezo também à noite como melhor faço, para que o Senhor não nos leve Rosmini!... Deus abençoe essa tua ida com o dr. Pogliaghi. Deus ilumine Pogliaghi e injete confiança e obediência no espírito do Ilustre Venerando Enfermo."

O dr. Pogliaghi não deu esperanças. O abade Branzini a Teresa:

"Sinto um sofrimento enorme ao pensar que logo não teremos mais nosso caríssimo padre. Se dom Alessandro pudesse fazer a viagem sem sofrer, faria realmente uma caridade, pois ele o veria de muito bom grado."

Manzoni resolveu partir. Pogliaghi, que nesse ínterim tinha voltado a Milão, acompanhou-o até lá. Teresa a Stefano:

"O Senhor pode conservá-lo entre nós: só ele, Deus. Amanhã, Pogliaghi e Alessandro irão diretamente, descendo da diligência e tomando o barco, irão, digo, diretamente e a toda pressa até Stresa... Não esqueças as águas de Boario, que ficam aí em Lesa. Também Morelli, com quem, como sabes, me avistei ontem, desaprovando por enquanto as de Recoaro para o pobre e valioso Rosmini, aprovava que fossem experimentadas as de Boario, que sugeriu a ti para mim e que me devolveram à vida quando estava inchada como uma bola, os braços, as pernas, o corpo inteiro, e as urinas tinham parado, que nem esquila nem nitrato de potássio faziam qualquer efeito, elas me causavam terríveis soluços e espasmos no estômago..." E alguns dias mais tarde: "Escrevi uma longa carta para ti... Nota que naquela carta falo das águas de Boario que há em Stresa, e que talvez pudessem fazer bem ao estômago do pobre Rosmini!". A doença do abade deixara-a em estado de grande agitação. Uma vez que passava a vida a pensar nas próprias doenças, verdadeiras ou imaginárias, quando se via diante da enfermidade alheia sentia-se em casa e era tomada por uma espécie de embriaguez. Apenas diante da doença de Matilde ela permanecia singularmente impassível, não sugeria nada. A doença de Matilde não lhe despertava ideias de remédios, nem de viagens, nem de médicos, nem de águas. Stefano a Teresa:

"Pogliaghi não recomenda nenhuma água mineral ferruginosa, pois afirma que, como não há febre, poderiam fazer mal. E, realmente, creio que tenha razão, pois o ferro, embora não *forta-*

leça materialmente, aumenta a parte vital do sangue, conforme li em Liebig."* Stefano também, como a própria mãe, amava as doenças: elas o excitavam e despertavam sua curiosidade.

Os médicos receitaram alguns alimentos especiais para Rosmini, que tinha dificuldade de se alimentar. Era preciso, Stefano escreveu a Teresa, um pacote de *Racahout des Arabes*** e outro de *Tapioca do Brasil*. "O primeiro vem num frasco de cristal embalado, o segundo não sei. Mas escreve os nomes com clareza num pedaço de papel, porque não são fáceis de guardar na cabeça. Daí, manda fazer no embalador Pugni uma caixinha de madeira capaz de conter os dois embrulhos e depois manda-os à diligência do correio..." Teresa mandou sua camareira Laura à drogaria de luxo que Stefano indicara e depois ao Pugni. Pôs em ação até o cozinheiro Jegher. "Está tudo aqui, pronto, selado e reescrito por mim e mando Jegher... Jegher mandado aos Restelli com a caixa que chegará, espero, amanhã pela diligência municipal, e que leva o *Racahout des Arabes* e a *Tapioca do Brasil*. Pobre, pobre e querido Rosmini! Oh, caro Stefano, que homem estamos perdendo! Que santo! Que sábio! Que amigo para o meu Stefano e para todos que deles precisassem!... Oh, quem sabe, quem sabe o Senhor, poço de misericórdia, não o deixe conosco depois de tê-lo quase levado!... Quem sabe dizer quão bom é o Senhor de Abraão, Jacó, Isaac, Tobias!... Oh, meu Tobiasinho Stefano..." Uma vez que tanto Stefano como Manzoni tinham manifestado o receio de que se sentisse sozinha e tivesse medo, protestava: "E vocês dois (Alessandro e tu, meu Stefano), que ideia é essa de ambos, ou tua, de que eu possa ficar agitada com a notícia de estarem

* Justus von Liebig (1803-73), cientista e inventor alemão, um dos fundadores da química orgânica, notabilizou-se, entre outros, pelas pesquisas sobre a alimentação de enfermos. (N. E.)

** Recahout: mistura de cacau, fécula de batata, farinha de arroz, salepo, bolota de carvalho, açúcar e baunilha. (N. E.)

os dois à deriva no lago... ambos! É o que achas? Estou muito bem servida, melhor do que antes, pois Jegher, Binzaghi, as criadas, a sra. Teresina estão todos à minha disposição, jamais saem de casa nem de dia nem de noite. Depois, com os Enrico, que são uma trupe e que fazem companhia, a casa está segura no andar de cima [evidentemente, Enrico e sua família estavam em Milão nesse período e ocupavam o andar superior da casa]: e também as sras. Barni, e as Sogni, e todas as pessoas ligadas a elas, e por fim, a *bonne* e os porteiros. Mas eu nunca tive medos, nem dúvidas, nem necessidade de mais nada, nem de dia nem de noite".

Em maio, Matilde voltou a Siena. Foi recebida com grande alegria; tinha, na casa que ficava na Lizza, "um quartinho muito bonito, com tudo aquilo que pode me dar mais conforto. Bista tratou de tudo pessoalmente, para que a mobília que me era destinada ficasse boa... Em Pisa, eu havia perdido completamente o apetite, o pouco de que me servia jogava fora com muita repugnância. Agora estou recuperando até o apetite. Como gostaria de estar bem quando vieres, caro pai, e poder aproveitar totalmente tua estada! Não falamos em outra coisa a não ser na tua vinda, e só pensamos nisso! Que felicidade poder fazer com que conheças Giorgino, e ter-te aqui conosco!... Caro pai, fiz bem todas as minhas contas... das 1200 (liras) que me mandaste, gastei 1125 liras... Agora ainda falta o médico!... Pelas consultas, então, eu estaria lhe devendo 45 *francesconi*, ou seja, trezentas liras, mas ainda há as sangrias, as sanguessugas, as ventosas, as medicações com vesicantes... Ao todo, 160 liras. Essas, seria um grande favor se tu pudesses me mandar, pois Bista não pode me emprestá-las de jeito nenhum, e dizia ontem mesmo que sente muito por isso; e esperar tua vinda receio que seria um tanto demasiado... Pobre papai, eu te custo muito e não valho nada!".

Em junho, Bista escreveu a Manzoni que Matilde não estava nada bem. Propunha encontrá-lo em Stresa e depois levá-lo a Siena consigo.

Manzoni a Bista, de Stresa:

"A alegria que me proporcionou tua amável carta foi bastante anuviada pelas notícias de Matilde que me dás. Porém, quero ter a esperança de que não seja nada além do que mencionas, ou seja, uma diminuição no progresso da convalescença."

Também dava notícias de Rosmini. "Do homem incomparável junto do qual me encontro... infelizmente, o melhor que posso te dizer é que não se esgotaram todas as esperanças. Há alguns dias as dores diminuíram, aliás, quase cessaram; a hidropisia não avança; as urinas melhoraram; mas, não obstante essas vantagens parciais, aumenta a fraqueza ocasionada pela extrema dificuldade, pela quase impossibilidade de digerir até o mais parco alimento... O que se mantém no seu estado, e no alto estado que conheces, é o ânimo. A resignação, ou melhor, a plena e natural aceitação da vontade do Senhor, a serenidade que é consequência disso são perceptíveis em tudo o que diz, em tudo o que faz, naquele sorriso que permanece o mesmo, sem mudanças, num aspecto tão mudado..."

"Como te agradecer, ó meu bom e caro Bista, por tua disposição em vir aqui ao meu encontro?

"Mas continuo firme na esperança e na determinação de ir até aí, ou onde vocês estiverem em setembro, ou daí para a frente... As novidades, Vittoria pode escrevê-las para Pietro, que fará com que cheguem no mesmo instante às minhas mãos, se ainda estiver aqui. A ti, a ela, à nossa Matilde um único e mui carinhoso abraço do teu pouco digno mas amantíssimo pai."

Um dos últimos encontros entre Rosmini e Manzoni é descrito assim por alguém que se encontrava presente:

"O enfermo, comovido com o extraordinário afeto, apertou

mais forte a mão de Manzoni, e trazendo-a mais para junto de si, pespegou-lhe um beijo. Surpreso e fortemente perturbado, Manzoni se curvou para também beijar a mão que tinha entre as suas; mas, tendo percebido, como disse mais tarde, não ter feito com isso mais do que se pôr em pé de igualdade com o amigo, ficou, de certo modo, ainda mais perturbado e confuso, e correu a beijar-lhe os pés: único modo (são palavras suas) que lhe restava para retomar seu devido lugar, contra o que Rosmini, com o gesto e a voz, protestava em vão, dizendo: 'Ah! Desta vez você venceu, pois eu não tenho mais forças'. E deram-se novamente as mãos."

Tommaseo foi a Stresa. Ele estava quase cego, fazia tempo. Teresa a Stefano:

"Dá-me ao menos o consolo de saber que Rosmini teve a alegria de rever seu amigo de infância! Tommaseo! Pobre Tommaseo! Tão pobre de bolsa! Tão rico de talento e de coração! *Completamente cego* que está, vir da Grécia para *não rever* o seu Rosmini! Talvez tivesse sofrido mais ao vê-lo reduzido àquele estado com seus próprios olhos. Tenha dó... Tommaseo!" Na verdade, Tommaseo voltara da Grécia havia um ano, e agora vinha de Turim.

Rosmini morreu em 1º de julho. Rossari foi dar a notícia a Teresa, que escreveu a Stefano:

"Pobre, caro Stefano! Meu pobre Alessandro! Pobre de mim! Pobres de todos nós! Pobres de todos os seus! Agora, está fazendo três horas que eu sei. Eu não sei, meus dois queridos, onde vocês estão hoje — se ainda em Stresa — ou em Lesa — ou se viajando com o temporal —, mas o Senhor há de assisti-los, pois foram pelo Santo dele — e voltam abençoados pelo Santo do Senhor no Céu, para o qual que festa não deve ter sido feita no céu!... Mas nós!... mas vocês!... mas os seus!... que deserto!... Eis que Rossari ainda está aqui vindo de Stefano! Rossari dos Aflitos — aflito ele mesmo como está: pela perda, por Alessandro, e por nós! E por ele!"

* * *

Manzoni a Teresa:

"Oh, minha cara Teresa! Hoje de manhã, ouvi no Evangelho da missa as palavras: *Consumatum est*, que respondiam plenamente ao terrível sentimento que me ocupava o espírito, e animavam-me a conduzi-lo de volta ao nascedouro de toda consolação.

"Aos sentimentos de sempre, que me tornam tão caro rever-te, soma-se a necessidade de dividir contigo tamanha dor."

Naquele verão, o cólera se disseminara por várias regiões da Itália, e ainda perdurava no outono. Teresa, em suas cartas ao filho, não falava em outra coisa. Queria ir ter com o filho em Lesa, mas Lesa e o lago lembravam a Alessandro o tempo feliz passado ali com Rosmini e, nesse verão, ele não pretendia deixar Milão. No entanto, casos de cólera haviam ocorrido em Brusuglio e também em Milão. Teresa o convenceu a partir e foram para Lesa em agosto. Depois, Teresa permaneceu sozinha em Lesa, porque ele foi à vila dos Arconati em Cassolnovo e Stefano foi a Paris com seu criado Francesco.

Em outubro, Manzoni ainda estava na vila dos Arconati. Eles também haviam convidado Teresa, mas ela não queria arredar pé de Lesa, dizendo-se desprovida de forças. Estar na casa dos Arconati, em Cassolnovo, agradava muito a Manzoni e, a partir de então, ele adquiriu o costume de ir para lá com frequência.

Com o passar dos anos, cada vez mais Teresa adquiria os hábitos e a atitude de quem não tem saúde; fizera isso a vida inteira, mas a prática se intensificou cada vez mais. Ela dominava o próximo com suas enfermidades. Dizendo-se sempre doente, fraca, sofredora, aos poucos perdeu realmente a saúde. E, por fim, seu constante estado de doença deve ter aborrecido Manzoni. Ele a suportara durante anos com extrema paciência; acreditara em todos aqueles sutis mal-estares que ela declarava sentir, ou havia se sujeitado a acreditar neles; estava ligado a ela por um afeto profundo, e suas doenças estiveram no centro da relação afetiva de ambos. E aliás, de certo modo, ele adotava para si as doenças da mulher como um escudo; permitiam-lhe isolar-se numa condição de eterna apreensão, onde qualquer outra preocupação ou apreensão chegava menos urgente, menos insistente e aguda. Mas depois, aos poucos, essa apreensão cotidiana que durava anos e que mantinha a casa inteira em estado de alarme passou a entediá-lo. Começou a dar alguns sinais de impaciência. De Lesa, fugiu para Cassolnovo. Em outubro, de Cassolnovo, Manzoni a Teresa:

"Das duas cartas anexadas à tua... uma é de Matilde a Pietro. As notícias que dá de sua saúde até seriam boas, caso não houvesse uma novidade muito desalentadora, a tosse. Expressa tal desejo de rever-me; fala de tal maneira da dor que sentiu, do acesso de choro que teve quando lhe disseram que minha viagem seria adiada, que me torna extremamente dolorosa a ideia de ainda adiá-la até a próxima primavera. E se acaba o cólera na Toscana, como parece ter desaparecido na região de Gênova, a proximidade do inverno não deverá ser razão suficiente para deter-me. Sabes o quanto me pesa afastar-me de ti por um período que não pode ser curto: mas é coisa a ser feita, sem falta, mais cedo ou mais tarde; e tu mesma desejas às minhas filhas e a mim essa alegria. Tudo isso, bem entendido, na suposição de que, com a graça de Deus, espero que fundada, não ouso dizer que tua saúde esteja em pleno vigor, mas que pelo menos não cause inquietação."

Matilde, em outubro, ao pai:

"A esperança de receber de um dia para outro uma resposta de Pietro ou uma carta tua levou-me a protelar escrever-te até hoje, mas, infelizmente, esperei demais e sinto grande necessidade de receber notícias tuas e dos meus irmãos para poder protelar mais para pedi-las *pelo amor de Deus*. Escrevi a Pietro no dia 25 do mês passado; e esperávamos ansiosamente uma resposta, tanto mais que Pietro mencionava alguns casos fulminantes ocorridos em Brusuglio, que nos deixaram, como é natural, um tanto alarmados... falava a Pietro, a pedido dele, de coisas que me deixam um pouco apreensiva. Nesses tempos em que é impossível não ficar meio transtornada, nunca receber notícias dos entes queridos distantes, nunca receber cartas tuas, depois de ter passado meses acreditando poder rever-te, é algo que realmente faz sofrer! Desculpe, caro pai, receio fazer mal lamentando-me assim, receio aborrecer-te, mas não temo parecer exigente... Sabes que não me escreves há meses, e não imaginas o que representa para mim uma única linha tua? Espero todas as manhãs a hora do correio com ansiedade; e sempre digo a mim mesma, hoje com certeza receberei uma carta, e, em vez disso, todos os dias não há nada!..."

Manzoni a Matilde, ainda de Cassolnovo e ainda em outubro:

"Para cá foi expedida por Pietro a carta que lhe escreveste, e que li e reli com um sentimento que não poderia expressar. Minha pobre e cara Matilde! Então, a melhora, que no entanto havia, na tua tão atormentada saúde, não se manteve do modo esperado? Mas o fato, se não de terem cessado, ao menos diminuído outros incômodos é um motivo para esperar que também esse novo inimigo, a tosse, com os cuidados que tomas e com os muitos outros que são tomados em relação a ti, e sobretudo pela misericórdia do Senhor, possa cessar aos poucos. Possam tua doce resignação, o terno e humilde desejo de torná-la mais perfeita, e as preces daqueles que muito te amam obter a graça junto Dele!

"O que posso dizer do desejo de rever-nos, que é manifestado na tua carta, com palavras que não me saem do coração? Teu acesso de choro no Magazzino di Marmi volta-me todos os dias, muitas vezes ao dia. Oh, por que não posso dizer-te com certeza que iremos antes do inverno? Mas desde que os deixei, os anos exerceram mais sensivelmente seus efeitos sobre mim, e não sou mais tão aguerrido contra as variações atmosféricas. No inverno passado, como sabes, enfrentei uma daquelas borrascas inflamatórias, das quais, já faz algum tempo, me torno facilmente vítima...

"Basta: no fim do mês, ou no início do próximo, estarei em Milão, e lá resolverei, de acordo com o parecer do médico e de como estiver me sentindo. Espero uma carta tua que me conforte sobre tua saúde, e diga-me que, se a execução do almejado plano tiver de ser adiada até a primavera, não ficarás demasiadamente aflita, minha boa e cara Matilde..."

Na carta que Matilde havia escrito a Pietro, e que este enviara ao pai, ela dizia ter chorado no "Magazzino dei Marmi": assim era chamado, à época, o Forte dei Marmi, onde os Giorgini tinham uma casa e para onde haviam ido com Matilde em setembro, para fugir do cólera.

Ao voltar a Milão, nesse outono, Manzoni tomou conhecimento das desordens econômicas e da situação emaranhada de Enrico. Na verdade, os negócios de Enrico nunca tinham ido bem. Mas, em alguns momentos, pareciam melhorar um pouco. Em dezembro de 1854, Manzoni escreveu a Vittoria:

"Enrico vem sempre a Milão, para seus contratos de casulos. Nesse ano, sua especulação de sementes está em grande atividade, e estariam bem mais se houvesse capital. Mas espero que, mesmo devagar, o capital venha, e daí a especulação poderá ser de grande proveito..."

No ano seguinte, Enrico era assediado pelos credores. Sem nada obterem, eles se dirigiram ao pai dele. Em dezembro de 1855, exatamente um ano depois dessas róseas previsões sobre os negócios de Enrico, ao mandar a Vittoria aquilo que ele chamava "a cambialzinha", ou seja, a pensão semestral de Matilde e os juros dos títulos, escreveu-lhe uma longa carta, na qual descrevia suas angústias e preocupações: essa carta, ele lhe pedia que a destruísse, e ela o fez. Porém, Matilde havia lido a carta. Chegara-lhe às mãos enquanto Vittoria estava fora de casa e, ao ver a letra do pai, ela a abrira: tinha ficado aterrada e chamara Bista para que lhe explicasse alguns termos que lhe pareciam obscuros. Vittoria, lida a carta, também ficou transtornada. Escreveu ao pai, em 15 de dezembro:

"Meu caro pai!

"São tantos e tão diferentes entre si os sentimentos que me agitam, que nem sei onde estou com a cabeça, e como me explicar contigo, caro pai! A alegria de ver uma carta tua muito desejada!... e as novas tão dolorosas que nela és obrigado a nos dar ... o reconhecimento por aquilo que pretendeste fazer por nós, pobre papai!... e a amargura de saber-te numa situação que talvez transforme em sacrifício o que fazes de todo o coração [ou seja, a remessa do semestre e os juros do título de crédito]. Enfim, tudo se junta para amargar a alegria que nos concedera o Senhor ao fazer com que recebêssemos uma carta tua, e para acrescentar um sentimento penoso de mortificação e tristeza ao reconhecimento que ainda assim sentimos muito vivo e que não consigo te expressar!... Pobre, pobre papai! Quantas preocupações e quantas dores! Podes imaginar se isso não foi uma dor também para nós que, embora distantes, estamos sempre contigo no coração e com o pensamento na nossa pobre e mui desgraçada família!... A situação de Enrico mergulha-nos em grave preocupação e na mais penosa inquietude!..."

O pai lhe respondeu em 18 de setembro:

"Preciso dizer-te sem delongas que errei ao afligi-los inutilmente com aquele desabafo a respeito da minha atual situação. Mas acrescento também sem delongas, para me desculpar, que não podia passar pela minha cabeça que tu pudesses ver um sacrifício... Oh, minha Vittoria, graças a Deus não me faltará o necessário mesmo neste ano, na esperança de outro menos miserável; e aquilo que chamas sacrifício, não seria talvez uma parte sagrada do necessário para mim?

"Não penses que, pelo menos durante algum tempo, seja possível dar notícias de Enrico. Foram nomeados curadores para ele e a mulher: mas é um caos a deslindar. Sei que ambos estão tranquilos: ótimo sinal se... isso significar que acham, com conhecimento de causa, que algo possa ser feito, que conseguirão viver dentro das conveniências, até receberem o muitíssimo pouco que lhes deixarei..."

Vittoria ao pai, em 22 de dezembro:

"Consola-nos um pouco saber que Enrico *está tranquilo*! Deus queira que essa tranquilidade não seja simulada ou ilusória, e que seja mesmo fundada na certeza de que seus negócios vão se regularizar em breve! O que me causa um pouco de preocupação e que gostaria muito de saber é se ele corre o risco de perder Renate!... Que Deus o livre! Eu não tenho coragem de escrever-lhe, mas, se o vires, abraça-o por mim, e diz-lhe, por favor, que participo desses seus dissabores e que o ajudaria de bom grado se pudesse!... Já que te escrevo, caro pai, com tanta intimidade, diz-me, por favor, se de vez em quando vês Filippo e se não te causou mais novos desgostos!... Se tu o vires e se puderes abraçá-lo de coração, abraça-o também por mim, já que, apesar do que aconteceu no passado, me causa muita dor ter de viver totalmente alheia a uma parte do meu sangue; e nesses dias especialmente, nesses dias de Natal, nos quais sentimos muita necessidade da família, e voltam tão vivas à mente as lembranças do passado... não se pode encontrar outra compensação na dor da ausência que a de ser lembrado por todos os membros da família, e de unir-nos todos com o coração para fazer o dia de Natal num único pensamento!..."

De Filippo, o pai recebera, justamente naqueles dias, uma carta que lhe pareceu insolente. Essa carta não foi encontrada, e talvez tenha sido destruída por Manzoni. Respondeu-lhe que não desejava nem lhe escrever nem receber cartas dele.

* * *

As notícias de que Matilde piorava sucederam-se durante o inverno. No início de março, Manzoni escreveu a Vittoria, sugerindo que perguntassem ao médico se considerava oportuno "tentar o magnetismo". Era uma ideia de Stefano. Certa moça, neta de uma criada, gravemente enferma, tirara algum proveito de algumas experiências magnéticas. Mas poucos dias depois, Pietro recebeu uma carta de Bista, dizendo que as previsões do médico eram extremamente negativas. Manzoni escreveu a Bista, dizendo-lhe para resolver se eles deviam ir até lá. "Pelo amor de Deus, não te assustes, delicado que és, e muito delicado, com a palavra 'resolver'; eu a apagaria, se não achasse que só pode significar uma opinião a ser dada..."

Em 15 de março, Manzoni recebeu uma carta de Matilde.

"Meu caro pai,

"Escrevo-te de noite, pois estou com uma febre bem forte que não me deixa dormir e dá-me uma força que não tenho absolutamente durante o dia, é a 95ª! Agora graças a Deus a fase aguda da doença parece superada, mas o excesso de fraqueza e os sofrimentos terríveis dos meus pobres ossos não me dão um minuto de sossego e sofro dia e noite de um modo que às vezes vejo minha cama rodeada de pranto. Caro pai pensava conhecer o mal e a doença!... Faz quatro meses que me encontro nessa cama Deus sabe o que sofri e o que sofro!... Às vezes choro como uma desesperada mas Deus reconfortou-me bastante com uma confissão geral que fiz e a Santíssima Comunhão o que trouxe paz ao meu coração [uma linha em branco].

"Caro pai as despesas aumentam aqui de um modo doloroso e minha caixa não demora está vazia! preciso de tamanha assistência duas criadas passam a noite no meu quarto e pode-se dizer o dia inteiro porque não consigo fazer sozinha o menor movimento por pequeno que seja, e além disso é impossível imaginar a custosidade* de uma doença como a minha. Caro pai e tu estás apertado neste ano! Imagina que chorei mais de uma vez! A ideia de uma necessidade tão imperiosa de dinheiro e um aperto tão terrível!... Que desgraça meu pai, ter uma filha desgraçada e sofredora como eu!... Faz o favor de mandar o que puderes para fazer frente às primeiras despesas, quando estiver melhor, Deus faça com que isso não demore muito, eu te direi o que é necessário, e como farás?... Oh! por favor tem paciência!...

"A cabeça não funciona *absolutamente*, a tosse não me abandona mais e eu preciso parar... Como foi complacente minha vontade de escrever quando Vittoria e Bista souberem... Mas fui levada pela febre. Meu mui adorado e caro pai! Imploro-te manda-me tua bênção para que me console todas as noites e ajude a suportar e a sarar, adeus!

"Nem vou falar de Vittoria, de Bista, do *Babbo*, de Giannina, que o Senhor os recompense!..."

O pai a Matilde, em 19 de março:

"Minha cada vez mais querida Matilde,

"Foi grande minha alegria ao ver o sobrescrito com tua letra; mas, oh, minha pobre Matilde, que dor indescritível a minha ao ver o quanto sofres! E não poder fazer nada além de sofrer contigo e rezar, rezar, sabendo, infelizmente, o quão indigno eu sou de ser ouvido! Mas aquele para quem rezo é muito bom e te quer bem, e aqui rezam por ti muitas almas caridosas às quais pedi que o fizessem.

"Acabou de sair nesse instante o P. Piantoni Barnabita, reitor do colégio de Porta Nova, e disse-me que seus 141 alunos, fazendo amanhã a Santa Páscoa, rezarão por ti..."

* A palavra em italiano ("*costosità*", substantivo relativo ao adjetivo "*costoso*" [caro, custoso]) também não se encontra dicionarizada. Ademais, manteve-se na tradução a ausência de pontuação presente no texto original da carta.

Matilde morreu em 30 de março, nos braços de Vittoria e do *babbo* Gaetano. Foi sepultada em Siena, no Claustro dos Servos.

Manzoni mandou um epitáfio para o túmulo da filha:

"Matilde/ filha de Alessandro Manzoni/ aqui repousa/ vítima de longa enfermidade/ em xxx de março de 1856/ no último ano do quinto lustro/ deixava de si a saudade/ devido a uma vida bela de todas as virtudes/ que sublimam o sexo/ o pai, os irmãos/ e a irmã Vittoria/ esposa de Gio. Battista Giorgini/ recomendam-na às preces/ dos piedosos sienenses."

No verão — finalmente e demasiado tarde —, Manzoni foi à Toscana. Foi com Pietro e toda a família dele. Encontraram-se com os Giorgini em Viareggio, onde veraneavam. Manzoni foi com Bista passar uns dias na casa de Gino Capponi. Conversaram sobre questões de língua e planejaram compilar um ensaio de vocabulário.

Em seguida, os viajantes se despediram dos Giorgini e puseram-se a caminho. Alugaram uma diligência particular, pois eram muitos: eles três, os quatro filhos de Pietro, um criado. Chegaram a Gênova em 24 horas.

Nesse outono, Lodovico Trotti morreu em Cassolnovo. Estava doente havia tempo; a irmã Costanza cuidava dele. Ao morrer, confiou à irmã seus quatro filhos.

Em dezembro, a filha de Vittoria, a "prodigiosa Luisina", pegou escarlatina, esteve mal durante dois meses, depois parecia ter sarado, mas a febre voltou e teve um inchaço nas pernas, uma dificuldade de respirar, e em maio de 1857 morreu. Foi sepultada ao lado de Matilde, no Claustro dos Servos.

Stefano

I.

Em junho de 1857, Manzoni permaneceu sozinho em Milão. Stefano, em Lesa, adoecera de febre perniciosa; Teresa fora ao encontro do filho; não era coisa grave, e tudo se resolveu rápido. Manzoni não recebeu o passaporte em tempo e deve esperar; e também queria estar junto de Pietro, que investigava os negócios de Enrico e tentava atenuar suas consequências. Faziam companhia a Manzoni tanto Rossari como Pietro, que vinha todo dia de Brusuglio; Rossari, no entanto, sofria com o calor e ainda tinha de cuidar da escola; Manzoni passeava com Pietro: continuava-lhe impossível, como fora a vida inteira, sair sozinho. Na casa, a escada que levava ao aposento de Teresa o deixava abatido, "e ainda mais a portinhola que há lá em cima". Em suas cartas a Teresa, falava com frequência dessa escada. Escrevia todos os dias à mulher: a presença dela o cansava, mas sua ausência o entristecia. Chegavam-lhe cartas de credores e notícias dos negócios de Enrico, cada vez mais intrincadas e assustadoras; derramava, nas cartas a Teresa, suas preocupações:

"Quando tenho a alegria de estar contigo e sucede-me algo

doloroso, sabes o alívio que é para mim dizer-te: eu sofro... Não podendo ter isso agora, resta a impressão de ter sentido algum alívio ao mencionar-te aquilo que me causa dor. Perdoa, então, se te digo que estive e ainda estou perturbado com uma carta daquela pessoa... Propõe que me envolva no negócio e, como sabes, não posso nem devo fazer isso; mas a coisa permanece, e sinto que verte uma gota de veneno nas férias, onde parecia que todo pensamento doloroso devia ser, se não extinto, ao menos amenizado. Mas isso não passa de lamentação, e eu só deveria pedir que me ajudasses a receber tudo da mão de Deus, tanto mais que me dás o exemplo. De todo modo (e isso também vem da mão, mas da mão totalmente misericordiosa de Deus), rever-te será um consolo bem diferente desse pobre escrever... desejo que queimes esta carta, por não querer deixar nenhum traço duradouro do que essas coisas dolorosíssimas fazem-me sentir..."

Teresa não queimou a carta, mas cortou-lhe algumas frases, no ponto em que se falava "daquela pessoa": um credor ou talvez o próprio Enrico.

Em 1857, Enrico estava com 38 anos. Continuavam a morar, ele, a mulher e os filhos, na esplêndida vila de Renate, com parque, pomar, horta, jardim de inverno. Eram sete filhos. A mais velha, Enrichetta, tinha treze anos; depois havia Sandrino, Matilde, Sofia, Lucia, Eugenio; e nesse ano havia nascido Bianca. Enrico, diz Vittoria em suas memórias, tinha-se em alta conta; acreditava que qualquer coisa que se metesse a fazer daria certo. Lançara-se nos negócios sem entender nada de negócios. Para agradá-lo, a mulher o apoiava. Nessa época, ele estava completamente arruinado. Havia consumido por inteiro até mesmo o rico patrimônio da mulher. Por muito tempo, eles haviam ficado *tranquilos*: ou seja, continuaram a gastar sem freios. Os credores, que escreviam ao pai dele, eram apenas credores de lojas; marceneiros, tapeceiros, funileiros e alfaiates. Sabiam, Enrico e a mulher, que a esplêndida vila em que moravam estava perdida; e que logo teriam de deixá-la. Rapidamente, no espaço de poucos meses, a situação tão complicada e intricada de Enrico tornou-se muito simples: ele não tinha mais nada.

Ao ir para Lesa em agosto, Manzoni sabia que um dos credores iniciara uma causa, e havia o risco de que os outros fizessem o mesmo; mas recebeu em Lesa uma carta de Pietro que o tranquilizava: o processo judiciário fora suspenso. Manzoni a Pietro:

"Podes imaginar o alívio que me trouxe a notícia da suspensão... E, visto que, pelo modo como tratas o assunto, devo deduzir que foi obra tua, assim te agradeço por aquilo que me toca, já que para a pessoa a que isso toca diretamente, e para aqueles inocentes, teu coração te conduzia."

Enrico ao pai:

"Meu irmão Pietro fez tal sacrifício que só um coração como o dele podia fazer. Não te falo do modo gentil que adotou para ser-me útil. São coisas que não sou capaz de descrever nesta. Sim, caro pai, pedi perdão a Deus... Caro pai, aceita a garantia que posso te dar de que se, infelizmente, as circunstâncias podem nos condenar, conhecidas tais circunstâncias, tenho certeza de que teremos uma compreensão a merecer... Toda a nossa vida é dedicada agora a remediar o malfeito, e com a graça do Senhor que imploro sem parar, nós conseguiremos, eu sinto isso... Perdoa-me, caro pai, se te escrevi tão mal. Entendo que não pude te dizer bem tudo aquilo que meu pobre coração sente."

Teresa, na primavera desse ano, fizera um novo testamento. Assustada com o caso de Enrico, pretendia evidentemente proteger o filho de todos aqueles desastres financeiros. Nesse testamento, eram abolidas as disposições que diziam respeito ao seu dote; nele, Manzoni tinha a absoluta obrigação de restituir o dote a Stefano, assim que ela morresse, sem qualquer delonga e na totalidade. "Ao amantíssimo marido Alessandro Manzoni", ela continuava deixando sua "repetição de ouro", ou seja, um relógio, como já declarara no testamento anterior. Stefano se tornava seu herdeiro universal, e era dispensado de toda obrigação "que possa ter sido indicada alhures por mim".

Nessa época, por pensar muito na morte, Teresa se preocupava por Stefano, que já estava com 38 anos — a mesma idade de Enrico —, ainda não ter casado. Anos antes, parecia ter se apaixonado por uma jovem de Lesa, bonita e de família rica: mas em pouco tempo tudo se desvanecera. "Tua afetuosíssima mãe queria a todo custo tornar-se avó de um pequeno Stefanello", escrevia-lhe no final de cada carta, ou então: "É o próprio Senhor quem diz: *não é bom o homem estar sozinho*". Mas Stefano permanecia surdo a essas exortações. De quando em quando, empreendia sem vontade algumas tratativas matrimoniais, para deixá-la contente: porém, em pouco tempo, tudo acabava.

Teresa não escreveu a Vittoria logo depois da morte de Luisina. Escreveu-lhe no trigésimo dia:

"Querida, querida Vittoria — não sei de onde tirar coragem para dizer-te outra coisa que não querida pobre Vittoria! — Oh, como gostaria de estar a teu lado, e tomar tua mão na minha, e apertá-la e beijá-la, tentando e não ousando dizer uma palavra sobre aquele anjo que entregaste a Deus...

"... Abraço-te com um afeto que bem saberás imaginar, e peço que não me respondas nem uma palavra, até mesmo para manter os olhos tranquilos. Coragem, boa e querida Vittoria! Tua Luisina está num mar de alegria, no colo da tua santa mãe, pedindo ao Senhor por ti e por todos vocês, queridos."

* * *

Vittoria passou uma longa temporada em Florença, com o *babbo* Gaetano. Voltou a Siena no início de 1858.

Desde a adolescência, nunca havia sido muito forte: vivia com dor de cabeça, dor nos rins, e tinha a vista doente e fraca. A dor tornou-a ainda mais frágil. Enxergava pouco. Não devia cansar a vista. *Babbo* Gaetano lia em voz alta para ela.

Matilde lhe dissera que, quando morresse, ela devia queimar os cadernos e os álbuns em que costumava anotar impressões e pensamentos. Vittoria assim o fez.

Contudo, salvaram-se algumas páginas de um diário que Matilde mantinha em 1851, entre janeiro e março. Evidentemente, Vittoria não quis queimar esses escritos. Foram encontrados entre os papéis de Bista, muitos anos mais tarde.

Em 1851, enquanto escrevia esse diário, Matilde não se encontrava tão doente. Tinha amigas, distrações, passatempos. Porém, nunca parava de pensar na morte.

O rosto da mãe, de que não se lembrava; a filhinha da irmã, que crescia perto dela e a quem queria como a uma filha; alguns momentos fugazes de felicidade, logo tidos como fortuitos, efêmeros, uma luz que os olhos nunca tornariam a ver. Era essa a juventude de Matilde, quando escrevia.

"Minha santa, minha querida mãe teve de me deixar quando eu tinha apenas dois anos... Oh, minha mãe! Por que não pudeste conhecer meu coração?"

"Hoje de manhã, minha Luisina acordou-me com seus beijos: vesti a toda pressa meu penhoar e corri até a sala de visitas, para ver os presentes que a *Befana** tinha trazido. A querida criança deu gritos de alegria ao ver suas meias cheias, mas não

* Velha imaginária que voa na noite da Epifania e desce pelas chaminés das casas, deixando presentes para as crianças todo dia 6 de janeiro.

quis tocar em nada enquanto Bista também não tivesse levantado, para vir participar da sua felicidade. Mais tarde, eu também fiquei extremamente feliz ao ver o retrato de papai, que Stefano mandou a Vittorina [era o quadro de Hayez, em cópia feita por Stefano]. Oh, se papai também pudesse vir a Pisa! Que felicidade estar junto dele, sem ter de me afastar de Vittorina, de Bista e da filhinha deles! Já estou muito apegada a eles e não posso vislumbrar nem de longe a possibilidade de uma separação sem sentir calafrios pelo corpo inteiro!"

"Ontem à noite, baile em casa de Abudarham... Diverti-me muito. Estava com um vestido branco com poás azul-celeste, com três *volants*, florzinhas celestes nos cabelos, minha *berthe* de *blonde*, e uma larga fita branca e celeste na cintura: minha *toilette* simples foi muito elogiada. No pescoço, trazia a *rivière** de opalas da minha finada avó; e mais de uma pessoa disse que as opalas e meus olhos tinham a mesma cor: olhos sem luz viva, portanto, e acostumado a contemplar coisas mortas..."

"Eis-me separada de Luisa, e sabe-se lá por quantos dias! [Luisa Lovatelli, a amiga mais querida]. O irmão dela está com rubéola e devo *exilar-me completamente* da casa dos Lovatelli para não correr o risco de trazer a doença para Luisina. Oh, como quero bem a essa criança! Quando crescer e eu não estiver mais aqui, ela se esquecerá e nunca poderá imaginar que carinho de mãe tive por ela!"

De Luisina, Massimo d'Azeglio recordava uma frase. Quando Manzoni e Pietro tinham ido a Viareggio, naquele verão que para Luisina fora o derradeiro, e D'Azeglio também se encontrava lá, um dia estavam todos no cais contemplando o mar. Falavam

* Vestido com três *volants*: com três saias; minha *berthe* de *blonde*: minha capinha de renda; no pescoço, a *rivière* de opalas: um fio de opalas. (N. E.)

de Matilde. Luisina escutava. Alguém lhe disse: "Tua pobre tia, que nos deixou para sempre". Luisina respondeu: "O *sempre* começa depois — aqui na Terra estamos de passagem — não é verdade, *grand-papa*?".

Em meados de maio de 1858, Manzoni adoeceu gravemente. Tudo começou com uma simples inflamação na garganta. Mas logo se tornou evidente que era coisa grave. Teresa ficou assustadíssima. Logo a cidade tomou conhecimento; as pessoas se detinham embaixo das janelas deles. Em todas as igrejas rezavam. Submeteram-no a dezoito sangrias. Dois meses mais tarde estava bem, e passeava com Pietro de carruagem.

Em fevereiro desse ano, o tio Giulio Beccaria morreu. Manzoni recebeu um subsídio de 4 mil liras anuais; a mulher do tio, a "titia", disse que havia sido vontade do falecido destinar-lhe essa soma anual — mas, ao que parece, a ideia foi dela.

No verão, Stefano adoeceu; tinha ido a Mônaco de Baviera para uma exposição; em Lindau, teve de parar por estar com febre alta. Teresa soube e ficou terrivelmente assustada. Queria mandar à Baviera o administrador Patrizio, o preposto Ratti e o dr. Pogliaghi. Por fim, enviou apenas o dr. Pogliaghi. Mas quando Pogliaghi chegou a Lindau, Stefano já havia sarado.

Para Teresa, então, esse foi um ano de sustos. Depois, ela mesma adoeceu; não de uma doença imaginária, como eram suas doenças na maioria das vezes; dessa vez adoeceu de verdade.

Havia anos, levava vida de enferma e, portanto, sua vida não mudou. Havia anos, afirmava comer pouco. Contudo, dedicava às próprias refeições uma atenção suprema. Descrevia-as para Stefano nos mínimos detalhes: "Ontem, comi bastante miolo frito, um pedacinho de carne de vaca com cebolinhas e dois pedacinhos de assado, com uma pequena sopa de arroz e um pãozinho de sêmola: depois, sentia-me *mais faminta do que antes.** Agora tomei as duas doses de cássia e tamarindo que devia ter tomado ontem...". Quando estavam em Lesa, calhava de Manzoni ter de escrever a Pietro para que mandasse imediatamente "um panetone de três a quatro libras", "o desjejum de Teresa, a qual, além de uma obstinada falta de apetite, vê-se reduzida, devido ao estado dos seus dentes, a não poder pôr dentro do café da manhã nada mais que um indigesto miolo de pão. Para minha surpresa, em Arona só é feito para o Natal". Dessa vez, no entanto, talvez tenha perdido o apetite de verdade: comia realmente sem vontade, porém sempre com aquele supremo cuidado. Desde muito, dedicava infinitos cuidados à própria saúde e continuou a fazê-lo. "Óleo de rícino! Sol dos enfermos!", escreveu ao filho naquele tom alegre e solene que adotava ao falar em remédios e purgantes; tinha certeza de que o óleo de rícino curava o resfriado. Mas, sem dúvida, o marido e o filho entenderam que algo nela havia mudado e que, de repente, Teresa passara a ser uma doente de verdade.

Tinha um "reumatismo" nas costas que não lhe dava sossego. Tratava-o com aplicações de compressas de tafetá, sanguessugas, fricções de [bálsamo de] *opodeldoch*. Tratava-o sentando-se no jardim com as costas ao sol, enquanto a criada Laura protegia-lhe a cabeça com um guarda-chuva e com outro protegia a própria cabeça. Stefano sugeria que lhe derramassem água fria nas costas com um regador, já que ela afirmava que o tal "reumatismo" pedia água fria. Também sentia grande fraqueza "nas pernas, nas coxas e no ventre". Fazia todos os dias pequenos passeios a pé, com Laura, da Via del Morone às Case Rotte, perto da igreja de San Fedele, "pois há absoluta necessidade de pôr em movimento essas pernas e coxas: do contrário, vou perder o uso delas". Mas,

* Paródia de um verso da *Divina comédia*, de Dante.

de quando em quando, ao caminhar, sentia que lhe faltavam as pernas. Achava que era devido à idade: estava com 58 anos. Tinha quatro criadas que se ocupavam exclusivamente dela: Laura; a sra. Teresina; uma tal Luisa, vinda de Bruzzano; e uma nobre decaída de Campolungo, chamada Elisa Cermelli. Não estava satisfeita com a que viera de Bruzzano: "Teremos paciência, castigaremos, e depois, se não der certo, faremos com que dê meia-volta para Bruzzano". Cada uma delas tinha uma função especial: penteá-la, vesti-la, calçá-la, executar as sugestões do dr. Pogliaghi e de Stefano. Para Stefano, que quando podia fugia para Lesa, ela mandava pontualmente descrições circunstanciadas de suas noites e refeições. Tinha trocado as águas de Boario pelas de Recoaro. Tomava um eletuário. "Recoaro, eletuário* — sempre. Bisteca, sopa e chocolate — sempre. Um pouquinho de vinho, bem pouquinho, do bom, branco de trinta anos, que o finado Sogni me deu... As pernas e os pés continuam menos inchados. Mas sinto aquela dor não muito forte no meio das costas e da espinha que pede água fria..."

Em março de 1859, visto que a guerra parecia iminente, Bista escreveu a Manzoni que achava bom saírem de Milão. Receavam, Bista e Vittoria, que fosse feito refém, como acontecera com Filippo. Bista ofereceu-se para ir buscá-lo e levá-lo para a Toscana.

Manzoni escreveu-lhe:

"*Fata obstant.*** Nem poderia levar minha mulher, que, depois de uma dor de garganta que acarretou sangrias, sanguessugas, escaras, dietas, arrasta-se numa convalescença muito demora-

* Composto farmacêutico ministrado sobretudo como laxante e calmante. (N. E.)
** Em latim, no original: "o destino se opõe". (N. E.)

da; nem deixá-la aqui nesse estado. Sem falar em outros obstáculos menores. De resto, não me parece provável que, nem mesmo para um velho debilitado pelos anos e pelas doenças, Milão esteja para se tornar uma permanência perigosa. Não entendo absolutamente nada de estratégia, mas sei, e ainda lembro, que, nas guerras acontecidas por essas plagas, a cidade sempre permaneceu fora."

Acrescentava em seguida algumas frases que diziam respeito a Enrico. "Em meio aos meus dolorosos e mais do que nunca dolorosos zelos (pois quem corria há tanto tempo rumo à miséria extrema acabou de atingi-la, e eu só posso remediar em parte), o Senhor concede-me uma graça que não podia esperar: que é a de poder encontrar não um alívio, mas uma distração no trabalho. Nos momentos em que não poderia fazer nada a não ser me afligir em vão, estou acostumado a tomar as rédeas do meu pensamento e conduzi-lo para onde há algo a ser feito, se não de útil, pelo menos de não doloroso. É por isso que te peço fazer chegar ao meu conhecimento se há algo feito em relação ao *Vocabulário* do Cherubini."

Porém, depois mudou de ideia quanto a permanecer em Milão. Partiram, ele, Teresa e Stefano, para Torricella d'Arcellasco. Não foram a Lesa para não ter de pedir passaporte. Em Torricella, esperava-os Giuseppe Borri, o irmão de Teresa. Ficaram um mês: de 13 de maio a 14 de junho.

No dia 20 de maio, em Montebello, os franco-piemonteses derrotaram os austríacos. Tornaram a derrotá-los novamente em 4 de junho, em Magenta.

No dia 8 de junho, Vittorio Emanuele II e Napoleão III entraram em Milão, aclamados pela multidão.

Manzoni regressou a Milão na semana seguinte.

Vittorio Emanuele, em visita particular a Milão em agosto, soube que as condições econômicas de Manzoni não eram sólidas. Ficou resolvido que lhe seria concedida uma pensão vitalícia de 12 mil liras anuais, a título de recompensa nacional.

Enrico e a família tinham deixado a vila de Renate, que não lhes pertencia mais. Foram para Torricella di Barzanò, em Brianza. Manzoni, quando soube da pensão, quis ajudar os filhos de Enrico: escreveu a duas Casas de Educação para que aceitassem os mais velhos; mandou uma costureira tirar as medidas de todos e fazer-lhes algumas roupas. Enrico agradeceu. Mas ofendera-se com as iniciativas paternas; escreveu a Pietro que tinha outros planos em relação às escolas dos filhos e despachou a costureira. Daí, soube-se que tinha nomeado um curador para si e um tutor para os filhos. Suas relações com Pietro, que até então eram boas, tornaram-se péssimas.

O pai lhe escreveu:

"Enrico,

"Da indelicadeza e da má-fé com que reagiste às minhas caridosas intenções em relação a ti e à tua família eu ainda podia passar por cima, já que era coisa entre pai e filho. Mas agora que me anuncias ter nomeado em cartório um curador para ti e um tutor para teus filhos, tendo assim transformado um objeto de caridade paterna em disputa legal, declaro-te que, obrigado por esse ato injurioso em relação à minha pessoa, e como pai e avô, a acompanhar-te com repugnância por esse caminho, também pretendo nomear um procurador, que me represente legalmente... o estado de coisas criado por ti faz disso um dever para mim, o qual hei de cumprir com severidade."

Em 27 de abril, Florença insurgira-se. Bista foi eleito deputado no Conselho toscano.

Em 20 de agosto, ele foi relator da lei que proclamava a união da Toscana ao Piemonte. Fez parte da comissão que levava esse voto a Vittorio Emanuele.

Em Milão, discursando do balcão da Scala, estava tão exausto e emocionado que desmaiou.

Entregou-se totalmente à vida política. A faculdade de Direito em Pisa foi reintegrada; foi-lhe outorgada a cátedra de história do direito. Assim, ele e Vittoria deixaram Siena e voltaram a viver em Pisa. Mas ele estava quase sempre em Turim, passava pouco tempo em Pisa.

Vittoria, em Pisa, tinha muitos amigos e também *tante Louise* e o *babbo* Gaetano. Mas sua vista piorara e ela não andava bem de saúde. Passou longos meses em Montignoso.

De vez em quando, ela encontrava a mãe de Bista, dona Carolina. Era louca havia muitos anos. Não criara os filhos, haviam sido o avô e o pai a fazê-lo. Fazia anos que morava por conta própria, ora aqui, ora acolá, nas várias casas dos Giorgini. Era beata e estava sempre rodeada de padres e freiras. Não suportava Vittoria. Dizia-lhe:

"O que pensas que és só por seres filha de Manzoni? Grande coisa! Eu jamais consegui entender se ele é ou *não* é conde! E então, o que acharias se fosses, como eu, filha de um *verdadeiro* conde? Ou do conde Paleólogo, camareiro-mor do rei da Prússia? E se tivesses, como eu, sido batizada no colo da Margravina de Brandeburgo? Nem Manzoni nem meio Manzoni,* minha cara!"

Vittoria engravidou pela terceira vez. Era primavera de 1860; no verão, Bista a acompanhou a Brusuglio, onde ela permaneceu até outubro, com o pai e Pietro. Teresa também passou alguns dias lá.

Manzoni soubera, naquele inverno, que pretendiam fazê-lo senador. Então, escreveu a Emilio Broglio:

* No original há um trocadilho elaborado a partir de "*manzoni*" (substantivo comum, aumentativo de "*manzo*" [boi], no plural) e seu diminutivo "*manzetti*": "*Altro che Manzoni o manzetti, cara mia!*"

“Aceitar é uma absoluta impossibilidade. Dou por descontado que aos 75 anos viajar, mudar de domicílio e hábitos, separar-se de uma mulher enferma e de uma família que não me poderia seguir não é algo de somenos. Mas há coisa pior. Não posso cogitar em falar no Senado, pois sou gago, e mais ainda quando tento ser preciso; de modo que decerto faria as pessoas rirem às minhas costas só de ter que responder, de supetão, à formula do juramento, ju… ju… juro! Ir ao Senado, ainda que para ficar calado, já é uma grande dificuldade para um homem que, há quarenta anos, por causa de crises nervosas, jamais se atreve a sair sozinho de casa…”

Contudo, foi feito senador e aceitou.

Recebeu uma carta de um advogado de Como. Era o procurador de Filippo. Portanto, também Filippo, assim como Enrico, havia nomeado um procurador. Manzoni escreveu ao advogado:

“Desde que meu filho Filippo deixou de estar sob minha autoridade, ou seja, há mais de dez anos, vi-me obrigado, depois das mais sérias reflexões, a me propor não tomar qualquer parte em seus negócios. Tudo o que aconteceu nesse entretempo, caso houvesse necessidade, só viria confirmar o acerto dessa minha determinação. Em vista disso, não poderia manifestar nenhuma opinião a respeito da procuração que lhe passou, e da qual me fala o senhor em sua gentil missiva…”

Nesse ínterim, Filippo continuara a contrair dívidas e a pedir dinheiro ao pai; dinheiro que prometia solenemente restituir em prestações e que nunca devolvia. Por meio de seu procurador, protestou porque o pai havia lhe mandado a pensão mensal no valor de 125 liras milanesas, em vez de 125 liras austríacas. O pai lhe mandou mais 25 liras. Escreveu-lhe: “Omito que deverias não receber essas mesmas 25 liras, como desconto de uma quantia que te adiantei… Omito que te emprestei outra quantia que me deverias devolver em várias prestações, determinadas por ti, e sob a mais solene promessa; e só me pagaste uma. Essas coisas não tornam mais ilegal a observação que me fazes, mas conferem-lhe um caráter mais pérfido e doloroso".

Manzoni, por sua vez, nomeou um procurador para si.

Enrico e os seus moravam agora em Casatenovo, em Brianza. Ali havia um padre, dom Saulle Miglio, que, ao ver as condições precárias daquela família, escreveu a Manzoni. Sugeria-lhe mandar a Enrico sobretudo roupas e víveres, visto que Enrico dissipava dinheiro. A partir de então, Manzoni endereçava a esse pároco o dinheiro da pensão mensal destinado a Enrico. Mandou roupas.

A Enrico:

"Sabe Deus que, nas tuas atuais circunstâncias, gostaria de poder poupar-te não só de qualquer repreensão, mas de qualquer comentário; porém, não posso deixar de observar que, justamente devido a essas circunstâncias, manter o filho no colégio durante os meses de férias representa uma economia considerável."

Vittoria voltou a Pisa no outono. Em 31 de dezembro desse ano de 1860, teve uma filha, que foi chamada Matildina.

Depois do parto, teve febre miliar e, por dois meses, ficou entre a vida e a morte. Massimo d'Azeglio, que nessa época encontrava-se em Pisa, ia lhe fazer companhia. Irritava-a, porque chamava a criança de "infausto rebento".

Entre fevereiro e setembro desse ano, Massimo d'Azeglio fora governador de Milão.

Nesse ano de 1860, em Casatenovo, Emilia, a mulher de Enrico, também teve um filho; era o oitavo. Foi chamado Lodovico, em memória de Lodovico Trotti.

Bista foi a Turim, em fevereiro de 1861, na qualidade de relator do projeto de lei que atribuía a Vittorio Emanuele o título de rei da Itália. Manzoni foi com ele para dar seu voto. Ao sair pelo portão do Palazzo Madama, entre Bista e Cavour,* Manzoni foi aplaudido pela multidão. Mas achou que os aplausos eram para Cavour, e, por sua vez, aplaudiu com vigor.

Via-se que Teresa estava realmente doente pelo fato de que, em vez de queixar-se de seus males como sempre costumava fazer, dessa vez declarava sentir-se em perfeita saúde. A Stefano: "Estive à mesa com Alessandro tomando minha sopa de macarrão, e, no quarto, tomando meu café com creme e um pedacinho de pão. Não consigo suportar por muito tempo o calorzinho da sala de jantar, onde, como sabes, fica a estufa. E assim ficarás convencido de que estou bem, e bem graças a mim *propri*.** Mas chove, venta, está úmido, tudo encharcado, está escuro, é noite antes de entardecer e tarde antes de anoitecer, e eu não estou absolutamente deprimida, como dizes, mas *spavia**** de alegria, sem motivo algum. A pobre sra. Emilia, sim, que vive transbordando uma alegria que não alegra...". Emilia Lutti fora visitá-la e achara que Teresa havia engordado e envelhecido; estivera na Suíça, onde se submetera a um tratamento hidropático. Ela, Teresa, queria tentar novos tratamentos dos quais ouvira falar: choques elétricos; "banhos de ferro".

O copeiro Clemente Vismara, empregado com muitos anos de casa, detestava Teresa, e ela também o detestava. A respeito do "calorzinho da sala da jantar", ele mencionou, mais tarde, a lembrança que tinha. Um dia, Teresa almoçou com o marido, justamente, na sala de jantar: coisa rara, pois costumava fazer as refei-

* Camillo Benso, conde de Cavour (1810-61), estadista que pela primeira vez ocupou o cargo de primeiro-ministro da Itália.
** Em dialeto milanês, no original: "mesma".
*** Em dialeto milanês, no original: "transbordante".

ções no quarto. Depois de comer, começou a reclamar e fez uma cena com Clemente, porque a estufa estava produzindo muito calor. Retirou-se enfurecida. Manzoni permaneceu sozinho com o copeiro. Disse-lhe: "Clemente, faça com que a estufa esquente menos". "Não posso", Clemente respondeu. "Por quê?" "Porque ela não está acesa."

Segundo Clemente Vismara, Teresa era chamada "Dona Bizarra" pela criadagem e todos a detestavam, como ele.

O inverno estava frio e Manzoni mandava carretos de lenha a Enrico. Juntava roupas e víveres. Enrico agradecia e, logo em seguida, pedia outras coisas e sobretudo dinheiro.

Enrico ao pai, em janeiro de 1861:

"Caríssimo pai,

"Não te poderia dizer o alívio que significou para mim o envio do carreto de lenha, do arroz e dos frangos... Aceita, por favor, meus mais vivos agradecimentos, que te faço de todo o coração. Porém, sabe Deus o quanto me dilacera, no momento em que devo te agradecer por um ato de generosidade, ter de te pedir outro obséquio. Tendo me comunicado, o excelente sr. pároco, não lhe ter chegado ainda teu generoso subsídio trimestral, e não podendo conceder-me o dinheiro que preciso para pagar a pensão vencida de Alessandro, com a conta particular, além do aluguel de casa e despesas de transporte para os quais seriam necessárias quinhentas liras milanesas, vejo-me obrigado (e Deus sabe o quanto me dói) a pedir-te, tão logo o possas, para tirar-me dessa aflição.

"Queira Deus conceder-me a graça, que sempre lhe peço, de poder com meu trabalho ser para ti um peso menor."

Enrico não trabalhava. E mantinha uma relação esquisita com o dinheiro: perseguia-o, mendigava-o, esbanjava-o. Havia três anos — desde que chegara a Casatenovo — possuía em casa um piano que alugara, mas não pagava as mensalidades nem o devolvia. O locador, certo sr. Vago, escreveu a Manzoni. Queria de volta "o *pianforte*"* e ameaçava com querelas. Manzoni escreveu a dom Saulle Miglio.

Em junho, Enrico perguntou ao pai se não podia lhe aumentar o subsídio. E ainda se não lhe mandava de Brusuglio um pouco de cereja. Talvez lembrasse com saudade o pomar de Renate; tinha inveja das cerejas que os filhos de Pietro colhiam e comiam em Brusuglio. O pai mandou as cerejas e escreveu-lhe que as comprara; em Brusuglio não havia mais. Enrico ao pai:

"Caríssimo pai,

"O cocheiro Bestetti me entregou ontem tua afetuosa carta do dia 27, com o arroz, que me agradou muito, e as cerejas, que certamente não te teria pedido se soubesse que serias obrigado a gastar dinheiro para mandá-las. Era algo desnecessário. Tinha te manifestado esse meu desejo acreditando que em Brusuglio houvesse um cestinho delas também para mim; faço saber que estou muito constrangido por te haver obrigado a fazer essa compra. Perdoa, meu caro pai, talvez tenha me expressado mal na última carta... Depois das observações que me fizeste com muita bondade, declarando que eu não podia nem devia contar com outra ajuda tua, repetir o pedido não seria apenas uma indelicadeza inqualificável, mas estupidez da minha parte. Achando-me abatido por três doenças diferentes em família, todas requerendo tratamento... dirigi-me a ti, suplicando, para que teu coração sempre tão piedoso para comigo viesse em meu socorro, em tão penosa urgência, concedendo-me agora um pequeno aumento, que me permitisse enfrentar essas despesas, e descontando-o nos trimestres vindouros..."

Em agosto, Enrico ao pai:

* Grafia incorreta de "*pianoforte*" (palavra dicionarizada em português a partir do italiano).

"Caríssimo pai,

"Como és bom para mim, e como a afetuosa remessa que me fizeste me inundou de reconhecida ternura. Caro pai, sou-te reconhecido do fundo d'alma, e não te saberia dizer da alegria que causou em toda a família e nos meus pobres convalescentes os belos frangos, os patos e as muitas maçãs.

"Oh, caro pai, o que dirias se, no instante em que recebo outra prova da tua imensa bondade para comigo, eu me atrevesse a pedir-te um novo favor? Fiz de tudo para não te incomodar, mas não consegui.

"Depois da última remessa de lenha, que tiveste a bondade de mandar em abril, e que tentei economizar o máximo possível, já faz algum tempo que estou sem absolutamente nenhuma... Não me atreveria a solicitar que me concedesses algumas achas, mas só alguns gravetos, um pouco de lascas, enfim, um pouco do fundo do lenheiro, tudo seria de muita serventia agora para aquecer a panela. Nesse semestre, fui atingido por mil desgraças; as doenças, e a falta d'água que me obriga a uma despesa diária para ter apenas a de beber... Perdoa, suplico-te, se me atrevi muito... Oh, se pudesses ler no meu pobre coração!"

Pouco depois de ter recebido essa carta de Enrico, Manzoni recebia outra, de um dono de pensão chamado Antonio Tettamanti. O senhorio escrevia de Bizzarone, povoado onde vivia a sogra de Enrico, a sra. Luigia Redaelli Martinez, que também estava reduzida à miséria. Tettamanti lhe escreveu:

"Já faz muitos dias apareceu na minha casa seu filho dom Enrico com toda a família, e muitas vezes dirige-se a Stabbio, pouco distante desta cidade, para beber as águas minerais. Sou um senhorio do campo, bem pobre, e não tenho mais condições de lhe arranjar com o que viver, já que está me devendo cerca de trezentas liras milanesas. Já lhe pedi várias vezes para saldar a dívida e ele: hoje, amanhã! Mas esse dia nunca chega. Sem saber o que fazer daqui para a frente, ousei pensar em dirigir-me a V. Ilma. S., cuja bondade e gentileza são do conhecimento geral, para que me venha tirar desse entrave... sem uma resposta da parte de V. S., serei obrigado a tomar providências que me partem o coração só de pensar nelas."

Manzoni a Tettamanti:

"Com o mais vivo desprazer, vejo-me obrigado a dizer-lhe que não posso de maneira alguma ser fiador da dívida que me informa ter sido contraída com o senhor por meu filho Enrico..."

E a dom Saulle Miglio:

"O senhor deve ter acreditado, e eu acreditei, que o caridoso encargo que assumiu lhe traria apenas uma fieira de providências extremamente aborrecidas, mas simples e previstas. Porém, enganamo-nos sobremaneira. O excelente dom Giovanni [Ghianda] já havia me comunicado a notícia da extravagante determinação de tirar o filho do colégio, e da outra, não menos extravagante, de ir morar, *com a família inteira*, numa pensão, sem um motivo, nem mesmo aparente, e sem saber como pagar...

"Na penosa incerteza em que me encontro, entre deixar acontecer um escândalo e encorajar outras tentativas igualmente impensáveis, eu tomo a coragem, mais do que de hábito, de recorrer ao senhor para um conselho e, se o caso exigir, para um auxílio."

Nesse verão de 1861, Teresa já se encontrava com as pernas completamente paralisadas.

Stefano viajou a Lesa por alguns dias. Chegando lá, mandou-lhe um telegrama. Teresa a Stefano: "Viva o telégrafo! E viva a piedade do meu Stefano... Oh, que ótima surpresa! Graças ao bom Deus".

Ela passou o mês de julho a ditar longas listas de palavras toscanas, com o significado em milanês ao lado. Ditava a uma de suas quatro criadas. "Alguns vocábulos recolhidos em Florença", mandou escrever no alto da página. Depois, de próprio punho, acrescentou: "Que me foram trazidos por Stefano".

De vez em quando, queria escrever a Stefano algumas palavras de próprio punho. Ele havia dito que estava para voltar.

"Abraço-te com a alma e o desejo e peço que não venhas tão depressa se estiveres cansado e se o tempo não estiver bom. Confio-te ao nosso caro Senhor. Tua mãe."

Esta foi a última carta que ela escreveu a Stefano.

A Manzoni, em agosto, deu a impressão de ter melhorado. Fazia muito calor. Stefano havia voltado. Manzoni escreveu a Bista, em 11 de agosto:

"Teresa apresentou alguma melhora: interrupção das dores, e flexibilidade, se não movimento, nos membros inferiores... Aqui está fazendo um calor incômodo, e já avançou uma secura que, se durar, será desastrosa."

Em 23 de agosto, Teresa morreu.

Manzoni estava em Brusuglio. À notícia de que tinha morrido, voltou, ajoelhou-se diante dela e voltou a Brusuglio.

Ela foi sepultada em Lesa. Nem Manzoni nem Stefano compareceram. O funeral foi assistido pelo prefeito, dom Orlando Visconti, e o povoado em peso esteve presente.

Massimo d'Azeglio confessou a Bista que gostaria de escrever a Manzoni, para dar-lhe os pêsames, "mas, ao tentar, dei com minha fantasia em estado de absoluta esterilidade, e a única inspiração que me teimava em aparecer era justamente aquela que eu não podia pôr no papel!". Massimo d'Azeglio detestava Teresa, e achava que, para Manzoni, a morte dela representava um alívio imenso. Ele gostaria de "pôr no papel" algo assim. Escrever para Stefano, ao contrário, foi fácil, pois sabia que para o filho a morte da mãe era uma perda verdadeira e grande.

Para Manzoni, a morte de Teresa deve ter sido ao mesmo

tempo tristeza e refrigério, tão fortemente misturados a ponto de gerar uma confusa angústia. Manzoni não via Teresa nem com os olhos de Massimo d'Azeglio nem com os de Clemente Vismara. Ele a via com os olhos dele. Para Manzoni, ela era muitas coisas ao mesmo tempo, era tédio e graça, era o tamarindo e a cássia, o café com creme, o cheiro de *opodeldoch*. E tinham sido muitos os anos passados um na companhia do outro, em Lesa, na Via del Morone, anos por vezes repletos de tédio e ainda assim tão incrustados na existência que, sem sangue, a memória não conseguia separar-se deles. Não voltou mais a Lesa porque lhe dava depressão. Ditou para que fosse escrita no anúncio fúnebre a seguinte frase: "Orai pela alma de Teresa Manzoni Stampa". Houve quem achasse a frase demasiado lacônica. Mas ele escrevera tantos epitáfios, para tantos túmulos! Agora não tinha mais vontade.

II.

Depois da morte de Teresa, Manzoni e Stefano se separaram. Manzoni pediu a Stefano que ficasse, mas ele não quis, disse que a casa o deixava deprimido; e logo se mudou. Pietro, Giovannina e os quatro filhos foram morar na Via del Morone.

Stefano não pediu o dote da mãe. De quando em quando Manzoni falava que o devolveria em breve. Stefano lhe dizia para não pensar nisso. Apenas depois da morte de Manzoni ele o pediu aos herdeiros.

Stefano passou algum tempo em Torricella d'Arcellasco. Dali, escreveu a Rossari que pegasse com a porteira da Via del Morone duas caixas de papelão, "contendo chapéus e toucas", que tinham pertencido à mãe dele, e "alguns travesseiros, almofadas e almofadinhas", que igualmente tinham sido da mãe. Depois, encarregou-o de perguntar a Manzoni se lembrava quem era o autor de um livro que certa vez lhe mencionara, *Della speranza di rivedere i nostri cari dopo la morte* (Da esperança de rever nossos entes queridos depois da morte). Manzoni respondeu que era de certo padre Ansaldi, um dominicano.

Rossari escrevia a Stefano cartas repletas de conselhos paternais. Como Stefano se queixava de estar com o "ventrículo debilitado", sugeria-lhe que não tomasse muito café com creme, à maneira da mãe. Recomendava "refeições leves e frequentes": "uma xícara de chocolate", e algumas horas mais tarde "meio pãozinho, com dois dedos de vinho".

Stefano arranjou uma casa na Contrada Santo Spirito. No outono, chamou de Campolungo Elisa Cermelli, uma das quatro criadas da mãe. Escreveu-lhe: "Lisa. Escrevo essas linhas para dizer-lhe que pode vir imediatamente para Milão, pois na terça-feira terei uma cama preparada para você no novo apartamento... Portanto, queira cumprir essas minhas ordens. Pegue um carro só para você, e peça a seu pai ou a um irmão para acompanhá-la a Seregno, para não ter de fazer esse trecho do caminho sozinha. Daí, pegue um lugar na segunda classe do vapor para não ficar com gente de toda espécie...".

Também chamou a sra. Teresina para fazer companhia a Elisa e servi-la, e um jovem criado. Francesco estava velho e voltara à casa dos parentes em Brusuglio.

Recomeçou a vagar entre Lesa, Morosolo, Torricella e outros lugares. Quando ele e Elisa estavam em Lesa, a sra. Teresina ficava tomando conta do apartamento em Milão. No verão de 1862, ele estava em Courmayeur, com Rossari, para pintar e fazer o tratamento das águas. Deixara Elisa em Lesa. Escrevia-lhe com frequência. Procurava escrever-lhe frases o mais claras e simples possíveis, não porque fosse propriamente analfabeta, mas porque pouco afeita à leitura. "Elisa. Escrevo-lhe duas linhas para dizer-lhe que cheguei ontem à tarde e estou bem de saúde... O hotel é bom e estou bem alojado... O endereço é *sr. Stefano Stampa* (jamais ponha conde, a não ser quando eu lhe disser), Valle d'Aosta, Courmayeur... Elisa. Escrevo-lhe também essas linhas para dar-lhe as seguintes ordens, que você executará com precisão. Trate de não lavar as pernas com aquela água fria da fonte, e *naqueles dias* não se lave nem mesmo com a do lago. Não vá se lavar debaixo de sol. Use sempre o chapéu de palha quando estiver sol, mesmo para ir ao jardim. Nunca vá à fonte do pátio, nem para se lavar nem para outra coisa. Trate de não se cansar muito, e principalmente não passe roupa, pois agora o fogo dos fogões faz mal... Coma bem, sem fazer economia, e pode até beber vinho se sentir necessidade disso... Meus cumprimentos e passe bem. *Stefano Stampa.*"

Manzoni e Stefano mantiveram relações afetuosas. Porém, não se viam amiúde. Quando queria comunicar-lhe algo, Manzoni escrevia a Rossari: "Por não saber onde encontrar o vagabundo do Stefano...".

Se escrevia a Stefano, assinava: "o teu como papai" ou "o teu como pai".

Na mente de Stefano ficara gravada para sempre a regra do *u*, que a mãe lhe ensinara: não era preciso dizer "*buono*" e "*cuore*", mas "*bono*" e "*core*". Manzoni, Stefano e Teresa, enquanto viveu, nunca se esqueciam disso. Todos os demais, Vittoria, Bista, Pietro, Enrico, Filippo — todos eles usavam o *u*.

Até Enrico escreveu *core*, uma ou duas vezes, talvez por acaso. Quando Teresa morreu, ele ficou sabendo pelo jornal. O pai não lhe escreveu, por ainda estar zangado devido à história do senhorio de Bizzarone.

Enrico, então, ao pai:

"Caríssimo pai,

"Somente pelo jornal de ontem pude saber hoje da desgraça que se abateu mais uma vez sobre teu espírito e nossa família com a perda da pobre mamãe. Meu coração compartilhou contigo tua dor, e suportei como um castigo ter sido informado apenas pela gazeta, como alguém estranho à família. Mas creia, meu caro pai, que nada daquilo que o comove pode me ser indiferente, meu coração sofre contigo. Queira Deus mitigar tua extrema dor com o pensamento de que depois de tantos sofrimentos ela goza agora o gáudio dos Beatos. Toda a minha família respeitosamente pede que aceites a expressão da nossa dor."

Em 1862, Enrico e os seus deixaram Casatenovo e foram viver em Milão. Instalaram-se num pequeno apartamento na Via San Vittore, com um longo patamar comum a todos os inquilinos, que dava para o pátio, no terceiro e último andar de um prédio em que havia, no térreo, um restaurante. O inquilino do primeiro andar, um tal Santamaria, descreveu e contou a amigos, mais tarde, o que lembrava dessa família Manzoni, que viera morar no andar de cima: numerosa, em condições miseráveis, com filhos de todas as idades. O pai, "homem não alto de estatura, com cartola, quase sempre com um longo charuto na boca", não tinha nenhuma ocupação e passava os dias na ponte, "como se fosse uma sentinela", imóvel, fitando as águas do Naviglio. A mãe tinha modos distintos e trajes modestos. Andava sempre atarefada, não tinha empregados para ajudá-la. Havia duas moças que se pareciam, esguias, e no domingo, para ir à missa, saíam uma por vez, pois tinham apenas um casaco e só uma roupa domingueira para ambas. Com frequência, uma delas batia à porta dos vizinhos, atrás de um pouco de banha ou de manteiga, com a desculpa de que as mercearias haviam fechado. Depois, uma das moças casou. Era Enrichetta, a mais velha, que contava então 21 anos. Casava com um certo Pretti de Casatenovo, professor primário, secretário municipal. Organista. O inquilino observava tratar-se, "naquelas condições", de "um casamento considerável". Entre os inquilinos do prédio, espalhou-se o boato de que o avô da noiva, o famoso Alessandro Manzoni, apareceria nas núpcias. Então, todos se enfileiraram ao longo da escadaria. E viram passar, "a passos lentos e bastante arqueado, o grande e admirado ancião". Depois, ele se retirou e houve um grande almoço, no restaurante do andar térreo. O inquilino contava ainda que, findo o almoço, não se achava a esposa. Chamaram-na em voz alta; ela desceu as escadas correndo, aos gritos: "*Che truscia gavii tuti! Adess che han mangià e bevú... che buffen!*".* Aquele almoço, para a pobre moça que nunca se alimentava o suficiente, deve ter parecido a coisa mais importante do dia.

Voltando a morar em Casatenovo com o marido, ela escreveu ao avô, dizendo-se muito feliz. Ele lhe respondeu que, ao receber notícias dela, tinha sentido "uma viva e profunda alegria". No passado, quando ela era criança, ele lhe enviara um exemplar de *Os noivos*, com dedicatória. A dedicatória dizia:

"Enrichetta! Nome doce, sagrado, abençoado para quem pôde conhecer aquela em nome de quem foi dado; nome que significa fé, pureza, sensatez, amor dos seus, benevolência para todos, sacrifício, humildade, tudo aquilo que é santo, tudo o que é amável. Possa este nome, com a graça do Senhor, ser para ti um conselheiro eterno, e como que um exemplo vivo."

Ele transcreveu as mesmas palavras numa carta para a filha de Cristina, Enrichetta Baroggi. As duas Enrichettas tinham ficado amigas. Enrichetta Baroggi, que crescera na casa dos Garavaglia, parentes da família Baroggi, sentia muita pena daqueles primos tão pobres, e tentava ajudá-los com presentes e suas roupas usadas.

Depois do casamento da filha mais velha, as condições da família de Enrico não melhoraram, tornaram-se ainda mais desastrosas. As cartas de Enrico ao pai sucediam-se com agradecimentos e pedidos. "Já faz vários dias que estou sem lenha e só a muito custo consegui manter aceso um pouco de fogo... Devo

* Em dialeto milanês, no original: "Que miséria a de todos aqui! Agora que comeram e beberam... que arrotem!".

três meses à lavadeira... Se tu, caro pai, pudesse me enviar algo amanhã... Durante tua estada no campo, recebi arroz apenas duas vezes... e já faz muito tempo que estamos sem nenhum... Só eu sei o quanto sofro ao precisar te escrever sempre, e decerto para te aborrecer... É ainda por causa da necessidade do chapéu pelo menos para Alessandro, que amanhã não poderia apresentar-se no instituto com o que ele tem, sem incorrer em comentários muito humilhantes. No que me diz respeito, paciência, esperarei uma ocasião melhor, mas suplico-te que não deixes de prover Alessandro... Enquanto pegava a pena para agradecer-te o belo cesto de frutas que me mandaste ontem, recebo soberbas maçãs, três frangos e batatas. Agradeço-te por isso, caro pai, de todo o coração, e agradeço em dobro, seja pelo proveito que me trazem, seja pelo bem que me faz ao coração a ideia de que na tua suprema bondade não te esqueces do teu filho Enrico e da família dele. Por infortúnio, as febres terçãs, apesar de energicamente tratadas, ainda não quiseram nos deixar..." Em 1863, nasceu Erminia, a última filha. "Com a maior alegria posso dar-te a excelente notícia da nossa cara e boa Emilia, que há poucos instantes trouxe ao mundo uma menina, que é um verdadeiro anjo... não podes imaginar como me treme a mão agora, depois de muito tempo de agitação e muita alegria." Finalmente, ele conseguiu um emprego na Alfândega. Mas ganhava pouco e eles eram muitos; e esse pequeno salário não mudou nada.

Manzoni se reconciliou com Filippo. Era o verão de 1862. Ao longo de todo o ano, recebera do filho cartas pungentes.

"É questão de vida ou morte... Clemente viu minha miséria, ele poderá te dizer que não é mentira. Não tenho mais sapatos nos pés, se não pagar o quarto, não durmo, não sei onde pousar a cabeça: vivo à base de sopa e de batatas... Se por bondade tua chegasses a desconsiderar os trinta francos que já me foram dados, eu te seria grato por isso com lágrimas nos olhos..."

Alguns meses mais tarde, pedia quinhentos francos para saldar suas dívidas em Milão, e uma prorrogação dos descontos mensais pelos adiantamentos. Foi a Turim procurar trabalho.

De Turim:

"Se não for muito atrevimento da minha parte, queria te pedir o favor de me arranjar algum para a compra de um pouco de lenha para este inverno, estação quase sempre assaz rigorosa em Turim, de modo que eu possa pelo menos estar abrigado no meu quartinho; e peço-te este favor porque, se tivesse de fazer por minha conta tal provisão, isso desequilibraria de tal modo meu orçamento de cerca de três liras e meia ao dia, que me tornaria impossível seguir adiante, sem percalços, nesta cidade, onde a vida e a moradia são muito mais caras do que em Milão..."

Deixou Turim e se transferiu para Gênova. Tampouco ali encontrou trabalho. Fez uma dívida. Manzoni recebeu de Gênova carta de um credor. Respondeu do modo costumeiro:

"Com o mais vivo desprazer, vejo-me obrigado a declarar não poder assumir a dívida contraída por meu filho Filippo junto ao senhor.

"Meu referido filho tinha partido de Gênova, suficientemente provido para não incorrer na necessidade de mendigar dinheiro..."

Depois de Gênova, voltou a Milão. Provavelmente, havia deixado ali a mulher e os filhos: mas a respeito deles jamais falava nas cartas ao pai. Em 1862, estava com 38 anos. Tinha quatro filhos: Giulio, Massimiliano, Cristina, Paola. De vez em quando, ao que parece, Manzoni mandava por meio da *bonne* alguns presentes a essas crianças.

De volta a Milão, Filippo adoeceu. Escreveu ao pai:

"Tomo a liberdade de te escrever, dirigindo-me com as mais calorosas preces ao teu bom coração, para que não queiras abandonar-me no deplorável estado de saúde a que me vejo reduzido. A presença de areia na urina vai aumentando a cada dia, e ontem mesmo, depois dos mais agudos espasmos, um volume respeitável foi expelido; na pele está aparecendo um eritema vesiculoso e um horrível prurido contínuo que indicam claramente um estado de sangue corrompido... A triste condição de saúde da qual me tornei refém, a despeito de alguns tratamentos feitos seguidamente, mas sempre imperfeitos, produz agora seus efeitos fatais." Certo dr. Viberti lhe aconselhara banhos de mar. "Teu coração tão bom e sempre generoso, mesmo em circunstâncias da minha vida muito menos importantes e sérias do que esta, não quererá se fechar à voz suplicante de um filho que sofre e que te pede socorro..."

O pai foi ao socorro do filho. Filippo encontrou-se com Pietro, com o qual tinha rompido relações havia muitos anos.

A filha de Vittoria, Matildina, crescia graciosa e saudável; "a boquinha de mel", Manzoni costumava chamá-la em suas cartas — o que para Vittoria representava uma grande alegria. Assim também crescia Giorgino, saudável e esperto. Mas ela, Vittoria, andava sempre doente. Adquiriu uma artrite deformante. Achava que se tornara feia: contemplava, no espelho, os sinais da doença em seu rosto e no corpo. Além disso, sofria com as longas ausências de Bista, sempre em viagem por compromissos políticos, e chamado a fazer mil coisas.

Vittoria conta em suas memórias:

"Certa manhã em que Bista tinha partido para Turim, encontrei em cima da minha escrivaninha os seguintes versos, escritos por ele:

Ó doce amiga dos dias que se foram
E dos fatos prósperos e dos cruentos
Por que a tremer interpelas o vindouro
Com tanto tormento?

O que nos aguarda, investigar é vão,
Mas sempre, seja qual for, o meu caminho
Ser-me-á leve desde que a tua mão
aperte a minha.

"'Meu caro Bista', pensei, 'a vida é leve para ti! Ou melhor, é alegre para ti, que és festejado, aplaudido na Câmara, nas rodas de amigos, nos salões das senhoras — mas e para mim?' E então caí num daqueles momentos de terrível desconforto, que às vezes me assaltavam nessa época. Mas Deus teve piedade de mim e logo me recuperei, e das breves batalhas saí mais serena e forte, porque mais estreitamente abraçada à cruz..."

Não escrevia ao pai. Haviam lhe dito que não devia cansar a vista. E o pai também não lhe escrevia: mas escrevia a Bista com bastante assiduidade. Trabalhavam juntos no *Vocabulário da língua italiana*, planejado com Gino Capponi, em Varramista, anos antes.

Na primavera de 1864, Manzoni foi à Toscana; fez a viagem com Bista e Giovannina, a mulher de Pietro. Deteve-se por algumas semanas em Pisa, com Vittoria e os filhos; e depois em Florença, onde foi hóspede de Gino Capponi. Encontrou Tommaseo, que desde muito não via. Passou um mês na Toscana.

Em dezembro, ele e Bista foram a Turim. Manzoni pretendia dar seu voto para a transferência da capital para Florença. Para ele, isso significava se aproximar da possibilidade de que no futuro a capital fosse Roma. Ao encontrarem Bista em Turim, os Arconati e Massimo d'Azeglio — os Arconati agora viviam em Turim — pediram-lhe que arranjasse um jeito para que Manzoni não fosse para lá — como eram fortemente contrários à transferência da capital, desejavam que Manzoni se abstivesse do voto. E Pietro receava que o pai pegasse uma friagem no trem: e chamou o dr. Pogliaghi, pedindo-lhe que o dissuadisse da viagem. Manzoni, porém, estava bastante decidido a viajar; e, acompanhado de Bista, saiu ao amanhecer. "Vê-se que esses senhores conhecem pouco papai", escreveu Bista, de Turim, a Vittoria, "... não seremos absolutamente capazes, nem eu, nem Massimo, nem dona Costanza, nem ninguém de fazê-lo mudar seu caminho; tem mais fixa do que nunca na cabeça a ideia de Roma... também procurarei Massimo, com a esperança de que não deixará de ir ter com papai. Adeus."

Porém, Massimo não foi ter com papai; e Manzoni e Bista foram visitá-lo: mas não tocaram no tema candente da capital em Florença, e Massimo só falou de um assunto que agora o cativava, o espiritismo; ele se metera a fazer experiências espíritas e pensava estar em estreita comunicação com o mundo dos mortos.

Agora Massimo estava quase sempre em sua vila no Cànnero, no Lago Maior. Um sobrinho, que lhe era caro como um filho, Emanuel, tornara-se embaixador. Ele, no entanto, sentia-se apartado da vida política italiana; e dizia que, depois da morte de Cavour, que às vezes lhe pedia algumas opiniões, nunca mais ninguém lhe solicitara coisa alguma. Estava cansado e desiludido. A velha ferida de guerra no joelho, que nunca fora bem curada, fazia-o sofrer. Passava longas temporadas no Cànnero. Na primavera de 1865, foi a Pisa, onde viu Bista e Vittoria; eles o acharam muito envelhecido e mudado; passava horas fazendo desenhos e joguinhos para divertir as crianças. Voltou ao Cànnero; e de lá escreveu a *tante Louise*:

"Não saberia por que se supõe que eu tenha me retirado definitivamente. É verdade, não posso nem montar a cavalo nem ser ministro, e muito menos um senador assíduo; a idade e a saúde não me dão forças para tanto. Mas acho que sempre trabalhei e publiquei; me expus o suficiente às vaias e injúrias, por não querer adular as paixões populares. Próximo dos setenta, com a vida que vivi, e não sendo robusto; é compreensível que me seja difícil fazer muito mais! Por mim, quanto a isso, não sinto remorsos. Desejo-te bons banhos."

Manzoni recebeu em envelope do pároco de Casatenovo, dom Saulle Miglio, que lhe encaminhava uma carta escrita e enviada por Emilia, a mulher de Enrico. Era uma carta de duro ressentimento contra Pietro. Ela o acusava de viver na prosperidade enquanto eles estavam na miséria. Acusava-o de falar mal deles ao pai, dissuadindo-o de ajudá-los. Por um lado, dizia ter esperança na reconciliação dos irmãos; por outro, insinuava a intenção de *publicar o que estava acontecendo*. Manzoni respondeu cheio de dor ao pároco, mandando-lhe uma lista minuciosa e pormenorizada das quantias entregues a Enrico e das despesas sustentadas por ele durante aquele ano.

Daí, uma das filhas de Enrico adoeceu gravemente. Era uma jovenzinha de catorze anos. Enrico escreveu ao pai:

"Minha filha Sofia precisa receber alimentos que eu, infelizmente, não posso fornecer, tendo exaurido nesses três meses todo esforço humano por ela; por isso, queria pedir que lhe mandasse um pouco de qualquer um dos pratos do teu almoço, é algo que ela aceitaria de muito bom grado. O dr. Garavaglia insiste para que eu a leve junto com os outros para o campo, pois, uns menos, outros mais, estão todos sempre doentes, e ele queria que eu te pedisse para deixar-me levá-los a Brusuglio por alguns dias, depois do que Sofia poderia ir passar algum tempo na casa da irmã, o que por ora é impossível. Escrevi a Pietro sobre o assunto, para que me dissesse se tu ainda ias adiar muito tua ida para lá, mas não recebi resposta. Do contrário, teria de arranjar uma casinha qualquer, por ser meu dever sagrado prover à saúde de Sofia.

"Se visses o estado de fraqueza em que se encontra a pobre menina, sentirias pena... Sofia pediu que te escrevesse sobretudo isso, e foi por isso que encontrei mais coragem para fazê-lo. Ela gostaria também de alguns tabletes de chocolate; e quando houvesse algum frango, como os que mandaste tempos atrás, também seria bom..."

Sofia pareceu ter sarado. Não se deslocaram de Milão, porém; e Enrico apresentava ao pai um quadro extremamente desolado da família e de si. Era julho, e ele tinha de trabalhar com as roupas de inverno: "e asseguro-te que sofro, pois de vez em quando me sinto sufocar". Fora obrigado a contrair dívidas com amigos e a pedir adiantamentos de salário. "Meus filhos, que há mais de seis meses não podem sair de casa por falta de roupas e calçados, enfrentam problemas de saúde e sinto-me culpado por isso; e daqui a pouco não poderei mantê-los vestidos nem sequer dentro de casa... Tuas roupas fora de uso, tuas roupas de baixo serviriam muito bem em Eugenio e Lodovico. Infelizmente, somos onze pessoas, e sabes como nos faltava de tudo até minha chegada a Milão... Agora, tenho de alimentar Sofia à base de frangos... e tenho de lhe preparar caldos em forma de gelatina e teu cozinheiro poderá dizer-te o quanto custam.

"Oh, meu pai, pensa bem, permite que, beijando-te as mãos com o coração profundamente comovido, eu confie na tua bondade e compaixão. É um filho que te implora num momento de extrema necessidade."

O pai o socorreu. A família foi mandada para o campo, não para Brusuglio, mas para outra parte. Enrico permaneceu em Milão; o pai mandou Filippo falar com ele; ele declarou a Filippo que não aceitava intermediários na relação com o pai. Em seguida, manifestou ao pai o propósito de mudar de casa; o pai lhe arranjou uma, providenciou o pagamento do aluguel, o transporte de móveis seus para o local. Mas Enrico saiu desse apartamento e arranjou outro de sua preferência; transferiu-se com a mobília e, depois de tudo pronto, comunicou ao pai o novo endereço. O pai:

"Tu me falas sobre ter arranjado nova morada, mandas o endereço dela como se fosse a coisa mais natural... Tu me pediste lenha e, como de costume, eu havia dado ordem para que te fosse entregue; mas não podendo ser recebida no teu domicílio, nem querendo com o fato de enviá-la para outro lugar dar a impressão de que aprovava tua ausência, mandei suspendê-la."

Nesses mesmos dias, Sofia, que parecia convalescente, adoeceu de novo e morreu. A filha mais velha de Enrico e a prima, as duas Enrichettas, foram comunicar a notícia a Manzoni. Manzoni deu-lhes dinheiro.

Enrico:

"Meu excelente e santo pai,

"O Senhor te abençoe pelo bem que as palavras afetuosas e as dádivas piedosas que nos mandaste ontem pelas nossas duas Enrichettas propiciaram à minha desolada família.

"Estamos todos esgotados pelas atividades físicas despendidas para o anjo que perdi... e aceito, meu pai, tua permissão para ir a Brusuglio passar alguns dias; mas, como não quero entristecer teu coração com a aparência da nossa desolação, ficaria feliz se quiseres destinar-me dois quartos, onde permanecerei retirado com minha família, em busca da tranquilidade e da força que hoje me faltam..."

* * *

Nos primeiros dias de 1866, chegou a Milão a notícia de que Massimo d'Azeglio estava muito doente. D'Azeglio estava em Turim e o pároco Ratti foi para lá. Rossari deu a notícia a Stefano, que se achava em Morosolo; em seguida, ela também saiu no jornal *La Perseveranza*. Stefano a Rossari: "Não posso me habituar à ideia de não ver mais aquele Massimo que conheço há 32 anos, e pelo qual nutria uma simpatia muito especial! Todos os meus castelos no ar, a intenção de mostrar-lhe daqui a alguns anos que eu podia considerar-me um discípulo dele, esvaíram-se!... E tem apenas 67 anos!... Gostaria de ir vê-lo, como vão muitos outros, mas e depois? Massimo terá confiança suficiente a ponto de servir-se de mim como enfermeiro?... Eu seria importuno ou bem-visto em tais momentos? Realmente, não sei o que resolva...". Rossari mandou-lhe o texto de um telegrama que chegara à casa do pároco Ratti: "O estado do marquês continua grave, embora melhor do que ontem. — Ontem, a mulher dele chegou a Turim. — O enfermo recebeu o santo viático. — É esperado amanhã o embaixador D'Azeglio [Emanuel, o sobrinho]".

Massimo, ao deparar-se com a mulher, disse-lhe: "Como sempre, quando tu chegas, eu me vou".

Morreu em 15 de janeiro.

Manzoni a Bista:

"Agradeço-te, com o coração que conheces, em meu nome e em nome de todos da família, as notícias um tanto melhores que me dás da nossa pobre Vittoria. Esperamos receber em breve outras *melhores ainda*, e sem demora as totalmente boas. A desgraça do finado Massimo nos atingiu de uma maneira que podes imaginar por aquilo que vocês mesmos sentiram. É um consolo, sobretudo para quem mantinha com ele vínculos caríssimos, ver que é pranteado universalmente; e a razão de não estar de acordo em tudo com um homem que fez coisas muito importantes e extremamente úteis não pode impedir que sua perda não seja encarada como uma desgraça pública..."

Vittoria se tornara "nossa cara e pobre Vittoria", assim o pai se expressava em suas cartas; habitualmente não escrevia à filha, mas a Bista; mantinha com o genro uma relação alegre, que com os anos se tornava cada vez mais estreita. Era uma das pessoas a quem mais lhe agradava falar e escrever. Tinha Pietro; mas este era sobretudo um apoio, era o ombro em que se amparava, ou era, enquanto caminhava, sua sombra fiel. Bista, por sua vez, movia-se numa zona distinta da sua: era diferente dele e era-lhe achegado. A Bista mandava quase todos os dias bilhetes curtos com obstinadas questões de língua:

"O termo comum ou dominante em Florença é "orologiere", "orologiaro" ou "oriolaio"?"*

Sempre, no final de cada carta, manifestava seus votos para "a cara e pobre Vittoria", e a esperança de que estivesse um pouco melhor. Mas já havia se afastado da filha; talvez estivesse muito cansado, muito velho, para se interessar por mais uma doença.

No verão de 1866, Vittoria e Bista foram a Brusuglio, com os filhos. Bista abandonara o magistério.

No outono, instalaram-se em Florença. *Babbo* Gaetano foi morar com eles. Matildina foi enviada ao Educandário de Sant'Anna, em Pisa, pois a mãe não podia cuidar dela. Giorgino foi para a Academia Militar em Milão.

No verão de 1867, Manzoni fez testamento. Fizera outro anteriormente, que anulou. Pretendia deserdar Enrico e Filippo em favor dos filhos de ambos, mas então a lei não permitia.

* Variantes de "relojoeiro", em que a última corresponde à forma florentina.

No testamento, ele privilegiou Pietro, e dispensou-o de toda obrigação de prestar contas aos demais herdeiros. "Deverá minha herança manter isento e incólume meu filho Pier Luigi quanto a perdas e danos que, em consequência da causal e a ele não imputável postergação dos irmãos... viesse a interferir na execução e efetiva obtenção dos créditos... Considerando que a gestão de meus bens realizada por meu filho Pier Luigi nunca teve um mandado de procuração, mas fundava-se totalmente na confiança recíproca e boa-fé... entendo que o referido Pier Luigi não pode ser molestado por meus herdeiros, nem obrigado a prestar contas por qualquer ato de sua referida gestão." Móveis, utensílios e roupas de cama, mesa e banho que se encontravam em Brusuglio e na Via del Morone eram deixados para Pietro, pois, para Enrico e Filippo, móveis, utensílios, roupas de cama, mesa e banho já haviam sido dados.

Numa carta ao pai, Filippo falava dos filhos. Giulio era militar. Massimiliano e Cristina, colegiais. Da que nascera por último e da mulher, não dizia nada.

Filippo morreu em fevereiro de 1868. Morreu vítima daquela doença nos rins que contraíra anos antes. Enrico escreveu ao pai, pedindo dinheiro para um traje de luto com que ir ao funeral.

Sobre Filippo, Tommaseo escreveu: "Casou-se, segundo dizem, com mulher de vida fácil". Dada essa fama, a pobre Erminia Catena nunca foi acolhida na família.

Morto Filippo, Erminia Catena escrevia a Manzoni nos finais de ano; desejava-lhe feliz ano-novo e agradecia "por todas as gentilezas e auxílios que, com sua extrema bondade, o senhor continua a contemplar os filhos do pranteado Filippo".

* * *

Enrico perdeu o emprego. Não era culpa dele, escreveu ao pai, também haviam dispensado outros por razões econômicas. Teve a ideia de enviar um requerimento ao príncipe Umberto. O príncipe lhe respondeu manifestando "seu desapontamento", mas não lhe era possível, dizia, fazer nada. Então, a mulher pediu uma audiência ao príncipe e foi recebida. Nada obteve. Pediram a Manzoni que se dirigisse ao diretor da Caixa Econômica. Manzoni recusou. Agora, também a mulher, Emilia Redaelli, escrevia-lhe. Pedia roupas para Eugenio e Lodovico. "Venerado sogro..."

Enrico finalmente conseguiu um modesto emprego de distribuidor na Biblioteca Braidense. Mas couberam-lhe outros reveses. Contraiu uma doença em uma das mãos. Tinha "um carcinoma no dedo médio". Escreveu ao pai:

"Desde tenra idade ensinaram-me que temos o dever de conservar nossa vida até quando Deus quiser tirá-la... É sagrado o dever que me obriga a recorrer a ti. A quem deveria pedir ajuda para tratar um mal de nascença se não a ti, meu pai? Por outro lado, nunca recusaste nem a Filippo nem a Pietro, e eu também sou teu filho e da minha finada mãe, como os outros."

Pedia dinheiro para ir a Salsomaggiore tomar as águas. Recebeu o dinheiro. Mandou à casa do pai o filho Alessandro pedir mais dinheiro e comunicar que ele jurava nunca mais pedir alguma coisa. Pouco tempo depois, voltou a pedir.

No verão de 1870, o pai lhe escreveu:

"Enrico!

"Após muitos anos de sacrifícios e dores da minha parte, e de promessas não mantidas e reiteradas com a mesma asseveração da tua; e depois de um novo e mais pesado sacrifício e uma nova e mais solene garantia feita a mim naquela ocasião, não deveria esperar de ti novo pedido.

"O que eu te dou anualmente e que é resultado de teus rendimentos bastaria, na opinião de qualquer pessoa prática e honesta, para a manutenção decente de uma família, até mais numerosa do que a tua, desde que minimamente controlada...

"Tenho 85 anos; e tu mesmo deverias estar contente em compensar, deixando-me morrer em paz, o fato de não ter me deixado viver em paz por muitos anos, não só pelos dissabores que me chegaram diretamente de ti, mas pelas muitas e muitas pessoas que me puseste no encalço e que foram um dos mais penosos exercícios da minha vida.

"Toda conversa contigo não poderia ser para mim nada além de uma lembrança e uma repetição de tantas coisas dolorosas; e tuas cartas já me fizeram tanto mal que me vi obrigado a declarar-te, muitas e muitas vezes, que não as receberia mais, sem que tenhas tido algo a objetar; propósito que finalmente manterei.

"Eu faço o que posso, e mais; tu fazes o que deve te aconselhar cada honesto sentimento. E peço a Deus, do fundo do coração, que te conceda todas as bênçãos que posso desejar para mim."

Não é que seja o Pierino
O pior dos meus garotos,
Todos os sete são loucos,
Da Giulia ao Filippino.

Era uma quadrinha que Manzoni escrevera muitos e muitos anos antes, quando Matilde ainda não havia nascido. Como devia lhe parecer distante essa quadrinha, se é que ainda lembrava dela, se ainda a cantarolava em sua memória! Era esse um tempo em que se iludia que a paternidade era algo alegre e leve. Pouquíssimos anos mais tarde, já sabia que não era assim; e que, ao contrário, era uma zona de atuação bem difícil para ele. Agora, era uma paisagem deserta, onde os olhos não se aventuravam mais. Havia, sim, Pietro e a família de Pietro; mas todas as outras tempestades e perdas tornavam esse grupo familiar menos sólido e seguro: e era, nessa paisagem invernal, como uma única árvore batida pelos tramontanos.

Há um retrato de Manzoni, sentado, com a família de Pietro ao redor. Ele está lá, pequeno, curvado, encolhido, solitário. Atrás dele está Pietro, de perfil, sério. Mulheres e moças preenchem o espaço, ostentando suas fisionomias contentes, suas pessoas satisfeitas de estarem reunidas, de posarem para um retrato. Manzoni está lá, retraído, fechado em seus pensamentos como dentro de uma casca, exilado num mundo com o qual não compartilha mais nada.

Na velhice, deve ter pedido infinitas vezes a si mesmo motivos e esclarecimentos. Deve ter se perguntado por que, enquanto Matilde o chamava e morria, ele não se moveu. E por que aqueles dois, Enrico e Filippo, puros e gentis na infância, haviam se tornado homens tão esquisitos, queixosos e infelizes, poços de subterfúgios e mentiras, e se a causa era a índole de cada um, ou uma culpa sua, ou um destino adverso. Talvez tenha pensado que alguma culpa sua houvera em qualquer ponto remoto de sua existência: mas qual e onde era muito difícil estabelecer, e agora de nada adiantava.

Os amigos iam todas as noites à Via del Morone, e ele conversava. Ali estavam Rossari, dom Ghianda, dom Ceroli, Francesco Rossi, bibliotecário em Brera, o marquês Litta, Giulio Carcano, Ruggero Bonghi. E quase sempre Pietro. Eram horas felizes: para Manzoni, talvez as melhores do dia. Os amigos que sobreviveram a ele guardavam dessas horas uma boa lembrança. Ele conversava com visível prazer: era arguto; contava mil histórias; tinha uma memória portentosa. Entre esses amigos, que ele conhecia havia muitos anos, não gaguejava jamais. "A voz dele era naturalmente débil e quase sempre humilde", escreveu a respeito Cristoforo Fabris, que não faltava a esses serões. Permanecia em pé, com a tabaqueira na mão; atiçava o fogo na lareira; assim era lembrado.

No verão de 1868, Vittoria foi a Brusuglio com Matildina. Vittoria e o pai viram-se, então, pela última vez. O pai não foi mais à Toscana, e ela não voltou mais a Brusuglio.

Bista voltou, porém sozinho, no verão seguinte; e lia para Manzoni em voz alta, com grande alegria de ambos, a letra A do *Novo vocabolario della lingua italiana* (Novo vocabulário da língua italiana).

Em 1870, Rossari morreu. Depois pediram a Manzoni que fizesse uma epígrafe para um pequeno monumento em homenagem a ele. Escreveu-o, mas era demasiado longo; não foi usado; foi publicado no jornal *La Perseveranza*.

Para Stefano, a morte de Rossari representou uma dor enorme. Fora para ele pai e irmão. Deixava uma velha irmã, Peppina; Stefano a acolheu em Morosolo por um breve período.

Em Milão, Stefano arranjou outra casa, maior, em Via Monte di Pietà.

Seu tio dom Giacomo, o padre, morreu; e o outro tio, Giuseppe, adoeceu. Stefano cuidava dele. Foi uma longa enfermidade.

Em 20 de setembro de 1870, as artilharias italianas entraram em Porta Pia; em 2 de outubro, Roma foi unida ao Reino. No ano seguinte, a capital foi transferida para lá.

Bista foi eleito senador. Inventou um "medidor" para aplicação do imposto sobre o trigo moído; negociava instrumentos agrícolas e divertia-se para valer.

Em janeiro de 1873, Vittoria recebeu do pai uma fotografia. Atrás estava escrito:

Olhos, ouvidos, pernas, e ai de mim! pensamento,
Não tenho mais nenhum que me diga a verdade.

Ainda em janeiro, Bista escreveu a Manzoni, pedindo-lhe que fizesse uma epígrafe para um monumento a Napoleão III. Manzoni recusou. Não se sentia capaz. Napoleão III se opusera à unificação da Itália; não queria Roma capital. Como expressar, numa epígrafe, diferenças e reservas? E como calá-las? "... só tocar o fato, não acho que se possa fazê-lo em termos novos..."

E essa foi a última carta de Manzoni a Bista.

Disseram a Vittoria que o pai havia perdido a memória, mas ela não acreditou. A carta escrita a Bista era tão límpida, tão clara!

Soube que havia caído na escadaria da igreja de San Fedele, depois de ter assistido à missa, e batera a cabeça.

Num retrato da família Manzoni, avó, pais e filhos, pintado em 1823 — ainda não tinham nascido nem Filippo nem Matilde —, Pietro aparece de perfil. É um rapaz robusto, atarracado, com o nariz pronunciado, a expressão séria. Num de seus últimos retratos, no qual já é um velho senhor, aparece igualmente ponderado, pesado, sisudo. Conserva algo de sua fisionomia de menino, tendo tido, quando menino, uma fisionomia de adulto.

Aos doze anos, traduzia as fábulas de Esopo com a ajuda de Fauriel.

Giulietta admirava-o, porque nadava bem, mergulhando da barca; e porque montava bem a cavalo e aprendia línguas com facilidade; e tudo o que fazia lhe saía bem. Teresa disse dele que era "insaciável ao beber"; mas decerto era invenção dela. Não parece ter havido no caráter de Pietro nenhum tipo de intemperança.

Pietro foi totalmente consumido pelo pai. Foi um simples apoio para Manzoni, e nada mais: sua sombra fiel. Curvou-se, paciente, para resolver todas as suas preocupações; tomou a si os seus problemas, os mais insignificantes, os mais simples e os mais inextricáveis; as provas dos livros, as terras; os assuntos de Filippo, os assuntos de Enrico. Só uma vez pretendeu agir de acordo com a própria cabeça e sem consultar o pai: quando casou. Teve um casamento feliz.

Pietro morreu em 28 de abril de 1873. Tinha sessenta anos. Manzoni não compreendeu que havia morrido. Disseram-lhe que tinha ido a Bérgamo.

Porém, de quando em quando, admirava-se de não vê-lo; e procurava-o por todos os aposentos. Ficava muito angustiado. Anos antes, Vittoria dissera que sem Pietro ele não conseguiria sobreviver nem sequer um mês.

Depois daquela queda em San Fedele, não estava mais de posse de suas faculdades. Deviam passar-lhe, na escuridão da mente, estranhos e dilacerantes pensamentos. Perguntava: "Mas aquele que perdoa terá me perdoado tudo?".

Morreu no dia 22 de maio, às seis da tarde.

III.

Os funerais foram realizados em 25 de maio. Manzoni foi sepultado no Famedio.

O abade Paoli, que havia sido amigo e secretário de Rosmini e à época vivia em Roveretto, escreveu a Stefano. Pedia-lhe a gentileza de representar a Academia de Roveretto nos funerais. Teria ao lado um primo de Rosmini, o conde Fedrigotti.

Tanto Stefano como o abade Paoli acharam que, nos inúmeros artigos publicados em diversos jornais, nenhum falava da amizade entre Manzoni e Rosmini. Somente Ruggero Bonghi mencionava isso no *La Perseveranza*.

A correspondência entre Stefano e o abade Paoli era intensa. O abade Paoli queria saber se, nos funerais, o conde Fedrigotti tinha sido gentil com ele "ou não". Depois, fazia-lhe algumas perguntas sobre Manzoni. Queria saber se havia realmente sido ateu. Queria saber se realmente fora convertido ao catolicismo pela mulher, a genebrina Blondel. Stefano escreveu-lhe o que lembrava. "Foi a misericórdia divina, meu filho": assim Manzoni, interrogado por ele, respondera. Quanto ao conde Fedrigotti, sim, havia sido gentil.

Agora, Stefano ia a Lesa raras vezes, pois também nele esses lugares despertavam grande tristeza. Ia lá só por motivos práticos. Mas ia muito a Morosolo e a Torricella d'Arcellasco.

Seu tio, Giuseppe Borri, passou três anos doente; ele devia acompanhá-lo a Torricella, quando queria ir para lá, e trazê-lo para Milão. Giuseppe Borri morreu dois meses antes da morte de Manzoni. Stefano era seu herdeiro universal. Recebeu outras fazendas, outras propriedades, outras terras.

Vivia com Elisa Cermelli. Levava-a consigo aonde quer que fosse. Apenas muitos anos mais tarde se casou com ela.

A casa da Via del Morone fora desfeita; a viúva de Pietro, com os filhos, instalara-se em outro lugar.

Em 1875, depois da liquidação da herança, Stefano recebeu o dote da mãe.

Enrico lhe escreveu pedindo dinheiro. "Se tu, caro Stefano, podes fazer a caridade de emprestar-me algum dinheiro, eu te serei reconhecido por toda a vida, e prometo fazer-te a devida restituição." Enrico ainda não tinha recebido nada da liquidação da herança. Conseguira finalmente um modesto emprego estável, na Biblioteca Nacional de Brera. Mas ganhava pouco. Separara-se da mulher e vivia sozinho. Devia, porém, sustentar os filhos. Por duas vezes pediu dinheiro a Stefano, que por duas vezes lhe mandou. Na terceira, desculpou-se e escreveu que naquele momento era-lhe difícil. Aconselhava-o a economizar. Enrico tornou a lhe escrever. "Economizo mais do que posso, e moro num quartinho no quarto andar, onde nesse inverno achei que ia morrer de frio. Mais afortunados do que eu são aqueles meus parentes que puderam continuar em apartamentos de 2500 liras... No inventário feito não apareceu um monte de bens, o que constitui um crime, e a mim foi negado até um cobertor que pedi para agasalhar-me do frio." Odiava Pietro, apesar de morto, e odiava toda a família de Pietro. Tentava atrair Stefano para seu lado. Pietro e a mulher, segundo ele, tinham feito a infeliz Teresa sofrer: como se ela tivesse sido uma pobre criatura que sofria e engolia ofensas. Não citava nem o nome de Pietro nem o de Teresa: expressava-se de modo obscuro e tortuoso. Pintava a si mesmo como a única pessoa junto da qual o "venerado pai" tinha gozado um pouco de paz. Na verdade, sabe-se que o "venerado pai" não conhecera, em suas relações com o filho, paz nenhuma. Fantasiava sobre a liquidação da herança; esse dinheiro lhe teria servido para um pequeno negócio. Por fim, confidenciou que o pai imaginara estar na mais absoluta miséria e que havia se consumido de angústia. Tinham-no feito acreditar nisso. Somente ele, Enrico, tentara lhe dizer a verdade, e por isso haviam entrado em guerra contra ele, "uma guerra desleal". "Fica sabendo que meu venerado pai, uns seis meses antes que o mal se agravasse, teve comigo uma conversa, cujo resultado foi um beijo que me deu na fronte, e o perdão de tudo, junto com palavras de consolo e conforto." Depois voltava ao empréstimo. Incluía na carta um recibo. "Mediante essa quantia poderei providenciar para mim peças de vestuário de que necessito e fazer outras pequenas despesas indispensáveis, eximindo-me assim do dano de ter hoje mesmo, infelizmente, de recorrer a outros meios que são muito ruinosos, pois quem empresta dinheiro, ou seja, os assim chamados vigaristas, exigem compensações desastrosas..."

Enrico, ao que parece, era um excelente empregado, trabalhador, escrupuloso, consciencioso. É de se pensar que, talvez, não fossem os bichos-da-seda, a herança de Giulia, a vila de Renate, o desejo de brilhar aos olhos do pai e dos irmãos, Enrico teria podido levar uma existência normal.

Em 1876, Matildina saiu do Educandário de Sant'Anna. Permanecera ali nove anos. Tinha os cabelos ruivos acobreados e a tez pálida, e quando saiu para o primeiro baile, com um vestido de tafetá de listrinhas brancas e celestes, parecia-se tanto com Matilde que Vittoria ficou perturbada.

O avô Gaetano havia morrido em Florença em 1874. A sra. Carolina, mulher dele, a que era louca e vivia de casa em casa, também morreria dois anos depois.

Bista e Vittoria decidiram se estabelecer em Roma. Bista providenciou casa e fez a mudança. Em dezembro de 1877, partiram. Vittoria e Matildina nunca tinham visto Roma. Chegaram à noite e se depararam com uma grande extensão de luzes. "Roma", disse Bista.

A casa ficava na Via Cavour. Enrico foi ao encontro deles. Pedira transferência e agora era distribuidor na Biblioteca Nacional de Roma. Morava com o filho Alessandro, que tinha mulher e filhos. Para Vittoria, reencontrar-se com Enrico foi um prazer imenso. Não se viam desde muito. E agora, dos nove irmãos haviam sobrado somente eles dois. Tinham muito sobre o que conversar! Enrico adquiriu o hábito de ir sempre à casa deles com Alessandro, a mulher, as irmãs da mulher, as crianças. Mas Bista não estava muito satisfeito com essas visitas. Não gostava de Enrico. Dizia que fizera o pai sofrer muito e que não conseguia esquecer isso. Se Enrico também pedia dinheiro a eles, e se também lhes falava de Pietro daquele modo obscuro e tortuoso que usara com Stefano, Vittoria omite em suas memórias.

Enrico morreu em Roma em 1881, assistido pelo filho Alessandro e pela família dele. Tinha perdido a razão. Dizia que o Caleotto era novamente seu, e os bens de Lecco, e todos os lugares citados em *Os noivos*.

Em 1878, Stefano pintou dois quadros: *Emanuele Filiberto que, tendo se perdido na caçada, pergunta o caminho a um alpino*, e *Bosque de faias*. Eram duas telas enormes. Ele julgava que os quadros grandes lhe saíam melhores do que os pequenos. Pretendia expô-los em Brera, mas primeiro queria, para *Bosque de faias*, uma avaliação de Couture, pintor francês que encontrara certa vez numa viagem a Paris, dez anos antes. Escreveu a Couture, pedindo permissão para lhe mandar um quadro de sua autoria para ser avaliado, acompanhado de algumas garrafas de vinho. Couture lhe respondeu com frieza: não emitia avaliações sobre quadros alheios, avaliava exclusivamente os próprios. Ficasse com o quadro e enviasse apenas o vinho. Porém, se quisesse, podia embrulhar a garrafa num de seus estudos, "isso será suficiente para avaliar seu talento e para dizer-lhe toda a verdade encontrada no fundo do meu copo. Todo seu, Couture". Stefano lhe expediu o vinho, "as garrafas de Lacrima Christi que o senhor deseja conhecer", e na caixa pôs um *Bosque de faias* minúsculo, feito em Paris durante aquela viagem. "Peço-lhe que me diga se ele possui *verdor*, *luz*, *verdade*... E se o senhor achar que não passa de um borrão abominável, diga-o com franqueza mesmo assim, sempre lhe serei grato, pois amo a verdade acima de tudo... considere-me um seu mui humilde e obediente criado."

Matildina se casou em 1880. Foi morar em Módena com o marido, Roberto Schiff, professor de química.

Bista e Vittoria desejavam que o filho Giorgino seguisse a carreira militar, mas ele não quis. Aos 27 anos, abandonou o exército. Bista possuía uma escavação de mármores, em Massa Carrara, e Giorgino decidiu cuidar dela.

Em 1881, Bista e Vittoria deixaram Roma e se estabeleceram em Montignoso. Vittoria não gostava de lá, sobretudo no inverno, mas conformou-se. Pôs-se a escrever, com grande dificuldade por estar enxergando muito mal; escrevia poemas e suas memórias. Bista não se entediava jamais; tinha, como o pai e o avô, a mania das *obras* — providenciava a construção de diques, muradas, muralhas e casas. Gastava dinheiro, e Vittoria achava que era dinheiro mal gasto; as muradas que construía ao longo dos córregos ruíam continuamente e era preciso refazê-las; e todas aquelas casinhas, ela achava que destruíam a paisagem.

Em 1882, saiu um livro de Stefano: *Il numero infinito* (O número infinito). Eram textos de filosofia e religião. O livro não trazia o nome do autor, somente as iniciais S. S.

Mandou um dos primeiros exemplares a Antonio Stoppani, grande cientista e geólogo, sacerdote de ideias liberais, estudioso de Rosmini. Conhecia-o apenas de vista. Stoppani lhe respondeu: "Folheei seu livro aqui e ali, e no conjunto me pareceu excelente obra, digna de um rosminiano. Mas por que não pôs seu nome? Quando leio o livro de um anônimo, tenho a impressão de alguém falando através do buraco da fechadura. Sinto uma grande necessidade de ver o rosto de quem está falando... creio que o senhor seja padre como eu, e quem sabe eu até o conheça".

Stefano lhe escreveu:

"Confesso que tentei temerariamente apresentar-lhe meu cartapácio antes de publicá-lo... Mas os ardis que andei engendrando com esse propósito falharam... publiquei o cartapácio *à la grace de Dieu*!*... Não foi por falta de coragem quanto às minhas opiniões que deixei apenas as iniciais nesse volume. Mas por duas razões. A primeira é esta... Habituado desde criança a ouvir a verdade sem rodeios, não só sem elogios como também sem rebuços, aliás, com dureza, habituado a não ser levado a sério por ninguém... com o passar do tempo, acostumei-me a uma vida completamente anônima... Porém, calculei que, se o livro tinha

* Em francês, no original: "por obra de Deus".

algum valor, a ideia de que a verdade não me fosse dita com a mesma dureza que no passado, a ideia de ser tratado com maior respeito do que aquele com que se trata qualquer burguês, soava-me insuportável: e aí está o porquê das iniciais. A segunda razão, creio que não poderá desaprová-la totalmente. No caso de ser verdade... que meu livro possa fazer algum bem a quem quer que seja, tentei, permanecendo anônimo, que não me fosse aplicado aquele dito fatal: já recebestes vossa recompensa... Fez-me sorrir o engano em que o senhor caiu ao me supor sacerdote! Sou artista; ou seja, um medíocre pintor paisagista que tinha disposição para a música, amor pelas ciências; mas que não possuía inclinação para a filosofia, menos ainda para a metafísica, e absolutamente nenhuma para a poesia. De fato, não dediquei ao livro mais do que as horas invernais da noite, e as da manhã à luz da candeia. E se não tivesse tido o receio de resvalar no charlatanismo, teria posto como epígrafe no frontispício *Loisirs d'un artiste...*"*

Stefano escreveu a Vittoria naquele verão. Sabia que ela estava organizando a correspondência do pai. Fazia tempo que não lhe escrevia e pensava nela com afeto. Disse-lhe um pouco de si, mas extremamente pouco. Contou que passava bastante tempo em Torricella; e que tinha a companhia de uma pessoa de quem talvez ela se lembrasse, por ter essa pessoa cuidado de Teresa nos seus últimos anos.

Vittoria lhe respondeu:

"Caríssimo Stefano,

"Se eu te disser uma coisa, não irás acreditar!... no outro dia... estando no meu quarto, com as cartas do finado papai entre as mãos, estava pensando justamente em ti, caro Stefano! E dizia: se essa publicação sair, quero eu mesma mandá-la a Stefano, com as seguintes palavras: 'Ao caríssimo Stefano, seu último irmão so-

* Em francês, no original: "lazeres de um artista".

brevivente, envia esta triste e terna recordação dos tempos idos a pobre e afeiçoada irmã Vittoria'. Estava tão concentrada nesse pensamento, nesse caro projeto, que me ouvia chamarem repetidamente, sem nem sequer pensar em responder. Então, minha Matildina (que daqui a poucos dias será mãe) entrou dizendo que me chamavam para entregar uma carta (que tinha em mãos). Eu pedi que a lesse, que devia ser de um fulano etc. 'Não', respondeu-me, 'adivinha?' E eu continuando a falar, de um sicrano etc. etc. 'Não, não', acrescentou, 'quer saber? É do teu irmão Stefano!' E depois desatou a rir, da cara embasbacada com que eu estava olhando para ela; e perguntou-me por que, afinal, essa notícia provocava em mim tal efeito! Mas não sabes, respondi eu, que estava aqui justamente pensando em Stefano?... Que, ao repensar tantas coisas do passado, dissera a mim mesma que só tinha a ele a quem recorrer para dizer: lembras? É verdade que tive esse pensamento muitas vezes (como muitos e muitos outros daqueles tempos felizes!), mas hoje não consegui tirá-lo da cabeça. E bem nesse instante recebo uma carta dele e tenho a reconfortante prova de que ele também não me esqueceu de todo! Lendo depois a querida, boa e afetuosa carta, eu vi, pobre Stefano, que não só não tinhas me esquecido, mas que te lembras bem até do nome que me deste!... Infelizmente, *le petit écureil* se transformou numa macaca velha!... Sim, caro Stefano! Essas lembranças dos tempos felizes apresentam-se como um doce sonho, e fazem com que achemos mais amarga a triste realidade da vida... E tu, pobre Stefano, talvez sejas o único sobrevivente do grande e terrível naufrágio! Talvez sejas o único amigo restante dos muitos que me quiseram bem! Crê que esse pensamento, em meio a muitas dores, a muitas perdas terríveis, sempre tenha representado para mim algum consolo, e agora o sinto ainda mais vivo... Gostaria, caro Stefano, que na tua próxima carta (se me quiseres escrever outra), gostaria, digo, que me falasses um pouco mais a teu respeito: *se pintas, se tocas*, que vida tens levado até agora. Muitas vezes penso nos móveis que te rodeiam, que me são tão presentes!... Diz-me, por favor, se a mulher de que me falas é Laura. Nesse caso, dê-lhe meus afetuosos cumprimentos. E tu, meu caríssimo Stefano, pensa de vez em quando ainda nesta pobre Vittoria..."

Contudo, não queria revê-lo e nunca se encontraram. Disse que as pensões ali no vale não eram confortáveis, e não poderia hospedá-lo na casa deles, pois a dividiam com um irmão de Bista.

Nesse verão, em Montignoso, Matildina teve um filho, que foi chamado Ruggero. Dois anos mais tarde, em Módena, teve outro, Alessandro. Esse segundo filho morreu de tifo. Matildina passou em Módena mais um inverno; mas foi para ela um inverno triste e estava sempre doente; o clima frio de Módena fazia-lhe mal. Voltou para junto da mãe. Passaram alguns meses em Massarosa e outros em Montignoso. O marido de Matildina foi morar em Massa Carrara; pedira afastamento na universidade e ocupava-se de uma via férrea, que ia das escavações até o mar.

Em 1883, quando o monumento a Manzoni foi inaugurado, saíram inúmeros artigos sobre o escritor, e alguns diziam coisas que Stefano considerou falsas e descabidas; mandou cartas ao *La Perseveranza*, desmentindo. Vittoria ficou satisfeita com a atitude dele. Escreveram que Manzoni, quando da morte de Enrichetta, tentara o suicídio. Que toda semana a mãe punha na mão dele, quando criança, duas liras, e que ele as enfiava no bolsinho do colete. Que à noite, junto à porta do pai, o filho Pietro deixava um balde de água, para que Manzoni, que odiava caminhar no molhado, não saísse do aposento e não lhe atrapalhasse o sono. "E a da balança é menos estúpida?", Vittoria escreveu a Stefano. Tinham contado que no quarto de Manzoni havia um barômetro e uma balança, e toda manhã ele olhava o barômetro e de acordo com o tempo pesava na balança as roupas que ia vestir. Vittoria:

"Como se um traje de tecido natural não fosse mais pesado do que um mais quente de casimira! E depois, quem o viu fazendo tais coisas? Eu não, *com certeza*!".

Em 1885, Stefano publicou um livro de reminiscências e testemunhos sobre os anos que passara ao lado de Manzoni. Como sempre, não trazia seu nome, apenas as iniciais. O livro é em terceira pessoa; refere-se a si mesmo como "o enteado". Seu principal objetivo era rebater o que Cantú escrevera sobre Manzoni nas *Reminiscências*. Cita constantemente as frases de Cantú e contrapõe a elas suas próprias reflexões e lembranças. Porém, muitas vezes quem lê pensa que Cantú tinha razão e não Stefano; e algo, nas frases de Stefano, soa forçado e pouco convincente.

Vittoria leu o livro e irritou-se. Havia o trecho de uma carta que escrevera a Stefano um ano antes; poucas frases, afetuosas para Teresa, mas com alusões a boatos maldosos; e uma nota ao final que dizia: "seguem-se pensamentos íntimos"; Vittoria achava indelicado Stefano ter publicado trecho de uma carta sua sem lhe pedir, e indelicada a nota. Depois, falava de sua irmã Cristina de um modo que lhe pareceu rude e apressado. E Pietro? Pietro mal era citado. Porém, Vittoria gostou muito que Cantú fosse rebatido, ela o detestava; e, ao fim e ao cabo, esse livro de Stefano, com muitas reservas, agradou-lhe.

Em 1887, Stefano casou-se. Morava com Elisa havia longos anos. Ela, em Campolungo, tinha uma infinidade de parentes. Eram todos camponeses de Stefano, pois ele herdara essas terras do tio Giuseppe. Ficaram pasmos.

Nesse mesmo ano, saiu outro livro dele, *Il simbolo rosminiano* (O símbolo rosminiano).

Em 1888, o Santo Ofício condenou as *Quaranta proposizioni*

di Antonio Rosmini (Quarenta proposições de Antonio Rosmini).* Acenderam-se violentas polêmicas. Saiu um periódico, *Il Rosmini*, dirigido por Stoppani. Havia um texto, "As opiniões de Antonio Rosmini", do abade Paoli. Stefano escrevia sempre ao abade Paoli, que tinha oitenta anos. A condenação deixara-o transtornado. Estava claro que os jesuítas pretendiam atingir o Instituto da Caridade.

Uma das filhas de Filippo, Cristina, escreveu a Stefano pedindo-lhe não só dinheiro como um quadro, um retrato que sabia que Stefano fizera de seu pai, em época distante. Stefano mandou-lhe o dinheiro e o quadro. Cristina casara com um primo, um dos filhos de Enrico, Eugenio. Se antes ambos eram pobres, casando-se, tornaram-se mais pobres ainda. Stefano os ajudou. Eugenio era distribuidor na Biblioteca Nacional de Brera, como Enrico havia sido. Perdeu o cargo. A mulher tornou a escrever a Stefano. "Teria o senhor conde a generosidade, a cortesia e a gentileza de conceder-me o auxílio de cinquenta liras?" Comprometia-se a devolvê-las em cinco meses, dez liras por mês. Dessa vez, Stefano recusou. "Não sou rico o suficiente para poder distribuir várias vezes quantias como as que me são pedidas." Também para a viúva de Enrico, Emilia Redaelli, que lhe pedia dinheiro, respondeu negativamente. Haviam lhe dito que era auxiliada por parentes do lado materno.

Assaltou-o o medo de não ser mais rico de fato. Escreveu a Vittoria lamentando-se da vida ansiosa e difícil que levava, percorrendo suas terras, e de todas as novas reivindicações apresen-

* Coleção de máximas do abade, extraídas de obras predominantemente póstumas. O decreto do Santo Ofício, conhecido como Post Obitum, era de dezembro de 1887, mas só veio a público no ano seguinte. (N. E.)

tadas pelos camponeses. Vittoria: “Pobre, caro Stefano! Como és atormentado!... Quantos tormentos, quantos aborrecimentos, pobre Stefano! Antes, pelo menos, não havia todas essas greves! E ai... de quem diz que o mundo não é mais o mesmo do nosso tempo! O mal, é verdade, sempre existiu! Mas agora, o mal é bem; e o homem não é mais responsável! E paremos por aqui, pois haveria muito a dizer!”. Escrevia-lhe de Massarosa. “Talvez não lembres que papai esteve aqui em Massarosa, no outono de 52, com o finado Pietro. Eu estava grávida do meu Giorgio que agora tem de 37 para 38 anos. Vive mergulhado nos negócios, o que significa dizer mergulhado em contrariedades. Neste momento está em Massa, onde tem escritório para o comércio de mármores. Naturalmente, chama-se comércio, embora se trate de vender os mármores da nossa propriedade. Tem também uma via férrea, que vai do mar às escavações... Meus afetuosos cumprimentos à tua boníssima mulher, a quem agradecerás também por mim o bem verdadeiro e reverente que te faz e que me deixa mais tranquila a teu respeito, pobre Stefano, em meio a todos os problemas que te atormentam! Oh, se um dia pudermos estar juntos no Reino que não é deste mundo! Eu não o mereço, mas... o Senhor há de ajudar-me.”

Vittoria e Stefano trocavam opiniões sobre medicamentos. Stefano sempre tivera a mania dos medicamentos, como a mãe; e agora era a mania de Vittoria também. “Eu tomo a litina em pó de hóstia... tive de suspendê-la porque me arruinava o estômago... assim que puder, voltarei a tomá-la, entre fevereiro e março, pois na primavera, ou melhor, entre fevereiro e março, fico pior. Mas não fico pior da artrite, fico pior de tudo um pouco... a litina costuma dissolver aos poucos os depósitos que se formam nas articulações; facilita e clareia os líquidos; e, em suma, para a artrite é o rei dos remédios.” Escreveu novamente de Massarosa. Tinham passado o verão em Montignoso. “Bista e eu estamos aqui desde o dia 4 do corrente [era novembro], e nossa vida é monótona e solitária. Mas, no que me toca, tenho o bom costume de nunca ficar aborrecida quando estou sozinha! Minha filha Matilde não está longe." Estava em Massa Carrara com o marido e o filho. "... vou até lá de carruagem fechada, fazendo uma trotada de algumas horas, e depois estou em casa. E tu, estás em Milão? O que fazes? Como te sentes de saúde e de humor? Mas já não tocas mais o piano? E pintas, ou nem isso?... E agora adeus, caro Stefano. Meus olhos estão deteriorando sensivelmente! Lembranças minhas à tua mulher... Como se chama tua mulher? E em que ano foi à nossa casa? Tu me disseste que a conheci. Mas também disseste que não era Laura. Fiz muitas vezes essa pergunta a mim mesma, então diz-me."

E foi a última carta de Vittoria a Stefano.

Ele soube, por uma carta de Matildina, que Vittoria havia morrido de pneumonia, dois meses mais tarde, em 15 de janeiro de 1892.

Nesse ano, Stefano publicou novamente um livro: *Combattiamo l'ateismo — Riflessioni di S. S.* (Combatamos o ateísmo — Reflexões de S. S.).

Estabeleceu-se em Torricella. Assinava o *Nuovo Risorgimento*, periódico de Turim, e mantinha com o diretor, Lorenzo Michelangelo Billia, que conhecia desde muito, uma correspondência intensa. O abade Paoli morrera, assim como Antonio Stoppani, e os rosminianos agora eram poucos. Porém, em Milão, continuavam a existir o Instituto da Caridade e o Pio Instituto da Providência.

Caminhava demoradamente pelos campos e bosques, procurando lugares que lhe agradassem pintar. Elisa o acompanhava, levando a palheta e os pincéis.

Se encontrava o médico de Torricella, Cesare Sala, parava para conversar com ele. A mulher puxava-o pelo paletó, "Steven! Steven!", para que se decidisse a voltar para casa.

Enrichetta Garavaglia Baroggi lhe escreveu. Era uma das "duas Enrichettas", filha de Cristina e Cristoforo Baroggi. Havia crescido na casa dos Garavaglia e casara com um parente deles. Morrera-lhe um filho de cinco anos, Tognino, em 1869, e Manzoni lhe fizera um epitáfio. Agora, depois de tantos anos, ela ainda chorava a perda desse filho, dotado de uma inteligência precoce, como dizia o epitáfio. Fora procurar Stefano em Milão e não o encontrara. Queria vê-lo, apenas porque guardava "ciosamente os afetos da infância" e sabia o quanto Stefano havia sido ligado "à minha finada mãe". Na verdade, Stefano não fora muito ligado a Cristina, mas agora todo esse mundo que se afastava correndo parecia-lhe radiante e precioso.

A pobre Emilia Redaelli, a viúva de Enrico, vivia numa água-furtada da praça Beccaria. Em 1886, foi internada numa casa de saúde. Havia brigado com os filhos Eugenio e Alessandro. Este a declarou doente mental e providenciou sua internação no manicômio de Mombello. Uma das filhas, Bianca, se casara em Roma com certo cavaleiro Pietro Fregonara, funcionário. A mãe escreveu-lhe: "Agradeço-te do fundo do coração pelas boas-novas que me dás... espero que nunca duvides do meu verdadeiro afeto por ti e teu marido, e se me faltam as palavras para falar-te do arrebatamento do meu coração, está tudo incluído aí. Acredita nisso, minha querida... Gostaria de não empanar tua justa e santa alegria! Mas meu coração, minha alma está muito angustiada; e minha necessidade de expressar-te isso é violenta! Derrama tu uma lágrima por tua desventurada mãe! No dia 10 do mês passado, por meio do mais repelente engano, fui retirada da Casa de Saúde (enquanto o ilustre diretor estava ausente) e fui levada, sem o menor propósito, ao manicômio de Mombello! Jamais poderei dizer-te o quanto sofri! E tu jamais poderás ter uma ideia!... Os superiores são muito bons para mim: mas, Bianca, viver na enfermaria em meio a dores cruéis; em meio a infelizes desgraçados, é horrível; como perdoar uma coisa dessas? Se tu e teu marido puderem salvar-me, salvem-me, em nome de Deus!". Morreu em Mombello um mês mais tarde.

Era a mesma Emilia a quem Sofia, a irmã de Enrico, escrevia carinhosos conselhos. Era aquela que, de Renate, mandava a Sofia os morangos, as flores, os doces, os cordeirinhos vivos.

Matildina, por ocasião de um casamento, reordenou e mandou publicar um pequeno conjunto de cartas de Manzoni e Bista, e enviou esse opúsculo também a Stefano. Ele agradeceu. Contou-lhe que, na primeira vez em que vira Vittoria, estavam todos sentados para o almoço, e ela havia se levantado e feito a volta da mesa para dar-lhe a mão. Ele tinha vinte anos, então; ela, dezesseis. Teresa dera-lhe um puxão, porque deveria ter sido ele a levantar-se; e ele, então, mortificado e titubeante, tinha, por sua vez, feito a volta da mesa e apertado a mão de Vittoria. Todos desataram a rir — e Manzoni observara que tinham se comportado como príncipes, os quais costumavam retribuir as visitas imediatamente.

Matildina teve outro filho, Giorgio, que nasceu em 1895, quatro anos depois da morte da mãe dela.

Bista viveu até 1906.

Stefano adoeceu de diabetes e catarata. Depois Elisa adoeceu, e morreu em fevereiro de 1904.

Ele encomendou ao pintor Tallone um retrato dela. Entregou-lhe uma fotografia da mulher. Mandou à casa dele até as roupas da falecida.

Recebeu o quadro. Nele, vê-se uma mulher robusta, triste, doce, vestida de preto, com duas mãos grandes no regaço, segurando um missal.

Ele fez testamento. Designou o Instituto dos Filhos da Providência seu herdeiro universal. Havia alguns legados para todos os parentes Cermelli. Os livros de arte e as litografias foram deixados para a Academia de Brera. Os livros de música, para o Conservatório. Os de teologia, para a Ambrosiana. "Não quero que haja flores no meu funeral. Quero ser transportado como pobre."

Brigou com a prefeitura de Lesa. Tornara-se suscetível e briguento. Foi excluído do Conselho Municipal. Depois, soube que pretendiam destruir o cemitério. Então, mandou transportar os restos mortais de sua mãe, e os do pai, Decio Stampa, primeiro para Morosolo, depois para Torricella. Construiu ali o túmulo da família.

Ficou completamente cego. Não saiu mais de Torricella. Costumava sentar-se debaixo de uma castanheira, perto da casa, que era chamada "a castanheira de Stefano Stampa".

Morreu em 1907, em fevereiro.

Referências bibliográficas

BECCARIA MANZONI, Giulia. *Lettere*. Org. de Grazia Maria Griffini. Milão, 1974.

BELLEZA, Paolo. *Manzoni milanese*. Milão, 1930.

CANTÚ, Cesare. *Alessandro Manzoni, Reminiscenze*, 2 vol. Milão, 1882.

CHIOMENTI VASSALLI, Donata. *Giulia Beccaria, la madre del Manzoni*. Firenze, 1956.

CITATI, Pietro. *Manzoni*. Milão, 1980.

D'AZEGLIO, Massimo. *Lettere a sua moglie Luisa Blondel*. 2. ed. Org. de G. Carcano. Milão, 1870.

DE GUBERNATIS, Angelo. *Il Manzoni ed il Fauriel*. Firenze, 1880.

______. *Eustachio Degola*. Firenze, 1882.

FABRIS, Cristoforo. *Memorie manzoniane*. Firenze, 1959.

FAURIEL, Claude. *Correspondance e Fauriel et Mary Clarke*. Publicado por Ottmar de Mohl. Paris, 1911.

FIORI, Ezio. *Alessandro Manzoni e Teresa Stampa*. Milão, 1930.

______. *Il figliastro del Manzoni*, 2 vol. Milão, 1939.

______. *Soggiorni e villeggiature manzoniane*. Milão, 1934.

______. *Voci del mondo manzoniano*. Milão, 1932.

GALLARATI SCOTTI, Tommaso. *La giovinezza del Manzoni*. Milão, 1969.

GALLAVRESI, Giuseppe. *Manzoni intimo*, vol. III, *94 lettere e 17 postille ine-dite*. Milão, 1923.

GHISALBERTI, Fausto. *Il piú segreto dolore di Alessandro Manzoni*. In: "La Martinella di Milano", IX (1955), pp. 535-45, 609-18.

GIARTOSIO DE CURTEN, Maria Luisa. *Giulietta Manzoni, la prima moglie di Massimo d'Azeglio*. In: *La Nuova Antologia*, n. 475, 1959, pp. 227-38.

GUIDI, Agostino. *Il Manzoni e il d'Azeglio all'I. R. Tribunale civile di prima instanza in Milano, e l'amicizia di essi fino alla morte* (estratto).

MANZONI, Alessandro. *Carteggio*. Org. de Giovanni Sforza e Giuseppe Gallavresi, vol. I: 1803-21, Milão, 1912; vol. II: 1822-31, Milão, 1921.

______. *Epistolario*. Org. de Giovanni Sforza, vol. I: 1803-39; vol. II: 1840-73. Milão, 1882-3.

______. *Lettere*, vol. I: 1803-32; vol. II: 1833-53; vol. III: 1854-74. Org. de Cesare Arieti. Milão, 1970.

MANZONI BLONDEL, Enrichetta. *Lettere familiari*. Org. de Giuseppe Bacci. Bologna, 1974.

OTTOLINI, Angelo. *Cristina d'Azeglio, il figlio Massimo e Giulia Manzoni*. In: *La Nuova Antologia*, n. 424, 1942, pp. 233 ss.

RUFFINI, Francesco. *La vita religiosa di Alessandro Manzoni*. Bari, 1931.

SAINTE-BEUVE, Charles-Augustin de. *Portraits contemporains*. Parigi, 1855.

SCHERILLO, Michele. *Manzoni intimo*, vol. I: *Vittoria e Matilde Manzoni — Memorie di Vittoria Giorgini Manzoni*; vol. II: *Un tesoro di lettere inedite*. Milão, 1923.

S. S. (Stampa, Stefano). *Alessandro Manzoni, la sua Famiglia, i suoi amici*. Milão, 1885.

STOPPANI, Antonio; FABRIS, Cristofoto. *I primi e gli ultimi anni di Alessandro Manzoni*. Milão, 1923.

TITTA ROSA, Giovanni. *Aria di casa Manzoni*. Firenze, 1955.

TOMMASEO, Niccolò. *Colloqui col Manzoni*. Firenze, 1929.

Crédito das imagens

1 e 14: Getty Images.

2: Retrato de Andrea Appiani. Fotoarena/ Alamy

3, 38 e 41: Vila Manzoni, Brusuglio. Reprodução de Ugo Ginori Conti.

4. Retrato anônimo. Da *Carteggio Verri*, Milão, 1910. Album/ Fotoarena.

5: Album/ Fotoarena.

6: Retrato de Madame Cosway. Album/ Fotoarena.

7: Desenho de G. Bordiga, assinatura de Giulia Beccaria. *Retrato do meu amado filho Alessandro Manzoni, de 17 anos de idade*. Casa Manzoni, Milão.

8: Castelo de Bignon, França.

9: Desenho atribuído a Sophie de Condorcet. Castello de Bignon, França.

10: Retrato feito por um inglês anônimo. Bridgeman/ Fotoarena.

11: Bridgeman/ Fotoarena.

12. *Captives de l'amour, d'après des documents inedits*, de Charles Léger. Paris, 1933.

13, 23, 25, 39-40: Biblioteca Nazionale Braidense, sala Manzoniana, Milão.

15: Retrato da juventude. Biblioteca Nazionale Braidense, sala Manzoniana, Milão.

16. Galeria de imagens do Ospedale di Busto Arsizio.

17 e 28: Casa Manzoni, Milão.

18: Retrato de Carlo Gerosa. Getty Images.

19: Retrato de Giuseppe Molteni. Getty Images.

20: *Correspondance de Fauriel et Mary Clarke*, de Jules Mohl. Paris, 1911. Biblioteca Nazionale Braidense, sala Manzoniana, Milão.

21: Aquarela da sra. Bisi. Album/ Fotoarena.

22: Quadro de Massimo d'Azeglio. 2017, Veneranda Biblioteca Ambrosiana/ DeAgostini Picture Library/ Scala, Florença.

24: Autorretrato de Massimo d'Azeglio. Vila Manzoni, Brusuglio. Reprodução de Ugo Ginori Conti.

26: Retrato de Antonio Bignoli. Album/ Fotoarena.

27: Civica Raccolta delle Stampe "Achille Bertarelli", Milão.

29: Retrato de Francesco Hayez. Alamy/ Fotoarena.

30: Retrato de Francesco Hayez. Album/ Fotoarena.

31-2: Arquivo Alessandro Bassi, Trezzo.

33: Desenho do neto de Vieusseux. Casa Manzoni, Milão.

34. Retrato de Luigi Mussini. Biblioteca Nazionale Braidense, sala Manzoniana, Milão.

35: Alamy/ Fotoarena.

36-7: *Il figliastro di Manzoni*, de E. Flori. Milão, 1939. Casa Manzoni, Milão.

ESTA OBRA FOI COMPOSTA EM MINION PELO ACQUA ESTÚDIO E IMPRESSA PELA RR DONNELLEY EM OFSETE SOBRE PAPEL PÓLEN SOFT DA SUZANO PAPEL E CELULOSE PARA A EDITORA SCHWARCZ EM JULHO DE 2017

A marca FSC® é a garantia de que a madeira utilizada na fabricação do papel deste livro provém de florestas que foram gerenciadas de maneira ambientalmente correta, socialmente justa e economicamente viável, além de outras fontes de origem controlada.